A Novel

CROSSROADS

JONATHAN FRANZEN

十字路

強納森・法蘭岑——著

林少予——譯

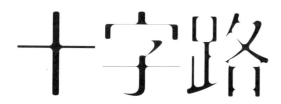

待降節

1

新展望鎮的天空被光禿禿的橡樹榆樹枝幹切分得四分五裂，濕氣瀰漫，灰濛濛的雙鋒面預計將帶來下雪的聖誕節。羅斯・希爾布蘭特開著他那輛普利茅斯牌汽車「狂怒」（Fury），去到臥病與年長教友家，做例行晨訪。有個叫法蘭西絲・卡崔爾的教友，今天下午自願跟他去「神之社區」分發玩具與罐頭。儘管羅斯出於牧師身份才可以公然表露對她來當志工的喜悅，但想到可以跟與她單獨相處四個小時，他對聖誕禮已別無所求。

自從三年前羅斯遭遇了那樁受辱事件，教會主任牧師杜懷・黑夫勒便讓副牧師羅斯代替自己進行更多教區訪問；之後，羅斯只知道杜懷更常休假、說在寫一本寫很久但一直沒出版的抒情詩集，除此之外，杜懷拿省下的時間做些什麼，他並不清楚。羅斯喜歡截肢的歐杜爾太太賣弄風情地接待他，她因為嚴重水腫，平時都得困在家中餐廳擺放的病床上；他喜歡從事服務工作時有固定要照看的人與事，特別是那些對三年前發生了什麼全然不記得的人。辛斯代爾安養院裡，妝點節慶氣氛的松圈還混雜著老人糞便味，這讓羅斯想起亞利桑納州高山區的簡易廁所。他拿出一份剛編好、附照片的教友名冊給老吉姆・杜華洛看，問他記不記得派蒂森一家。對一位感染了待降節歡快氣氛、行事不免有欠考慮的牧師來說，吉姆是吐露心事的好對象，他就像一口許願井，丟下一分錢不會觸底、也不會有回音。

「派蒂森家，」吉姆說。

「他們有個女兒，法蘭西絲。」羅斯站在吉姆的輪椅邊，彎著腰把名冊翻到字母C開頭處。「她現在冠夫姓，法蘭西絲・卡崔爾。」

他在家裡從不提她的名字，就算話題自然帶到，也絕口不提，他擔心妻子會從他的聲音聽出端倪。吉姆彎腰湊近看法蘭西絲和兩個孩子的照片。「哦……法蘭妮？我記得法蘭妮・派蒂森。她怎麼了？」

「她回來了，回新展望鎮了。她先生一年半前過世——說起來很可怕。他是通用動力公司的試飛員。」

「她現在在哪兒？」

「她回新展望啦。」

「哦，唔。法蘭妮・派蒂森。她現在在哪兒？」

「她回家了。她現在是法蘭西絲・卡崔爾太太。」羅斯指著她的照片又說了一次：「法蘭西絲・卡崔爾。」

他跟法蘭西絲約好，兩點半在第一歸正會的停車場碰面。他像個迫不及待等聖誕節來的男孩，十二點四十五分就抵達停車場，坐在車上吃紙袋裝的午餐。碰到不順遂的日子——過去三年這樣的日子可不算少——他進辦公室都繞遠路走，先穿過多功能廳進入教堂，上樓後沿著走廊經過一大疊被棄置的《朝聖者讚美詩》，再經過貯藏室，那裡有歪七扭八的譜架、一套在待降節前佈置耶穌降生場景用的道具：一隻木頭羊和一頭佈滿落塵的灰色閹公牛，他覺得自己跟那頭公牛的處境很像；接著沿一座只有上帝才看得見他的窄梯下樓；經過聖餐檯鑲板後的「秘門」，最後從聖所的側門出來——為的是不要經過青年部主任里克・安布洛斯的辦公室。安布洛斯辦公室外的走廊常有一群青少年擠在那兒，等著見他。他們都太年輕，沒有親眼目睹羅斯當年受辱的情況，但肯定都聽別人說過。他沒辦法看著安布洛斯又不違背上帝教誨，將這件事拋在腦後而原諒他。

但是，今天是個極好的日子。第一歸正會各廳室都沒人，他直接走進辦公室，把紙捲進打字機。杜懷・黑夫勒在聖誕節後的星期日可能又要去度假，他得出面主持禮拜，佈道文還沒寫。他懶懶地癱在椅子上，用指甲理順眉毛、捏了捏鼻樑，摸摸稜角分明的臉——他知道這張臉不僅吸引他妻子，還會吸引很多女人時已經太晚了。他開始想像一篇關於聖誕節到南區服務的佈道文。他以前太常以越南為主題，太常以美西的原住民納瓦霍人（譯注：Diné是美國西南原住民納瓦霍人的自稱，納瓦霍是西班牙人給他們的稱呼。）為主題了。他想像在講台上大膽說出「法蘭西絲・卡崔爾和我這次有幸」（而他公開說出她名字的時候，她會坐在第四排座位上聽，其他會眾出於嫉妒，露出她和他之間有什麼的眼神）這幾個字的時候，感到歡心愉悅。唉！可惜妻子早就拋棄了這個樂趣。他每一則佈道文都給妻子先過目，佈道時她也在座位上，但她還不知道法蘭西絲今天會跟他一道出門。

他的辦公室牆上掛著查理・帕克（Charlie Parker）拿薩克斯風，以及迪倫・湯瑪士（Dylan Thomas）叼著菸的海報；還有一張小小的保羅・羅布森（Paul Robeson）人像照，連同一九五二年他在賈德森教堂演出的節目單裱在同一個框裡；還有羅斯的紐約聖經神學院文憑以及一九四六年他和兩位納瓦霍族朋友在亞利桑納州的照片放大版。十年前，他到新展望鎮擔任副牧師，精挑細選了這幾件能代表他的東西，引起青少年的共鳴，而培養青少年的基督信仰正是他工作之一。如今，那些穿著喇叭褲或連身工裝，戴著頭巾擠在教堂走廊的孩子卻認為他的東西都很過氣。至於里克・安布洛斯，首先他留了一頭細長黑髮、閃亮如傅滿洲的黑鬍子，他的辦公室給人一種幼稚園感。辦公室的牆上和書架，點綴著年輕信徒畫的粗糙渲染圖，年輕人送他的特別石頭、漂白骨頭、野花項鍊，還有募款音樂會用的網印海報。羅斯看不出這些海報和他信仰的宗教有什麼關係。受辱事件發生後，他躲在自己辦公室裡，在諸多褪色的青春圖騰中傷痛不已。除了妻子瑪莉安，沒有人對那些圖騰有興趣了。但瑪莉安不算。因為要他去紐約的人就是瑪莉安，讓他注意到帕克、湯瑪士和羅布森進而產生興趣的人也是瑪莉安，對他一肚子納瓦霍人故事興奮不已、敦促他聽從教會召喚的，還是瑪莉安。從廣受認同到備受侮辱，這一切都離不開瑪莉安。而法蘭西絲・卡崔爾，則是那個讓他獲得救贖的人。

「天啊，這是你嗎？」去年夏天她第一次到他的辦公室，看著那張在納瓦霍保留區的照片，她說：「你看起來就像年輕時的卻爾頓・希斯頓（Charlton Heston）。」

原本她是來找羅斯做諮商，這是另一個羅斯不喜歡的工作，在那件事之前，他最大的傷痛是陪他長大的狗「隊長」死了。直到他聽法蘭西絲說起先生在德州慘死後這一年來最大的煩惱是空虛感，才鬆了一口氣。他建議她加入第一歸正會辦的女教友服務團，她揮揮手說：「我可不要和女人喝咖啡。」「我雖然有個剛上高中的兒子，但是我才三十六歲。」她說的沒錯，她皮膚沒有鬆弛、沒有小腹、沒有皺紋，像個活力十足的靈魂住在合身的佩斯利花紋無袖洋裝裡，留著小男般的天然金色短髮，手掌像小男孩又小又方。羅斯感覺她很快會再婚，這點很明顯，她的空虛感可能並非來自失去丈夫。他想起「隊長」剛死，母親問他要不要再養一隻狗時，他非常生氣。

所以，他告訴法蘭西絲有個特別的女性服務團和其他社團不同，羅斯會親自指導，成員會和第一歸正會在內城的姐妹教堂「神之社區」的教友們一起工作。他說：「我們社裡的女性不喝咖啡窮瞎聊。我們替社區油漆、修剪樹叢、清運垃圾，帶老人看病，協助孩子做作業。每兩週的星期二固定辦活動。全天。而且，不瞞你說我對這些星期二充滿期待。這是信仰的矛盾之一：對不幸的人付出愈多，愈能感受到與基督同在。」

「祂的名從你口中說出來，感覺好自然，」法蘭西絲說。「我參加主日服務已經三個月了，還沒出現感覺。」

「連我的講道都沒感動過妳。」

她臉紅了，樣子非常迷人。「我不是這個意思。你的聲音很棒，只是……」

「說實話，參加週二活動可能會比週日更有感覺。我寧願在南區工作，也不願講道。」

「那是黑人教堂？」

「黑人教堂，是的。凱蒂・雷諾茲是我們裡面帶頭的。」

「我喜歡凱蒂。我們高三時英文課同班。」

羅斯也喜歡凱蒂，不過他感覺她很有戒心，因為他是個男的。瑪莉安曾提過一個可能性，一直未婚的凱蒂可能是女同志。每兩週去一趟南區時，她都穿得像伐木工人，而且很快便跟法蘭西絲要好，還堅持要法蘭西絲來回搭她的車，而不是羅斯的。為了避免凱蒂起疑，他便讓出地盤，等著她不能出現的日子。

感恩節後的那個星期二，因為類流感大流行，只有三位女教友出現在第一歸正會的停車場，她們都是寡婦。法蘭西絲戴著格紋羊毛獵帽，羅斯小時候也有過一頂一樣的。她跳進他的「狂怒」前座，沒有摘掉帽子。車上的暖氣系統好像漏氣，不開窗擋風玻璃就起霧。她知道戴著那頂帽子的自己在他眼裡兼具了男性和女性的魅力是多麼迷人，多麼像有個小拳頭在他五臟六腑翻攪，多麼考驗他的信仰嗎？另外兩位寡婦似乎察覺了什麼，從還沒進城到車過中途機場、穿過五十五街沿途，她們不斷從後座糾纏羅斯，盡問些尖銳、關於他太太和四個孩子的問題。

「神之社區」是個沒有尖頂的小黃磚教堂，當初是德國人建的。教堂一側蓋了柏油屋頂的社區中心，會眾大部份是女性，由中年牧師西奧・克倫蕭帶領。克倫蕭把郊區來的義工協助視為理所當然，每個月的第二個星期二，他會簡單交代羅斯和凱蒂代辦事項。克倫蕭讓他們來不是為了傳道、而是來服務。凱蒂曾經和羅斯一起上街爭取民權。但羅斯還是得向社團其他女士們解釋，「城裡人」說的英文比較難懂，即使放大聲量說話、或故意放慢語速，也無益理解。明白羅斯意思的人，將會克服走在摩根街六七〇〇號街區以南的恐懼，對她們來說，這個社團提供了無可取代的體驗。但是對始終沒搞懂的人來說——有些人當初加入社團就是為了跟人較勁、不想被排除在外——羅斯不得不用里克・安布洛斯的方式羞辱她們，請她們不要再來了。

凱蒂老把法蘭西絲帶在身邊，所以她一直沒機會親自體驗。當天他們抵達摩根街時，她一下車有點搞不清楚狀況、愣愣地站在一旁，等著有人告訴她該做什麼，之後才開始幫忙羅斯和其他寡婦搬工具箱和裝袋的二手冬衣。她的行徑讓羅斯困惑，心想她可別以為戴著帽子就代表已經有勇於冒險犯難的精神。西奧・克倫蕭請兩位年長寡婦——他根本不理法蘭西絲——替一批捐贈給主日學校的二手書編目，接著兩個男人往地下室走去，準備安裝新熱水器。這時，羅斯心生一陣同情，一掃方才的困惑。

「法蘭西絲，妳一起來吧，」羅斯說。

她正在朝街的門邊晃來晃去，西奧冷冷地上下打量她一眼，說：「書還多得很。」

羅斯說：「妳來幫我和西奧吧。」

她急忙點頭，接納了他的同情心，揮開他是要炫耀體能與工作熟練度的疑慮。到了地下室，他脫到上半身只剩內衣，抱起骯髒的石棉毯所包覆的舊熱水器，將之從底座抬起。他今年四十七歲了，已經不是高大的小樹，而是棵胸寬肩闊的橡樹。法蘭西絲除了看著沒有其他事情可做，但是當進氣管在與牆面齊平的地方突然斷裂，需要有人幫忙拿石鑿和管模加工時，她又已經離開地下室了。

羅斯最欣賞西奧的沉默寡言，也因為西奧話不多，羅斯才能放下想像他們是異族好兄弟的虛榮。羅斯對西奧的了解是：不逃避做苦工、一直生活在貧困邊緣，還有他相信耶穌基督的神性。他既不問、也不喜歡太多可以自由回答的開放問題。例如碰到智障的鄰居男孩羅尼，這孩子整年都在教堂進進出出，常常閑著眼停下來像跳舞似的一陣搖擺或從第一歸正會女教友那兒討二十五分錢銅板。西奧的反應只有：「最好別理他。」羅斯有一次嘗試和羅尼講話，問他住哪裡、母親是誰，羅尼便回答：「可以給我一個二十五分銅板嗎？」西奧對羅斯說得更直接：「別給他。」

只是，法蘭西絲沒聽過西奧的指示。中午用餐時，她和羅尼坐在樓上社區活動室的地板上，身邊擺了一盒蠟筆。羅尼穿著一件看得出來是新展望鎮募集來的連帽防寒外套，跪在地上搖晃身體，法蘭西絲在一張報紙上畫橘色太陽。西奧一看當場愣住，然後喃喃自語、搖了搖頭。接著法蘭西絲把蠟筆交給羅尼，抬頭開心地看著羅斯。她找到了自己服務和奉獻的方式；他也為她感到高興。

西奧可不這麼想，他跟著羅斯進入聖所。「你要跟她講，別碰羅尼。」

「我看不出來會有什麼傷害。」

「這不是傷不傷害的問題。」

西奧回家吃妻子準備的熱食，羅斯不想對法蘭西絲的善行澆冷水，自己帶著午餐到主日學校的教室吃，兩位年長寡婦還在教室整理物資。身體有病時，你會把身體交給陌生人；但當你的病是貧窮時，你便會把自己交給環境。兩位寡婦未經允許就把所有的兒童讀物分類，還貼上明亮、誘人的標籤。人窮的時候，如果沒有人做給你看，很難真正看清要如何改善。自作主張不是羅斯的本性，但自作主張和不期待有人感謝是一體兩面。他大膽走進黑莓叢和長了及肩高的豬草後院，也沒問院子的主人老太太，哪一叢灌木要留著，哪些生鏽的垃圾可以丟。工作完成時，老太太也多半不會感謝他，她會說：「現在看起來好多了。」

就在他和兩位寡婦聊天時，樓下傳來撞門聲，一個女人怒氣沖沖的聲音愈來愈大。他立即起身跑進活動室，看到法蘭西絲手中抓著報紙，縮著身子，躲著一個他沒見過的年輕女人，女人的身形消瘦、頭髮髒亂，即使相隔半個房間遠，都能聞到她身上的酒氣。

「他是**我**兒子。妳聽懂了嗎？**我的**兒子。」

羅尼還抓著蠟筆，跪在地上，搖擺著。

「等等、等一下，」羅斯說。

年輕女人還在轉圈圈，停不下來。「你是她老公？」

「不，我是牧師。」

「好。你告訴那女的，不管她是誰，離我兒子遠一點。」她又對著法蘭西絲說：「離我兒子遠一點，賤人！妳手上拿什麼？」

羅斯擋在兩個女人中間。「小姐，別這樣。」

「**妳拿的是什麼**？」

「這是一張畫，」法蘭西絲說：「一張漂亮的畫。羅尼畫的。羅尼，對不對？」

她說的那張畫，是張紅色塗鴉。羅尼的媽媽從法蘭西絲手中一把搶過去。「這不是妳的。」

「當然不是，」法蘭西絲說：「我覺得他是畫給妳的。」

「她居然還跟我說話？我有沒有聽錯啊？」

羅斯說：「我覺得我們都先冷靜一下。」

「是**她**該把她的白屁股從我的眼睛前面移走，少來煩我兒子。」

「很抱歉，」法蘭西絲說：「他太可愛了，我只是……」

「**為什麼她還在跟我說話**？」那位母親把整張圖撕成四半，拉起羅尼。「我不是講過要離這些人遠一點。我沒講過嗎？」

「不知。」羅尼說。

她一巴掌打下去。「你不知道？」

「小姐，」羅斯說：「如果妳再動手打他，妳的麻煩就大了。」

「好好好。」她邊說邊朝面街的門走過去。「快點，羅尼。這裡沒我們的事了。」

他們走了之後，法蘭西絲就崩潰了，哭個不停。他抱著她，感覺到她的恐懼隨著顫抖蔓延，同時也注意到了她那纖細的身型與他的手臂貼合得剛好，他手捧著她脆弱的頭顱，覺得自己也要哭了。他們應該先徵得同意，他應該保護她的安全，他應該堅持讓她去幫兩位年長女士處理書。

她說：「也許我不適合做這個。」

「妳只是運氣不好。我也是第一次看到她。」

「我怕他們。她也知道。但你不會，她尊敬你。」

「如果妳常來，事情就會容易一點。」

她搖了搖頭，不相信他。

西奧・克倫蕭吃完午餐回來時，羅斯覺得很羞愧，以至於沒辦法將整件意外告訴他。他沒有為自己和法蘭西絲的碰面做計畫、沒有特定的幻想，他只不過想在她近身；現在，他的虛榮和錯誤搞砸了每個月兩次見到她的機會。他壞到渴望一個不是他妻子的女人，卻連使個壞都搞砸。把她帶到地下室是多麼可怕的策略，他以為讓她看著他工作，會讓她喜歡上他，結果是自己看著她的一舉一動更渴望她，成了她那樣的女人不會渴望的男人。他已經讓她覺得無趣，後來發生的一切事情，他只能怪自己。

他慢慢開著「狂怒」回新展望，路上她一直沒說話，直到年長寡婦問她十年級的兒子賴利喜不喜歡十字路，羅斯才知道她兒子參加了教會的青年團契。

「里克・安布洛斯一定有某種天份。」法蘭西絲說：「我小時候，那種團契哪會有三十個孩子。」

「妳小時候也在裡面嗎？」年長的寡婦問。

「沒有。裡面可愛的男生沒幾個，其實沒半個。」

從法蘭西絲嘴裡吐出天份這個字，就像讓羅斯的大腦嗑了藥。他本該不露聲色地忍住，但是在他不順遂的時候，他就是沒辦法不做那些會讓他後悔的事，簡直就像做這些事是為了將來可以後悔一樣。當後悔來臨，他就在回想的恥辱中枯萎、狠狠地在獨自一人時貶低自己，然後回頭尋求上帝的憐憫。

他說：「妳們知道那個團契為什麼叫『十字路』嗎？因為里克・安布洛斯認為這樣年輕孩子就會聯想到搖滾樂。」

這話根本只有一半事實，因為羅斯才是最先提議用這個名字的人。

「所以，我就問，我不得不問，我問他知不知道這首歌原本是羅伯・強生（Robert Johnson）唱的。他茫然地看著我，對他來說音樂史是從『披頭四』開始的。相信我，我聽過Cream樂團翻唱的〈十字路〉，我完全知道他們在幹什麼。就是一群英格蘭來的傢伙剽竊了正宗美國黑人藍調大師的創作，卻表現得好像這是他們自己的音樂。」

戴著獵帽的法蘭西絲，看著前方的卡車。兩位年長寡婦不吭一聲地聽著他們的副牧師貶抑青少年部門的主任。

「我剛好有強生演唱〈十字路藍調〉（Cross Road Blues）的原始錄音，」他繼續自吹自擂：「我那個時候住在格林威治村——你們應該知道吧，我以前住那兒，就在紐約市——在舊貨店可以找到以前的七十八轉唱片。在大蕭條期間，很多唱片公司都到現場錄了不少原汁原味的精彩實況。鉛肚子、查理・派頓、湯米・強生。我當時課後在哈林區打工，每天晚上回家都會放這些唱片，就像直接回到上個世紀二〇年代的南方。聽著那些古老的聲音裡那麼多痛苦，幫助我了解我在哈林區遇到的痛苦。那才是藍調的真諦。白人樂團模仿它的時候，缺的就是這一塊。在那些新音樂裡面，我完全聽不到痛苦。」

尷尬的沉默降臨了。十一月最後一個白天，沉默在郊區地平線的雲層下逐漸幻化為各種蠟筆顏色，之後逝去。現在羅斯已經攢夠日後感受羞愧的材料、足夠讓他接受應該受的痛苦。他在最不順遂的日子的最糟糕時刻感受到善良，在屈辱中感受到歸屬，這就是他知道上帝確實存在的方式。當車開向漸行漸黯的餘光時，他已經聞到與主重聚的氣息。

在第一歸正會的停車場中，法蘭西絲在其他人離開後還待在車上。「她為什麼恨我？」她問。

「羅尼的媽媽？」

「從來沒有人對我那樣說話。」

「我非常抱歉發生這種事。」他說：「但這就是我提到的痛苦。想想看，如果妳窮到孩子是妳唯一有的，也是唯一關心妳、需要妳的人。當妳看到其他女人對待他比妳待他還好，該怎麼辦？妳能想像一下這種感覺嗎？」

「我會自己試著對那孩子更好。」

「是的，但這是因為妳不窮。窮的時候，什麼事情都會落在妳身上，讓妳覺得自己對任何事都無能為力，只能完全依靠上帝的憐憫。這就是耶穌告訴我們窮人有福了的原因，因為一無所有讓你離上帝更近。」

「那個女人並沒有因為距離上帝特別近而不想打我。」

「事實上，法蘭西絲，妳無從了解。她顯然既生氣又苦惱……」

「又醉到臭氣熏天。」

「而且是在中午酒氣熏天。但是，如果我們能從星期二的工作學到一點，那就是妳和我不該是審判窮人的人。我們只能盡力為他們服務。」

「你的意思是說，這是我的錯。」

「絕對不是這意思。妳只是聽從內心的慷慨良善，這絕對不是錯。」

他也聽從自己心裡慷慨良善的那一面：他還是有可能是她的好牧師。

「我知道難過的時候很難看得清楚，」他溫柔地說：「但是妳今天的經驗，其實是那個社區的人每天都碰到的。辱罵、種族偏見。我知道妳對痛苦不陌生，妳經歷過的痛苦是我無法體會的。如果妳認為自己的痛苦夠多了，不想再和我們一起工作，我不會因此看不起妳。但是如果妳願意，妳就有機會把痛苦變成同情。耶穌告訴我們把另一邊臉頰也轉過來讓對方打的時候，祂真正要對我們說的是什麼？是那個虐待我們的人已經無可救藥，我們只能忍受？或是祂在提醒我們，那個人像我們一樣，他的痛苦和我們的痛苦是一樣的？我知道人在難過的時候很難看清楚，但確實有這種可能性，我認為每個人都應該盡力體會這一點。」

法蘭西絲想了一下他的話。「你說的對，」她說：「我的確沒有看清楚。」

這件事似乎就到此打住。第二天，他打電話給她。這是好牧師一定會做的事。她回說女兒發燒，沒辦法說話。接下來的兩個星期天，她沒來做禮拜，也沒有參加之後那次的南區服務活動。他想再打電話給她，就算只是為了補充恥辱感也好。失去她的痛苦這件事之所以純粹無瑕，因為它是一整季的黑暗午後和長夜的一小部份。他失去她是遲早的事——至遲，他們總有人會先過世，何況失去她可能發生得更早——而他又這麼迫切地想和上帝重建聯繫，所以受這苦的機會，他得貪婪地抓住。

但是，四天前，她打電話給他說得了重感冒，而她沒辦法不去想他在車裡說的話。她不覺得自己可以變得像他一樣有力量，但她覺得已經有點進步。凱蒂・雷諾茲提過聖誕節前到南區發放物資的行程，她可以跟他們一起去嗎？

要不是法蘭西絲接著問可不可以借她藍調唱片，羅斯可能已經滿足於只扮演她的牧師、她的幫助者。

「我們家的唱盤可以放七十八轉的唱片。」她說：「我在想，如果我要做這件事，至少應該嘗試更了解他們的文化。」

他們的文化這種說法讓他皺了皺眉。不過，羅斯雖然連使壞都能搞砸，他至少明白分享音樂暗示什麼。他走上教堂提供的那棟大房子的三樓，沒有暖氣，他跪在地上花了一個小時從七十八轉唱片中一選再選，想著哪十張的組合最可能激發出類似他對她的感覺。他與上帝的聯繫消失了，但是這不是現在該擔心的事。該擔心的是凱蒂・雷諾茲。最重要的是，他想一個人擁有法蘭西絲。但是凱蒂很犀利，而他也不善於撒謊。他想得到的任何詭計，例如約她三點見面，卻在兩點半與法蘭西絲一起離開，必然會引起凱蒂懷疑。他明白自己別無他法，只能和她開門見山，說法蘭西絲上次在城裡心靈蒙受一次小創傷，而這次她勇敢地重回受創現場，他必須陪著她。

「我聽起來，」他打電話給凱蒂時，她說：「倒像是你把工作搞砸了。」

「沒錯。我這次真的搞砸了。現在，我得讓她重新信任我。她想回去，這會很有幫助，但她仍然很脆弱，需要小心處理。」

「她很可愛，現在又是聖誕節。羅斯，除了你，這件事換成其他任何人，我可能就會擔心對方的動機。」

他想了想凱蒂的暗示：她認為他是個不尋常的好人和可信賴的人，還是個沒有性欲、沒有男子氣概也沒有威脅性的怪人？無論哪一項，都會使他與法蘭西絲即將來臨的約會更不正當、也更驚險。他滿懷期待，從他的房子偷偷把最後挑出的藍調唱片和一件骯髒的舊外套帶到教堂。他希望那件購自亞利桑納州的羊皮玩意兒能替他帶來一點優勢。亞利桑納州曾經是他的優勢，但是——這麼說也許不盡公平——他認為導致這優勢不再的，是他的婚姻。他受辱之後，瑪莉安依然對他忠心耿耿：她仇視里克・安布洛斯，用**那個假貨**形容安布洛斯，羅斯為此大發脾氣，斥責她不論怎麼形容里克都好，但他不是假貨。簡單的事實是，他——羅斯——已經不酷了，再也沒法和年輕人產生連結。他鞭笞自己，並且不滿瑪莉安干擾他自我鞭笞的樂趣。後來，他每天的羞恥感，無論是經過安布洛斯的辦公室，還是懦弱地繞路避開，都讓他與基督的痛苦聯繫在一起。那是一種滋養信仰的折磨，而瑪莉安試著安撫他的手太過溫柔，那是一種無益精神昇華的折磨。

時間將近兩點三十分，打字機上的紙仍然空白，從辦公室就可以聽到十字路青少年在下課後一擁而上繞著安布洛斯這瓶蜜罐打轉發出嗡嗡的聲響、跑步時腳踩地板的聲音、髒話叫囂聲，那是幹－屁－屎先生自己說個不停帶給他們的鼓勵。十字路現在有一百二十個成員，羅斯的兩個孩子也在裡面。他對法蘭西絲太專注、對約會日期太盼望，以致要等到他站起身穿上羊皮外套，才想到自己跟她可能會在這裡碰見兒子裴里。

彆腳的罪犯會忽略顯而易見的事。自從女兒貝琪十月沒來由地加入十字路以後，他們父女關係一直很緊張，但至少她知道她的加入深深傷害他，她也很少出現在教堂。而裴里對做人處事則一無所知。智商一六〇的裴里，懂得多，但對於看到的東西往往嗤之以鼻。裴里完全有能力和法蘭西絲搭話，他的舉止看起來直率又有禮貌，但不知什麼原因，也同時顯得彆扭無禮，而且，他肯定會注意到羊皮外套。

羅斯本來可以繞道走到停車場，但今天的他不打算這麼做。他先活動一下肩膀，刻意忘記帶走藍調唱片，如此一來，他和法蘭西絲才有理由在天黑後回到他的辦公室。他走進聚在走廊抽菸的十幾個孩子吐出的濃密菸霧中。乍看過去裴里不在。坐墊已經塌了的舊長沙發上坐著三個男孩，一個胖乎乎、蘋果臉頰的女孩靠在他們膝蓋上高興地打開雙腳。那張沙發是為了讓孩子可以坐著等輪流進入安布洛斯私人辦公室，以面對殘暴又充滿愛心的誠實質問時用的。羅斯以走廊是火災時的逃生通道為由，向杜懷・黑夫勒抗議過，但沒用。

羅斯眼睛看著地板往前走，小心翼翼地避開藍色牛仔褲腳的脛骨和帆布鞋的腳。但是，當他接近對手辦公室時，眼角餘光瞥到半開的門，隨即聽到她的聲音。

他不想，但還是停了下來。

「太好了，」他聽到法蘭西絲誇張地說：「一年前，我差不多要拿槍抵著他的腦袋，才能讓他去教堂。」

從門口，只看得到安布洛斯的破爛牛仔布褲腳和舊工作靴。法蘭西絲坐的椅子面對走廊，所以她看到羅斯，並向他揮手說：「待會在外頭見？」

只有上帝看到他臉上的表情。他繼續往前走，一不注意已過了大門，發現自己走到多功能廳外面。心情就像船身破了好幾個大洞，他正在和灌進來的髒水奮戰。他從沒想過她會去找安布洛斯，真蠢。安布洛斯會把她從他身邊帶走，這就像先知預言一樣確鑿了。他的罪是狠心背叛誓言珍惜的妻子，他的虛榮是以為穿著羊皮外套就不會看起來像愚蠢、無用、讓人厭惡的小丑。他想立刻脫下羊毛外套，換回他常穿的棉外套，但他太懦弱，不敢回頭再經過走廊；他還害怕繞道後會看到耶穌降生場景那匹全身灰塵的閹公牛，到時候觸景生情，他可能會哭。

哦，上帝啊，他裹在那件討厭的外套中祈禱，**請幫助我**。

如果說上帝回應了他的禱告，那方式就是提醒他忍受苦難的方法就是謙卑自已、替窮人著想、並替窮人服務。他走進教堂秘書的辦公室，把幾個紙箱的玩具和罐頭食品搬到停車場。每過去一分鐘，就讓那天晚來的破曉感覺更糟。為什麼她和安布洛斯在一起？他們討論什麼事需要這麼久？這些玩具似乎都是新的、或是因為很堅固可以當成新玩具。羅斯得以熬過接下來的幾分鐘，靠的是在食品紙箱中翻來找去，剔除不用腦袋或隨手棄置的捐贈品（珍珠洋蔥，荸薺）、掂掂大罐的黃豆豬肉罐頭、義大利麵罐頭、糖水梨罐頭的重量，覺得滿意。想著每一個真正挨餓的人，而非他這種只有精神飢渴的人，看到罐頭時會多麼欣喜。

兩點五十二分，法蘭西絲像個小男孩一樣興高采烈地跑過來，戴著那頂獵帽，還搭配了一件羊毛外套。「凱蒂呢？」她燦爛地問。

「凱蒂擔心坐不下，箱子太多。」

「她不來嗎？」

他無法直視法蘭西絲的眼睛，看不到她的表情是失望，或更糟，疑心。他搖了搖頭。

「真傻。」她說：「我可以坐在她腿上。」

「妳不介意嗎？」

「介意？這是特權！我今天感覺很特別，我解決了一個問題。」

她輕輕躍起，做了個芭蕾動作，表達解決問題的心情。他好奇她的感覺是和安布洛斯談話前就有了，還是之後才出現的。

「好吧。」他說，用力關上「狂怒」的後門。「我們該出發了。」

這是他對她遲到最微弱的暗示，也是他唯一允許自己發出的暗示。但她沒明白。「我要帶什麼東西嗎？」

「不用，人來就可以了。」

「我離開家一定要做一件事！讓我確定我的車上鎖了。」

他看著她蹦蹦跳跳到她那輛比較新的車上，她的精神此刻似乎比他亢奮，甚至比他一生中都亢奮。至少比他和瑪莉安在一起的任何時候都亢奮。

「哈！」法蘭西絲從停車場另一頭高興地說：「鎖了！」

他對她比了比兩個大拇指，他從沒對任何人比過兩個大拇指，感覺很奇怪。他不知道他比的正不正確。他看了看四周，有沒有其他人看到這一幕，尤其是裴里，除了兩個青少年帶著吉他盒朝教堂走去，沒有別人，那兩人也沒朝他的方向看，也許是刻意的。其中一個男孩從他在主日學校二年級的時候就認識了。

與一個有能力喜悅的人生活在一起會是什麼感覺？

當他坐進「狂怒」時，一片鬆軟的雪花、天空在這一整天承諾的第一片雪花，落在他前臂，然後融化。法蘭西絲從另一邊坐進來，說：「這件舊外套很棒。你在哪裡買的？」

2

辯論主題：靈魂獨立於身體之外，且永恆不變。正方一辯代表：新展望鎮高中，裴里・希爾布蘭特。

嗯。

儘管可能很誘人，但我們可不要誤讀這種經驗，任何一個名副其實的大麻哥對這種感覺都不陌生：在一個地方、做一件事（例如，努力在安瑟・羅德家的廚房裡撕開一袋棉花糖），然後，下一瞬間就發現自己的身體在完全不同的環境執行完全不同的任務。這種時空斷片或者「停電」（常見但誤解的形容）並不意味靈魂和身體分離；任何像樣的、從機械論觀點出發的心靈理論，都能解釋這現象。相反地，讓我們思考一個乍看似乎微不足道、無解甚至沒道理的問題：為什麼我是我，而不是其他人？我們就來探究這個讓人眼花繚亂問題的深度……

時間變慢的方式很微妙，狀況好時，他的心靈能在踏完一階樓梯的幾秒鐘內跑上好幾圈，非常神奇（但也不神奇，這也是他晚上失眠的前兆）。身體和靈魂能同步當下所有的脈動：他的皮膚能在逐漸接近「蹩腳牧師館」三樓時記錄下降的溫度；鼻子能嗅出冷空氣下沉後流到階梯盡頭那扇門（門開著預防母親臨時回來）所帶來的黴味；耳朵能確定她還沒回來；視網膜看著窗戶外沒那麼陰沉、沒有被眾多樹枝擋住的十二月天光；他的靈魂記錄著爬了這幾層樓梯後幾乎所有似曾相似的熟悉感。

他問過一次（只有一次）兩位更高權力者，能否讓他住在三樓的房間，實際上他不算是問，而是理性地指出三樓適合他這個無法決定自己排行第幾的老三。母系最高權力者發下答案——不，親愛的，冬天太冷了，夏天太熱了，賈德森喜歡和你住——他接受答案，沒有抗議或重提，因為經過理性評估，他是家中那個無權要求擁有自己房間的孩子，他既不是年齡最大的、不是最小的、也不是最漂亮的。他習慣依照他人無法達到的理性標準做事。

無論如何，在他看來三樓屬於他。許多口傷身的菸從儲藏室的窗戶往外吐，許多菸灰都混雜了窗檻上的花粉塵，此刻他明目張膽進入牧師父親家中的辦公室，對他而言，那裡已沒有秘密。半出於好奇心、半出於想推測自己身世多悲慘，他在那邊讀了母親婚前與父親的所有往來信件（父親從未打開的兩封信除外）。他原是不抱奢望地想找《花花公子》（*Playboy*），卻找出父親堆成好幾疊的《靈界》（*The Other Side*）和《見證》（*The Witness*）。這些心靈的果實就像木頭，榨不出一滴蜜；還有一年份的《今日心理學》（*Psychology Today*），其中一本出現很多次陰蒂和陰蒂高潮，這兩個詞源於同一個字根，可惜沒配圖。（安瑟・羅德的父親把蒐藏的《花花公子》擺在帶鉸鏈鎖的紙板檔案裡，還標註年份，雖然印象深刻，他卻少了偷看的慾望。）牧師的爵士與藍調唱片就是一堆沒有聲音的塑膠和破爛封套，沿著斜頂天花板隔的衣櫃，有幾件舊外套，也沒什麼看頭；那些衣服適合比裴里身形大很多的男人。裴里看自己的骨架就知道，他最終會接收的是那幾件希爾布蘭特垃圾中尺寸最小的。去年他長得特別快，但也就像塑膠瓶火箭，起飛時搖搖晃晃、啪一聲就全沒了。只有當十二月衣櫃地板上擺滿禮物，他才對這地方有點興趣。

一個可能與靈魂永恆不變有關的事，值得注意。一個叫裴里・希爾布蘭特的人在地球上過了九個聖誕節，他的意識在其中五個聖誕節是活躍的，並且發揮了功能。但是，第九個聖誕節過完後，他意識到聖誕夜出現在聖誕樹下的禮物，往往幾天前、甚至前幾個星期，就已經在屋裡，甚至還沒包裝。他過去不理解這點與聖誕老人沒有關係。希爾布蘭特一家人對聖誕老人這回事的反應總是：哈，騙人的把戲。然而，不知道什麼原因，很長一段時間以來，甚至過了早該明白禮物不會自己買好、包裝的年紀後，他還會理所當然地接受它們每年突然出現，就像膀胱會蓄尿這種奇蹟裝置一般，只是萬物正常運作的一環。知識論的斷裂是絕對的。九歲的他在現在的他看來，完全是個陌生人，而且陌生得不妙。對已經過了九歲的裴里來說，那是個模糊的威脅；年紀大的裴里無法不持疑：即使一九六五年以後所有照片上那張天使面孔顯然是他的，但那個裴里跟我並不共有一個靈魂。一次突如其來的變化，莫名其妙地發生了。這樣的話，他現在的靈魂是從哪來的？之前的那個又去了哪裡？

他打開衣櫃門跪下。地板上放的都是還沒包裝的禮物，那赤裸的樣子就是它們悲慘的未來，度過短暫、虛假包裝的榮耀後，它們將再度赤裸。襯衫、絲絨套頭衫、襪子、菱格紋毛衣、更多襪子；馬歇爾・菲爾德百貨公司的緞帶包裝禮盒，很時髦！拿起來輕輕搖晃，就知道裡面有輕質衣服，一定是給貝琪的。再往衣櫃深處找，幾個已經有皺摺的紙袋裡裝著書和唱片，其中有一張他跟母親聊天搭話時——那種會讓父母高興的聊天——提到的「Yes」合唱團專輯。（絕口不提聖誕節三個字，卻能傳遞希望的禮物清單，是非常基本的遊戲；但是牧師父親除了眨眼，完全不懂其他表達心意的方式；貝琪則是遊戲破壞王，她會直接問：「你是不是在告訴我聖誕節想要什麼？」只有母親和弟弟有點遊戲才能。）事後看來，在他許下新年新目標前，就暗示他要「Yes」的唱片，有點失策。「Yes」與大麻菸是絕配，他擔心萬一聽的時候腦袋沒有嗨，這些音樂可能會失去一定程度的魅力。

衣櫃最裡面是比較重的物品。一個黃色新秀麗小行李箱（肯定是給貝琪的）、一個像二手顯微鏡的東西（一定是給克藍的）、一個可攜式錄放音機（有人給過暗示，但沒道理當真吧！）還有，哦，老天，一個電動ＮＦＬ模擬足球遊戲盤。可憐的賈德森。他還小，玩遊戲的時候要讓他，但是這遊戲裴里已在羅德家玩過，他差點被這個爛遊戲給笑死。球場的材質是鈑金鐵片，靠電流振動，打開開關以後的聲音，就像飛利浦的Norelco電動刮鬍刀。兩隊隊員都是不導電的塑膠小人，隊員雙腳下有一塊模擬草皮的長方形塑膠片，兩隊的四分衛都是壯漢，永遠維持向前傳球的姿勢，中衛手中的「球」，比較像是口袋裡的棉絮丸。他不是經常漏接，就是在爭球的緊張氣氛中，搞不清方向，飛快跑向己方達陣區，替對手贏得安全分。大麻抽到茫很可笑，但大麻抽到茫還幹著傻事更可笑。當然，賈德森不會嗑著藥玩這個遊戲。

往好的方面想，衣櫃裡沒有照相機。裴里很確定只有他知道弟弟最想要什麼，賈德森是比他更優秀的人，絕不會對母親做各種貪婪暗示，而他們家的父親非常反物質主義，從沒跟大家徵集過聖誕禮物清單。儘管如此，總有運氣不好、被人憑直覺猜中的時候，他不得已開始翻搜衣櫃：這不過是個小違規，在更大的善念之下，這點壞微不足道。

因為這是他的新年計畫：要做個好人。

或者，做不到的話，最起碼少壞一些。

但是，這個新計畫的動機暗示，劣根性潛藏於下，而且可能積重難返。

例如：當他站起來回到通風的樓梯準備下樓時，想到要清算資產、有點不太情願。清算資產相當於對自己判決，是在他對新計畫正熱衷時祭出的懲罰，他不確定是不是真有必要。他的錢包裡有一張二十元的鈔票，是母親偷偷塞給他買聖誕禮物的錢，另外還有十一元是他強迫自己不要對中樞神經系統下毒省下的錢。他和賈德森在新展望照相館的櫥窗裡面看上的那台相機，賣價二十四元九毛九分，不含營業稅和底片。即使他能為他以水粉技法畫的母親肖像找到便宜的二手框，並替其他所有人買平裝書當禮物——教他惱火的是，他已經心生替貝琪、克藍或牧師隨便買個禮物這個牴觸新計畫的不祥想法——錢還是不夠。

還有一個更便宜的辦法。賈德森收到「大冒險」遊戲當聖誕禮物也會很高興，他還希望能和裴里一起在臥室裡玩。一盒新的「大冒險」要價不到相機的一半，裴里很樂意加買這個禮物給賈德森，因為他自己也很喜歡這個遊戲。但是，所有牽涉戰爭或殺戮的遊戲，任何一種發射子彈或想像發射子彈的玩具，任何代表士兵、戰機、戰車等的物品，簡單說，就是像賈德森這種普通男孩最想要的每件東西如「大冒險」，都因為牧師主張激烈和平主義，禁止進他們家。裴里的確有一系列理性論點可以運用：每一種遊戲的目的，不都是一種類似戰爭的征服嗎？為什麼西洋棋和西洋跳棋裡的虛擬殺戮不違反禁令？玩「大冒險」的時候，是不是非得用一顆顆好看的釉色潤喉糖代表「軍隊」，而不是像玩策略遊戲擲骰子時那樣，把它們當成是抽象標記？如果他能夠和父親爭論，又不會因為激動、憤怒落淚而哽噎，也不會因為自己比那老頭聰明、但不如老頭善良而討厭自己！吵一架可是聖誕節當天早上送給賈德森的好禮物。

結論是，他不情願地想：沒辦法。他關上身後樓梯的門，發現賈德森和不久前他離開時一樣，一直待在他們的房間裡，湊在裴里替他製作的閱讀燈下讀書。燈就掛在他的船長臥鋪上頭。賈德森佔據房間的那個角落，讓他想起「浪花號」（Spray）的艙間。「浪花號」是他的英雄約書亞・斯洛肯（Joshua Slocum）環繞地球的帆船名稱。每件東西都就定位：衣服折好疊放床下、五十分的平裝書按標題字母順序排列、Dinky小汽車放在小架子上幾條平行的對角線上，以及上緊發條的鬧鐘。出了那個角落，外頭是洶湧的裴里海，對裴里來說，折疊衣服是不理性的浪費時間，東西放定位實屬多餘，因為他確切記得把它們丟在哪裡。他的資產在他床下一個帶鎖膠合板保險箱裡，這是他八年級時工藝課的期末作業。

「嘿，小鬼，很抱歉打擾你，」他在門口說：「但是我要你到別的地方晃晃。」

賈德森正在讀《不可思議的旅程》（*The Incredible Journey*）。他的眉頭糾結了好一會兒，「你先告訴我，我必須待在這裡，然後現在你又告訴我，我必須離開。」

「只要一分鐘就好。在聖誕節期間必須遵守不尋常的命令。」

賈德森沒有放棄，說：「你今天想做什麼？」

他在旁敲側擊。

「現在，」裴里說：「我想做一些你不在房間才能做的事情。」

「晚一點呢？」

「我必須去市區。你為什麼不去凱文家？或布雷特家？」

「他們都病了。你要去多久？」

「可能要到晚餐時才會回來。」

「那個遊戲，我有個新的佈局想法。你走了之後我可以試試嗎？然後我們晚飯後可以一起玩嗎？」

「我不確定，傑伊。也許可以。」

賈德森臉上失望的表情讓裴里想起了他的新年新計畫。

「我的意思是，好啦，」他說：「但是我沒有回來之前，不准先拿出來玩。懂了嗎？」

賈德森點點頭，帶著書跳下床。「一言為定？」

裴里答應了。賈德森一出門，他就把門鎖上。他之前利用包裝襯衫的硬紙板巧妙仿做一套陸軍棋後，他弟弟就跟他玩瘋了。因為名義上這是一個和炸彈和殺戮有關的遊戲，所以它有被更高權力者沒收的風險，因此他不必再三告誡賈德森要守口如瓶。新展望高中裡有許多更糟的小弟弟。賈德森不僅是裴里關愛的現實中最好的證據，也是迷人並且循規蹈矩的年輕人，幾乎和裴里一樣聰明，但他晚上睡得更好，所以裴里有時會希望自己才是裴里的弟弟。

但是，這話到底在說什麼？如果靈魂只是身體創造的心理產物，那麼裴里的靈魂只會在裴里的身體裡，而不在賈德森身體裡，就是不證自明的事。然而，它並不是。裴里之所以好奇靈魂是否獨立且不變，因為他一直覺得自己的靈魂很奇怪，因為它出現的時候似乎很隨機。他一再努力，不論是磕藥後或清醒時，也無法解決或正確感知為什麼他剛好是裴里。就像他根本不清楚貝琪做了什麼，才得以是貝琪，或者說她到底從什麼時候（在前一個化身中？）開始宣稱自己是貝琪，她只是發現自己是貝琪，然後天堂就圍繞著貝琪旋轉。對此，他也大惑不解。

他打開保險櫃，一股誘人、淡淡的臭鼬味飄出。他的囤貨共計有一包用兩個Baggies牌保鮮袋包起來的三盎司大麻和二十一顆白板；當初是批量買的，現在只剩下這些。最近一次批量購買，代價跟以前一樣，就是產生他幾乎無法承受的焦慮和羞辱。盯著這些貨，他不敢置信但又必須承認，除了聖誕節是施予的節日這個應有的喜樂外，他將一無所有。所以他的新年計畫很殘酷。他以為比起嗑藥變嗨，他喜歡自己的兄弟多一些，但當思維開始飛馳，他又不敢肯定。要是在床上躺一晚上的感覺和躺一個月沒有兩樣，他可能更想來兩顆白板。是的，說來說去就是一個問題：是該他媽的該把東西塞進連帽外套的口袋，然後跟它說再見，還是今晚先好好睡一覺。光是大麻就能賺三十元，比他需要的現金還多。那幹嘛不留下一些白板？既然留一些，為什麼不留全部呢？

十一天前，他的靈魂從一次等同宇宙大樂透的抽籤活動中，抽出一張名叫裴里的籤，而他自己從第一歸正會多功能廳的油氈地毯上一堆折疊紙中抽了名字是貝琪．H的籤。（出現這個怪異關聯的機率是多少？大約五十五分之一，比身為裴里的機會大一億倍，但仍然很低。）他一看到姊姊的名字，就悄悄走近籤堆，希望換一張，只是，一位十字路顧問就站在一旁防備這種作弊。通常，在選擇搭檔進行「雙人」練習時，里克．安布洛斯會指示每個人選一位不太熟或最近不曾一起練習的人。然而，上個星期日，一位核心成員、十二年級的學生艾克．伊斯納站起來，抱怨很多人為了避免踩到雷，選的都是「安全」夥伴。伊斯納以出色的史達林式作秀審判方式，情感強烈地承認自己也有同樣的問題。在場人士一致佩服他勇於說出實話，然後有人提出用抽籤來選伴，另一位核心成員主張他們應該對自己的選擇承擔個人責任，而不是依靠機械式分配。但是團體投票的結果顯示，抽籤大幅得到支持。裴里一如既往，等著看風向往哪邊吹，才舉手表態。

貝琪是少數反對以抽籤決定搭檔的人。裴里看著籤條上寫著的**貝琪・H**，好奇她有沒有預見到這種結局，碰上這種情形時，會不會比他更敏銳。四散在教堂多功能廳角落的人開始跑向各自的夥伴。貝琪一派天真爛漫地環顧四周，想看看她的夥伴是誰。當裴里走近她時，他看出她知道大事不妙；她的表情也與他如出一轍：**天啊，該死**。

「好啦，注意這裡，」安布洛斯大聲說：「我希望在這個訓練裡面，每一個人都告訴夥伴，他們有哪些地方是我們非常欣賞的。一個人先講，再換另一個人講。然後，我希望每一個人都告訴夥伴，他們有哪件正在做的事阻礙我們了解他們。我說的是阻礙，不要人格謀殺。大家都明白了嗎？都知道要先做什麼嗎？」

這是個大團體，貝琪在六個星期前的那一晚加入十字路、震驚大家後，裴里很容易跟她互相迴避。他感到震驚，是因為貝琪是眾所周知牧師父親最喜歡的孩子，她也很清楚父親痛恨里克・安布洛斯。裴里叛逃到十字路，只是加深他與父親間既有的冷漠，但貝琪的背叛非常殘酷。光是星期天晚上在第一歸正會看到她的臉，就嚇壞了所有人。裴里在場，他看到人們轉頭，聽到驚異低語。就好像埃及豔后現身耶穌在加利利的集會一樣，一位頭戴王冠的女王坐在怪胎和瘋癲病人中間，試著和他們打成一片。貝琪也來自另一個世界：她是新展望高中的社交貴族。

裴里作為家中小孩，卻幾乎跟姊姊沒有交集。貝琪和克藍很要好，兩人以她為中心形成緊密的「兄姊組」。主要是因為她事事更勝一籌：剪刀腳傳球更厲害、跳房子更厲害、控制情緒和心情更厲害（而且厲害得多）。而裴里則要到上了初中，才意識到她與眾不同，知道那個比較大一點的世界，對她有著強烈意見。她是里夫頓中央中學啦啦隊的隊長，只要她願意，走到哪裡她都是人氣王。午餐時，不論她坐在哪一桌，立刻就有最漂亮的女孩，最自信的男孩加入。奇怪的是，有人說她非常漂亮。對裴里來說——他很不願意和她共用洗手間；他指出她的事實或文法錯誤時，她的臉會糾結如醜陋老婦——這位又高又瘦的女孩一旦對什麼反感，情緒表現相當明確，但他沒多久就混熟的那群里夫頓中央中學學長信誓旦旦地說，搞不清楚狀況的人是他。安瑟・羅德就是其中一位，他本來也無法苟同那些男孩的看法，但到頭來還是承認裴里的姊姊身上的確有某種東西、一種奇異的光環、一種既吸引人又難以接近的力量（沒人敢自稱是她男友）、一種與金錢多寡無關的貴氣（據說她不像其他啦啦隊員自視甚高，她甚至不知道自己能毫不費力引來關注），而裴里則是微不足道的衛星弟弟，要依賴她的傑出才有一席立足之地。

在新展望高中，**貝琪・希爾布蘭特**這幾個字嚴格來說有魔法；光是說出口，就是派對出現人潮的保證，會誘使一些人在工藝課上吹噓自己聽到她就勃起（裴里就親耳聽過一次，他覺得很難過）。因為與貝琪的名字有一半相同，他一入里夫頓中央中學就受到注意，至少有一群父母高收入、住在大房子有一定地位的八、九年級男孩注意他。一開始他是他們弱小的吉祥物，但很快就證明了自己和他們一樣好、甚至更好。沒有人哈一口大麻菸憋在肺裡的時間比他久、沒有人喝多了能像他講話不打結、沒有人比他知道更多單字。甚至他自然捲又濃密的亞麻色頭髮，也比朋友長至肩膀的頭髮好看。羅德還因此厭倦自己平直又稀疏的頭髮，最後決定剃光。他現在是所有人中最大的怪胎，看起來就像個大兵。

裴里以前認為自己交的朋友都比他大一些沒什麼不對，貝琪引來這些人靠近他，他們大概永遠不會忘記他是誰的弟弟，但他也有自己獨特的風格。這點在他九年級、最後一位朋友上高中後特別明顯。他身邊盡剩一些不懂事的同年級生，午飯時間也沒有人陪他嗨，他覺得自己就像是個去太空漫步太久，錯過回程船的太空人。他的睡眠障礙就在這時出現。從一月開始到三月的幾個星期內（現在回想起來非常幸運，他幾乎全忘記了），他經歷了好幾個張眼直到天明的清醒夜晚。有些時候，天亮時他眼皮累得張不開；有些時候，他迷迷糊糊地回到蹩腳牧師館，走上三樓，用一塊舊地毯蓋住身體，一直睡到晚餐；他在原本就學不到東西的上課時間多次打瞌睡；還有一次，他甚至在和校長與父母的痛苦會議中短暫睡著，期間不時因為他母親緊繃的恐懼和父親不高不低的聲音所發表的長篇大論而醒來。儘管如此，他那個學期依然得到全A的成績，這難道不驚人？這他得感謝那些夜夜不成眠的日子。在放學後和週末見朋友，他還是能從中得到安慰，但是，在那黑暗的幾個月裡，由於他想要——需要——的量，不管是吸入的或吞食的，都比別人更多，聚會因而蒙上陰影。獨自在家，又得面對身心痛苦的夜晚，那也是他最渴望得到解脫的時候。他圈子裡的朋友都買得起比實際需求更多的毒品，但他的父親只是個窮牧師。

就在他確定自己除了販毒、別無選擇的時候，他的三個最要好的朋友加入了十字路。對於鮑比・傑特來說，加入的原因只有一個：他要追一個女孩；而吸引基斯・史特頓的，是十字路會去亞利桑納州辦春季旅行，他們等於將有九天不受監管；對多次違反宵禁規定的大衛・戈雅來說（他母親屬於第一歸正會），加入十字路算不上是嚴厲懲罰。在里克・安布洛斯領導下，十字路打破了傳統的社會分類。讓似乎不太可能進入基督團契的人選也溜進來試試看。裴里訝異的是，這三個朋友試過後，都決定留在十字路。他們仍在週末聚會，但談話內容已經改變。他們會熱烈討論亞利桑納州之旅，或開玩笑地討論每週日晚上進行敏感訓練時，誰懂得多誰懂得少，或者更不忌諱地品頭論足某些十字路女孩。這些話題讓裴里覺得他被屏除在一件有趣的事之外。

過了一個難熬的春天後，又來到吸入割草機廢氣、耍廢的夏天。他重新讀了托爾金，他向安瑟・羅德提議一起去看看要不要參加十字路。羅德堅決拒絕（「我不喜歡邪教」）。裴里只好在十年級的第一個週日晚上，獨自走進他父親的教堂三樓被十字路佔用的那間拱頂房間。空氣因為菸霧而變藍，牆壁和拱頂上到處是手寫字句，那些句子來自詩人康明斯、約翰・藍儂、鮑勃・迪倫、甚至耶穌，還有些出處不明，有點艱澀的句子，例如「還需要猜嗎？了解事實：死亡就是殺戮的後果」。裴里還沒搞清楚東西南北，大衛・戈雅就先擁抱了他。他以前一直避免和他身體有接觸。接下來幾分鐘，他和女性身體接觸的次數是他一生碰觸女性身體次數的二十倍，他被拉向令人興奮的胸部，或觸或壓，非常愉快！結束問候和行政手續後，大家一起下樓，大約有一百人，進入教堂的多功能廳。男男女女進行各種形式的碰觸，持續了兩個小時。唯一令人不安的，是裴里對大家自我介紹時，說到父親是「這裡」的副牧師。他瞄了一眼里克・安布洛斯，一對灼熱的黑眼睛看進他，那雙眼睛因困惑或懷疑而稍微變窄，好像在問：你父親知道你在這裡嗎？

牧師不知道。由於裴里似乎沒辦法在與父親爭辯時不落淚，便習慣性地隱瞞，瞞愈久愈好、愈多愈好。之後那個星期天，為了預防被問問題，裴里告訴母親他要去羅德家吃晚餐。他也確實到他家待了一陣子，在舒適的地窖中看彩色電視、吃加熱的冷凍披薩，喝相當多的琴酒和葡萄蘇打水。儘管他以酒量好著稱，但一到十字路之後，他甚至記不得事情發生的過程。他可能跌跌撞撞、磕磕絆絆，然後兩位年紀大一點的顧問（十字路的前任成員）攔住他，告訴他他喝醉了。里克・安布洛斯穿過人群，將他帶到走廊。

「你想喝醉我管不著，」安布洛斯說：「但是你不能在這裡喝。」

「好的。」

「你為什麼會來這裡？你為什麼要來？」

「我不知道。我的朋友……」

「他們也喝醉了嗎？」

怕受懲罰的恐懼，正在驅散裴里腦袋裡的嗡嗡聲。他搖了搖頭。

「你還真是說對了，他們沒有醉。」安布洛斯說：「我應該送你回家。」

「對不起。」

「你真覺得對不起嗎？你想談一談嗎？您想加入這個團體嗎？」

裴里還沒有決定。但他不能否認，他高興的是這位他那些不知禮貌為何物的朋友一提起就欽佩、留著兩撇鬍子的領導者全心關注他；他終於和一位成年人坦率交談。「是的，」他說：「我想。」

安布洛斯帶他回到菸霧瀰漫的房間，打斷了實踐十字路精神核心、全員都要參加，名為「質疑」的活動，當天討論的問題包括飲酒、尊重同儕和自重。一些裴里不認識的小鬼對他說話的模樣，好像他們都非常了解他。大衛・戈雅告訴裴里，他是個非常好的人，但大衛很擔心，他一直在嗑藥和喝酒，避免露出真實情緒。基斯・史特頓和鮑比・傑特也用相同的調子說事。就這樣不停地講下去。儘管從某些方面來說，裴里從未有過如此可怕的經驗，但他還是個高二學生，又是新入團的菜鳥，因為喝了點琴酒，還得到這麼多強烈的注意，反而覺得非常興奮。當他因為真心慚愧而流淚時，這群人以一種欣喜若狂的支持回應他，顧問讚賞他的勇氣，女孩爬過去抱他並撫摸他的頭髮。這是一門融入十字路基本經濟體系的速成課：公開展示情感可以獲得壓倒性的認可。得到一整個房間同儕的肯定和喜愛，其中多數人年齡比他大一些，不少人可愛而且相處起來非常愉快。這種藥，裴里想要更多。

當全團前往多功能廳進行活動時，里克・安布洛斯拉住他，接著使了一招頭部固定技，顯然意在表示好感。「表現得很好。」安布洛斯說完，放開他。

「老實說，我以為會受到嚴厲處罰。」

「你不認為剛剛很嚴厲嗎？他們真的讓你吃了苦頭。」

「確實有一點飽受拷問的感覺。」

「不過，有一件事。」安布洛斯降低了音量。「我不知道你知不知道，當年你父親離開這裡時，有些不太愉快。我也覺得過意不去，而且我真不知道該怎麼辦。但是，如果你想留在這裡，我希望你父親是同意的。我也希望知道你是為自己來的，而不是因為你們之間有什麼事情。」

「他不知道我來這裡，我決定來的時候沒有想到他。」

「嗯嗯，但是，你得解決這個問題。他得知道。清楚嗎？」

裴里當晚與牧師的對話，幸運地很短暫。父親雙手手指顫抖地拱著，他悲傷地看著手指說話：「要是我告訴你，你媽媽和我不擔心，那我就是在撒謊。」他接著說：「我認為你的生活需要有目的，如果這就是你想要的，我不會阻止你。」裴里對此的解釋是，對父親來說他的問題微不足道，所以不值得為了他投奔敵營而生氣。

貝琪加入十字路時，他已經在這個團體中游刃有餘。透過遵守安布洛斯和顧問們所提出的規則，一步步接近團體的中心，成為核心人士。他們規定你不要按直覺行事。不要說瞎話安慰朋友，相反地，要告訴他難堪的真相；不要避開不善社交和沒有救藥的鼠仔，相反地，要找到這些人並與他們互動（當然，要確定你知道自己在做什麼）；不要找朋友當練習夥伴，相反地，要向新進的人（以顯眼的方式）介紹自己，且讓他們知道你認為他們還不夠格；不要表現強壯，相反地，要盡情大哭。他喝琴酒那天晚上，眼淚有發洩情緒的療癒效果，後來幾次的眼淚來得更容易，是一種更容易交易的貨幣，可以買到邁向核心的進展。說起來，就是一種賭博，這正是他擅長的；雖然靠演算博弈理論得來的親密感很難說有多好，但他感覺到其他人的確重視他的見解，的確被他感動。

只有一個人他擔心騙不過，那個人的認可對他至關重要：里克・安布洛斯。他欽佩安布洛斯，理由包括他對上帝的信仰在智識上言之成理。裴里還沒聽到上帝的聲音，也許斷線了，也許線路另一頭根本沒有人。在一個無聊的夏日午後，他翻看父親的宗教雜誌，出於好玩，他用原子筆將提到「上帝」的地方全用「史帝夫」代替（誰是史帝夫？為什麼那些看似理智的人都不斷談到史帝夫？）。但是安布洛斯有個極好的想法，連裴里都覺得有道理。這個想法是要在人與人的關係中找到上帝，而不是在誦經和儀式中找到上帝，禮拜祂和接近祂的方法是仿效基督與門徒的關係，也就是實踐誠實、直面難題和無條件的愛。安布洛斯有一套討論這種事的方法，而且聽起來不瘋狂。他激勵裴里去開發一種所有宗教運作方式的理論：一位一路走來不拘一格的領導者，以一種新的、強的而且違反直覺的方式運用日常語言，周遭的人受到鼓舞也開始運用這種修辭，使用這種修辭可以產生日常生活中體會不到的感覺；他們發現自己知道了史蒂夫是誰。裴里完全被安布洛斯迷住了，他覺得自己的特殊讓他可以在他身邊擁有一席之地。安布洛斯在琴酒之夜後似乎有意避開他，他頗覺失望。出於不得已，裴里只好猜是安布洛斯察覺到他參與十字路背後的算計，因此不信任他。另一個可能是，安布洛斯對干擾牧師家人很敏感。但是，自從貝琪加入十字路以後，他一直密切關注貝琪，後面這個可能性已經不攻自破。

現在，裴里贊成的危險抽籤系統，把他和她綁在一起。身為一條偷偷摸摸、好奇心又重的小蠕蟲，他對第一歸正會的每個角落都瞭如指掌。在多功能廳裡，一扇看似鎖著但沒鎖的門後是個寬敞的衣帽間。當其他「雙人」夥伴分散在教堂一樓各處時，他帶著姊姊進入衣帽間，兩人盤腿坐在油氈地毯上，頭上是幾排空木衣架。天花板的裸燈泡照亮了一只滿是灰塵的雞尾酒盅、幾包上蠟紙杯，兩把無主雨傘。

「所以。」他說，眼睛盯著地板。

「所以。」

「我們應該可以在籤單上做記號，就不會發生這種情況。」

「同意。」

他感激她的同意，抬頭看她。她還沒有十字路制服，連身工作服、油漆工褲或軍夾克；但至少她穿了一件有點破洞的舊毛衣。他仍然不敢相信她會加入十字路；這件事破壞了事物的自然秩序。

「我很佩服你那麼聰明。」她用一種死記硬背的語氣說話，沒有看著他。

「謝謝姊姊。我很佩服，我說真的，佩服妳總是那麼坦率。妳有很多假假的朋友，但妳不假。事實上，這真是太神奇了。」他看到她的嘴角僵硬，補充說：「我講錯了，我不是要批評妳的朋友，我是想稱讚妳。」

她的嘴角角度仍然不變。

「也許我們應該先討論阻礙彼此的障礙。」他說：「我覺得可能會比較容易。」

她點點頭，說：「哪一件事是我正在做，但是讓你沒有辦法更了解我？」

裴里意識到這個練習的用語有待改進。例如，這種問法的前提是他和貝琪想要了解彼此。

「我會說，」他說：「事實是，妳似乎不喜歡我，而且，你總有意無意地想惹我不高興，包括現在。過去三、四年來，你從不跟我對話，即使我們住在同一棟屋子裡，至少我記不起來你有試過。這可以算是一種障礙。」

她笑了，一種意味不明的笑，好像哭笑不得。她說：「罪名成立。」

「妳真的不喜歡我。」

「我指的是我們有一部份永遠無法對話。」

他順便利用難得的機會近距離觀察她的臉：無可挑剔。他研究她臉上的瑕疵（他自己有幾個嚴重的瑕疵）想找些不是太明顯的扣分特徵，如薄嘴唇、方下巴、歪鼻子，但一無所獲。她那又長又直又亮的頭髮也一樣，比他自己黃到像是染過的頭髮色彩豐富：她擁有柏拉圖式十幾歲青少女的頭髮，其他女孩想跟她比就會憤恨不平。裴里明白全世界都認為貝琪有魅力，也明白是不對的。沒有負不一定代表正，可能只是眼前沒有事物遮蔽，就像一根綁著看不見的氣球的繩子一樣。人們看到一根緊繃、垂直的繩子另一端空無一物，就會不適，然後追著繩子找，並得到結論：繩子另一頭的東西一定很多人想要。

他也不喜歡她。

「所以原因出在**我正在**做的某事。」她說：「是這個意思嗎？」

「就我這一半的練習來說，是的。這對我來說是一個障礙，我還沒想到該怎麼形容它。」

「好吧。對我來說算是障礙之一的是你說話的方式。」她說：「你知道自己說話聽起來像什麼嗎？」

「人格謀殺開始了，請繼續。」

「你看，這就是我說的。你剛才說那句話的方式，好像你是英國貴族。」

「我明明是中西部口音，貝琪。」

她的臉刷一下紅了。「你覺得對你以外的我們這些人來說，和一個總是瞧不起自己的人在一起，好像我們多可笑似的，我們該作何感想？是誰永遠在偷笑，好像他知道我們不知道的？」

裴里皺了皺眉。要是他以他沒有看低賈德森為理由反駁（除非「看低」是指身高），這樣一來等於承認了她的論點。

「我的化學成績只拿到B，那次是誰反應激烈得讓我覺得自己智商不足？」

「化學本來就不是每個人都擅長的科目。」

「但是你拿到A^+，不是嗎？而且，你甚至連準備都沒準備、甚至不屑一顧。」

「或許是吧，但如果妳真想要考好的話，妳也做得到。我不認為你笨，貝琪。妳這麼想就錯了。」

他察覺自己感傷起來。在這裡，和姊姊一起在衣帽間對話，根本拿不到什麼分數。

「我在談論我的感覺。」她說：「你不能指責別人的感覺是錯的。」

「好。所以，妳覺得我在學校表現好是一種障礙。」

「不是。我是說，我甚至不覺得你在那兒。你離我們所有人像有一千哩遠。我是說你這樣不會讓我更想要認識你。」

儘管貝琪在高中擁有各種可以想像得到的特權，但她不是抱著一日遊的心態參加十字路，也不是因為好奇而來看看。這點他必須承認。她是認真地要加入這團體，對自己的感覺持開放態度，實踐誠實和質疑，但在無條件的愛這一點，也許還有待努力。她正處於十字路熱的初期階段，他記得自己在那個階段進展神速，十字路在十月那時於威斯康辛州的湖畔基督信仰會議中心舉行第一次週末靜修，他還記得當時看到同為二年級的賴利・卡崔爾拿著一塊裂開石頭嚴肅地走近他，他內心產生了一股懷舊的憐憫之情。湖邊的霜凍裂了鵝卵石，一些核心成員出了個主意：撿一顆鵝卵石，將一半送給某人，自己保留另一半，象徵他們是一個整體的兩半。這個點子很快受到歡迎，成了鄭重其事的一樁。裴里雖然和卡崔爾不熟，收到半個鵝卵石，接著擁抱，也很感動，但他的感動並非卡崔爾期待的那種。他感動的是卡崔爾的天真，裴里知道這是一場遊戲，但卡崔爾還不知道。如果他能摸清楚為何貝琪——這位毋庸置疑的高年級女王——打算加入十字路的初衷，她的熱忱可能也會讓他同樣感動。

就在他準備反問她——質疑她——時，她開始了一連串教人不敢恭維的抨擊。

「**障礙是**，」她說：「我其實不相信你是個好人。你知道我進十字路之後多可怕嗎？我在這裡的第一晚，大家不停地告訴我什麼你知道嗎？他們說我弟弟真棒，分享情緒、容易相處、超級支持大家。我就想，他們在講的是我知道的人嗎？我實際上想知道我是不是個壞姊姊。比如說吧，也許我從來沒有花時間去認識真正的你。也許我太注意自我了，以至於沒有注意到你多喜歡分享情緒。但是，你知道嗎？我認為不是那樣。我想我就是你想要我當的那種姊姊。我有沒有跟爸爸媽媽說過一句其他人了解的你？我本來可以。我本來可以說，嘿，爸，你知道裴里是里夫頓中央中學的大麻王嗎？你知道他有一整年天天都在抽大麻？你上床睡覺以後，他會上三樓嗑藥嗎？他的朋友都是低年級的酒鬼，而且全校的高中生都知道？裴里，我保護了你，你卻嘲笑我。你嘲笑我們每一個人。」

「不對，」他說：「事實上，我覺得你們每個人都比我好。我的意思是，……『嘲笑』？當真？你以為我會嘲笑傑伊嗎？」

「賈德森就像你的寵物，那就是你對他的方式。你需要他的時候就利用他，不需要的時候就不理他。你利用你的朋友，吸食他們的毒品，用他們的房子。而且，我向上帝發誓，你正在利用十字路。你夠聰明、會隱藏，但是你在做什麼我看得一清二楚。第一個星期天，當大家告訴我你有多棒的時候，我覺得快瘋了。但是你知道還有誰跟我看法一樣嗎？里克・安布洛斯。」

儘管油氈地板很冷，裴里卻覺得衣帽間太熱、氧氣不足、彷彿坐在深潛球裡下探深海。

「他認為你是個麻煩，」貝琪無情地說：「這是他告訴我的。」

裴里的思緒開始飄移，想像她在什麼情況下從安布洛斯那兒聽到這個說法，但他馬上停下來，轉過身。好像他一出生就被姐姐剝奪了各種權利一樣。他才找到一個玩得很好的遊戲、一個大家重視他玩遊戲本領的地方、一個他可以真正佩服的成年人，然後，他姊姊出現，一夜之間就讓安布洛斯轉頭對付他，彷彿安布洛斯是她的。

「所以妳不是不喜歡我，」他說，聲音變得不穩定。「那不是障礙，障礙是妳恨我。」

「不是。是……」

「我不恨你。」

「我對你的了解根本還談不上對你有情緒，我也不覺得有人真的了解你。我只是覺得那些自認了解你的人其實都錯了。而且，天啊，你利用他們還真有一套。你活到現在，有沒有想過一次，該付出一點代價替另一個人做點事？我從你身上只看到自私、自以為是和貪婪成性的樂趣。」

他頹然前傾，低下頭流眼淚，希望眼淚能夠軟化她對他的態度，換來救贖的擁抱。但是眼淚沒用，他努力回憶自己做過什麼傷害她的事——一件比他偶爾對她不友善的想法更具體的事——來解釋她的恨。但是，他一件都想不起來。他被迫做出結論，她是在原則上恨他，因為他是一條邪惡、自私的蠕蟲；而她現在的指正，只是為了平反他受到眾人的稱讚所帶來的不公不義。

「對不起，」她說：「我知道聽這些話一定不好受。我是說，你還是我弟弟。但是也許你今晚抽到我是好事，因為我活到現在都跟你住在同一個屋子，我比其他人看你看得更清楚。我……我確實想更了解你，你是我弟弟。但是，我得先確定你是個值得認識的人。」

她說完，起身，把他一個人留在衣帽間，現在這裡就像遭到氫彈夷平的城市。他在廢墟瓦礫中痛苦地重建她說的內容。**她對他的課外活動了解得比他以為的多。**（唯一的祝福是她似乎不知道他也賣毒品給七年級學生）。**安布洛斯認為他是個「麻煩」。**（唯一的安慰是安布洛斯要是知道她背叛了他，肯定會生氣。）**他在十字路裡的好表現毫無價值。**（但是至少根據她的轉述，大家對他的評價不錯。）**他是一個壞人。他只是在利用賈德森。**

他太羞愧又自憐，以致離不開衣帽間。他聽到大家重新在多功能廳集合，因為雙人練習成功改善關係而發出愉快的嗡嗡聲、安布洛斯的吼叫聲、熟練的吉他彈奏聲、〈美好恩賜〉和〈你有個朋友〉（You've Got A Friend）的歌聲。他在想會不會有人注意到他失踪了。他雖然還不在核心圈，但他應該是最可能進入核心的二年級學生，是十字路中一顆閃亮的恆星，比如說，要是獵戶座腰帶中一顆恆星變暗了，他當然會注意到。他等著這次會面不歡而散後，有人來敲衣帽間的門，例如自責的貝琪、憂心忡忡的顧問、看到他就安心的安布洛斯、重視他的十字路成員，或是在多功能廳熄燈後，發現衣帽間門下洩出一條光線的人。結果沒有人來，沒有一個人來找他，這似乎證明了貝琪說的：他不是個值得認識的人。

為了證明他姊姊錯了，也為了成為里克．安布洛斯信任的人（也許只是比貝琪更受他喜愛），他當天晚上想出一個新計畫。論動機，當然說不上是純粹的真誠，但他總要從某個地方開始。

他留了兩顆白板在保險箱，當作給自己的一份很小的聖誕禮物，他讓賈德森進入他們的臥室，匆匆穿上連帽防寒外套，在大雪欲來的天色中匆匆奔向安瑟．羅德家。蹩腳牧師館有一個特點，雖然房子的狀況是翻修不如拆掉重建，但它在鎮上的地段比資深牧師的房子好得多。裴里往來已久的毒友都住在附近。他本來很不想出清掉囤貨，拖到聖誕節假期開始後還在猶豫，現在想靠那些老在里夫頓中學棒球場防護網後出沒的常客幫忙，為時已晚，但羅德一直是清貨的好對象。羅德豪宅是一棟灰泥塗佈、陶瓦覆頂的圓塔型建築。房內露樑平頂，最不起眼的傢俱都比裴里家的頂級貨來得好。暖氣開得多大，可以從羅德像大兵在海灘度假一樣赤腳打赤膊來應門看出。「我正好要找你，」他說：「我的喇叭發出悶悶的怪聲。」

裴里跟著他朋友走上寬闊的樓梯。「兩邊都是？」

「對。但只有在放唱片的時候會，放卡帶不會。」

「有用的線索。我們看一下。」

他既沒有時間也沒有意願當音響醫生，但是他維持友誼的方法之一，就是運用自己的各種手藝解決他們的小問題，找出家電故障的原因、解決水族箱水管堵塞、寫標語書法字、偽造父母親筆跡、解夢，以及可以靠膠水或鑷子解決的任何事情。在樓上的臥室裡，羅德用強勁的音響大聲放了一小段「威士忌火車」（Whiskey Train）的唱片，裴里迅速診斷並修復了唱針針頭鬆動的問題。沒有開場白，他從連帽防寒外套的口袋裡掏出貨，扔到羅德床上。
羅德的眼睛睜大了。「這可是一份聖誕節大禮，裴里。」
「我在想你也許會想跟我買。」
「買?!」
他們心照不宣的是，羅德向來慷慨大方，問題來了，裴里若總是接受他的慷慨，為什麼當他手上有貨時，卻不會想與羅德分享。
「我需要資金，」他解釋道：「我想給傑伊買個聖誕禮物。」
「是真的嗎？所以你在賣……就像那個故事……《麥德琪的禮物》嗎？」
「麥琪。」
「要是傑伊為了能買個水菸桿給你，賣掉他的——我不知道什麼東西，這種事情不是很好笑嗎？」
「《麥琪的禮物》就是個關於諷刺的故事，是的。」
羅德捏了捏裝囤貨的袋子，也許數了數藥片。「你需要多少？」
「四十元就可以。」
「為什麼不向我借就好？。」
「因為我們是朋友，而且我不知道怎麼還你。」
「明年夏天再用割草還？」
「我應該要存錢念大學。我賺的錢有人會監督。」
羅德閉上眼睛，試著弄清楚每件事。「那你是怎麼買到這些貨的？偷的？」
裴里的手掌開始出汗。「怎麼買到的真的無關緊要。」

「但是，如果我從你這邊買，然後你和我一起抽掉它們，你難道不覺得有點奇怪嗎？」

「我不會做這種事。」

羅德發出懷疑的聲音。這是裴里根據他新年新計畫的規定，宣布再也不會和任何人抽任何東西的時候了。但是，他心底的不情願出現了。又一次。

「這麼說吧，」他說：「我知道我沒辦法像你一樣慷慨。但是，你理性想想，反正花的錢都一樣，不管你從誰手上買，其實沒什麼差別。」

「其實有差別，我有點不敢相信你看不出來。」

「我不笨。我是從理性的角度看這件事。」

「剛才，有一分鐘，我真以為你要當禮物送我。」

裴里看出他傷了朋友的感情，他們的關係來到十字路口。**你不在乎你的朋友是出於被動共謀才和你要好嗎？**他腦中冒出里克·安布洛斯的聲音。**你敢冒著失去朋友的風險，道出你們關係的真面目嗎？**他到羅德家前並沒有打算結束他們（被動、同謀、嗑藥）的友誼。但他們一起做的事情只有一起嗨這件事，也是實情。

「那算三十好了？」裴里的臉也出汗了。「所以一部份當作送你的禮物，一部份是，呃……」

羅德轉過身來，打開五斗櫃抽屜，在床上放了兩張二十元鈔票。「你大可以只跟我要四十元就沒事了，我會給你的。」他抓起貨放進抽屜。「你什麼時候變成藥頭了？」

到了外頭，裴里沿著皮爾西格大道邊走邊檢討，為什麼他沒有在十五分鐘前想到，只要向羅德要這筆錢就好，也許把這筆錢當成他們倆心知肚明不會還的「借款」，再把貨丟到馬桶裡沖掉，這麼一來，結果都一樣，卻不會傷害朋友；為什麼他沒有想到羅德會有那種反應，現在，他反而覺得羅德的反應完全站得住腳。別理會那個九歲的裴里了，十五分鐘前的裴里對他來說也是個陌生人！是不是他每次有了新觀點，靈魂就會相應改變？但是，不變不是靈魂的基礎定義嗎？或許他真正的困惑是靈魂與知識怎麼結合。也許靈魂只是設計來執行一項特定任務，**知道我就是我**，對應其他所有知識形式時，靈魂則是可變的？

也許是他在解決靈魂之謎時，發現自己智識的侷限，也許是調和他的新計畫與無意傷害老朋友感情時遭遇困難，裴里走到新展望鎮中央購物區時，心情有點沉重，就像滑脫的齒輪、感覺良好之後的第一道陰影。在平常日子，他喜歡黑暗的冬日午後商場的活動燈光。幾乎每個店家都有他想要的東西；在這個季節，每支路燈都被纏上松枝，還加上一個紅領結，提醒他要買、要接受新的事物和對他有用的東西。即使他現在沒有以前的憂鬱感，但他還是想起以前看到商店無動於衷、不需要店裡任何東西，以及他眼中的商場活動燈光挺暗淡，路燈上的松枝死氣沉沉的時光。

彷彿擔心這種感覺會追上他、超過他，裴里大步朝新展望照相館走去。他要買給賈德森的禮物是一台幾近全新的Yashica雙鏡頭反光相機，之前它安穩地坐在窗戶後面一個白色小座子上，旁邊還有二十台新舊相機。賈德森也覺得這相機很漂亮。裴里走入店裡時，並沒有看向窗子，但空的白色座子引起了他注意。

Yashica不見了。

他媽的麥琪的禮物。

商店後的暗房傳出一股化學酸劑味。店主是個光亮禿頭的男人，有種讓人煩躁的壓迫感。在藥房和購物中心逐漸扼殺他的生意的時代，這是可以理解的。他當時正在清理鏡頭，一抬頭看到長髮青少年裴里，第一個念頭是這個人不是竊賊就是光看不買的客人。裴里用困擾貝琪的英國貴族口音跟他說下午愉快，才讓他放下戒心。「我希望購買您放在窗戶裡面的Yashica雙鏡頭反光相機。」

「對不起，」店主說：「今天早上賣掉了。」

「真令人難過。」

店主接著拿一台低劣的立可拍相機想推銷他，不成，又拿出一些醜陋的舊相機，裴里覺得店主看不起人，卻忍著不露聲色。雙方僵持無解時，他看到玻璃櫃檯下一件漂亮的東西。一台歐洲製造的小型攝影機。拋光的金屬外殼，可調光圈。他想起丟在家裡儲藏室裡那台舊放影機，那是個相對快樂時代的殘留物，如果牧師沒有遭到黃蜂攻擊，害攝影機從小船落水，希爾布蘭特一家人可能還是個可以一起看家庭電影、關係緊密的家庭。

「那個要四十元。」店主說：「這台機器要是全新的，在一九四〇年代的售價就是現在的兩倍。但是，這是舊款的八釐米機器，你得在暗袋裡面裝卸底片。」

「我能看看嗎？」

「價格是四十元。」

「我能看看嗎？」

裴里上緊發條，從取景窗甜美的光學設計看過去，他自己非常想要這台攝影機。也許賈德森會和他分享？

這正是他的新年計畫應該堅持棄絕的想法。

所以，他趕走它了。離開照相館時，他的口袋裡少了四十八元，但卻在精神層面明顯地富裕。他想像賈德森收禮時，發現不是他們垂涎三尺的照相機，而是更精緻、更酷的東西時的驚喜。他確定，終於有一次，他會為另一個人感到高興。伊利諾的天空開始下雪，水的白色結晶像他本人一樣，因為與存貨分道揚鑣而變得純淨。他的思緒慢到了一個能傳遞快樂的程度，不要再慢了，還不要。雪花在他身上融化。他在人行道上站了一會兒，希望世界能夠維持靜止。

街上傳來熟悉的引擎隆隆聲。他轉過身，看到他家的「狂怒」在楓樹大道的停車再開標誌前剎停，汽車後座有好幾個紙箱，他的父親坐在駕駛座，身穿裴里之前沒看到的、從三樓衣櫃裡失踪的舊外套。賴利・卡崔爾的性感母親坐在副駕座，斜著身子面對父親，一隻手臂搭在椅背上。她高興地向裴里揮手，現在牧師看見他了，但沒有微笑。裴里突然有個強烈的感覺，他逮到老頭子做錯事了。

3

貝琪那天早上天沒亮就醒來。這是假期的第一天，過去幾年這一天都是補眠，但是今年一切都不同了。她躺在黑暗中，聽著電暖器嘶嘶作響，熱管運轉的碰撞聲，就好像第一次感覺到這屋子在冰冷早晨提供的溫暖舒適。同樣也多虧了這寒冷的日子，否則她怎麼能享受這溫暖舒適。這兩件事就像雙唇一樣不可分。

昨晚之前，她都認為親熱不是必需的活動。過去五年來，她身邊的朋友沒有一個人沒有親熱對象，她還認識一些據稱已經跑回本壘的女孩，但並不覺得自己沒經驗有什麼可慚愧的。那種恥辱只是為女孩們設的陷阱，以為不依男孩的期待行事，連最漂亮的女生也會人氣下滑。就像雪莉姨媽說的：「妳看貶自己，這世界也會同樣看貶妳。」貝琪不去迎合別人換取人氣，但是當她開始受歡迎時，卻發現自己天生就懂得這套，知道怎麼讓自己比別人更受歡迎。和運動員校隊上床，顯而易見是條死路。但她沒想到陷入愛河那麼甜美，教人想陷得更深，也沒想到事後獨自躺在床上她會感覺整個人都變了。

窗外的天光有意無意地亮起來，映出書桌上方的艾菲爾鐵塔海報有點單調、那是雪莉留給她的有香榭麗舍大道的水彩畫。畫的後面是她十歲生日時父親讓她挑選的壁紙，當時她還太小，不知道此後這小馬圖案將永遠跟著她。灰濛濛的晨色中，那壁紙看起來還可以忍受。天空烏雲密布，這正是她希望經過昨晚生命變得不再懵懂後出現的天氣。太陽不出現便無從標記時間，時光刻度不移她就不需走出被親吻的那一刻。

她父母的臥室和她的房間相隔一扇門，鬧鐘響聲，在她聽來已經不是早晨催人的殘酷聲音，而是對今天一整天可能性的承諾。當她聽到父親刮鬍刀的微弱嗡嗡聲和母親在走廊上的腳步聲，她訝異為什麼今天之前她從未發現平凡生活原來這麼珍貴，她多幸運成為這平凡生活的一部份。有那麼多的好人，其他的人很好，她自己也是好人。她感受到了全人類的善意。

她等著那輛全家用車在車道上啟動後發出轟隆聲，等著母親上樓梳妝，之後才下床，因為她想在那件事後延長孤獨感。她將雪莉買給她的日本絲袍帶子綁好，打著赤腳無聲地走到一樓浴室。此刻坐著尿尿的這個人，是個被男人親吻過的女人。她擔心這種變化從外表看不出來，就好像心裡覺得重要的事外表看不出來一樣，因此，她避開鏡子，不去看鏡中那個人的眼睛。

空氣中殘留著吐司和雞蛋的味道，她沒有進廚房，走上樓回到房間。她的肚子好像有一千件事要一起做一樣紛亂攪動著，實際上她唯一想做的就是告訴別人她被親吻過了。她想先告訴哥哥，但他還沒有從大學回家。她站在房間靠大門的那一側窗邊，看著一隻松鼠憤怒地追趕另一隻慌忙爬上橡樹的松鼠。可能是橡實被偷了，或者被偷走的只是她的心神。她肚子裡的緊張感，有一部份是做賊心虛的腎上腺素分泌。有一會兒，那隻侵略者松鼠似乎願意和解，但隨後衝突升級：兩造沿著樹幹上下追逐，接著水平追逐，然後縱身一躍跳進了車道邊的灌木叢。

她想知道他醒了沒、他在想著她嗎、他是不是後悔了。

門外，賈德森一邊和她母親講話，一邊準備著糖餅乾。貝琪不喜歡這些家庭手工活動，有個兄弟喜歡做，她很感激；尤其是在十二月，她母親必須挑起維持某些傳統的重擔，例如做聖誕樹造形的糖餅乾和拐杖糖，這是她為他們家發明的傳統。貝琪看得出來，假期對母親來說還是家務勞動；而她要做好事的新感覺，多少還是停在抽象層次，明明去廚房坐著幫忙就是做好事，但她就是不想。

她的取代方案是穿著最好看的褪色牛仔褲，帶著申請大學的資料到客廳（她唯一主動避免的人是裴里，不過他中午之前不太可能出現），坐到聖誕樹旁的扶手椅上。裝飾聖誕樹是母親的另一項工作。那氣味讓她回想起她和克藍還是孩子時，會為了聖誕樹下堆起禮物而感到亢奮，然而現在她老多了。窗戶上的光線比過去陰沉，製作餅乾的聲響遠得有點奇怪。她彷彿坐在某個更北的地區、一個可以聞到針葉樹的地方。接吻的餘波還在晃盪，她似乎從一個高點、高到可以看到地球曲面的地方看著自己，那是個新的三度空間世界，從她坐著的扶手椅向各個方向擴展。

她申請了六所大學，其中五所是昂貴的私立學校。十月這段時間，是各大學簡介最能給人浪漫想像的月份，琳瑯滿目的加味承諾，承諾她擺脫不再需要的家庭和一所她已經窮盡所有社交機會的學校。但是她發現了十字路，這減緩了她渴望離開新展望鎮的焦急。現在，當她打開申請資料時，她發現親吻已經大幅度縮短了到未來的距離。除了即將來臨的日子，其他一切都無關緊要。

請描述一位你仰慕的人或曾經啟發過你的人。

她拔開齒痕還在的BIC原子筆筆帽，在線圈筆記本上寫字。今天早上她覺得自己挺直但略顯矮胖的筆跡很幼稚。她把寫好的字槓掉，試著寫出更瘦、更前斜，更像是前一天晚上在葛羅夫餐廳後面停車場的那個自己。

我最欣賞的人是

八歲之前，我一直和家人住在印第安納州南部。我的父親是兩個小鄉村教區的牧師。那是個鄉下農業區，但是有森林和溪流。我和哥哥克藍經常一起去探索。克藍與大多數的哥哥不同，他絕不會不耐煩我跟著他。他什麼都不怕。如果蜜蜂來煩我，他會教我要站著不動。他喜歡各種生物。提到動物的時候，他總是用「生物」這個詞。他對所有生物都好奇。有一天，他抓起一隻大蜘蛛，讓牠爬在他身上，然後問我可不可以把蜘蛛放在我的手臂上。我因此學到，如果人不威脅蜘蛛，蜘蛛就不會咬人。有一次，他跑過一段浮在深水小溪上的原木，成功渡溪，如履平地。他還示範坐在原木上，慢慢移動過溪的方法。我知道大多數哥哥要是能不理會妹妹，都會很高興，但克藍不是。他有一副棒球手套……

疲憊讓她沒辦法寫下去。她的文章讀起來頗幼稚。她一度認為，如果寫點關於哥哥的事，不僅會吸引校方，而且要她解釋仰慕克藍的原因也不難。但是今天早上這種感覺卻不見了。其中一個原因是克藍在感恩節假期回家時告訴她，他在香檳市交了女朋友，那是他的初戀。克藍還交代她要嚴格保密。她應該要單純地替他高興，但卻感覺被忽略。在這件事之前，儘管年紀比較輕，但她無論在見識或社交生活上都比哥哥豐富。

克藍高中時期的朋友，大多是老古板型的人，眼鏡鏡片上會有頭皮屑、體味很重的那種。他沒辦法擴大交友圈，她也只能惋惜；但他聲稱不羨慕她，對她們那群社交忙人只有「社會學」的興趣。每到星期六她都很晚回家，回到家總是看到他房門下的光。如果她敲門，他會把正在讀的書或是正在破解的科學問題放在一邊，聽她講外面那個傳奇繁盛的卡美洛（Camelot）小故事。他儼然是家中唯一聽得懂她故事的人，對她的朋友總能說出一針見血的評論，表面上她聽完不當一回事（「世界上哪有完美的人」），私下承認他的判斷恰如其分。他尤其看不起她認識的一些男生，例如一直約她出去的肯特・卡杜奇。根據克藍的說法，肯特曾在更衣室霸凌克藍的朋友萊斯特。那是她十年級時的事，有一天午餐時她走過去，在他的球友們面前告訴肯特，她永遠不會和他出去，「因為你欺負人，是個混蛋。」儘管肯特依舊在人前用濕毛巾打萊斯特的屁股，但貝琪敏銳地察覺他們的關係已經改變，帶頭的那一群人開始微妙地疏遠肯特。她很想向克藍報告這個成就，但她知道他鄙視的是階級制度，而非成員。而且，他從沒施壓希望她退出，好像默認那是她擅長的領域。她多麼感謝啊！這是她知道他愛她的一百種方式之一種。有時候，她在他的床上打瞌睡，醒來發現身上溫柔地蓋著一床被子，克藍則在床邊的地毯上睡著。要不是她非常確定克藍做的每件事都是好的、是對的，她可能會擔心他們之間情誼有點怪，他們有種幾乎像夫婦的親密，這並不健康；而且她也不像多數妹妹那樣，討厭哥哥的竹竿身材和坑坑疤疤的青春痘臉。

就算他離家上大學，依舊然是指引她方向的明星。有時候她覺得必須參加一些沒有父母監護的放縱派對，因為這種派對沒有高二、也幾乎沒有高一生受邀。原則上，克藍比她父母更討厭這種關門聚會。父親對她溫柔說教，要她小心那些人不像她一樣幸運，母親則說她擔心女兒變得太自以為是，但克藍懂她，對她而言，重要的是要成為萬事萬物的中心。「小心點就好，」他說：「別忘了妳比那群人加起來更好。」她是全校啦啦隊選拔得票最高的人，因此，雖然只是初中生，卻在派對上受到一定程度的保護，也自動成為啦啦隊的共同隊長。如果她抱怨音樂聲太大，那麼，就會有一隻看不見的手抬起唱針，換上一張桑塔納（Santana）專輯。但是搞砸的壓力仍然很大，要不是克藍警告過她大麻對大腦的長期影響研究還不算很完善，她可能無法拒絕朋友遞給她的那兩口大麻菸。在那次惡名昭彰的布萊菲爾德家的新年聚會上，後院積雪上有酒醉的嘔吐物，地下室上演著噁心的「真心話大冒險」，要不是她透過克藍的眼睛看穿了二十歲、對她緊追不捨的崔普・布萊菲爾德，她可能就和他到樓上去了。

布萊菲爾德家的派對是她最後一次參加的派對。幾個星期後，她的姨媽雪莉去世，貝琪退出啦啦隊，更加認真讀書。雪莉教會她，比跑趴更有成就的事就是留在家中讀一本好書，讓別人好奇她都到哪兒去了。她不再因為肩負啦啦隊的責任而豁免做家事後，便在皮爾西格大道的花店找到打工的機會。她的名氣夠大，這能確保她在一段相當長的時間內不致遭到遺忘。恰恰相反的是，她退出啦啦隊後，投射了一道讓每位留下的女孩變黯淡的光芒。雪莉送給她一件及膝的海軍藍美麗諾羊毛長大衣，放學後她穿著走在皮爾西格大道上，身邊只有珍妮・克羅斯、她從七年級以來最好的朋友和忠誠的幫手。當那些滿載同齡人的車子經過時，她能感覺得到車上的人看著她們倆。用雪莉的話說就是，她們很神秘。

她強迫自己再拿起筆，並打算在午餐前完成一篇作文。

一個炎熱潮濕的夏日下午，我和克藍在一間農舍附近探險，農舍裡鏈著一隻兇惡的大型犬，連克藍也有點怕那隻狗。好吧，不知道什麼原因，那一天狗沒有被拴上鍊子，牠跳過圍籬來追我，咬到我的腳踝，我摔倒了。要不是這時克藍追上來並與牠搏鬥，我的傷勢可能會更嚴重。等到農婦來營救我們時，克藍已經身受重傷。狗咬傷他的臉和雙臂，他縫了三十、四十、五十、四十針。還好，那隻狗沒有把他手臂咬殘了或咬到動脈。直到今天，每次我看到他手臂和臉頰上的傷疤時，我記得他

總是做正確的事，不在意別人對他的看法

保護被欺負的小朋友　　不怕霸凌（像面對惡狗）

他讓我了解，生活中還有更重要的事情，比做

為什麼她寫的文章讀起來總覺得像個傻瓜寫的？她撕下討人厭的那一頁，廚房傳來預熱烤箱的味道。早晨正在溜走。她覺得那一頁的內容很糟糕，寫得綁手綁腳，真不公平，好像她不是自己，不是那個把字放在那一頁的人。

母親這時出現了，提著一壺水到客廳。「哦，」她說：「妳起來了。」

「是的。」貝琪說。

「我沒有聽到妳起床。吃早餐了嗎？」

她的母親穿著運動服，一件不成樣子的運動衫，鬆垮垮的人工合成纖維七分褲。貝琪覺得母親現在的樣子，就是她和姨媽差別的縮影。母親身材寬大，姨媽則始終很苗條，不可能穿一件像母親身上的運動衫那樣的衣服。母親跪下為聖誕樹澆水時，貝琪轉開眼，避開她馬上就要露出來的腰肉。母親和雪莉另一個更悲慘的差別是母親還活著。雪莉每天要抽兩包契斯特菲爾德香菸維持苗條身材。

母親問她假期有沒有計畫什麼好玩的活動。

「我在忙申請資料。」貝琪說：「還有聖誕購物。」

「好吧，只要在六點前一定回到家就可以，那妳就還有時間準備去黑夫勒家的聚會。妳爸爸回家以後，我們就馬上出發。」

「我也要一起去？」

她的母親拿著水壺站了起來。「杜懷的客人都會帶全家一起去。當然，天主教徒除外。裴里和賈德森待在家裡，我不知道克藍什麼時候才會到家。」

「對不起——這是什麼樣的聚會？」

「為神職人員辦的開放日，去年是克藍跟我們一起去的。」

「我有說我要去嗎？」

「沒有。不過我現在通知妳了，妳也得去。」

「嗯，很抱歉，但我還有其他計畫。我要去十字路的音樂會。」

她的眼睛還是避開母親，但可以想像她的表情。

「妳爸爸要是知道了會不高興的。如果妳堅持要這麼做的話，那等我們從黑夫勒家出來再去，我們八點半會回到家。」

「音樂會從七點半開始。」

「現在流行晚到，沒什麼關係。錯過一小時，大家都會在假期盡量維持像個樣子的和平氣氛，不會問太多啦。」

貝琪倔強地點了點頭。她有自己的理由，但不想解釋。

「妳的作文寫得怎麼樣了？」她母親問。

「還好。」

「如果妳讓我看妳寫些什麼，我倒是可以幫點忙。需要嗎？」

她說這話的語氣更親切，用意是和好的橄欖枝，貝琪卻認為母親意在提醒：媽媽的寫作功力比較好；她母親覺得重要的事，她卻沒有一件擅長。「我在考慮，」她藉機反擊：「我要寫關於雪莉姨媽的事。」

這下母親僵住了。「我以為妳要寫關於克藍的事情。」

「這是一篇個人角度的作文，我可以想寫什麼就寫什麼。」

「那是當然的。」

母親離開房間，窗戶上的光線稍微變亮了，貝琪很高興自己的善意依舊完好無損。母親不是壞人，她只是不知道貝琪的計畫比參加黑夫勒家的聚會好得多。

狗攻擊事件發生後，克藍臉上的傷口擦了碘酒、縫合，手臂的傷口貼了貼布，父親從教堂聚會回家後吼他：**你是怎麼搞的？你跑到那個農場到底在做什麼？我把你妹妹交給你照顧，結果她差點就死了！你別以為這種事情不會發生：跟貝琪一樣大、甚至比她大的小孩都會被狗咬死，你腦袋到底在想什麼？**這些話是對一個保護她時被咬傷的十歲男孩說的。接著父親頒布禁令：克藍除了帶貝琪走（鎮道）上下學，往返家裡和學校，不准帶她跨出家門一步。當貝琪想起她和克藍非同尋常的友誼時，她又想到禁忌這個詞。遭禁的事通常就是人最想要的事。有些事會更吸引人，就是因為那些殘酷或不辨是非的權威人士出面禁止造成的。青少女的她在星期六深夜看到克藍門下的燈光時，就像看到遭禁之物發出召喚之光。她和克藍團結起來，抵抗要分開他們的權威。

禁令頒布之後，父親還取代克藍成了和她一起散步的人。對於克藍來說，戶外的一切都是冒險：抓著藤蔓盪來盪去、往舊井丟石頭等著聽聲音、翻開石頭看到可怕的蜈蚣、抓起種子莢聞聞然後敲碎，用蘋果引誘馬。但對於她父親來說，自然只是上帝創造的美麗但不明確的東西。他與貝琪談耶穌，一個她不自在的話題；談當地農民的辛苦生活，比較有趣的話題，但挑中這個話題顯示他不太聰明。她在學校遊樂場講的故事，例如博伊蘭夫婦有一個兒子住在精神療養院，博伊蘭太太只能用吸管吃營養食品，卡爾・傑克遜的母親實際上是他的祖母。這些故事讓她早早就嚐到受歡迎的滋味。成人世界的真人實事，在小學裡面可是搶手貨。

搬家到芝加哥後，父親延續了星期天下午帶她散步的「傳統」。他們的路線多半很簡單，就是沿著斯科菲爾德公園繞一圈。拒絕父親跟她一起散步的代價，是被母親怪罪並產生的罪惡感，相較之下，前者非常不值得。貝琪幾乎不關心教會，更不關心被壓迫的人，她已經覺得夠內疚了；此外，她也很感激父親把她當成大人看待，尊重她，並不停告訴她也許他不應該告訴她的事情。她聽了很多關於他的基督徒服事生涯的遠大夢想，他在富裕且以白人為主的郊區擔任副牧師的挫折。她把聽到的原原本本告訴了克藍。（「他很挫折，」克藍說，「因為他有妻子和四個孩子。」或者，更缺德地說：「媽媽喜歡妳陪爸爸散步，因為她知道，他不能和妳一起逃跑。」）另一方面，雖然她父親一再鼓勵，她卻一直沒有透露自己的夢想和挫折。

她用牙齒咬開筆套。第一批糖餅乾正在烤箱裡烤著。

一月十六日，是我的姨媽雪莉過世一週年。

光是這句，就比前一版好得多。不僅有力，失去親人的大學申請人也會立即得到同情。

她在世時形單影隻。她在第二次世界大戰中失去了真愛。我很榮幸能在她生命後期認識她，從她身上學到文化和優雅、相信自己，以及勇敢面對孤獨和疾病的重要性。無論我母親作何感想，她絕沒有用錢換取我對她的愛。我真的很愛她。從我十歲開始，每年夏天我都要去紐約市曼哈頓她那間小但高雅有品味的公寓裡住一個星期。

的確，那幾年雪莉買了很多東西給她。的確，雪莉沒送過一件東西給她的兄弟。的確，她從紐約帶回家的新衣服甚至還沒穿就必須清洗，除掉契斯特菲爾德的菸臭味。一九六四年她第一次到紐約時，因為想念克藍的鄉愁和在不通風的公寓房中被菸霧熏眼的鬱悶，她每晚都在姨媽的沙發床上哭（雪莉稱呼那張床為「敞篷」，把它當成汽車）。諷刺的是，雪莉第二年夏天再請她去紐約時，堅持要她接受邀請，把這當成是做好事的人是她母親。（等到貝琪開始期待每年的紐約之旅後，母親則開始用虛榮和不切實際這類字眼形容她姊姊。）

不過，貝琪很早就對姨媽極其傾倒。在雪莉第一次和最後一次造訪印第安納州農舍時，她抓著七歲貝琪的肩膀，認真地看著她的眼睛，告訴她，她注定是位大美女。這話由她嘴裡說出來，還真有份量。她的母親不過是牧師的妻子，雪莉不同，她曾經在百老匯演出，雖然很明顯不是大明星，但是演藝生涯如假包換。她在一九六四年世界博覽會上，昂首闊步地穿過圍觀人群的那一幕，貝琪覺得不可思議；不久，有服務生或推銷員誤認貝琪是她女兒時，她只是對著貝琪眨眨眼。貝琪那時候一直以克藍為榜樣，厭惡不誠實。但雪莉說，不誠實與幻象的差別在於藝術的想像力。很明顯，貝琪沒有這種想像力——在紐約，她喜歡大都會博物館的木乃伊勝過歐洲畫家；喜歡中央公園對面的恐龍更勝木乃伊；但她喜歡梅西百貨更超過恐龍。但雪莉告訴她：這樣最好。因為藝術和戲劇的世界完全由殘酷的男人控制，其中許多人都是混蛋（原諒她的法語不好，把混蛋說成舔蛋）；女人當個欣賞者和贊助者，比受惠者或不受賞識更好。儘管雪莉從來沒有說清楚其中真義，但貝琪知道她的意思是有錢比有天份更管用。

她的姨媽有多少錢、錢從哪裡來，她早就不記得了。雪莉的公寓很小，但她有每一家百貨公司的簽帳卡。她的傢俱看似便宜貨，但鞋子和珠寶卻不是。她每次只帶來訪的貝琪吃一次精美的晚餐，卻從沒煮過一頓飯菜。相反地，她和貝琪從裝著許多美味外賣菜單的活頁檔案夾裡翻找餐點，貝琪需要的任何其他東西（早年是牛奶和餅乾；後來是Fresca氣泡飲和衛生棉條），她都打電話叫快遞送到防盜門前現金付款取貨。雪莉曾在印第安納州的農舍預言姪女的命運。她在貝琪面前一邊回憶、一邊顫抖，傳達了她經久不息的恐懼。洗衣間內抽搐的美泰克洗衣機，以及因為老舊出現長條細紋的洗衣機橡膠滾筒，似乎對貝琪造成特別深的創傷。她的亞麻衣物洗乾淨送回來時，是用褐色紙包著，還綁著白色細繩。

貝琪暑假到紐約，除了購物，最喜歡的是不必假裝自己不在乎身份地位，也不希望自己未來過著沒有身份地位的日子。雪莉有條有理地詢問她的朋友們的父親職業和房子大小，讓貝琪意識到，過去她可能覺得新展望鎮是個人人平等的中西部烏托邦，但如果當真那就錯了。新展望鎮其實是個有錢與否都關係到社會地位，只有漂亮外表或運動能力才能彌補沒錢的缺憾的地方。十年級時，她報名了新展望鎮開辦的一個月一期的社交舞蹈學校「先生與女士」。上課費用由雪莉姨媽提供，即使貝琪母親酸溜溜地反對。她的朋友起初不以為然，最後也跟著報名。她仍然是克藍的分身，但也受到姨媽的見識（眼睛長在頭頂上的人沒有安全感）和真正貴族優雅風格的啟發。她沒有像朋友一樣避開油膩且笨拙的舞伴（她選了一位笨手笨腳的男孩當舞伴，這男孩嚇了一跳，手腳更不聽使喚。她確實注意到、也享受這件事凸顯她地位的感覺。）她在「先生與女士」學到包容，不僅散發親和力，而且建立人氣也不亞於排他的做法。隔年啦啦隊的選拔結果證實了這一點。既讓人怕、又讓人愛，是自成一格的成就。她認為，在這兩位非常不同、但各是表率，對她都很重要的人之間形成幸福的平衡，靠的就是這個成就。

貝琪最後一次到紐約時，姨媽前一支菸抽完、下一支菸還沒點上的時間，嘴裏就含著難聞的藥片。儘管當時是潮濕的七月，但她口乾舌燥、講話困難。事後想想，貝琪猜雪莉可能發生了什麼事，因為她一直記不住貝琪離高中畢業還有兩年、而不是一年。雪莉說等明年夏天貝琪一畢業，就要帶她去歐洲壯遊：倫敦劇院、巴黎羅浮宮、薩爾斯堡的音樂，斯德哥爾摩的永晝、威尼斯的氣氛、羅馬的古蹟。她想知道貝琪的想法？貝琪說：「我想，妳的意思是從現在開始的第二個夏天。」她因為太難過，沒有分享姨媽迫不及待的心情。對她來說，能去巴黎聽起來不錯，但雪莉對她偏心，在她家並不討好，而且壯遊歐洲的費用完全是不同的等級。此外，隨著貝琪逐漸長大，她母親埋下的批評種子也逐漸冒出頭，她意識到雪莉多少有點怪，沒有親近的朋友。貝琪仍然愛她，並珍惜她的教誨。她看得出來，雪莉有多羨慕妹妹有丈夫和家人。但她母親似乎不能體會。她多寂寞啊。但是她和她的香菸不是貝琪在理想世界中會選擇的歐洲行伴侶。

她從紐約回家四天後，感謝信都還沒來得及寫，母親就接到雪莉的電話。掛了電話，她開始抽泣。她流淚是應該的，但這仍然令人訝異。這是姊妹之愛的力量克服姊妹之厭的一堂課。貝琪聽到母親轉告消息後並沒有哭；在她看來，癌似乎恐怖又不真實。等到開始寫感謝信並試著寫結尾時，她才哭了出來（祝您很快康復？**希望您很快好起來？**）接著，她收到雪莉寄來給她的一本畫了很多重點的《Fodor's歐洲行指南》以及一封信。信中詳細介紹了歐洲鐵路通行證，談到戰勝癌症與面對接下來幾個月的艱苦，以及有「下一個夏天」可以期待多麼重要。

那年秋天，貝琪的母親面對現實，前所未有地成為具備獨立能力的人。她長途跋涉去了紐約兩次，探望正在接受放射線治療的雪莉。貝琪問她可不可以自己到紐約去，她母親不僅不勸阻，還說這是送給姨媽的禮物。但是雪莉不想讓貝琪來、不想讓她看到她的樣子、不想讓她記住她這個樣子。貝琪可以等到春天再來，那時她的療程已經結束，她也比較像自己了。如果一切順利，他們倆將在歐洲各個歷史首都進行這輩子最重要的旅程。

她獨自一人死在「萊諾克斯山醫院」的房間裡，沒有葬禮。就像「披頭四」唱的那首〈埃莉諾・里格比〉（Eleanor Rigby）。

小時候，我以為她的風度渾然天成，但是，等到我更了解她，才發現絕非如此。我現在想到的，都是她每天都必須勇敢面對的每一件事：浴室中所有的化妝品、香奈兒十九號噴霧、就算只破個小洞也要丟掉的絲襪、讀報時避免手指沾到墨水的舊白手套、像淑女抬起小指喝茶的金邊茶杯。做這些事是為了什麼？只是為了在一個獨自去劇院或音樂會的世界中保持尊嚴。我想，難怪她的一些小習慣對她意義重大。我自己的人生得益於她的許多教導，但是，我相信她對人生的看法對那些每天早晨獨自醒來、得要鼓起勇氣才能起床露面的人也有幫助。我一直很幸福，有很多朋友。我是「受歡迎的」，有時還因此自負。雪莉去世後，一切都變了。她讓我得以從新的角度羨慕世界上寂寞的人。

貝琪母親最後一次去紐約，除了安排雪莉火化，還處理了她的財產。她帶著雪莉的舊柳條編手提箱回來，裡面有貂皮披肩、她桌邊牆上那幅水彩畫、銀耳環、金手鐲和其他小紀念品，都是給貝琪的。母親拿東西給她看的時候，她哭了出來。

「我知道妳為什麼哭，」她母親冷冷地說：「但是妳不應該把妳的姨媽想得太浪漫。除了犯錯，她一輩子什麼都沒做。實際上，說她犯錯可能還對她太好了。」

「我以為妳很傷心。」貝琪說。

「她是我姊姊。我當然會難過。」她母親的態度似乎變軟了，但只有片刻。「我早該知道人是不會變的。」

「什麼意思？」

「雪莉是那種用不著其他女人的女人。她只想要男人。她最風光的時候有很多男人。不過，很有趣的是，他們和她在一起都不會太久。好男人匆匆忙忙搞清楚了他們在和什麼樣的人打交道，壞男人讓她失望，她對同性戀的看法很惡毒。我從來沒看過她嫁的那個男人，但我想，他家有一點錢。他在太平洋戰區戰死時留給她一份年金，這是好事，因為她不是女演員。她是一張可以記住台詞的漂亮臉蛋。妳爸爸和我搬到紐約的時候，她的處境是『前一個角色已結束，後一個角色沒著落』。等到我們離開紐約的時候，她的下一個角色還是不曉得在哪裡。她活在一個才華沒有人賞識的幻想世界裡。男人要嘛利用她、要嘛讓她失望，但是，誰知道，也許下一個男人不會。她是我認識的最可憐的人之一。」

這個長篇大論的冷淡口氣嚇到貝琪。她說：「但是，我聽了好難過。」

「是的，」她母親說：「這就是為什麼我不反對妳夏天到那邊去的原因。妳的頭腦好，心地也好。上帝知道她很寂寞。」

「如果她不喜歡其他女人，那她為什麼喜歡我？」

「我也很好奇，但是她這種人永遠都不會變。」

貝琪知道母親感冒的原因，已經是八個月以後的事了。她的生日，她十八歲生日，碰巧是星期六。珍妮．克羅斯辦了一場大型派對，所有該來的人都來了。大家都想看到希爾布蘭特喝醉，這是珍妮公開的目標以及（上帝幫助她）貝琪私下的目的。她和那個放縱不羈的弟弟不同，她一直對父親的神職身份很敏感；牧師的女兒爛醉如泥，像什麼樣子！但現在她的年齡已經大到可以投票了。她的社會本能告訴她，是稍稍放縱一下的時候了。他在葛羅夫的午班結束後——她已經辭掉了花店的工作，轉到一個不是太呆頭呆腦的工作，餐廳服務生——匆忙回家洗澡、換衣服，與家人提早共進晚餐。牧師館空盪盪地透著空盪盪的不尋常，客廳裡十月的陽光和淡淡的烤蛋糕的味道。她上樓到自己的房間，看到母親坐在床上嚇了一跳。她說：「跟我一起上樓。」

「我先洗個澡。」貝琪說。

「等一下再洗。」

她父親在三樓他的家庭辦公室裡面等著，秋天的涼爽空氣穿過敞開的窗戶，滲入閣樓味的房間。他示意貝琪坐下，她的母親關上門，站著。貝琪又恐又慌，好像她還沒狂飲就要接受懲罰。

「瑪莉安？」她父親說。

她母親清了清嗓子。「妳也知道，」她對貝琪說：「我姊姊委任指定我當她的遺囑執行人。我接下來要告訴妳的，是以遺囑執行人的身份說的。妳姨媽給給妳很多錢。現在妳十八歲了，這筆錢是妳的。遺囑沒有指定這筆錢要信託，只說——羅斯，請你唸一下遺囑？」

她父親打開抽屜，拿出一份文件。「『本人存款中提取一萬三千元遺贈予侄女芮貝卡・希爾布蘭特，供其從事一趟歐洲壯遊自用。』。就這樣，沒有提到信託人。」

貝琪滿臉笑容。她沒辦法忍住不笑。

「我昨天把錢存進了妳的帳戶。」她母親說。

「哇。」

「這是我的法律義務。」她母親說：「律師說，我們可以等到妳十八歲生日當天，但不能超過這個日期。雪莉的目的很明確。」

「哇。她真好。」

「這不好。」她父親說：「這是個愚蠢的決定，我們要討論一下。」

「一萬三千元」，她母親說：「幾乎是妳姨媽的全部財產。她留給幾個博物館幾千元，但妳是主要受贈人。如果妳比她早去世，那筆錢就會留給博物館。」

貝琪看到（母親念茲在茲的）癥結。要是她還沒看到，她母親也明說了：雪莉不僅忽略克藍、裴里和賈德森，而且還規定貝琪用這筆錢做一件蠢事。她一直活在幻想世界中，嚥了氣還是一樣、甚至嚥了氣以後還是一樣。「而且她非常了解我的感受。她把這個都算計進去了。」

貝琪想，所以每件事都和妳有關。

她父親可能也有同樣的想法，因為他建議她母親讓他們兩個單獨聊聊。她離開以後，他的語調轉為爸爸對女兒講話的溫柔。「實在不敢相信妳已經十八歲了，感覺好像我們昨天才把妳從醫院抱回家。」

貝琪過了多少次「好像昨天」？

「但是，現在妳十八歲了，我希望妳好好運用這筆錢。就法論法，妳可以不必被姨媽的遺囑文字綁住；而且，我覺得，把一萬三花在到歐洲旅行似乎太多了，除非妳住在麗池酒店，要不然，這些錢夠妳旅行兩年。」

貝琪想，住在麗池酒店就是雪莉想要的。

「我不能告訴妳該怎麼做。但在我看來，妳花一小部份錢在明年夏天出國旅行，替雪莉實現她的想法；妳也可以對妳媽好一點，帶她一起去。我再強調一次，我不是要告訴妳該怎麼做——」

真的嗎？

「但是，還有公平的問題。我知道妳對雪莉有一種特別的感情，她對妳也是。但是，我認為她讓妳繼承這筆錢的目的，可能是要傷害妳媽。妳媽媽和我愛你們幾個孩子一視同仁，我們覺得對你們應該公平。不管怎麼說，我們不是有錢人。妳媽媽和我希望你們每一個都能上大學，而三千元對你們人來說都真幫得上忙。我不是要告訴妳該怎麼做才對——」

真的？

「但是，我希望妳會好好想想這件事該怎麼處理。妳願意幫我這個忙嗎？」

「好啊。」貝琪說。

「我知道這不容易。一萬三是很多……」

「我知道啦，」她說：「你不要再說了。」

「我只是想讓妳知道，我非常——」

「我說我知道了，好嗎？」

她很快站起來，跑到房間，急急忙忙拉開梳妝台最上層的抽屜，她放存摺的地方。餘額確實已經更新，現在是一三七五三・六〇美金。受洗的錢、生日的錢、穿著愚蠢的綠色花店圍裙打工的時薪、以及葛羅夫的小費和工資，總計七五三・六〇元。親愛的雪莉姨媽！她知道貝琪想要什麼，而且意外之財更好。貝琪從來沒有、一次都沒有、想過她的姨媽會不會留給她錢；那個柳條編的小箱子裡的貴重物品就夠了。只是，現在，她一想到存摺裡的數字減少，變成一個淒慘的小數字，貪婪理性發揮功能，她的腦袋才動了起來。也許她在法律上沒有遵守遺囑的義務，但是，在道德上，她不是應該尊重遺囑的精神嗎？屈從父親的願望，難道不是侮辱對雪莉的懷念嗎？她為什麼要分錢給她那個橫豎都可能得到哈佛全額獎學金的大麻菸鬼弟弟呢？當她父親以後有了自己主理的教堂，要靠家裡生活的人更少時，賈德森難道不會有更多錢？她唯一願意分享這筆錢的人是克藍。

在那天晚上的派對上，她先很快地喝了兩杯施格蘭（Seagram）威士忌加七喜，之後就可以慢慢喝而且沒人看得出來。酒精的主要作用是製造一種強烈但朦朧的感覺，覺得自己很重要、覺得自己就差那麼一步，就能偉大且溫煦地洞察世間的人與事。等到她腦袋裡的嗡嗡聲逐漸消退時，重要感也隨著消退，只留下一個很小的、沒有溫度的見解：她很無聊。她不在乎誰迷上了誰、足球賽前在里昂鎮做了什麼惡作劇。這世界還有很多更好的地方。

我能夠考慮就讀私立大學，就是因為繼承了雪莉不幸過世後留給我的財產。她年輕時是著名且忙碌的女演員，雖然從未上過大學，但熱愛生活中的高尚事物，她比我認識的任何專家都更了解藝術、戲劇、音樂和各種美好價值。是她，不是別人，讓我了解夢想要大，自己也真的要有所長進。我很幸運得到她在世時從未得到的、受好教育以及了解世界的機會。我打算充份掌握這個機會。

她讀了自己寫的東西，皺了皺鼻子。她似乎無法回到雪莉遭母親批評前在她心中那純粹明朗的感受。也許是因為被人吻過後的隔天早晨不是表達仰慕情感的好時機。考慮到當時狀態，她覺得不管寫什麼，只要寫出來都好。

她闔上筆記本，走去廚房，賈德森正在替一盤餅乾上各種糖色。通往地下室的門開著，傳來洗衣聲。

「傑伊，這些餅乾看起來很棒。」她說。

「如果有更好的工具就好了，湯匙不容易把麵糊抹平。」

「你最討厭那一塊？我們打個賭，我可以把你最討厭的那塊變不見。」

他指著一團東西說：「這個。」

她吃掉那塊餅，馬上想再吃一個。「聖誕節你有特別想要的東西嗎？還沒讓人知道的東西？」

「沒有人問我。」

「裴里沒問嗎？」

賈德森猶豫了一下，搖了搖頭。

「那我現在就在問囉，」她說。

「彩色鉛筆。」他說，想拿塊餅乾。「要有好看顏色的。」

「了解。本錄音帶將在五秒內自行銷毀。」

「如果您或您手下任何一位『不能任務』小組的組員被捕或被殺，部長會公開否認知情。」

「正確名稱是『不可能任務』小組。」

「真的嗎？」

「你是個好孩子。」她說，覺得善心滿溢。

「謝謝。」

她聽到母親踩著地下室樓梯上樓的聲音，趕忙逃回房間，看到還沒整的床，禁不住又躺下去重溫那個吻。這天似乎已經比平常的一整天更漫長，其實，這一天才剛剛開始。

一般認為，里克・安布洛斯是十字路爆紅的原因。她父親出於嫉妒，尤其支持這種見解。但是，根據克藍的說法，這團體會紅其實有兩個原因，另一個是譚納・伊文斯。譚納的父母屬於第一歸正會，譚納就是在主日學校認識克藍，他後來參加了貝琪父親組織、在亞利桑納州服務的第一個春季工作營。譚納是好人，來自一個好家庭，但他也是新展望鎮才華橫溢的音樂家和酷傢伙；他是全鎮第一批留長髮和穿喇叭褲的帥哥之一。據克藍說，譚納玩音樂的朋友中，男女黑白都有，大家都受他邀請參加「十字路」週日聚會，這裡便熱門起來。十字路作為音樂集會所和宗教場所的重要性不相上下，相較安布洛斯的熱切，譚納則給人酷的感覺。

譚納為了發展音樂技能並寫歌，決定休學。他每個星期五晚上在葛羅夫餐廳後廳演出。後廳可以合法賣酒，他的女友蘿拉・多布林斯基是他在十字路的搭檔，兩人並同在一個叫做「藍調」的樂隊演出。蘿拉個子小又有點胖，不過她有一頭讓人印象深刻的大波浪捲髮，臉上戴著一副大粉紅色鏡片的線框眼鏡，特別吸引人。她獨唱時，聲音會震動牆壁、讓人心碎。她是新展望鎮最早的嬉皮，不必問她「有經驗嗎？」，看她走路的樣子就知道答案。很難想像譚納會和其他任何人在一起。所以當貝琪到葛羅夫餐廳上班認識了他，被他問到克藍在大學的情形，或請她代為問候父母，她都認為對方只當她是個小妹妹。而且他很友善，他只是很友善。

她滿十八歲的前一晚，她交班後站在後廳門口，聽「藍調」第一節表演的最後一首歌。譚納的聲音和鬍子很像詹姆斯・泰勒（James Taylor）；他穿著流蘇麂皮夾克，彈吉他的手結實又瘦長，唱歌時厚唇微開相當迷人。表演結束後，貝琪轉身要離開，聽到他叫她。他左彎右拐穿過酒吧桌，示意她和他坐下來。蘿拉・杜布林斯基則不見人影。

「我一直想問妳，」他說：「為什麼不參加十字路？」

貝琪皺了皺眉。「為什麼我要參加？」

「呃，因為會有不可思議的體驗吧？妳不是第一歸正會的成員嗎？」

她其實不是。她不是虔誠的人，這太明顯了，連她的父母都懶得強迫她加入。

「即使我想參加十字路，我也不會去，」她說：「我不會對我爸做這種事。」

「這和妳爸爸有什麼關係？」

「不正是那個團體把他踢出去嗎？」

譚納皺了一下眉頭。「我知道。那件事情當時一團糟。但是我問的是妳、不是他。妳為什麼不想參加？」

的確，論虔誠還比不上她的克藍也參加了十字路的前身青年團契。但是克藍喜歡為窮人服務，尤其可以去亞利桑納州旅行，並且可以在選擇夥伴時表現出一副天生大度（或刻意任性）的模樣。貝琪對十字路敬而遠之，因為裡面那些人老穿著油漆工褲和法蘭絨襯衫、出現在高中部餐廳等空桌時一臉自命不凡、賣弄對自己人的親近、還對身份地位表示不屑。儘管克藍也不在乎身份地位，但他從來不會誇張到這種態度。十字路的人卻覺得身為這種人很了不得。

「我就是不想，」她告訴譚納：「不適合我。」

「妳沒試過，怎麼知道不適合？」

「我要不要試，跟你有什麼關係？」

譚納聳了聳肩，麂皮流蘇晃了晃。「我聽說裴里參加了。我聽到以後就想：『很酷啊，但是貝琪會參加嗎？』就妳不參加，好像很奇怪。」

「裴里和我很不一樣。」

「對。妳是貝琪・希爾布蘭特。妳是社交界的女王。妳要是參加了，大家會怎麼說喔？」

他相當注意她的社會地位。很好。但是她向來討厭被人調侃。「我不會去十字路，也不必告訴你原因。」

「不是因為妳害怕去了以後發現自己以前不知道的事情。」

「不是。」

「真的？妳的口氣，我聽起來，妳很害怕。」

「我就是我。」

「上帝也是這麼說的。」

「你信上帝嗎？」

「我想我信，」譚納向後靠在椅子上。「我認為祂就在人與人的關係裡面，前提是他們對彼此誠實。我第一次體會到誠實的人際關係，又感覺到接近上帝的地方是在十字路。」

「那為什麼祂把我爸爸趕出去？」

譚納的表情似乎真的很難過。「你爸爸很棒，」他說：「我愛你爸爸。但是大家就是沒辦法和他相處。」

「我可以，所以我想我也有問題。」

「哇。這是典型的消極抵抗。在十字路，用這種態度連五分鐘就混不下去了。」

「裴里光靠胡說八道，似乎在那邊也能混得很好。」

「當我看著妳，我看到的是個擁有一切的女孩，一個每個人都希望自己是她的女孩。但是妳自己心裡卻非常害怕，怕到快沒辦法呼吸。」

「也許時候到了，我應該離開新展望，這樣，我就不必一直憋著氣怕得不敢呼吸。」

「妳是被神選中要做大事、做好事的人。」

她不習慣被嘲弄。在新展望鎮任何地方，被她鄙視的下場可不好玩。「先警告你，」她用一種她很少需要拿來對付家人以外的人的冷淡語氣說：「我不喜歡被人取笑。」

「很抱歉，」譚納說：「我只是覺得憋氣一年似乎太浪費了。妳應該要真正地活著。我們榮耀上帝的方式，就是活在生命的每一刻裡。」

貝琪還來不及想出刻薄的話回應，蘿拉．多布林斯基就出現了。她的濃密頭髮散發出在寒秋抽大麻的菸味；從她敞開的機車夾克下露出的縐紗襯衫，可以清楚看見因為冷空氣而變硬的乳頭。她背對著譚納，跨坐在他的大腿上。

「我剛才一直在勸貝琪，她一定要加入十字路。」譚納說。

蘿拉一副這時候才注意到貝琪的樣子。「不是什麼人都適合。」

「妳就很喜歡。」譚納說，他美麗的雙手從背後環抱著蘿拉的下腹。

「我喜歡它很激烈，但不是每個人都能承受。有些人就受不了。」

「比如說像誰？」

「布倫達・馬瑟。她在春季靜修會上精神崩潰。」

「她是被氣瘋了，」譚納說：「葛倫・基爾在靜修前一天為了瑪西・阿克曼把她甩了。」

蘿拉問貝琪能不能想像有人可以連續哭二十個小時。「一開始我們做吼叫訓練，」她說：「叫一下、停一下。只有布倫達做不到。安布洛斯開車載她回家，我也在車裡。怎麼安撫她都沒用，我抱她或不理她都不行，最後我們只能坐在車裡聽她哭。其實為了不讓她哭，我有點想勒死她。到了她家，安布洛斯帶她進去，把她交給她的父母。就好像說，這是你們的女兒，她似乎有點問題；嗯，我們也不知道怎麼回事。」

貝琪試著想像克藍在靜修的時候大吼大叫，但沒辦法。

「布倫達沒有精神崩潰，」譚納說：「她第二天還是來上學。」

「哦，好啊。」蘿拉對貝琪做了一個滑稽而且燦爛過頭的笑臉。「只不過哭了二十個小時，跟精神崩潰有什麼不同呢？」

貝琪喜歡姨媽的另一個原因，是她對人或事的輕蔑。雪莉經常練習這種態度，而且多半都用詞辛辣。她過世後，貝琪聽母親明白說出對姨媽的評價，才發現輕蔑是姨媽的生存機制裡重要的一環。除此之外，她沒有太多防禦措施對抗這個無情的世界。至於貝琪，輕蔑更像是應急措施，只有受到直接挑釁、讓她不高興的時候才會動用。那天晚上離開葛羅夫餐廳時，她覺得有股自卑感不斷作用，她不習慣、有些慌亂，試著想輕蔑對方，但是，蘿拉・多布林斯基除了個子比較矮，別無可輕視之處；就算把蘿拉的矮個子當成個應急理由，貝琪也覺得很不公平。貝琪聽到蘿拉的宏亮嗓音唱艾瑞莎（Aretha Franklin）那首描述自己是被創造的「自然女人」的歌時，覺得她就是歌詞說的女人；譚納也完全沒有可以被她輕蔑的地方。那天晚上她睡前躺在床上想，譚納是不是說對了：她是不是真的恐懼活著。第二天晚上，她在生日聚會上感覺到乏味，則是她需要開啟人生的另一個訊號。

如果雪莉沒有留給她一萬三千元，她可能不會選擇十字路作為開啟人生的起點。這的確有一種本能，知道對那些會注意這類事情的人來說，她出現在十字路是種誘人的震撼。如果她剛好也喜歡十字路，譚納會更尊重她，如果她覺得那裡愚蠢，那麼她就有了輕蔑的目標。但是她知道父親有多討厭里克・安布洛斯。嚴格來說，沒有人禁止她參加十字路，但那真的是禁忌。

她決定要反抗父親，是在他拿雪莉的那筆錢做文章，對她說教之後。她並不覺得他講錯了。她也明白姨媽玩的是偏心的遊戲。要不要做對的事情，完全看她要不要分享那筆錢。但是，父親用一種像在指責她幼稚的方式傷害她，她覺得被出賣了。母親跟她說過多少次她的父親特別喜歡她？她陪父親一起愚蠢地散步多少次，難道是出於母親認為陪他散步非常重要？如果她早知道父親會在她還沒來得及高興之前就拿走遺產，她絕不會陪他散步，一次都不會。如果她陪他散步換來一頓關於公平的大道理，那就省省吧。他甚至等不及讓她自己決定這筆錢該如何分配，就砰、啪、專斷獨裁地要她和兄弟們分錢。談到公平，她的兄弟從沒為雪莉阿姨做過任何事情、從沒寫過信給她、從沒為她犧牲暑假的寶貴時光、他們的眼與鼻從沒忍受過菸熏、從沒躺在「敞篷車」上睡不著。如果父親這麼喜歡她，難道不該先讚美表揚一下她做過這些事嗎？

她邀請珍妮・克羅斯和她一起去十字路。為了貝琪，就算是槍林彈雨，珍妮也會奮不顧身地穿過去；但她搞不好寧願挨子彈也不要去拜訪一個信仰基督的青少年團體。但是貝琪提到譚納・伊文斯說她不敢去。珍妮也不意外地露出印象深刻的神情。「妳最近和譚納・伊文斯在一起嗎？」

「偶爾，只是隨便聊聊。」

「他不是和那個女的，叫什麼名字來著的？」

「蘿拉。對，她很酷。」

「所以……」

「我說了，只是隨便聊聊。」

「如果他邀妳出去，妳會答應嗎？」

「他不會問的。」

「事實上，我可以看得出來，大致上看得出來，」珍妮說：「妳和他在一起的樣子。」

「妳沒看過他和蘿拉在一起的樣子。」

「不過，妳知道我的意思。妳總會在某個時候和某個人在一起。但是，老天，譚納・伊文斯？我幾乎可以想像你們成一對。」

所以，現在，突然間，貝琪也看出來了。她想像著曾經的女王現在在珍妮腦中變成什麼樣子，想像那些條件更差但當時想約她的男孩，一定會把這結果當作懲罰式的教訓，現在這結論進駐了她的腦海。為什麼，譚納不是挑戰她不敢加入十字路嗎？這不就是對她感興趣的證據嗎？甚至他的取笑（尤其是他的取笑）都是證據。

她從克藍參與十字路的狀況，很清楚加入之後應該怎麼穿扮，但她不想管珍妮怎麼穿。珍妮開著父母送她的銀色野馬車來接她，穿著正式的褲子、昂貴的緞料背心、畫著濃妝。貝琪替她覺得難堪，但她不介意身邊有位裝扮過頭的朋友，相較之下她就酷起來。十字路會議室滿滿的人，包括她聽過名字的、曾經在教室和走廊上不吝對她友善微笑的、以及從沒有想過有一天會在社交場合遇見的人。遠處角落裡，有幾個人的身體糾纏著，像是正在玩扭扭樂；壓在最底下的是她弟弟裴里，與一個穿著連身工裝的胖女孩互相搔癢取樂中，臉上滿是幸福的紅暈，相當詭異。貝琪和珍妮與兩個前里夫頓中央中學的朋友坐在一起。其中一個叫金・珀金斯，是個走偏了路，迷上濫交和毒品的啦啦隊隊員。她擁抱貝琪表示歡迎，還輕拍她的頭，好像誤入歧途的是她。金也想擁抱珍妮，但被珍妮抬手擋住。

活動開始進行，在樓下的多功能廳，珍妮放不開，貝琪決定加入大家。大家背上被用膠帶貼上一張報紙，然後再各自用麥克筆去別人背上的報紙留言。貝琪一個接一個地在別人背上潦草地寫著「**期待認識您！@貝琪**」，等有人在她背上寫字，就暫停。穿著正式長褲的珍妮看起來很悲慘，她站在場邊，對著筆皺眉，似乎不了解這是在做什麼。然後，所有人躺下圍成一個圈，身體交叉，一個人的頭枕在隔壁的人的肚子上。看不出來這個訓練的目的是什麼，等所有人開始一起大笑時，每個人就會感覺到自己的頭在另一個人笑著的肚子上彈跳，別人的頭也在你笑著的肚子上彈跳。貝琪覺得躺在兩個她從沒說過話的男孩中間，把生命花在一群人的肚子上，似乎很奇怪。每個肚子的主人都熟悉自己的肚子，就像她熟悉自己的一樣；所有的肚子理論上都伸手可碰，但幾乎沒人去碰。很奇怪，事情的可能性一直都在，卻少有人將其實現。整個訓練結束後，她覺得可惜。

「接下來六個人一組，」里克・安布洛斯說：「我希望小組裡面的人，都把自己做過的錯事拿出來討論，那些我們覺得羞恥的事。然後，我想要大家把自己做過的、覺得驕傲的事情拿出來討論。重點是**聆聽**。沒問題吧？要真的聽進去。我們九點回到這裡集合。」

為了不想加入一個人也不認識的小組，貝琪快速走向金・珀金斯的小組，留珍妮自求多福。裴里的朋友大衛・戈雅也想加入金的小組，但里克・安布洛斯站在他面前，擋住他。貝琪沒想到安布洛斯也會參加練習。她和其他人跟著他上樓，在父親辦公室外的走廊坐下來。她看到父親的名字在門上，想到她對他做這件事的後果，胸腔愈來愈緊。加入十字路是她的權利，但背叛就是背叛。

里克・安布洛斯的身形比父母親的仇敵名單上所顯示的小。他就像是有兩撇黑色八字鬍、疊跟蹄的希臘神話的小薩爾（Satyr）。他遵循自己的指示，專心聆聽。有個貝琪只認得臉、很悍的男孩講出在里夫頓中央中學因為物理成績是D-，射彈弓把窗戶打破的事情。金・珀金斯講的是她和夏令營輔導員發生關係的故事，輔導員的女友是她夏令營渡假小屋的輔導員。

「所以，妳覺得妳做錯事。」安布洛斯說。

「肯定是我引以為恥的事。」金說。

「但是我聽起來，」安布洛斯說：「感覺妳像是在吹噓，有其他人跟我感覺一樣嗎？」在貝琪聽來，這更像是成人誘姦的故事。金的名聲向來不好，但在某種程度上，貝琪不相信關於那些傳言。貝琪比金大三歲，但在金所提的那一年的夏令營，她甚至沒吻過任何人。輪到她的時候，她該說什麼？她不喜歡、也不擅長說不負責任的話。

「我喜歡的是我想要他、就有他，」金說：「就像……就這麼簡單。也許我覺得自己很不得了。但是，等我回到小木屋、看到他的女朋友，感覺就很糟糕，到現在還是覺得很糟糕。我討厭自己竟然只為證明我能做，就對另一個人做出這種事。」

「好，我聽到了。」安布洛斯說：「貝琪？」

「我也聽到了。」

「妳想告訴我們一些關於自己的事情嗎？」

她張開嘴，卻連半個字都吐不出來。安布洛斯和其他人都在等著。

「事實上，」她說：「我現在覺得對不起我的朋友珍妮。今晚我請她和我一起來，但是，我現在不知道她在哪裡。」

她低頭看著自己的手。教堂非常安靜，其他小組四散各處，他們公開的罪惡是遙遠的雜音。

「她可能回家了。」金說。

「好吧，現在我真的好難受，」貝琪說。「她是我最好的朋友，我……我覺得自己是個壞朋友。無論我到哪裡，都希望每個人喜歡我；這是我第一次來，我想要被喜歡，但是我應該要照顧珍妮。」

她旁邊的女孩，她在人家背上寫過字，但不知道她名字，聽完伸出柔軟的手放在她的手臂上。貝琪不知所措，身體開始顫抖、有點像在抽泣。這情緒可能多於真正的需要，但是，因為珍妮放不開，因為陸續發生的事情都跟十字路有關，情緒便浮出水面。**我想要被喜歡**可能是她說過的最誠實的一句話。她體會到這句話的真實強度後，身體前傾，情緒潰堤。現在，其他人的雙手都放在她身上，安慰的手和接受的手。

只有安布洛斯沒有。「妳還在等什麼？」他說。

她擦了擦鼻子。「什麼意思？」

「為什麼不去找妳的朋友？」

「現在？」

「對。現在。」

銀色野馬還在停車場。貝琪走近駕駛座那一側時，珍妮正啟動引擎，調低收音機聲量，收音機已經調到WLS電台，正在播放那首〈拯救國家〉。她放下窗戶。

「對不起，」貝琪說：「讓妳一直等我。」

「妳還要留下來？」

「妳確定不要回來嗎？這次我會一直陪著妳。」

廣播傳來一句：**快來到榮耀河**。珍妮搖了搖頭。「我以為妳來只是為了跟譚納證明妳敢來試。」

「他說我連試都不敢試，而不是只去一個小時。」

「一個小時對我來說太久了。」

「對不起。」

「原諒妳啦，」珍妮說：「不過，我向上帝發誓，小貝，妳可別跟我來裡面那一套。」

連她自己也沒料到，她真的信那套了。一開始，她覺得很無聊，又想被喜歡，但就算在第一晚，她也被迫和比她還倒楣的孩子互動、被迫聽他們的自白、被迫交代自己真實的一面，沒有地位保護。此外，就像譚納說的，她被迫學到一些關於自己的事情，而且不都是好事。十字路從外表看並不像宗教活動：看不到一本聖經，整個晚上都不會提到耶穌……這一點譚納又對了：很簡單，只要試著說話誠實、真情流露、鼓勵其他人誠實表露情感，就會經驗到隱約閃爍的靈性。她感到自己證明了克藍的長期信任，他認為她是個有內涵的人。

十字路有一百二十個孩子，只有一位眾望所歸的領袖。成員都希望安布洛斯在星期天晚上兩個小時活動時間內，至少關心他們一分鐘。但接下來幾個星期，貝琪得到的關注遠不只於此。安布洛斯兩次選她當雙人練習搭檔，稱讚她加入十字路的勇氣，並在人數更多的討論場合，點名表揚她的誠實。要不是感覺到她們之間有股自然的親近，她會更貪圖他的關注。她也是那種別人會計較相處時間多寡的對象，她懂這種快樂、也知道隨之而來的負擔。此外，她實在太晚加入十字路，得追補上過去兩年不認識安布洛斯的時光。

同時，父親幾乎不和她說話。道理上，她對傷害了他感到難過，但她並不懷念假情假意的親密。他必須知道，她今年已經十八歲，有權利過自己的生活。那條舊禁令也需要調整。

幾個星期後，出現了一件需要真膽識的行動，就在學校餐廳。她早上出門已經不化妝，只穿牛仔褲，絕不穿裙子，但沒有什麼事比用力把午餐袋放在金・珀金斯和大衛・戈雅中間更引人注目。這兩人似乎不當一回事，但是跟貝琪常常一起吃午餐的同伴們都看著她，尤其是珍妮・克羅斯。或許珍妮應該感謝她，因為她現在空出社交梯上的空位，讓珍妮可以往上爬，但珍妮卻不這麼想。珍妮仍然開野馬載她上學，仍然很喜歡聽她講八卦，但是當貝琪坐到十字路的人那一桌吃飯就越線了。珍妮用Kumbaya這個字，形容十字路就像一群人搭著營火唱靈歌，不過她第一次用這個字表現嘲弄時，沒有人笑。貝琪沒法證明，但她知道珍妮已經不再把每個秘密都告訴她。

這些自我降格換來的，是她在譚納・伊文斯心中地位的提升。她覺得他們倆即將是一對的想法沒有消失，而且在公開自己是十字路的人後，還更急切地想讓這個想法成真。對她有了信仰不以為然的人，如果看到她和譚納・伊文斯在一起，可能會後悔。這原本只是個盤算，但她感覺很快能落實。她想像她的手攥着譚納的，逐一撫摸著他修長手指的指尖；想像他的雙手扣緊抱著她的下腹，就像她看到他扣緊蘿拉・多布林斯基那樣。她想像他為她寫一首歌。

她第一次參加十字路聚會後的那個星期五，她在葛羅夫餐廳抗拒著想找他、告訴他做了什麼的衝動。她很喜歡那次聚會，也打算再去參加，但是她看到譚納帶著吉他走進餐廳時，又覺得自己不能太快屈從。如果她再多抗拒些，他有可能會繼續邀她、繼續調侃她。

那天晚上，自然女人沒有出現在「藍調」的演出。當樂團結束第一節的曲目時，貝琪把椅子放在空無一人的餐廳桌上，抗拒著衝動。譚納過來找她時，她總算得到抗拒的獎賞。

「嘿，」他說：「我見到里克・安布洛斯。妳知道他跟我說什麼？」

「不知道。」

「說妳真的去了！我簡直不敢相信。我以為我惹妳不高興了。」

「你是讓我生氣。」

「好吧，惹妳生氣顯然很有效。」

「是嗎？只有一次，我還沒決定要不要再去。」

「妳不喜歡？」

她聳聳肩，想繼續抗拒。

「妳還在氣我。」他說。

「我還是不知道你為什麼在乎我會不會參加。」

她把椅子舉高放到桌上，感覺他的眼睛在她身上，期待他問她對十字路的感覺，他卻問她會不會留下來聽第二節演出。

她說：「除非有客人要點飲料，不然按規定我不能到後廳。」

「妳是這裡的員工，沒人會臨檢妳。」

「蘿拉呢？她在哪裡？」

「她週末去密爾瓦基了。」

「那麼，我覺得還是不要比較好。」

譚納的眼睛轉到向別的地方，眨了眨眼。他的睫毛很漂亮。

「好吧，」他說：「沒事。」

從回家的路上開始到深夜，她的腦海不斷在修改傍晚所發生的。她的機會來去都很突然，以至於她沒有時間多想。她對譚納說不，是不是因為她背著蘿拉和譚納欲迎還拒讓她覺得不道德？還是她擔心自己只是個備胎、還排名第二，是種羞辱？要是她沒有那麼快說「不」就好了！擋掉男人得寸進尺已經成為她的本能，因為到目前為止那些想要進一步的人都該擋。但是，如果她留下來聽第二節的演出呢？趁著蘿拉在密爾瓦基，她和譚納以及樂隊一起玩，之後他開車送她回家，第二天約見面、然後第三天再繼續嗎？

她沒有第二次機會。下一個星期五，蘿拉就出現在葛羅夫，與譚納一起唱和聲，貝琪在接下來的鋼琴伴奏獨唱〈Up on the Roof〉時逃到廚房，從廚房聽不到一絲演出的聲音。那個星期天，她到最後一刻才決定去十字路，其實就算去了，她跟譚納再不可能有更近一步的機會。但是，剛過七點時，她覺得一種真正的孤獨感襲來，而且不是她習慣的那種。她穿上自己唯一一件半舊外套，那還是克藍穿不下後給她的燈芯絨外套，她半跑半走地趕到第一歸正會，里克・安布洛斯也及時選她作為雙人練習的搭檔。

練習主題是「**分享你正掙扎其中，團隊有可能幫助你的事。**」安布洛斯帶她到辦公室，他有特權可以在這裡進行一對一練習，還主動提議由他開始。他的黑眼睛一反常態地往下看，而不是盯著她。他說這個他幫忙成立的團體，目前的規模和強度讓他害怕。這股力量是那麼多孩子把自己的一生交給他所匯集起來的。他很難保持謙卑，他擔心與上帝的關係正在遭受考驗，這個團體的橫向關係太強而有力。「覺得虛弱時禱告比較容易。」他說：「祈求力量比祈求謙卑容易，因為禱告前得先要謙卑。妳知道我的意思嗎？」

貝琪說：「我還沒有試過真正的禱告。」

「那是下一步，」安布洛斯說：「我不是說妳的情況。這個團體最初是基督徒團契，但是逐漸發展出了個性。我有點擔心我們所釋放出來的，我所釋放出來的東西。我擔心，這東西如果最終沒辦法帶領我們回到上帝，一切就不過是一種高強度的心理實驗。最後，解放反而變成傷害。」

就算以十字路的標準來看，安布洛斯這番自我揭露對貝琪而言還是很極端。她對他的坦率受寵若驚，她認為這是他們之間存在親密感的另一個象徵。但是她只是個高中生，不該是他的精神顧問。

「我知道這是個提了不會讓人高興的話題，」她開了口才意識到自己在說什麼，「但是我父親的長處是永遠以信仰為重，雖然這種態度總是讓我不自在。但是，也許這正是他以前對這個團體的貢獻？」

安布洛斯皺了皺眉。「我聽懂你的意思了。」

「我的意思是，很棒，你做的事情很棒。我不是會禱告的人，也喜歡我可以不用禱告，但是……」

但是什麼？建議里克讓她父親重返十字路？想到要在星期天晚上的聚會，聽到他關於基督的想法，她就覺得難堪。如果他回來，她會立刻退團。

「妳呢？」安布洛斯說：「妳的掙扎是什麼？」

為了回報他的坦率，她告訴他，她喜歡譚納・伊文斯。譚納是她加入十字路的原因。如果她沒弄錯的話，譚納也喜歡她。她想和他交往，但她認為不應該攪入他和蘿拉之間。她該怎麼辦？

即使安布洛斯聽完很驚訝，他也沒露出跡象。「我愛譚納，」他說：「在這個團體中，也許沒有人的體驗比他更好。如果每個人都像他，我就不會擔心我們的方向。他確實找到回到上帝信仰的正道，做得舉重若輕，很漂亮。」

「但是，還有蘿拉。」貝琪提醒。

「蘿拉老是出狀況，我尊重這一點。不過蘿拉要是對某個人有意見，我會讓那個人知道。」

「好的。」

「譚納很柔和，這種個性有好有壞。我沒辦法告訴妳怎麼做才正確，但是，我可以告訴妳，就我來看蘿拉才是維持這兩人關係的人。對譚納來說，這段關係比較像選了一條較好走的路。」

「但……也許」貝琪說：「我應該離遠一點？」

有用的資訊。

「如果妳要的是安全，是的。妳想要安全嗎？」

她已經知道，**安全**就像**消極抵抗**，這個詞在十字路很負面。安全是冒險的反面，沒有冒險就無法實現個人成長。

「隱藏感情不是該做的事，」安布洛斯說：「處理妳的感情是譚納的工作，還有他自己的感情。」

安布洛斯像她父親一樣，明明在告訴她該做什麼，卻聲稱不會要她這麼做。但是，安布洛斯並不會惹惱她。問題在於怎麼表現她的感受。她愛安全！她的一生到現在，都是以安全為中心建立起來的！但是，既然她搞砸了與譚納在一起的機會，現在該由她主動做點事，但是，她又不喜歡給人留下自己採取主動的印象。如果蘿拉剛好在，那麼，主動的結果絕對不安全，會很難處理。況且她也沒把握能搞定。最後她決定採取有一半不安全的方式，寫信給他。

親愛的譚納，

我說我還在生你的氣，其實是在撒謊。事實上，我得謝謝你介紹十字路給我，而我拖到現在才致意，也請見諒。我加入十字路不過三個星期，就能感覺自己正在成長，並且開始承擔新的風險。你是對的，我只是憋住呼吸。是的，我已經不憋氣了。我想更直接地體驗各種感覺，而其中一種就是我想更了解你。如果你有同感，也許我們可以在某個時間見個面、散散步？這是我非常想做的事。

你的朋友（我希望），貝琪上

這封信，她重寫、重抄了三次，只為了口氣不能出錯。寫完她還是害怕。她將信封密封後又撕開，再讀一次、再密封裝在新信封裡面，然後藏在梳妝台。準備等下次再見到譚納時親自交給他。那時克藍也剛好會從大學回家過感恩節。

她很高興去火車站接哥哥回家的人是父親，這樣等她邀克藍散步時，可以光明正大地不讓父親去。克藍從夏天開始蓄了某種式樣的鬍鬚，也不剪頭髮，刻意留長；他穿著一件不知道從哪弄來的黑色海軍羊毛雙排釦短大衣，看上去根本不只大她三個月。他們走在放學後的陽光下。他穿短大衣，她穿燈芯絨外套，她感受自己即將邁入成人、感受到身為家中較年長的兩個他們有了全新的可能性。他們是下一代，他們必須得到重視。

克藍從母親給他的信中，得知貝琪加入十字路。他贊成她的決定，但想知道為什麼。

她說：「我很氣爸爸。」

「氣他什麼？」

「我更想知道你當初在裡面的原因。我的意思是說，我已經加入了，知道它是什麼樣子。有一些訓練……」

「爸爸離開之前，那些訓練都不算是大事。我當時留下來是為了工作和音樂。敏感性訓練只是留下來必須付出的代價。那裡有很多像我這樣的人，可以作伴，可以討論書或政治。」

「你做過吼叫訓練嗎？」

「那個還算簡單，比擁抱練習好。就是那種在房裡一個一個擁抱人。會出現幾個問題：一、有些人就是沒有人想抱；二、你怎麼知道某人想不想被抱？當然，抱之前應該先問，而且答案應該是好。我記得我走到蘿拉．多布林斯基前問她，她說不好。她說，除非她真正的想，否則她不要被抱。我當場心想：謝謝你，蘿拉，很高興有把話說清楚。我還真擔心你會想抱我。」

「你覺得蘿拉這個人怎麼樣？」

「她真有侮辱人的天份。妳不會相信她當時跟爸爸是怎麼說話的。她是當時那一團混亂的要角。」

「我都不知道。」

「當然不只她，但她絕對是帶頭的人。」

儘管克藍當初曾跟她解釋過這件事，但貝琪對父親離開十字路的理由只想了解大略。她所知道的是他講道太多，里克・安布洛斯要他離開。本來她也沒有多挺父親，但一想到是蘿拉傷害了他，開始覺得不爽。「她當時做了什麼？」

「那場面太恐怖了，我甚至不忍心告訴妳。」

「我最近和譚納・伊文斯成了朋友，在葛羅夫餐廳。他和蘿拉每星期五在那兒固定演出。」

「那個老好人，譚納。」

「是啊，他和蘿拉在一起真是奇怪。」

「怎麼說？」

「嗯，我的意思是，他們都是搞音樂的。但是他人又好又高，而她又矮又胖。你知道我意思？」

克藍嚴厲地回應：「貝琪，蘿拉沒辦法決定自己要長多高。」

「不能，當然不能。」

「妳不應該只看人的外貌。」

貝琪覺得心一陣刺痛。她不過是講了一個平實的觀點：譚納長得賞心悅目，蘿拉長得不怎麼樣，如此而已。她只想要克藍同意，這兩個人在一起外表看起來很奇怪。

他不接招，開始滔滔不絕地告訴她譚納和那些玩音樂的朋友把十字路規模擴大的經過。她很高興譚納的社會地位得到證實，但克藍的改變似乎不僅是樣子不同。不只是他的鬍子、頭髮、海軍短大衣，而是他似乎變得喜歡說，不聽她說。當他們坐在斯科菲爾德公園的野餐桌旁，看著泛黃的草叢上那片樹影漸長，她發現原因了。

原因是的一個叫做夏倫的人。伊利諾大學大三學生，他在哲學課上認識她。他告訴貝琪他鼓起勇氣約夏倫的過程、他們在約會當天激烈爭辯越南情勢，他找到一位爭辯時比他還堅持立場的女人，這讓他太驚喜了。貝琪卻第一次一點都不想知道細節、對這個故事提不起興趣。她對夏倫反感、聽到克藍的快樂覺得不舒服，這些都很不對勁。但這似乎證實了她和克藍以前的情誼有著不對勁的地方。接著，他毫無顧忌地講起第一次體驗到動物天性有的強大吸引力和快感，讓他獲得出乎意料的驚喜，他顯然說的是完整的性行為；而且他還說總有一天，時候到了，貝琪覺得可以探索自己的動物天性時，一定也能體驗到這種驚喜。她的耳朵轟鳴作響，不得不離開野餐桌。

克藍跳離桌子跟著她。「我真是白癡，」他說：「我不應該跟妳說這種事。」

「沒關係。你快樂，我也很開心。」

「我只是想分享感覺，而妳就是我一直想分享的人。貝琪，妳永遠都是那個人，妳知道的，對吧？」

她點點頭。

「我想抱抱妳，可以嗎？」

她花了一秒鐘才會過意來，他這是個玩笑。她笑了，一切恢復正常，所以她告訴他雪莉的錢以及她們的父親是怎麼說的。克藍的回應是：「幹！去他的！」

兩人之間又開始對勁了。

「貝琪，我說真的，這真是太離譜了。那筆錢是妳的，妳拿得理直氣壯，因為雪莉愛妳。妳本來就可以想怎麼用、就怎麼用。」

「如果我想分你一半呢？」

「我？我不要。妳要去歐洲，去一個好大學。」

「但是，要是我希望你收下呢？你明年可以轉到一間更好的學校。」

「伊利諾大學沒什麼不好。」

「但是你比我聰明。」

「不對，而且我從來沒有社交生活。」

「要是你覺得伊利諾大學不錯，為什麼我不能去呢？」

「因為——我不在意那邊有很多農家出身的學生，我對住的地方好壞無所謂。妳應該讀像勞倫斯或是貝洛伊那種私立學校。我覺得那才是妳該去的地方。」

她也覺得那些才是她該去讀的學校。

「但是，我有六千五百元，」她說：「夠我讀那些學校，然後你可以把一半的錢存起來讀研究所。」

克藍到現在才意會到她要給他好幾千元。他用比較平靜的聲音解釋，她有兩個選擇，要嘛保留所有的錢，要嘛平均分配。只分錢給他，會讓裴里和賈德森受傷、會招非議。何況，三千元不夠讓任何一個人改變什麼。不管老頭子怎麼想，她都應該把錢全都留下來。

他的分析完全有道理——他比她聰明，這是事實；也更顧慮其他人的感受，也沒有那麼貪心——而且，不可否認，她也樂於考慮把錢全留下來。但是出於感激，她更想和他分享。

「我做不到，」他說：「妳難道還看不出來這麼做有多難看嗎？」

「但是如果我全都留下來，爸會殺了我。」

「我來跟他說說看。」

「不要吧。」

「不，我要。我討厭這種滿嘴虔誠的狗屁理由。」

他們回到牧師館時，夜幕已降。克藍直接朝三樓走去。貝琪坐在樓下的床上，聽他和父親為她爭吵，有一種奇怪的感覺。她不認識夏倫，也不想認識，但是夏倫一定不明白克藍為人有多好。他回到樓下，出現在她的門口。「我搞定了，」他說：「他如果再為這事來煩妳，你就告訴我。」

五個數字確定無疑後，原來在抽屜裡一直坐立難安的存摺就安穩下來了。這筆錢是她的，而且對她來說也該是她的，因為她是兄弟姊妹中最想要這筆錢、最知道這筆錢該怎麼用的人，現在，她唯一在乎的法官克藍也認可她是對的。父親依舊對她冷淡，不過，再冷淡也不過如此；當母親表示她很不高興時，貝琪將了她一軍，邀她隔年夏天一起去歐洲，並答應將剩下來的錢花在念書上。邀請母親一同遊歐不是她的主意，但的確是神來一筆。母親即使對看看歐洲沒有太多的私心興趣，但家庭生活就像高中校園的縮影，在家中並不受寵的母親，收到貝琪的邀請感覺如蒙恩典。

感恩節隔天晚上，她帶著那封恐佈的信到葛羅夫餐廳，把它放在圍裙的口袋裡。神經緊繃的她，一直記不住客人點了什麼餐，兩次送錯沙拉醬給同一位客人，一個紅臉的父親甚至不給她小費，因為他等了很久都不見她送來帳單。為什麼她還要在葛羅夫工作？她有一萬三千元。她心想也許把信送到，她就會辭職。但是後廳裡擠滿了從譚納的大學住處附近來的朋友和粉絲，第一節演出結束時，一群支持者擋在她和他中間。

就在她站在人群邊緣悶悶不樂時，從她看不到的那邊傳來蘿拉・多布林斯基的聲音：「聽說妳加入十字路了。」

貝琪低下頭，紅著臉。那個戴著粉紅色鏡片眼鏡的矮個子——也就是她想從她身上偷東西的那個人——正在劃火柴點菸。

「妳是被譚納說服的吧，我猜對了？」

「這麼說吧，這本來就是我的教會。」

蘿拉把火柴搖熄，皺了皺眉。「妳會去教堂？」

「妳是說，主日時？」

「我不知道妳是會定期上教堂的人。」

「因為妳不了解我。」

「這回答是表示『是』嗎？」

貝琪看不出來是或不是有什麼差別。「我說的是妳不了解我。」

「是啊，也許我也不了解十字路，我只知道自己很慶幸離開了。」

貝琪的臉又紅了。「對不起，妳是對我有意見嗎？」

「**大致上說來**，是的。祝妳有個好體驗。」

留下氣得發抖的貝琪，蘿拉穿入一群圍繞著譚納的油膩馬尾辮和鑲邊牛仔褲們，施捨出一些她不想給克藍的擁抱。**大致上說來**？貝琪到現在為止所做過最大的威脅就是加入十字路。難道自然女人嗅出她身上帶著那封信。

眼看沒有單獨與譚納講話的機會，她帶著信回家。信封上現在多了個沙拉醬油漬，但她沒辦法忍受再次拆信，也沒辦法忍受再把信留在身邊一週。她想郵寄出去，但她不知道譚納是否和父母同住；她對他在葛羅夫演出之外的生活一無所知。就在她準備從電話號碼簿裡找他的名字時，忽然想起「**定期上教堂**」這個詞。

早上，她問母親有沒有在主日禮拜時看過譚納．伊文斯。母親一個眼神和一次停頓，顯示她這才知道女兒對譚納動了好奇心。「早上九點沒看到過。」她說：「不過，我在主日的其他時間看過他。妳可以問你爸爸。」

這件事與她父親無關。星期天早上，克藍和裴里還在睡覺，她父母和賈德森都去參加主日第一場禮拜。她穿了端莊的長裙裝，信放在包包裡，走到第一歸正會。自從沒去主日學校後，貝琪除了「午夜」的聖誕節禮拜（與中西部地區的所有事情一樣，都提前一個小時），就沒進教堂禮拜過。當她穿過聖所鋪著地毯的前廳時，年長教友們的臉都為之一亮，滿是喜悅和驚奇。她母親穿著上教堂的衣服，父親穿著牧師袍，和一些前來參加九點鐘禮拜的教友們利用空檔咖啡時間寒暄。賈德森坐在角落裡看書，等著禮拜結束後和父母回家。母親看到貝琪時，神秘地笑了笑。她很清楚為什麼貝琪在這裡。

她從接待人員手中接過節目單，坐到最後一排，等著看她是否猜對蘿拉的奇怪問題。蘿拉也會來嗎？貝琪想到她說「**定期上教堂**」這幾個字的表情，猜想她不會。管風琴開始演奏，她姨媽應該會知道這首曲子的作曲家。後面來的人逐一在長椅上坐定。每次有人進門，她都會轉頭看是不是譚納，直到意識到自己經常轉頭才停下來。她拉平裙子，把節目單折成小三角形，然後眼睛盯著聖壇後面懸吊的木頭和黃銅製大十字架。看愈久，十字架就愈奇怪。想到它得在某個地方製造，使用製造實用櫥櫃和傢俱一樣的工具。十字架工人，奇怪的九點到五點的工作。收入好嗎？那個收集不問用途、不求回報的奉獻盤，同樣是用黃銅與木頭材料，有可能是同一個工人生產的。

十一點剛過，譚納就出現了，一個人來。這個譚納和她認識的譚納幾乎完全不同。他穿著邋遢的格紋運動西裝外套，領帶鬆垮垮地圈在脖子上、結打得一團糟，但那還真是條領帶。他躡手躡腳地溜進來，經過聖所，在走道另一側的長椅上坐定。她的目光回到聖壇，父親和黑夫勒牧師剛好從一扇側門進來，她的皮膚清楚感知到譚納轉頭看到她，她的身體開始發熱。音樂停止了，譚納彎著腰、矮著身穿過走道，坐到她旁邊。

「妳在這裡幹嘛？」他小聲說。

她搖了搖頭，要他別講話。

「我們在天上的父，」父親在講台上以緩慢、嚴肅的語調開始祈禱。她閉起耳朵前就只聽到那句話。他是位又高又英俊的男人，但對貝琪來說，他想要利用身上的黑袍和祈禱講道時的虔誠重建他身為男人的名聲與地位，已經來不及了。她表面上坐著不動，內心卻坐立難安，一直在數秒計算到他閉嘴為止。她靠著與教堂久別重逢帶來的清朗感，想到長久以來，她一定討厭自己是牧師的女兒。她朋友的父親不是從事建築設計、就是幫人看病或起訴罪犯。她的父親就像個十字架工，還是個很糟糕的十字架工。他真誠的信仰和聖潔是一種怎麼趕也趕不走的氣味，就像契斯特菲爾德菸的味道一樣，更糟的是，那味道怎麼洗也洗不掉。

這時，會眾接連起身開始唱〈光榮頌〉(Gloria Patri)。她身邊的譚納，穿著可笑的運動外套，唱出清晰有力的歌聲，不像她，總是唱得像侷促不安時的低語。當她試著跟大家一樣提高音量，唱著：**上帝，昨日、今日、直到永遠不改變**；她忽然看到一種慾望一閃即逝，這慾望埋在她體內某處，那裡屬於並相信某事。她想知道，這種慾望是不是一直存在那裡，只因為她父親和他的恥辱，擋住她、讓她無法追尋。也許黃銅十字架以及製造黃銅十字架，並非什麼愚蠢的事。應該說這一切更像是神奇的事，在耶穌被釘上十字架兩千年後，人們仍然自願朝奉獻盤裡丟錢、製造十字架紀念他。

她閃過另一個念頭。蘿拉不喜歡譚納上教堂，他們之間可能有一條斷線。如果她，貝琪，願意開放自己接受信仰，可能會得到想不到的優勢；還有，她要是聰明點，最好不要現在把信交給譚納，因為這暗示她來教堂的唯一原因是送信；相反地，她得繼續在主日早晨來教堂。

唱〈頌揚造物主〉（For the Beauty of the Earth）時，他們共用一本讚美詩歌本。貝琪斜著身子唱詩時，頭髮碰到譚納的肩膀；接下來是黑夫勒牧師講道。在她每一次禮拜都必須參加的那一年中，貝琪聽她父親講道時都正襟危坐，因為擔心其他教友看到她坐立難安會跟著心神煩躁，這會讓她丟臉，也等於讓希爾布蘭特家蒙羞；但杜懷・黑夫勒慢條斯理、一大段跟著一大段抽象表現主義式的講道文打敗她了。她邊聽邊想，希望自己年紀大一點時能夠了解更深。她撐到萊茵霍德・尼布爾（Reinhold Niebuhr）的名字出現時才分心，把全部心思轉到羨慕譚納的兩隻手。她必須控制自己不要碰它們。他的外套和領帶看起來像是母親打理兒子上教堂的搭配。黑夫勒開始講謙卑的重要，這不是貝琪最喜歡的主題，但如果她要更認真面對宗教，她需要在這個題目上更努力。她又想到，對於譚納來說，上教堂不穿流蘇外套和Frye的工靴，不正是黑夫勒講道的精義？除了每星期的這一個小時，譚納的酷在其他時間無可置疑，但他願意謙虛地去教堂做禮拜，這個決定讓她覺得他們非常親近。

等到她和他一起讀主禱文時，她可能已經是他的女友，甚至成為他結褵多年的妻子；也許還發展到她經常請求天上的父赦免她犯的道德誡律，因為她把他從蘿拉身邊偷走。

「妳來了。」他在禮拜結束後說。

「是啊，這邊變化好大。我正在嘗試新東西。」

他用一副似乎無法理解的樣子看著她。很好。

「我非常感謝你，」她說：「因為你，我試著參加加十字路，正在學著更開放、感覺自己，而且——」

她開始結巴，臉發熱。他一直看著她。「下一個主日你會來嗎？」

「會啊，我固定會來。」

她用力過度地點了點頭，站起來。「好的，那麼，再見嘍。」

走出門廳時，她停了一下好讓父親看到，希望靠著參加一次禮拜得到一些積分。但是，父親正在和凱蒂．雷諾茲和一位貝琪不認得的嬌小金髮女人互動。她父親面帶微笑，那個金髮女人顯然是吸引他視線的磁鐵。當他們向貝琪揮手打招呼時，他的微笑消失了。但是當他再看回那個女人時，臉上的微笑又復活了。

這個訊息很明確。他已經不要她，他要另作追尋。離開教堂時，她腦海中突然出現「混蛋」這個詞。克藍曾經用這個詞褻瀆上帝過，對她來說卻是新體驗。她對第一歸正會的興趣與日俱增，照理會讓父親感到高興，但對他來說，這件事顯然不及他對里克．安布洛斯的在意。他這樣算什麼信仰基督的牧師。

「妳說對了，譚納也去禮拜了。」她到家後主動向母親提起這件事，免得母親煩她。

「很好啊，」她母親說：「還好有他，否則里克．安布洛斯還真的締造了讓年輕人放棄教堂禮拜的完美紀錄呢。」

貝琪拒絕上鉤。「我敢說，譚納要是知道妳肯定他，他會很高興。」

「我倒覺得他寧願是妳肯定他，」她母親說：「而且，我猜妳已經夠肯定他。」

「不說了。」貝琪邊說邊離開房間。

幾天後，她得了重感冒，嚴重到得打電話跟葛羅夫餐廳請病假，主日也沒辦法上教堂。等她一康復，就改變計畫，放學後跑去第一歸正會晃，像那些老在安布洛斯辦公室外面的女孩一樣，安布洛斯會在那邊告訴她一些十字路八卦背後的事，她聽到很多有趣和可怕的事。當她對自己新來的身份開始不耐時，有次閒晃到多功能廳，發現一個由三名男孩組成的小隊，帶頭的人是她弟弟，他正在用網版印刷聖誕節音樂會海報。理論上，她應該幫忙，因為她必須累積去亞利桑納州活動的時數：想參加亞利桑納州活動，就得累積做禮拜的時間或替團體工作至少四十個小時。但是，裴里正是她對十字路感冒的原因。裴里是各方面都表現出色的弟弟，包括藝術（那個海報設計有他的風格），但最近光是看到他，就讓她頭皮發麻，就好像她是一條闖入邪教聚會的狗；也像跟一個瘋子同屋簷，這瘋子的傑出處就是各種見不得人的暗黑勾當。其中一些事她早已知道，但她懷疑還有她不知道的事。見到他從網版中抬頭對她傻笑，滿手是聖誕紅墨水，她轉頭就跑。

等她終於獲准進入安布洛斯辦公室，他問她家裡的情況。也不知道為什麼，她竟提起自己擔心母親。兩個星期前，她會認為將自己家裡的事讓父親的敵人知道，就是一種背叛。現在，她卻沒有顧忌地說出口。

「我媽媽表面上看起來還好，」她說：「但是，我覺得她的心正在崩潰。克藍相信我爸遲早會離開我媽。這可能只是克藍片面的想法，但他一直講。」

「克藍很聰明。」安布洛斯說。

「我知道。我很愛他。只是我會擔心我媽，她非常依賴我爸，她唯一反抗他的一次，就是聽到他批評裴里。我媽認為裴里是天才。我的意思是，他雖然是天才，但是他做過的所有爛事她都不知道。」

「妳確定嗎？」

「我都知道。但我從來沒有告訴過她，我保證。」

「妳在保護他。」

「我保護的不是他，我是怕我媽難過，她已經過得很不好了。我不希望裴里傷害她。」

「妳覺得我們可以幫他嗎？」

「十字路？我覺得他只是因為朋友都加入而加入，然後，他突然就變成超級熱心先生。我不確定，也許可以吧？」

安布洛斯等著，黑眼睛盯著她。

「只是，」她說：「我還是不能完全信任他。」

「我也不行，」安布洛斯說：「他走進門那一刻，我就對自己說：『那個孩子會很麻煩。』」

貝琪覺得喘不過氣。她不敢相信安布洛斯這麼信任她，會跟她說這句話。就在這心緒紛亂的一刻，她在心中將譚納與他混在一起。如果譚納是杯好酒，安布洛斯對她的誠實就像將這杯酒的酒精濃度升到四十度。他深色體毛的手上沒有結婚戒指，但她聽說他在神學院有個女朋友，名義上他還是那所學院的學生。聽起來有點像在說耶穌有個女朋友。

門外傳來一陣女性的笑聲，這提醒了她自己是其中的一員。為了預防拒絕、挽救尊嚴，她匆匆告辭、逃離教堂，重新調整心的方向。

下一個主日禮拜結束後，她和譚納坐在最後一排，聊了一個多小時。有人關了聖所的燈，最遠處的聲音消失，他們在透過彩繪玻璃窗顯得莊嚴的燈光下坐著。貝琪鬆了一口氣，因為她終於可以不理十字路的規矩，不然按理，她這時得告訴譚納她想更了解他。

兩人交換過去對彼此的印象時，有個有趣的發現：譚納覺得，貝琪高二時看起來就很難以接近。她反駁說，不，他才是那個很難接近的人。他笑著否認，像在承認那是他的本性。但她看得出來他被逗樂了。當他們的話題來到十字路，以及譚納身邊那群現任十字路顧問的朋友時，她的心緒暗中激烈起伏。按理說，這兩個看起來同樣特立獨行、難以親近的人，注定會在一起，這是擋不住的。但是，所謂在一起如果只意味著當朋友呢？

她知道自己別無選擇，只能冒險。她以不經意的語氣問譚納，為什麼蘿拉不和他去教堂。

「她是在天主教家庭長大的，」他聳聳肩說。「她非常厭惡宗教儀式。」

貝琪等著。

「蘿拉比我更激進。她高中畢業後就去舊金山。每天睡在廂型車上，投身學生運動中。」

「你為什麼不去呢？」貝琪問，屏住呼吸。

「我不知道。我想，我對那樣的場面不是那麼熱衷……每天去到某人家，聊一整晚不睡覺。一個星期一次還可以，或是用藥物提神。但我寧願找時間睡覺，早起練吉他。要在音樂上有點成就，我要走的路還很長。」

「你已經很棒了。」

他感激地看著她。「妳是說來鼓勵我的吧？」

「不是！我愛聽你唱歌。」

她看著他消化這個回答，似乎沒有難以消化。他挺直腰、擺正肩膀，說：「我想錄一張試聽專輯。這就是我現正專心做的事。二十一歲以前完成十二首好到可以錄成專輯的歌。我很擔心要是去了舊金山，這個夢想就會離我遠去。」

「我明白。」

「真的？蘿拉好像就聽不懂。她非常有天份，但她不在乎所謂變得專業。如果由我全權決定，我就會要求每個星期演出三、四場。藍調、爵士、排行榜前四十名的歌等等。投入時間、培養觀眾。酒吧老闆只關心賺錢，蘿拉則不想那麼拚。如果有人要她模仿佩吉・李（Peggy Lee），她會當面嘲笑他們。但是我……」

「你更有企圖心。」貝琪說。

「也許。蘿拉手上的事情很多，她老在聯繫處理各種危機，她主持一個婦女團體。對我來說，玩我的音樂，再加上嘗試靠近上帝就夠了。我真的很喜歡去教堂。也喜歡在這裡見到妳。」

「我也喜歡見你。」

「真的嗎？我正擔心妳不想見我。」

她看著他的眼睛，不說一個字地告訴他沒什麼可擔心的。要不是聽到牧師更衣室的腳步聲，以及金屬碰撞迴聲，天曉得接下來會發生什麼。脫下牧師袍的杜懷・黑夫勒把聖所一扇門的彈簧扣帶上。「不是要趕你們走，」他對他們說：「門可以從裡面打開。」

但是譚納已經站起來了，貝琪也起身。那一刻脆弱到無法復原。離開聖所時，他告訴她丹尼・狄克曼、托比・伊斯納和塔伯・摩根，曾在第三次亞利桑納州之旅的前夕，在聖所範圍裡抽大麻和喝威士忌。他還告訴她安布洛斯在教堂停車場裡，帶領全團站在怠速的巴士旁嚴厲譴責違禁者，帶大家辯論是否應該禁止他們參與這次旅行。那次對峙持續了兩小時，塔伯・摩根哭到眼球血管破裂，從此以後教會就將聖所的門上鎖。

貝琪沮喪地回家，因為她從頭到尾沒聽到譚納要如何處理和蘿拉的關係。她要聽的不只是他的音樂實驗而已。沒錯，她是感情生手，但是她的驕傲、道德和凡事有序的基本意識，讓她堅持如果要有她，必須先明確地減去蘿拉。就這件事來說，她聽到唯一有用的訊息是譚納仍然與父母同住。他沒有和蘿拉同居，因此無法採取任何果斷行動，但如此一來，正式斷絕關係就更為必要。她認為這個要求絕對不能打折扣。因此，她在譚納還沒達成她的要求前，就讓他吻了她；她也對這種自我背叛很困惑，就像她看到的是一位在道德上她不贊同、不了解，卻是以前的她的人。

在聖所那場相當關鍵的談話之後的第五個晚上，貝琪在葛羅夫餐廳看到蘿拉・多布林斯基踮起腳尖，把臉貼向譚納，他半推半就讓蘿拉這麼蹭著他，臉上露出滿足的微笑。貝琪覺得肚子被捅了一刀，逃到廁所，第一次為男人流下眼淚。接下來好一陣子，她過得相當悲慘。她沒去主日禮拜、缺席十字路活動。她覺得它們都沒有警告她，甘冒風險的風險，是椎心刺骨的痛。現在只得勉強自己再熬幾天，還有幾天學校就放假了。

接著，昨天晚上，她去葛羅夫餐廳代班。通常她不在這天上班，因此，當譚納獨自走進餐廳時，應該不會預期她也在。她當自己是倒楣，拜託一位老鳥服務生瑪麗亞替她去服務。她感覺他在看她，但直到最後一位客人離開，她一次也沒有看他。他無精打采地坐著，滿腹心事的樣子，桌上的甜點盤空了。他揮揮手請她過來。

「幹嘛？」她說。

「妳還好嗎？我星期天去教堂找妳。」

「我沒去，我還沒決定要不要再去。」

她喉嚨裡有一股兒時的味道，一種可怕的唾面自乾的味道。但她忍不住回味。

「貝琪，」他說：「我做了什麼嗎？妳好像在生我的氣。」

「沒有，我只是累了。」

「我打電話到妳家，妳媽媽說妳在這裡。」

沒有法律禁止走開。她走開了。

「嘿，別這樣。」譚納說，跳起來追上她。「我到這裡是為了見妳。我以為我們是朋友，如果妳生我的氣，起碼告訴我原因。」

正在擦桌子的瑪麗亞抬頭看著他們。貝琪腳步沒停，朝著廚房走去，但譚納不害怕廚房。她突然轉身。

「你自己想。」她語帶苦澀地說。

她知道自己的價值。他應該要和那個自然女人先結束，這是底線。

「不管是哪件事。」他說：「都是我不對。」

「謝謝你這麼說。」

「貝琪——」

「什麼。」

「我真的喜歡妳。」

這樣還不夠。她拿起一塊抹布，回到餐廳擦桌子。這樣還不夠。然後她聽到他大力甩了前門的聲音。她聽到他打電話到她家找她的痛苦，然後受到如此冷酷的對待，她原來是這種人，但突然，不了解自己原來是這種人的她，衝進漆黑的夜晚。譚納癱坐在福斯廂型車旁，低垂著頭。她的腳比她的腦跑得更快，他聽見她的腳步聲，抬起頭。她直衝進他的懷裡。南方吹來一陣微風，那更像春天而非秋天。她夢寐以求的那雙手在她的頭上、她的髮上。接著，突然間，以最沒有規劃、最不經思索的方式，它發生了。

她仰面朝天橫躺在床上，電話鈴聲將她吵醒，睜開眼看著被窗戶框起來、襯映著黑色樹枝的灰色天空。母親在敲門。

「貝琪？珍妮・克羅斯找妳的電話。」

她去父母親臥室，等母親在樓下掛了電話。珍妮打電話來是為了那晚在卡杜奇家的派對。貝琪感激珍妮仍然把她當朋友，要不是晚上有音樂會，她也許會願意為了友誼接受邀請。

「有音樂會？」

「在十字路。」貝琪說。

一陣沉默。

「我明白了。」珍妮說。

「妳知道嗎？我是和譚納一起去。」

「譚納・伊文斯？」

「是啊。他是音樂會的主角，然後他要帶我去。」

「嗯、嗯、嗯。」

貝琪想說更多，但又擔心已經說太多。譚納還不見得知道自己要帶她去音樂會。在她的腦海中，他們之間那個非常長的吻是決定性的，但是，仍有很多話沒說出口；除非，全世界都看到她挽著他的手走進第一歸正會，她才會有安全感。她問珍妮想不想和她一起去逛逛。珍妮馬上說好；兩人的關係相隔不過就這幾個星期，她的反應還真是可笑。但是珍妮說要到三點半才有空。

「糟糕，」貝琪說：「我跟譚納約四點。」

「哇，貝克斯。妳跟這傢伙太黏了吧。」

「我知道，」她高興地說：「是有點怪。」

「明天呢？我明天整天沒事。」

貝琪沖了個很長的澡，看著浴室鏡子，精心打扮了一番，希望她的妝足夠加強效果，但又不要太明顯。裴里無禮地重重敲她的門，說了幾句她懶得理會的話就走了。接下來挑衣服，一樣要設法在優雅與十字路風格之間達成平衡。她至少要在接下來十個小時內保持良好狀態，尤其是四點那時候。她下樓到廚房時，母親正在把自己塞進一件可怕的舊外套裡。

「我快趕不上我的課了。」母親說：「妳確定六點鐘前能回到家嗎？」

貝琪嘴裡塞滿了糖餅乾。「我不會去黑夫勒家的聚會。」

「這恐怕沒得商量。」

「我沒有要跟妳商量。」

「那妳得和你爸討論。」

「沒什麼可討論的。」

母親嘆了口氣。「親愛的，讓一個年輕男生多等一會，不是什麼世間糟糕事。我知道妳不這麼想，但是，總是有明天。」

「謝謝妳的寶貴意見。」

「我想他昨晚終於找到妳了？」

「妳不是說妳的運動課來不及了。」

母親重重地嘆了口氣，轉身離去。貝琪對自己這樣冷淡待她，也過意不去。她當然是好意，但母親錯了。等明天再做，對她而言為時已晚。音樂會的主角並不只是譚納，而是他與蘿拉・多布林斯基共同演出。貝琪需要在音樂會開始前，盡可能時刻待在他身旁。

4

是時候採取行動了。從克藍房間的窗戶往外望，遠處是玉米秸稈破碎的田野，一片昏暗的紅色裂口在東邊地平線的雲層下開開闔闔。克藍打完羅馬歷史課期末報告的最後幾句。燈光不安地照射書桌上到處可見的紅色橡皮擦屑和雲朵灰菸灰。他的室友、在意房間整潔的葛斯到莫林市去度假了。克藍趁他不在，抽了一整晚的菸，靠尼古丁和對他引用的原始材料作者利維（Livy）和波利比烏斯（Polybius）大發脾氣——因為他們的記載彼此矛盾——作為論文進展的動力。另外，他也對能睡覺的時數愈來愈少大發脾氣：從六到三到〇。而他大發脾氣的最主要的對象是自己：就是因為星期一都在女友床上尋歡，他才欺騙自己可以在兩個十二小時的時間內完成研究和一份十五頁的論文寫作。現在，他星期一的歡愉付諸流水。他的眼睛和喉嚨像著了火，胃酸也濃到幾乎要吞噬胃。他的論文報告〈論征服非洲的斯齊比奧〉（譯注：Scipio Africanus，羅馬帝國將領），充滿重複堆砌的子句，論證薄弱，能拿到B^-就算祖上保佑。這種墮落讓他終於確認了心中擺了好幾個星期的事。

他沒有多想、甚至沒有站起來伸展筋骨，立刻把一張洋蔥信紙放進打字機。

一九七一年十二月二十三日

地方兵役徵用委員會

美國郵政大樓
伯溫市，伊利諾州

敬啟者，

本人於一九七一年三月十日接獲緩徵資格，該資格業已因本人不再是伊利諾大學註冊學生而喪失，本人可於獲貴委員會徵召時間服役。本人出生日期為一九五一年十二月十二日，選兵號碼為二九四一三八八四〇三。請貴單位通知是否／何時希望我報到。

專此

克萊蒙・R.希爾布蘭特
高地街二一五號
新展望鎮，伊利諾州

這封信和論文不同，明顯看出這是他深思熟慮之作。但是將這些字打在紙上成為一封信，算不算採取行動？這些字出現在紙上，不會比在他腦海裡的時候更有實質意義。要等到對方收到並回覆以後，這些字才有了掌控他的權力。那麼，哪個部份可以明確被稱為行動？

他盯著遠處玉米田上的雲層好一陣子，地面瀰漫著硝酸鹽與濕氣構成的霾，這似乎已是工業化農業在冬天的特產。他在信上署了名，在信封上寫了地址，然後貼上一張本來是買來寄信給父母用的郵票。

「這就是你們的兒子在做的事，」他說：「他必須這麼做。」

聽到聲音，就算是自己發出的聲音，都能讓他覺得不那麼寂寞，他打開門勇敢走去上廁所。其他人都回家了，廁所裡永遠亮著的燈似乎比平日更亮。他站在水槽邊往臉上潑水，水槽側邊還沾黏著一些舍友們的鬍鬚。他猶豫要不要洗澡，現在他的核心體溫比較低，脫衣服洗澡，可能會引發痙攣。

他離開廁所時，聽到大廳的電話響。響聲大得不尋常，他突然心生恐懼，因為只有夏倫會在這個時候打電話來。她半夜已經打過一次來問進度，給他打氣。講到夏倫與那封信，他將信的內容打在紙上，毫無疑問就是採取行動。他站在廁所外面，聽著鈴聲響個不停，人卻僵在原地，等著鈴聲停。自從浪費了星期一一整天後，他就不相信自己有絲毫能力抵抗從她身上獲取的快樂。現在，唯一安全的計畫就是收拾行李，搭上前往芝加哥的第一班公車，到了新展望，再寫信告訴她他的行動。

這時，大廳另一頭的一扇門被飛快地打開，他嚇了一跳。一個穿著運動短褲的舍友踏重步走出來接起電話。他看見克藍，朝他晃了晃手上的話筒。

「抱歉。」克藍急忙接過話筒。「我不知道有人還沒走。」

那位舍友用力地帶上他身後的門。

「你寫完了嗎？」夏倫急著問。

「寫完了，十分鐘前。」

「太棒了！你一定很想吃點早餐。」

「其實我更想睡一會。」

「來我這邊吃早餐，我想照顧你。」

暈眩如海浪般沖刷過他的身體。光是聽到她的聲音，就讓他的血液直衝腹股溝。改變計畫。

「好，」他說：「但是我有話要跟妳說。」

「什麼話？」

「等我到了再告訴妳。」

回到房間，他感覺像走進一個有蓋的炭爐。他打開窗戶，穿上夏倫替他挑的雙排釦短大衣。他血壓升高導致組織腫脹，肯定與性亢奮有關，但也可能與他必須告訴她的事有關。他寫的信帶有挑釁意味，而挑釁，眾所周知，會誘發男人勃起。他可能因為那封信去越南。在那兒，儘管被殺不會導致興奮，但他可能需要拿武器保護自己。他的理性思維知道殺人是不道德的、也會嚴重傷害心理，但是他懷疑動物性那部份的他想的不一樣。

他拿著信和論文，從宿舍的後樓梯間離開。樓梯間總是有種新鮮混凝土的味道。早晨的潮濕空氣直接穿過大衣滲透到他的身體。學期停課後，能夠擺脫菸霧瀰漫的隧道的，只有性和通宵達旦的生活，真是種解脫。在空蕩的校園裡，他隱約聽到伊利諾州貨運火車強大的隆隆聲、十八輪大卡車的呻吟聲、從南方運來的煤、從北方運來的汽車零件、育肥的牲畜以及驚人的中部玉米收成。條條道路都通往芝加哥這個湖邊的寬肩城。發現更大的世界尚存，對他有好處，讓他不致覺得自己那麼瘋狂。

他把論文從古典學系辦公室的門下塞進去，出了外語系大樓，沿著一條小巷走，看見郵筒。下一班收信時間是上午十一點，今天不是假日。他面對郵筒，考慮自己行動或不行動的存在性自由。把信丟進郵筒是強者做的事。他將來可能會詛咒自己——不論他現在過得多悲慘，但軍隊生活注定更糟——但是，如果他的行動合乎道德，那麼一個強者就有義務在這當下採取行動。如果他現在不寄信，到夏倫家時，身上只會剩下寄信的意圖。而他不是沒有走過那些徒剩意圖所鋪成的路。

他閉上眼，瞬間睡著又及時醒來，差點摔倒。他發現自己手上拿著一封給他所屬的徵兵委員會的信。信落入郵筒時，信箱的喉嚨還發出關節生銹的吞咽聲。他轉身衝刺，好像這樣就可以超越剛剛所做的事。

上個春天，有隻捲髮的小老鼠在選修的哲學課上和他坐在同一排，這傢伙經常戴著打褶的法式天鵝絨帽，老是看著他。有天下午，留著鬍子、戴著珠飾的教授對沙特的《嘔吐》發表長篇大論，對於人類存在與其本質並不相關的想法多所讚譽，克藍舉手表示不同意。他說，現實是透過科學的方法和可受檢驗的法則運作。教授則認為這證明了他另一個更大的觀點：我們往往將科學法則強加在無法解釋的現實之上。「但是數學呢？」克藍說：「一加一永遠等於二。人類並沒有發明這個方程式背後的真理，我們只是發現了這個一直存在的真理。」教授開玩笑地說，課堂上有了一位柏拉圖信徒，演講廳的嬉皮們都轉身看著那位挑戰教授的老古板。小老鼠坐到克藍旁邊，下課後，稱讚他的獨立思考。她說她崇拜卡繆，但不能原諒沙特的共產思想。

夏倫是榮譽學生，是她的近親中第一個上大學的人。她在伊利諾州南部的艾爾頓維爾鎮（Eltonville）外的農場長大，當地人對共產黨的評價非常低。從那天起，她和克藍上課時都坐在一起；她問他家地址，他高興地給了她。除了貝琪，他沒有其他女性朋友。當他在新展望鎮替一家苗圃翻土、鏟土時，夏倫寫了一封信給他，提到暑熱以及她家破敗的農舍。她母親在她十二歲時過世，她哥哥麥克在越南，父親和弟弟則看顧農場，他們還雇了一位克羅埃西亞婦女負責煮飯和家務。她的父親總是免除夏倫做家務的義務，小時候無聊時和少年期的悲傷中，她就靠著念書打發時間。她的志向是成為作家，退而求其次則是去歐洲教英語。她已經發誓，絕不在艾爾頓維爾多待一個夏天。

克藍回了信，然後收到她的第二封來信，是一封她必須貼三張郵票的長信。這封信以問題開始、發展為多處省略標點符號意識流的內容，該大寫的字母也不大寫，最後她抄錄卡繆的一段法文句子結尾。他一直想找個晚上回信，卻一直沒機會。他不是和朋友萊斯特出去玩，就是和貝琪一起看電視，貝琪那時已經在減少社交時間。等他回到學校、看見夏倫一個人走在大學校園，他才發現自己不回信的後果。她用受傷的眼神看了他一眼。事情不對，他不是加害者，所以他追了上去。她聳聳肩回應，接著說：「我想我看錯你了。」這句話也許隱含挑戰，或是一般人稱為罪惡感，實際上只是替自己著想，不想被人看不起。他卻非常感動，邀請她一起吃披薩。

他們第一次吵架，起因是他去披薩店穿的那件草綠軍外套。去年春天他參加了一次反戰抗議活動，在外套背面用絕緣膠帶貼了一個象徵和平的符號。夏倫不喜歡。她受不了大學裡的反戰人士。她說每天早上她都不敢醒來，擔心聽到哥哥在越南陣亡或身殘的消息。麥克不愛讀書，喜歡打獵和釣魚，除了繼承農場，沒有其他志向。但是，哥哥是她認識最善良、最值得尊敬的人，卻落得讓反戰人士看不起。他們算哪根蔥，憑什麼對他哥哥這種人表現不屑？那些人因為可以上大學，都有緩徵資格。像她哥哥那樣的人戰死的時候，他們都在抽菸、做愛，卻不曉得感激。他們覺得自己在道德上更**優越**。運氣好的郊區白人家孩子高舉和平標誌抗議，其他人家的孩子則得替他們打這場仗：她覺得噁心。

克藍聽完她的強烈指責，第一個反應是夏倫過於自大。她是個女人、又多愁善感，似乎不了解這場不道德的戰爭有多荒謬；或是，她哥哥可以拒絕服役卻不這麼做。他，克藍，如果是他哥哥，就會拒絕服役。但是夏倫不肯退讓，她說她哥哥愛國，是真正的男人，勇於盡責。更何況，她哥哥的同袍中有不少是黑人貧民區和印地安保留區的男人，這又怎麼說呢？他們甚至不知道可以拒絕服役。結果，像克藍這樣的人不僅躲過戰火、還自認道德上高人一等。

「你的徵召順位是幾號？」她問他。

「很前面，十九號。」

「也就是說，現在就有個人替你去越南叢林，因為你爸媽送你上大學。」

「就算我沒上大學，我還是不會去。」

「**這是同一回事**。你不去，就一定有個人得去，比如說麥可。你滿嘴『多荒謬、多不道德』，那你說說看，讓那些窮人、沒上學的人和黑人去打這場仗，又是多不荒謬、多道德？又為什麼不是同樣荒謬？為什麼你不為**那個**去抗議？」

「這想法同樣隱含在其中啊，難道不是嗎？」

「不是。我從來就沒聽過這裡的人這麼說，我只聽到大家看不起軍人。」

她雖然嬌小，又是女性，想法卻很獨到。之前他跟教堂的人到亞利桑納州春季活動，去替納瓦霍人基思．杜羅基工作。杜羅基有個兒子在越南打仗陣亡，當時只有十七歲克藍聽到他喪子的遭遇，覺得於心不忍，試著表達同情，感慨為這種戰爭喪生，沒有公理正義；杜羅基聽完卻一臉陰鬱、不發一語。克藍知道自己說錯話，但不知道原因。聽到夏倫的一番話，他才了解他並沒有安慰到杜羅基，相反地，他還羞辱了他兒子的死。當時他還真是個混蛋。

「我真的很抱歉，沒有給妳回信。」他說。

她深褐色的眼睛看著他。「陪我走回家？」

這才是第一個晚上，他的心已經怦怦亂跳到必須行動。他一眼瞄到一個讓他無法回頭或忽視的真相。如果他的籤號更大一些，或許真的輪不到他，但是，第十九順位是跟著一個無法計算（官方用語是「隨機」）的軌道和他的生日配出來的，他對那位在他自己該在的地方服役、沒上學的孩子深表同情。他不想和父親一樣，只會用語言同情弱勢。但是一想到要放棄大學生緩徵資格，只為了比父親更言行一致，又太離譜了。不過，當他和夏倫來到她在厄巴納那條破爛巷弄裡的房子時，他的道德直覺告訴他，這麼做值得。

她們上樓走到房門口時，她轉過身吻他。他站在低她一階的樓梯板，彌補了他們相當大的高度差。那個吻是他暫緩宣告自我審判結果的開始。當他終於掙脫她，答應第二天再打電話給她時，她的甜美、宜人的皮膚味、從分開的嘴唇裡伸出來的大膽的舌尖，趕走了所有關於越南的想法。大膽的舌尖尤其是驚喜。

她住的屋子遮風擋雨用的隔板殘破不堪。那房子的一樓是嬉皮經營的自行車店，二樓是嬉皮的公共空間，三樓是嬉皮的臥室，四樓唯一可住人地方，住的是討厭嬉皮的夏倫。她看世界的方式，就像無害的小動物一樣，但是她也有自己的一套辦法去獲得自己想要的。前一年，她因為違規遭姊妹會驅逐後，嬉皮給她留了最好的一間房。這房間的一個優點是做愛絕對不會被打擾。克藍後來才明白很多學校訂出留宿規定的智慧，舊的行為規範合不合時宜，姑且不論，但留宿規定真的可以避免大學生掉入歡愉和忽視學習的坑洞無法自拔。他第二次去找她時，還不知道那個坑洞的危險，直接進了她的房間。兩人穿著衣服，耳鬢廝磨了幾個小時後，夏倫去洗手間，回來時只穿著一件毛巾布長袍。原來她對只接吻愈來愈不耐煩，下巴和鼻子也開始痠痛。她把克藍推倒、仰躺在床上，解開他的皮帶扣。他說：「等等，但是……」她說別擔心，她有吃藥。她十七歲時就失去童貞，當時她在法國里昂當交換學生，她的寄宿家庭有個大兒子，是個大學生，住在家裡。兩個半月後這段關係才曝光，繼而引發軒然大波，導致她被送回老家艾爾頓維爾。她提起這一段時說非常尷尬，但是值得。她跟這個男友魚雁往返一年後，對方另外有了人，她也有其他的探索經歷，但沒有多說。克藍仰躺著，他的皮帶扣鬆開，還在想要放慢節奏、多聊一會，他覺得似乎該這麼做。但她脫下浴袍趴在他身上。「很簡單，」她說：「我帶你」。很快地，他發現自己抬頭看著一個他原本以為要花幾星期或幾個月，加上不停懇求才能一個部位接一個部位看到的裸體。這是一種視覺負擔，他不得不閉上眼睛。她在他的勃起處上上下下，直到宇宙裂開了一條縫。她倒在他身上，用她非常粗躁的嘴唇吻他。他問她喜不喜歡剛剛發生的事，她說非常、非常喜歡。但是，他堅持想知道，她有沒有……？「從頭到尾都很棒，」她說：「我給你看。」

夏倫是從南伊利諾伊州來的二十歲農家女孩，但她對性的了解還真多。除了在法國學到一些，其餘的她都從書上學。克藍最驚訝的是她真的、真的很喜歡被舔陰部。他對這個並非一無所知。他在字典裡看過這個字的拉丁文，也不過就是一個單字。如果非要追根究柢，他可能會猜，這是愛情老手的技巧，類似有了普通性交後才會使用的猛藥。他當然想不到會替一位還搞不清楚他兩個弟弟名字的女孩舔陰，更想不到他也會變成同好。唯一比看到、聞到和嚐到她的陰部更棒的，是他將陰莖放進去的那一刻。問題，就出在這裡。

現在，他發現他理解的自律，父母和老師一直讚揚的出色學習習慣，根本就不是紀律。他在學校之所以表現出色，是因為他享受學習，不是因為他具備超強的意志力。夏倫帶他認識了更強烈的享樂方式後，他發現自己的意志根本沒有開發過，也沒指望能被開發。接著他發現自己可以沒有任何理由，就蹺掉有機化學實驗課，只為了和她一起長長久久地散步，甚至沒上床，只是為了能靠近她。他沒去上羅馬歷史課的那個早上，第一次體驗了口交；他沒有準備細胞生物學期中考，是因為將陰莖放入夏倫身體的樂趣，遠大於讀書之樂。這些都顯示他的自制力很糟，更糟的是，這破壞了他保留緩徵資格的道德基礎：他在學校勤奮學習，成為科學領域的佼佼者，比起在越南當個步兵對人類的貢獻更大。但如果他平均成績無法維持在三點五以上，那麼他就沒有資格被緩徵。

夏倫則在功課上毫不受影響。她也不可能被徵召入伍，她只選修那些有寫作天賦的人不費力就能拿到A的課。她只需要與克藍討論一下，就可以勾勒出論文輪廓，他則要努力學習才能記住有機自由基的種類。她是真正的讀者，習慣孤獨，寧願沒有朋友，也不願有不比她出色的朋友。克藍在伊利諾大學裡還沒交到好朋友，但他有個科研夥伴葛斯，曾要求與他同住，希望增進他們的友誼，但葛斯現在幾乎不和他說話，因為克藍所有的時間都和夏倫在一起，這點傷害了他。她飢渴歡愉的程度和他不相上下，但是她的日常生活卻不像他那樣完全亂了套。她從不趕時間，而他渴望任憑她處置他的時間感以及她對時鐘的淡定，幾乎和他渴望她的身體一樣程度。只要他能蜷曲在她整潔有序的生活內，就像那是他自己的生活。只要永遠不用離開她的房間，他就覺得一切都好。一旦離開，他就會被焦慮吞噬，只有回到她的房間，焦慮才會解除。

如果她問起一件事，他會堅決否認。那就是他比較喜歡待在她房間的另一個原因，是因為在公共場合和她出雙入對，讓他很尷尬。但這個不算障礙的障礙非她之過。她聰明、臉蛋漂亮、身材好，舉止大方，他都覺得與有榮焉。障礙出在她跟他相比，身高整整矮了三十五點五公分。她從來不提他們的身高差距，一次都沒提過；他甚至厭惡自己意識到它。世界靠外表來判斷人，但人無法控制外表，外表與思想或性格無關，所以這麼做完全不公平。理論上，他很高興比夏倫高得多，因為這顯示他不在意身形差距，她在意的是關係平等和真誠的結合。他們上床時，她幾乎在違法邊緣的瘦小裸體增添了興奮，但在公開場合，再努力他還是不免感覺旁人會對他們指指點點，論斷他這個人。

感恩節假期，他回到新展望，看到長大成熟的貝琪，不自在的感覺更尖銳。貝琪和她的朋友，尤其是珍妮・克羅斯，明亮燦爛地像是另一個物種。貝琪提到譚納・伊文斯和蘿拉・多布林斯基的身高差異時，那刻薄樣不像是貝琪。克藍打算告訴妹妹他有女友了，但他立刻知道貝琪對夏倫沒興趣：不想見她、不想聽到她的事、不準備接納她。當他繼續說夏倫的心靈之美，描述夏倫的魅力，以及他陷入的感官坑洞有多深時，聽起來既空洞又抽象。那次對話讓他非常尷尬。話題結束後，他覺得自己的性很可恥，連帶地也覺得夏倫可恥，他們身形差距帶來的痛苦更深。在此之前，他們似乎維持著不設目的的開放關係，現在他卻覺得那代表兩人只是暫時的關係，好像在說夏倫只是他的「第一位女友」，是他失去童貞的對象，甜美但身形不適合。貝琪有意也好、無意也罷，都造成他回頭檢討對夏倫的感情，並發現他們之間沒有感情。或是說，他們的感情不夠堅實，他因此沒辦法向妹妹宣示：「我不在乎妳的膚淺判斷，她是我愛的人。」他們之間凝聚感情的力量不夠強大——沒有強大到能指向一個長久在一起的未來——也沒辦法成為他不放棄大學生緩徵資格的依據。他們在一起更像是逃避，一個道德義務的緩刑。

他帶著嚴格計畫回到學校。每週只花兩個晚上和夏倫見面，而且絕不留宿。每天要花十小時念書，目標是每科的期末考和學期論文都拿到最優。如果他的成績全都是A⁺，學期平均成績仍然可以維持在三點五以上。這個數字基本上是他自己隨意定的，卻是他萬一被迫選擇時，最後一道合理的防線。

他的計畫很合理，但是做不到。一見到夏倫，他覺得他們好像已經分開五個月，而不是五天；他有一千件事要告訴她；他脫掉她的燈芯絨褲時，哪會在意高度差，想那個太殘忍又太蠢。他到隔天下午才回住處，並開始哀嘆自己缺乏意志力。於是他調整計畫，規定每天要讀書十一個小時，並且身體力行遵守新的時間表；但是，一到星期五，他又決定犒賞自己，和夏倫共度另一個晚上。等到星期日下午離開她時，他變成每天必須讀書十五個小時才能維持原訂目標。他告訴自己，他現在就要和存在主義者一樣活在當下，只要當下還在，他們就能縱情在一起，但他覺得有件事正在暗中進行，一件惡毒的事：他正在秘密策劃懲罰她。只要他屈服於夏倫的彈性時間感，就可以確保他的成績會退步，最後導致他沒得選擇，只能休學去打仗。三點五這個數字對他的意義，她現在還不知道，但她很快就會明白，並後悔她沒有堅持讓他好好讀書。

雪上加霜的是，夏倫正在用一種老派、浪漫、以及全面的方式傳遞愛他的訊號。這讓即將到來的懲罰更顯殘酷。儘管夏倫向來標榜她自由慣了、也是熟讀柯萊特（Sidonie-Gabrielle Collete）的性愛冒險家；儘管她世故到不愛多愁善感的表達，但她似乎是他們兩人中，對未來看得更遠的人。他告訴她感恩節和妹妹的對話，以及姨媽給妹妹的遺產後，她就一直嘟囔他們也要去歐洲。她尊重他不拿妹妹的錢，但至少可以接受一趟免費假期吧？他們能一起去法國不是很棒嗎？他們可以和他妹妹以及母親去同樣的地點玩，但是安排各自的活動？每次她提起這個想法，並且在神話般的行程表中增減一些地方時，克藍只是閉眼微笑。

他內心深處知道，他會寫信給選兵委員會。最重要的理由是，這麼做道德上站得住腳；他還有其他與父親和夏倫有關的重要原因。他想讓夏倫知道，他對她的想法有多認真，他也希望她會佩服他為了正義所採取的行動，並將他與她哥哥麥克相提並論。然而，可笑的是，在學期就要結束的那幾天，他確定了成績未達標準，而最吸引他放棄緩徵的理由，正是從此不必和女友以及妹妹一起去法國。

他抵達她的屋子時，早晨的天光不但不明亮，反而愈來愈黑。他有一把從沒用過的鑰匙。最近店裡腳踏車遭竊，但嬉皮拒絕鎖住後門。他走進陰暗的廚房，匆匆穿過堆積在水槽內和水槽周邊的碗盤，碗盤上的起司已經結成硬皮。這些碗盤處在一種嬉皮平衡狀態：新的髒碗髒盤增加的數量剛好等於某人終於洗掉的舊髒碗髒盤的數量。大多數嬉皮都非常平和地自顧自的事，不知道他的名字，但是他經過他們時收到許多會心一笑。他很高興上樓時沒有遇到任何人。他覺得自己在那棟房子裡的身份之一，是那個經常來搞四樓小姑娘的傢伙。這是個讓他不舒服，但是，是相當客觀的描述。

夏倫穿著法蘭絨睡褲，在房間外面的臨時廚房的膠合板流理臺上攪東西。克藍彎下腰親吻她的捲髮，然後從背後抱住她。在他心神不寧的腦袋裡，他已經是半個士兵了，準備去做士兵對女人做的事情。但是她嘻笑著搖晃肩膀掙脫他。「我要用糖和肉桂粉烤麵包。」

「我不覺得現在吃得下東西。」

「你上一餐是什麼時候吃的？」

「昨天某個時候，吃了一個鮪魚沙拉潛艇堡。」

「你一定要吃點東西。但首先——」她蹲下身、打開小冰箱。「我買了香檳。」

「香檳。」

「慶祝。」她把冰酒瓶遞給他。「你不相信我說的話，但我知道你做得到。」

六十個小時打完一份十五頁、只能拿到C的論文，對克藍來說似乎沒有必要大肆慶祝。「香檳，厄巴納。」他說。

「真的。」

上午九點喝酒精飲料，以他的狀態，不是個好主意。但夏倫對該做什麼有明確的想法，他不想讓她失望。他剝開瓶口的鋁箔紙。

「敬我們倆，」他用兩個果凍玻璃杯斟了兩杯酒，她說：「敬『征服非洲的斯齊比奧』！」

「別提那個名字！我整夜都打成**斯齊奧比**，一直要擦掉重打。」

「那就只敬我們。」

她踮起腳尖接受他彎下腰來給她的吻。他聞到他星期一幾次送進她嘴裡的精液過期後令人興奮的貓食味。她拿著杯子和酒瓶回到臥室，他像狗一樣跟著她。她坐在床上，手靠著枕頭撐著身體，他兩隻手抓住她的雙腳，按摩她沒穿襪子的腳底。香檳讓她非常愉快。香檳卻完全沒有讓他覺得可以放心提那封信的事，他反而開始計算幾點非得離開，才能在郵差取走郵件前把信要回來。他根據腦細胞需要隨時補充可吸收的葡萄糖，才能發揮功能的理論，一口喝乾了杯裡的酒。

她馬上斟滿他的杯子。「你說你有話要告訴我？」

他在床上向後仰躺，看著傾斜的天花板，視力所及的世界都在旋轉。從她的天窗射入的光線似乎不屬於任何特定時間，那個灰色和他混亂的生物時鐘讓他覺得今天還是昨天，下午結束就是早晨，中間沒有出現夜晚。

「我也有話要告訴你。」她說。

他這時想到，他從未吻過她的腳。纖細的高足弓，足底柔軟爽涼，安慰了他發熱的臉頰。她笑著把腳抽回。

「對不起，」她說：「會癢。」

他沒有比較的依據，但他會擔心並不是所有的女孩（也許只有很少數的女孩）都像夏倫一樣直接甜蜜地表達喜歡和不喜歡什麼。他也可能會擔心，很少有女孩比夏倫慷慨、更容忍他在床上的愚蠢失誤、更容忍自己不斷交配的渴望，還有她對交配的興趣高於流淚或拌嘴，情緒勒索更少。他可能還會擔心，這段現在正在結束的、滿三個月的關係已經是一個小伊甸園、一個塵世天堂，他愚蠢又幸運地在園內著陸，現在卻犯傻準備摧毀它。他想到那個十一月早晨，她像個老女人一樣跌跌撞撞走進浴室；他也明白了他死命地要來最後一次其實沒有必要的高潮，害她疼痛得可憐；他還記得她跌跌撞撞回到床上，他譴責自己並乞求她原諒，她簡單笑著回說，C'est l'amour（譯注：法文，這就是愛）。他一直住在一個反向的伊甸園、一個夏娃吃蘋果並和他分享的美味知識伊甸園。為什麼，噢，為什麼他必須摧毀它？

他估計自己最遲在十點四十五分離開，還趕得及在郵差收信前到達郵筒。如果這是他的目的，他也可以一整個早上都陪著她，寫第二封信，說他改變主意，要繼續保留緩徵資格。

「你睡著了嗎？」她說。

「完全沒有。」

「我幫你烤一點吐司。」

「不要，我沒事。那個香檳就像葡萄糖炸彈。」

他把手伸進她的雙腿間輕壓，測試法蘭絨下面的鬈毛彈性。他拉下她的睡褲時，起身近看。哦，多麼美麗！無窮盡的誘惑！的確，如果他像她一樣對自己的偏好直截了當，他可能不讓她脫睡衣。他和她的乳房維持著還夠友好的關係，但是，因為他太早就取用過它們，以至於沒有時間適當地迷戀它們，就像發現夢寐以求的寶藏。所以，它們以後就好像有些無關緊要。他比較喜歡它們在胸罩裡，尤其喜歡她上半身穿戴整齊，下半身空無一物，像個讀大學的女牧神，腰部以上是榮譽學生，腰部以下是他最鹹濕的夢中生物。但是他一直沒能找到一種既不失禮又能表達這種喜好的方式，而且，她似乎更喜歡全裸。

她脫了睡衣，把他的襯衫拉到肩膀上。她也喜歡他裸身——不脫襪子應該列為特別糟糕的裸身方式——但是，這個早上他不想脫衣服。他已經嚐過侵犯的滋味，就算他不能要她做什麼，他也要做他想做的事。他腦中出現的影像是一個大兵穿著靴子做愛，身上還穿著軍服保護。當她又想扯下他的襯衫時，他拒絕了。

「你會冷？」

「不會。」

他開始進行最近唯一帶著雄心壯志進行的作品。從她肋骨骨架的邊緣散開，滑到肚臍再上行到一叢因為距離太近無法對焦的粗硬鬈毛，然後是一片會動的白色平原，她的小腹。當她挪移身體調整他的舌頭接觸的地方，兩隻手抓著床的兩側。他很詫異自己體內還有這麼多儲備能量。有機體的首要功能是生殖，原因即在此。無論他抽了多少菸鞭策他的腦細胞，這些細胞已經過度消耗，所以無法替《征服非洲的斯齊比奧》最後幾頁增添份量。然而，他的脖子和舌頭的肌肉在這兒卻不知疲倦、勇往直前，因為它們知道，獎勵的對象除了它們，陰莖也能受惠。他的脖子延緩疼痛、太陽穴延緩香檳敲擊的不適、眼睛恢復燃燒，直到他能服從來自更深層的、急切的動物本能，釋放已沸騰的瘋狂。

她尖叫了一聲。有那麼一下子，她被自己體內的電流電到晃了一下，身體似乎自行拆解。一直在附近逗留的他的舌頭這時全力深入，品嚐他的陰莖無法到達的地方的味道，然後向上移動，看著她的眼睛：珠狀、最深的褐色。她的笑容歪向一邊，好像是他打破的笑容。他在她屁股下放了個枕頭，這是她喜歡的方式，然後把他的褲子拉到一半。她個子雖小，卻能夠完全容納他，幾乎是個奇蹟。他把他的全部重量放到她身上，然後不動，試著把完全插入的感覺刻在他的記憶裡。他不知道還要幾個月或幾年，才能和某人一起享受這種感覺。

「你沒事吧？」她說。

「沒事，只是暫停一下。」

「你知道我在想什麼？我們一起在巴黎。我們被雷雨困住，全身溼透回到旅館房間。我在想，雨在巴黎的街道上愈下愈大，你讓我高潮。」

連「高潮」這個字也無法克服想像這些事發生在巴黎的錯誤。他們四個人站在一起，排隊等著進入羅浮宮。貝琪又高又乾淨，容光煥發又和藹可親，母親則看著旅遊指南，自我解嘲地批評這批評那——想到夏倫也出現在那個畫面上，他就痛恨。他討厭想像自己，每天早晨都遭到天譴，躺在一個不知道他媽的有多少人睡過的法式床上，床上每一件東西都很紅、很熱、打擾睡眠，床單上有精液乾燥的硬塊；他遭到天譴，不管貝琪在哪裡，他都寧願回到貝琪在的地方，也許貝琪在樓下有乾淨餐巾和長棍麵包的早餐室裡，和他們的母親興高采烈地談話，他希望能加入一起聊天。他從來不後悔和貝琪走得近，因為靠近她是他想要從妹妹那裡得到的唯一東西。當他想像自己和夏倫進入巴黎的早餐室，身上都是事後菸的味道，紅眼球、浮腫的眼眶，明亮的貝琪像天使圖一樣逐漸褪色。甚至在現實世界中，他也失去她了——從九月那個晚上夏倫脫下浴袍以來，他就失去了她。夏倫在他腦海中愈常出現，貝琪就愈少。他的陰莖慢慢變得垂頭喪氣。

「哦，寶貝，」夏倫說：「你一定很累。」

他點點頭，很高興讓她這麼想。

「不過我有個主意，」她說：「我剛才在想，我們可以在聖誕節後就回來這裡。你想嗎？我們可以全天讀書，替開學後上課做準備，每天晚上可以在一起。我不希望你覺得是我讓你的功課落後。」

他體內所有的葡萄糖都燒完了，動物本能降到零。

「但我想告訴你的不是這個。」她調整姿勢，看著他的眼睛。「我能告訴你一些重要的事情嗎？我已經等了好幾個星期了。」

他等待著。沉悶的恐懼。

「我愛上你了。」她說：「我可以說我愛你嗎？」

這正是他擔心的。

「寶貝，我好愛你。」

和他的恐懼完全一樣，但不知道為什麼，效果卻和他期待的相反。一陣男人的幸福感襲捲他的身體。知道他完全擁有這個人、征服的快感以及更野蠻的東西、他在她身上製造痛苦的能力突然增強，這些就像施打了全劑量的罌粟一樣全速衝向他。動物本能又開始生龍活虎，他還在不經意間服從它的指示，猛力抽插了一下。讓他驚訝的是，在一個愛上他的女人身體裡的感覺多麼不同，他的生殖器神經現在與她的連結多麼全面。那種感覺幾乎就像他從來沒有性經驗一樣。他再度動作，帶來不可思議的快感。

「所以，你怎麼想？」她說。

「我覺得妳真的好厲害，」他說，繼續做愛。

「好。」她輕輕點點頭，輕到像是在對自己點。

他停住，低下臉，想吻那張說出那幾個神奇字眼的嘴。她把臉移開。

「你為什麼今天不脫衣服？」

「我也不知道。我覺得這樣子很刺激。我也不知道為什麼會這樣。」

再次懷疑地輕輕點了點頭。

「夏倫，」他懇求她。他知道他們得好好談談，並且這次談話不會太愉快，但是他非常希望稍微晚一點再談。他閉上眼睛，屁股再次動作，表達他的期待。愉悅感絲毫沒有減弱，但她立即又開口說話。

「我想聽你說你也愛我。」

他睜開眼睛。早在九月份，當他的心靈唱針進入播放夏倫這首歌的凹槽時，他就有對她說他愛她的衝動。他後來壓抑著沒說出來，是因為在所有事情上，他都跟著她的步伐，並且覺得浪漫宣言並不合適。的確，在感恩節危機後，他很高興早先閉嘴沒說。但是現在，他能靠自己的神經感覺到夏倫從他口中聽到這幾個神奇字眼會有多大的轉變。實際上，這轉變可能如此巨大，他覺得他可以誠實說出來。

「你甚至可以不必認真地說。」她說：「我只是想知道聽到這幾個字的感覺。」

他點點頭，說：「我並不愛妳。」

過了一會兒他才意識到自己說錯了。這真的不是他要說的話，他嚇呆了。

「就算這樣，說你愛。」她說。

「我想說愛，只是說錯了。」

「輕輕說！」

他張開兩隻手臂，往下看著他們毛茸茸的接觸點，搖了搖頭，抗拒自己內心苦澀的真實想法。

「我——我不知道我怎麼了，我說不出來。」

她的臉扭曲得像被真相燙傷一樣。

「對不起。」他說。

「沒關係。」她露出一絲苦笑。「至少，我試過了。」

「天啊，夏倫，對不起。」

「真的沒關係，我們繼續，做完。」

她到最後都很慷慨。但是，即使他的猛火在燒，他也明白，現在從她身上得到更多快樂是不對的。他開始退出來。

「不要。繼續做，」她邊說邊把他拉回去。「就當我剛才沒說那句話。」

「我沒辦法。」

她哭起來。「拜託你繼續，我要你繼續做。」

他做不到。他記得他離家上大學之前，母親告訴他一些關於性應該注意的規則，或是他以為是關於性的規則。她說，在校園裡，無論別人怎麼說，要記得，沒有承諾的性都是虛空的、會讓人受傷的。這是古老的智慧。但是就跟其他規則一樣，等他明白老一輩的人並不是那麼笨時，為時已晚。在他下面正在哭的女孩就是證明。

他從床上起身時，意識到自己還在勃起的猥褻。夏倫躺在床上哭，他拉起牛仔褲，穿上海軍短大衣。下面的嬉皮臥室，傳來一條熟悉的低音線。這張The Who樂團的專輯，他們已經聽了好幾個星期。他搖了搖夏倫的菸盒，用嘴唇叼出一支菸，然後點火柴。早在九月，他就嘗試抽過她的百樂門，從那時起就喜歡。等到他知道抽菸就像做愛，並不會賦予男子氣概時，已經該死地上癮了。

「要不要我幫妳烤片吐司？」他說。

沒有答案。夏倫把床罩拉到身上，面對著牆，只有從她的輕微晃動的捲髮才知道她還在哭。她的床是雙人彈簧床，書桌是架在鋸木架上的空心門板，書架是幾塊一吋厚、十吋寬的松木板，架在空心磚上。

他想起第一次看到她的書，一堆法文平裝本，沒有設計的白色調封面和統一樣式的書背。那時候，三個月前，對他來說沒有哪種女人比高智商的女人更性感。即使到現在，如果他和她只在意心靈和生殖器，此外別無其他，他覺得他們可能還有未來。

他不知道是不是應該現在就這樣離開——這麼做是仁慈還是怯懦。他本來打算寫信和她分手，因為他想和她心靈對心靈、理性地談談，完全避開誘人的坑洞。但是現在他傷了她，她在哭。也許這個情況說明了一切？也許進一步的交談只是有害無益？他坐在她床邊，把菸吸入已經被濫用的肺，等著看自己的下一步是什麼。又一次，存在自由，說話還是不說話。樓地板下面，The Who的低音依然在砰砰響。

「我下學期不會回來，」他聽到自己說：「我休學了。」

夏倫立刻翻身盯著他看，臉頰是濕的。

「我放棄了緩徵資格，」他說：「我得聽他們的，做我該做的，可能是去越南。」

「這樣我會瘋掉！」

「為什麼？這是妳說的，妳說這是應該做的事。」

「不、不、不。」她坐起來，把床罩抱在胸前。「麥可在那裡我已經受不了了，你不能這樣對我。」

「我不是針對妳，我這樣做是因為它是對的。我的徵召順位是十九，就像妳說過的——我其實應該已經走了。」

「天啊，克藍，不，我真的會瘋掉。」

在他小時候，當他的天才弟弟已經大到會下棋，卻還沒大到會贏的那一年，他總是在移動棋子準備將軍前問裴里，剛剛那一步確定了沒。他一直覺得，身為哥哥，為了顯示關心，這是該問的問題，一直到某一天，裴里哽噎地哭著——裴里小時候老是在哭——要克藍**不要這樣對他**。他到現在還沒弄清楚，為什麼她以為夏倫的反應會有不同。

「越南不會殺了我」，他說：「我們已經不進行地面作戰了。」

「你什麼時候開始在考慮這件事的？為什麼不告訴我？」

「我現在不就告訴妳了。」

「是因為我說我愛上你了嗎？」

「不是。」

「我不該說的。我甚至不知道自己是不是認真的。反正我們知道有這幾個字詞，它們存在世上，接著，我們開始好奇張嘴說出這幾個字會是什麼感覺。詞語有自己的力量——只要你說出來，它們就會創造感覺。很抱歉，我試著讓你說這幾個字。你對我這麼誠實。我愛——哦，該死。」她垮下來，又開始哭。

「我真的愛上你了。」

他吐了最後一口菸，然後小心地在她的菸灰缸中捏熄。「跟妳說過什麼沒關係，我已經把信寄出去了。」

她不理解地看著他。

「我是在來的路上寄的。」

「不！不！」她開始用那嬌小的拳頭毆打他，不痛。她身子發散性的氣味，他挑釁的言行又點著了他的猛火。他想起他曾抱著她做，站在她房間裡緩步移動的那一次，正因為她嬌小的身材，才能用這麼棒的方式做。他只差一步就能從坑洞爬出來了，現在又擔心掉回去。他抓著她的手腕，看著她。

「妳是個很棒的人，」他說：「妳完全改變了我的生命。」

「你在說再見！」她哭了。「我不想說再見！」

「我會寫信給你。我會寫信告訴你所有事。」

「不、不、不。」

「妳看不出來這關係不對等嗎？我喜歡妳，但我不愛妳。」

「現在我希望自己從沒遇見你！」

她重重地坐到床腳邊。他對她的同情比去當兵的念頭更強大真實。他同情她如此嬌小又愛他；同情她被他套上的邏輯給拘束了；同情她讓他認識更多知識的存在形式，反而讓他成為離開她的人的諷刺。他想留下來並且解釋，討論卡繆，提醒她行使考慮道德選擇的必要，讓她了解他多麼虧欠她。但是，他擔心他的動物本能。

他彎下腰，臉埋入她的髮間。「我其實是愛妳的。」他說。

「如果你愛我，就不會離開我。」她用清晰而且憤怒的聲音回答。

他閉上眼睛，立刻半睡著了。他強迫眼睛打開。「我得回去收拾房間。」

「你傷透我的心。我希望你知道。」

離開坑洞只有一個方法，就是站起來、堅強起來，然後離開。當他打開她的門，聽到她叫了聲「等等」時，心幾乎都要碎了。他將身後的門帶上，全身開始抽搐，他嚇了一跳，原來是自己在哭，完全無法自主地哭，就像嘔吐一樣無法控制，只不過感覺沒有那麼熟悉。從馬丁・路德・金恩遭到暗殺以後，他就沒有哭過。在一團鹹鹹的模糊中，他沿著一條潮濕地毯鋪著的階梯往下跑，經過一陣現在可以聽到高音的The Who的重擊音樂聲，穿過公用空間裡飄來早晨燃燒大麻的強烈氣味，進入冰冷、灰色的厄巴納鎮上。

五個小時後，雪花在巴士站開始飄揚。他把一個圓筒行李袋和一個超大行李箱交給司機。他一路拖揹著這兩件行李穿過校園，當成基本訓練的熱身。到芝加哥的巴士，車上座位所剩無幾，他買到的是快到吸菸區底的走道位，正後方的座位有個嬰兒不停尖叫。克藍想念夏倫，身體也因為失去以後和她見面的希望一直隱隱作痛，眼淚一直在眼眶打轉，隨時都會流下來，以至於他也可能真的愛上她了。雖然車廂裡的菸霧濃度幾乎就要飽和，他還是拿出一支菸，翻開座椅菸灰缸的蓋子，試著用尼古丁壓抑情緒。讓夏倫傷心的艱難工作已經在他身後，今天還有更多事情要做。

卡繆完全讓人欽佩。克藍和夏倫討論他的思想時，覺得的確有道理。但是，當克藍獨自一人時，就看出卡繆的一個問題。也許因為卡繆是法國人，所以是個隱性的笛卡兒主義者。他假設存在一種統一意識，可以理性衡量道德選擇；但實際上，人的真正動機是複雜而主觀的。克藍——從夏倫借來——很好的道德理由放棄學生緩徵資格。但如果那是他僅有的道德論點，他大可不必寫信給選兵委員會，因為他還有其他強而有力的選擇。例如，他可以起身針對緩徵的不道德，喚起民眾的意識；他可以提出與夏倫的關係阻礙學業這個單純的理由，要求和她分手。但他選了那個特定的理由，其實是因為他父親。

克藍花了最長的一段時間，整整超過十六年，景仰父親的力量。最初是在印第安納州，當時教會配給他們的屋子的腐爛速度比維修還快，克藍常看著父親拉繩以及揮動十字鎬或釘釘子時碩大肌肉收縮的情景，感到敬畏甚至害怕。拉繩子以及在炎熱的八月修剪雜草時會大量流汗。父親的汗有一種獨特、難以形容的氣味——不臭，像是初生的毒蕈或新鮮雨水的味道，那味道強烈到令克藍不安。（要到很後來，當他在新展望鎮的苗圃打工時，在自己汗濕的T恤上聞到一模一樣的氣味。這是一個啟示。據他所知，除了他和父親，世界上沒有人會散發那種氣味。他甚至懷疑有其他人能聞出這種氣味。）父親只要推一下鞦韆，就可以把他推到必須緊抓鐵鍊以免摔下來的高度；父親只要輕輕甩動手腕，棒球就會朝克藍飛過來，力道大到他戴著手套的手掌覺得刺痛；還有吼叫聲，父親生氣時會拉高聲量（總是對克藍，從不對貝琪），那聲音石破天驚到他寧願屁股挨板子，但父親從來不信打的教育。

等搬到芝加哥，他開始崇敬父親的道德力量。他在初中時讀《梅岡城故事》，馬上認出主角阿提克斯・芬奇跟父親很像，並感覺驕傲。他的政治觀點就跟他父親的觀點一樣，那些看法真誠實在到禁得起母親的誇大讚美。他和父親一樣，都憎惡越戰，並堅信爭取民權是當前首要之務。在父親推動廢除新展望鎮公共游泳池黑白隔離規定時，他也跟著獨自挨家挨戶敲門按鈴，分發傳單，並一字不漏地重複父親關於不該有種族歧視的見解。儘管他的行動不如父親既多且廣、也沒有一個講壇讓他講道、不曾坐巴士去到阿拉巴馬州費力宣揚，但他以規模較小的方式追隨父親的榜樣。里夫頓中央中學那批一起打球、欺負同性戀與弱小的學生，很快就學會了要離克藍遠一點。當他看到某個弱者被挑中時，會變得異常憤怒、也不怕痛，因此打起架時特別有優勢。他和多數他所保護的孩子並不是朋友，那些人之所以成了社會邊緣人，不是沒有原因的。他只是在做父親教他的那些對的事。

他們之間僅有的痛點是宗教和貝琪。對克藍來說，形而上的東西沒有任何意義，聖父沒有、荒謬的聖靈說當然也沒有。然後從一開始，只要與貝琪有關的事就會出問題，關於他父親的嫉妒或過度保護的問題。與貝琪單獨在一起，讓克藍意識到自己獨特的雙重性。不管任何人，只要頂撞他父親，他可能就會和那人打架，但是他無法不去破壞妹妹最尊重父親的基督教義信仰。明明他自己遵循的倫理也是基督教義。他非常景仰耶穌，因為祂是一位道德上的老師，一位替窮人和邊緣人發聲的人。但是，他身上似乎有個變態小惡魔、一個以諷刺的異議見長的第二自我，只要與貝琪單獨在一起，他就會把小惡魔或第二自我帶出來。他一步步帶著她論證精神力量的存在缺乏證據、聖經裡面的故事缺乏具體佐證、上帝存在的命題無法被證明、「奇蹟」無法影響科學實驗。這些方法的確奏效。他把貝琪調教成一位初級無神論者，這又成為另一個他們自成一團的原因。還有一個他喜愛妹妹的原因是：只要吃飯時有人提起上帝的話題，她的嘴唇翹起來的樣子。

如果他對自己的無神論更加謹慎，那一來是出於尊重耶穌，另外就是和他父親一起工作非常愉快。父親會耐心教他使用工具，而只要克藍和父親一起搬土、耙樹葉或粉刷牆壁，無論多累，他都拒絕先停工休息。他希望得到父親認可，他的職業道德不亞於他的政治立場，並且他也感謝父親頻繁和熱情地認可他——在這方面，不可能有人比得上父親。當他升上十年級時，他父親想重新定位教會的青年團契，成為亞利桑納州的服務工作營隊。克藍認為沒有理由讓形而上學阻礙他，便加入了。

里克・安布洛斯也在這個時候進入教會。他在教會第一年正職是神學院學生、兼職是團契顧問；這時他還留著短髮、沒有蓄鬍、凡事遵從副牧師的意見。但是經過隔年夏天的政治動蕩後——克藍為尤金・麥卡錫（Eugene McCarthy）競選，與父親一起工作。他父親在八月民主黨全國代表大會期間，為了格蘭特公園的集會抗議，介入調停警察與示威者對峙，導致他的嘴唇撕裂傷——這以後安布洛斯再回到團契時，不僅留了長髮，還換了個傅滿洲的造型。教堂裡的一些男孩，尤其是譚納・伊文斯，也有樣學樣，換了一樣的造型。此後，星期天晚上開始出現新的吵鬧聲、對權威的不耐煩，從其他教堂來的長髮孩子，甚至不屬於任何教堂的長髮孩子，都開始出現在聚會上。當時克藍從沒替他父親擔心過，誰會在乎一位派立受職的牧師隨身攜帶聖經，每次聚會都用形而上的祈禱文開場？金恩博士很虔誠，沒有人因此看不起他。克藍認識的人中，沒有誰比他父親更熱衷社會正義；真正愛一個人、愛他整個人的時候，對於那些在其他情況下可能會在意的小事，不也就接受了？當他父親在團契聚會上滔滔不絕地講信仰時，他看到很多人在翻白眼，貝琪也是，但這並不表示她不愛他。

到一九六九年春天時，這個團體的規模已經大到要包兩輛巴士才夠載人。復活節假期的第一個下午，巴士在教堂的停車場等著他們，他們的計畫是在亞利桑納州建立兩個獨立的工作營。因此，將所有人依照目的地分乘兩輛車是最合理的做法。不過情況不是這樣，情勢很快就相當明顯，一輛巴士被當作是酷車，因為安布洛斯一把他的行李放在那輛車旁，譚納・伊文斯那一幫人立即一擁而上，其他人接著跟進；另一輛是不酷車，搭載的是克藍和他父親，以及第一歸正會的無趣孩子。對於克藍來說，巴士只是交通工具，可以帶他們到空氣稀薄的平頂山、聞聞矮松和炸麵包的氣味，以及替家鄉被搶劫和壓迫的少數民族搬石頭和釘釘子。他們所謂的酷，其實是幼稚的。在新展望鎮，沒有人比他妹妹的人氣更高，而且，他從貝琪告訴他的事知道一個事實：受歡迎的孩子並不比不受歡迎的孩子有內涵。因為他有貝琪，所以他從不在學校費心交朋友，他交往過的幾個好朋友也不是團契成員，但他和許多不酷的無趣孩子交情還不錯，比如說那位壞脾氣的胖女孩、甚至是那位愛講雙關語的強迫症傢伙、還有那位經常講話不用大腦的幼稚小孩。如果讓他們放心、多給他們一點時間，他們都會有些有趣的事情可以分享。耶穌可能也會這麼做，克藍做起這件事的感覺也很好。

然而，他父親似乎對自己在不酷巴士上坐立難安、憂心忡忡。他們的司機開得比另一輛慢一點，父親坐在司機正後面，低頭盯著路，似乎很擔心脫隊。克藍早早就睡了，當他晚上醒來時，看到父親的眼睛還盯著擋風玻璃外的道路，以為他是興奮與期待。直到早晨，他們的巴士在德州鍋柄區的卡車休息站趕上安布洛斯的巴士時，情況才終於明朗：他父親要安布洛斯跟他交換座位。

從理論上來說，這也沒有錯。他父親是團體的負責人、也有牧職，在另一輛巴士上現身，沒什麼不對。但是，當克藍看到父親急切地朝著另一輛車走去，沒有向後看一眼的時候，他內心攪動了一下。他的直覺顯示，他父親換車位，不是因為那是件該做的事，而是因為出於私心，他才想去另一輛巴士。

那天晚上，當他們終於抵達亞利桑納州粗石鎮，克藍的直覺以最可怕的方式被證實了。在黑暗中，巴士的車頭燈照亮了一片塵埃雲，團員為了搬拿行李亂成一團。依照規劃，一半團員和他父親留在粗石鎮，另一半則和安布洛斯繼續前往平頂山上的基斯利開墾區。所有團員在幾週前開始登記首選地點，克藍選擇去基斯利，因為他比較適合那地方的原始生活條件。但是，大多數登上前往基斯利巴士的孩子，卻是因為安布洛斯才選擇那地方。其中包括譚納・伊文斯和蘿拉・多布林斯基，還有他們玩音樂的朋友、以及樂隊中幾個最可愛的女孩。克藍的父親帶著圓筒行李袋上了車，滿載的巴士準備出發，剩下安布洛斯沒現身。

計畫改變，他告訴大家。他決定由他率領基斯利營隊，讓里克留在有宿舍的粗石鎮比較好。巴士內的人目瞪口呆，片刻後，蘿拉・多布林斯基和她的朋友們帶頭抗議，爆發一陣呼喊，但為時已晚。司機已經關上門。他父親坐在克藍旁邊的走道位置上，拍拍他的膝蓋。「太好了，」他說：「我們可以一起過一整個星期。這樣更好，你不覺得嗎？」

克藍什麼也沒說。從巴士內最後方傳來急切、憤怒的女性低聲交談的聲音。父親把他困在靠窗位上，他覺得如果不脫逃，下場可能會很慘。作為這個男人的兒子的恥辱，對他來說是個新經驗，痛苦極了。他在乎的不是自己在那些酷孩子眼中是什麼樣的人，而是父親因為濫用小職權控制了這一車，讓自己在這群孩子眼中看來非常弱。接著，他父親又利用他，以一副父親的形象與口吻說話，假裝沒做錯任何事。

到達平頂山上後，裝模作樣繼續上演。這位老人似乎刻意對基斯利營隊憎恨他取代安布洛斯視而不見。他沒有意識到自己快五十歲了，是安布洛斯的兩倍，角色不可能互換。是的，他比安布洛斯強壯、工作技能更熟練，而且，他活力四射——回到平頂山、與納瓦霍人敘舊、在他愛的土地上走動，總是讓他振奮。但是，每天早上當他分配工作時，沒有人自願加入他那一隊。當他逕自挑選了一組由他領導的工作人員，忙著準備當天該用的工具和料件時，發生了一件好笑的事：他的隊伍中的蘿拉・多布林斯基的女性朋友，都會和其他隊伍的成員換位置。他一定也注意到了，但未置一詞。也許他太懦弱，不想拿這件事做文章，也許他不在乎那些女孩對他的看法，也許，他只是想阻止他們與他們鍾愛的安布洛斯一起度過一星期。

克藍是隊長，他父親唯一交付責任的未成年人。一年前，這種表達信任的方式會讓他覺得興奮，但現在，他只想感激他永遠不是父親隊伍的一員。白天，辛苦的體力勞動緩和了回到宿營學校的恐懼，但恥辱總是等在吃晚飯的地方。根據他的原則，與父親一起用餐是他的義務——否則他父親會省略晚餐——並且虛情假意地暢談他挖掘化糞池管路的工作心得。看到他的同齡人都一起吃飯、歡笑，克藍覺得他單獨被詛咒和孤立。他希望自己是其他人——誰都無所謂——的兒子。

團契的傳統是大家在晚餐後集合、圍著一支蠟燭，分享當天的想法和感受。在基斯利，那些酷女孩每天晚上都像一堵石牆不出聲。在一星期快要結束的某一晚，他父親甚至問她們中最漂亮的莎莉・珀金斯，有沒有事情要和營隊分享。莎莉只是盯著蠟燭搖了搖頭，拒絕開口；她針對性如此明確，蠟燭周圍的氣氛劍拔弩張，還好譚納・伊文斯及時在他的十二弦琴上敲出和弦，並帶領全營隊唱歌，才沒有引發全面對峙。

如果克藍的父親以為都不會發生對峙而鬆了一口氣，那他就錯了。十天後，在亞利桑納州之旅後的第一個週日聚會，爆發了一件事，由於之前被壓制了一陣子而更加猛烈。四月份的夜晚異常炎熱，團契會議室就像閣樓一樣，又悶、濕氣又重。大家都急著下樓參加活動。克藍的父親站出來開始帶領禱告，房間安靜了下來。他瞥了一眼莎莉・珀金斯和她的朋友，他們一直在聊天，並且故意提高聲量。「我們在天上的父。」他說。

「這個房間應該要開空調。」莎莉對著蘿拉・多布林斯基大聲說。

「莎莉！」里克・安布洛斯從房間的一個角落吼著。

「幹嘛？」

「安靜。」

克藍的父親略停了一下，又開始。「我們在天上的父——」

「不要！」莎莉說：「很抱歉，但我不要。我受夠了他愚蠢的禱告。」她跳了起來，看了房間所有人一圈。「有沒有人像我一樣受夠了他的禱告？他已經搞砸了我的春季旅行。如果他繼續這樣下去，我真的要吐了。」

她的語調輕蔑地讓人震驚。整體來說，無論國家發生了什麼事，無論權威遭受什麼程度的質疑，但還沒有人被容許在教堂裡這麼說話。

「我也受夠了那些禱告，」蘿拉．多布林斯基站起來說：「好，現在有兩個人。還有誰？」

同一時間，其他酷女孩也站了起來。房間的悶熱使克藍窒息。蘿拉．多布林斯基直接對著他父親說話。

「年輕的納瓦霍人也不喜歡你。」她說：「他們受夠了傳教。他們不要一個看不起他們的白人告訴他們白人上帝要他們做什麼。你到底知不知道別人是怎麼看你的？也許你和那些長老還不錯，那也不知道是什麼年代的事情了。也許他們到現在還是覺得不錯，但是那些是老頭子，傳教士的狗屁已經不管用了。」

里克．安布洛斯氣到雙臂交叉、低頭看著靴子。克藍的父親臉色完全刷白。「我想要說點話。」他說。

「難道你會聽進去，然後準備改一改嗎？」蘿拉說。

「如果我沒有別的辦法，蘿拉，我相信我確實懂得怎麼聽。傾聽是我的工作。」

「你懂得傾聽你自己嗎？我看不出有什麼證據能證明你會傾聽你自己。」

「蘿拉。」安布洛斯說。

蘿拉轉過身來。「你要替他說話嗎？因為他是，什麼，派立受職的牧師？我倒覺得，這是針對他的打擊。」

「如果你對羅斯有意見，」安布洛斯說：「妳應該直接找他談。」

「我不是正在做嗎？」

係。」

「單獨一對一的談。」

「他媽的，我才沒有興趣一對一。」蘿拉轉向克藍的父親，繼續說：「我沒興趣跟你扯上什麼談話關係。」

「很遺憾聽到妳這麼說，蘿拉。」

「是嗎？我真的不認為我是唯一這麼覺得的人。」

「我也沒興趣，」莎莉・珀金斯說：「我也沒興趣跟你扯在一起。事實上，如果你還在這個社團裡面，我甚至不想來了。」

一半以上的人現在都站起來了。喧鬧聲中傳來安布洛斯的吼叫聲。「坐下！現在大家都坐下，**全部給我閉嘴。**」

群眾聽了他的話。儘管嚴格來說安布洛斯是克藍父親的下屬，但大家都知道這個團體真正的領導者是誰：誰是強者，誰是弱者。

「今天晚上，我們先不禱告，」安布洛斯說：「羅斯，你同意嗎？」

老人溫順地、微微地點了點頭。他太弱！很弱！

「你沒有聽懂我們的話，」蘿拉・多布林斯基說：「你還沒有搞懂。我們要告訴你的是，要**嘛他走、要嘛我們走。**」

同意的吼叫聲響起，克藍無法忍受。不管他在亞利桑納州時覺得父親做過什麼讓他覺得羞恥的事，但現在看到一個軟弱的人被欺負，他都無法忍受。他舉起手，揮了揮。「我可以說幾句話嗎？」

立刻，所有人的目光都到他身上。安布洛斯點頭表示同意，克藍紅著臉、有點不穩地站起來。

「我不敢相信原來你們這麼刻薄。」他說：「你們要離開，因為不喜歡兩分鐘的禱告？我也不喜歡，但我來這裡，不是因為禱告。我來這裡，是因為我們是致力為窮人和弱勢服務的團體。你知道嗎？我父親投入這件事的時間比在座任何人活著的時間還久，他的決心也比在座任何人都堅定。我認為那值得被好好看待。」

他又坐了下來。鄰座的女孩碰了碰他的手臂表示支持。

「克藍說的對，」安布洛斯說：「我們要相互尊重。如果我們無法以團體的形態來解決這個問題，那麼我們就不配自稱為團體。」

莎莉・珀金斯盯著克藍的父親。她似乎對他不敢看她生出一股殘酷的滿足感。「不對。」她說。

「莎莉。」安布洛斯說。

「我們投票表決。」她說：「看看如果他還在，有多少人想留在這裡？」

「我們絕不會這樣做。」安布洛斯說。

「那我要走了。」

她又站起來。超過一半的人跟著站起來。克藍的父親痛苦地睜大眼睛。「我想說幾句話，」他說：「聽我說幾句話，好嗎？我不知道怎麼會變成這樣子——」

蘿拉・多布林斯基笑出來，走出去。

「我很抱歉沒有當好你們想要的那個人，」老人說：「我想，我還有很多地方需要向你們學習。我關心這個團體，非常關心。我們的工作一直很棒，我想幫忙大家一直做下去。如果大家想讓里克帶領禱告，或讓里克帶領這個團體，我沒問題。但是，如果你們關心的是個人成長，我希望有機會體驗你們的成長。我希望你們給我這個機會。」

克藍覺得自己快要變成石頭，而且，這石化如此真實，似乎只要用錘子輕敲，他的身體就可能碎掉。

他父親在求人，甚至這樣求人也完全沒用。莎莉・珀金斯走出去後，有一半的人跟著她，那些人都堵在門口，他們急著表態，顯示他們是同一國的。老人像隻不明究裡的動物，呆呆地看著他們。

安布洛斯的立場也很困難。他建議由他去和叛徒們講道理，留下羅斯在現場帶領一次呼吸練習。老人又順從地點了點頭。安布洛斯離開後，克藍在留下來的教堂孩子中看到了譚納・伊文斯。他很訝異。「我希望大家都呼吸。」老人說，聲音有些顫抖。「我要躺下——」

「我們都躺下，閉上眼睛。好吧？」

他本應該繼續發號施令，透過具象化的語言帶領團體，但大家只聽到樓下叛徒的嗡嗡聲。當克藍躺在悶熱的地上試著呼吸時，他的思緒回到貝琪。他父親一直希望跟她成為特別的朋友，但似乎不滿意克藍也是她的特別朋友，還試圖把他們倆分開，然後和他們各別建立私人關係；他這樣的特別對待很不尋常，因為貝琪本來就受歡迎，而克藍很可以照顧自己。不像他們的弟弟那樣需要特別關心。裴里天份高，卻懶得投入任何事，他父親在人前大肆地強調要照顧弱勢，但他在裴里身上只會挑錯。現在，他在團契裡也上演同樣的戲碼。他父親沒有為社會上有需要的人服務，而是試著把受歡迎的孩子與安布洛斯分開，並把他們納入自己的羽翼。他不僅很弱，還讓人作噁——他是道德騙子。

克藍聽見腳步聲，坐了起來，看到父親跟隨安布洛斯走出房間。現在沒有人假裝做呼吸運動。譚納・伊文斯看著克藍，搖了搖頭。

「聽著，」克藍說：「我不想再談這件事了。我們可以不要管這件事了嗎？」

團隊裡傳來鬆一口氣的嗡嗡聲，同齡的人都了解。

「我不會退出。」他補充說：「但是我想我應該要回家了。」

他搖搖晃晃地走過房間、走下樓梯，好像他是因為請了病假離開。回到牧師館，他逕自走到自己的房間、鎖上門，拿起一本從圖書館借來的亞瑟・克拉克（Arthur C. Clarke）的小說，將自己沉浸到別人的世界中。等他聽到輕輕的敲門聲，已經是兩個小時後的事了。

「克藍？」他父親說。

「走開。」

「我可以進來嗎？」

「不行，我正在讀書。」

「我只想謝謝你，克藍，我要謝謝你今晚說的話。你可以開門嗎？」

「不行，走開。」

他父親的弱帶給他的痛苦就像生了一種病，病情在接下來幾個星期持續不退。到了下一個週日聚會時，他想起了提姆・謝弗。這個男孩參加過團契，後來因為腦癌開刀，術後曾經回來參加活動，但兩個月後就過世了。如今每個人都想在練習活動時當克藍的夥伴，如果他不想公開情緒，沒有人會吐他的糟。里克・安布洛斯還私下告訴他，他沒看過比克藍站起來捍衛父親需要更大力量和勇氣的。安布洛斯開始對他無話不談，在後勤決策上請他幫忙，並連續好幾天拿他的無神論開玩笑以示好感。兩人從未提到、但克藍認為再明顯不過的一件事是，安布洛斯認為他需要一個新的父親形象。

他不再敬重老頭。自從瞥見了他的基本弱點後，克藍現在可以隨時看到它，看到他利用貝琪的禮貌拖她陪他在週日散步、看到他在教堂活動時疏遠母親但與別人的妻子熱絡聊天、看到他因為年輕人喜歡里克・安布洛斯而抹黑他、看到他跟那些沒有必要聽的人說起他與史托利・卡邁克（Stokely Carmichael）一起遊行並成功廢止了游泳池的種族隔離規定、看到他盯著浴室的鏡子，用指尖撫摸著蓬鬆的眉毛。那個他曾經景仰過的強壯男人，現在似乎只是一團非常糟糕的墨水漬。克藍無法忍受和他同在一個房間。他放棄學生緩徵資格，意在向父親顯示強者該做的事。

前往芝加哥的巴士上菸霧瀰漫，加上車外的低溫天氣，使得暮色提前現身。落在玉米田上的雪變得黯淡，模糊了田埂與殘根的分際。克藍的座位正後方那個嬰兒剛發明了一個字buh，並愛上了它。每次她一說Buh，都會帶著新鮮的喜悅格格聲發笑，以一分不差的間隔讓他保持清醒。不需採取任何行動，巴士都會帶著他前進，前進去告知父母他寫了信給徵兵委員會，遠離他對夏倫所做的事造成的傷害。那傷害的深度愈明顯，他的痛楚就愈像悲傷。他唯一能想到的解脫，就是貝琪的祝福。

5

帶著對自我的嫌惡感，過胖的瑪莉安逃離了牧師館。早餐時她依照《紅書》雜誌上的作家所寫的建議，細嚼慢嚥吃完一個白煮蛋和一片烤吐司。那位作家聲稱在十個月內體重減了四十磅；《紅書》還替作家拍攝類似電影《太空英雄芭芭拉》（*Barbarella*）裡女孩穿連身褲的那種照片，炫耀她未來感的螞蟻腰。作家還建議，替自己開一罐在全國打廣告的減肥飲料代替午餐、每週進行三小時劇烈運動、重複誦唸**勿逞口腹之慾留下腹臀便便**的咒語、買個小禮物並精心包裝好，一旦成功減重，就把禮物送給自己。不過，除了十年份的安眠藥，瑪莉安想不出來有什麼可以買來給自己當作獎勵。這個星期二和星期四早晨，她已經排了去長老教會上健身課，如果賈德森不在家，今天她就會去上課。上一小時課所消耗的卡路里，應該可以吃半個塗美乃滋的三明治，但是她今天連這頓午餐都吃不到。她的午餐是兩根在纖維縫隙中抹上起司的芹菜。她本來要帶它們出門，度過毫無食慾的一個下午，走前卻看到她和賈德森一起烤的餅乾，有一塊已經碎成兩半。看看它身邊，只有這塊餅乾是冷卻架上唯一裂開的，她感到難過。她是它的創造者，吃掉它是種憐憫。它的甜釋放出她的食慾，她又接著吃了五塊，然後開始厭惡自己。

她穿著網球鞋和多處縫補的軋別丁風衣，途經低溫造成的樹皮凝結變黑的一排樹，經過一間間一九四〇年代蓋的住宅，當時婚姻制度就像這些房子的門面一樣穩固。她邊走邊大跨步，顯得搖搖晃晃，但她不必擔心有人注意。牧師的妻子單獨走在路上，除了可憐她沒有車可開，外人不會產生其他想法。一旦人們認識她、知道她在社區中的地位，便把她放在所有重要的好人光譜中「非常好」的那一端，之後她就從他們的視野中消失了。街上的男人不可能注意她性不性感，不會好奇地想知道另一個角度的她，因為她自己和時間在她身上不停留下痕跡。從這個角度來說，她是隱形人；在她先生眼中尤其是，在她孩子眼中也是。孩子們看不到她，但是習慣了被她厚實溫暖的母性籠罩。她覺得儘管新展望鎮沒有一個人會不喜歡她，但鎮上也沒有人真的是她密友。她家財務狀況捉襟見肘，但她更缺的是友誼貨幣。她就是沒有能一起分享建立信任小秘密的朋友圈。她知道很多秘密，但是那些都太大了，大到牧師之妻沒辦法安全地與人分享。

雖然沒朋友，但大家不知道，她有個精神科醫師。今天是她的約診日。她已經遲了。她痛恨慢跑和慢跑時身上多肉部位往下拉扯的力道。轉入楓樹大道後，她用短淺的步伐跑起來。跑步時每單位距離燃燒的卡路里應該比走路來得多。楓樹大道兩旁都是供人免費觀賞的房屋裝飾，一間間爭奇鬥豔；灌木叢、欄杆和屋頂爬滿綠色塑膠藤蔓，還有顏色假假的果實。瑪莉安不確定那些晚上才會點亮的聖誕燈飾，是否能好看到抵消白天看上去的醜，何況白天還真夠長。還有一件事她不確定，孩子們對聖誕節的興奮是否能抵消成年後對過節感到疲憊辛勞，同樣的，孩子長大後的日子還真夠長。

到了皮爾西格大道，她開始放慢速度，改為快步走。新展望鎮唯一知道她在看精神科醫師的，是柯斯塔・塞拉菲米德斯牙科診所的櫃檯員工。牙科診所就在火車站附近一棟低矮磚房裡，生意非常好。醫師的妻子蘇菲就在裡面一間沒有標示的小房間，替精神病患者看診。這個房間夾在兩個相同的房間中，那兩個房間負責刮除牙菌斑及填蛀牙，所以任何人在候診室看到瑪莉安，會以為她是來看牙的。等進入蘇菲的那間辦公室，還可以聽到橡膠底便鞋發出的嘎吱聲、洗牙機動力線發出的哀鳴聲，還有牙科特有的聞起來讓人心情愉快的消毒水味。辦公室有兩張皮椅、參考書架、裱框證書（蘇菲・塞拉菲米底斯，醫學士）和一個裝滿藥品的抽屜櫃。房間就像現代化的懺悔室，不是很隱蔽，但足以將人腦內的斑塊刮除。付款方式不是像美式足球的長傳，可以分期慢付，而是當場給現金。

瑪莉安二十出頭時，是個虔誠奉行教義的天主教徒。那個時候，她相信是教會救了她，至少保持她正常。但後來她遇到羅斯，變成頭腦冷靜的新教徒後，開始覺得年輕時的天主教信仰是另一種形式的瘋狂，比造成她二十幾歲被送進醫院的那場瘋持續得更久，但終究還是一種病。在她信天主教的那個階段，生活就好像是在一座總可以讓陽光燦爛也變得暗不見光的穹頂下。她一直沉迷於罪和救贖，習慣在微不足道的事物中找大道理——一片葉子掉在腳上，同一天在兩處聽到同首歌——她偏執地認為自己能感知上帝正在注視她的一舉一動。當她愛上羅斯，又得到嫁給他的美麗祝福，然後孩子一個接一個健康出世，每個孩子都寶貝到沒有遺憾，她把那扇心門關起來，那扇門後的太陽總是很黑暗，在那扇門後她只有一個朋友——如果無限存在（infinite Being）能算是朋友——就是上帝。那個二十二歲前不停禱告的女孩，她慶幸自己不再是她。

直到前一年春天，裴里出現睡眠障礙，又在學校裡惹上麻煩，她又再次打開那扇心門，比較裴里的症狀與她自己當年的狀況；之後她第一次去找蘇菲・塞拉菲米德斯看診，在小房間聞著診間氣味，她才察覺到對當年虔誠信奉天主教歲月的懷念。她想起舒暢人心的懺悔，想起鍾愛的宏偉教堂建築與莊嚴的教會歷史。雖然她的罪很重，感覺起來卻不過是滴進超大桶子裡的幾滴水——那個桶子裡有太多人的前例，而且都是古老容易處理的事。羅斯講述與實踐基督教義時，很少提到罪。瑪莉安在知識上受到羅斯啟發，相信他說傳播愛與團體的福音，比傳播罪與天譴的信條更能接近基督的教誨。但是她最近開始起疑，她愛自己的孩子勝過愛耶穌。祂的神性仍然是個問號，基本上，她不相信祂死而復生，但她絕對相信上帝。她可以感覺祂在她身體裡、在她周遭。她二十二歲時，上帝在**那裡**，現在，她五十歲了，上帝依然在那裡。而且，就算只愛上帝一點點，只是在她碰巧自問是否愛上帝時，也顯示她愛上帝勝過任何人，甚至勝過她的孩子，因為對上帝的愛是無限的。她想知道，像第一歸正會這種優秀的新教教會，那麼強調耶穌的道德教誨卻偏離大罪（Mortal Sin）的觀念，是否正在犯錯。第一歸正會的愧疚和道德文化協會的愧疚，並沒有什麼不同，它們都是自由主義定義下的罪惡感，會激發人們去幫助不幸者的情緒。對天主教徒來說，愧疚不僅是一種罪惡感，而是由罪帶來的無法避免的後果。這是客觀存在的事，上帝看得很清楚。祂看到她吃了六塊糖餅乾，她犯了暴食的罪。

她快步走過皮爾西格大道的商業區，盡量不去看商店櫥窗，裡面陳列的商品彷彿都在斥責她。羅斯確實反對聖誕節被商業化，家中買禮物的預算因此相當有限。對孩子來說就很難，尤其是在繁榮的社區長大的賈德森。她買過一個足球遊戲盤給他，玩具店員向她推銷保證男孩都想要這玩具。但賈德森可能太聰明了，沒玩多久就放到一邊。她替貝琪買了一個可能因為尺寸不好用所以打折賣的可愛手提箱。克藍對科學有興趣，所以她買了一個比他在學校用的顯微鏡過時的二手顯微鏡。而裴里——哦，裴里想要的東西太多，而且不管有多少，他都有本事物盡其用。但他很體貼，考慮過她的能力後，暗示他知道她負擔得起的禮物。她買給他的是個最便宜的卡匣式錄音機。就是電器商店裡擺來與新機對照用的展示品，以便告訴消費者他們買到的不是最差的款式。同時，她在放襪子的抽屜後面，同時放著一個信封，裡面有八百元現金，這筆錢她還沒拿來付給蘇菲・塞拉菲米德斯，蘇菲就是那個她付錢換得的朋友。

除了自私，她還深藏著一整層愧疚。她不僅會說謊、偷竊，很久以前還做過一件更壞的事。她遇見丈夫的那一刻，就對他撒謊。十五分鐘前，她從後門離開時，對女兒撒了謊：「我上運動課要遲到了。」她是遲到了，沒錯。一小時的課程遲到了兩小時！她的軋別丁大衣口袋裡的二十塊，是她從瓦百世大道的珠寶店那裡換得的一千四百元中的一小部份。她清理姊姊的曼哈頓公寓時，沒有把珍珠戒指和鑽戒列入遺產清單，而是放進自己的口袋。當時，她告訴自己，作為遺囑執行人，她這麼做是在糾正姊姊的不義；貝琪不久之後就可以得到一大筆錢，而且她不需要昂貴的珠寶。如果瑪莉安依照初衷，將錢分配給沒得到雪莉遺產的裴里、克藍和賈德森，那麼她的偷竊行為還可以被原諒。但是她在六月與蘇菲進行了第一個小時療程後，蘇菲建議改為每週諮詢，她說這樣比開安眠藥處方箋更有價值。蘇菲並解釋她的收費與諮詢療程的連動關係，並問瑪莉安一週二十美元會不會無法負擔。瑪莉安回答，她的確有一筆金額不大但可以自由支配的資金。從此她再也沒有否認犯下偷竊的惡行。

多虧在楓樹大道上奔跑，她抵達牙科診所時只遲到五分鐘。停車場比平常空了很多，候診室只有一對母子，孩子正在讀《兒童學習雜誌》，顯然不關心等著他的口腔不適。此外，母子都是黑人，顯示塞拉菲米德斯醫生的自由主義立場。他們的教育不僅把他們帶入郊區，還帶他們離開童年時代的希臘東正教；他們屬於「道德文化協會」。瑪莉安知道這一層始末，是因為她問過櫃檯員工，他年約六十歲、是個希臘人、有守口如瓶的美德。他默默對瑪莉安點了點頭，讓她直接進入密室。

蘇菲・塞拉菲米德斯擁有美麗的橄欖膚色和濃密的白色捲髮，是個一坐上椅子，別人就再也看不見椅墊的麵糰體型。瑪莉安在電話號碼簿上看到她天使般的姓氏，印象深刻，而且她名叫蘇菲。在洛杉磯時，治療她的精神醫師都是那種自覺高人一等、難以忍受的男人，他們完全不期待她能恢復心智。在新展望鎮能找到女醫生，算是奇蹟。連瑪莉安都不自知，她已經把自己跟那個失去愛人能力、逃避現實的母親之間所有無解的問題，「轉移」到蘇菲身上（瑪莉安的母親一九六一年因肝病去世，當時她跟瑪莉安已經不往來）。蘇菲・塞拉菲米德斯只關心現實。她散發著——本身就是——地中海的溫暖和敏銳，這種特質有時讓人不好受，但瑪莉安不覺得有何不好。

最讓麵糰高興的，莫過於瑪莉安帶來新作的夢。但是瑪莉安今天沒帶任何夢，何況，她今天比較想來懺悔。她掛好外套後就坐下懺悔，解釋自己為什麼穿運動服，因為她得告訴貝琪要去哪裡。她還懺悔自己狼吞虎嚥——硬塞硬撐、吃飽吃脹——一口氣吃了六片糖餅乾。蘇菲聽了愉快地笑，她指出：「聖誕節一年就一次嘛。」

「我知道妳認為我太在意這件事了，」瑪莉安說：「我知道妳認為這沒什麼。但是妳知道我今天早上的體重多少嗎？一百四十三磅！我從九月起就一直在餓肚子，做深蹲和仰臥起坐，避免吃甜食。結果，三個月才瘦六磅。」

「我們討論過計算數字這種行為，人只是在用數字懲罰自己。」

「我很抱歉。但是對我這種身高的人來說，一百四十三磅，明顯超重了。」

蘇菲開心地笑了，雙手交叉放在肚子上，她不覺得肚子豐滿有什麼好尷尬的。「用吃餅乾回應超重情緒，有趣的反應。」

「好吧。貝琪很煩人——她最近變得讓人無法忍受。如果她只是煩躁和有心事不願意說，我可以應付，但是譚納・伊文斯昨晚打電話到家裡找她，然後，我過了半夜才聽到她回家，今天早上她又早起、臉上充滿光采。她平常不是這樣的。她什麼都沒說，但顯然是很高興。我在猜，那是初戀的甜蜜——世上不可能有比這更甜蜜的事了。」

「是的。」

「譚納是個好孩子。他很有才華、還上教堂，他真的很好看。當我想到自己的青春期，真是一場災難……貝琪完全相反。她是個有眼光的好孩子。我覺得她很棒——也替她高興。」

蘇菲愉快地笑了笑。「這麼驕傲高興，難怪要吃六片餅乾。」

「為什麼不行？就算我能挨一年餓，還是不可能回到十八歲。」

「妳真的想回到十八歲嗎？」

「如果我能回去，像貝琪一樣？重新生活，再重頭來一次？當然。」

麵糰似乎在抗拒爭執。「好吧，」她說：「還有什麼？」

她已經知道答案了。接著「還有什麼」的答案，一定是羅斯。瑪莉安在候診室看過其他從診間出來的病人，她們的表情比看完牙的病人還煩躁。來的人多半是中年婦女，她推測離婚潮正入侵新展望鎮。蘇菲的主要的客戶有三種：人妻、沮喪的人妻、丈夫離開了或即將離開的人妻。因為客戶性質如此，蘇菲會先推定所有人夫都是嫌犯，這點可以理解。手裡拿著錘子，看什麼都像釘子。在他們的第一個一小時中，瑪莉安察覺蘇菲不喜歡看不見的羅斯。在隨後的那些小時中，她試著解釋自己的婚姻不是問題，羅斯不像其他丈夫，他只是因為職業生涯遭到羞辱、發生危機才有點失措。蘇菲則面露慣常的愉快微笑，追問瑪莉安，如果她不擔心婚姻，為什麼每週四來看診時，總是會提起這件事。最後，到了八月，瑪莉安承認羅斯不對勁——他站著的時候開始挺直腰背、還會細心打理儀容，同時他似乎很緊張、非常排斥她接近，還挑剔她說的每一件小事——她也不再像以前一樣，對他的行止舉動那麼有把握。對蘇菲來說，這代表瑪莉安的「突破」，還親切地表示這段婚姻也許還值得挽留。她建議瑪莉安多花點時間走出家門、走進世界、更獨立一些，讓自己改換情境，讓羅斯看到。既然錢仍然是問題，也許，她可以考慮兼差？或是去報名大學進修課程？瑪莉安的行動計畫是在聖誕節前減掉二十磅。蘇菲比瑪莉安重得多，但她顯然對瘦小的牙醫先生還有吸引力。她勉強同意瑪莉安的計畫，但她告訴瑪莉安，如果要減肥，應該是為自己著想，目的是控制自己的生活。

「我想，羅斯今天早餐時對我撒謊。」瑪莉安這時說出來，想讓她的收費朋友高興，每次聽到瑪莉安對羅斯有新抱怨，蘇菲都視為是一種進展，代表她朝著——朝著什麼？終於認清現實，承認自己的婚姻已完蛋？「他走下樓梯的那一刻，我就看出來他很興奮。他高興的時候，兩隻腳就像小男孩會抖個不停。或許可以這麼說，他會像貓王一樣，屁股停不下來。他穿著他生日那天我買給他的襯衫，那件襯衫他穿起來很好看，因為藍色會讓他的藍眼睛更醒目。但是，怪就怪在這裡，他今天只有一些探訪活動、送東西到芝加哥市區裡的教堂，以及晚上去主任牧師家的開放日活動，他一定要回家換衣服才去的。所以，我就問他是不是還有其他活動，他說沒有。我才開始懷疑那趟送東西的行程有問題，因為法蘭西絲·卡崔爾也在裡面。法蘭西絲——」

「那個年輕寡婦。」蘇菲說。

「沒錯，她遲早會毀掉某個人的婚姻。現在她進了羅斯在內城區領導的服務圈。所以我問他還有誰會跟他一起送貨。他讓我覺得，他早就準備好我會這麼問，我還沒問完，他就打斷我，說：『只有凱蒂·雷諾茲。』凱蒂也是服務圈的人。她現在退休了——她以前在我們鎮上的高中教書。問題出在，羅斯答得太快了。還有襯衫，還有他的兩隻腳都在抖。所以——」

「所以？」

「好吧。還有，他從來不提她的名字，法蘭西絲。有一天他們要去城裡的時候，我剛好在停車場看到她。只有那一次，他從嘴裡說出她的名字，那是因為當天晚上我問他，她怎麼也會去城裡的時候。」

「她還年輕。」

「很年輕，她有個兒子在讀高中。」

「年輕都一樣，」蘇菲說：「柯斯塔喜歡談論春天第一個變暖的日子，因為年輕女孩都會穿著夏天洋裝出門。光是繞著年輕有吸引力的女人打轉，就能激起男人的活力。這也不一定有錯，我自己也喜歡看那些夏天洋裝。」

有趣的是，蘇菲在瑪莉安替羅斯辯護時，角色是檢察官，卻又在瑪莉安質疑他時，主張寬容。她想知道，這是精妙的治療策略，還是讓她每星期花二十元回診的手段。

「我想，我還沒有到那種高度，」她不耐煩地說：「妳知道我會吃掉那些餅乾的理由是什麼嗎？我覺得自己沒有辦法在一個早上應付太多快樂的人，貝琪就是今天早上多出來的那個快樂的人。」

「除非那時候羅斯正在受苦。」

「可能是，是的。我們已經達成共識，我不是壞人了嗎？如果我們有共識了，那我肯定錯過了。」

「妳覺得自己是壞人。」

「我知道我是壞人，妳想不出來的壞。」

這時蘇菲的微笑換成一種吹毛求疵的表情。好笑的是，在治療過程中，她的皺眉時間可以被預測。瑪莉安感覺自己被當成小孩子。

「我本來可以吃掉全部的餅乾，」她說：「我沒有這麼做，只有一個原因，這樣賈德森就沒得吃了。但是，我絕對可以吃掉全部餅乾。餓了三個月才減了六磅，好像也沒有人注意到，好像我根本不該瘦。我每天早晨在鏡子裡看到噁心的東西，就是我付出的代價。」

蘇菲瞄了一眼小邊桌上的線圈筆記本。從夏天開始，她就不曾在那個本子上記過事情。那一眼有威脅的味道。

「對了，順便提一下，不只是我，」瑪莉安說：「我認為每個人都是壞人，我認為壞是人性的根本。如果我真的愛羅斯，看到他又快樂起來，難道我不該高興嗎？即使他和那個美麗的年輕寡婦已經在一起了，卻對我撒謊，我也該高興嗎？我不是真的希望他開心，我只是希望他不要離開我。今天早上我看到他穿那件襯衫時，多希望當初沒有買來送給他。如果痛苦是他要繼續和我做夫妻的代價，我寧願他痛苦。」

「妳話這麼說，」蘇菲說：「我沒把握妳是真心這樣相信。」

「還有一件事我沒講，」瑪莉安說，她的聲音逐漸升高。「我來這裡，付給妳的錢超過我的經濟能力，我才不想知道妳跟妳先生適應得多好。」

「妳可能誤會了我剛剛說的話。」

「不，我沒有誤會妳。」

蘇菲再瞄了一眼她的筆記本。「妳剛剛聽到我說了什麼？」

「妳說妳不沮喪。妳說妳的婚姻幸福。妳說妳看著女孩穿夏天洋裝時，並不會想要祝她日子難過，祝她跟妳一樣淒慘。妳說妳很幸運，幸運得不知道自己有多幸運。妳說妳永遠不必知道所有人的愛都是自私的，不必知道所有人有多壞，以及妳確定唯一不自私的愛是愛上帝。這雖然算不得什麼安慰，但這正是我們真正擁有的。」

蘇菲緩緩吸了一口氣。「妳今天給了我很多材料，」她說：「我會想多了解它們是怎麼來的。」

「我討厭聖誕節。我的體重下不來。」

「是的，這些的確會讓人失望。但我感覺得到，還有其他原因。」

瑪莉安轉過臉朝著門看。她想到她藏在襪子抽屜裡的錢和她買給裴里那個醜陋廉價的卡匣式錄音機。現在去買一套好的身歷聲音響或一台非常好的相機給他還來得及，買個他真正想要的東西，某種能稍微讓她贖罪的東西，因為她是他媽媽，她是那個把黑暗放進他腦袋中的人。其他三個孩子會沒事的，但她很擔心裴里不會，而且，她能夠感覺到他個性裡的不安穩定正是從她身上而來的，這讓她特別難受。她繼續找蘇菲看診，那筆錢到夏天就會花光。蘇菲只要每兩週一次，以一種奇怪的反手姿勢伸到身後，連看都不必看就打開深抽屜櫃，撈出一把三百毫克的助眠的Sopor免費樣品給她。這些樣品是瑪莉安每週從口袋掏出二十元換來的好東西。開處方籤會便宜一點，但她不想成為拿處方藥的女人。她寧願假裝自己的躁鬱症是暫時的，樣品藥是權宜的治療方法。裘里最讓人擔心的症狀已經減輕，他秋天時還加入了教會的青少年團契；她讓自己相信蘇菲是對的——問題是她的婚姻。她相信蘇菲可以幫助她好轉。但是她並未好轉。Sopors確實比懺悔更能幫助她睡得好，但在懺悔室裡，她至少能說出自己最糟糕的一面。她可能會如自己所願，會瘋、會不快樂，但不會為了挽救婚姻而努力。她現在覺得這段婚姻不必挽救了，因為從一開始她就不配得到，因為她是靠詐騙得到的。而她應該得到的是懲罰。

「瑪莉安？」蘇菲說。

「沒有用。」

「什麼沒有用？」

「妳。這個。我。沒有一件事情有用。」

「過節很難。到了年底很難。但是我們可以善用妳被攪動的情緒來治療。」

「突破。」瑪莉安語帶尖酸的說：「我們現在是不是又有新突破了？」

「妳覺得妳是壞人，」蘇菲提醒她。二十元是蘇菲的最低收費，花這筆錢的瑪莉安至少買到了表達不滿的權利，這是她平常無法跟人表現的一面，還能收到愉快的微笑作回報。

「這是事實，不是情緒。」她說。

「妳這話到底是什麼意思？」

瑪莉安閉上眼睛，沒有回答。過了一會兒，她開始想，如果她持續不說話，在剩下的「小時」保持沉默，然後一言不發地離開診間，會發生什麼事。她的Sopors還夠她過另一個星期，她不想讓蘇菲知道更多事情，不想讓她繼續分析，就讓麵糰坐在那兒看著閉起眼睛的病人，懲罰她沒有幫她變得更好、沒有幫她認清她幾乎沒有變好、沒有幫她創造籌碼，而不是淪為被人予取予求的妻子和母親。她在治療時每沉默一分鐘，就代表浪費了四十分錢，刻意浪費幾分鐘和吃餅乾一樣，都是一種誘人的自我懲罰。除了在剩下的「小時」內什麼都不說造成的浪費，只有一種辦法更能讓她滿足做壞事的渴望，就是從進門坐下的那一刻起就保持沉默。她真希望自己能做到。

沉默幾分鐘後，走廊傳來牙醫機器的嗡嗡聲，她瞇著眼睛看了蘇菲一眼，看到她也緊閉著眼睛，表情中立，雙手互握輕鬆地放在膝蓋上，就像在展示她的這一行中耐心的力量。好吧，兩個人也可以玩這種遊戲。

夏天時，就在他們急忙開始收費友誼關係的初期，瑪莉安告訴過蘇菲她從頭開始就欺騙羅斯的幾件事，以及一些當時沒有說、後來沒辦法跟羅斯說的事。最主要的是，她在一九四一年因為精神疾病嚴重發作，被送到洛杉磯一所精神病院待了十四個星期。她認識羅斯不久，在亞利桑納州對羅斯說，她在洛杉磯和一個不合適的男人有過一段短暫最後失敗告終的婚姻。其實，確實是有這麼一個男人，他的確已婚，但不是和她結婚。她覺得有義務警告羅斯她是二手貨，合情合理地掉眼淚「懺悔」，說擔心自己「已婚」又「離婚」會導致美麗、善良的門諾派男孩因心聲恐懼而退縮，以後拒絕再見她。幸好，羅斯寬容的心和她的性吸引力幫他們度過危機（退縮的是他更嚴厲的門諾派父母）。她相信自己在亞利桑納州已經成為一個新的人，靠著皈依天主教紮根現實，發生在洛杉磯的可怕事件已經不再重要。等到她把這段故事拆成部份，再從中挑出一半的事實告訴羅斯時，她已經不到教堂懺悔了。

她明白自己多麼需要卸下負擔，是在二十年多後找到門路進入蘇菲診間時。由於診間的保密和懺悔室一樣嚴格，她可以沒有顧慮地把所有事情告訴麵糰，但有些事始終只有她和上帝（以前很久以前，亞利桑納州那位上帝的代禱者）知道。蘇菲給她的赦免不是赦免她的罪，而是擔心她有躁鬱症。後來知道，她是慢性憂鬱加上有強迫症和輕度的精神分裂傾向。這幾個術語與躁鬱症相比之下，讓人放心。

到某個時間點，她夏天所告訴蘇菲的故事，就是蘇菲記在筆記本上的那些，跟她告訴年輕羅斯的內容是一樣的。故事從她父親魯本開始講起。魯本是舊金山補鞋業裡一位德國猶太鰥夫的兒子。大地震發生前後，魯本在柏克萊大學念書。他是柏克萊美式足球「金熊」隊的球迷，想到可以創業生產運動服。當時全國高中和大學都在瘋運動。大學畢業後，他在高中運動服市場小有成就。不過大學市場被加州舊家族的人把持，這些人一致排斥猶太人進入市場。瑪莉安推測，魯本追求出身排猶背景的「藝術型」女性，一是基於冷酷的商業計算，二是他有一些社會野心，再加上愛慕之情。瑪莉安的母親伊莎貝爾，出身加州家族的第四代，這個家族在舊金山市和索諾瑪郡的大片財產，多半都糟蹋掉了：有的是疏於照顧、有的清算時機不對，也有捐贈給慈善機構獲取社會地位，以及不妥當地分給沒出息的後代。伊莎貝爾認識魯本的時候，家族在索諾瑪僅存的土地由一位兄弟緊緊守著，另一位兄弟則是沒什麼名氣的風景畫家。伊莎貝爾對音樂有一些抱負，實際上，她的抱負似乎只是享受舊金山的文化、搭有錢朋友的車出遊，以及在家族鄉間別墅過長週末。瑪莉安一直都不知道魯本是怎麼進入其中一所豪宅的，但是不到兩年，這樁有利可圖的婚姻在他手上就增值為與史丹福大學和加州理工學院體育部門的合約。瑪莉安出生時，魯本已經是落磯山脈以西最大的運動用品製造商。他在太平洋高地替伊莎貝爾蓋了一棟三層樓的房子，瑪莉安，這位含金湯匙出生的女孩（一小段時間）就是在那兒長大成人。

她還記得那棟房子比天主教的天空還要黑。白天，日光穿透大霧後已現疲態，再被厚重窗簾遮擋，等落到當時流行的厚實染色橡木傢俱上更顯暗淡。她母親似乎將她和雪莉都當成在體內原因不明地住了九個月的異常現象。她們的降生不幸地打斷了她的社交生活，但把她們生出來，總算能像排出腎結石一樣身體少了負擔。要是魯本的心沒有被第一個女兒雪莉填得太滿，可能還可以再接納兩個女兒。他的「強迫性症候群」（套用麵糰的話）——他每個星期會花六十到七十個小時經營他的西部運動用品公司——對業務助益良多，但在家裡卻讓瑪莉安覺得她是隱形人。魯本心疼的孩子是雪莉。當他碰巧直視瑪莉安時，最常問的問題是：「妳姊姊在哪裡？」雪莉不算真的漂亮，從她還是嬰兒起就不是，因此，她把父親的寵愛當作是他應盡的義務。在聖誕節的早上，她不會像平常孩子一樣搶著撕開面前堆積如山的禮物。她像零售商店的店員，小心翼翼地拆開包裝、仔細檢查內容物是否有製造瑕疵後再分類，好像在比實物和腦海裡的收據。每隔幾分鐘就聽到她說「謝謝爸爸」，那聲音就像收銀機打開時的鏮啷聲。在這麼多禮物裡面，瑪莉安只喜歡一個娃娃、也只在這個玩具上找到安慰。她母親則不掩飾無聊地打著哈欠。

對她母親來說，聖誕節是她被迫與四個平時形影不離的朋友分開的日子。這幾個朋友出身持家有術的老家族。雖然其中三人已婚也有孩子，五個人都愛上了屬於她們自己的團體。她們以前就是洛爾高中一九一二年班的傑出五人組。她們當年就一致決定，如果這個世界對她們這麼傑出的人有意見，那麼就是世界有問題，不是她們有問題。而她們此生永遠不會厭煩一起吃午餐、一起購物、一起聽演講和看戲、一起讀書、一起推動有價值的民權目標。瑪莉安認為母親在這五人團體中，一直是地位最不穩的——別的不說，她財富最少又嫁給猶太人——因此受到瘋狂的保護。伊莎貝爾一直恐懼自己成為團體中多餘的那個，且其中三人的先生也是好朋友，聖誕節時，她特別擔心這三人可能會在沒有她參與下安排聚會。

寵愛雪莉不是她父親唯一無法停下來的事。從瑪莉安六歲或七歲開始，他似乎都不睡覺。她會在凌晨被擺在兩層樓下的鋼琴聲吵醒，那是他父親在彈奏自學的切分節奏爵士（Ragtime）。他還是個自學的建築師，不彈琴的夜晚，他就用繪圖工具重新設計更大的房子。工作上，他收購上游和下游公司，他的強迫症目標是開一家全國體育用品連鎖店。他還利用自己獨到的選股見解，也就是擇時融資買進的特殊天分，做更多投機性投資。他還抽很多雪茄。他在每一場加州理工學院的足球賽都穿上浣熊毛皮外套，由於雪莉和她母親對足球沒興趣，有時他會帶瑪莉安坐在五十碼線附近的位子，然後在整場比賽中不停提一些術語（大部份七歲孩子根本無法理解）。他知道金熊隊球員的名字，還隨身攜帶小筆記本，在上面畫一大堆×和○，對瑪莉安解釋某次攻擊或防守的戰術。此外，他還發明了一些新戰術，打算給加州理工總教練尼布．普萊斯過目。他透露普萊斯教練還有進步空間，說得好像瑪莉安能聽懂。他並不粗魯但是發出的聲音太宏亮太興奮，惹得附近球迷一直轉頭看他。瑪莉安覺得很不自在。

國家經濟與精神病何其相似！後來她很想知道，如果股市不是在那天崩盤，父親的躁期還會持續多久；如果他發病的時間晚一些，有沒有可能到了鬱期還得想辦法對付躁症？這些「如果」很難成立，事後來看，市場崩盤和她父親崩盤的巧合似乎不可避免。他在黑色星期二之後的幾個星期，把握時間搶救了幾筆還能用的高槓桿資產。但是他上班前在書房與紐約通電話的聲音，就像當年替他的父親安排後事一樣。瑪莉安放學回家，發現他在客廳穿著襯衫和吊帶褲，沒穿西裝外套，盯著壁爐的冷柵欄。有時，他會向她解釋這次他所遭逢的厄運。她只是個八歲的孩子，卻因此比母親和姊姊還了解融資買進和採礦期貨，其實她所知道的也只能算皮毛。她母親比以往任何時候更擔心害怕。而雪莉面對給她的商品日漸減少、一九二九年寒酸的聖誕節，以及因為房地產市場蒸發而作廢的拉克斯珀（Larkspur）週末度假別墅和游泳池，只是冷冷地感到失望。

這證明了她父親的能力。雖然他眼睛裡沒了光，還是救了房子，並帶著肉回家放在餐桌上，繼續支付雪莉的舞蹈課和聲音訓練課學費。他現在是西部運動用品公司的業務經理，他以低於帳面的價格賣掉自己的公司，彌補其他方面的虧損。他的精神狀態和後來導致瑪莉安住院的那種一模一樣，甚至更糟。在週間早晨，他把自己拖下床、用剃刀刮過臉頰、再把自己拖到有軌電車上，拖自己參加一個再也沒有機會拿回來的公司的大小會議，然後再把自己拖回家，看到不肯原諒他的妻子以及備受寵愛的女兒對他大失所望，還有瑪莉安，覺得自己對整件事有責任的瑪莉安。因為大家對她視而不見，所以她反而能看到這三個人看不見的事。她早就知道不對勁。

接著，她父親也隱形了，成了一個在書房睡覺、灰皮膚的鬼，咕噥咕噥地說話。如果有人問他在說什麼，要他再講一次，他只是搖搖頭。她盡了最大的努力看護他。晚上她在有軌電車站和他碰面，問他金熊隊的戰績。她輕敲他書房那扇可怕的關著的門，勇敢忍受難聞的氣味，帶著切好的水果給他。他一直喜歡水果勝過其他食物，尤其加州水果既新鮮、種類又多。甚至現在，當她殷勤地要他吃一片梨時，他的眼裡還是會閃爍著光。吃的時候他沒有笑，但是會點點頭，好像他必須承認梨很好。瑪莉安十歲、十一歲和十二歲的時候，已經知道善惡交織、互不可分。當她想辦法讓父親享用一片水果時，她感覺到的光是出於純粹的愛，還是因為自覺是比姊姊更好的女兒，教人難以分辨。

黑暗之年就像大蕭條一樣，看不到終點。一九三五年秋天，雪莉搭上東行的帕爾曼臥舖列車，高興地逃離舊金山，瑪莉安也很高興她離開。她父親露了一手常用的財務魔術，變出能支付瓦薩文理學院一學期的學費，履行了他對雪莉長久以來的承諾。但這件事耗盡他僅存的精力，在他最愛的女兒離開後的那幾個星期，沒有任何方法能說動他穿好衣服上班。伊莎貝爾六年來一直認為自己的生活方式遭受威脅，例如對合約制橋牌這種一次只能有四個女人玩的可怕遊戲大發雷霆，現在終於被迫重新體認現實。她從住在索諾瑪的一個討厭猶太人的兄弟那裡獲得一筆小額貸款，並說服「西部運動用品公司」的老闆准許她的丈夫短暫休假。儘管瑪莉安總是覺得她和雪莉玩媽咪彩券的運氣向來不好，但她還是不得不佩服伊莎貝爾在緊急關頭很有智謀。伊莎貝爾自我保護的本能，以及她成功維持自己在五人團體中的地位，都有她可被稱道或憐憫之處。因此，瑪莉安一如既往地將父親的行為歸咎於自己。

問題出在，她發現了戲劇。過去這個家庭一致看好雪莉的才華，瑪莉安則是隱形人。姊姊去瓦薩學院後，她和她最好的朋友報名了學校的秋季公演《五個小辣椒》選角。或許因為個子矮，她獲選擔任年紀最小、最受喜愛的小椒弗朗西，並從中發現她也有才華。帶著熟悉的不確定感，不知道自己是做對了還是錯了，總之她在排演時變成一個不同的人，在其他演員面前被凸顯出來，陷入了一種「不是她」的狀態。由於這是她在學校劇場所體驗到的，從此她迷上了搖搖欲墜、刺鼻油漆味的公寓，迷上撥動燈光控制板開關時那砰一聲的巨響，每次經過舞台後方那塊吊掛著的錫片，她總是順手製造雷響，樂此不疲。放學後，她仍留在學校彩排跟上漆，沒有回家照顧父親。

十二月上旬，最後一次預演，正在她準備用弗朗西迷惑台下真正的觀眾時，一位灰色辮子的行政人員走進來，把她從舞台上叫下來。那是個下雨的午後，四點三十分，天空已經暗下來。行政人員帶著她一路走回家，沿途都沒說話。她母親的四位朋友全都在，母親坐在壁爐的冷柵欄邊，面無表情，腿上放著一張折起來的厚紙文件。她說，發生了一起意外。也許是忽然覺得在朋友面前裝模作樣講話有些尷尬，她搖了搖頭，糾正自己，臉上仍然沒表情。她告訴瑪莉安，她父親已經自殺了。她張開雙臂示意瑪莉安過去抱，瑪莉安轉身跑出房間，去到父親的書房、去那兒找他、想證明他們錯了，她不得不爬跑上兩段樓梯，但她覺得是在沿著自責的隧道往下、朝著懲罰往前衝。她可以聽到一個奇怪的遙遠的聲音，是那個遭懲罰的女孩的尖叫聲。

當天早上，一位船長看到一名男子在梅森堡下方的碼頭，拉著一輛紅色的玩具馬車。當船長再轉頭去看，男人還沒回到碼頭上，紅馬車停在碼頭的另一端。兩個小時後，屍體從水裡被抬出來，警方推測馬車上有一條這個人跳下前鎖在脖子和肩膀上的重鏈。這輛馬車是一個精緻堅固的鋼製玩具，上面的紅色琺瑯依舊發亮，這原先是給雪莉的聖誕禮物，後來成了後院天竺葵盆栽的架子。瑪莉安沒有讀過父親趁母親和朋友在外共進早餐時留下的字條，內容顯然不是道歉或告別，而是關於他所隱瞞的財務狀況。這個家的債務無可救藥，所有財產都設定抵押、多重抵押，就是個詐欺和破產的故事。最後一筆用槓桿操作得來的款項，想也知道就是用在雪莉瓦薩學院第一個學期的學費。

瑪莉安告訴蘇菲那個關於自己的故事，那是她在住院時以及後來反省天主教信仰的那幾年所發展的故事。在這個故事中，她的自責與脫離自責的能力密不可分。父親去世後的兩個晚上，隨著撥動燈光控制板開關時發出決定性一聲巨響，她把自己變成了小椒弗朗西，告訴自己演出必須繼續進行，上台的兩個小時還必須討人喜愛。她接連演出三場，每場演出結束後，她又會回到悲傷和自責。但是，現在她知道身體裡面有一個燈光開關，可以隨意志開啟或關閉。她可以關閉自我意識，暫時去滿足做壞事的樂趣。她掌握脫離的訣竅也是從她生病開始。但是，她還不知道。

她和雪莉獲得許可，在各自的學校完成學期學業，但房子就要被收回，傢俱要拍賣出售。她的母親清楚明白地告訴她，她自己，伊莎貝爾，會在最有錢的朋友家長住一陣子。一直嫌麻煩所以不回來參加葬禮（葬禮是靠她父親從未謀面的幾個堂兄弟籌款才辦成）的雪莉，準備在紐約找工作和住所。但是，瑪莉安怎麼辦？她的外婆年事已高，而收容她母親的那位朋友可能覺得瑪莉安是多餘的房客。唯一可能收容她的是幾位舅舅。如果母親把她送到亞利桑納州的舅舅、風景畫家詹姆斯家，瑪莉安可能仍然可以從她手上救出來。但是伊莎貝爾認為吉米是同性戀，不適合當監護人，最後由另一個舅舅，住在索諾瑪的羅伊，安置瑪莉安直到高中畢業。

羅伊・柯林斯是個充滿仇恨的人。他討厭家族先人浪費了他應得的財產。他討厭羅斯福、工會、墨西哥人、藝術家、男同志和假惺惺的社交名人。他尤其討厭猶太人和嫁了猶太人、假惺惺的社交名媛姊姊。他不像他的男同志哥哥或自殺的姊夫那樣，脆弱到逃避家庭職責。他有四個孩子，他用祖父母留給他的微薄財產，開辦農業機具經銷生意養家。儘管妻兒都很怕他，也不得不順著他。他幾乎每餐飯都提醒他們，他的工作有多辛苦。瑪莉安覺得羅伊根本不適合擔任監護人，雖然他確實有錢。和她父親相反，羅伊位於聖塔羅莎（Santa Rosa）的房子很簡樸，讓人看不出他其實很富裕。即使在大蕭條最嚴重時，他的公司也一直維持償付能力。此外，他還是家族果園和葡萄園的唯一受託人，他以信託名義大量借款，錢留給自己，最後那些土地的所有權反而落到他手上。瑪莉安到了亞利桑納州才知道這件事，這某種程度解釋了羅伊為什麼供她三年半的吃穿，以及他恨姊姊和哥哥的原因。如果他不恨他們，便難以下手搶走他們的財產。

瑪莉安十五歲之前都是溫和的女兒、好說話的女兒，但住在羅伊・柯林斯家則撥動了她的改變開關。他們為了她抽菸、穿襪子的方式吵架、為了她從聖塔羅莎中學帶回家的朋友吵架，還為了她可能偷了雜貨店的口紅吵。一旦她撥動那個開關，就幾乎不知道自己在吼什麼。她在新學校裡和誇張放蕩的女孩，以及追著她們的男孩玩在一起；她自己本來就有資格放蕩，因為她是城市來的女孩，父親又是自殺而死。她像瘋了一樣菸一根接一根菸，用這種自殺方式惹人討厭。她以為如果她夠壞、夠討人厭，羅伊可能會放棄監護她，把她送到其他地方。但是他看穿她，拒絕讓她稱心如意，藉此虐待她。很久以後，她才想到他其實想要上她，人對於不敢去愛的對象都特別殘酷。

她最好的朋友伊莎貝兒・伍什恩比瑪莉安更漂亮、個頭更高。一頭金髮和嬌俏的尖鼻，讓男孩們為之瘋狂。但瑪莉安聰明、大膽，還會逗伊莎貝兒笑。伊莎貝兒想當演員，但沒興趣加入學校的戲劇社。她寧願去看電影，收票員經常因為她的鼻子招待她和瑪莉安免費看電影。對現在的瑪莉安來說，她之前的自我種種，幾乎都成了回憶，但劇場仍是讓她意識到自己疏忽父親的地方、一個自責內疚的地方。因此，儘管她可以在戲劇社引領風騷，但此後她從不參加演出選角。她轉而投入到現實生活的劇場，對男孩子品頭論足、惹怒他們，最後愛上一個和柯林斯家住同一條街的男孩狄克・史泰伯。

狄克有一雙濃眉、嗓音沙啞，還有讓她聽了膝蓋無力的先天齒擦音輕度障礙。他的樣子、聲音完全符合她對咆哮山莊書裡希斯克里夫的想像。狄克的父母合理地不信任她。她的高三生活是齣由爾虞我詐和戶外秘地構成的連續劇，她在那裡和狄克獨處，親他、讓他摸她胸部。她確信自己「性慾過盛」，有時還會因此雙眼呆滯、身體不適、甚至想死。她已經準備好做狄克想做的任何事、包括嫁給他。但他的計畫是上大學、娶個更高檔的妻子。一個春天夜晚，深夜已過，狄克的父母聽到家中客廳裡有聲音，他父親下樓，打開聖塔羅莎最耀眼的燈光，發現狄克和她在客廳沙發上，穿著衣服但躺著。那次尷尬過後，狄克在父母不贊成的壓力下對她動搖了。她覺得自己又髒又壞。她的舅舅怒不可遏，有一次甚至對她說了「賤女人」這個字。她的反應不是像平常一樣大聲頂嘴，而是淚流滿面的自責，然後崩潰了。

她的母親仍住在舊金山的朋友家。在寫給瑪莉安的少數信中，聲稱想念她的小寶貝，但她沒辦法邀請小寶貝一起住，不想給屋主壓力，而且她也寧可不去聖塔羅莎，免得看羅伊的臉色。瑪莉安高中畢業前一個月，搭公車到城裡的塔迪克餐廳與母親會面，那時她們沒見到面已經八個月了。她去是為了討論自己畢業後的打算，但是她母親——頭髮已變白，雙頰泛紅，顯然上午就喝了酒——有一些關於雪莉在紐約令人高興的消息。她在金貝爾香水專櫃辛苦地捱過幾年後，現在登上了百老匯。肯定只是個小角色，但是，從小演員起步做，日後應該會有擔任要角的機會。看到伊莎貝爾第一次展現母親的驕傲，她心裡不是沒有酸楚，但是瑪莉安更感覺說這個是為了抹除她的存在，因此大發脾氣，這顯示她母親還在奢想與那些兒子讀常春藤盟校的朋友看齊。她覺得有人（可能是她自己）應該殺了雪莉和她母親，好報復他們對父親所做的事。她「才華洋溢」的姊姊尤其該死。當餐廳服務生端上塔迪克的拿手菜煎小比目魚時，她直接把菸灰彈在上面。

在聖塔羅莎，羅伊・柯林斯一直拿恥辱和自責折磨她，並說服她畢業後能到他的經銷生意裡做個小職員，是她的幸運。之前她曾和伊莎貝兒・伍什恩在畢業後到洛杉磯，嘗試進入電影圈，不過她在迷上狄克・史泰伯的那幾個月裡變得不積極。她與伊莎貝兒相處的時間愈來愈少，也變得更看清現實。她抽菸抽到體重只剩一百零三磅（譯注：四十六・七公斤），不得不去看醫生。她仔細觀察加州戲院銀幕上那些一閃即逝的小腿和腳踝，懷疑好萊塢可能覺得她的腿太像農婦。伊莎貝兒的雙腿更漂亮，還抱著去洛杉磯發展的打算，而且她從未收回對瑪莉安的邀請。瑪莉安坐在塔迪克餐廳，在融化的洋香菜奶油裡弄熄她的菸，母親一直在嘮叨法蘭西斯卡俱樂部音樂委員會的表現有問題，顯然是不想聽她的小寶貝談論關於未來的話題。瑪莉安生出一股想殺人的怒氣，她的決定也這樣產生。她要去洛杉磯、打開體內的開關、看看會發生什麼。她決定不讓自己隱形，而且她肯定會殺掉某人，只是不知道是誰。

伊莎貝兒有個被好萊塢發掘的計畫，其中一位肯幫她的人是她的表哥，明星威廉・鮑威爾（William Powell）的醫生。儘管她不在意瑪莉安成為計畫的一員，卻不樂意瑪莉安和她同進同出。她們發現志在演藝事業的洛杉磯女生，都已經有借住的候補名單時，只得退而求其次，去住洛杉磯的傑利柯酒店。伊莎貝兒不再感覺瑪莉安說的事情有趣了。當她的表哥請她出去吃午飯時，她思來想去，覺得自己一人去見他更好。瑪莉安理解她的意思後，把伊莎貝兒列入想殺的名單，自己搬到菲格羅亞街上只限女性承租的套房。她還去了幾家在報上刊登廣告的人力仲介公司，但有其他一百萬個像她這樣的女孩也在找工作。她花光了羅伊・柯林斯給她的三百元（同時他發誓永遠不再給她任何東西）時，在洛杉磯最大的通用汽車經銷商勒納汽車找到坐後檯的工作。領到第一筆薪水後，她買了一疊五分錢一本的老劇本，在房間中大聲誦讀，試著再抓住那個「非她」的感覺，但是她仍需要到劇場，卻沒有門路。雪莉是怎麼做到的？難道她是在香水專櫃被發掘的嗎？

她一個人過的第一個聖誕節還算不錯，後來想起來，也好不到哪裡去。勒納公司後檯的一個女孩邀請她與她家人共進晚餐，但她已經受夠了別人家的聖誕節。下午，她搭有軌電車到聖塔莫尼卡線的最後一站，一個人坐在海邊長椅上，把香菸分裝放入菸盒、寫日記。狄克・史泰伯在一年前的今天送過她一條鍍銀項鍊，她送他一本皮革裝訂的紀伯倫的書，而且她時時刻刻都在渴望他的觸摸。聖塔莫尼卡的天氣還好，遠處是白雪皚皚的山峰、不見山體，飄浮在冬天的霧霾上。一切似乎都差不多平衡了。一道東方的海風將海洋大氣邊界層維持在離岸的位置，西曬的陽光因此還可以忍受，不太像波浪永恆來回拍打廣闊平坦的海灘，然後像呼吸一樣地破裂，提醒她生命逐漸遠去那麼恐慌。她沉著的外表平衡了最近一直在她腦海中的壓力、寂寞和比較難界定的、低度的恐懼。她是這麼一個女孩：對自己的興趣大到足以坐著獨處、足以吸引有家人同行的男人的目光、夠堅強，沒人會一直纏著她、並且夠聰明，知道坐在長椅等著被人發掘只是白日夢。當太陽終於西沉落入霧中，她走到眼前所見的第一間營業中的餐館，吃了熱壓土雞肉三明治、罐裝肉汁、馬鈴薯泥和蔓越莓果凍。

「瑪莉安？」蘇菲・塞拉菲米德斯說。

瑪莉安感覺自己半邊臀部麻了，而且刺痛。上一次懷孕，她習慣了手臂或雙腿麻，臀肌發麻是後來才有的事。她懷疑體重過重是罪魁禍首。

蘇菲說：「恐怕我們的時間快到了。」

瑪莉安挪了挪身子，讓血液回流到臀部，張開眼睛。雪花飄落在窗外的鐵軌上。半開半闔的百葉窗葉片似乎讓輕薄的白雪花落得更快。

「我想知道妳都不說話代表什麼意思，」蘇菲說：「如果妳覺得可以告訴我，我們也許可以進行兩個療程。我有個療程臨時取消，妳是我今天最後一位病人。」

「我只帶了二十元。」

「這樣吧」。蘇菲愉快地笑了笑。「如果妳願意，就把它當成聖誕禮物吧。」

瑪莉安的身體不禁發抖。

「聖誕節假期對妳好像有特別影響，」蘇菲說：「妳能說說原因嗎？」

瑪莉安再度閉上眼睛。後來，她獨自在聖塔莫尼卡度過的聖誕節，就像是她與外界維持平衡的最後一天。一九四〇年最初幾週，南加州因為一場又一場巨型風暴下起了傾盆大雨，夜晚的街上漆黑一片、油滑、混亂。她在勒納汽車公司待到深夜，將布萊德利・葛蘭特的離譜業績打上報表。午夜過了很久，側風帶來的雨勢還一直拍打著她套房的窗戶。這時她在日記中寫著：發生了一件可怕的事，我不知道該怎麼辦。這件事絕對、永遠不能再發生。

布萊德利・葛蘭特是勒納公司的明星推銷員。儘管瑪莉安覺得寂寞，她還是到零配件部門的一間閒置房間吃三明治午餐。在布萊德利・葛蘭特侵入她的範圍前，在那間房裡，她至少可以和一本書作伴。布萊德利比她大十五歲，卻有一副像青少年一樣零贅肉的身材，以及一張不知道算不算英俊的臉。他的臉部線條延展時、尤其是張大嘴巴時，有種卡通畫的趣味。他看到瑪莉安帶著一本莫泊桑故事集，便侵入她午餐時間的庇護所，滔滔不絕地談起莫泊桑。他是個狂熱的讀者、是受過文學閱讀訓練的人。但他最感興趣的人是自己，這件事她印象深刻。他張嘴成文、出口成章，不得不在零配件部門為自己的文章找知音。有一天，他帶著自己的那本英國作家喬治・歐威爾的《向加泰隆尼亞致敬》給她，他對歐洲興起法西斯主義覺得沮喪。她對這些基本上一無所知，為了避免看起來比不上布萊德利，她盡責地讀了歐威爾的書，並且開始關心報紙頭版新聞。有一天，布萊德利說，像瑪莉安這麼聰明漂亮的女孩，應該坐到辦公室前檯，隔天她就被調到前檯。在勒納汽車公司，業務階層的員工是真正的血汗勞工，他們每天中午都需要換內衣、每個星期五都擔心收到解僱通知，但布萊德利・葛蘭特對勒納公司來說非常寶貴，只有老闆哈利・勒納才能否決他。換位置後，午餐時間瑪莉安依舊在後檯吃三明治。在前檯打字和遞送檔案不是她心中期待的被發掘方式。

一個人出生的那天，她的日曆上只有一個重要日期：生日。但是隨著一生逐漸展開，會有其他日期提升到顯赫的位置，將這天變得失去價值。她父親自殺的日期、她結婚的日期、她的孩子出生的日期。最後日曆上密密麻麻地標記滿重要日期。一月二十四日晚上，一位年輕人在關店前走進勒納公司的展示廳，他頭上的寬邊遮陽帽還在滴水。一位資淺業務員上前致意，對方不理睬。勒納汽車替那些到店裡炫耀汽車知識、享受幾分鐘被奉承的感覺、或只是為了躲避風雨溽暑但無意購車的人取了個名字：「傑克．巴恩斯」。那一天，取這個名字的布萊德利．葛蘭特已經完成三筆交易，正帶著一顆蘋果踱步到瑪莉安桌邊，一邊仔細地吃蘋果，一邊研究那位年輕的傑克．巴恩斯。「我喜歡他的鞋子。」他說著，把蘋果核扔進廢紙簍。「如果您不急著去哪裡……？」瑪莉安從不覺得需要急著去哪裡。一分鐘後，布萊德利的手已經搭在傑克．巴恩斯的肩膀上，幫他坐進全新的別克「世紀」款。她看著布萊德利臉部線的條延展出卡通般的表情：驚訝、冷漠、同情和嚴厲告誡。他以看似不急卻快速的滑步回到她身邊，告訴她讓展示廳開著，並請一位經理值班。「傑克和我有點小錢要算算，」他說完又滑開了。一個小時後，他和年輕的買主回到展示廳，瑪莉安開始繕打文件。

「賣車有什麼難呢？」買家離開後，布萊德利顯得興高采烈，擺出要擲骰子的姿勢，一隻手握拳碰擊另一隻手掌。「賭我今天能不能再賣一輛車？」他的精力讓瑪莉安想起父親在市場崩盤前的那幾年。他們是唯一留在辦公室的人，而且成交需要經理授權。「要是我輸了，請妳吃一客丁骨牛排，」他對瑪莉安說：「妳想賭什麼？」瑪莉安還沒來得及回答，他已經抓起雨傘跑出展示廳。她在前門抽著菸，看他在希望街和皮科街的街角，對著煞停在街口的車獻殷勤、看見司機搖下車窗、看見他指著他們的車、再指向勒納汽車的方向。這簡直太瘋狂了，她連他是為了誰這麼做都不知道，是為他自己還是為了她，但是她潛藏的恐懼看著他慢慢浮現。後來，在亞利桑納州，她開始覺得雨中的布萊德利和雨傘是純粹邪惡的不祥之兆。不虔誠的天主教徒不了解，撒旦不是迷人又受過教育的誘惑者，也不是攜帶乾草叉的滑稽紅臉惡魔。撒旦是無邊無際的痛苦，心智的全毀全滅。

「這位先生已經做了合理的決定，不想再開龐蒂克。」布萊德利邊說邊引導一位帶著酒味、身形壯碩的禿頭男進入展示廳。他用不到半小時就找到一位客人，但全身被斜打來的雨水和路上的積水濺濕了。他請瑪莉安給那位先生倒杯咖啡，同時——向她眨了眨眼——他要和經理打個招呼。接著，他請她取出那位先生要用龐蒂克交易的一九三五年款櫻桃紅奧茲摩比雙門跑車的鑰匙。他還說，那位先生會用個人支票付款。這兩人走到停著那輛紅車的後停車場。要不是羅伊・柯林斯把瑪莉安變成了一個毫不在乎規定的人，那麼她可能會走出去，讓布萊德利單獨完成交易。當那個傻瓜開著他的奧茲摩比離開時，布萊德利拿出容量一品脫的扁瓶威士忌和兩個乾淨咖啡杯。她坐在布萊德利桌邊那張還有那傻瓜的屁股餘溫的椅子邊緣，看到一張小照片，那是布萊德利和妻子以及兩個小男孩在照相館拍的合照。她想知道丁骨牛排還算不算數，說不定他忘了。她又點了一支菸，喝了一小口威士忌。「希望那張支票不會跳票。」

「不會的，」布萊德利說：「要是跳票，我會負責補起來。即使不計入支票，這筆生意也比打平來得好。」

「他的車能賣這麼高的價錢？」

「才一年的新車！我也可以提議以車換車，要是這樣，他就會猶豫『嘿，等等……』。所以我掰了一個價錢，讓他砍掉一半。」

「你很壞。」她說。

「一點也不。擁有高檔車的樂趣，有一半來自知道自己買得起。」

「所以，你的意思是你幫了他忙。」

「這是心理學。這個工作全靠心理學。我的問題是我太他媽的厲害了。你看到我剛才在街上怎麼賣車了嗎？你從來沒看過有人這麼賣車吧？」

她搖了搖頭，又喝了一小口威士忌。

「這就像強迫症，」布萊德利說：「我在這一行，跳也跳不出來，因為我真他媽的厲害。買車的人都知道他們來了就會任我們擺佈，不管怎麼樣，我們都會讓他們中圈套。他們來的時候，都誓言要硬起來、要討價還價。但是他們每年只買一次車、或是十年買一次車、或者也許他們從來沒有買過車。而在這裡，我可是日復一日在買賣汽車。他們想贏，門都沒有！我要讓他們軟下去，要他們回家以後騙老婆，說他這輛車買得有多划算。代理商那兒只有一輛紅色的車子，而那傢伙只能買下來，因為它是紅色的；該死，只有一輛。那我們明天早上要做什麼？再去牽一輛紅車。我發誓，這工作正在一點一滴地扼殺我的靈魂。」

瑪莉安將杯子放在他的辦公桌上，不想再喝酒。她想了想是不是應該提食物的事情，或是乾脆餓著肚子回家睡覺。但布萊德利說個不停。他說，他大學的時候，在密西根州，曾經在學校雜誌上發表劇本。後來他到了洛杉磯，想以作家的身份闖入電影圈。那時他的靈魂還活著，但是他遇到了一位有夢想的女孩，就這樣，一件事引發下一件事。現在，他只是該死的中產階級的一份子，白天靠呼嚨客人為生。晚上，各種想法紛至沓來，都是原創劇本的點子。例如，在西班牙內戰期間，希特勒駐西班牙大使的女兒偷偷愛上一名共和派的情報員，法西斯份子則利用這位情報員的妻小作為人質。情報員請求大使的女兒幫助妻小逃出西班牙，但她沒辦法確定他是否真的愛她，還是只是利用她拯救家人？他有上百萬個劇本的想法，但是要等到什麼時候才可以發展這些想法呢？最後，他的靈魂消沉到無法挽回。他身上唯一剩下的一絲人性尊嚴、知道自己不是世界上最壞的人的唯一方式，就是他有多麼愛他的孩子。是的，這是他的重擔，他的創造力也因此耗盡，現在，擋在他與萬劫不復之間的唯有責任。瑪莉安明白他的意思嗎？對兩個男孩的責任沒有商量的餘地、他的婚姻沒有商量的餘地。他絕對不會離開伊莎貝兒。

瑪莉安的恐懼突然飆高。「你太太叫伊莎貝兒？」

照相館照片中的女人，看上去的確有點像伊莎貝兒・伍什恩。她老一些、胖一些，但同樣是金髮、嬌俏的鼻子。瑪莉安盯著照片，布萊德利站起來，繞過他的桌子，蹲在她腳邊。

「妳的眼睛好有靈性，」他說：「而且妳的靈性栩栩如生。看到妳，我就覺得快活不下去了。我是——天啊！妳知道妳多有靈性嗎？我看著妳的時候就會想，如果沒有妳，我就活不下去了，但是，我知道我沒辦法擁有妳……因為……除非。因為，除非。你懂我在說什麼嗎？」

再多威士忌也無法克服她的恐懼，但是她還是將杯裡剩下的威士忌一飲而盡。從街上看過來，視線會被光亮的展示車擋住，但是要是有人經過，從某個角度可以看到展示廳燈光下的布萊德利蹲在她腳邊。

「說點什麼，」他小聲說：「說什麼都可以。」

「我想我應該回家。」

「好的。」

「也許我該找工作了。」

「天啊，不要。瑪莉安，如果我以後都看不到妳的臉，我會死的。請不要那樣做。我發誓，我再也不會打擾妳。」

想到這個蹲在她腳邊的男人，原來一直對她有這樣的想法，就覺得奇怪。他是一個非常有趣的人，但就算不顧他已婚的事實，他畢竟只是個汽車推銷員。她的理智成功捱過了大量恐懼湧來的衝擊。她準備起身時，布萊德利抓住她的一隻手，不讓她動。「我寫了一些東西，關於妳的，」他說：「我能告訴你我寫了什麼嗎？」

他看她沒回應，就開始唸出一首詩。

走著一個女人，她叫瑪莉安
她有一頭黑髮但聞著有明亮
太陽嘹亮的號角穿透雲層的味道；
她的目光低垂，但陽光
和黑暗共聚；她的心靈是廣袤的天空
寧靜和威脅共處；不可觸摸

「誰寫的？」她說。
「我寫的。」
「你寫的。」
「這是我寫的第一個東西，不知道什麼時候開始的。」
「你寫的是我嗎？」
「是的。」
「再唸一遍。」

他又唸了一次，用他絕對英俊的、羞赧的誠懇又唸了一次。打開她的特定閘門的威士忌遲遲才開始作用。展示廳地板明顯傾斜，似乎證明汽車煞停功能已經啟動。儘管看到布萊德利在三個小時內兩次說服一個陌生人要他其實不想要的東西，但她想知道他是否真的有寫作的才華。他的詩有特定主題、無法互換。她感覺自己既明亮又黑暗、像天空一樣廣袤，而且，他用她的名字當韻腳。

「再一次。」她說。

她認為，她可能可以靠第三次唸詩，了解他是不是真有才華。實際上，她還是沒辦法知道，因為她唯一能聽到的是他寫了一首關於她的詩。她向後傾靠在椅子上，讓威士忌閉上她的眼睛。「嗯！」她承認了。她的開關現在放在關的位置，這是另一種顯示她不在乎的方式。她的父親死在海灣底，脖子上綁著一條鐵鍊。無論瑪莉安怎麼跑，都抓不到她姊姊。她不在乎。

當布萊德利拉她起身並親吻她時，她的身體似乎從她離開狄克．史泰伯的時候性慾過盛中斷的那個點接續承接。她覺得不寒而慄的是，一個男人多想要她，和她的身體多想給他的份量是一樣的。她覺得自己的力道壓不住布萊德利，她需要有更大的力道，布萊德利給了她。他把她仰放在閃閃發光的凱迪拉克七五年款無法移動的重量上，壓在狄克．史泰伯不敢碰的地方。有一件事是她的臀部有能力做、但從未做過的。要做這件事、要完全放鬆、甚至挺著腰、甚至還穿著洋裝做——就是她的雙膝夾著仍然穿著濕褲子的布萊德利——是很重要的。她離開聖塔羅莎前一晚，羅伊．柯林斯曾警告她，她到了洛杉磯，如果再不檢點，會遇上那些麻煩。羅伊雖然沒有再用「賤女人」這個詞，但他的態度很明確，如果瑪莉安遇到麻煩，別指望他會幫忙。而她現在正為一個已婚男人張開雙腿。當布萊德利剛好俯身低頭找她的脖子時，她看到他頭頂上的辦公室壁鐘朝著十一點鐘邁出不平均的步伐，過了十一點她就會被鎖在房間外。隨著威士忌的作用消散，她肚子餓得難過。

她推開他，一言不發，伸手拿了一支菸，就好像在一本小說中放了書籤一樣。他關上明亮的燈光、鎖上前門，帶著她走到他的一九三七年的拉薩爾時，也沒說一句話。他們到達她的住處時，離晚班女經理上鎖關門，只剩十分鐘。

她捏熄了連續抽的第三支菸。「我不知道早上該怎麼去上班。」

「就像平常一樣。」他說。

她有一個不解決可能會愈來愈糟糕的問題，但她不覺得有解決辦法：和那位到勒納汽車、看到唯一一輛紅車的男人相比，她不會更強。她沒有把最後幾分鐘浪費在無意義的談話上，而是側身靠過去抱住布萊德利。汽車在陣陣強風中搖晃，她也隨風而動。在房間裡，她一關上門，就用和狄克・史泰伯分手後的沮喪期間學會的方式撫摸自己。但是比起來，那些日子更純真一些。現在，她太孤獨以至於無法專心排解性慾，太害怕自己壞以至於無法屈服於性慾。相反地，她得哭出來。這是她第一次失憶。

當時是凌晨一點，她記不起來這兩個小時是怎麼過的。她小得可憐的房間裡有破舊斑駁的傢俱，還有吸飽了菸味的沙發布。一盞太亮的燈，又擺錯位置，放在靠近床邊當閱讀燈；它現在的姿態，就像在展示以前她隨意選擇的位置的集合：不是她得瞪大眼睛才能看清楚東西地遠，就是她的臉幾乎貼著燈地近，或是一個總是會撞到額頭的位置。她的床罩在角落裡塞成一團。沒有新鮮菸霧，但是她的菸灰缸倒在床上，骯髒的舊菸頭和菸灰像火山爆發噴出的熔岩散落在枕頭四周。她還有印象，有個人瘋狂地保護她，擋住化身為斜雨的惡靈不斷敲打窗戶。現在，她餓得發痛，但似乎沒有受傷。她在日記中寫道，世界上沒有一個人比我更孤單。

第二天早晨，前一場暴雨已經走了，下一場暴雨還沒來。她上班前吃了一大盤雞蛋。城市的天空、洶湧的雲層間驚人的藍色空隙，讓人想起更純真的舊金山冬天，精神為之一振。她認為，如果她改變習慣，和辦公室其他女生一起吃午餐，並確定再也不和布萊德利・葛蘭特獨處，也許會什麼事都沒有。但是，當她到了勒納汽車公司並與經理道早安時才發現上次失憶雖然結束了，她卻已經受了傷。

她的情況是幾乎沒辦法說話。原本該引導說話的慾望轉移到吞嚥和臉紅，又覺得胸部打結，不自主地想起張開雙腿的感覺。整個早晨，無論是走在展示廳的地板上還是不走在展示廳的地板上，她的思緒都被自我意識打亂，以至於她張嘴時，思緒最初跟不上，然後又被她說的話難以理解的焦慮推著往前衝。每次，她發現自己的話有二分之一很得體；每次，她都覺得自己運氣似乎好極了。

午餐時間，她和其他一些女孩在休息室裡，友善、專注地坐著，試著聽他們在講什麼，但是眼睛拒絕看著在說話的人。

「……伍爾沃思（Woolworth）在大打折，沒想到他們……」

「……寬了一吋，你到底是怎麼量的，量了三次，結果……」

「……我上週四在首映會，他認識那個人，就是……」

「……就算洗了手，一整天手的味道還是像橘子一樣……」

「……瑪莉安？」

她轉過頭，但是沒有抬起眼睛看著叫她名字的女孩安妮，就是曾經邀請她和他們全家一起過聖誕節的人。安妮很友善。

「抱歉。」儘管瑪莉安努力呼吸，但聲音還是卡住了。「妳說什麼？」

「昨晚怎麼啦？」安妮微笑著重複了一次。

「哦。」瑪莉安的臉燒紅了。「哦。」

「彼得斯先生說，布萊德利九點還在賣車。」

她覺得腦袋快要炸了。「我好累。」不知道為何自己會這麼說。

「我想也是。」安妮說。

「妳……在說什麼？」

「我不知道那個男人的精力從哪來的，他就像個銷售魔鬼。」

休息室是個雷區，所有女人的眼睛都看著她。她想要說更多，但很快就意識到這絕無可能。她能做的就是起身、走回到辦公桌前。她想像身後那些人會接著討論的，是她如何放蕩的可怕的閒言閒語。

儘管她獨自在洛杉磯待的時間不算太短，但她並不覺得自己是個害羞的人。她覺得她面對的新狀況是：每個和她說話的人多少都是布萊德利・葛蘭特。每一次交談，不管內容多瑣碎，都像是在排練她擔心可能會發生的、她和他之間的困難對話。一年後，在醫院裡，一位精神科醫生問她，她是不是寧可不要像其他女孩一樣不要老是那麼嚴肅呢？閒聊沒什麼不好，高興、快樂的女孩很吸引人，不是嗎？靠著經常閒聊擺脫自己的想法難道不也挺好的嗎？瑪莉安想要投訴那個精神科醫生犯了刑事罪。因為她剛好知道，並不是男人都有高興快樂的需求。她想知道，病房中還有多少其他女人交往過那種迷戀沉默寡言甚至為之亢奮的男人——文藝類的男人，對這種類型的男人來說，瘋狂是浪漫的；或者是感官主義類的男人，對他們來說，靜水下的性才波濤洶湧；或者是俠義精神類的男人。他們的夢想是拯救一位心碎的人。

布萊德利兼具這三種類型。勒納公司至少有兩個未婚女孩比瑪莉安漂亮，而安妮和她一樣是個愛讀書的人，所以她身上一定有一些別的東西吸引了布萊德利。在她還沒有感覺到自己的瘋狂之前，他感覺到了。對他來說，她不知情，是讓他得以在她身上找到更多而不是更少興致的新情境。一月三十一日，又一個改變命運的日子。她過了下午休息時間才回到辦公室，桌上有一個打上她名字的信封。布萊德利和一位客人在外面的停車場，資淺推銷員站在窗戶旁，看著他們的生命流入下水道。她覺得可能被解僱了，她打開信封確認，看到的卻是一首打字的詩。事後想來，她應該把它扔進廢紙簍中，或者至少等到晚上才看。但她把它帶到廁所，把自己鎖在一個小隔間。

給瑪莉安的十四行詩

我夢到自己在開車，而且我已經忘記如何
開車或竟也從未學過開車。我夢到我
又是十九歲。這輛車年輕又有力，
似乎不必我駕馭，並且我還沒找到
煞車，就天旋地轉，
眼前只見風暴吹襲的棕櫚和紅綠燈，迷離。
是妳在開車，不是我。妳有
一種鎮定的能力，就像那天晚上——
哦，那天晚上，當我天旋地轉時，妳
超速了，但又安全。這也只是我的
夢嗎？從妳控制我的雙手中，我知道
我不必懷疑：我真的是年輕的十九歲。
夢想幸福、醒來、然後走上雲端
才明白幸福失而復得的機會就在那裡。

她坐在小隔間裡，試著讀出這首詩的真實意圖，理解他想說什麼。對她來說，沒有意義的字是能力。她連說話的能力幾乎都沒有！她沒有想到的是，布萊德利可能只是用錯名詞。她想知道，他想說的是不是她有能力拯救他：如果基於某種原因，在一家汽車代理商的展示廳中，她終於被一個才華橫溢的男人發掘，實現他替好萊塢寫劇本的夢想，在這個夢想中，他的婚姻遭到扼殺，但她，瑪莉安，也許有能力讓這個夢活過來，也許還可以結合自己的夢。這首詩不就是在說這個嗎？在說有些夢終於栩栩如生地成真？

她又踏上展示廳地板上時心情大好、覺得能力開始展現，但當她幾乎沒辦法理解經理對她說的話時，她失望了。不同的是，現在是興高采烈、而不是羞恥在緊急動員她的情緒，而一些更普遍、更重要的事實——容易被動員的心靈通常是得病的心靈——她依舊無視。當布萊德利和他的客人一起回到展示廳時，他就像是個強大的磁場，而她卻像一支帶電的針。當她轉向他的方向時，磁場開始驅逐她；當她轉身背對磁場時，磁場卻在吸引她。

到了傍晚快要結束營業的時候，磁場到她的辦公桌前。「我真是個混蛋。」他說。

經理彼得斯先生正站在可以聽到他們對話的距離。布萊德利側身坐在桌子上。「我上星期答應要請妳吃丁骨牛排。」他說：「妳可能一直在想，看吧，又是另一個空口說白話的推銷員。」

「我不要吃牛排。」瑪莉安好不容易擠出一句回答。

「對不起，美女，我是言而有信的人。除非，妳想去別的地方？」他很聰明地在彼得斯先生面前接近她，彼得斯先生年齡比較大，而且對她沒有興趣。這點讓布萊德利的邀請看起來完全無害。「如果妳答應的話，我想我們應該去迪諾餐廳。」布萊德利轉向彼得斯先生。「喬治，你覺得呢？到迪諾吃牛排？」

「如果你不介意那地方比較吵。」彼得斯先生說。

外頭的雨垂直傾瀉而下，公司的停車場成了一個淺水湖，展示廳的燈光蕩漾在雨打的積水上，來不及排出的雨水從排水管入口回流。瑪莉安和他坐在布萊德利深色的拉薩爾裡，車子停在停車場沒有燈光的一個角落，正對著圍籬。雨水在車頂上叮叮咚咚敲出戰爭般的聲音。她在腦海裡排練了一個短句，我其實不餓。但就算句子已經在她腦袋裡，她說出來的時候還是磕磕絆絆。

布萊德利問她讀了他的詩沒有。她點點頭。

「如果妳在意韻律和格律的話，」他說：「那是一種比較困難的形式，十四行詩。在以前，字的順序比較靈活，妳應該聽過比如說像這種句子：經吾汝可見，百鳥齊鳴。現在還有誰這樣子說話呢？我甚至懷疑真有人說經吾汝可見。」

「你的詩很好。」她說。

「妳喜歡？」

她又點點頭。

「妳讓我請妳吃晚餐嗎？」

「我其實不……其實我不——不餓。」

「嗯。」

「也許帶我回家就好？」

雨水傾瀉得更厲害，接著，突然停了，就像汽車開過橋下一樣。當布萊德利靠向瑪莉安時，她躲開了磁性。

「這樣不對。」她說，找到了她一度消失的聲音。「這不公平。」

「妳不喜歡我。」

她不知道她是不是喜歡他。這個問題感覺上就不相關。

「我想，你有寫作的才華。」她說。

「根據兩首小詩嗎？」

「你真的有。我就不可能會寫十四行詩。」

「當然可能。妳現在就可以做一首。Da-duh、da-duh、da-duh、da-duh、da-duh，押A韻。Da-duh、da-duh、da-duh、da-duh，押B韻。」

「不要毀了它。」她說。

「妳說什麼？」

「不要毀了你為我寫的東西，那首詩很美麗。」

他又一次試著親吻她，這次，她不得不推開他。

「瑪莉安。」他說。

「我不想變成那種女孩。」

「那種是哪種？」

「你知道那種。」她的臉哭變形了。「我不想當個賤女人。」

「妳永遠都不可能變成那種女孩。」

她用手用力壓著臉，阻止自己抽搐。「你根本不了解我。」

「我可以看到妳的靈魂，妳和那種女孩剛好相反。」

「但是，你說你的婚姻沒有商量的餘地。」

「我的確說過。」

「你還寫詩給她嗎？」

「很久沒有了。」

「你寫詩給我沒關係，我喜歡。實際上，我愛你寫詩給我。我希望——」她搖了搖頭。

「希望什麼？」

「我希望你可以寫一齣戲或一個電影劇本，我可以表演。」

布萊德利似乎很驚訝。「妳想要的是這個？」

「只是個夢想，」她搶著說：「不是真的。」

他把雙手放在方向盤上，低下頭。他大可替自己留個餘地，說他不知道該怎麼處理自己的婚姻。他一定是察覺到她身體有問題，也許他覺得對一個瘋女孩撒謊說不過去。

「如果我真的這麼做了，」他說：「如果我真的為妳寫一個角色出來？也許是德國大使的女兒——只要我能想像妳在這個角色裡的樣子，我幾乎就有把握做得到。我現在少的就是這一塊，某種可以用來想像的美麗的東西，而不是我每天帶回家的那些醜陋的東西。伊莎貝兒從來就沒有支持我。她甚至連我讀一本書都看不順眼。連一本書她都會嫉妒！我有了新點子想要告訴她的時候，她就會發脾氣，就像個小男生一樣。就因為我有好幾個劇本的想法，結果她就成了佛洛伊德，我是病人：『天啊，病人的症狀又出現了。我以為他的野心病已經痊癒了，現在又復發了。』她對自己的夢遲遲無法釋懷，所以，她才沒辦法忍受我到現在還有自己的夢。」

「你愛她嗎？」瑪莉安說。

聽到自己問這個問題的聲音，讓她覺得自己老了些、更聰明些：就是有能力。

「她對孩子們很好，」布萊德利說：「她是好媽媽，也許比較緊張一點；孩子輕輕抽一下鼻子，就一定是得了百日咳。但是，妳大概想不到，世界上最有趣的人變成最無趣的人有多快。」

「她以前很有趣。」

「我不知道。我不知道。但她現在肯定不有趣。」

瑪莉安本來可以只給他友誼和靈感。她還沒有瘋到相信自己可以在他寫的電影裡面擔綱演出。他的推銷天分要是能神來一筆，就是要創造出一個她覺得她想要殺的人。他不知道他的妻子與瑪莉安的母親以及她那不忠誠的同學同名，但是，一旦他提供她一個更詳細的伊莎貝兒讓她可以討厭，一扇更瘋狂想法都可以蜂擁而入的門就打開了。瑪莉安確實比他更有能力。一來，他太善良以至於連這麼明顯的事實都沒辦法面對；二來，只有她才能把他從不幸福中救出來，只有她才能拯救他這位作家，前提是必須相信他、幫助他面對他的婚姻已經無愛的真相。有哪一種復仇女巫會嫉妒一本書？伊莎貝兒因此該殺，而瑪莉安殺她的方法是挪動身子。她夠矮，可以跪在椅子上，夠瘦，剛好可以卡在他和方向盤之間，一旦她進入他的雙手的懷抱，道德意義就消失了。

布萊德利．葛蘭特在勒納汽車公司的停車場上、在車窗起霧的一九三七年的拉薩爾五十系列的座位上奪走了她的童貞。這種行為造成的傷害，其實不比一些聖塔羅莎的女孩想讓她相信地那麼嚴重，但是後來，在她房間的浴室裡，她發現她流的血比她預期的更多。她洗內褲時，洗衣機的白瓷水槽變成紅色。她要等到隔天早上才明白是自己那個月的月經來了。

她的病情沒有太多惡化的空間。但是，到了二月，情況惡化了。她覺得自己困在一個裝滿水的金屬立方體中，頂部只有一個小洞可以呼吸空氣。空氣是正常的。其他時候，只要她想做點改變，尤其是改變她與布萊德利在一起的時間非常少這件事情的時候，都受到殘酷的限制。她白天工作時，都在他百步可達的距離之內，但他說他們必須非常小心。到了午餐時間，她把他壓在零配件部門那個舊庇護所的一個角落，但房間有一扇窗戶，從窗外可以斜看到他們的角落。哈利．勒納禁止在營業時間結束後還在賣車，布萊德利也一直找各種他晚上必須回家的理由。他們終於再次回到他的拉薩爾的座椅。儘管在有月色的夜晚似乎更危險，因為車窗不會起霧，但她一直留他到再一刻鐘就十一點的時候才讓他回家。一個星期後一個他的休假日，他帶她去考佛市的一家汽車旅館。但就算在那兒，她也覺得受到限制，因為光是做愛是不夠的。他們需要討論未來，因為布萊德利現在肯定明白他和伊莎貝兒的婚姻沒辦法繼續，而且，他們連做愛的時間都不夠，根本沒有時間好好談這件事。直到他們回到他的車裡，她才問他是不是已經動筆再開始寫作。

「還沒有。」他說。

這是一個合理而且誠實的答案，但是個她聽了很難過的答案。他一路開車，離她家的距離愈來愈近，他們說話的時間愈來愈少，立方體眼看就要滿水。

「我不知道做不做得到。」他說。

「你有沒有試過？」

「我腦袋裡面都是妳。」

「我也是。我是說，我想到的只有你。」

「我只是不知道我做不做得到。」

「我知道你一定做得到。」。

「我不是說寫作，」他說：「是說這件事。我不知道我做不做得到同時愛兩個女人。」

立方體中只剩下不到一口空氣。瑪莉安唯一能說出口的只有「哦」。

「這件事把我撕成兩半。」他說：「我從沒遇過像妳這種女孩。妳的每一件事都剛剛好，就像妳的臉天生就印在我的腦袋裡一樣。」

她對他沒有這種感覺。如果一年前她在街上第一次看到他，她絕對不會看第二次。有一陣子，她可以看到自己內心的大致輪廓，就好像她在自己的身體外看自己一樣。她看到迷戀不斷在內心增長，並認為對正常人的慾望來說，這種迷戀是異物。然而，一眨眼，她又回身進入身體裡面。

「我們再回旅館。」

「不能再回去。」

「還不夠。我還要和你在一起更久。」

「我也想要更久，但我們沒辦法。我已經遲到了。」

遲到的意思是指伊莎貝兒。對瑪莉安來說，放棄布萊德利攸關生死，因此，要是她殺了伊莎貝兒，就是自衛。她的呼吸節奏開始急促起來。

「瑪莉安，」他說：「我知道這對妳來說很難，但對我來說更難。我已經被撕成兩半了。」

他繼續說、說了更多，但她的呼吸淹沒了他的聲音。黑色汽車和白色建築物、喝醉的遊民和穿透明絲襪的女人、愛兩個女人和把我撕成兩半。要嘛是她呼吸困難到昏過去了，要嘛就是她又失憶了。布萊德利在她的住處門口搭在她身上的那隻手，逐漸由熱轉冷。她還是聽不見他在說什麼，只知道她必須離開。

第二次失憶的情況更糟。忘記做了什麼事的時間變多了。接著，她發現幾個指關節上有擦傷、額頭上有個紅色腫塊。隔天早上遲到一個小時；彼得斯先生溫和地責罵她時哭得稀哩嘩啦。午餐時，她擔心待在公司裡會窒息、擔心要是布萊德利想和她說話會死，她匆忙離開公司，隨機在以名字命名和數字編號的街道上亂逛。暴風雪已經延伸到了如鬼影般的山脈，但是三月的陽光還是很強，空氣中已經可以聞到春天的味道。當她看到一張熟悉面孔時，呼吸變輕鬆了。從格蘭街和第九街的斑馬線上朝她走來的是伊莎貝兒・伍什恩。瑪莉安低下頭，但伊莎貝兒抓住她的手臂。

「嘿，小女孩。妳連招呼都不打嗎？」

伊莎貝兒穿著一件帶點綠的薰衣草色薄外套，裡面穿一件白色綠點洋裝。不便宜。她燙了個側捲的髮型，用似乎是模仿電影張大嘴巴、故作驚訝的方式講話。她將自己進軍演藝圈的計畫失利歸責到那位蠢蛋表哥的頭上——而不是自己完全沒有表演才華——但是，她當攝影模特兒的收入還算不錯，現在和一些女孩住在埃及戲院後面的一棟獨立式平房。也許是瑪莉安的放蕩形成的想像，伊莎貝兒多次提到她的房東，讓她覺得他不僅僅是房東。她虛假的新說話方式顯示，動盪不安的人生經歷使人心硬。「所以，不管怎樣，我就是我，」她說：「妳最近怎麼樣？」

「我還好。」瑪莉安說，這回答聽在她耳朵真是太有趣了，她幾乎笑了出來。

「時來運轉，一切順利？」

「好、好，都好。是的，我有穩定的工作。我這時也應該回去上班了。」

伊莎貝兒皺了皺眉。「妳的頭怎麼了？」

「我不能講。」

伊莎貝兒在錢包裡翻找了一下。「讓我幫妳撲些粉。」

就在街角，瑪莉安讓她以前的朋友在額頭的腫塊上妝。不做作的姊妹情讓她喉嚨梗著說不出話來。伊莎貝兒用一隻手指抬起她的下巴，用專業眼光檢查了一下。「好一點了。」她說著，關上她的隨身粉餅盒。「妳知道嗎，我們的確應該找個時間聚一下。妳以前真能把我逗笑。還記得郝爾・查莫斯和波吉・透納嗎？狄克・史泰伯？如果妳剛好會經過我那個方向，就順便來找我。我就住在埃及戲院的正後面，在塞爾瑪街上，一棟大紅色的房子，不可能找不到。」

伊莎貝兒似乎忘了她九個月前曾經拋棄瑪莉安。同時，她的生活忙這個、忙那個，事情不斷，高中對她來說已經是久遠的歷史。事實上，瑪莉安畢業後，就沒有想到過他們僅剩的朋友，回想起來還真是有一套。但是她不再想殺伊莎貝兒。相反地，她為生活在她身上留下的痕跡覺得難過。九個月後，當生活把瑪莉安折磨得更糟糕，她又無人可訴苦時，她不僅想起伊莎貝兒在第九街和格蘭街轉角處對她不太細緻的友善，還記得伊莎貝兒住在埃及劇院後面的大紅色獨立式平房。

她已經成為——她把自己變成為——布萊德利不得不管理的問題。第二次失憶發作幾天後，一位三十多歲的金髮女客人在展示廳出現。勒納汽車的客人幾乎都是男人，而從瑪莉安迷上他以後，就從未見過布萊德利施展對女人的魔力。突然，他可長可短的臉部卡通線條變得古怪。那個女人沒有買車就離開了。瑪莉安對他妻子的恨到達沸點，在她腦中吹開了水壺的響片。當他去男廁時，她跟著他進去，雙手環抱他的脖子，試著爬上他的身體。她的問題是他們什麼時候可以再做愛，她急著要再和他做愛；他因為擔心不回答就會被困在男廁裡，也同意了。那天晚上，他們回到考佛市。每次相遇，性愛帶給她的歡愉是以指數倍增加。布萊德利發誓，在那天晚上之前，他從未體會激情的感覺。他發誓，他毫無疑問為她瘋狂。當他開車送她回家時，他告訴她，她必須辭去勒納汽車的工作，找一個更好的地方住下來。

她去一家房地產管理公司擔任低階的速記員。一位過去在勒納汽車工作的業務，也是布萊德利的朋友在那家公司上班。這位朋友在韋斯萊克市幫忙找到一間簡易公寓，布萊德利從他一直放在前口袋那疊折起來的鈔票中數了幾張預付了前三個月的租金。因此，嚴格來說，她等於是一名妓女。但對她來說，帳單上要付的錢實在太多了。這些錢反正不會給他的妻兒，按理說是她的錢，是兌現她未來成為他妻子的錢，是他們之間合法權利的擔保。在整個四月、五月和六月，她在公寓的墨菲床上、有香菸燙痕的地毯上、和鋪在小餐桌的方格油布上體驗合法權利的生活。做愛結束後，她在其他時候掙扎著想說卻說不出口的字就可以輕易說口。布萊德利帶了一些新書給她看。她現在熱衷讀歐洲戰爭的書，因為這是他的興趣。她最興奮的是他的西班牙故事劇本，她的角色是德國大使的女兒。當他們一起構思的故事細節浮現時，她就在床上速記，一位裸體速記員。她編寫劇本時特別亢奮，布萊德利也一樣亢奮。當他拿開她手中的墊板和鉛筆放到一邊時，她用一種非她的狀態為他躺下，想像自己是大使的女兒，就像她是扮演她的女演員一樣。她上班的時候，不難找出一小時空檔打出故事筆記，有時還會添加自己的新點子。辦公室裡那些單身的年輕人可能知道她與布萊德利的關係——對他們來說，她似乎是隱形人。她是一個沉默寡言的女孩，精通葛雷格速記法，不會拼錯字。

七月，布萊德利帶伊莎貝兒和兩個兒子開車去紅杉和優勝美地。瑪莉安求他利用這段假期開始寫劇本。而且，她已經替他完成大綱。但他說，這個假期是他欠孩子的，然後他們就出發了。只要她不必再次連續四天見不到他、只要她能定期確認彼此的合法權利，她就不會再次失憶。但是，在度過一個星期沒有希望見到布萊德利的日子後，那個週末就坐立難安了。陽光在她的窗戶磨蹭，傲慢地遲遲不下山的樣子，看在她眼裡似乎非常邪惡。她沒辦法讀書或去看電影。時間的流逝需要提高警覺監視。她坐著完全不動、連眼睛都不眨一下，直到放鬆警覺變成了末日恐懼，彷彿世界可能在她只是曲張一下足肌的時候就結束了。她的情緒非常、非常低落。基於某種她不明白的原因，她特別不喜歡洗澡，不喜歡水在她皮膚上的感覺。

布萊德利預定在星期六晚上回來，而且答應在星期天來看她。她週六晚上仰面睜著眼睛過了一整晚，因為一旦閉上眼睛，腦海中就會浮現他與他的伊莎貝兒躺在床上的畫面、想到伊莎貝兒耗費了無數個小時破壞他身為作家的信心後，她甚至樂於考慮也許伊莎貝兒做對了：可以看到他的真面目，看到自己的真面目，一個孤獨女孩用自己的身體換到幻想。她獨處的時候，時間是敵人，因為幻想需要付出求生的力量，但是，她的力量有限。早晨，她沒有入睡、沒有洗澡，弄了兩個白煮蛋吃下肚，然後再躺下。太陽有一個邪惡的新把戲，可以突然改變位置，往前跳，好像是因為布萊德利沒有按時出現嘲笑她。這時，她聽到輕輕的敲門和轉動鑰匙的聲音。他看到躺在床上的她，成了個什麼樣子啊！壓扁的頭髮、浮腫的眼睛、焦唇、瘋子。他跪在地板上親吻她一邊臉頰，她完全沒有感覺。

「對不起，我沒能早點回來，」他說：「我們碰上了鼠災。整個廚房都是老鼠大便。最後我在放電話簿的抽屜後面的空隙找到一窩老鼠，裡面四隻小老鼠在咬電話簿的紙。我想用一根鐵湯匙把牠們舀出來，就可以把牠們帶到外面放生，沒想到牠們開始到處爬──太可怕了。我只好用湯匙壓碎牠們。這其實很難，因為我得把手伸到櫥櫃裡面，而且又什麼都看不到，再加上她在我耳朵旁邊尖叫。」

你肏了她幾次？有人大聲問。用了這個糟糕的字，說明了不是從她嘴裡說出來的，但還會是誰呢？

「我本來想早點來的，」布萊德利說，好像他沒聽到這個問題，「但是每件事都亂成一團了。兩個男生在吵架，因為他們在車上待在一起太久，然後再加上，天啊，老鼠的問題。那些老鼠的爸媽還沒找到、還在那個地方。我不能待太久。」

「乾脆不要留下來。」這話，她肯定說了。

「對不起。我知道，這對妳來說很難，但對我來說也很難。」

「你不知道有多難。」

「瑪莉安，親愛的，我真的知道。」他用殺老鼠的手將她的頭髮從她的眼睛上撥開，接著輕輕摸她的頭。「我做了一件壞事──對妳做了件壞事。妳這麼漂亮、這麼脆弱、又這麼認真。天哪，妳是認真的，而我只是個該死的賣汽車的。」

她哭了，歇斯底里地哭了。哭泣用掉了他們僅有的一點時間，但是，這是她受到乾燥性麻痺折磨兩個星期以來第一次釋放情緒。她的知覺再次恢復，並且逐漸得到一個殘酷的好處：布萊德利留下來的時間比他原本打算的時間長得多──讓他回家時不得不說的謊言更複雜──只因為他無法拒絕她的脆弱。她淚濕的臉，反而使他粗暴地脫掉她的衣服，而且她也很認真。很好。當他和她在一起時，她緊緊地盯著他的臉，檢查任何顯示他在她裡面的歡愉已經減弱的細微跡象。她自己的歡愉已經變得次要，唯一重要的是布萊德利。

三個晚上後，他出現在她的辦公室，請她出去吃個漢堡餐。她有點驚訝。她的野性智慧警告她，他們的規律作息若是出現意外變動，絕對不是好事。當他開車去卡本特漢堡店時，她的野性智慧已經在和他最後還是會鼓起勇氣離開伊莎貝兒的期待交戰。她的野性智慧是正確的。在車裡，在那家得來速餐廳的停車場，他緊張地把漢堡狼吞虎咽吃下肚，她的漢堡在她的腿上沒有動，他舔了舔手指上一些血淋淋的番茄醬，然後說他放假的時候認真的想了想。他說——哦，他說了什麼？——找到方法讓他們熬過痛苦整理好床鋪了現在我該撒謊值得妳的男人百分之百因為百分之五十不是跟你單獨相處因為你永遠不會成為那個對你不公平的人對公平我永遠不可能現實地說現實來說不公平我早應該知道最糟糕的事情可怕在現實中克服它永遠也無法克服……布萊德利的臉部表情的線條豐富延展的時候，她也可以感覺到自己臉上浮出不同深淺的紅，番茄紅、鮮紅、深紅、石榴紅、甜菜紅，好像她是隻變色龍一樣。她想著她看起來多麼可笑，笑了出來。

他盯著她看，他臉上的煩惱對她來說更有趣了。她揮著一隻無力的手，就像無奈地笑著道歉的人那樣，並試著控制自己。「對不起，」她說。另一個快樂的鼻音脫口而出。「我想到小老鼠。」

「老天。這有什麼好笑呢？」

「因為——你好可憐啊。你得用湯匙壓碎牠們。」她咯咯笑了兩聲，然後開懷地笑了起來，笑到彎腰捧腹。也許，她知道只要她裝瘋賣傻，布萊德利就沒辦法拋棄她，但她可是合情合理地覺得這件事情超級好笑。他下次要是想帶她到公開場合，肯定會猶豫再三。這個想法對她也超級有趣。

「妳還好吧？」他等到她終於恢復正常的時候說。

「你應該當心的是你自己，」她說：「我比老鼠可大得多。」

「妳是什麼意思？」

「你覺得是什麼意思？」

他看了一眼停在他左邊的福特雙門跑車，一位穿著制服的得來速服務生彎腰朝著乘客座的窗戶。

「拜託妳相信我，我永遠都不會原諒自己。」他說。他的表情非常嚴肅。瑪莉安相應調整了自己的表情，但她覺得用力皺起眉頭的動作很可笑，還是咯咯笑了出來。

「拜託、拜託、拜託。」他說。

「我沒有在開玩笑，也許你誤會了。」

「我們得停了。」他說

「哦。為什麼？」

「我告訴過妳。就是我告訴妳的第一件事：我不會破壞我的家庭，我不會離開孩子們的媽媽。」

「你也說過，如果你不能和我在一起你就會死。這是不是代表你就要死了？」

他抬起手遮著臉。如果她真的喜歡過他，那麼，現在她肯定不喜歡他，但是喜歡與否這種事情現在比以往任何時候都更無關緊要。她可以清楚地看到她對他的迷戀的輪廓。合理的做法是把迷戀從她的腦袋裡拿出來，但是它太大了，不把她的腦袋一分為二就沒辦法取出。雖然它大到讓人覺得有病，但她也覺得它非常漂亮。

「如果我不能和你在一起，我可能會死。」

「不會，妳不會。妳會找到一個更適合妳的人。」

「你真的知道我在說什麼嗎？」

「老實說，不是很明白。」

「你錯了。」她邊說邊打開車門。「就這樣，我知道你錯了。」

她回家路上經過韋斯萊克公園時，並不覺得情緒低落。她覺得緊張亢奮，就像決戰前夕的將軍一樣。她和布萊德利現在處於危機中，需要運用每一分智慧應對。她自願離開得來速，沒有吼也沒有叫把場面搞得很難看，也沒有哀求他重新考慮。事後看來，似乎是靈機一動下的策略。現在，她只要耐心等待。布萊德利在工作、對家庭的責任以及專心顧她之間負荷太重了，沒辦法發揮他的作家才華。她幻想，一個月後的一個午夜，他沒通知她就回到她公寓；他的劇本激起他的意志，急切地想要知道她的看法。她幻想他們一起一頁頁讀著劇本，她發現它們如此壯麗出眾、如此能夠讓她一氣呵成、如此愉快地一讀再讀以及修改得更精緻，以至於她那天晚上幾乎沒睡。到了早上，她發覺自己一路上高興地用跳躍的腳步上班。到了辦公室，她不像平常埋首報紙，而是和其他打字員聊天，對未婚男子微笑。

幾個星期以來，她一直維持這種興高采烈的感覺；因為確信自己不能採取糾纏布萊德利的策略，從而讓他對她的意圖感到疑惑和懊悔。相反地，不打擾他獨自寫作的策略才會帶他回來。因為她覺得他可以透過某種方式看到她並嫉妒她，她讓辦公室裡的一位年輕人帶她吃飯和看電影。她後來完全不記得那男人說了什麼，這讓她想知道自己是不是一直在講希特勒、里本特托普和邱吉爾。也許她真的一直在講。這位男人沒有再約她出來，她也無所謂，因為他幾乎不存在。處於生存邊緣的日子更容易開始磨損，缺乏睡眠最後付出代價。她終於在九月某個晚上決定提早離職，去勒納汽車公司見布萊德利。那一天，九月九日是無法抗拒的吉日。

布萊德利正在和彼得斯先生喝咖啡，一看到她，臉就白了。她緊張而且興高采烈地心情還沒消退。她對公司其他女孩打招呼的方式，就好像她們以前是她的好朋友。其中一位手上戴了訂婚戒指，另一位已經懷孕、就要辭職，一位資淺業務被解雇了。她急著必須說些什麼，但又完全沒有私事可說，瑪莉安的折衷方式是發表從報紙上看來的關於歐洲局勢和美國必須介入的強烈意見。那些女孩一個接一個地表示還有事要忙必須離開，最後只有安妮留下來。安妮友善地說，瑪莉安看起來不太舒服，瑪莉安承認她一直睡不好。安妮問她要不要到她家喝點湯。

「不啦。我是來找布萊德利的，」瑪莉安說：「他還欠我一份丁骨牛排。」

安妮的表情變得嚴肅起來。

「他是言而有信的人。」

「妳還是跟我一起回家好了。」安妮說。

「下次吧。」瑪莉安說，走開了。她的腦袋砰砰作響，感覺身體一碰就會變成粉末。如果能夠入睡，她可能寧願去睡。布萊德利和一位紅髮男人、一位一看就知道是傑克・巴恩斯的男人，站在一輛還沒成交的一九七五年凱迪拉克旁邊，他臉上卡通般的線條，喜悅地聽對方說話。他有一種使每位客戶都覺得他這個人非常有趣的方式。瑪莉安走到傑克・巴恩斯前面說：「很抱歉，但我相信我排在你前面。」

布萊德利的眼睛在她周圍不停地打轉，就是不正眼看她。「瑪莉安。」他說。

傑克看了看他的錶。「沒關係。」

「不、不。」布萊德利把手放在她的背上，請她離開。「妳得等一下。」他就像在對小孩說話一樣對她說。

「我不是一直在等嗎？」

「就等一下。好嗎？」

她在替客人準備的皮沙發上找了個位置坐下來，抽著菸，非常顯眼。她的嘴裡也是粉粉的感覺。睡眠不足打碎了原本連續的世界，成了尖銳的斷片。安妮和彼得斯先生在他們各自辦公桌前擔心的眼神，像丟粉筆箭一樣般朝她紛飛而來。

她發現自己和布萊德利在勒納汽車外面、站在最近的轉角路口旁邊的人行道上。她完全不知道怎麼到這邊的。擋住陽光的建築物樓頂耀眼的陽光，空氣中嗆人的汽車廢氣。

「哦，親愛的，」他說：「妳看起來好累。」

「對不起。」

「我沒有負面的意思，只是——妳吃飯還正常嗎？」

「我吃雞蛋，我喜歡雞蛋。對不起。」

「應該是我跟妳對不起，妳卻一直在說對不起。」

「對不起。」

布萊德利用力閉上眼睛。「噢，天啊。」

「什麼？」她急忙忙地問。

「再見到妳，真是會要了我的命。」

「你要跟和我一起回家嗎？」

「我覺得還是不要的好。」

「不會待太久的。」

他嘆了口氣。「我答應了伊莎貝兒去參加家長會的開會。」

「那是很重要的會議嗎？」她說，臉上一副無辜的表情。

漫長的等待結束了。他對妻子撒謊時，她站在電話亭外耐心地等著。

她和他一起坐在他的車上的時候也很有耐心。沒有耐心的是他——他們一進入她住的那棟樓，他就把她推到信箱牆上，狠狠地吻了她。她仍然覺得自己的身體一碰就會變成白粉，但是對他來說，她的肉體顯然還是柔韌的。這就夠了。

除了一件事：這不夠。她等待的目標已經實現，但是等待拉長了她的迷戀與迷戀目標間的關聯，並且超過了突破點。他離開她的公寓前，他們反覆做愛好幾次，她覺得享受的也就只是做愛。在她上面那個活生生的人、那個氣喘吁吁吐出咖啡味道的汽車業務員，是她現在生活的世界的陌生人。雖然她對他來說，很明顯地也代表著什麼，但她無法想像那是什麼。

後來，在亞利桑納州，她不記得她告訴他，為什麼他不需要小心。或許，她不清楚的事情太多，月經來的時間只是其中一件而已。或許，她知道布萊德利不喜歡小心，她也不敢在兩人重聚時降低他的快感，只好盡量往好處想。或許，儘管她絕對不記得自己想懷孕，但她卻沒有意識到她的野性智慧嚴重誤算。但是，還有一個事實是，儘管她的腦部狀態明顯不對勁，但當她對布萊德利表示他不必小心，他相信了她。他是不是也可能想要小孩，卻沒有意識到可能會有小孩？在亞利桑納州，她對這點沒有任何明確的記憶；她得到的結論是，懷孕一直是上帝對她的計畫，是祂考驗她的方式：無論祂的子民基於何種原因做了哪些事情，都體現了祂的意志。問題解決了。

她把自己精神崩潰的故事說給蘇菲・塞拉菲米德斯聽時，不難忽略懷孕這一段，因為有太多其他事情可以解釋她最後被送到管制進出的上鎖病房的原因。她和布萊德利第一次重聚後一星期的一個深夜，布萊德利帶著一個半空的威士忌酒瓶出現在她家門口。前一晚也出現同樣的事情。接著，她兩個星期沒有看到他，然後是他寄來的那封可怕的信。接著她再度去勒納汽車找他，但沒什麼進展，第三次又去時，她想讓布萊德利聞她偷偷碰過自己私處的手，卻被彼得斯先生趕出門。隨後，她的緊張症在房地產管理公司發作，導致她遭到解雇。連續好幾天的時間都記不得做了些什麼，繳房租的壓力更是一天大過一天。終於，在一個溫暖的十一月下午，她去了布萊德利的家。她在電話簿中找到他的住址，準備和他的妻子談談。

肯尼斯頓大道上那些精緻、看起來幾乎是一個模子出來的房屋，對她來說，就像是玩具屋或電影場景。她按下布萊德利家的門鈴時非常害怕，但是她想不出其他任何方式證明給他看，讓他知道他錯了。矛盾的是，她需要爭取他妻子的幫助。一旦伊莎貝兒得知布萊德利愛上了另一個人、一個出生時臉就印在他的腦海裡、一個叫瑪莉安的人的時候，伊莎貝兒就會明白，她的婚姻是愚蠢之舉。對瑪莉安來說，想像布萊德利離婚，比她假裝每月月經晚到是因為吃不飽更讓人高興，也比較不那麼費神。

讓她大吃一驚的是，前門打開後出現的是一個七、八歲的金髮男孩。在她對這一刻的無數種想像中，除了伊莎貝兒，從沒有其他人來應過門。

男孩盯著她，她盯著他。這一刻似乎持續了大約一小時之久。

「媽媽，」男孩警覺地叫了聲：「來了一位女士。」

他走了。伊莎貝兒・葛蘭特手裡拿著擦碗布出現了。她中等身材，不像瑪莉安想像的那麼高。像伊莎貝兒・伍什恩一樣，她看起來更可憐而不是更該殺，這也是她沒想到的。「有什麼事嗎？」她說。

瑪莉安的臉像變色龍一樣變成了紅色，她現在一點也不覺得有趣。

「小姐？」伊莎貝兒說：「妳還好吧？」

「妳的、呃、妳的先生。」瑪莉安說。

「怎麼了？」

「妳先生不愛妳了。」

現在是驚慌、懷疑、憤怒。「妳是誰？」

「這件事非常不幸。但是他覺得妳無趣。」

「妳是誰？」

「我……怎麼說。妳明白我的意思嗎？」

「不明白。妳一定找錯地方了。」

「妳不是伊莎貝兒・葛蘭特？」

「我是，但我不認識妳。」

「布萊德利認識我，妳可以問他。我是他現在愛的人。」

門用力關上了。瑪莉安覺得自己表達得不夠清楚，又按了門鈴。她聽到屋裏傳來孩子們的腳步聲。門突然打開。「不管妳是誰，」伊莎貝兒說：「請離開。」

「對不起。」瑪莉安真誠地表示遺憾。「我不應該傷害妳，但是事已至此。妳只是沒辦法滿足他。長遠來看，也許對妳也會更好。」

這次，門沒有用力關上，而是咔嗒一聲關上了。她聽到從裡面反鎖的聲音。幾分鐘後，她發現自己還站在有「歡迎」字樣的地墊上。至於她在那幾分鐘做了些什麼，她完全想不起來。那幾天她一直想，和布萊德利的妻子說話，等於是重造一個全新的世界；她收到他寄來那封可怕的信以來一直穩定增長的精神痛苦會瞬間消失，屆時她會身處在一個容易做決定的世界中。但是痛苦仍然存在。現在痛苦採用的形式是不知道下一步該怎麼走。她本來只想站在歡迎墊上，但是，她的理智還算清楚，明白到布萊德利家是壞在哪裡——她要做的只是讓伊莎貝兒痛苦而不是減輕自己的痛苦。她轉身走回人行道。到了一個小公園時，她看到一片黃楊木圍籬，躺在後面不必擔心有人看到。她把臉頰擱在幾個土塊之間一片比較濃密的草叢上。儘管不遠就有坨狗屎，還聞得到味道，但她一直躺到天黑。

她回到自己的公寓樓時，看到布萊德利的拉薩爾停在前面。他可以開門進入她的房間，卻坐在駕駛座上。他歪了歪頭，示意她應該進車和他坐在一起。她很害怕，但還是做到了。她畏縮在乘客座的門邊，讓自己變小。

「妳到底要什麼？」他生氣地說。

「對不起。」

「不，我是認真的。妳要什麼？告訴我，妳到底想要什麼。」

「對不起。」

「現在說對不起也來不及了，我現在兩手都是沒辦法收拾的爛攤子。我向老天發誓，瑪莉安，如果妳再去騷擾我太太，我會報警。」

「對不起。」

「勒納汽車那邊也一樣。我們會報警，妳知道他們會怎麼做？他們會把妳送進醫院，妳腦袋有問題。我很不願意說這種話，但是妳腦袋的確有問題。」

「我最近一直吐，」她同意地說：「很難把吃的東西吞下肚。」

他沮喪地嘆了口氣。「我說最後一遍：我們再也不見面。永遠、再也不見面。妳聽明白了嗎？」

「是。不明白」

「永遠不聯絡，哪一種方法都不行。妳聽懂了嗎？」

她知道說「是」很重要，但是她沒辦法誠實地說出「是」這個字。「妳現在要做的是，先回家，」他說：「妳就當作幫我這個忙。我要妳回去舊金山，讓妳的家人照顧妳。妳是最甜美的寶貝，看到妳變成這樣，我真想去死。但是，妳今天做過頭了。」

她的胸口出現一塊新憂慮正在凝結成形：她終於解放了布萊德利，但現在卻因為腦袋太有問題，以至於是他不想要她。諷刺像胃酸一樣湧上來，讓她沒辦法呼吸。她乾涸的口腔好不容易擠出幾個字。「她現在會和你離婚嗎？」

「親愛的——瑪莉安。我還要再找多少方法告訴妳這件事？我們不能再在一起。」

「你和我。」

「你和我。」

開始過度換氣。他的手伸到外套口袋。一疊厚厚的錢放在中座上。「我要妳拿著這個，」他說：「給自己買張頭等艙機票去北邊。然後，一到了舊金山，我希望妳去找一個妳能找到的、最好的精神科醫生。一個可以幫妳的人。」

她盯著錢。

「我很抱歉，」他說：「我沒有其他的辦法可以幫忙妳。請拿著。」

「我不是妓女。」

「妳不是。妳是天使，現在碰到非常糟糕的事的甜蜜天使。我是認真的——要是我還可以給妳什麼，我會的，但我有的就只有這些了。」

她終於明白，她對他來說，不過就是可以付錢打發的賤女人。座位上的那一疊錢看起來是一種危險、噁心的爬行動物。她看著車門把手朝外移動。他用一隻噁心的手拿起錢伸向她。「瑪莉安，看在老天的份上，拜託收下。」

她從失憶中恢復，大概是某個早晨或另一個早晨，比較可能是第二天早晨，她莫名其妙地感覺好多了。好像她對想要拿錢給她的男人的恨，讓她對布萊德利・葛蘭特的迷戀出現了一道缺口。迷戀仍然在她心中，但是現在力道削弱了，也更容易觀察。她開門進入房間後，發現那一疊錢用廣告傳單包著從門外塞進來。她有條不紊地將每張鈔票切成小塊，然後全部沖下馬桶。為了平緩她的精神痛苦，她必須犯這個可怕的錯誤。

在十二月的前幾天，她開始比較不受痛苦影響而分心，又可以讀報紙了。她對墨索里尼攻擊希臘有興趣，並放膽開始找工作。她沒有前雇主的推薦信，但依然美貌。她在一家喜互惠大型連鎖超市找到試吃員的工作，提供顧客一口大小的促銷食品試吃。讓她驚訝的是，這工作根本不怎麼費神。她喜歡只說一句話、一遍一遍地說。重複說話平撫了她對那件新事情在她身體裡生長的恐懼。但他對某些食品（尤其是肉類產品）的味道強烈反感，隨著她身體裡面的那件事情逐漸長大，她內心的恐懼也逐漸增大。一天，她用牙籤從迷你火腿罐頭中戳出一條條火腿時，恐懼逼她走出超市、回家，並聽從她的野性智慧的命令。猛打自己肚子、猛烈地跳上跳下。她吞了一大口氨水但就是吞不下去。當她再試一次，結果氨水從鼻子中噴出的時候，她的腦袋就在爆炸邊緣，她覺得快要死了。

她對蘇菲講的故事是一條直線，從布萊德利要給她錢到那天晚上她在雨中的洛杉磯市中心街道上徘徊。警察還沒帶走她前，她在街上胡言亂語著蕩婦和殺人的事情，光著腳、襯衫濕透、也沒扣鈕子。但是，這故事不是一條直線。這條線還包含她收到強制搬遷通知、對著她的物業管理公司經理眼淚汪汪、打電報給她母親和羅伊．柯林斯緊急借款、打電話給勒納汽車的布萊德利。物業管理公司經理同意她的逾期房租可以延到十二月底再付。她母親則正和朋友一起滑雪度假。羅伊．柯林斯匯給她二十美元的旅費和一封簡短的聘僱信。布萊德利一聽到她的聲音就掛斷電話。

她絕對懷孕了，也絕對沒興趣生養小孩，她決定搭有軌電車去好萊塢。一路上街道乾燥，黃昏正在降臨；商店櫥窗裡的各色箔紙和緞帶，在廉價的日光照射下浮現、閃耀、召喚。她能夠接受理性思考和正常的情緒——憎憤她媽媽、對黑暗籠罩歐洲的想法、對布萊德利和他太太的恨，欣賞那輛超前通過電車的精裝訂製版凱迪拉克車身線條、好奇她在紐約的姊姊雪莉的性經驗或缺乏性經驗的問題——但沒有幾秒鐘，她對眼前處境的恐懼再度浮現，驅散了那些思考與情緒。她看到埃及劇院時，下了電車，並問一位賣報紙的人塞爾瑪大道的方向。她把希望寄託在伊莎貝兒・伍什恩。即使伊莎貝兒沒辦法資助她，她也可以像姊妹般提供建議和同情，瑪莉安非常需要這些。在黑暗中，很難看出房子的顏色，但最後她看到一棟漆著顯眼紅色的房子。拉下窗簾的前窗透出微弱、溫暖的光。她徑直走到門前，敲了敲門。幾乎同時，門開了。撒旦站在那裡。

她不知道那是撒旦。那男人很矮，就像個小矮人，滿臉白鬍鬚，曬得紅黑的雙頰，頭上有一個曬得紅黑的光禿斑塊，眼睛四周還有些慈祥的皺紋。「請進、請進。」他說，似乎一直在等她。瑪莉安說，她要找伊莎貝兒・伍什恩。「伊莎貝兒已經不住這裡了，」那個男人說：「還是歡迎妳，請進。」

「你是房東嗎？」

「是啊，我是。請進來。」

在客廳裡，幾張舒適的舊椅子，裱框的年輕女演員或模特兒的柔焦頭像照，還有一張電影《金剛》的裱框海報。咖啡桌上有一瓶紅酒和搭配紅酒的長腳杯。「我拿個杯子給妳，」那男人說完就不見了。房子最裡面，浴缸正在注水，傳來水流擊打瓷浴缸叮叮咚咚的共鳴聲。白鬍子男人拿著一只杯子回來、坐下、斟滿杯子。他似乎非常高興看到瑪莉安。

「我只是要找伊莎貝兒，」她說。

「我知道，但是妳身體抖得像樹葉一樣。」

這沒辦法否認，而且那瓶紅酒對她來說看起來不錯。她坐下，喝了一些。這酒比她和布萊德利喝的威士忌弱得多。等到她講完自己認識伊莎貝兒的經過以及來紅房子的原因時，她的杯子已經空了。那位男人動了動身子替她加酒，她沒有阻止。這酒幫她在恐懼之海中浮起，就像深海上的浮標一樣。

「恐怕我不知道伊莎貝兒現在住在哪裡，」那男人說：「她住在哪條街、地址是什麼等等。但是我認識一個女孩，她可能知道。」

「太好了。」瑪莉安喝著酒說。

「妳非常標緻、又年輕。」他沒有來由地加了這句話。

瑪莉安紅了臉。那瓶葡萄酒既弱又不那麼弱。她聽到有扇門打開了、浴缸開始排水、赤腳柔軟的踩踏、門關了。

「所以，那個女孩，」她說：「那位知道她住在哪裡的人。」

「哦，親愛的，妳看起來很害怕，」那人說：「妳嚇到了嗎？瑪莉安？為什麼妳這麼害怕？」

「我只想找伊莎貝兒。」

「當然，」他說：「我可以幫妳。」

他眼睛裡有一種友善的光、一種溫柔的笑。

「我是個樂於助人的人。」他說：「妳不是第一個因為碰上麻煩才到這裡的女孩。妳來這裡是因為這樣嗎？是因為碰到麻煩所以在找伊莎貝兒嗎？」

她無法回答。

「瑪莉安？妳可以放心告訴我。妳有困難了？」

她的麻煩大到沒辦法說。這些麻煩要從她的言語中脫出，需要分解成小片再連貫有序地的排列；即使她能分解和排列，她告訴這個完全陌生的人的事情，也是她懷了一個已婚的男人的孩子。陌生人等著她的答案時，她注意到他眼中有另一種不太友善的光。她注意到他沒有塞進褲頭的襯衫和相當大的肚子。她一定誤會了伊莎貝兒對她房東的浪漫意思。

「是男人的麻煩，是嗎？」他說。

她無法呼吸，不願意回答，甚至連點頭都不願意。

「我明白了，」他說。「妳男人了解妳的情形嗎？」

她點了頭嗎？顯然她點了頭。她接著搖了搖頭。

「我很難過。」那人說。

「但是，你提到的那個女孩，那個知道伊莎貝兒在哪裡的人。」

「妳要我給她打電話嗎？」

「是的。拜託你。」

他離開房間。瑪莉安的杯子和瓶子都空了。在她等待的時候，一連串細微的聲音逐漸增大，最後停在高跟鞋的喀噠聲。一個女人走進房間。她看到瑪莉安停了下來。她穿著一條窄裙，搭配一件墊肩夾克。她搽深紅色口紅，抿著嘴。「妳是來問房間的？」

「不是。」瑪莉安說。

「很好。」

女人轉身、走出屋子。那個男人帶著開瓶器和第二瓶葡萄酒回來。他開瓶的時候，瑪莉安等著，不知道接下來會發生什麼事。

「運氣不好。」他邊說邊倒酒。「珍從感恩節之前就沒有看到她，她認為她可能回聖塔羅莎去了。顯然，她以前講過她要回去的事情。」

伊莎貝兒要回聖塔羅莎，對瑪莉安來說似乎很奇怪，但每件事對她來說都很奇怪。她希望她還沒有把羅伊・柯林斯匯給她的旅費花掉。想像伊莎貝兒在聖塔羅莎的樣子，讓她懷念起那個地方。

「我們一定會幫妳想出別的辦法。」那個男人說。

「我想我會去聖塔羅莎。」

「對，那只是其中一個辦法。但是，當然，我們不確定伊莎貝兒是不是真的在那邊。她其實去哪裡都有可能，也有可能還在這裡。珍只說她有一陣子沒看到她了。」

「但是聽起來……我敢打賭她回聖塔羅莎的家了。」

「嗯。」

他喝了一口酒，可能是為了隱藏微笑。他為什麼要笑？瑪莉安起身謝謝他打了電話。

「坐著，親愛的，」他說：「回聖塔羅莎對妳不好，那邊是鄉巴佬去的地方，閒話滿天飛。在大城市，妳會好過得多。我們可以在這邊替妳做一些安排，在聖塔羅莎很難、甚至不可能做到的事情。妳明白我說的意思嗎？」

她真的明白。布萊德利有一次問過她一模一樣的問題，而她又很放蕩。她又坐下，但沒想到酒精的作用讓她重重坐下，坐歪了身子倒向一邊。

「妳不要覺得不好意思，」那男人說：「我住這邊已經十五年了，什麼事情都見過。我們可以把話說明白，就妳和我知道。」

那東西一直在她身上長大，是布萊德利的。這是她無法逃避的事實。她不想那個東西在她身體裡面，會讓她想起那個在他家來應門的男孩，知道布萊德利有小孩的可怕、他的婚姻的可怕、他和她對她所做的一切的可怕。

「也許妳已經一個月沒來了？」那男人說：「也許不只一個月？」
她輕輕嗯了一聲確認。
「多少？」他說：「絕對超過兩個月。妳看起來比電線桿還要瘦。」
她搖了搖頭。
「我喜歡瘦瘦的漂亮小女孩，」他用低沉的聲音說：「而妳絕對是這種女孩。」
她寧願背誦《可蘭經》也不願抬眼看向伊莎貝兒的前房東。除了壁爐架上滴答作響的鐘聲，這個房子沒有其他的聲響。她確定，除了他們兩個人，沒有其他人在屋裡。
「妳今天走運，因為我可以幫妳，」他說：「我剛好認識一個人。人很好，非常注重衛生，高檔辦公室，完全私密。」
她不是呼吸太快、就是根本沒有呼吸。那男人的一字一句聽起來像是從遠方傳來，而且，他一開口說話，就又後退一些。「妳身上有一百五十元嗎？我的二十五元也含在裡面。而且，讓我看看，今天是星期四，對吧。到了星期六晚上，妳又會像黃金一樣無價了。」
她聽到酒倒出來的聲音。
「妳有一百五十元嗎？」他說。
這個問題很清楚地傳過來。她表示她沒有。
「妳有多少？」他等著答案，但沒有等到回應。「瑪莉安，妳身上有錢嗎？」
答案顯然很清楚。她聽見他離開房間又回來，感覺到他蹲在她旁邊時的熱度。「我知道妳有多害怕，」他說：「妳非常害怕，我都知道。吃了這個會感覺好一點。」
他打開了她兩隻抓得緊緊的手，塞進兩片藥。

「這只是紅中，可以幫助妳入睡。」

她感覺到他發燙的手在她的膝蓋上。

「我猜，妳在想我能不能真的替妳解決問題。我覺得也許我可以可以給你一些參考，但是我幫助過的那些女孩可能不願意談這件事。我是這麼看的，你只要相信我就好了。我在這裡老實做生意已經有十五年了。我從來不白拿，也從來不白給女孩。這是這地方的規矩：這裡每一件事都要交換。」

他的一隻手開始沿著她的腿朝上爬，她靠著身體反射動作移開那隻手。但她一放開，他就把手放回去。

「我要去棕櫚泉過聖誕節，」他說：「如果妳在這之前一直待在這裡，一直到聖誕節，我們會把妳當黃金一樣珍惜。我是非常認真的承諾，只要十一天。我這麼說妳可不要誤會，我的條件對妳來說非常優惠。因為妳的運氣好，妳就是我要的那種小女孩；非常、非常像我要的那種小女孩。」

她的野性智慧完全理解了他要什麼。如果她同意，她要做的就是不站起來不離開。她抬起手，把兩片藥放進嘴裡。她的手臂覺得太短，搆不到杯子，於是她嚼碎藥片。

多虧她的精神疾病與安眠藥的昏沉效應產生的複合作用，她幾乎記不得在紅房子待了十一天的經過。她記得的是聽到房東和另一個房客在她房門外的腳步聲，後者甚至比前者更可怕。她覺得只要那個女人的視線掃過她，她就會死，她只要聽到走廊響起高跟鞋的咔咯聲，就會縮成一團，讓房東把食物帶進她房間。三不五時會有讓她作嘔的事情發生在她身上，但這些事情似乎都非常短暫。只要她待在那房子裡，她就是不折不扣的受害者，沒什麼可以向亞利桑納州的牧師懺悔的事情。事實上，她可能還有去向警方報案的理由。房東的撒旦惡行是他們達成了協議。而撒旦對於合約的態度是嚴格遵守合約條款。他依照承諾，送她去看醫生並支付墮胎費用；他剝奪了她的受害者身份。他靠著守信，讓她屈服於他的淫行，成為交易的一造、交換的一方。她成了同謀，不能宣稱自己無知或純真。她合意與布萊德利・葛蘭特通姦，然後同意出賣自己，殺了自己的孩子。

當她從離勒納汽車只有幾個街區的犯罪現場離開時，撒旦已經走了，似乎永遠消失了。那是十二月二十四日已經很晚的下午。暴風雨前緣已經緩緩爬到城市的天空，形成一朵朵乳狀雲。她早上吞下的那顆安眠藥已經逐漸失效。她有點頭暈，腹部疼痛雖然不嚴重，但因為這是新傷口，所以感覺很邪惡。她那個特定恐懼現在已經不會再出現了，取而代之的是一種更普遍的恐懼，在她漫天飛舞的腦海中蔓延。她錢包裡還有六元和一些零錢，但是沒有力氣自己坐電車。她朝著自己的公寓方向走去，沿路迂迴，只為了不時能停靠在建築物邊上休息。

這一段距離不超過二十個街區，但穿越這段路讓她筋疲力盡，因為她無法擺脫他。他的小矮人的臉在每一扇窗口隱約可見。眨著眼、白鬍子，身穿毛皮裝飾的大紅西裝。沿街的海報、賀卡、餅乾罐和真人大小的人體模型都在展示他的爪子和酒氣沖天的惡意。她需要更多安眠藥才能擺脫他；他從每一個方向注看著她。他紅黑的陰莖又短又肥，就像他縮小了一樣。他挺著大肚子站在街角，穿著紅西裝搖著鈴，路人就把零錢投到他身旁的紅罐子裡。到處都是。紅色。紅色。她沒辦法擺脫紅。那是他的房子的顏色。那是不管她轉到哪個方向，他發出他已經在那裡的訊號的顏色。紅色領結。紅絲帶。紅條紋拐杖糖。紅色金屬紙板做的閃亮星星和新月。紅房子。紅車。她那間舊套房的水槽裡的紅色。紅色旅行車。紅色旅行車。紅色旅行車。邪惡已經追了她一輩子，現在這世界卻到處是它的顏色，而且無處可逃。躲進她的浴室、她公寓的浴室裡，它還是能找到她。紅色也在她心裡，而且正在出來。她不過是一個裝滿了紅，滿到快要炸掉的薄皮膀胱。她的手是紅色的、她的東西是紅色的、地板上有紅色的、手擦的牆是紅色的。紅徹底毀滅了她的思想。聖誕節快樂。

「我想說說我的回憶，」她說：「是我對聖誕節最美好的回憶。妳想要聽嗎？」

「我想。」蘇菲・塞拉菲米德斯說：「如果妳確定處罰我已經處罰完了。」

瑪莉安張開眼睛。外頭的鐵軌上，大雪紛飛。軌道上已經積了一層厚厚的椰子糖霜。

她說：「妳該罰。」

蘇菲沒有笑。「說說妳的回憶。」

「那是一九四六年，在亞利桑納州。羅斯和我在一起已經大半年了。除了沒有婚約，我們等於是夫妻。即使戰爭已經結束，他還是要服完替代役，但是部隊的情形非常鬆懈，他只要想休假，不管什麼時候，就幾乎可以休幾天假。對我來說再好不過。我邀請他去我舅舅吉米家過聖誕節，但他說，他有個更好的主意。部隊長有一輛舊威利吉普車可以借給他用，羅斯想多看看西南方。吉米給了我們一點錢當聖誕禮物，然後我們就去了。對羅斯來說，這是一件大事，因為他的父母不知道我，而且我們不管去哪裡，都要假裝已婚。對他而言，這是對父母相當不敬的行為，而我愛上了他。獨自擁有他、開車去我們想去的任何地方，感覺就像在天堂。我們在聖塔菲過了一天，然後在大雪來的時候到了拉斯維加斯——是新墨西哥州的拉斯維加斯——你去過這個拉斯維加斯嗎？」

「我沒去過。」

「這是一個很老、非常老的西班牙殖民小鎮，在北邊靠近桑格里・克里斯托山脈附近。威利車的輪胎壞了，我們被雪困在那裡。像我們這種人住得起的旅館只有一間，我們的聖誕節也就是在那個旅館過的。我們的房間也許糟糕透頂，但我們擁有彼此，所以我覺得很棒。這家旅館面對老城的廣場，一樓有間餐廳，也是我們聖誕夜吃飯的地方。與羅斯一起在那邊的感覺，就像是我得到了一個不該得的獎勵。窗戶邊緣結霜，還有牛仔——穿著長大衣的真正的牛仔進來吃晚飯。還有一個小家庭，也許像我們一樣被雪困住了，一個有兩個小女孩的盎格魯家庭。我們將來的家就要像那些小女孩的家一樣。那感覺就像我們在看未來的自己一樣，然後最神奇的事情出現了。在外面的廣場上，有一輛改裝成聖誕老人的雪橇的大卡車。在車前的引擎蓋上，冒出來兩隻馴鹿。他們還在馴鹿上裝了燈，讓它看起來像在飛。他們還從駕駛室的屋頂打燈照亮雪橇。遠一點看，根本看不到雪地裡繞圈圈的卡車，只看得到馴鹿和雪橇，還有一個人，穿著聖誕老人的衣服在揮著手。還有——我，嗯。」

瑪莉安結巴起來，避開蘇菲的視線。

「我從來就沒喜歡過聖誕老人。我覺得他很嚇人、又怪。我對他有意見。但是，那兩個小女孩看到雪橇和馴鹿的表情，我想，我以後再也看不到比這還要單純的驚奇和喜悅了。兩個女孩都有一對大眼睛。其中一個說：『噢！噢！』然後她們跑到窗前看著外面，同時說著：『噢！噢！噢！』這是單純的喜悅和輕信。她們完全相信眼前看到的就是最美麗的事。所有……所有……我很抱歉要講粗話，所有我在加州經過的那些狗屁事都被沖走了。就好像我只是看著那兩個女孩和她們的反應，就重生了一樣。」

「聽起來真的很美。」

「但是，這件事情有那麼重要嗎？」

麵糰暗示地點了點頭。

「羅斯的想法跟我不一樣，」瑪莉安說。「他一點都不明白我的感覺。而且我沒辦法告訴他這件事對我的意義，因為我不能告訴他我經歷過的那些事情。」

「告訴他永遠不嫌晚。」

「不，肯定為時已晚。如果要告訴他，那個聖誕夜是最好的時機。『我和一個已婚男人有染，我還告訴他太太這件事，想要破壞他的婚姻。我後來瘋了，瘋到他們不得不在聖誕節早上把我關起來。』這件事絕對不會有人相信，起碼羅斯不會信。」

「妳是在聖誕節被送進療養院的嗎？」

「我沒有講過嗎？」

「沒有。」

「好吧，這下你就懂了。豹身上有點點也是一樣的原因。」

「意思是？」

「現在妳知道我為什麼討厭聖誕節。我們可以說這是突破、我可以回家以後吃更多糖餅乾。噠拉拉、噠拉拉。從此以後，我就能過著幸福快樂的日子。」

蘇菲皺了皺眉。

「那天晚上，我們大吵了一架，」瑪莉安說：「羅斯和我，在新墨西哥州。這是我們第一次真正吵架。我要求自己，絕不會再像這樣子大吵一架了。不管代價，我都不會再和他大小聲。我會愛他、支持他、並且閉嘴。因為他看著那兩個女孩時，他看到非常不同的東西。他說，他對女孩的父母反感——他們鼓勵孩子崇拜一個虛假的偶像。他們對孩子說謊，忽視了聖誕節的真實意義：這個節與聖誕老人沒有關係。然後我又失去了理智。我覺得自己經歷了一種神奇的重生——真正的基督徒，順便說一句，是要原諒，哦，不是原諒，而是要克服……好吧。」

她覺得自己的臉在發紅。麵糰的眼睛看著她。

「那是……我解釋的不對。聖誕老人是……聖誕老人不是……我知道它只是幻像，只是一個穿著聖誕老人衣服的牛仔而已，不是……以某種方式，再加上那兩個女孩——我在分享別人的喜悅和驚奇。我知道這只是幻像，但因為這只是幻像，所以我可以再成為一個無辜的小女孩。這對我很重要，而羅斯卻不明白。我只是對著他尖叫，我沒辦法控制自己。我恨他，我知道我把他嚇得他六神無主。我對自己說，不，永遠不要再這麼做了。妳知道嗎？我從此就沒再這麼做過。明天剛好是我一直閉嘴的第二十五年。」

麵糰似乎心事重重。她看了一眼落雪，「很抱歉，接下來我要問一個難回答的問題。」她小心翼翼地說：「但是我覺得我不得不再問一次。妳有沒有重要的事情沒有跟我說？」

瑪莉安感覺一股寒意往上竄。「什麼樣的事情？」

「我不是太確定。只是——妳的語氣中有些東西。我以為我以前可能聽過一、兩次，但剛才我又聽到了，聽得很清楚。我不是在標榜自己是世界一流的從業人員。而且，順便說一句，如果您還不知道，我也不相信『也許你也知道』的故事。我不相信有一支鑰匙可以解鎖所有事情。但是，我以前聽到這個特定語調時，發現這多半代表患者經歷了一種特定的創傷。」

麵糰鍥而不捨。

「我爸自殺，」瑪莉安說：「我媽不愛我，我發瘋了。還不夠嗎？」

「不。妳的確說了很多。」蘇菲說：「而且，我在妳的語氣中絕對也聽到了這一點。但那是有趣的妳，那個妳度過了糟糕的童年、之後付出代價的日子；但妳活下來了，也做了一些調整，為自己創造了美好的生活，找到了一種對付腦袋發生動亂的方法。那是倖存的妳。但是，我聽到的是別的東西。我不是說我一定是對的，我只是問問。」

瑪莉安看了看她的手錶，第二個小時已經結束結兩分鐘了。她覺得那個小診間似乎是某個紅色獨立式平房的客廳，急忙起身，從掛鉤上取下外套。她把手穿進袖子時卡住了，接著另一隻手穿進另一個袖口時也卡住了。但是，時間還夠讓她趕回家、翻找她的襪子抽屜，替裴里買個更好的禮物。二十五年來，她一直認為和羅斯在一起生活，是寬恕她的上帝給她的祝福，是她多年來的天主教祈禱和悔罪掙來的祝福，是她到現在每天壓抑她的壞並閉上嘴換來的生活。的確，她最近對羅斯的恨至少和她依然愛他一樣多，沒什麼理由為了他不停地假裝。但是她比以往任何時候都愛裴里。他的痛苦，是她的家庭該負責，是上帝等待三十年才加在她身上的懲罰。

「妳不必因為我的關係就離開，」麵糰在她身後說：「我和柯斯塔會一直待到五點。」

瑪莉安面對著門，手搭在門把上。診間沒有神，但她知道神對她的期望。她需要盡全力照顧裴里，並開始為自己的罪孽贖罪。而離開診間，無異放棄了一切變得更好的希望。

「或許妳應該告訴我聖誕老人發生了什麼事，」蘇菲說。

6

「哦，裴里。」法蘭西絲・卡崔爾邊說邊揮手。「真巧，才剛說到魔鬼呢。」羅斯看到兒子在楓樹大道拐角的淡黃色頭髮，離他和法蘭西絲安全逃離第一歸正會不到二十秒。羅斯不太想理會停車再開標誌，直接穿過去，但鎮警察局就在對街。他剎車、側身看著法蘭西絲揮手的方向，免得看起來像做錯了什麼事一樣。裴里站在人行道上，看得一清二楚，手裡還拿著一個塑膠袋。羅斯回敬了他一眼，接著用力踩下油門。

說到魔鬼？

「他是個很優秀的孩子，」法蘭西絲說：「我覺得賴利有點迷他。」

過了楓樹大道，在皮爾西格大道上就可以放心超速。比較幸運的雪花四下逃竄，只求躲開「狂怒」，其他雪花則在擋風玻璃上走到終點。除了停車再開標誌，裴里站在其他任何地方，可能都不會看到羅斯車上只有法蘭西絲一位乘客。現在，羅斯只希望裴里會忘了這件事，而這種機會微乎其微。

「我想問個尷尬的問題。」法蘭西絲說。

羅斯鬆了點油門。「嗯？」

「既然今天你的時間都是我的，所以，我們現在有點像私人諮商，對嗎？即使我們不在你的辦公室裡？我們講的事情還是保密嗎？」

「當然。」羅斯說。

法蘭西絲上車以後，雙手加上雙腳就動個不停，這裡擺擺、那裡放放。她放在中座上的左腳，現在離他的腿不到一吋。她說：「我想知道，你認為孩子要多大才能抽大麻？」

「我的小孩？」

「是的，或是不管誰家的小孩。要多小才算太小？」

「嗯，大麻是非法的。我認為，沒有父母想看到小孩違法。」

法蘭西絲笑了。「你真的是一板一眼耶？」

他穿在身上的外套、她喜歡的外套，不是一板一眼的外套；他從家裡帶給她，但是放在辦公室忘了帶出來的七十八轉的藍調唱片，那也不是一板一眼的唱片。他腦袋裡關於她的想法也不是一板一眼的想法。

「我不反對犯法。」他說：「甘地犯法，把五角大廈消息抖出去的丹尼爾‧艾斯伯格（Daniel Ellsberg）也犯法。我不認為規則是神聖的，只是看不出違反毒品法有啥意義。」

「哇。好的。」

他可以聽到她在微笑，但是把一板一眼和流行一分為二，多不公平，讓他不太高興。

「一板一眼沒什麼不對，」她說：「我覺得很可愛。但是我猜你從沒試過大麻，對嗎？」

「啊，我沒有。妳呢？」

「還——沒有。」

她的聲音遲疑了一下。他的視線從路上移開，看到她正觀察他的反應。她似乎躍躍欲試、對自己很滿意。似乎已經準備好玩這場遊戲。他也是來參加比賽的，但他比試的項目不包含調情。他不認為他有調情的優勢。

「妳的問題，」他說：「和妳兒子有關係嗎？」

「是的，部份是。但部份和你兒子有關。」

「我兒子？妳是說裴里？」

「是的。」

他兒子？吸毒？啊，對啊。這樣一說就非常合理了。羅斯不敢相信他之前從未懷疑這種可能。該死的瑪莉安。

「既然我們約好守密，」法蘭西絲說：「我想告訴你一些事情，可以嗎？」

雪愈下愈大，方向也愈來愈難辨。他一直在注意路況，但仍能感覺她戴著獵帽靠過來。

「你還記得嗎？」她說：「去年夏天我來見你的時候？」

「我記得。記得非常清楚。」

「這樣說吧。那個時候我的處境非常糟糕，而且，我也沒有非常誠實。事實上，我完全不誠實。鮑比出事，我失去丈夫時你對我很和善，但這並不是我去見你的真正原因。我當時很難過，是因為發現我一直在交往的人在和其他人交往。」

「狂怒」的雨刷片橡膠已經脆化，刮過擋風玻璃時會危危抖動。羅斯想先問清楚一件事：她的交往確定就是字面上的意思。但他不相信。如此美好開始的一天，現在卻要如此可怕地蓋棺論定。他處理和裴里的關係一直很拙劣，甚至和法蘭西絲的也是。他壓根沒想過原來早就有另一個男人撲向她了。去年夏天，那時她喪偶還不到一年。

她往後靠，回到之前坐著的角落。「有時候我們會碰上好得不可能成真的事情，因為好的不可能成真的事，就絕對不會是真的好事。我就是例子。最初是我的一個女性友人、是個老朋友，替我跟他安排了一次約會。一見面就有感覺，我知道就是他了。菲利普是外科醫師，也一直在空軍工作。他和鮑比還待過同一個基地，所以我們有共同話題。心臟外科醫師這個職業相當於醫學界的戰鬥機飛行員，膽小的人做不來。菲利普在湖邊、就在環狀線北邊的一幢高樓裡有間漂亮的公寓，景色好得不得了。我一看到那個景色就想：『好吧，豁出去了！』事後看來，我那樣的想法實在操之過急，但我只想要每一件事都恢復正常。那時候，我要的是我們四個人在一起、不是三個。」

羅斯的腦袋試著想像法蘭西絲待在心臟外科醫師的公寓裡一段時間，但沒有發生親密關係的場景。

「我希望賴利和愛米和他見面。」她說：「我以為我們可以一起吃午餐，然後一起去費爾德博物館。我一直想促成這件事，直到有一天晚上，他開誠布公地說，有些事他得告訴我。顯然，從我認識他，從開始到結束，他都沒停過和另一個人約會。對方當然是護士。當然，也比我年輕。這就是我去見你時的處境。我真的很想念鮑比，但原因我卻說不出口。我當時就像是心碎了一樣。」

開在羅斯前面的貨卡排出黑色廢氣，雪還沒落地就被弄髒了。「我明白了。」他說。

「還有，我那個時候沒跟你說。我和鮑比其實沒那麼好。我們結婚的時候，我才二十一歲。他是我哥哥最好的朋友，開的是那幾種突破音障的飛機。他非常帥，而我，是那個嫁給他的幸運女孩。他常不在家，但我不介意——我是軍官的妻子，有些特別待遇。兩個孩子出生時，他的駐地在愛德華茲。不管他到哪裡，我都會跟著去——他離開空軍，不是我要他走的。而是他希望孩子們在一個地方、在一個學區長大，所以選擇在通用動力公司拿薪水要好得多。然而，他一到德州，就覺得自己做了錯誤的決定。他懷念部隊的生活，我也知道他在這件事情上怪我，雖然那不是我的錯。我連年看著他的火氣愈來愈大。每個人都知道他到處留情，並不是因為我有什麼把柄可以被說嘴，但他總是懷疑我不忠。比如，有鄰居說了什麼話，我笑得太厲害，那就代表我在挑逗鄰居，他要等到我承認那個鄰居不像他一樣是個男人才不追究。如果我看了新聞，說了幾句關於戰事進展不好的話，他就會開始審訊我：難道我不認為美國是世界上最強大的國家？有最好的經濟制度？難道我們沒有道德義務阻止共產黨坐大嗎？這些想法老套嗎？而且，他是真相信會有那麼多軍人被殺，是因為軍人士氣遭到國內抗議人士打擊。因為我懷疑這場戰爭，所以是我害死那些孩子。還有，賴利想當太空人，但他的體育不太行，他也不是每一科都拿A的學生。但鮑比經常對著他大吼說：「像你這種不敢使勁滑進二壘的人，還想當太空人？你覺得約翰・葛倫的代數會考個B嗎？」賴利只是個愛作夢的小孩，對太空有興趣而已。因為鮑比的關係，他覺得很自豪、也非常想讓他高興。鮑比卻老是嫌棄他，這對他來說是種折磨。你看過F-111的駕駛艙嗎？

照理來說，羅斯理應高興她對他打開心房、說出心事，但他只聽到她掌握了試飛員和心臟外科醫師的注意，而他只是個副牧師，有妻子四個孩子，還沒錢。他到底在想什麼？

「太驚人了。」她說：「那裡的儀表多到讓人覺得每件事都能被完全控制。這就是鮑比和我們一起生活的樣子。每件事都必須得到他批准，而且是有條件的控制。賴利得成為明星運動選手，我不能和鄰居聊天打屁。那次墜機最可怕的地方在於，我一想到他在空中沒辦法控制飛機，該有多憤怒。」

天色漸暗，交通漸忙。一架F-111要花幾百萬？一個自稱信仰基督的國家，怎麼可能在殺人武器上花費幾十億元？「狂怒」的儀表板只有一個車速表和其他三個儀表，其中一個還壞掉。這輛車非換不可的還有煞車和新雪胎，但瑪莉安需要兩百元買聖誕禮物。他嚇了一跳，覺得太多了，但他一直記得，最近給她的太少，也記得他精心安排四個小時和法蘭西絲單獨在一起，當作自己的聖誕禮物。他本來以為四小時太短了，現在，他反而在想如果繼續聽她講她所愛的那些男人，後面的每一分鐘怎麼熬。他的喉嚨裡像哽著又硬又酸的結。

「我和凱蒂聊了很多，有一陣子了。」法蘭西絲說。「但我永遠不會加入燒胸罩的行列。她給我看一些書，裡面很多事都說得有道理。我的問題不在於鮑比虐待我的身體，問題在他冷、很冷、很冷。從某個角度來說，這更糟。我是他微不足道的妻子，對我，他只在意一件事，就是每一件事我都要完全做對。這根本是婚姻平權的相反。現在回頭想想，我才明白原來那時候鄰居都認為我嫁了一個混蛋，唯一不這麼想的是他那些飛行員弟兄；他們也是混蛋。我的意思是，他的死法當然太可怕了——我很難過。但當時我其實這麼想，要是沒有他，我也許會更好。我是不是很壞？」

「婚姻很辛苦。」羅斯說。

「但是，婚姻非得辛苦不可嗎？你的婚姻辛苦嗎？或，哦——抱歉，也許我不該這麼問。」

如果羅斯有試飛員或心臟外科醫師一樣的膽子，現在就該挖心剖肺，聲明他的婚姻一樣悲慘，也是靠著習慣、誓言和義務維繫。現在該是他上場的時候了。但是他不滿瑪莉安的地方，是她又胖又無趣，他興奮不起來，久而久之，他的感覺也遲鈍了。他不知道怎麼說出這些抱怨而讓自己聽起來不像個混蛋。

「無論如何，」法蘭西絲說：「您幫了我一個大忙，介紹我和凱蒂認識，並且讓我加入星期二的服務。剛好符合我的需求。我已經在特里頓學院選修了一門課，也很好。總而言之，我雖然跌了一跤，焉知非福。但是——」

「我知道，」羅斯說：「對於羅尼那件事，我應該再次道歉。都是我的錯。」

「哦，嗯，謝謝。你不必道歉。其實，我和菲利普後來又有聯絡了。他有一天突然打電話給我，說他想得比較清楚了。他和那個護士已經分手，問我能不能從心裡原諒他？我不覺得我做得到，但是，他寄玫瑰給我，然後又打電話來。他這次魅力全開，就這樣我又上鉤了。感恩節假期結束以後，在一個週末，就在發生羅尼那件事情以後，我到城裡去，和他一起過了整個下午和晚上。」

降雪碰到人行道時依然融化，氣象預報卻說積雪可能高達八吋。如果羅斯和法蘭西絲被困在某個地方，就意味著他將和心臟外科醫師的女友多相處幾個小時。

「但是，這次，情形完全不一樣。」她說：「一部份原因是我一直在讀的書，但是，有一部份是——你給我的。我的意思是，星期二的服務團，我不知道怎麼說，是另一種男人的榜樣吧。菲利普帶我去碧雍餐廳。服務人員來點餐時，他拿走我手上的菜單，替我點菜。以前我會喜歡這樣——這讓我有安全感——然後我們去他的公寓，就是有美景的那個地方，我看到他鋼琴上的全家福照。我拿起一張，放回去的時候一定沒放好，所以他走過來把那張照片往後移動了一吋。他是從房間另一頭走過來把照片挪動一吋。這個舉動，可能說明了他為什麼是個出色的外科醫師，但我心裡卻在想：哦哦，又來了。你懂我的意思嗎？」

羅斯心裡七上八下。前一秒鐘覺得無望，現在又滿懷希望。

「這種感覺就像我想用像鮑比的人取代鮑比。我猜，我喜歡的是像鮑比那種人，或是說，我喜歡的一種人是像鮑比的那種人。就算鮑比對我做了什麼混蛋事，而我因而生氣，但還是覺得他很迷人。我知道如果我和菲利普在一起，我可能會再生一、兩個孩子——我想他會想要有自己的孩子——但到此就結束了。之後他會控制一切。總之，那天我快到半夜才回到家——」

她是指和那個外科醫師發生親密關係之後？羅斯對當代的約會規矩一無所知。

「然後，我發現賴利一個人在客廳裡看電視。他已經到了可以照顧愛米的年紀，但是，他好像又有點怪。我彎腰親他。太離譜了，他身上都是大麻和漱口水混合的味道。他等到愛米上床睡覺後就開始嗑藥！這太離譜了！我知道鮑比死後，有一段時間他很辛苦，九年級還要換到新學校，這絕對不是輕鬆的事。但他是個好孩子，因為十字路的關係，今年他的表現要好得多。他的體態仍然不好、還是用頭髮遮住臉，但也慢慢在長大。當我確定他抽了大麻時，我第一個反應是內疚。是我讓他和愛米待在一起好幾個小時。我告訴他，我對他很失望，因為他丟下照顧妹妹的責任，實在非常愚蠢。我說，我不會懲罰他，我只要知道幾件事，比如大麻是從哪裡來的。但是他的臉被頭髮遮住，不看我、也不回答。我問他家裡有沒有大麻，他仍然不吭聲；我開始不知道該怎麼辦。我要他告訴我他把大麻放在哪裡，我快步走到他房間，結果，你知道嗎？他竟然有一整袋！我把它拿出來，再問他一次，他從哪裡拿來這麼多大麻，你知道他說什麼？他說『我不出賣別人』。我氣壞了，罰他一個月不准看電視。」

羅斯有點擔心她講的這件事後續的發展。但當她提到裴里時，方向就清楚了。

「所以，就像我說的，這很尷尬。」她說：「但是我覺得我應該讓你知道。」

「妳覺得賴利是從我兒子那裡拿到大麻。」

「我不確定。但他們經常在一起，幾乎形影不離。賴利——真是甜蜜——他顯然迷上了裴里。他們放學後會直接去他房間。賴利會做模型。他們在房間時，我會聞到膠水和漆的味道。他們花時間做模型，我一點都不在意，但如果是抽大麻，我甚至不敢確定我是不是會在乎。賴利說，學校裡有一半孩子都抽過，這可能有點誇張，但我猜抽大麻在學校裡很普遍。但要說到有一整袋大麻、一個大號的袋子——這不像賴利做得到的事。」

該死的瑪莉安。

上個春天，裴里的不當行為牽涉過廣曝光後，瑪莉安卻拿教義質疑羅斯——指責他太執著在舊約的誡律，指責他忘記新約的主張寬恕，那是他每個主日都會宣講的主題。根據瑪莉安的說法，裴里需要愛和支持，而非懲罰。他總共逃課十一天，還偽造羅斯筆跡寫便箋跟校方解釋缺席的原因；瑪莉安堅持裴里的問題在心理、不是道德。她說這男孩太敏感、心情多變、夜間無法入睡。瑪莉安除了博取同情，還要求替他安排心理諮商（說得好像他們有錢支付這筆費用）。在羅斯看來，瑪莉安才是問題。從一開始她就護著裴里，他還在蹣跚學步時，她就遷就他的抱怨和哭泣，容忍他長大後妄自尊大的優越感。羅斯理解因為他外出做服務時，在家陪他們的總是瑪莉安。所以，四個孩子喜歡瑪莉安多於他，只有程度不同的差別。裴里喜歡母親的程度不僅引人側目、也最排斥他。如果羅斯更喜歡裴里一點，或是對瑪莉安更有慾望一點，羅斯可能會嫉妒這對母子的緊密關係。所以他決定讓他們相互扶持。沒想到，因為她的驕縱和他的漫不經心，裴里反而在初中校園讓他們抬不起頭來。

他早就明顯察覺到裴里的道德錯誤，也早該疑心他吸毒。但瑪莉安的那個故事——一個既有才華又敏銳、只是想多睡一點的孩子的故事——誤導了他。他把裴里叫到牧師館的辦公室，拿出一疊送交初中校長的手寫便箋，上面是他也承認跟他神似的筆跡——無可否認，裴里是個有多方才華的男孩——羅斯必須要求這個留著女孩髮型的兒子遵守紀律，也就是瑪莉安該做卻沒有做到的事。

「你不能在白天睡覺，」他說：「你得像我們其他人一樣，在晚上睡覺。」

「爸爸，我很想，」裴里說：「但我做不到。」

「我也常常在早上不想起床工作。但是你知道嗎？我還是起床，然後去工作。如果你就去做，總有一天，到了晚上就會很累，你會去睡覺，然後就可以正常作息了。」

「我無意冒犯您，但您說的容易做起來難。」

「你表現得很好。如果學校給你的挑戰不夠，我覺得很可惜。但是成長的一部份是學習紀律，而我只看到你在看書或弄些畫畫什麼的。你應該出去，到外面，試試做不一樣的事。我想，也許你願意參加校內壘球隊。」

裴里一副不敢相信的眼神看著他，羅斯忍住才能不發脾氣。

「你總得做點事情，」他說：「從今年夏天開始，我要你去打工。這是我們家的規矩：人都得工作。你的工作目標是每星期收入五十元。」

「貝琪十年級的時候也沒打工。」

「貝琪那時候參加啦啦隊，她現在也在打工。」

「她恨那個工作。」

「嗯，這就是自律。不喜歡它，但還是得做。裴里，我不是要懲罰你。我這樣做是為了你好。我要你明天開始找工作。這樣一來，到了暑假，就不必擔心沒有工作。」

讓羅斯覺得厭煩的是，裴里哭了起來。

「坦白說，」羅斯說：「我對你已經夠好了，按照你幹的那些事，你本來不應該有任何權利的。」

「這就是懲罰。」

「別哭了。你幾歲了還哭。這不是懲罰。如果實在找不到工作，總能幫人割草。連克藍都願意割草，你也應該沒問題。要是你割草一整天，我保證你晚上會睡著。」

瑪莉安用她柔軟但固執的方式對羅斯抱怨，說割草是把裴里的天份浪費在沒有意義的地方，平白折磨他的敏銳。後來裴里的生活習慣有所改善，羅斯從而證明他是對的。到了夏天，裴里就像一般青少年，可以從午夜睡到不太早的早晨。九月，他主動加入「十字路」。他與里克・安布洛斯走得這麼近，可能就是因為被迫割草想報復，加上羅斯拒絕讓他從哭鬧中得到滿足。羅斯愈來愈不能忍受裴里，看到他青春期的身體隱隱覺得噁心。裴里下課後待在十字路或是週末參加那邊的靜修，都讓他得以擺脫他的身體讓他不適的時刻。

但現在，羅斯想知道，他之所以排斥裴里，會不會是因為他的壞品行和他竟然得意地享受秘密吸毒的樂趣。這全是該死的瑪莉安的錯。她聽不進任何批評她寶貝兒子的話，裴里充份利用了她對他的信任。現在，在法蘭西絲眼中——法蘭西絲已成為羅斯生活喜悅之源——裴里已經將自已貶為一板一眼、毫無戒心的人，而他的兒子又是誘惑她的賴利吸毒的人。該死的瑪莉安，不必等他通知瑪莉安裴里是毒蟲、不必等她明白這都是她寵出來的後果、更不必等他讓她付出他被羞辱——因為他是從法蘭西絲嘴裡知道這件事——的代價時，他現在就可以嚐到一股油然而生的殘酷快感。他也要讓裴里付出代價。

但是，要是裴里對他反咬一口呢？如果他當著瑪莉安的面問羅斯，他和卡崔爾太太開著一輛裝滿箱子的車子去哪裡？願上帝幫助他，羅斯早餐時還對瑪莉安撒了謊——他告訴她自己要和凱蒂・雷諾茲一起去送食物和玩具。

「你不是該在這裡轉彎嗎？」法蘭西絲說。

羅斯踩剎車後，滑行了一小段距離，車後廂的貨物堆玩具碰來撞去；他橫切穿過兩條泥濘的車道，轉入奧格登大道。車後傳來一陣尖銳的喇叭聲。

「你不必難過，」她說：「里克・安布洛斯說，很多父母都在處理同一件事。」

只能在街頭混飯吃的里克・安布洛斯，手指卻在當代青年的脈動上。

「妳剛才是在跟里克討論賴利的事嗎？」羅斯好不容易擠出這句話。

「是的，但你放心——我沒有出賣裴里。我是說，我直到剛剛才說出他的名字，而且是跟你講；我沒有跟里克講。從他那邊，我只想得到一些對十五歲的人抽大麻的看法。里克說，有件事我大可放心，那就是十字路。顯然，他們在十字路的活動時間內，嚴格禁止毒品和酒，性也是。可憐的賴利，我想現在還不到我替他擔這個心的時候。我甚至從沒看過他正眼看過女孩。他迷戀的人是裴里——我不是說他不正常。或者說，我不知道，也許他是不正常。這應該是幸好鮑比活著時沒看到的另一件事。」

羅斯努力要想出一些睿智的話、一些能媲美安布洛斯對年輕人看法的特殊見解。

「回家發現賴利正在嗑藥，」她說：「對我還真是大開眼界。我後來因為重感冒病倒了。當我終於恢復以後，覺得自己又過了一關，我得想辦法讓自己的生活走上另一條路——與孩子更多互動，不再追逐幻想中的第二任丈夫。我想捲起袖子弄髒手，我想多參與你、凱蒂、還有你們的工作。我還問里克有沒有讓我也參與十字路的方法。一方面是我覺得我要做個擔雙重責任的單親家長——我必須扮演賴利和愛米的某種父親角色，而不只是母親。另一方面——你有沒有想過自己太早生孩子？」

「妳是說，希望自己年輕一點嗎？」

「是的。我想，我們每一個人最後都會希望年輕一點。但是，我說的是正在發生的事情。有那多新嘗試、那麼多對舊價值的質疑。我的意思是，拿一個簡單的例子來說好了，現在的女孩能夠和男孩穿同樣的衣服；我很想念這一切。我想念披頭四、我懷念可以先和男人同居再決定要不要嫁給他。就我的情形來說，這還真不是個壞主意。我覺得我應該晚十五年出生。」

「但是，妳描述的事情，」羅斯說：「在五〇年代初就發生了。我在紐約的時候，紐約精神、格林威治村精神就包含了妳描述的一切，在某種程度上來說，它們更單純。」

「在紐約，也許吧。但在新展望鎮肯定不會發生這種事。」

「這樣說吧，就我個人來說，我不覺得我想晚點再出生。」他警告自己不要把格林威治村渲染過頭了，他和瑪莉安是在東四十九街的神學院宿舍住了兩年後，才搬去格林威治村。其實他在那裡只住了兩個月。「現在所謂的青年文化，讓我火大的是大家好像覺得它是突然蹦出來的。現在的孩子認為激進政治是他們發明的，婚前性行為也是、公民權利和婦女權利也是。大多數人甚至從來沒聽說過尤金・德布斯（Eugene Debs）和約翰・杜威（John Dewey）。瑪格麗特・桑格（Margaret Sanger）和理查・懷特（Richard Wright）。一九六三年我在伯明罕的時候，很多抗議人士不是跟我一樣年紀，就是比我大。現在唯一真正不一樣的是流行時尚——不同的音樂、不同的髮型，但那些都是表面。」

「你真的認為那是唯一不同的地方嗎？如果我念高中時，有個像十字路的團體，我會馬上參加。如果我二十歲的時候讀到貝蒂・弗里丹（Betty Friedan）和葛洛莉亞・史坦能（Gloria Steinem）的言論，那真的可能會改變我的一生。」

羅斯皺起眉頭。他知道安布洛斯是個威脅，但沒想到凱蒂・雷諾茲對她的影響也挺嚴重。

「我只是想要表達，」他說：「民權、反戰運動，甚至……對，甚至女性主義，這些都是很久以前種下種子的成果。」

「好的，知道了。但是我想跟你說另一件可怕的事。」

她又挪動了一下，調整位置，背靠著乘客座的門，一隻腳抵著他的安全帶。他感覺到安全帶在腹股溝附近拉扯了一下。

「賴利的大麻包還在我身上，」她說：「你信不信？我帶著那個袋子到洗手間，讓他聽到我沖馬桶的聲音。但是，我不知道為什麼我沒沖掉，我把它藏在我房間。」

羅斯剛才說的那些關於他年輕時候的一切都是胡說八道。他想回去的年紀就是法蘭西絲的年紀。

「我在等著你說話呢，羅斯・希爾布蘭特牧師。你是不是要跟我說，我做了件壞事？」

「就法論法，我覺得會有風險。」

「哦，少來了。不會有人來踢開我的門。」

「好吧。那妳打算怎麼處理？」

「那麼，嗯。你覺得我該怎麼辦？」

他點點頭。他覺得要盡點牧師的責任，引導她離開錯誤的道路，但他不想看起來一板一眼。「就這種情形而言，」他說：「我想，我擔心的是，這會讓妳要讓賴利了解的訊息變得複雜。如果妳告訴他毒品對他不好——」

「這就是我問你幾歲才算太年輕的原因。因為我不年輕。我正在嘗試在三十七歲從頭開始過生活。我對每一件新的事情都好奇、都想嘗試；我腦袋裡有個這樣的畫面……我在想，也許我邀請凱蒂，而你邀請你太太。我們四個人可以一起做個小實驗，看看大麻到底有什麼值得大驚小怪的。如果我們想禁止孩子做一件事，應該要先知道我們在禁止什麼吧？」

「我不需要跳下懸崖，才知道孩子不應該跳下懸崖吧。」

「要是結果很棒，那該怎麼辦呢？如果這麼做，可以讓我們更了解孩子呢？或是，我不知道，只是擴大了我們的思考範圍。如果你接受我的想法，我們可以嘗試一下。你是敬畏神的人，也不是怕東怕西的人，你和一般的牧師正好相反。」

他想不出任何一句能讓他的心和下半身更溫暖的話。暮色正在聚攏、雪將沿路的金屬表面漂白、泥濘把人行道畫出斑駁。這又是最好的日子。

「我不覺得我太太會有興趣。」他說。

「也行。那就你、我和凱蒂。」

當他還沒摸索出有力的理由排除凱蒂時，法蘭西絲開玩笑地輕輕踢了一下他屁股。

「除非，你覺得我們不需要多一個人監護。」她說。

7

最驚喜的，貝琪發現是唇。前一天晚上，她在譚納的福斯廂型車前座，多半時候不是嘴唇龜裂，就是口紅不均勻地掉色，這很惱人；她的嘴唇原本就敏感，喝酒玩轉瓶子遊戲時，不是發癢就是變粗糙。只有遇到譚納的嘴唇——和她的嘴唇一樣，但有自己的意志——她才發現它們和她身上每條神經的聯繫。他的鬍鬚軟但鬚尖又硬又扎，他的舌頭一開始有些害羞但愈來愈放得開，而且，她沒想到他的牙齒立刻跟上舌頭的動作。每種感覺都新奇，每次的接觸角度都有細微差異。和譚納・伊文斯接吻比想像中要好得多。要不是停車場傳來聲音，她應該可以不理會在車廂前座位子上側身扭動的不舒服，持續好幾個小時。

「嘿，那是譚納的廂型車。」他們聽到一個女孩說話的聲音。

他在不完美的黑暗中離開貝琪，豎起一隻耳朵。女孩和第二個女孩的聲音消失了，應該是進入了葛羅夫餐廳的後廳。

「我們應該離開這裡。」他說。

打從貝琪主動投懷送抱開始，她知道他不想被人看見他們在一起，但對她來說，被人當場撞見非常刺激。她把他拉近，又開始吻他。沒多久，同樣的聲音又回來了。

「譚納？」女孩喊了聲他的名字，一邊朝著廂型車走過去。「蘿拉？」

譚納立刻推開貝琪，仔細看著窗外。貝琪看到他驚慌失措，也弓著身子，同時拉過頭髮想遮住臉，但顯然沒辦法完全遮住。她伸手到身後摸索，摸到那張掛在乘客座上的納瓦霍毯子，把毯子拉過頭。在灰塵四散的羊毛下，她聽到譚納放下車窗的聲音。

「莎莉，呃，嗨。」他說。

「你們要進來嗎？」

說話的是莎莉・珀金斯，蘿拉・多布林斯基的好朋友。

「會的，」譚納說：「會的。我只是在這裡幫忙一位朋友，一下子就好了。」

貝琪可以感覺到羊毛外面的莎莉・珀金斯的眼睛，看著那條可笑形狀的毯子。

「蘿拉不在嗎？」莎莉說。

「呃，不在。」

「瑪西和我正在慶祝她剛剛成年。一起來吧？」

「是，嗯。聽起來——好。」

「待會裡頭見？」

莎莉離開後，貝琪起身坐直，咯咯地笑了出來；她聳了聳肩把身上的毯子抖掉。「糟糕。」她說。如果要問清譚納和蘿拉・多布林斯基這一對的感情狀態，最適合的時機就是現在，但他也在咯咯笑。貝琪覺得，此刻和他共享一個秘密，當他的犯罪同夥就夠了。她得到的新感覺也夠她一整晚不睡去消化和重溫；此外，一次就用完自己受到的歡迎似乎也不太聰明。「你應該進去。」她告訴他。

「我根本不喜歡瑪西・阿克曼。」

「沒關係。」她低下身子吻他的臉頰。「你真的喜歡我？」

「對！要不然妳以為我來這兒是為什麼？」

「所以，也許我們明天會見面。」

「一定。我們可以——」他突然變得沮喪。「事實上，明天不是太好。」

「我明天到音樂會前都有空。」

「是啊，就是因為這樣。我得工作到四點，然後我們才能進場準備。」

我們指的是他的樂隊，指的是他的自然女人。貝琪的神經由於接吻而變得超級敏感，沒辦法擋住她的失望。

「真的很對不起，」他說：「星期五呢？」

「星期五是聖誕夜。克藍會回家。我會和家人在一起。」

「當然的。」

「所以，那就掰掰啦。等到下次見面再說吧。」她伸手抓住車門把手。「也許下次會在教堂見面，如果我會再去的話。」

「貝琪——」

「沒關係，我能理解。你明天真的很忙。」

她打開車門時，他抓著她的肩膀。「我明天不必一定得在五點三十分到教堂。我們之前可以在哪個地方碰面。」

「不必這麼麻煩。」

「要，我要。」他帶著懇求的表情。「我想要。」

她很滿意自己擁有駕馭他的權力，只是還不能確定權力範圍。他要開車送她回家。她拒絕了，讓他直接去和莎莉和瑪西聚會。她一路走回家，獨自一人，想到自己在縮著身體躲在納瓦霍毯子下面的模樣，其實不那麼有趣、也讓她不安。現在，她正式成為偷走另一個女孩男友的那種人。她無法分辨自己是真內疚，或者是害怕自然女人來質疑。

他們約好在他打工的音樂商店「高音譜號」碰面。隨著約定的時間愈來愈近，貝琪強迫自己到新展望書店晃晃，翻翻各種歐洲旅遊指南，直到過了約定時間好幾分鐘。現在該譚納而不是她心急了。她的單肩包裡還有賈德森要的彩色鉛筆、送給克藍的鋼筆和自動鉛筆絨布筆盒組，還有她自己非常喜歡、決定不理會裴里也想要的一張蘿拉・尼羅（Laura Nyro）的唱片。雖然她的帳戶裡有一萬三千元，但她仍維持平常的聖誕禮物預算，並且刻意延後到珍妮・克羅斯可以開野馬車載她到購物中心的早上，買下最後一個禮物。她背包裡的禮物，都是用玻璃紙包裝的新品。這是聖誕禮物不同之處——禮物從送禮者的手遞出去時是簇新的，受禮者打開禮物時，奇妙的簇新感和氣味依然還在——就像她腳下的新雪一樣；當她終於轉過街角，快到音樂商店時，世界已經在一片白色中重生。被親吻讓人自覺像個全新的人、一件剛剛打開的禮物，前景可期。她看到停在店外的廂型車，譚納在雪中站在車旁，對她來說，他似乎也和新雪一樣新，因為她和他有了一次真正的約會。她認出他的流蘇外套，他的黑髮傾瀉到肩膀。在聖誕節早上想要一件東西和找到一件屬於自己的東西，這兩件事的差別可大了。

他沒有擁抱她，而是幫她——其實更像是推著她——上了廂型車，然後他小跑步到駕駛側。車窗上的濕雪把車內變成冰窖，既隱秘又沉悶。車後堆滿了等著被卸下車的放大器和樂器盒。譚納發動引擎、打開暖氣，貝琪等著他的身體靠過來。前一天晚上是她跨出了第一步，現在輪到他了。當他親吻她時，她的整個自我都準備好對他敞開。但是他只有自顧自地點頭，指節不停地在方向盤上敲打。

「我剛才得到一些消息，」他說：「事情有些奇怪。」

她轉向他，她用表情暗示他的消息可以等等再說。

「妳還記得我們在聖所聊天的時候嗎？」

「我還記得嗎？」

「嗯，這讓我思考，」他說：「妳讓我思考。我知道是該走下一步的時候了。」

在貝琪心裡，他的下一步就是和蘿拉・多布林斯基乾乾淨淨分手。如果那個消息是他在沒有她堅持的情況下完成的，那麼她很高興聽這消息。

「所以，妳知道昆西這個人，對嗎？」

昆西・塔佛斯是譚納的黑人朋友，「藍調」樂團的鼓手。

「昆西一直和一個從西塞羅來的人合作演奏，那人的表弟是經紀人。非常出色的經紀人——他把自己（代理）的演出帶進全芝加哥的俱樂部。妳知道嗎？他今天晚上晚會去那裡。我剛接到他回我電話。」

貝琪穿著姨媽給她的長外套，瑟瑟發抖。廂型車座位比前一天晚上冷得多。「太好了。」她說。

「我知道。今天晚上也是今年觀眾最多的一場。會是一次完美展現我們實力的機會。」

福斯汽車的小出風口送出來的只有凍死人的空氣。

「恭喜。」貝琪說。

「我打那個電話，就是因為妳。」譚納伸出一隻沒戴手套的手，握住她的一雙戴手套的手，還用力壓了一下，就像要把熱情注入到她體內每一個角落。「知道妳了解我想做的事，光是這一點，差別就很大。」

她只是抽象地表示感謝。她不喜歡坐在冰窖裡談論他的音樂生涯而不是前一天晚上。她不喜歡腦袋裡出現他和蘿拉和「藍調」在芝加哥演出更多場次。

「怎麼了？」他說。

「沒有。這真是個好消息。」

他溫柔地將兩個手指放在她的臉頰上，但她別開了臉。她那一側的車窗，覆蓋著一塊塊幽暗的積雪，就像母親的《紅書》雜誌上的橘皮組織圖片一樣。譚納的下巴放在她的肩膀上，他的嘴靠近她的耳朵。「看到妳的時候，我覺得沒有事情是我做不了的。」

她想講話、發抖、再試一次。「蘿拉呢？」

「妳在說什麼？」

「我以為她是你的女朋友。」

他坐直了。廂型車外面有幾個十幾歲的男孩在雪地裡鬼吼鬼叫。

「我只想知道我是什麼，」貝琪說：「我是說，昨晚過後。」

「嗯。」

「我是說，我們不應該談談這件事嗎？還是，你覺得談這件事太十字路了？」

「這真是非常十字路。」

「我加入，只是因為你的緣故。我以為你喜歡它。」

「嗯。我知道。我必須和她談談。只是——情形是這樣的。」

一顆雪球打到結霜的擋風玻璃上，粘在那兒，變成暗暗的一團模糊；然後一隻紅紅的手指在擦貝琪的窗戶上的雪。她從擦過的透明玻璃往外看，看到一個初中孩子在做雪球。然後隔著街丟了過來，又有一個雪球丟到廂型車的側邊。譚納突然打開車門，對那幾個孩子大吼了幾句，然後又關上門。「愚蠢的小鬼。」

貝琪等著。

「所以，很難，」他說：「大家都覺得蘿拉是個性很強、會讓人害怕的人，但她的確有很沒有安全感的一面，真的很脆弱。而且——好吧，這就是我難做的地方。」

「你想和誰在一起——」貝琪堅定地說。

「我知道。我知道我該做什麼。只是——今晚不是和她談這件事的時候。蘿拉甚至不關心我們找經紀人，但是其他的人都很熱衷，而她的脾氣又那麼激烈，我可以想像她什麼都不說就走人的樣子。這——我們的鍵盤手沒了，我的和聲也沒了。即使她繼續演出，但是她在台上把我當仇人，結果也會是一團糟。」

實際上，貝琪心裡知道這件事根本不必急著今天。他們親吻過的事實，她和他現在坐在他的廂型車裡的事實，他們正在對話的事實，都是她在他的心中有所進展的證明。要是她沒有把自己的心設定為和他一起參加音樂會就好了！她原本狂熱地想像她挽著他的手走進教堂，向世界展示他是她的，還在早上告訴珍妮・克羅斯。現在她想回到上一步也來不及了。

「沒有其他的經紀人嗎？」

「經紀人多得很，」譚納說：「但是，這個班奈戴堤，聽說非常厲害，更何況在葛羅夫演出跟今晚這場根本不能比。達洛・布羅斯已經從學校放假回家，他是首席吉他手，畢夫・艾拉德會帶康加鼓來。我們今晚的聲音真的會很完整，還有觀眾也很完美。」

「我以為最重要的是你的唱片，你在試聽專輯上的作品。」

「對啊。那些還是最重要的。但是妳說的沒錯——我需要思考大方向。我需要比現在多四倍的演出量，培養觀眾，和他們打好關係。」

貝琪希望譚納在冰窖的沉悶燈光下，看不到她正緊抓著顏面肌肉讓自己不哭出來。「但是，要是……蘿拉還在樂隊……你又在演奏……你說的事情要怎麼做到？」

「我可以找人代替她，我只是在接下來的三個鐘頭找不到人。」

一聲尷尬的尖叫從貝琪的喉頭逃出來，她大聲地清了清喉嚨。「所以，」她說：「你要跟她分手？」

譚納沒回答。她看了看，發現他的眼睛閉著，兩隻手夾在膝蓋中間。

「對我來說，在昨晚的事情以後，」她說：「你的答案是什麼，有點重要。」

「我知道，我知道。但是就很難啊。跟一個人在一起那麼久的時間，她又還是很死心塌地，這時候很難。」

「或是，也許你其實只是不想和她分手。」

「絕對不是，貝琪，我向上帝發誓。只是，今天晚上的時機很不對。」

想哭出來有可能和想尿出來一樣急迫，她拿起她的單肩包。「我該走了。」

「妳才剛來。」

「沒關係。我告訴我媽我要去聽音樂會，所以沒辦法去參加一個歡迎會。至少我還來得及讓她高興。」

「我沒有說妳不能去音樂會。」

「你是要我到那裡，然後假裝什麼事情都沒發生嗎？或者，是要我再在頭上蓋一條毯子？」

他伸出兩隻手各抓了一大把頭髮，攥緊拳頭猛拉。

「這種感覺就像你覺得我很丟你的臉一樣。」她說。

「不、不、不，只是——」

「我知道，今天晚上時機不對。我本來真的很期待的，但現在——不了。」

他還沒來得及阻止她，她就衝出廂型車，留著門開著；她眯起眼睛，迎著刺骨的雪跑進書店後，廂型車沒辦法跟著她進小巷。她只希望她讓他失望的程度和他讓她失望的程度一樣大。她原本非常篤定這次約會展開的方式：再一次甜蜜的接吻；接著，兩人發現彼此找到對方的過程如此神奇；接著，更長的吻；接著，她以勝利者的姿態與他一起走進教會。現在連雪都變得不浪漫了，變成一種痛苦的障礙。

她覺得濕氣滲進她唯一一雙看起來還算體面的靴子。這雙靴子在斜著打來的雪花中踩過一個街區又一個街區回家，可能造成無法修復的傷害。因為天色太暗加上邊走邊擔心滑倒造成的體力折磨，讓她一路上眼窩噙著的淚水到了牧師館才傾瀉而出。她一直希望譚納在牧師館出現、在他的廂型車上等她，向她道歉並懇求她和他一起去音樂會，不計代價。但是，除了遠處傳來鏟子孤寂的鏟雪聲，和看起來不是剛留下而且已被積雪幾乎填滿的胎痕之外，她家在高地街的那個街區看上去只有荒涼。牧師館唯一亮燈的地方是裴里和賈德森的房間。

看不出屋裡有母親在家的跡象。難道她還沒上完運動課？貝琪覺得很慚愧，她認為母親一定知道如何應對譚納，她卻這麼扭扭捏捏地瞞著她；對她來說，母親似乎是可以傾訴失望之情又不必擔心尷尬的對象。她刷掉頭髮上的雪，匆匆上樓，經過倆兄弟的房間，然後看到自己的床，想到幾個小時前她還在床上天真地夢想去聽音樂會，失望情緒突然爆發。

她躺在床上，深信譚納仍然愛著蘿拉，關心蘿拉的感受更甚於她的。她以為自己哭得不太大聲，幾分鐘後，她的房門傳來幾聲輕響。她愣住了。

「貝琪？」裴里說。

「走開。」

「妳還好嗎？」

「我還好，請別管我。」

「妳確定？」

她不好。她的失望再度爆發，發出痛苦欲絕的聲音。裴里一定聽到了，因為他進了她的房間，帶上身後的門。她的怒氣止住了她的眼淚。

「走開，」她說：「我沒說你可以進來。」

她愈來愈火大，因為他走過來坐在她旁邊。青少年期的弟弟靠近讓人產生毛骨悚然的反感，這可能算是正常反應，不正常的是她對克藍從來就沒有這樣，而且她知道裴里壞，又讓這種厭惡感特別強烈。她挪開了身子，把頭埋在枕頭套上擦掉眼淚。

「妳怎麼了？」他說。

「跟你講你也不懂。」

「我知道，妳覺得我沒有同理心。」

她確實懷疑他沒有同理心，但這不是重點。「我難過的事情。」她說：「跟你一點關係也沒有。」

「我感覺到我們中間有障礙，沒有辦法更互相了解。」

「滾出我的房間！」

「開玩笑的，姊姊。我是開玩笑的。」

「玩笑收到了，這樣可以嗎？現在，請離開我房間。」

「我有話要說。但是妳給我的感覺很清楚，一直在和我保持距離的是妳。」

的確，自從那天晚上他抽到她作為十字路雙人練習的夥伴後，她就一直躲著他，甚至比過去更明顯。在練習過程中，她覺得很驕傲，因為她明白指出他自私和加入十字路的動機，她很興奮，以為十字路賦予她能力成為家中講真話的人。她也猜測過，對一個極度聰明但沒有道德觀的腦袋來說，她的確在他的腦袋可以承受的範圍內傷害了他，但她希望自己的誠實見證，能幫助他個人成長。從那天晚上開始，只要看到他的身影，她就覺得很困擾。不管她對他的過失的評估是多麼符合事實，無論真相需要讓外界知道多少，她都覺得做錯事的是自己，而不是他。

「我一直想說的是，」他說：「簡單地說，妳是對的。我們在衣帽間裡的談話，我相信妳一定記得。我當時的結論是妳是對的。」

他裝腔作勢的口音令人反感。她挪開身子，站了起來。「賈德森在哪？」

「賈德森在玩陸軍棋，他很享受訂定計畫的樂趣。」

「媽媽呢？她回來了嗎？」

「我一整天都沒見到她。」

「那很奇怪。」貝琪朝門口走去。

「請等一下？」裴里跳起來擋住她的去路。「妳沒聽到我剛才對妳說什麼嗎？」

「請別擋我的路。」

「貝琪，我想請妳給我兩分鐘應該不會太過份吧。妳說過要更認識我的。妳當時說的是『你是我弟弟』，我是引述妳的話，一個字不漏。」

「那是十字路的活動。你應該說，你想認識每一個人。」

「啊，所以，實際上，妳不想更認識我。」

「你能不能讓我喘口氣？我今天真的過得很糟。」

「這就是妳的回應？就這樣一走了之？」

十字路的人都知道，一走了之是團體絕對禁止的行為。貝琪一臉不耐煩地說：「好。謝謝你說我是對的。我不確定自己是不是，但是謝謝你這麼說。現在我可以去擤鼻涕了嗎？」

裴里讓開空間，但跟著她走進洗手間。大蕭條時期的浴缸和洗手槽都安裝在洗手間同一個狹窄角落，沒有人知道原因何在。洗手間因此空出不必要的、龜裂斑駁的大面積地磚。裴里關上門，坐在洗衣籃上，貝琪正在擤鼻涕。

「我說妳是對的時候，」他說：「我的意思就是妳說的，我從來沒有把妳當回事這件事是對的。我們先不管原因，反正這也不是什麼光彩的事情。這麼說好了，我從來就沒有認真地謝謝妳替我考慮。妳指出來這點是對的。」

「裴里，得了吧。你不必說這種話。」

「我必須說。我一直對妳不公平，但妳總是坦誠以對。」

他沮喪地舉起雙手又頹然放下，此時此地進行十字路雙人練習還真是時地相宜。

「我想請妳相信我，」他接著說：「我正在努力成為更好的人。我已經把妳告訴我的每一件事都記在心裡了。我先省略細節，免得妳會煩，但是，我的確變了一點。比如說，我戒斷了麻醉藥物。」

她瞇起眼睛。「搞了半天，原來你擔心的是這個，你擔心我會去舉報你？」

「絕對沒有這意思。」

「是嗎？」

「是的！」

「嗯，很好。我很高興知道你能夠多想想，還有，我的話還算有點效果。」

「但是，我還要妳幫忙我。我需要……」

他話還沒講完，臉就紅了。她祈禱他不要在她面前哭。她看過他在十字路哭的那一次，有一百多個人到他前面執行撫摸他的任務。奇怪的是，她總覺得一個人的情緒這麼明顯、不論在公開或是私人場合隨時都會哭出來，那情緒和他內心每一件真實事情都是脫離的。這反而讓她覺得好像是出問題的是她的腦袋。

「我很為難，」他說：「妳我住在同一間屋子，卻覺得我是妳的敵人。如果我們也要在十字路相處，我們必須找到一種能建立更好的關係的方法。」他深深吸了一口氣。「貝琪，我想當妳的朋友。妳能當我的朋友嗎？」

為時已晚；她知道自己已經被逼入絕境。她和他都知道，十字路最大的禁忌就是拒絕他人的友誼。即使不是真心想和某人共處，還是必須接受友誼邀約。如果她斷然拒絕裴里，那麼之前在十字路練習「無條件的愛」，她接受團裡每個人都可以不設限地和任何人做朋友，當初成為她「朋友」的人，就會知道她是偽君子，以後也會是偽君子。不管裴里此舉是不是故意，她都已經被逼到絕境。

她像耶穌對待痲瘋病人一樣，克制自己天生的厭惡，走了過去，蹲在他放在洗衣籃旁的腳邊。「我還信不過你，我們還有很多信任問題沒有解決。」她說。

「我相信妳有充份的理由。我很抱歉。」

「不過，你是對的。我們應該盡量互相了解。如果你願意試試看，我也願意。」

現在，他真的出聲抽泣，但只有一下。他從洗衣籃筐上滑下來，張開雙臂抱住她。「謝謝。」他對著她的肩膀說。

她還他一個擁抱，感覺還不錯。不管他可能秘密地在幹一些早熟的非法活動，他畢竟是個人，基本上還是個男孩。他不像希爾布蘭特家其他人，他身形比較小，名副其實是她的小弟弟。她環抱著他的窄肩膀時，感覺身體裡產生了某種母性。她起身時，他黏著她不讓她離開。

「不知道媽媽在哪，」她說：「你確定她沒有回家？」

「傑伊說他沒有見看到她。也有可能她直接去黑夫勒家了。」

「她不可能穿運動服去。」

「有道理。」

她不得不承認，她的戒心在他們擁抱之後稍微降低了些。

「很奇怪，」她說：「她要我六點前回家，我覺得她把這件事當成是天大地大的事。」

「六點回家幹嘛？」

「我才來得及去歡迎會。」

「妳去歡迎會做什麼？這樣妳會錯過一半的音樂會。」

失望又在她的眼窩中堆高。她轉身，不讓他看到這一幕。「我不去。」

「什麼？」

「我不想再提這件事了。」

「你剛才是為了這件事在哭嗎？」他快速起身，伸出一隻熱燙的小手放在她的肩膀上。「妳想告訴我發生了什麼事嗎？」

她差一點笑了出來。「你的意思是，既然我們已經是朋友了？你真有一套啊，裴里。」

「我想，我也不必客氣，但是你完全看錯我了。」

「當朋友的一個前提是，尊重人與人之間的界線。」

「有道理。我只希望妳能給我機會。我知道我還沒有爭取到妳的信任。我沒有得到任何人的信任。但是，我聽到妳在哭的時候，我想的是：她是我的姊姊。」

「賈德森可能在等你回去。」

「我現在就要回去了，除非妳要告訴我——」

「我不會。」

「好的。但是聽好，如果妳改變主意，還想去音樂會，我和傑伊會一直待在家裡。到妳回來的時候，我們倆個可以一起走過去。」

她回到自己房間、躺在床上，想弄清楚裴里突然對她示好的目的。通常，她會假設他有一些不欲人知的自私動機。但是，當她擁抱他時，無意間感受到每個人在不設限的時候展現價值。裴里別無選擇，只能做個像現在這樣有一雙熱燙的手、口齒伶利、小身形的裴里。他在她面前顯現的脆弱，似乎不只是演戲。和她那個抽大麻成癮的弟弟一起走到教堂、或是兩人一起站在雪地裡，肯定是最奇異的場景。但是他們成為朋友的機會，正因為機率太低，反而讓人振奮。克藍一直都是她唯一需要的兄弟，但是現在克藍遙不可及，而且全副精神都放在他那據說很迷人的女友身上。貝琪與裴里的關係的最大障礙，是她覺得他因為她不夠聰明而看不起她。也許她只需要一個徵兆，顯示他尊重她、對她這個人感興趣。而既然他已經給出這個徵兆，也許他們真的可以成為朋友。也許從她和裴里這對不可能的雙人組開始，她們全家都會更幸福。

早上伴她醒來、後來在譚納的廂型車冰窖中消失的善意感，現在又回來了。她特別感激教她冒險的十字路。她和譚納的冒險帶給她的是痛苦，但是，在她的善意光照耀下，她可以看出自己可能反應過度了，可能在錯誤的晚上逼他逼得太急，可能太過重視和他一起出席音樂會的表象。同時，她冒險在教堂衣帽間裡質疑裴里，鼓勵了他主動獻出友誼，開始了自己的冒險。不論十字路好壞——多半是好的——終究是這裡讓她更活躍。

六點了。儘管沒有父母親回家的跡象，她仍起身打理門面。浴室鏡子反照出來的斑點讓她心灰意冷，但她梳了梳頭髮，重新上了妝，然後去敲了裴里和賈德森的門。

「誰？」傳來裴里敏銳地應門聲。

「陸軍棋警察，我進來了。」

他打開門，看到裴里用一隻手肘撐著身體，賈德森跪在他們自製的棋盤邊，他的腳踝在身體下方交叉的姿勢，任何十歲以上的人都會受不了。她稍稍晃了晃腦袋，示意裘里到走廊，裘里立刻起身。

「你有眼藥水嗎？」她低聲問他。

「有。剛好，我有。」

他跑上三樓，她在下面等著，裘里此舉無異出賣了他藏匿各式用品的地方。他們合謀這筆交易，就像隱瞞和賈德森玩陸軍棋的秘密一樣，使她產生一種以她為中心、更幸福的家庭生活該是什麼樣的感覺。

「整瓶都給妳，」裘里帶著一個瓶子回來。「我已經不用眼藥水了。」

「你會擔心媽媽嗎？她到現在甚至連電話都沒打來？」

「妳以為她躺在雪地裡凍僵了。」

「就是很怪。」

裘里皺了皺眉。「歡迎會什麼時候開始？」

「六點半。」

「我有個想法。妳去聽音樂會，我和傑伊去黑夫勒家？坦白說，我只是看表面，但我覺得妳其實不想錯過音樂會。」

「我不覺得黑夫勒家會歡迎小孩。」

「就算我不符合入場標準，但我覺得妳低估了傑伊，他有個老靈魂。」

貝琪看著她的長髮弟弟斟酌著。和他的才智結盟，而不是被他的才智嘲笑和威脅的感覺很奇怪。「你會幫我嗎？」

8

想起來很痛苦，但是羅斯愛過里克・安布洛斯。

很久很久以前，羅斯和瑪莉安是紐約東四十九街神學院裡的「那對」夫婦；每星期有三、四個晚上，年輕的神學院學生擠在他們這對已婚的學生住所裡抽菸、聽爵士樂，並為了透過社會行動復興現代基督教義的願景相互打氣。外型像崔姬的瑪莉安長得很漂亮，閱讀比任何人都深入、廣泛；她穿著舒服的七分褲和寬鬆絨毛上衣的打扮，讓人聯想起迪倫・湯瑪士的威爾斯原始風情，令羅斯的同學嫉妒。她和羅斯做的事，不管什麼事，肯定就是流行的事。甚至當瑪莉安懷孕，羅斯申請到幾個國外教區服務遭拒，他們最後舉家搬到印第安納州鄉下的決定，也像是大膽之舉。然而，當瑪莉安退回到家庭，身形漸胖，精神益疲，還堅持為羅斯修訂每個主日八點半和十點的兩個教堂，不到三百位信眾的佈道，一年整出五十則佈道文，他才覺得瑪莉安過去替他創造的充實生活，開始一發不可收拾地愈來愈窄。每當為了去哥倫布市或芝加哥開會，參加維護民權的抗議活動，他都必須求幾個鄰近教堂的牧師幫忙，才能從印第安納州的農舍脫身。此時他都會苦中帶甜地想起，他和瑪莉安曾經比別人狂放的日子。

他到繁榮的新展望鎮服務後，依舊為實現社會正義奔走，但就在第一歸正會的政治倦怠讓他無從施展、就要豎白旗之際，里克・安布洛斯的出現喚起了全鎮覺醒。羅斯對郊區生活的疏離感來自他的門諾派童年背景，安布洛斯則是後天選擇的結果。他出生在俄亥俄州震派高地市（Shaker Heights），一個內分泌學家的家庭。原本是個幸福家庭中不知天高地厚的叛逆孩子。高中畢業那天晚上，他和女友騎摩托車沿著震派高地市的幹道離家出走。一個月後，在愛達荷州的高速公路上，一輛載著四個青少年的雪佛蘭車，以時速一百哩超越他與女友的摩托車，撞上一輛由牧場工人駕駛、正穿行過高速公路的卡車。安布洛斯站在路旁，看著十幾歲青少年的死亡，聽見上帝清晰如鐘聲的召喚。七年後，他是一名培訓牧師，感受到上帝召喚他替誤入歧途的年輕人做點事。當他到羅斯辦公室，接受第一歸正會青年團契總監工作時，還拍羅斯的馬屁，他說橡樹公園市的一個教會提供他更高的薪水職位，但他選擇了第一歸正會，因為他欽佩羅斯為了推動和平與正義奉獻心力。他說：「我認為，我們會打造出一個出色的團隊。」

羅斯獲得肯定、心頭升起暖意，又被這位年輕下屬溫熱的魅力吸引，覺得他們可能成為朋友，甚至多次邀請他到牧師館晚餐。安布洛斯終於應邀，在孩子們離席後，他留在餐桌旁，注意力幾乎都在瑪莉安身上。近來很少關心瑪莉安的羅斯，心生不安，從不調情的瑪莉安似乎受到安布洛斯的熱情感染，也樂在其中。他離開後，羅斯聽瑪莉安說不喜歡他時，反而有點訝異。「他咄咄逼人的樣子，」她說：「像是一套不曉得從那裡學得的控制心智的方法。這是汽車業務員常用的把戲。目的是讓客人擔心他們會被看不起，讓客人變得盡其所能想擁有這件商品；那些人甚至不會暫停一下、想想他們為什麼需要這東西。」

其實，除了知道他會率直說粗口，安布洛斯這個人有點神秘。羅斯一直沒辦法將安布洛斯出身富裕的背景——相對他自己的——甩到腦後。但羅斯是個想把事做好的人，本性又慷慨大度，這些正是牧職所需；另一方面，安布洛斯也說對了：他們的確是出色的團隊。他們關懷指導的風格相輔相成，安布洛斯著重孩子的心理、熟於街頭文化，他則熟悉政治、以聖經為圭臬。他很感激安布洛斯照看青少年團契中比較愛鬧事的孩子，讓他能以身作則帶領其他孩子。

知道羅斯曾經和納瓦霍人相處的故事後，安布洛斯提議團契活動轉移重點，改在亞利桑納州辦春季工作營。羅斯很喜歡這個想法，喜歡到沒多久就忘記了這不是他提的。畢竟，亞利桑納州是他的地盤。一抵達乾旱的保留區，腳踩在破敗與匱乏的土地上，他可比車上的人有經驗。他感覺有四十雙眼睛看著他，向他尋求勇氣和指導的感覺。而看似體力活的老手、外表強悍的安布洛斯，卻釘歪了前兩支釘子，第三支釘子好不容易直釘到底。他不厭其煩地去找羅斯、甚至克藍，求教一些其實很初階的事。雖然後來他因為無能成為問題——甚至可能是羅斯受辱事件的催化劑——但在第一次春季旅行時，羅斯的能幹是在場的焦點。

到了十月，湧向團契的青少年多到讓羅斯擔心市政府消防單位會來突擊檢查。除了人數，更讓他高興的是報名參加的孩子各式各樣：玩音樂的長髮孩子、一大批從聖公會來的金髮女生、甚至一些黑人孩子。他們不僅追求精神洗禮，還想邀請城裡以及和平運動人士演講，他們想研究在富裕的郊區發生的各種問題。六年來，羅斯講道時一直試著喚醒第一歸正會的成年會眾，他們享有特權。現在，他突然置身在其中。這是他離開紐約市以後第一次感覺成為中心。他知道這得感謝安布洛斯，但他也知道，正是亞利桑納州之行，讓這個團體在高中校園紅火，加上他們承諾要辦第二次，會員人數因而水漲船高。十一月的一個週日晚上，一場氣氛興高采烈的聚會後，很少笑的安布洛斯，轉頭看著羅斯傻笑。

「很瘋狂，不是嗎？」

「太不可思議了。」羅斯說。

「我算了算，這星期有十四個孩子是新來的。」

「真的太不可思議了。」

「就是亞利桑納。」安布洛斯的表情嚴肅起來。「那次旅行完全改變了這個計畫的動力。整個計畫成真，就是這個原因。」

已經有點飄飄然的羅斯更樂不可支。亞利桑納州是他的勢力範圍。計畫的動力得以改變，他的貢獻不亞於安布洛斯。從入冬到初春，他一躍而入這個時代的精神洪流、他冒著喋喋不休的風險講述自己、他對新音樂風格敞開心胸；他發現，談到金恩博士或史托利・卡邁克（他握過一次他的手）時，閉上眼睛，舉起緊握的拳頭，可以對年輕人產生深遠的影響。他說髒話從來就沒有說服力，但還是用了諸如狗屎這種字眼。他讓頭髮長到超過衣領，並開始蓄鬚，放任鬍鬚長到瑪莉安說他很像施洗者約翰。這話刺痛了他，他決定剃掉，還覺得瑪莉安逐漸成了累贅。他比較喜歡得到團契裡面那些新女孩注意他的時候所燃起的興奮。那些女孩像男孩一樣，用帶著色情意味的字眼罵人，和男孩你一言、我一語交換性暗示的語言，說話不僅大聲、內容也很粗俗。也許她們生長在郊區，比他在同年紀時還要天真。她們沒有斬過雞頭，也沒有看過銀行沒收男人的祖傳農場。羅斯相信，他可以提供這些年輕女孩如假包換的深刻經驗。安布洛斯沒有這些東西。羅斯花在主日晚禱的心力，漸漸多於主日上午的講道（反正講道內容多半是瑪莉安構思的）。因為他住在紐約的時候作過一個夢，一個國家的願景若想靠強健的基督倫理改觀，若要與時俱進，必須仰賴第一歸正會多功能廳裡面那些穿藍色牛仔褲的會眾、而不是在聖所昏昏欲睡的灰色腦袋。

一位最近歸附團契的年輕女孩蘿拉・多布林斯基，因為和譚納・伊文斯交往密切，立即受到歡迎。羅斯和她第一次見面時擁抱她，但她沒有禮尚往來。在隨後幾次團體聚會中，她公開用仇視的眼神看著他，讓他覺得不安。這似乎是奇怪的私人恩怨，與他記憶所及自己被當成目標的經驗完全不同。羅斯和安布洛斯討論青少年心理學時，假設蘿拉與她父親之間有些問題，並在羅斯身上看到她父親。但是，在三月的一個下午，也就是亞利桑納之行前十天，他剛結束翻查講道的參考資料，從教堂圖書館走出來，聽到蘿拉・多布林斯基說**那傢伙真他媽的蠢到爆**。等到他轉了彎現身，卻聽見一片沉默，接著他看到走廊上的六個女孩相互交換眼神，加上她們沒辦法壓抑的得意笑臉，他才得到這個傷心的猜測：蘿拉說的那幾個字其實是指他。讓他尤其受傷的是，笑得最得意的女孩中，有一位是金髮碧眼、頗受歡迎的莎莉・珀金斯。莎莉在幾個星期前的放學後，還到辦公室對他訴說在家中不快樂的心裡話。多數受歡迎的孩子喜歡找安布洛斯解決自己的麻煩。莎莉來找他，羅斯覺得既驚訝又欣慰。

他回到辦公室後，為了讓自己高興，於是這麼想：如果莎莉・珀金斯覺得他是個蠢蛋，就不會來找他；此外，就算蘿拉・杜布林斯基認為他是個蠢蛋，他讓自己被一個有情緒失控問題要解決的女孩傷害，豈不是很蠢？或許她根本不是說他。或許，她說的那個蠢蛋是克藍。這可以解釋那些女孩看到克藍父親時覺得尷尬。但是，直到里克・安布洛斯來敲門時，他仍然非常難過。

安布洛斯找了張椅子坐下，一臉痛苦。他告訴羅斯，他聽到一些抱怨——或者不是抱怨、而是關心——關於羅斯的牧職風格。有些孩子似乎對他的每週帶禱覺得不舒服。安布洛斯說，他自己是無所謂，但他建議羅斯不妨考慮「淡化一些」經文語言。「你懂我的意思嗎？」

他選了一個最糟糕的時刻批評羅斯。「我的每一篇祈禱文都是思前想後才定稿的，」羅斯說：「而且，我引用的聖經文字，一定和你我共同決定的當週主題有直接關聯。」

安布洛斯審慎地點了點頭。「我也說了，我個人對此沒有問題。我只是建議您注意這件事。我們正在招募的孩子中，有一些完全沒有宗教背景。我們當然希望人人都能找到通往真實信仰的道路，但是他們必須摸索，這得花點時間。」

蘿拉先前丟出來的那個評語，導致羅斯的火氣無法被安布洛斯拐彎抹角的措辭安撫。「我不在乎，」他說：「這是為信徒而設的教堂，不是社交俱樂部。我寧願失去一些成員，也不要忽視我們的使命。」

安布洛斯噘起嘴，吹出一聲無聲的口哨。

「誰在抱怨？」羅斯說：「除了蘿拉・多布林斯基，還有其他人嗎？」

「蘿拉絕對是他們之中意見最多的一個。」

「好吧。如果她離開，我不會覺得可惜。」

「她很難管教，這的確是。但是她帶進來的能量也的確很可觀。」

「我不會為了一個跟你抱怨我的生氣女孩，就改變我的風格。」

「羅斯，不是只有她。我覺得在展開春季旅行之前，應該要先處理這件事。我想知道您是不是願意……」安布洛斯怒視著地板，說：「我想知道，我們是不是應該開放週日聚會的部份時間，討論我們這個團體，經過基督教誨應該有的立場。你可以聽聽蘿拉的看法，她也會聽到你的。我認為，我們的團隊要是能夠在出發前進行一次這樣的對話，會很有價值。」

「我沒興趣和蘿拉・多布林斯基在公開場合你一言我一語的。」

「我也會在現場，確保不會失控。我保證，我會支持你。我只是——」

「不行。」羅斯生氣地站了起來。「對不起，但不行。我不覺得這是我該做的事。我很樂意你按你的想法做事，但也請你尊重我的。」

安布洛斯嘆了口氣，似乎想請羅斯收回決定，但他沒再說什麼。羅斯對整件事留下印象是，這些人都在他背後傳流言蜚語，那他就改善情況，強化與團體中吵鬧的那些人的關係。在下週日聚會上、也就是出發到亞利桑納州前的最後一次聚會，他試著對那些人表達友善。無論他從中得到的消極情緒是真實的，或僅僅是妄想，但他的舉動都像木偶一樣笨拙；一個蠢蛋。聚會結束時，他坐在團體成員圍成的大圈裡，看著莎莉・珀金斯的眼睛，希望交換一個溫暖的微笑，但她似乎決定不看他。

在聖枝主日（Palm Sunday）前的週五下午，他想到坐巴士長途旅行時可以聯繫感情，便站在停在第一歸正會停車場的兩輛跨州巴士中間，觀察他該聯繫感情的孩子們搭哪一輛車，他再坐上那輛車。但是青少年社會物理學常見的力量，在停車場裡亂七八糟地運作著。父母站在隨意堆放的行李中交談，未成年的兄弟姊妹上上下下巴士，遲到的人按著喇叭嗚嗚地抵達，每個人都有後勤問題要問羅斯。當他忙著把五加侖的油漆桶搬進巴士行李艙時，看不見的社會力量在他身後將孩子分成兩組：站在另一輛巴士外的是一群長髮孩子，那是安布洛斯選的巴士。

為時已晚。他和安布洛斯應該提早討論好搭哪一輛巴士——他應該把握與蘿拉・多布林斯基的小圈圈恢復融洽關係的機會。他搭上不是他首選的巴士，朝西駛向夜色，覺得自己遭到流放。即使第二天早上，他和安布洛斯換車成功，另一輛巴士上的景象也不盡如人意。孩子們整夜都醒著，大笑、大聲唱歌，現在他們只想睡覺。譚納・伊文斯好心地坐在他旁邊，但他也很快睡著。當他們到達保留區時，羅斯甚至不敢看他身後的孩子。等他知道他們大多數人要和安布洛斯一起去平頂山上基斯利開墾區的示範學校時，不禁鬆了一口氣。

在粗石鎮的開墾區等著他們的，是羅斯的納瓦霍朋友基思・杜羅基。基思的卡車載貨區堆滿了全新的水管工零件材料。他告訴羅斯，他和其他長老都希望他來安裝化糞池管線，在學校裡安裝水槽和廁所。羅斯告訴他，這次領導基斯利營隊的是安布洛斯，不是他。基思沒有掩飾他的不滿，他去年就見識過安布洛斯的斤兩。

羅斯揮了揮手，招呼安布洛斯過來解釋情況。「如果請你做一些水管工程，你可以嗎？」

「我需要有人幫忙。」安布洛斯說。

「基斯利開墾區的工作就是這個，」基思對羅斯說：「我們今年請你來，就是為了這個。」

「糟糕。」羅斯說。

「這整個冬天我都在保護工具設備的安全。」

「我願意試一下，」安布洛斯說：「有基思和克藍幫忙，應該會沒問題的。」

基思看了羅斯一眼——克藍才十七歲——然後轉向安布洛斯。「你留在這，」他堅定地說：「讓羅斯去基斯利。」

「也可以。」

「里克，」羅斯說。他不想當個跟納瓦霍人吵架的白人，但去基斯利的孩子指望與安布洛斯在一起。

「我認為我們應該談談。」

「我不是什麼水電工，」安布洛斯說：「如果要做這個，我和您換一下比較好。」

基斯一聽，問題解決了，滿意地離開；安布洛斯趕快走向那些他沒預料要在粗石鎮共度一週的孩子。羅斯原本可以追上他，請他先跟基斯利營隊解釋他想不加入他們的原因。不過，他決定信任上帝安排。他覺得基思的要求可能是上帝的意思，改變了事情的進展，是羅斯和受歡迎的孩子打好關係的天賜良機。羅斯決定遵從祂的意願，背著圓筒行李袋，上了開往基斯利的巴士。他很快就會知道，上帝在那裡替他準備了更艱難的計畫。

在平頂山的那一個星期，是種折磨。每個人、甚至他兒子，都認為他取代安布洛斯在此的理由是騙人的，但是，告訴他們完整的事實——基思．杜羅基對安布洛斯的評價不高——不僅對基思不公平，也對安布洛斯太刻薄。羅斯仍然懵懵懂懂、仍然認為安布洛斯是值得保護的朋友；但另一方面，他也沒有那麼傻。他看到這個營隊如此刻薄地厭惡他、他看到蘿拉．多布林斯基和她的朋友逃避與他在同一組工作、每天晚上的燭光談話他都能感受到敵意、他也知道身為牧師，他有責任指出這個問題。他嘗試與莎莉．珀金斯私下談話——不久前她還信任他、可以對他透露心裡話——但她也一直躲他。他害怕一旦引發團體對立，他要當面承受更多難聽的指責，因此，在安布洛斯沒有公開說明他留在粗石鎮的原因前，他寧可默不作聲地忍受苦難。

等到兩個營隊重聚時，羅斯的地位已經低到無法開口要安布洛斯當眾澄清。他決定等安布洛斯主動說明。而安布洛斯在粗石鎮的那一週，表現讓人刮目相看——他讓羅斯帶領的那一半人羨慕，也在羅斯的地盤上攻城掠地——他還對羅斯的痛苦無動於衷。羅斯目睹基斯利營隊和安布洛斯打招呼時歡樂地擁抱，不禁感嘆自己過於大度。他後悔沒有聽從瑪莉安的警告。這時，他才看明白，他和這位下屬從一開始就是競爭關係，而且當時只有其中一人意識到。

即使到那時候，即使知道安布洛斯已經不是朋友、也從來不是朋友，他仍然對安布洛斯背叛他的膽識覺得心驚。在亞利桑納州之旅結束後的第一個週日聚會上，蘿拉和莎莉站起來割裂了羅斯的心，朝他潑灑青少年的酸言酸語時，安布洛斯沒有出手阻止——他只是站在角落怒目而視，表達不滿，而且那應該是針對羅斯的不滿。當多數人從這個被四月暑氣蒸得像烤箱的聚會場所走出去時，安布洛斯沒有挺他的同事，沒有站在聘雇他的教堂裡的那些好品性的孩子那邊，而是站在教堂外的那群烏合之眾、那群時髦受歡迎的孩子那裡，留下羅斯去問上帝，他做了什麼事，要接受這種懲罰。

他得到了答案，或者說至少得到了一種答案，在經歷了不知道多久的煎熬之後。安布洛斯回到房裡請羅斯下樓。「我提醒過您，」他邊下樓邊說：「我真的認為這種場面可以避免的。」

「你說過會支持我，」羅斯說：「你說你會『確保不會失控』。」

「但是您拒絕溝通。」

「我認為這是失控。」

「事情很嚴重，羅斯。你必須親自聽聽莎莉剛剛對我說的話。」

二樓的空氣並沒有比較涼爽。安布洛斯帶著羅斯走進那間不通風的辦公室，蘿拉和莎莉坐在沙發上。

安布洛斯關上門。蘿拉朝羅斯堆起殘酷的勝利微笑，莎莉則繃著臉、盯著手。

「莎莉？」安布洛斯說。

「我不懂我們要在這邊幹什麼。」莎莉說：「我跟這個教會已經玩完了。」

「我認為羅斯有權直接聽到妳的想法。」

莎莉閉上眼睛。「我的想法就是我完全嚇呆了、這個春季旅行簡直是噩夢。就是這樣。他上了那輛巴士的時候，像是我最糟糕的噩夢。我簡直不敢相信會有這種事。」

「我和羅斯交換車子，是有原因的，」安布洛斯說：「因為他比較擅長那邊的工作。」

「是啊，我想一定是這樣，他一定找了什麼理由。但我的感覺是我沒辦法擺脫他。」

辦公室熱到無法忍受。羅斯覺得震驚、恐懼和困惑。「莎莉，看著我，」他說：「請張開眼睛，看著我。」

「她不想張開眼睛。」蘿拉用義正詞嚴的語氣說。

「我只要他不要來管我，」莎莉說：「那次在他的辦公室，我覺得好恐怖。然後，我簡直不敢相信，他居然跟我到基斯利去。」

比拒絕看著羅斯更糟糕的，是她說**他**、**他的**，那口吻像要把他貶成無生物，不配跟她有什麼互動關係。

「我不懂，」他對莎莉說：「妳和我那次在我的辦公室聊得很不錯，我如果不追蹤進度才是錯的，這是我牧師工作的職責。我不懂妳為什麼會覺得我刻意針對妳？」

「因為我的感覺就是這樣。」她說：「我要用多少方法，你才知道別來煩我？」

「我真的不覺得我有逼妳，我只是想讓妳知道我有空。我是一個妳可以信任、也可以無事不談的人。」

「就是這件事，」蘿拉說：「她並不相信你。」

「蘿拉，」安布洛斯說：「讓莎莉替自己說。」

「不必。我受夠了。」莎莉說，立即起身。「他搞砸了我的春季旅行，他讓我覺得這個團體有問題。我受夠了。」

她衝出辦公室。蘿拉嚴厲地看了它——就是羅斯——一眼，站了起來，跟著離開。房間裡一片沉默，羅斯似乎是唯一一個在流汗的人。安布洛斯坐在椅子上，身子後仰、雙手緊握撐住後腦，他的牛仔布襯衫腋下處非常乾燥，這讓羅斯覺得無地自容。

「我不知道該怎麼辦，羅斯。」

「我只是想幫她。」

「真的？她說，您向她抱怨你和瑪莉安的性生活。」

羅斯開始出汗，而且出汗的毛細孔多到像是皮膚正在脫落。「你瘋了嗎？她在說謊。」

「我只是在轉述她的話。」

被這個指控偷襲的羅斯用力甩了甩腦袋，試著回想他與莎莉談話時正確的用字。

「她說的不正確，」他說：「我對她說的是——我說，婚姻是福氣，但也可能是鬥爭。要維持一段長期關係，最大的敵人是乏味。有時候婚姻之中就是沒有足夠的愛情克服這種乏味，然後——你得明白，我說這話是有個背景的。」

安布洛斯等著，咄咄逼人地看著他。

「我們一直在談的是她父母離婚，她多氣她父母，我覺得我們的談話就要得到突破了。當她問我，覺不覺得我的婚姻乏味時，我覺得必須要誠實和她分享一些事情。我認為對她來說有一點很重要，那就是即使是神職、甚至她尊重的牧師——」

「羅斯、羅斯、羅斯。」

「我該怎麼辦？不用誠實回答嗎？」

「要合理回答。這種回應需要有點技巧。」

「是她問我：『你覺得你的婚姻乏味嗎？』」

「很抱歉，但是她記得的不是這樣。她的理解是，是你主動來找她。」

「你是不是瘋了？我有一個十五歲的女兒！」

「我不是說那是你做的事。但是，你能明白她為什麼會那麼看嗎？」

「是她來見我的。如果要說誰在挑逗誰，那就是——我想我知道是怎麼回事了，是蘿拉。她看到莎莉跟我愈來愈近，開始信任我，就想辦法讓她和我作對。這件事中滿腦子髒水的人是蘿拉。在蘿拉控制她之前，莎莉和我相處一直很自在。」

安布洛斯似乎對羅斯的理論無動於衷。「我知道你不喜歡蘿拉。」他說。

「是蘿拉不喜歡我。」

「冷靜一下，看看你自己。你想一想，你居然對著一個脆弱的十七歲青少年談你的性生活乏味？即使是她來找你，雖然我不相信，你的責任很清楚，你應該停止這個話題。明確、立刻、毫不猶豫地停止這話題。」

不管安布洛斯的咄咄逼人是不是裝腔作勢，羅斯在壓力之下往後退一步，看出讓他尷尬不已的事：問題不是他遭到指控、讓他毛骨悚然的性（團契女孩在許多方面對他都是禁忌），而是他竟然曾動過自己能像安布洛斯一樣趕流行的蠢想法。他不只一次聽到安布洛斯向團體坦白，他十幾歲時傲慢、無情。羅斯當時看到了安布洛斯的誠實，還看到他用誠實以及讓女性傷心的形象讓整個團體為之激動。這是為什麼羅斯會因為一個受歡迎女孩的注意，馬上樂昏了頭，以為也可以比照辦理，同時藉機以某種方式消除他自己青少年時期以來的膽怯，回頭成為一個能夠與莎莉・珀金斯這樣的女孩自在相處的男孩。他樂昏頭這一點，等於坦承或者至少暗示瑪莉安已經無法引起他的慾望。他想甩掉瑪莉安、擺脫她的束縛，以便更像安布洛斯；現在，他終於可恥地露出他的虛榮心了。他唯一的想法是逃脫、找到新鮮空氣，並祈求上帝的憐憫，從中獲得安慰。

「我想我需要道歉。」他說。

「為時已晚，」安布洛斯說：「那些孩子不會回來了。」

「也許你當時應該告訴他們為什麼你不待在基斯利，如果您有跟他們解釋——」

「基斯利不是問題所在。你沒聽到他們說什麼嗎？問題是你的傳道風格，你的風個和我試著教導的孩子不相容。」

「時髦的孩子們。」

「是陷入困境的孩子們。他們需要能和他們打成一片的成年人。還有很多其他孩子喜歡傳統風格，他們會跟你處得很好的，那些孩子的人數應該不會多到您沒辦法一個人處理。」

「你是什麼意思？」

「我在說我不能一直待在這裡。」

安布洛斯盯著他，但羅斯覺得自己的汗多到讓人討厭，不願意抬眼看他。從十月到現在羅斯一直在經歷的，到頭來成了一個蠢蛋想利用另一個人的魅力的癡心妄想。他想到今晚過後還留下來的那一小撮起不了作用的殘餘份子，只看到恥辱。即使是留下來的孩子，在目睹了整件事之後，也永遠不會尊重他。

「你不能離開，」他說：「你的合約期還沒到。」

「我會等到學年結束才走。」

「不，」羅斯說：「這個團體現在是你的了，我不會跟你搶。」

「我不是說你應該辭職。我是說，我會去找另一個教會。」

「我的意思是你就拿去。我不要。」羅斯擔心自己會哭，站了起來，走到門口。「你沒有替我說話，他媽的一個字都沒有！」

「你對，」安布洛斯說：「這點我很抱歉。」

「你抱歉才有鬼。」

「不幸的是整個團隊最後全部捲入其中。我明白，對你來說一定很殘忍。」

「誰稀罕你的同情。我只想叫你滾一邊去吧！」

那是他對安布洛斯說的最後一句話。那天晚上，他羞愧地離開教堂，元氣大傷，看不出他怎麼能再踏入這所教堂。衝動之下，他想辭去第一歸正會的工作，再也不要和青少年有任何關係。但是，他不能讓家人再搬一次家——尤其是在學校非常受歡迎的貝琪——因此，第二天早上，他去找杜懷・黑夫勒，讓安布洛斯完全負責青年團契。黑夫勒警覺地詢問原因。羅斯如實坦白恥辱，但省略了細節，只說他沒辦法與高中生打成一片，說他仍然會繼續主持主日學和堅信課，也樂於從事更多轄區拜訪，還打算在內城區推廣一個服務計畫。

「那麼，」黑夫勒說：「也許多一點講道？」

「沒有問題。」

「多一點委員會工作。」

「一定的。」

六十三歲的黑夫勒，似乎在權衡著羅斯的失敗可能使他自己的工作量減輕。「里克的表現似乎有聲有色。」他說。

羅斯離開主任牧師辦公室後，就去找教會秘書，請她指示安布洛斯，未來和他的任何溝通都以書面形式進行。當天稍晚，收到指示的安布洛斯便到羅斯辦公室門口敲門，羅斯的門已經鎖上。「嘿，羅斯，」他說：「你在嗎？」

羅斯完全不回應。

「書面溝通？這他媽的算什麼？」

羅斯知道自己很幼稚，但他的痛苦和仇恨已擴散到無邊無際，用成熟的方式解決不了，只能尋求上帝的憐憫帶來的甜蜜：他把自己變得孤獨又悲慘，如此一來只有上帝才能愛他。在他受辱的第二天之後，他完全拒絕與安布洛斯交談。他竭盡全力履行其他職責，在內城區創辦了一個女性團體、他的口才在講道中達到新高度、賺到薪水，並且證明了其他所有人仍然看重他，但他還是避開安布洛斯，如果無意之間遇到，他就低下頭眼睛不看他。漸漸地——羅斯可以感覺到——安布洛斯開始因為他討厭他而討厭他。這也很甜蜜，因為這讓羅斯有了依靠，幫助他維持仇恨。儘管他有點希望會眾不知道他們鬧翻了，但在辦公室間，他完全不隱藏。杜懷．黑夫勒一直試著想讓兩人和好、召開會議，但羅斯不顧顏面地全部拒絕；黑夫勒和幕僚、甚至清潔工認為他這樣的做人處事很幼稚，這加深了他的痛苦。他對安布洛斯的不滿就像是一件剛毛襯衣，就像一層繞胸的鐵絲網。他為之受苦、並在苦痛中覺得接近上帝。

瑪莉安對他所承受的這整個折磨，毫不給予安慰。她從不信任安布洛斯，將羅斯受辱全都歸咎於安布洛斯。羅斯應該要感激她的忠誠，但是瑪莉安的做法反讓他更覺孤獨。最困難的地方在於他永遠無法向她說出安布洛斯和莎莉羞辱他的真相，真相是他因為一時無可否認的誤判，向莎莉坦承他和妻子已經很少做愛。這明顯是對瑪莉安的可怕背叛。幾個月過去後，他靠著某種奇異的煉金術士手法，轉移事情的本質，他開始覺得瑪莉安逐漸失去魅力才是他受辱的原因。根據煉金術不合邏輯的邏輯，怪罪在瑪莉安身上愈多，對莎莉的責怪就愈少。終於，在一個夜晚，當莎莉在他夢中出現，穿著一件看似普通但凸顯胸部的菱格紋毛衣，惹人愛憐地讓他明白她比較喜歡他而不是安布洛斯，並且準備好隨時可以成為他的人。一些沒睡著的超我把夢境帶離兩人關係，最後達到完美和諧的性交，他醒來時發現自己激烈的勃起。他從床上爬起來，他的自我意識因牧師館的黑暗而減弱，他到洗手間自瀆，射進洗手槽，那是莎莉指控他的具體證據。這一刻他才明白，原來證據一直在他身體內。

每個尋求救贖的人，都有個明顯的弱點，提醒自己在上帝面前個體微不足道，並造成與祂溝通變得複雜。一九四六年羅斯在亞利桑納州時，曾向祂揭露自己的弱點。他當時很容易受制於女性美貌的問題逐漸惡化，最後釀成他對家鄉弟兄們的宗教信仰危機。瑪莉安靈秀如露的黑眼睛、誘吻的嘴、蜂腰、纖脖和柔腕的形象，像一隻巨大、從不停歇的大黃蜂嗡嗡作響，進入他過去向來無瑕的靈魂。不論想像的地獄之火或是與弟兄決裂的威脅，都無法使那隻大黃蜂噤聲。雖然這件事以父母與他永久脫離關係告終，但是，他靠著採取一種不太嚴格但仍然有正當性的基督信仰形式，解救了自己的精神危機，並藉著與瑪莉安的合法婚姻，解決了自己的軟弱。

或者說，表面上看似如此。在作了那個打破禁忌的夢之後，他才明白自己其實沒有真正克服弱點——只是壓制它、不讓它從意識中出來。現在，那個夢讓他張開眼睛。現在，他四十五歲，美貌女性隨處可見——皮爾西格大道上用受寵若驚的友善和他打招呼的四十歲女人，開著車驚鴻一瞥眼經過的三十歲女性、二十歲的醫院女義工。現在，他不是被一隻大黃蜂困住，而是被一群混亂圍著他打轉的大黃蜂困住。就算他竭盡所能，也關不上靈魂之窗來阻擋那些大黃蜂。接著，法蘭西絲・卡崔爾出現了。

大雪中，他開著「狂怒」在弓箭手大道前進，屁股還有剛剛被她輕踢的感覺。前方數過去的第三輛車，是輛閃著黃燈、正在撒鹽的橘色卡車，但他沒還看到鏟雪車上路。法蘭西絲保持安靜，他覺得應該說些什麼，即使只是為了化解她用腳踢牧師生殖器周圍的指控，但「狂怒」的四個胎紋將磨平的輪胎還在明顯地震動。如果他被大雪困住，並且嚴重遲到，這趟出門會變成一場厄運，因為瑪莉安下次在教堂看到凱蒂時，可能就會聽聞這件事，並得知坐他的車離開的是法蘭西絲而不是凱蒂。他就像跟「狂怒」合為一體了，時時提醒自己要控制全局。至關重要的是避免急刹車，但事件的發展讓人擔心——裴里把毒品交給法蘭西絲的兒子；羅斯不得不痛苦地面對他；法蘭西絲邀請他一起抽大麻；以及若是他拒絕邀約，她可能會另覓共同追求年輕夢想的伴；讓人更不安的是，她在不到一個小時前就到別的地方尋覓了。她與里克・安布洛斯坐著聊天，而安布洛斯的酷，羅斯曾試著較量過，最後是比不上。

「所以，啊，」他說，同時安全地刹停在交通標誌前。「妳和里克聊得還好嗎？」

「很好啊。」

「我想，他沒有提到我和他不講話的事吧。」

「沒有。不過我知道，每個人都知道。」

就別再期待還有人不知道他們的深仇大恨吧。

「你為什麼會問？」她說：「如果我想和你做朋友，就不能和他說話嗎？」

「當然不是。只要妳喜歡，不管是誰，妳都可以跟他講話。只是你要注意，安布洛斯就是安布洛斯，他確實很迷人，你也可能會覺得他是朋友，但請小心他會暗算妳。」

「怎麼會，希爾布蘭特牧師，」她刻意提高音調說：「我覺得你這是在嫉妒。」

交通標誌變成綠燈，他突然踩下油門。後輪發出刺耳的聲音，還輕輕甩尾了一下。

「我的意思是你嫉妒他跟十字路的關係，」她說：「每到星期天，就會有一百五十個孩子崇拜他。但每個月你只有八位老太太、還得分兩次。要是我是你，我也會嫉妒。」

「我沒有嫉妒。現在、這裡，是我最想去的地方。」

「你還真會說話。」

「我是說真的。」

「好。但是，你為什麼不喜歡里克呢？我知道這不關我的事。但是，如果你們各有所長——我不懂問題出在那裡。」

即使車子正開在一條直線路段上，現在卻稍微偏移，一不小心就會打滑。

「這件事一時講不完。」羅斯說。

「也就是說，跟我沒關係的意思。」

近三年來，羅斯的屬靈生活井井有條，瑪莉安也每天支持他。他想到這時要向法蘭西絲解釋拒絕原諒安布洛斯的原因，似乎很愚蠢，甚至比愚蠢更糟——這事情沒有吸引力。他知道，如果他想和她有機會，可能要放開他的仇恨。但是他不甘心，因為損失太大；他已經細心呵護他的怨恨一千天，一旦放開仇恨，事後回想定會覺得這一千個日子浪費得毫無意義。另一個危險是，如果他跟安布洛斯和好，法蘭西絲就可以自在地仰慕安布洛斯，而他，羅斯，最後會一無所獲——無論是他承擔的公理與正義之痛，還是法蘭西絲作為承擔這種痛苦的私人獎勵。他寧願和安布洛斯繼續競爭、寧願輸掉比賽。

「我不是解決問題的高手，」她說：「但是十字路對賴利幫助很大，你對我也那麼好。總可以找到辦法解決。」

「里克不喜歡我，我也不喜歡里克。我們當然會互相討厭。」

「但原因呢？原因是什麼？這違背了你講道時說的每一件事。這跟你說的連左臉也由他打的聖經故事正好相反。我一直在想這件事。我今天想和你一起出去，就為了這件事。」

他被她踢到的屁股那裡還在嗡嗡作響。他聽懂她想說的是他的善良吸引了她。現在，為了做一件很壞的事，也就是違背婚姻誓言，他必須實踐善良。

「妳今天跟我出來，」他說：「對我來說意義重大。」

「哦，哎喲。我很榮幸。」

「妳剛才說妳要參加十字路。」顫抖的聲音，透露出他的焦慮。「妳當真嗎？」

「天啊，你真的是在嫉妒。」

她再度——再度——用腳趾戳了戳他的大腿。

「我唯一的工作，」她說：「就是全職媽媽。我每個月只能和你跟凱蒂一起工作兩次。所以，對，我的確問過里克可不可以在十字路擔任顧問。他似乎不太有興趣，不過他們會讓幾個父母一起去亞利桑納，所以，他把我的名字放在名單上。」

「春季旅行的名單。」羅斯一臉驚恐。

「是的！」

亞利桑納州是他的地盤。想到她和安布洛斯要一起去那裡，心情就很惡劣。

「對不起，」她說：「我知道我不應該當和事佬。你應該也會去那個旅行。你顯然很愛納瓦霍人，你也在那裡住了——我不知道——住了多年吧。如果你可以修補和里克的關係，我們就都可以在一起。那不是很好嗎？我也會很高興。」

她在座位上蹦跳，羅斯看著她精力充沛的樣子，覺得可愛又困惑。**在至高之處，榮耀歸與神——在地**

上，平安歸與祂所喜悅的人。弓箭手大道上，對向而來的車頭燈一輛挨著一輛，緊緊相連，每輛車上都坐著火氣特別大的駕駛。天氣造成的混亂中沒有聖誕節的元素。佳節的歡樂是在法蘭西絲身上，在她童真地質疑羅斯和安布洛斯之間的衝突，而歡樂的捲鬚延展到羅斯鐵硬的心。可能嗎？他最後會原諒里克・安布洛斯嗎？如果這樣做的回報是法蘭西絲？或是在亞利桑納州、在她帶來希望、快樂，賞心悅目的陪伴下，度過一個星期？也許不只一個星期——也許後半生？她是上帝賜給他的第二次機會嗎？徹底改變他生活的機會？快樂地與一個快樂的女人做愛的機會？在那一千個被瑪莉安調暗的日子，他一直憎恨自己和安布洛斯，以為自己接近上帝。其實一直以來的每一天的每一秒，只要他願意轉念，寬恕——這正是基督給予世界的核心精神、是聖誕節的真義——就在眼前，一直在那裡等待人們自由取用。

「我會想想。」他說。

「是該好好想想。」她說：「你和里克無法相處，根本就說不過去。」

中世紀的羅曼史中，女士會替來求婚的人設定一項不可能完成的任務，比如找回聖杯、殺死惡龍。對羅斯來說，這位戴著獵帽的漂亮女士，給他的任務是殺死一條他心中的惡龍。

戴利市長一直等到白人社區的道路完全清理出人行道，才派人到恩格伍德社區剷雪。羅斯在雪比較粉、摩擦力比較強的小巷中鑽來鑽去，碰到停車再開標誌時，改以最低速度慢行通過。等看到「神之社區」的時候，已經快五點了。如果他要在七點鐘回到家，避免瑪莉安碰到凱蒂・雷諾茲時拿這次行程當話題，他得快點卸貨。

社區中心的門鎖著，上面的燈也熄了。羅斯按了門鈴，在肉眼看不到的落雪中等著，法蘭西絲一直原地踏步以禦寒直到燈亮，等西奧・克倫蕭打開門，她才停下來。

「我差點以為你不來了。」他對羅斯說。

「是啊，雪下的挺大的。」

西奧轉身，用腳把一片木條踢進門下縫隙，羅斯上次有個印象——西奧不願認可法蘭西絲——現在這看法更清楚了。

「我是法蘭西絲，」她燦爛地說：「你還記得我嗎？」

西奧點點頭，但沒看她。他穿著寬鬆的絲絨套頭衫和不合身的彈性長褲。羅斯為了法蘭西絲，穿了他最喜歡的襯衫和羊皮外套，但西奧似乎沒有這種虛榮心。那是城市傳教士的痛苦。地區教堂每逢主日會有女性會眾來愛戴，但其他日子這裡如此孤獨，沒有辦事人員、沒有夥伴，年薪微薄，靠精神食糧度日，尤其在酷寒的十二月夜晚。羅斯認為，他也許是最佩服西奧的人。在羅斯所認識的人當中，沒有人比西奧更像真正的基督徒。西奧讓他感覺自己是天之驕子，有錢的安布洛斯則讓他覺得自己處處不如人；因此，他可以想像，對西奧來說，眼前這位來自郊區、可愛的金髮女孩法蘭西絲，可能也是個不受歡迎的幽靈。

他很高興法蘭西絲先打招呼，接著立刻把箱子搬進社區中心。他希望西奧看到她心情愉快的勤奮態度，將來會更認可她。搬運食物和玩具，是再簡單不過的工作。羅斯從不期待對方表示感謝，西奧則從不認為需要因此跟來客寒暄。所有箱子都搬進去後，西奧雙手放在屁股上，說：「好。明天上午會有幾位女士來這裡幫忙，有人想要這些東西，會找她們。」

「我們下星期二會再來。」他雙手互拍了一下，轉向法蘭西絲。「可以走了？」

他看到她拿著一個扁平的、用聖誕老人紙和紅絲帶包裝的小禮物。

「你可以幫我個忙嗎？」她問西奧：「明天你可以把這個交給羅尼嗎？告訴他，這是跟他一起畫畫的女士送的？」

羅斯不記得在哪一個箱子裡看過這包禮物。她一定是放在自己的大衣口袋裡。他希望她有早點跟他提這件事，因為西奧的眉頭皺起來了。

「我覺得這不是個好主意。」

「只是一盒彩色筆，非常適合畫在著色書上。」

「太好了，」西奧說：「拿到的小男生或小女生會很高興。」

「不是，這是給羅尼的。這是我特別為他買的。」

「你做得很好，但我認為妳應該把它和其他玩具放在一起。」

「為什麼？他是個可愛的男生——我為什麼不能給他一個小禮物？」

她這麼單純地訝異、這麼單純地受傷，羅斯心中湧起一股強烈本能想保護她。他覺得自己可能真的愛上她。

西奧可沒有同樣的感動。「據我側面的了解，」他說：「妳和羅尼的母親有些言語上的不愉快。」

「這是個禮物。」法蘭西絲說。

「我已經拜託過妳不要打擾那孩子。現在，我再次禮貌地請妳不要打擾他。」

法蘭西絲的傷痛正在變成憤怒。羅斯從沒見過她這樣，這反而讓他興奮了。他想像她在生他的氣，一整套情緒正在他眼前觸發，就像戀人有時會為了小事爭執一樣。

「為什麼？」她說：「我不明白。」

西奧轉向羅斯，瞪了他一眼，好像她是他控制的女人一樣。

「法蘭西絲，」羅斯邊說邊朝她走去。「這件事，也許我們應該信任西奧。我們不知道狀況。」

「現在是什麼狀況？」

「情況是，」西奧說：「克拉麗絲，也就是小男孩的媽媽，並不想讓妳跟男孩說話。她來找我抱怨過。」

法蘭西絲笑了。「抱怨什麼？因為她自己是個完美的媽媽？」她的嘲笑也讓羅斯興奮，但沒有道德的說服力。他把手放在她肩上，想帶她離開。他說：「我們待會兒再談。」

她聳了聳肩。「對不起，但是對一個該上特殊學校、需要特別關心的男孩來說，這樣做是對的嗎？讓他在該上課的時間待在社區亂逛，在路上向人要銅板，她怎麼會是對的？」

「法蘭西絲。」羅斯說。

「謝謝妳關心，」西奧不急不緩地說：「但是我建議妳回家。在雪地裡開車回去要開很久。」

「我們真的得走了。」羅斯同意。

法蘭西絲現在真的把脾氣發在他身上。「你覺得這件事對嗎？為什麼沒有人打電話給社會服務部？這不是應該向州政府通報嗎？」

「州政府？」西奧對著羅斯笑，好像他們剛聽到一個笑話。「妳覺得伊利諾州的兒童保護制度可以發揮功能？」

「你笑什麼？」法蘭西絲對羅斯說：「我說了什麼好笑的事嗎？」

他抹去臉上的笑。「一點也不。西奧只是在說，這個制度不完善。人手不足、事情又多。我們可以在車上討論。」

他又試著伸手要帶她朝著門的方向去，她再次拍開他的手。「我想知道，」她說：「我為什麼不能給一個貧窮小男孩一個小小的聖誕禮物。」

社區中心壁鐘的時間顯示五點十八分。每過一分鐘，羅斯與瑪莉安的麻煩就加深一分，他知道他應該堅持現在就走。但是，他的女士再次要求他執行一項艱鉅任務——站在她這邊，對抗一位他辛苦培養起關係的城市牧師。

「關於禮物的問題，我明白你的意思，」他對西奧說：「但是我也同意法蘭西絲說的一點，羅尼一個人在街上似乎不對。」

西奧給他一個失望的表情，然後轉向法蘭西絲。「妳想負責那個男孩嗎？妳想接下這工作嗎？九歲的南區智障兒？妳準備好了嗎？」

「不，」她說：「對我來說，負擔太大了，我接不下來。但我就是沒辦法不——」

「他已經去過一次寄養家庭了。妳對寄養制度知道多少？」

「並不——不，並不多。」

「我們就是來學習的。」羅斯說——這話一口氣讓法蘭西絲變得不懂事，也讓西奧覺得他是白癡。

西奧說：「你得在扶養家庭名單上找很久，才能找到願意收養像羅尼這種男孩的家庭。而且，還是領養六個孩子好領支票過日子的家庭——要有利潤，得先有量。接下來，六個孩子該怎麼帶？」

「把他們鎖在一個房間裡。」羅斯說，想讓自己聽起來也懂道理。

「把他們全鎖在一個房間裡；還有，棍子也不能少。」

「這個制度很糟糕，我同意。」法蘭西絲說。

「所以，妳要改變的應該是制度，如果妳想幫上忙的話。克拉麗絲並不是壞人。她懷羅尼的時候還太年輕。她清醒的時候，會帶他去上學，就是華盛頓公園附近那所學校。這是正常的日子。她狀況糟糕的時候，就沒人記得要管他了。她神智恍惚的時候，他自己知道要來這裡，而且，她早晚一定會來找他。問題在給她藥的那些男人。她迷失在裡面，唯一能把她拉出來的，是做母親的驕傲。如果沒有羅尼，我想她現在已經死了。」

「我能理解，」法蘭西絲說：「我只想給他一個他可能喜歡的東西。」

「我知道，我知道妳要的是這個。但是我要的是克拉麗絲不要告訴羅尼，不准到可以保護他安全的教堂。」

「好吧，我寫幾句話給她好了。可以找一張紙給我嗎？」

「法蘭西絲。」羅斯說。

「我得讓她知道我不是要把羅尼帶走，西奧可以把字條和禮物交給她。」

西奧睜大了眼睛，暗示他的耐心有限。

「聽我說，」羅斯說：「這樣很愚蠢。如果妳想要送彩色筆給羅尼，西奧可以拆掉包裝，然後交給他們。我覺得留幾句話給她不是好主意。」

「我只希望他在聖誕節有一件能拆開的禮物。」

這句話碰觸到西奧的極限。他搖搖頭走開了。羅斯從法蘭西絲手中抓下禮物，急忙跟著他進入聖所。

「幫我個忙，拿著這個，」他說，把禮物硬塞給西奧。「她的出發點是好意。她真的很在乎羅尼。她只是……」

「我看到她嚇了一跳，」西奧說：「我以為你會和凱蒂一起來。」

「對，啊。臨時改變計畫。」

在一架老式立式鋼琴和獨立風琴後的聖壇上方，掛著唯一一盞日光燈，點亮的光線似乎加劇了聖所的寒冷。

「你的私情跟我無關，」西奧說：「但是，如果你能把眼睛裡的樑木移開，看清楚狀況，告訴她不要去干擾那個男孩，我會非常感激。如果她不聽，那她就替自己的好意找別的目標，我這裡不需要那種東西。」

眼看自己和西奧兩年的交情成果就要煙消雲散。羅斯完全懂西奧為什麼不耐煩法蘭西絲，就像他同樣不耐煩其他第一歸正會裡參加服務團的女士，比如說關妮塔・傅勒、葳瑪・聖約翰和瓊・哥雅。她們以一種黏稠的母性，高傲地與鄰近地區的人——包括西奧——交談，部份出於恐懼、部份是以自命不凡的形式重新包裝種族主義。最後，他不得不請她們全都離開。如果西奧現在抱怨的，是法蘭西絲之外的任何會裡的人，羅斯會馬上順從，把她踢出去。但他相信法蘭西絲的行為不同，她的做法是出於太亢奮和個性太率真。但也有可能他這麼相信，其實是因為愛上她了。

「我會和她好好談談。」他說。

「好的，」西奧說：「路上小心。」

「狂怒」的擋風玻璃累積了一吋的新雪。回程時因為後車廂重量減輕，車子操控起來更漂浮。法蘭西絲現在以正常的乘客姿勢坐著，腳踩在地板上，臉色冷淡，似乎正為了自己受到不公平待遇覺得委屈。

「我想，我不能問，」她說：「這兩個男人在我背後到底說了我什麼。」

「是啊，很抱歉，」羅斯說：「西奧固執起來誰也沒辦法。有時候，我們只能順從他的決定，把事情做完。」

「我敢肯定你們兩個人都認為我是笨蛋，但是，把我的禮物交給羅尼，他又不會死。」

「你的意圖很好。我全心支持妳。」

「但是，顯然我有些地方讓黑人討厭。」

「絕對沒有。」

「我不討厭**他們**。」

「當然不討厭。只是……」他深吸一口氣，好鼓起勇氣說下去。「先退一步想想自己的表達方式也好，」他說：「如果是在新展望鎮，在我們自己的環境和同樣的人在一起，這麼做是一回事。不管講話多直多衝都無所謂。就算妳公開不同意某一群人，他們也會認為這隱含著尊重。但是，到了黑人社區，這就另當別論了。」

「這裡不准我有不同意見？」

「不是這麼說，那是——」

「又不是每個黑人都完美。我敢肯定，他們自己之間也會有很多不同看法。」

「我並不是說妳不能和西奧・克倫蕭持不同意見。今天就有些事情，我跟他的看法不一樣。」

「我看不太出來。」

「我說的是一種內心態度。一旦對某件事情的看法不同，我做的第一件事是承認我的無知。也許西奧是出於經驗，產生了自有的思考方式，只是我沒辦法馬上看清。與其想到什麼就講什麼，我寧願停下來問自己：『為什麼他對這件事的想法跟我不一樣？』然後再聽他的回答。我們的看法也許還是不一樣，但至少我已經承認，黑人在這個國家的經歷和我的經歷非常不同。」

法蘭西絲沒有立即反駁，羅斯也大膽希望能讓她了解他的想法。他想留她在星期二的服務工作團，的確出於私心，但他要表達的訊息並沒有因為私心作祟而不夠誠懇。

「法蘭西絲，妳的心地很善良，那是顆美妙的心。但是妳真的不能怪西奧沒有馬上接受妳的心意。如果妳希望他信任妳，就要試著培養不同的態度。先假設妳對黑人一無所知。如果妳能夠調整，我保證他會注意到妳的前後差別。」

她長嘆了口氣，擋風玻璃甚至因此起了霧。「我讓你難堪了，不是嗎？」

「一點也不會。」

「是，我是讓你難堪了。現在我看出來了，我在那個時候是想要當個解決問題的萬能太太。」

羅斯洋洋得意。真正了解她的真實本性的人是他，不是西奧。

「妳做的事都沒有錯。」他說：「但是下次看到西奧的時候，不妨跟他說妳很抱歉，這不會有什麼壞處。簡單、誠懇的道歉效果非常好。西奧是好人，也是好基督徒，如果妳改變了內心的態度，他會知道的。這對我真的非常重要，法蘭西絲，妳每個星期二的出現非常非常重要。」

這是他替她感到驕傲、希望深化他們親密關係的最溫和暗示，但他還是擔心這些話說多了。果然，她沒有忽略這個暗示。

「啊，希爾布蘭特牧師，」她說：「你為什麼說這些。」

慾望在他體內激烈地湧出，彷彿在滿足將來的預感。他想起留在辦公室的藍調唱片，就是那個能讓他帶法蘭西絲回教堂的藉口；他想到如果他能夠控制情緒、沒有太晚取回，他們可能已經在他黑暗的辦公室中發生的事，以及整個過程。他現在和「狂怒」合為一體，加速衝過積雪劃出深溝的五十九街口。

雪溝比他估計的還要深，車動能被雪地吸收，開始往側邊打滑。最糟的時候，方向盤或煞車都無效。法蘭西絲大叫著，「狂怒」向後打滑穿過十字路口，他一籌莫展地抓著方向盤。接著車子劇烈震動、撞上了什麼，最後傳來金屬摩擦嘎吱作響的聲音。

9

辯論主題：善是智力的反面力。代表正方一辯的是新展望鎮高中的裴里・希爾布蘭特。

首先，我們假設善的本質是無私的：愛別人就像愛自己，大量捐款的施捨，不做傷害他人卻能給自己樂趣的事……這一類。接著，想像對過去惡言相向的對象——例如自己的姊姊——自發性的友善，是否符合上述對善的假設。如果這麼做的人缺乏智力，整件事就毋須深究：因為這個人當然是善良的。如果這麼做的人從一開始就計算到善行將獲私利；如果他的聰敏捷才是連在行善時也清清楚楚這麼做會帶來私利，這樣一來他的善還成立嗎？我們能將他藉著智力所計算出的利己行為，當作「善」行嗎？

裴里回到自己的房間，賈德森跪在自製的陸軍棋棋盤邊。他盤算著替姊姊參加黑夫勒家歡迎會的得與失。所得是這個行為代表了善，和他訂的新年目標吻合，貝琪以前所未見的感激之貌接受他的提議，以及他運作貝琪閉嘴不提他的壞行為能有所進展。損失是他竟然——帶著賈德森——要去參加一個牧師團體的歡迎會。

「嗨，小朋友，聽我說。」裴里坐在他對面。「我要請你幫個忙。你要不要去參加一個沒有同齡孩子的聚會？」

「什麼時候。」

「爸媽一回家，我們就和他們一起去。」

賈德森皺了皺眉。「我以為我們要玩陸軍棋。」

「我們把棋盤塞在我床底下，明天再玩。」

「為什麼要我去？」

「因為我得去。你不會想一個人在家，對嗎？」

短暫的沉默。

「我都可以。」賈德森說。

「真的嗎？但你上次自己在家好像有點嚇到。秋天那次。那次甚至不是晚上。」

賈德森盯著棋盤，露出奇怪的微笑，好像當時那個被地下室的怪聲嚇到的男孩——明明就是他，現在不過是個好笑的話題，也像是那個秋天被獨自丟在家太久感覺到的丟臉，這樣就可以離他而去。

「那邊的點心應該會不錯，」裴里說：「你可以帶本書去，到那邊找個地方看書。」

「為什麼你要去？」

「這是我為貝琪做的事。」

裴里等著接下來跑不掉的問題：為什麼要對貝琪好，不是對弟弟？但是，這不是更優秀的人的思考方式。

「我們可以先玩完這盤嗎？」

「可能沒辦法。」

「你答應過今天晚上要玩的。」

「我們今晚開始玩，明天玩完。」

賈德森吞下這個似是而非的詭辯，盯著棋盤。「那該你走了。」他說。

每個玩家有四十個棋子，蓋著不讓對方知道每個棋子的階級與職務。遊戲的目的是以己方的高階棋除掉對方的低階棋，先奪取到對方軍旗的，就是贏家。決定進攻策略時，要先避免遭遇對手的致命炸彈棋，只有低階的工兵才能固定和移動炸彈。常用的策略是將己方的軍旗部署在部隊後方，並用炸彈圍住，但是賈德森顯然已經知道這個策略的弱點：只要對手能夠將一名工兵毫髮無傷地推到保護軍旗的炸彈旁邊，你的軍旗就沒救了，遊戲就玩完了。裴里注意到賈德森對他的新點子天真無邪的興奮，但是他並沒有假裝訝異，讓他贏了棋局。相反地，他估計賈德森這次會更草率地部署炸彈，於是就把自己的工兵，部署在更前線的位置，如此一次又一次擊敗賈德森，讓他知道不該洩漏自己的策略，藉此逼迫他發展出自己的棋藝，直到他能夠贏得公平又合理。這應該是個對賈德森有幫助的方法。賈德森難道不會因為奮力贏得棋局而更快樂嗎？或者，這只是一個聰明人將自己討厭輸棋、甚至不願輸給弟弟的私心合理化的作法？

貝琪穿著靴子喀噠作響地下樓，準備去參加十字路的音樂會；裴里只犧牲了一個工兵換到對手的上尉，然後就解除了賈德森三分之一炸彈的引信。這時電話鈴響，他到父母臥室，用分機接電話。

「嗨，啊——是裴里？」他父親說，那聲音聽起來很緊張，有一種經過金屬傳導的失真感。背景是街道噪音。「能夠請你媽媽來說話嗎？」

「她不在家。」

「她已經去黑夫勒家了？」

「沒有，我一整天沒看到她了。」

「啊，好吧。你看到她的時候能不能告訴她，請她不要等我？車子出了問題——我還在城裡。你可以告訴她，請她務必不要等我，直接去黑夫勒家嗎？我們兩個人一定要有一個人出席，這很重要。」

「一定會。但是，如果她——」

「謝啦，裴里。非常謝謝你。謝謝，謝謝。」

很明顯，他父親想趕快掛掉電話。同樣明顯的，是幾個小時前裴里看到他和卡崔爾太太在他們家車裡時，他臉上的罪惡感。

裴里將話筒放在話機座上，仔細考慮該怎麼辦。毫無疑問，卡崔爾太太是狐狸，這不僅代表字面上的淫蕩，還有她的狡猾。自從賴利・卡崔爾犯了照顧妹妹時抽大麻的愚蠢錯誤，裴里就發現她愈來愈注意他，她的眼睛裡出現一閃而過的、捉弄他的眼神。賴利對裴里發誓，他沒有供出他的名字，但他母親顯然懷疑是裴里賣給他袋裝大麻。現在，裴里在皮爾西格大道和楓樹大道的交叉口逮到卡崔爾太太和牧師父親之間有危險關係。他已經訂下新年新目標，也清算了資產，要是這時候遭牧師揭穿，那就真是太諷刺了。

他看到父親在皮爾西格大道上加速離去後，出於擔心，決定晚點再買還沒有買齊的聖誕禮物，先走路到卡崔爾家找賴利談談。如果賴利的母親只是懷疑，又剛好把這件事告訴牧師，裴里只要否認就行。該擔心的問題是賴利很弱。如果他已經連名帶姓供出裴里，就算他發誓沒有，也於事無補。

賴利很可以當作貝琪指控裴里老是利用人的證據。有一陣子，裴里在十字路聚會上躲著他，還技巧地拒絕跟他玩在一起。賴利不成熟、乳臭未乾、又是個新來的，對裴里想在十字路打進核心沒什麼用。但是裴里沒辦法在不違反十字路的規範下趕他走。有一天，裴里和安瑟・羅德放學後一起到羅德家，賴利黏著他們。那天羅德心情特別好，來者不拒。他知道賴利沒試過大麻，又很想試試，就叫他一起來吸兩口。賴利馬上就讓裴里尷尬，他一邊刺耳地咯咯笑，一邊一幕一幕地描述藥物發作後的反應。當羅德終於叫他閉嘴時，他又咯咯笑著詳細解釋藥物發作的過程。即使撞到羅德的唱盤，導致播放中的黑膠唱片受損，他照樣咯咯笑著。羅德把裴里拉到一邊，說：「我不想再讓那個小鬼留在這裡。」裴里也有同感。但是賴利非常平靜，完全不覺得自己不上道，還開始糾纏裴里以後也讓他參加。他有一段聽來淒慘的故事，加上父親剛剛去世，更是一團糟。要不是賣給他毒品也摻雜了合理的自利因素——他是忠誠客戶、出手大方，他媽媽給他的零用錢也頗可觀——否則，賣毒品給他還真是純粹只利他。要不是和他一起抽他買的大麻，符合裴里期待要減少依賴羅德的慷慨，也能帶來其他特定的好處，那麼，這件事同樣可以解釋為善行、一種友誼。他很高興在十字路有個崇拜他的跟班、很高興可以近距離在賴利家看到他的性感母親、很高興能在賴利的零用錢才買得起的飛機模型上發揮靈巧手藝、很高興將筆刷伸入小方瓶中沾點他在模型店垂涎多時的模型漆。直到賴利被母親當場抓包——裴里懷疑賴利是刻意的、以一種自我毀滅的方式反抗她——他們的友誼代價才超過收益。賴利對母親保證不會再買，裴里失去顧客，但還是得與他維持朋友關係，以免他心靈受傷並把他供出來。

卡崔爾的家是棟殖民地風格的白色磚造建築，對一個寡婦和兩個孩子來說，算是相當大。賴利和他的小妹在家，兩人站在雪地裡邀請裴里進屋。

「出了問題，」裴里進了賴利的臥房說：「我剛看到你媽和我爸。」

「對啊，他們要到城裡，好像有一些教堂的事要辦。」

「嗯，好。所以，我得再問一次。我們的秘密，你那邊沒問題吧？」

賴利感到不安全的時候，會習慣性地摳抓鼻子周圍，嗅聞自己指尖。裴里也喜歡自己皮脂的味道，但覺得最好等沒人的時候再聞。

「你知道我為什麼要問。」

「你別神經緊張，」賴利說：「這整件事已經結束了，除了我不能看電視九天以外。我好想看足球錦標賽。」

「意思就是你沒講到我的名字。」

「我已經對你發誓過了。你要我去拿聖經嗎？」

「沒必要。我只是沒想到你媽和我爸會一起進城。而且只有他們兩個。我覺得不對勁，我覺得這件事情還沒完。」

「你覺得會怎樣？賣毒品的人是你。」

「這就是我要說的。我要是曝光了，下場可是會比你嚴重得多。」

「我已經受到懲罰了。」

「你是出紕漏的人，朋友。」

賴利點點頭，又開始摳臉。「你包裡有什麼？」

「給我弟弟的禮物。你想看嗎？」

他很高興有機會讓賴利羨慕他的攝影機，在它永遠成為賈德森的之前，他可以先替它上發條，跟賴利一起拍各種想像的鏡頭。一個小時後——他原定的友好社交拜訪時間結束，這是他給沒有特定目的、工具性訪問（也是這次真正目的）的最短時間——他穿過黑暗天際飄落的雪花回家。他不認為賴利會崩潰，就算出現新壓力也不會，但是如果是他，在他決心改革當好人的時候被逮到就太諷刺。他仍然擔心卡崔爾太太捉弄他的眼神；此外，還有一個他憂心忡忡的環節沒有處理。自從貝琪在第一歸正會的衣帽間裡徹底否定他是好人之後，似乎還更討厭他了。他腦海裡出現一幅全家互相質疑的場景：他堅持自己無辜——一種事後的誠實，畢竟他現在已經發誓停止吸食和販售改變精神的物質——卻遭到姊姊譴責而破局。

當他和賈德森舒適地待在房間裡，卻聽到貝琪哭泣時，他覺得這是天意。他們隨後的溝通以溫暖的擁抱告終，他有一種訂下新年新目標且得到獎勵的感覺。他鬆了一口氣、不必再擔心貝琪，這感覺非常好。但這件事還不算是完滿結束。但這解脫感是出於私利，這讓他所有的善行都化為烏有，得到的獎勵都蒙上陰影。為善的真正獎勵，難道不就是善嗎？他想知道，真正的善行除了不得受到自利玷污，是不是也包括不能從中獲得樂趣。

父母親的鬧鐘顯示六點四十五，他知道這個鬧鐘慢兩分鐘。母親到這個時候都沒出現，實在離奇，現在之前所有關於她何時回來的猜測都不能作數。他正在盤算一個幾乎可以肯定不會帶來樂趣的善行：不等母親回來，就到黑夫勒家。這個決定的自利成分最稀薄，除了他代表希爾布蘭特家參加聚會可能會得到大家肯定。但如果他遭指控販毒，這種肯定將變得微不足道，不足以當作籌碼，所以可以忽略不計。

他在電話機旁的便條本上留了簡短的字條給母親，然後去找賈德森。「我們該到雪地裡散步了。」

「不是要等爸媽回來？」

「不必了。小朋友，就只有你和我兩個人。我們今天晚上代表希爾布蘭特家。」

他有個成人小秘密，是他父母用**保險套**稱呼乳膠鞋套。連貝琪——這位純潔的代表——看到這個字的時候，也不禁偷笑。父母當然知道這個字有其他字義，但是他們堅持這麼說，不覺得尷尬：**別忘了穿鞋套**。賈德森可以很純真地穿上鞋套，但裴里覺得他穿就有些丟臉。安瑟・羅德和他的有錢朋友在雪地裡穿的，可是高山健行靴。

他和賈德森穿好鞋套出門時，大雪仍然下個不停。賈德森跑在前面，沿路踢著成片成團的積雪，在冬天的暴風雪中玩得高興，忘了陸軍棋玩到一半被打斷。裴里看著他跌倒又自己站起來，他不再會想還好自己個頭小跌倒不容易受傷，他甚至不記得曾經如此貼近地面又不覺得可怕的時候。為什麼他要這麼快長大？快到就好像他的童年從未得到寵愛一樣。他看著小弟在雪地上玩耍，覺得有一股力道拉扯他的心情往下墜，這股拉力比他買禮物的時候感覺到的拉力強，但不那麼痛，因為這次是靈魂轉生的感覺引起的。他比以前更確定自己就要往下墜，他的腦袋已經壞到無法改正。但這次往下墜的結果有多糟，似乎不那麼重要，因為他的靈魂藉著愛與兄弟之誼，與賈德森的靈魂連結，到達某種神秘層次就可以互換，而賈德森是個好命的孩子，他還真是在主日出生的，所以即使自己沒這麼好命，賈德森也會永遠幸福。

他蹲在上級牧師館的前門台階、聖誕燈飾被雪調暗的兩排灌木叢間，刷掉賈德森的連帽防寒外套的雪花，並幫他解開已經結冰、很難解開的鞋套扣帶。

「我還是不知道我們為什麼要來這裡。」

「因為爸爸在城裡沒辦法回來，媽媽AWOL了。」

「什麼是AWOL。」

裴里按了門鈴。「沒有請假就缺席的意思。爸爸說今天非常重要，全家都要出席。但是現在經過淘汰後，全家就剩下你和我。」

來開門的是一隻很大的白兔子黑夫勒太太，圍著一條冬青葉繡飾的紅色圍裙。裴里迅速清楚地解釋他和賈德森來訪的原因，但是黑夫勒太太的理解能力似乎沒跟上。「你們的爸媽知道你們到這裡嗎？」

「他們沒辦法過來。我給他們留了字條。」

她半信半疑地喊：「杜懷？」

黑夫勒牧師出現在門口。「裴里！賈德森！沒想到是你們呢，進來，進來。」

他把他們領進門，替他們掛好外套。房屋隔熱功能正常運作，這是主任牧師獨有的福利，屋裡又熱又濕。客廳裡都是神職人員和眷屬，正在遵守成年生活中一些晦澀難懂的要求，但他們顯然樂在其中。黑夫勒牧師帶著兩位希爾布蘭特家的人走到餐廳，空氣中傳來罐裝瓦斯燃燒的刺鼻味，一個鍍銅淺鍋裡放著瑞典肉丸、一大盤奶油洋蔥醬拌馬鈴薯，還有一個冒著煙的大鍋傳出酒味，裡面浮著去皮杏仁和已經泡脹的葡萄乾。裴里從開著的廚房門，看到流理台上有幾個酒壺和伏特加酒瓶。

「拿個盤子裝東西，」黑夫勒牧師說：「朵麗絲是瑞典人後裔，她做的肉丸可好吃了——別忘了加肉汁。那道馬鈴薯的菜名是『簡森的誘惑』。要是奶油不夠濃，就不像瑞典的聖誕節。」

賈德森雖然餓壞了，還是禮貌地猶豫了一下。

「別不好意思，小夥子。年輕人食慾好，多吃一點。如果你們要找同齡的朋友，我們的幾個孫女都在地下室。」

想到蹩腳牧師館的可怕地下室，裴里腦海裡出現幾位孫女穿著破舊衣服，被用鏈條鎖在骯髒石牆上的影像。**是的，我們把她們放在地下室……**

「這是什麼？」他說著，手指著大鍋。

「這是斯堪地納維亞的聖誕節飲料，成年人喝的。我們叫它熱紅酒。」

他留在賈德森旁邊。賈德森天性謙虛，拿了三個肉丸、一湯匙馬鈴薯、還有一些生胡蘿蔔和青花菜球、並從裝滿自製烤餅乾的三層架裡拿了兩個撒滿糖粉、看起來乾乾的餅乾球；裴里想要的是大鍋中飄出的濃烈酒味的飲料，就像將鼻子伸進一瓶酒精裡。他到現在才意識到，他的新年目標有些模稜兩可，有些情況沒有明訂做法。比如說：他是不是必須戒酒？也許在一個沒有其他解藥抒解低落情緒的夜晚，可以讓他空腹喝一杯熱紅酒，以最大化酒精的效果？他用不穩定的手拿起勺子。把暗酒色的物質舀進陶杯，還不小心潑灑了一點。他朝身後瞥了一眼。沒有人注意他。

逃到走廊後，他嚐了一口他嚐過的最甜美的飲品。帶點丁香與肉桂味加上濃郁的伏特加。葡萄酒常有的噁心的胃酸味被糖淹沒了。他的臉立刻變熱了。

「我該去那裡？」賈德森說著，拿著盤子和叉子。

在走廊盡頭，他們發現一座樓梯，通往很講究的娛樂室，室內鋪著長毛地毯，牆面是有樹結的松木板，中間放了一張撞球桌。兩個女孩懶散地坐在地毯上、旁邊是座可用的空壁爐，玩著快艇骰子（Yahtzee）。她們年紀比裴里小、比賈德森大。裴里還是小男孩的時候，如果有不認識的女生邀請他一起玩，他總是因為太謹慎變得呆若木雞。賈德森則坐下來，從容地向女孩們自我介紹，讓他印象深刻。賈德森確實是個有福的孩子，能正確掌握陌生人會喜歡他。或可能是快艇骰子太吸引人，完全清空了他的羞赧。

裴里沒注意自己正在喝酒，不知不覺，但他杯子已經空了。他吃掉杯底兩顆泡脹的葡萄乾，吸光珍貴的液體。杯子內緣有一條細香料殘渣線，顯示他第一杯酒只拿了可憐少的量。他走上樓時推算，他的新年新目標沒有說不能喝「一杯」，因此，他現在有權續杯。他的臉紅得像火燒，但腦袋還沒有開始亢奮。

兩個穿著鬆垮毛衣和神職人員常穿的黑長褲的男人站在食物旁，正在選餅乾。裴里悄悄走近，在一旁等著。他還沒等到可以再舀一杯酒時，黑夫勒太太就急急朝他走來。

「你吃了肉丸嗎？」

他手心向上捧著杯子，屁股靠著邊擋，接著從她丈夫那兒借來一個說法：「我還在等胃口打開。」他說。

黑夫勒太太自作主張替他裝了一盤肉丸，好像他還是個學步小孩，或是一隻狗。她身材壯碩結實像隻兔子，且愛插手管事，某種瑞典人的壞示範。她遞給他的肉丸，多到足夠阻撓他腦子變得輕飄飄。他別無選擇，只能拿起盤子。她又用愛管閒事的手請他離開冒煙的大鍋。「青少年都在陽光房。」她說。

離開時，他感覺她還跟著，以確定他遵守她自以為是的願望。他對陽光房裡的青少年沒興趣，左拐右彎地穿過客廳，來到一座書架旁，順手把盤子放在邊桌，隨便挑本書，假裝專心閱讀。黑夫勒太太忙著招呼別的事，同時監視他。她的戒心讓他想起里夫頓中央中學的一些老師，他們除了像虐待狂一樣愛禁止年輕人享樂，顯然沒有其他樂趣。

門鈴終於響了。黑夫勒太太去應門，裴里帶著杯子衝回餐廳。兩位白髮女士站在餅乾架旁，他並不認識她們，也沒有任何關係，接著他明目張膽地舀了一整杯熱騰騰的紅酒。他聽到黑夫勒太太從衣櫥方向傳來聲音，立刻穿過廚房逃到往地下室的樓梯，坐了下來。地下室傳來骰子在快艇骰子筒裡搖動的撞擊聲，以及賈德森像溪水拍岸的話音。

裴里的杯子很快又空了。就像他試過的每一種非法物質，他對熱紅酒的渴望似乎過多、不正常。他看到廚房流理台上擺著一瓶伏特加。由於「一杯」的限制，已經不存在，他決定不管三七二十一悄悄回到廚房，倒了幾盎司伏特加，一飲而盡，然後再把杯子放在水槽裡。

現在的亢奮讓他很滿意，他的情緒開始高昂，他的確冒犯了、但還算不上違反他的新年目標。他走到客廳，想在一群神職人員面前測試酒後的控制力量。在沒人照顧爐火的壁爐旁，有兩個人一高一矮枯站在一起，似乎是沒話可說，又還沒找到新鮮話題聊。裴里走過去自我介紹。

高個子男人穿著紅色的高領衫，外搭一件駝色的西裝外套。「我是三位一體路德會的亞當・華旭，這是埃爾會堂的麥爾拉比。」

只剩耳朵後面有頭髮的拉比和裴里握了握手。「光明節快樂。」

裴里擔心這是句玩笑話，刻意笑了出來，也許笑得太大聲了。他從眼角看到黑夫勒太太沒好氣地看著他。

「你父親在這裡嗎？」華旭牧師說。

「不，他在城裡有採訪工作，卻被大雪困住了。」

接著開始聊下雪。關於天氣的話題，裴里還沒有像每個成年人那麼迷戀。他說出雪已經深到八吋這種無意義的看法後，他提出對善的看法，以及它跟智力的關係這個話題。本來他是無所求地來參加歡迎會，但他發現不僅可以得到免費的亢奮，而且還可以從兩位專業人士獲得免費建議。

「我想，我要問的是，」他說：「善有可能只是為了善嗎？或是，有意識或無意識地，善總會是某種個人手段？」

裴里從華旭牧師和拉比交換的眼神，發現讓他高興的驚奇。他們應該已經注意到這個十五歲青少年超乎預期。

「亞當可能有不同的答案，」拉比說：「但在猶太人的信仰中，實際上只有一種衡量公義的標準：你讚頌上帝並且遵守上帝的誡律嗎？」

「這等於暗示，」裴里說：「善與上帝本質上是同義詞。」

「正是這個意思，」拉比說：「在聖經所述的時代，當上帝更直接地顯靈時，祂看起來似乎是個十足的混蛋——為了微罪就弄瞎人的眼睛，要亞伯拉罕殺子。但是猶太信仰的本質是，上帝行事自有道理，我們要服從祂。」

「所以，換句話說，只要公義之人服從誡律，他私下怎麼想都沒關係？」

「對，但還要崇敬祂。當然，從民間智慧的層面來說，一個人可以行公義，卻不高潔。亞當，我敢肯定你也知道——虔誠的人讓他身邊每個人都悲慘。我想，裴里想知道的可能是這個。」

「我的問題是，」裴里說：「我們能不能從自私中擺脫。即使我們帶入上帝，讓祂成為衡量善的標準，崇敬祂服從祂的人，仍然會有私慾。某些人喜歡公義，另一人想要永生，諸如此類。只要夠聰明，一定可以想出來一些自私自利的角度。」

拉比笑了。「你這樣說，這問題可能就無解了。但是，你說我們『帶入上帝』——對信徒來說，當然是上帝帶入我們——建立了一種道德秩序，讓你的問題變得無關緊要。當服從成為決定性原則時，我們就不必監督自己可能出現的每一個小小的想法。」

「不過，我認為裴里的問題還可以延伸。」華旭牧師說：「我認為，他想問的是其實是罪，也就是我們存在的基本。在基督信仰中，只有一個人曾經是完美的善的範例，就是上帝之子。其餘的人，只能冀望有一瞬間可以得知善的感覺是什麼。當我們行善或寬恕敵人時，我們就能在心中感受到基督的善。我們所有人天生都有能力認出真正的善，但我們也充滿了罪，這兩個部份會一直在我們身上交戰。」

「正是這樣，」裴里說：「那我怎麼知道我是在行善，或只是在尋求有罪的利益？」

「我會這麼說，答案是傾聽你的心。只有你的心能告訴你，你的真正動機是什麼——它是否來自神聖。我認為我的立場類似麥爾拉比。我們需要信仰的原因（對我們來說，是對主耶穌基督的信仰），是因為信仰給了我們堅固的基礎，讓我們衡量自己的行為舉止。只有透過相信救世主的完美，透過比較我們的行為舉止與祂所樹立的榜樣，只有在我們心裡經歷祂的真實存在，我們才能期望擁有自私想法的自己能得到寬恕。唯有基督信仰帶來救贖。沒有祂，我們會在質疑、揣測動機的大海中迷失。」

裴里很享受他能和年紀大他三倍的人交談的能力、享受他對自己酒量的控制度、享受輕鬆但不打結地表達字句。但是，黑夫勒太太好像聞到了必須立即撲滅的快樂，正在朝他們走來。他調整了自己站的位置，準備背對著她。

「我明白你的意思，」他對華旭牧師說：「但是，無法產生信仰的人怎麼辦？」

「並不是每一個人都能在一夜之間找到信仰。信仰不可能輕易產生。但是，如果你曾經做過一件好事，並感覺內心的光被點亮，那麼，那就是來自上帝的一點訊息。祂正在告訴你基督在你裡面，你有自由和能力和祂建立更緊密的關係。『你們祈求，就尋見。』」

「如果你是猶太人，也差不多是這樣，」拉比說：「不過我們會強調不論你喜不喜歡，你都是猶太人。所以其說是你尋見上帝，不如說是上帝總會找到你。」

「在那個部份，我不認為我們的立場有多不同。」華旭牧師生硬地說。

裴里試著不理會黑夫勒太太在他背後徘徊。

「不過，」他說：「即使我能感覺到你說的那種光，但它卻沒有帶我去上帝那邊怎麼辦？如果這只是任何有情感動物都會產生的感覺怎麼辦？如果我永遠沒找到上帝，或者，祂永遠沒找到我，那你的話會聽起來像是：基本上，我受詛咒了。」

「原則上，我認為那就是教義。」華旭牧師說：「但你還非常年輕，人的生命很長。你還會有無限個瞬間可以接收到神的恩典。它發生時就只需要那麼一瞬間。」

「同時，」拉比說：「我認為也不必花太多心力談論如何成為高潔的人。」

「裴里？」黑夫勒太太說著硬生生地擠進來。「我帶你去認識一下華旭牧師的兒子里奇，他在里昂鎮念三年級。」

她的聲音又厚重又膩。裴里經歷過的每一種善的感覺，都比不上現在的惱怒強烈。「有事嗎？」

「年輕人都在陽光房。」

「我知道，但我們正在談話，這有那麼難看得出來嗎？」

顯然，儘管熱紅酒沒有讓他口齒不清，但非常夠讓他放肆。

「我認為重點已經談到了，」華旭牧師說：「還有誰要來點餅乾？」

裘里向拉比求助。「我讓你覺得無聊嗎？我的問題聽起來很幼稚嗎？我應該被轉到陽光房去嗎？」

「一點也不，」拉比說：「那些都是重要問題。」

裘里以投訴屬實的姿態，轉身面向黑夫勒太太。公開的敵意取代了她的假甜蜜。「小孩子不能喝熱紅酒。」她說。

「什麼？」

「我說小孩子不能喝熱紅酒。」

「我不知道妳在說什麼。」

「我想你知道。」

「好吧。我認為妳應該管妳自己的事。」熱紅酒解除禁忌的能力很驚人。「說真的，除了一直跟著我，妳沒有更有趣的事可做嗎？」

隨著他的聲音愈來愈大，客廳愈來愈安靜。

「發生什麼事了？」黑夫勒牧師現身。

「沒什麼事，」裘里說：「我正和麥爾拉比和亞當斯牧師聊得很愉快，沒想到您的太太來打斷我們的談話。」

黑夫勒太太在丈夫耳邊低聲了幾句。他嚴肅地點點頭。

「所以，裘里，」他說：「很高興你能來。但是——」

「但是什麼？但是我該走了嗎？我又沒有觸犯什麼社會錯誤。」

黑夫勒牧師輕輕地將一隻手放在裘里的肩膀上。但他的力道超出所需，所以裘里搖晃肩膀想甩掉他的手。他知道他必須冷靜，但腦袋裡的熱度異常強烈。

「這就是我一直說的，」他用非常大的音量說：「不管我做什麼，最後錯的總是我。你們都被獲救了，顯然只有我該死。你們以為我喜歡當那個該死的傢伙嗎？」他開始自憐地抽噎。「我正在盡力改善啊！」

客廳現在完全安靜了。從淚眼中看去，他看到二十雙神職人員和眷屬們的眼睛盯著他。其中一雙眼睛在前門出現，看著他的恥辱和慘狀，那是他母親的雙眼。

10

街道如此安靜，她幾乎可以聽到雪花飄落時整體微弱的嘶嘶聲。在大雪紛飛中，模糊的車頭燈沿著皮爾西格大道像送葬隊伍一樣緩慢爬行。穿著藍色長外套的貝琪盡快移動著，趕赴那個半小時前她甚至不打算前往、現在卻擔心會遲到的約會。她急著要再見譚納一面，給他一次彌補的機會。如果失敗了，她就表現地若無其事——在音樂會現場讓譚納看到其他人重視她，並讓他想想要不要站到她這裡。

在第一歸正會外面，有三位第二年參加十字路的學生正在鏟雪，他們是志工。貝琪很高興叫得出他們的名字。她在十字路裡正在開發的人氣很全面，和她已經游刃有餘的校園人氣一樣。她還知道在教堂多功能廳的門口幾位負責收錢女孩的名字。音樂會還有半個小時才開始，教堂裡人聲鼎沸，都是些十字路故舊或是專門付費來的賓客。空氣裡都是菸味。擴大機的燈光在高架舞台的陰影中發光。十字路的成員為了累積參加春季旅行的志工小時數，正忙著抬汽水、佈置甜點和節日麵包，負責製作麵包的人也會因此累積小時數。

貝琪心下有些不安。她也必須開始累積一些小時數。她需要四十個小時，但現在離春季旅行只有三個月，她連一個小時都沒有。雖然不算是好主意，但是她希望有人能為她破例。

穿過教堂大廳，老遠走過來和她打招呼的是最近剛成對的金・珀金斯和大衛・戈雅。大衛一張馬臉、稀薄地古怪的頭髮，不是貝琪會想親吻的那種人，但是她可以想像金把他當避風港的原因。抽多了大麻之後，他身上的傷害性已經被一一去除。

「一群瘋子接管了瘋人院。」他嚴肅地說。

「真的，」貝琪說：「這裡有人超過二十一歲嗎？」

「安布洛斯還躲在他的辦公室裡。除了他，沒有人會管我們。」

「說到這個……」金刻意清了清嗓子。她最近胖了幾磅，似乎是為了降低她和大衛相貌的差異。她沒有化妝、穿著連身工作服。

「對，也許妳可以幫我們，」大衛對貝琪說。「我們兩個有個爭執。金覺得音樂會是公開活動，不算十字路的活動。但我認為這次顯然是十字路發起的——看海報就知道了。我猜妳沒有狗在鬥狗場上（譯注：此俗語的意思是無意介入），但是我們想知道妳會支持誰。」

「抱歉，」貝琪說：「什麼狗？鬥什麼？」

「第二條規定，十字路的活動禁酒禁毒。」

「哦。」

「我也許不該告訴妳，免得影響妳的答案。」

「我不知道妳進來的時候聞到了沒，」金說：「那些來參加十字路的，在停車場就抽起來了，就像不管他們到哪個演唱會都在幹同樣的事。今天這場也算公開演唱會。」

「這是教堂的聚會。」大衛說：「目的是為團體籌募資金。我要說的就是這些了。」

「天哪，兩位。」貝琪很高興得到信任、受邀當仲裁。「我想我比較支持大衛。」

「噢，不會吧！」金說：「現在是星期五晚上欸。」

「星期四晚上。」大衛糾正她。

「我只是表達個人看法。」貝琪說。

「好的，現在要問另一個問題。如果我們早先的下午時候抽了一點，但不是在教堂這邊，然後等到了這邊時，人還有一點點嗨。這樣，有沒有違反規定？」

「這叫滑坡效應。」大衛說。

「讓貝琪回答。」

「我想，」貝琪說：「這要看訂這條規則的目的是什麼。」

「這條規則的目的，」大衛說：「是不讓父母覺得十字路很爛。」

「我不同意，」金說：「如果聚會中有人嗑藥，大家要怎麼建立真誠的見證關係。」

「那為什麼要禁止性行為？還放在規定的第一條。顯然這跟團體聲譽有關。」

「不是。這一條的理由和禁止吸毒一樣。性會把我們應該透過聚會建立的那種關係搞得一團糟，它是一種不適合我們的高強度活動。」

「喔。」

「兩個理由可能都有。」貝琪說。

「我的意思是，」金說：「如果十字路今晚沒有任何活動、我們也不會想去認識彼此。我們只是來聽音樂。如果我們在來這裡的路上剛好抽了一點，而且不在教堂的土地上。這樣，差別在哪裡？」

大衛示意貝琪。「同意？不同意？」

貝琪笑了。

「我本人開始覺得金的觀點很有價值。」大衛說。

貝琪依然帶著微笑看著整個大廳。她注意到人群中空出一塊空間，然後就不經意在一群團友中看見穿麂皮夾克的背影。她知道那是譚納，因為那個矮胖個子的自然女人用手圈著他，她一頭亂髮的腦袋靠著他的肋骨，一種安心擁有的姿勢。貝琪微笑的臉垮了下來。

「我覺得，妳想做什麼就做什麼。」她說。

「希爾布蘭特准許我做什麼事都可以做！」金喜形於色。

「這不是摻進個人情緒的看法吧，」大衛說：「我應該沒說錯吧？」

譚納的流蘇麂皮手臂正抱著自然女人。貝琪當下明白，這一趟完全不該來。她非常喜歡金和大衛，但他們不是她的重點朋友。在十字路，沒有人是。她冀望譚納在這裡看到自己最好的一面，但那不過是她膚淺的人氣。她害怕流淚，猶豫著要不要轉身離開。但是金和大衛正用期待的眼神看著她。

「幹嘛？」她說。

「我們想知道，」大衛故做輕鬆地說：「妳願不願意和我們一組。」

她這才想到，他們擔心的是規定三：對違規行為知情不報，視為違規。

「你們的意思是不信任我嗎？」

「不是這個問題，」金說：「妳自己也說了——我們沒做錯任何事。」

「只是想特別邀請妳這個朋友，」大衛同意。

很久以前，克藍嚇唬貝琪不要碰大麻。他告訴她人腦太脆弱了，禁不起外來的化學物質折騰，此後她就沒怎麼動心。但是現在，雖然在多功能廳中還有一些友善的臉，但她認為自己只有兩個選擇：要嘛離開這裡回家、要嘛跟著新朋友一起進去。難道安全是敵人嗎？她加入十字路的目的不就是要減輕恐懼？要迎接新風險挑戰？再不濟，也不會比站著看蘿拉・多布林斯基拉著譚納糟。至少她的朋友希望和她在一起。

「不了，當然。」她對大衛說：「我是說，好的，謝謝。我參加。」

這個答案對她比對大衛還重要。大衛只是轉身跟著金，而金已經跳上舞台朝火警逃生門移動。此外，兩個三年級女孩達拉・傑利根和凱洛・皮內拉也接受收到某種暗號做出反應，脫離人群跟在金後面。等貝琪和大衛跟上他們時，她的大腦因為快速充血，讓她覺得不一樣了。

出了逃生門，就在通往教堂閣樓樓梯的走廊邊是第二道門。下雪時這扇門不容易從內向外推開（從防火的角度看是危險的）。門外是一條窄巷，緊挨著代表教堂產權界線的擋土牆。小巷唯一的光線是芝加哥的天空。他們為了遵守規則，都爬到牆上方被雪覆蓋的草地上。貝琪緊跟著大衛，她覺得跟著他最安全。他是裴里最要好的朋友之一。

「先聲明，」金對其他人說：「希爾布蘭特對此表示同意。」

貝琪輕輕地笑了出來，但她認不出自己的聲音。「都怪我好了，不必客氣。」

「我認為她今天來，就說明了一切。」大衛說著，同時從一個精緻的金屬盒裡拿出一支比貝琪在聚會上所見還小一點的大麻捲菸，金拿著拋棄式Bic打火機，伸手點菸。大麻菸味聞起來像秋天。點上後，大衛把大麻先給貝琪。

「抱歉。」她拿過菸。「我該怎麼抽？」

「慢慢、長長地吸一口，不要吐出來。」金友善地說。

貝琪吸了一口、咳了一下，然後試著深吸，感覺就像在吞一把燃燒的劍。菸會致命——人會因為吸菸而死——她想知道，會想到這個是開始嗨的跡象，或者只是個普通想法，接著又想會不會想這些就代表她已經嗨了——她試著憋氣，憋得冒出眼淚，她這口菸硬是憋得比大衛還久。那支菸輪流在金、達拉和凱洛手上轉過一圈，又回到大衛手上，他又給了貝琪。

「唔，」她說。她的喉嚨都是焦味。「可以嗎？」

「貨源多得很。」

她點頭，再次把肺填滿。她在抽大麻！大麻本身或是抽大麻的興奮正蓋過昨晚親吻譚納的所造成的激情。她的生活突然快速變化，她感受到過去不曾有過也不能想像的刺激。

大衛抓住她手臂時，她才意識到自己太認真憋氣差點暈倒。她吐出菸，吸進冬天的空氣。雪的白和天空的白使得黑暗小巷敞亮如白晝，好像黑暗只會在她開始失去意識的時候出現。她嘴裡的味道是典型的十月滋味。熱就像融化的軟糖，從她的臉上眼後奔湧而出。沉重的熱感圍繞著她，她跟其他不法份子完全無法互通聲氣。那些不法份子熟練地快吸一口愈來愈短的紙菸，紙菸現在又回到她手上。

再次，她聽到一個陌生笑聲。她的。

「好吧，」她說：「為什麼不呢？」

第三口菸不如前兩口嗆喉，不如前兩口嗆。這應該就表示她愈來愈嗨。融化軟糖的感覺似乎逐漸遠離，也許是化成蒸氣從頭頂飄走，或是嘶嘶作響地穿出皮膚表層。有一會兒，她覺得泰然自若，覺得整個人活在冬天的仙境，有朋友相伴。她想知道還會發生什麼事。

突然出現一陣大叫聲，從她正下方的防火逃生門傳來，接著是撞擊聲。門打開後卡在雪地裡。站在那里的是莎莉・珀金斯。

「啊哈！」她大叫。

跟在莎莉・珀金斯後面的一團毛球，在昏暗中逐漸清晰，出現蘿拉・多布林斯基的身形。貝琪猛咳了幾聲。

「天哪，金。」莎莉邊說邊爬上擋土牆。「不是說姊妹共享嗎？」她伸出手給蘿拉，一把拉她上來。

「我剛才沒看到妳。」金說。

「呵、呵、呵，對。」

貝琪絕對在嗨。她好像就站在自己身旁，想著自己到底該站在哪。她後退一步，離蘿拉遠了點，但一腳踩進一個類似洞穴的地方，她往後一仰跌進積雪的灌木叢中。還好，灌木叢扶著她，讓她得以不太穩定地站著。

大衛又拿出他的小盒子。「妳和莎莉的鼻子非常靈，」他看了看蘿拉：「妳會不會是執法單位派來的。」

「不，」蘿拉說：「我只聞得出高檔貨。」

「那好，今天可是妳的幸運日。」

他點了第二支大麻菸遞給她。

「天哪，」莎莉說：「那是貝琪．希爾布蘭特？」

「正是。」大衛說。

「哎呀，英雄竟有此下場！」

蘿拉吐了口菸，轉向貝琪，用可怕的眼神刺穿她。

「貝琪就像她爸，」她說：「連沒人要理她都不知道。」

從灌木叢中掙脫的貝琪，拍掉外套上的雪。她一直拍，拍到一片雪花都沒有，好像要對此慎重其事，以便讓自己可以見人。然後，她發現自己對這件事失去興趣了。

「嘿，莎莉，」她說：「嘿，蘿拉。」

蘿拉甩開頭，轉過身去。此時並沒有人在看貝琪，但似乎全世界都在仔細審視她；似乎她說錯了話，話一出口，人就到了別的地方，不在當下。不知道她去過哪裡或在哪兒做了什麼。她只知道自己犯了法、毒害了大腦、摧毀了她的神秘。她想逃、想獨處，但是，如果她逃了，其他人就會知道她比他們更不酷。這比留下來還糟糕。她需要很酷，但她全身上下沒有一個酷粒子。她不喜歡嗨。事實上，讓自己嗨是她對自己做過最可怕的事。她希望能回到上一步，但又覺得自己愈來愈嗨了（如果之前的感覺算嗨的話）。在她腦海中，她的思考像零食一樣擺在一張可以轉動的圓桌上。思考會蒸發，但她的不會。它們只是放在那裡，不停地轉啊轉，有人想取用第二次？請便。為什麼她非得吸第三口菸？甚至，為什麼她要抽第一口？她身上有些邪惡的東西，現在看起來，她其實一直都能感覺到那東西在體內，卻一直盡力不理會；那些虛榮、貪婪和性，在她更深的自我厭惡上生根。這些東西控制她，做了一些最壞的決定。

但隨後出現了另一個清晰的時刻、另一次光明。原因不明。她看到自己和六位年輕人站在第一歸正會的財產線上。凱洛・皮內拉、達拉・傑利根以及金・珀金斯都無法自主地咯咯笑。大衛・戈雅和蘿拉・多布林斯基正在討論大麻的不同等級。莎莉・珀金斯無疑是她畢業班上最漂亮的女孩，比貝琪早三年，她瞇著著眼睛盯著貝琪。

「是妳。」莎莉說。

「什麼？」

「昨天晚上，在譚納的廂型車上。在裡面的人就是妳，是不是？」

貝琪想回答，但她生出的表情卻是愚蠢有罪的笑容。這種笑法似乎感染她全身。金、凱洛和達拉還在咯咯笑鬧，而譚納的名字則引起蘿拉注意。

「昨晚我在葛羅夫見到譚納，」莎莉解釋：「他的廂型車裡有人，頭上蓋著毯子。那人看上去完全像有秘密被踢爆了。妳知道那是誰嗎？」

「葛羅夫是貝琪打工的地方。」大衛友善地解釋。

「是妳。」莎莉說。

「我不認為。」貝琪沙啞地說，燃燒著罪的火焰。

「不，我確定就是妳。妳坐在車裡，想躲起來不被我看到。」

有一陣子沒人說話。咯咯笑的聲音停了。

「妳以為我聽了會很驚訝？」蘿拉說，聲音單調。

貝琪的眼睛已經黏在教堂側面的石壁，她所聽到聲音，包括**我不認為**那句話，都是她腦袋發出的，亂成一團。她試著抓住這些字句，將之依序排列，但它們逕自繞著一個坑洞打轉，那個坑洞裡只有恐懼。

「嘿，妳，」蘿拉說：「舞會女王。我問妳問題呢，妳覺得我會驚訝嗎？」

下雪的聲音現在像海浪。每隻眼睛都看著貝琪，連灌木叢後的房屋裡面的眼睛、灌木叢上方的眼睛、天空中的眼睛。不管她說什麼，都將是災難的序幕。

「真是他媽的一家人。」蘿拉喃喃自語，從石牆上跳下來。

「嘿，現在，」大衛說：「妳這樣講話很不酷。」

一段時間過去，他們六個人還在雪中。貝琪覺得那些無法忍受的曝光和即將來臨的懲罰正在吞噬她，不論她想轉到哪個方向，都會是錯誤方向。她的腦袋受了傷、她搞亂腦袋裡的化學物質，而且，哦，她多後悔呀。她彎腰前傾像是要吐，她把手放在石牆邊，笨模笨樣地撐著，然後以類似側滾的方式翻過牆、站穩，再匆匆穿過蘿拉・多布林斯基沒關上的逃生門。

等在她右邊的，是有無數隻眼睛潛伏的教堂大廳，她跑上樓到了教堂閣樓。黑暗中，她將閣樓門帶上，沿著牆壁摸索電燈開關。一會兒後，她根本忘記自己找開關，她記起自己忘了，並被這忘性給震撼——**因為我真的抽多了**。她伸出一隻手臂朝前，邊哭邊繼續摸索，然後撞上一件尖銳的金屬物、一個樂譜架，但沒有撞倒任何東西。遠處出現一絲藍光。她試著靠它辨識方向，但是過一會兒就不見了，她懷疑剛才是不是真的有藍光。接著，她摸到一個涼的、沒有邊角、沒有盡頭、大跨度、會發出空洞聲音的東西。摸到底才感覺是件彎曲、錐形管狀物。顯然是只空心的帶角母牛。這東西對她在黑暗中找方向顯然是個大障礙。她進入閣樓後消耗的時間久到無法計算，她的腦袋突然清楚地掌握到一事：沒有光就無法測量時間。這對她似乎是個關鍵發現。雖然她無法掌握這句話的意義，卻在心底默記下這個。只要她能記住**沒有光就無法測量時間**，以後還有機會再掌握它的真意。但是，她的腦海中浮現的卻是一幅流沙圖，圖中沙石瓦解向下吸入的感覺栩栩如生，非常可怕。思維的不穩定和脆弱。她又感到恐懼，推開那頭空心牛，以為自己自由了，沒想到它從後面抓住她，它的一隻角緊緊勾住她那件美麗諾羊毛長大衣口袋，車縫線發出撕開聲。幹、幹、幹。她跌跌撞撞碰到一隻比較小的空心動物，吃進一肚子灰，雙手雙膝趴跪在地上。藍色微光又出現了。這次，是從一扇門下面透進來的。她朝門爬去。

門邊藉著彩色玻璃圓窗所透進的光，照見了一座因為踏階上堆著讚美詩而收窄的樓梯。她走下樓梯，到了聖所後方、聖壇後面一個木條板裝修的空間。她推開講壇後面的「密門」時，又想起一件事：聖所就是庇護之地。一束溫暖的光照在懸空的黃銅十字架上，其他所有的門都鎖上了——她知道這件事。

帶著解脫後的戰慄，她穿過聖壇，在第一排長椅上坐了下來。她覺得暫時安全了。她閉起眼睛，屈服於她暗不見光的腦袋裡逐漸高漲的陣陣惡浪。在惡浪間，她後悔做過的事，希望有些事情從未發生。惡浪不斷襲來，直到她筋疲力盡，最後只能靠哭泣求援。

請讓它停止，請讓它停止……

她在禱告，但沒人在聽。在下一波晦結束後，她更具體地說出自己祈求什麼。

拜託，上帝。請讓它停止。

沒有答案。當她又一次似乎清醒時，她覺得她知道原因了。

對不起，她又祈禱。上帝？拜託你？對不起，我做了不該做的。這是一件邪惡的事，我不應該這樣做。如果祢停止它，我保證不會再犯。拜託，上帝。祢能幫我嗎？

仍然沒有答案。

上帝？我愛祢。我愛祢。請憐憫我。

當下一波惡浪在她腦中湧起時，她低著頭看，所見不再是無底的黑，而是一種金色的光。浪是透明的，惡是虛幻的。金色的光是真實、具體的。她愈盯著它看，它就愈亮。她看到自己一直在外面尋找上帝，卻不明白上帝在她裡面。上帝就是純粹的善，而且，善一直都在那裡。她在早上看了善一眼、在她的友善感覺中看了一眼、然後在裴里對她的體貼中感受到更強烈的善，也就是她當時感受到的寬恕的光。善是宇宙中最美好的事物，她過去有能力靠近它，但是，她表現地如此可憎！對母親惡劣、對裴里不寬厚、與蘿拉爭搶、貪戀繼承的財產、與克藍一起嘲笑他人的信仰、自負、自私、否認上帝、壞透了。她一陣陣抽泣，一種喜極而泣。她張開眼睛看著聖壇上方的十字架。

基督因為她的罪而死。

她可以做到嗎？她可以拋棄內心的邪惡、拋棄虛榮和擔心他人評價的恐懼，並在上帝面前謙卑嗎？對她來說，長久以來，這似乎不可能、是沒有好處的沉重期望。直到現在她才知道，這能讓她深入金色的光。

她跑到十字架前，跪在聖壇的地毯上，再次閉眼，雙手合十祈禱。

神啊，懇求祢；耶穌，我懇求祢。我一直是個壞人。我一直自認高高在上，我想要受歡迎、想要錢財和社會地位。我對人很刻薄。我一直很自私、不替別人著想；我一直是讓人瞧不起的罪人。非常抱歉，我

的確是這種人。祢能原諒我嗎？如果我保證會當一個更好、更謙虛的人？如果我保證心悅誠服事奉祢？我會做最低階的工作賺取志工時數，我會更愛我的敵人、對家人更坦誠、分享我的一切，我會清白地生活，不在乎別人對我的看法，只求祢原諒我……

她希望得到清楚的答案，希望耶穌在心裡對她說話；但是，什麼也沒有。金色的光已經消失，她也從嗨茫中解脫，再次感到平靜。她看見了上帝的光，即使只有片刻，她的祈禱也得到了回應。

11

公共圖書館是座高窗的磚造建築，建於一九二〇年代，坐落在四周有防犬圍籬的草地上。平日開放到晚上九點，但是到了晚餐時間就幾乎沒什麼人。只有一個圖書館員在靜靜等待借閱的書本中，看著借書櫃檯。

有個看起來魂不守舍的人走進來，她穿過很少用的前門——大多數人是開車來的，他們把車停在館後——帶著濕的軋別丁布和香菸味。她的臉發亮，亂蓬蓬的頭髮上都是雪水。她搖了搖頭，雙腳用力地在為暴風雪來襲而鋪的工業地毯上跺了跺。以前為了等兒女挑書，她在這兒度過數不清的時間，很清楚哪裡可以找到她要的東西。在借書櫃台後面的參考圖書室有一個櫃子，裡面有美國主要城市和伊利諾州比較小的城市的百業電話。因為稅金的關係，這些電話簿裡的資訊幾乎都是最新的。

她蹲在電話簿前，拉出最厚的一本，放在地板上翻開。在姓高登和高文的後面和許多姓葛林前面，有一小段姓葛蘭特的號碼。她做好失望、回歸理性的心理準備，但是她的期待已經強烈到世界可能會配合她。果然，除了一滴融化的雪落在紙上，把紙弄皺外，這本電話號碼簿是她平生見過最挑動慾望的東西。

葛蘭特・B.。菲亞里維拉二六〇七號…………九六二－三五〇四

她發出哼唱聲，就像在撥弄閣樓上幾十年未動的大提琴的第一個音符。一本電話簿的條目能透露多少事情！以B.葛蘭特的身份，在某一條街某棟房子裡活動已經幾年幾天幾小時，只要知道這個和他有親近關

係的號碼，任何人都可以找到這棟房子。她不敢肯定這個條目就是布萊德利，但也沒有理由不是。她以前每個星期來一次圖書館、有很多次在圖書館的書架間瀏覽，卻從沒想過要找他。打開她的心鎖的鑰匙就在眼前，她卻視而不見。

她從木托盤上拿了一枝鉛筆和一張卡片，抄下地址和電話號碼，然後把卡片和菸一起放進大衣口袋。她和蘇菲・塞拉菲米德斯談了三個多小時後，急著逃離牙科診所，忘了拿出二十元紙鈔付帳。這筆錢取之不正，所以她經過鎮上藥房時，想起一種更有效的減肥和控制焦慮的方法，這筆錢——反正取之不正——剛好派上用場。她已經買了方法、現在也有了動機。在她的腦海中，她已經瘦了三十磅，並給布萊德利寫了一封溫暖的信，內容不外是閒話家常，讓他知道她過得很好，告訴他四個孩子的情況。把每個孩子說得特別、說得生動，言而不明地向他保證她已經完全恢復，為自己建立了美好的日常生活，不再是讓他害怕聽到的人。你呢？還寫詩嗎？伊莎貝兒還好嗎？你幾個兒子都好嗎？他們現在肯定都成家……

她在圖書館後門外，站在撒鹽不均而顯得髒亂的雪地上，點著另一支菸。原來，她想要抽一支菸已經想了三十年。對蘇菲坦白等於將壓住自己情緒墳墓的石頭移開；她在墓穴裡發現她對布萊德利的迷戀奇蹟般地完好無損。她適當地收放細節，將當年的故事說給蘇菲聽、再度體驗她被迷戀掌握時所犯下的罪、領她回頭觸及那種感情的輪廓；她還記得一切與她的身形多麼完美契合。如果說她對布萊德利的慾望在休養生息三十年後變得更強烈，因為她與羅斯有過激情就是那樣了。布萊德利帶給她的亢奮，比羅斯能帶給她或已經帶給她的深度強得多，只有和布萊德利在一起時，她才是那個完整、瘋狂、帶罪的自我。她站在圖書館後的雪地裡，在寒冷的中西部夜裡抽著菸，她會到記憶中下雨的洛杉磯。她已經是四個孩子的媽媽，卻有顆二十歲的心。

她對蘇菲講出引爆她摧毀自己體內尚未出生的生命的事件，說出她與伊莎貝兒・伍什恩的前房東所達成的骯髒協議，她察覺到麵糰對眼前病人的故事保持疏離。她想過她把故事說出來時，很可能讓人驚訝地倒吸一口氣，也可能讓人伸手找衛生紙，可是對精神醫生坦承自己最嚴重的罪與天主教的懺悔天差地遠。上帝對渺小的個人不會做出恐嚇性的審判，在十字架上受難的上主更不會因為人所做的憐憫她。跟蘇菲這個女教友、希臘裔美國人在一起，她覺得可以更調皮些。她青少年時開啟的心靈開關，還在等著被關上。她簡要陳述了自己的故事。她的精神跟著那位愛上布萊德利的魯莽女孩的重生而振奮。同時，蘇菲的表情愈來愈難過，難過到她看了竟覺得開心起來。麵糰終於明白她其實是個壞到骨子裡的人，這讓她感到滿足，讓她想起利用一些惡行逗弄監護人舅舅羅伊・柯林斯的經驗。最後，當她講到一位洛杉磯警員在傾盆大雨中為了職務只好制伏一個瘋女孩時，不禁竊笑，原來自己還記得這件事。

也許是竊笑讓麵糰皺了皺眉。

「聽了妳的遭遇，我非常難過，」蘇菲說：「這解釋了許多事，我對妳的韌性尤其印象深刻。但是我還有一些不了解的地方。」

「我們都知道這代表什麼，不是嗎？」

「代表什麼？」

瑪莉安模仿醫師在療程中經常出現的皺眉表情以諷刺她。「妳不同意。」

「用妳自己的話說，」蘇菲一點都不覺得有趣：「妳很年輕的時候，被一個已婚男人引誘，然後妳嫁給一個不讓妳做自己的男人。然後，妳說妳被一個性愛狂魔殘忍對待過。這難道不像是——」

「我做過的每件事，」瑪莉安驕傲地說：「我都知道自己在做什麼。我知道不對，但我還是會去做。」

「抱歉，妳對羅斯做了什麼？」

「我對他撒謊。現在輪到他欺騙我。那又怎樣呢？」

「妳為他奉獻生活這麼久，他都照單收。現在他厭煩了，想來點新鮮的。」

「我承認我現在對羅斯不是很高興。但是，你把羅斯和那個房東擺在一起比較，那太離譜了。羅斯就像個小男孩。」

「我沒有比較。那個房東——」

「把布萊德利和那個房東放在一起比，那就更離譜了。布萊德利做的事沒什麼好丟臉的——他要的和我想要的是一樣的。我們墜入愛河，而且他從不對我說謊。我瘋了不是他的錯。」

「真的？」

「對。真的。我崩潰的時候的確恨他，但是只要恢復理智，我就不會生他的氣。我會難過，那是因為我害他痛苦。」

「妳覺得內疚。」

「當然。」

「為什麼每當有男人傷害妳的時候，妳的反應都是內疚？」

思緒如飛的瑪莉安對蘇菲的慢條斯理很不耐煩。「我不是才解釋過嗎？我不是個好人。我想殺了我肚子裡的孩子，用我唯一能想到的方法達到目的。我甚至不恨那個房東，我只是非常不理性地怕他。我的意思是，沒錯，他很邪惡，但是我當時在他身上看到的，是自己的邪惡。這就是我怕他的原因。」

蘇菲短暫地閉上眼睛。顯然，她也已經不耐煩。

「試著想想我看到什麼，」她說：「我正試著想像一個可愛脆弱，比你女兒大不了多少的女孩，想像她有多麼的恐懼、無助。然後我想像一個男人，當他看到這個女孩時第一件想到的事竟是拿出陰莖並殘暴對她。妳覺得，**那個**女孩跟你所說的人像嗎？」

「嗯，我沒有陰莖，所以……。」

「所以妳的第一個反應是去怪脆弱的人嗎？」

「妳忘記我對布萊德利的太太做了什麼？我到她家，故意傷害她。她也很脆弱，不是嗎？」

「我的理解是，布萊德利才是妳因為憤怒想傷害的真正對象。」

「因為我昏頭了。」

「從他對待妳的方式來看，我覺得憤怒是很合理的反應。」

瑪莉安搖了搖頭。她才找到一個寶藏，麵糰就想從她手裡拿走。

「妳還講了一個可怕的故事，」蘇菲說：「用妳自己的話說，妳遇到了撒旦本人。我不認為自稱信徒的人會對撒旦這麼寬容。」

「那是因為妳不是信徒。不然我也可以因為淋到雨，對著下雨發脾氣呢。我完全清楚他是哪種人。但是，我還是讓他進入我，我被懲罰也是應該的。」

「這件事妳怪自己，不怪他。」

「這有什麼不對嗎？憤怒列在七宗罪裡面是有道理的。我年輕的時候非常易怒——覺得想殺人。如果我火氣沒有那麼大，可能會做出更好的決定。我知道妳認為我有病，因為我把我的遭遇都怪罪在自己頭上，但是，我認為這樣在精神上更健康。」

「也許吧，」蘇菲說：「只要妳不在意後續帶來的困擾，就無所謂。」

「妳指的是？」

「我指的是焦慮和沮喪、睡不著、討厭自己的身體。我很難相信任何宗教會譴責這種再自然不過的情緒。想想民權運動。您認為金恩博士被三Ｋ黨人謀殺時不憤怒嗎？他也許還是會主張非暴力，但有時候，在問題難以解決時，只有憤怒才能帶來改變。」

「我永遠不會把自己的遭遇和阿拉巴馬州的黑人相提並論。這樣說實在很過份。」

蘇菲愉快地笑了。「我不是有意冒犯。」

「我運氣好。經歷了這些遭遇，還能找到一個願意娶我的人。但是，我連嫁給他的理由都是編造的。我怎麼還能抱怨他現在欺騙我。連他和他那個寡婦朋友的苟且——我能理解布萊德利對妻子失去興趣，怎麼還會去怪羅斯對我失去興趣？我比布萊德利的妻子老得多、胖得多。」

「憤怒是一種情緒，」蘇菲說：「不一定有邏輯。例如，我現在非常氣那個虐待妳的人，也有點生你的氣。」

「為了什麼？」

「看看妳自己說的吧。妳說自己很**幸運**找到一個願意娶妳的人？為什麼？妳是哪裡壞掉了？還是因為妳有豐富的性經驗？因為妳曾經精神崩潰？如果妳是男性，這些會是問題嗎？你會說我很**幸運**找到妻子嗎？為什麼結婚這麼重要？難道找不到丈夫並生育，女人就不是真正的人？因為她——」

蘇菲閉上嘴、搖了搖頭，像在表示她說太多了。瑪莉安的確對她感到失望。麵糰的柔軟與圓滑自成一種風格，因此很難指出她所採取的療法是佛洛伊德式、醫療式、政治性或其他類的。但是現在她的方法曝光了。瑪莉安猜它適用於每一位到這裡來，自覺遭到忽視或遺棄的妻子——**一體適用**。她是不是該高興自己跟大家一樣？

「妳一定也厭煩了，」她不客氣地說：「每一個來找妳的女士都在抱怨她們的男人。一個星期又一個星期，男人、男人、男人。妳一定很沮喪——難道不能談談其他事情。為什麼我們這些人總是看不到自己的壓抑。」

神情恢復到泰然自若的蘇菲笑得很開心。「妳假設我的其他女性患者只談男人，這很有趣。」

「妳是要說她們不是這樣嗎？」

「她們是或不是並不重要，重要的是妳怎麼想像她們。妳是不是覺得我認為妳講太多男人的事了？」

「我覺得妳的確這麼想，」瑪莉安說：「妳一直告訴我要發展獨立的生活。我認為妳真正要說的是別再說男人了——解放自己吧。」

「妳並不喜歡那些婦女解放的想法。」

「如果那是妳支持的想法，我不反對。如果那對妳其他患者有效，我也祝福她們從中獲得力量。」

「但是，妳寧願敬謝不敏。」

「那個房東是個變態，後來我再也沒見過我的那個朋友，伊莎貝兒。但我敢打賭，他一定找到了一種和她發生性關係的方法。當她的租金遲繳、或者她的工作需要有人拉一把，而他利用自己的力量趁機欺負她。他是個胖子，讓人看了就想吐，他出租房間的目的就是為了和許多女孩發生性關係。我是其中之一。他對我做的事也很變態。就算是正常的部份也不正常。這些事情早在他腦袋裡面，我只是他執行的地方而已。」

「真的是。」

「但是，我們假設他去看精神科醫生。醫生對他說：先生，你讓我有點生氣。你是不是該過更獨立的生活？你談來談去，都只談女孩！」

蘇菲緩慢地吸了一口氣，然後慢慢吐氣。「如果是個優秀的精神科醫生，這個時候可能已經引導他找到他認為非得重新面對一次的創傷。」

「啊，說得好。那我要重新面對什麼？」

「妳認為呢？」

「我不知道。我對我爸爸自殺的內疚？是這個嗎？」

「如果妳認為是的話。」

「我已經不覺得自己需要在羅斯面前自責。至於那個房東，我當然不會覺得該被怪罪的人是我。我有罪，罪不是感覺、而是客觀事實。讓我覺得罪疚虧欠的人是裴里和布萊德利的孩子，我沒有告訴布萊德利就殺死的那個孩子。他們是無辜的，他們是我的責任。」

麵糰低頭看著她圓滾滾的手。窗外已被黑暗籠罩。牙科診所的某處傳來鑽子聲，它正在製造一組關門前的疼痛。

「妳母親呢？」蘇菲說：「妳說妳懷孕需要有人幫忙的時候，她和朋友一起去滑雪了。妳很氣嗎？」

「我媽是個自私的酒鬼、一個噩夢。」

「這代表妳的答案是『是』。妳還告訴我妳很氣姊姊。但是，讓妳家破產的人是妳爸爸……」

「是雪莉和我媽害他沒有回頭路。」

「他犯了詐欺罪，還騙了妳。接著，妳的那位汽車業務員，他明明知道妳容易受傷，還是佔妳便宜。再來，有個性變態對妳做了讓人難以啟齒的事。妳支持了二十五年的丈夫，現在卻在追別人。即使如此，妳唯一生氣的人只有妳媽媽和妳姊姊。妳現在明白我搞不清楚的地方了嗎？」

「我想，我就是那種不解放的女人。」

「我不是要妳支持婦女解放運動，我是要妳試著看看自己。」

「我看到的自己不是個好人。」

「瑪莉安，聽我說。」麵糰將身子往前傾。「妳想知道我真正厭煩、懶得再聽的事嗎？就是妳一再重複說自己不是好人這件事。」

「我說的是真的。」

「真的？你帶大了四個好孩子，妳給妳丈夫的是任何男人都夢寐以求的，妳替妳爸爸做了所有妳能做的事，妳甚至在姊姊臨終時照顧她。」

「那不是真的我。那只是我在扮演角色。真正的我……」，她搖了搖頭。

「真正的妳是什麼樣子？」蘇菲說：「除了說她是『壞人』之外，妳會怎麼形容她？比如她長什麼樣？」

「她很瘦。」瑪莉安用明確的語氣說。

「她很瘦。」

「她對每一件事情的感受都很強烈。她覺得自己有罪，她對上帝坦承這一點。她希望祂明白罪疚感與活著的感覺是分不開的，但她不在意祂會不會寬恕她，因為她自己從來就無法真正後悔。她可能是個女演員——她想得到重視。她相當瘋，但還不至於會傷害別人。她從來就沒有自殺的念頭。」

麵糰似乎不感興趣。

「妳姊姊是女演員，」她說：「妳還形容她又瘋又瘦。」

「哦，謝謝妳提示。」

蘇菲沒回話，只以手勢示意她繼續。

「雪莉是被寵壞的、而且霸道，」瑪莉安說：「她也不是真正的演員。」

「是。」

「我剛才描述給妳聽的那個人，是霸道的反面。」

「是。假設剛才妳說的那個人是真正的妳。那麼，妳覺得哪些事情讓妳沒辦法成為真正的妳？」

「答案不是很明顯嗎？我今年五十歲，離婚的下場會是一場災難。就算我順利離婚，我還是要負擔對孩子的責任，尤其是裴里。這是我自己創造的生活，我無法不承擔後果。」

「我不是要挑剌，」蘇菲愉悅地笑著說：「不過假如妳說真正的妳都不會感到後悔，她為什麼還會在意做任何決定的後果呢？」

「妳要我說的是我有哪些幻想。」

「不是。我要妳說的剛好相反。妳把我要妳說的事情處理成幻想，這事很有意思。」

麵糰的耐力非比尋常。瑪莉安可以一直和她說話，繞來繞去，就是走不到盡頭。只不過得浪費錢。

「我想知道這是不是非此即彼的情況，」蘇菲說：「也許有一種方法可以讓自己更忠實地面對自己，同時也當個好媽媽。或者，從鎮上的劇院開始，妳看如何？試著參與他們的活動，然後看看後續發展。」

這是瑪莉安可能會給她其中一個孩子的建議——溫和、明智、漸進——但是，和其他中年郊區鎮民在舞台上蹣跚走位的演出，對她缺乏吸引力。她需要當個熱情又纖瘦的女人，在劇院後排抽菸，看著台上的演員失敗，然後她因為沒有耐心而大步走上舞台，公開示範如何演好一場戲。這是她的幻想嗎？也許，但也許不是。從前她就曾在洛杉磯公寓的墨菲床上，表演得讓布萊德利．葛蘭特深深著迷。

「妳在想什麼？」蘇菲問。

「我在想，妳也應該下班回家了。」

「是的，還有幾分鐘。我覺得我們——」

「不。」瑪莉安站起來。「羅斯和我得去神職人員開放日活動。這聽起來很有趣吧？」

她走到門口，把掛在衣架掛鉤上的軋別丁大衣拿下來。

「我向妳保證，」她說：「除非那幾位人妻中有長得好看的，否則羅斯不會想要外遇。充其量這只是一個不安全感發作的出口，我也無能為力。我是他娶的那個又小又胖的恥辱。他唯一的安慰是我很會做人、我記得每位眷屬的名字，還會確定希爾布蘭特的人都會向人打招呼、歡迎別人。今天稍晚他會告訴我他是聚會裡年紀最大資歷卻最淺的牧師；那種感覺很不好、他將會沮喪。我會告訴他，他的能力已經足夠主理一所教會。我會告訴他，他的講道比杜懷好得多、他比杜懷還要努力工作、我是多崇拜他。我非常擅長扮演這個角色，好到不可思議。唯一的例外是，如果聚會的結果不好，他就會抱怨他的講道之所以很好，都是因為講道文是出自我的手。哈！」

她眨了眨眼睛，轉身面向蘇菲，開始誇張地角色扮演。

「哦親愛的，根本不是這麼回事。要講什麼內容全都是你發想的，我只是稍微整理一下文字，幫你更清晰地表達想法。沒有你，我什麼也做不了。我只是一個空容器，只知道怎麼寫簡明扼要的句子——哈！」

她唯一的聽眾正一臉嚴肅且同情地看著她。

「妳想看發瘋？」瑪莉安對她說：「我還可以演發瘋。」

她說「發瘋」，其實是「氣瘋」的意思，但是，她離開辦公室的時候猛烈開門、再猛力關門的方式，不管用「發瘋」還是「氣瘋」形容，都是「瘋」。她為了剛才用幻想這個字在生氣，氣蘇菲抓住她不小心用錯字，還小題大作。她發掘出來的自我只是幻想？他們遲早會知道結果。當她快步經過那個希臘裔員工、走入大風雪中時，她告訴自己，當務之急是不能再吃一片該死的餅乾了。讓自己適度挨餓、與食物為敵、燃燒著自己的脂肪、燒掉虛假的自我，然後發出炙熱的光芒。如果癡迷體重數字是發瘋的舉動，就讓她發瘋吧。她的減肥計畫在秋天執行得有氣無力。這個被麵糰批准的計畫，目的是重新燃起羅斯對她的興趣，避免分開，因為一旦婚姻告終，她的損失遠大於他。她當時心不在焉心，現在她知道原因：她一直不能忘情布萊德利。她把自己當資本去投資的這個男人，是她的第二選擇——他缺乏安全感，不像布萊德利非常自信；他不擅長文字、拙於性事，不像布萊德利在這兩方面都非常出色。也許在亞利桑納州時，她要的只是一個她可以控制而且更傑出的男人，但是這段婚姻早已縮減為一種安排：羅斯為了回報她的服務，沒有把她丟進狼群中。她仍然秉持基督信仰同情他，但是，只要想到他的陰莖與法蘭西絲・卡崔爾，還有新展望鎮的其他漂亮女人時，她覺得今天有一點，麵糰說對了。那就是將他與很久以前虐待她的那個人相提並論是不對的，這個說法不見得正確。

希爾布蘭特一家人搬來鎮上時，舊的拐角藥房是棟洛克威爾式的建築，後來屋主改建，決定用醜陋的美耐板裝潢、在木地板上鋪油氈布、還改用日光燈照明。依照同樣的改建精神，大門裡的聖誕樹是人工的，松針是銀色的，甚至連一望即知是假樹的綠色都沒有。一個快三十歲的大耳朵男子拿著鉛筆在前台玩《太陽時報》的填字遊戲。除非這個工作是某種讓人心碎的職業生涯規劃的結果，不然他在這個年紀當店員實在太老了。瑪莉安走到櫃檯旁，以毫不客氣的嫌棄眼神，左右觀察著陳列其中的糖果棒。

「我要買菸。」她說。

「哪個牌子？」

「很奇怪，我只想到 Benson & Hedges。因為那個電視廣告，有電梯門的那個。」

「廣告詞是『您得花點時間適應一下』」。」

「Benson & Hedges 好抽嗎？」

「我不抽菸。」

「最近哪個牌子比較熱銷？」

「萬寶路、雲斯頓、Lucky Strike 。」

「Lucky Strike好彩頭！正好！我以前就抽這牌子。請給我一包。」

「有濾嘴，還是沒有濾嘴的？」

「天啊，我不知道。兩種各來一包好了。」

她付了錢，很想解釋自己已經三十年沒有抽菸了。她從那所上鎖的病房出來後，就到亞利桑納州，住進吉米舅舅家，並且戒了菸。一方面，吉米有氣喘病，菸會導致他氣喘加劇，此外在高海拔地區抽菸時，菸味會變得很奇怪，她不喜歡那個味道。她用念珠和每天從吉米家前門走兩千四百四十二步（習慣計步的結果）到主誕堂的時間，修補失去生活舊習慣的空白。她到主誕堂是因為覺得住在舅舅家應該要幫點忙，便決定陪吉米的伴侶安東尼奧的母親羅莎莉婭去參加主日禮拜，那兩個男人總是起得很晚，羅莎莉婭又一直忘記她要去的目的地。瑪莉安的心情就像春天的高地氣候，強烈的陽光反覆被雲層遮住、露出，明亮的夏季溫暖與黑暗的冬季冷冽，在一個整天裡不停地交替出現，她也因此敞開心靈，迎接遇上的每一件事。因為她知道，這些都不會是上鎖病房。也因為她遇到的那座像子宮般一丁點大的天主教教堂（就是她舅舅的情人的母親領受聖餐的地方），是上帝的存在和威嚴顯現的地方。和菸相比，上帝是她更好的朋友。她難過的是，眼前這位大耳朵年輕店員的志向，最多也就是在零售業棲身，她想藉著分享一些鮮明的高地生活經驗豐富他的夜班生活。突然，她想起她遇見羅斯前的生活，但是那個店員已經拿起報紙玩回他的填字遊戲了。

她顧不了鞋子滲進雪水，跑過馬路，在一個旅行社的遮陽棚下避雪。她浪費了兩支火柴才點著一支好彩頭無濾嘴菸。第一口菸的感覺讓她想起失去童貞的過程——痛、怕和爽。她非常清楚香菸殺死了她姊姊，她還從報上新聞讀到罹患癌症的風險和一生暴露在香菸環境的時間總量成正比。雪莉的錯誤是她沒有戒菸三十年。瑪莉安並不想一直抽菸，她只是想暫時回到那個將童貞給了布萊德利・葛蘭特的女孩的身體。

一種衡量她精神障礙的方式是，她雖然頭暈，但是好彩頭並沒有讓她不舒服，反而想再抽一支。沿途只要一聽到汽車經過聲，她就會嚇一跳。就在這樣神經緊張外加風雪交織的混亂中，她逐步前進，走了兩個街區後，她坐在市政廳外頭的長椅上又點了一支菸。香菸一直這麼美味嗎？她很高興肚子還不餓。她一想到朵麗絲・黑夫勒的瑞典肉丸（一年前的今天，瑪莉安提醒自己要在還記得數的時候數一數自己吃了多少），就覺得胃不舒服。融雪已經滲進她屁股下的外套。裝飾市政廳的鐵杉枝，因為受積雪重壓下垂。她抽第二支好彩頭的速度比第一支快，一股興高采烈的情緒在她胸中累積。她很久沒有體驗的這種情緒可以替她做什麼？她大聲說了一個從當年警察在洛杉磯帶走她以後她就沒有用過的字：「幹！」

哦，感覺很棒。

「幹他的朵麗絲・黑夫勒。幹他的肉丸。」

一位戴帽的通勤者，手上拿著公事包，低著頭頂著風雪走路；他停在人行道上看著她。她舉起夾著菸的手朝他揮了揮。

「沒事吧？」那男人說。

「再好不過了，謝謝。」

男人沿著人行道走去。他的步態中有某些東西，也許是他堅定地斜向一邊的身體，讓她想起布萊德利。她把菸帶到嘴唇邊時，看到菸頭快燒到手指，接著瘋狂地把它甩進積雪裡。

布萊德利現在應該六十五歲了。老了、但不是太老，住在南加州這種防腐氣候帶的人不會太老。他還想念她嗎？或者和她一樣，已經將回憶埋葬，並且試著重新做人？要是他忘了她，會是件可怕的事，但更糟糕的是他只記得她是個行為不可原諒的女孩。如果他們在一起幸福快樂的那幾個月，最後都被她到他家找他太太談話的那天給抹去了，那就太糟了。她為什麼要做那件事？她為什麼非要傷害無辜的第三者？如果她沒有那麼做，一切可能還可以完美無瑕。

火柴現在全潮了——她點火的時候燙傷了一個指尖。在那段期間裡，陪在布萊德利身旁的是哪一個她？有沒有可能是好的她多於壞的她？為了讓自己的猜測更有根據，她試著傳喚她記憶中他對她的熱情。回憶不會停駐，只會互相滲透，但她還是記得不少激情場景。甚至在她失去理智、嚇到他的時候，他也得掙扎再三才能離開她。後來、是的、毫無疑問，他恨她去找他太太。但是，又怎樣呢？她也恨他拒絕她啊。恨意很快就消失了。留在她的回憶中的，是她在他身邊時驚人的合拍感。也許，經過了這麼久，他也有同感？

她想像著在羅斯拋棄她之前拋棄羅斯。**那樣**豈不成了驚喜。幻想減掉三十磅又能拋棄羅斯讓她非常滿足，要不是她想到圖書館保存有各州的電話號碼簿，她可能就讓幻想停在那張長椅上，滿足於此……

她站在圖書館後面的髒雪中，把第四個菸屁股彈到停車場。這個世界正合她的心。現在，她有充份的理由冀望布萊德利還在洛杉磯；她有地址和電話號碼。尼古丁刺激她開始思考，接下來該處理她的精神障礙問題。她不太想去聞討人厭的杜懷・黑夫勒太太料理的肉丸味道。有一會兒，她擔心貝琪還在家裡等著她一起去開放日聚會，也就是說她的責任感壓過了想和譚納・伊文斯在一起的願望。但這似乎不太可能。就算是這樣，貝琪也可以一個人去開放日活動，自己和羅斯在那邊碰面。羅斯一定會滿意這種安排。他非常得意有這個漂亮女兒，寧願每個星期日下午展示女兒的美貌，也不想讓人看到他和妻子在一起。

「去你的，羅斯。」

她想起以前那個想殺人的感覺，覺得自己現在可以成為婦女解放的一員。但是她決定不再去看精神科麵糰了。想像中，不可能再比現在的狀態更突破的了。她想回家，想把襪子抽屜裡剩餘的現金清空，以免她又受不了誘惑，爬回去求蘇菲收留她。她要用那筆錢買一個奢侈的禮物給裴里，但這時候所有商店都關門了。

她也知道她下一步必須做的是什麼，她必須向裴里坦白以告。信任蘇菲只是練習、一種暖身。她的家人中總得有一個人知道她過去做了什麼。當然，這個人他媽的絕對不是羅斯。裴里是家人中最像她的人，像她一樣有精神障礙風險的人，是她必須警告的人。不論障礙最後會讓她落腳何處，是回到布萊德利的懷抱，或是離了婚到鎮上的劇院發展，她都必須把裴里帶在身邊。她對他的責任會讓她避免好高騖遠。這是她與上帝達成的協議。

她靠著脂肪能暫時擋點寒冷，走到圖書館一側，從一個比較不牢固的圍籬硬擠過去；橫越圖書館的前草坪時，刮出好幾條足跡；她從來沒有看過有人踩上這塊草坪。新展望鎮的雪很漂亮，但不像亞利桑納州那麼美，因為明天天一亮，就看得到街上一灘灘灰撲撲的雪水坑，和先被鹽粒融解、又被重踩油門起步的汽車廢氣染黑的積雪。在亞利桑納州，純白的雪可以持續好幾個星期。

她在楓樹大道上逆風往上坡走，感覺尼古丁對心臟的毒害。走到高地街的轉彎處，她停下來喘口氣，看了看錶。快七點了。雪下成這樣子，羅斯可能現在才動身回家。她現在可以想說就說，告訴羅斯：「幹他媽的歡迎會——我不去。」但是，還有一個更甜蜜的方法懲罰他，就是讓他搞不清楚為什麼她還沒回家。她很確定明天早餐時他就會對她撒謊，很確定他是和他的寡婦朋友在一起。她還知道一個簡單容易的證明方法：凱蒂・雷諾茲。凱蒂是他到城裡辦事時的同行夥伴。她就住在離高中不遠、楓樹街再過去的那個小社區。

不擔心後果的人做起決定乾淨利落。瑪莉安穿過高地街，沿著楓樹大道往北，走進風中。她的腳已經凍僵，手指頭也快了。她記不清楚凱蒂房子的樣子，但等快到她家時，自然就會認得了。樓下每扇窗戶都透出燈光，車道上停著一輛密西根州車牌的跑車；大門上沒有掛花環，門口灌木叢上沒有燈。瑪莉安走上前門步道，這地方一個小時前可能有人來鏟過步道的雪，然後按了門鈴。有那麼揪心的一刻，她把自己正在做的事跟當年對布萊德利妻子做的事，混淆在一起，就好像她正在重演那一幕。接著她回過神，現在的情況，跟當時恰好相反。

一位穿著厚開襟毛衣的老人開了門。她以為找錯地方了，但他說他是凱蒂的哥哥。「她正在瀝乾義大利麵。」

「哦，很抱歉在晚餐時間打擾您。」

「妳是哪位？我好告訴她。」

「我——不重要，我應該早點來的。她今天下午在家嗎？」

「在啊，我們都在玩拼字遊戲，我可輸慘了。今天是個坐在爐火邊的好日子。進來坐坐？」

「不，我，不，」瑪莉安轉身，說：「謝謝。那我等去主日會教堂見她。」

「那妳是……？」

她離開時舉起一隻手，向老人揮了揮。一聽到關門聲，她就拿出好彩頭。一盒火柴已經濕了，另一盒還可以用。儘管她一直懷疑羅斯對她撒謊，但最後的證據確鑿才讓她大為憤怒。他的謊言很愚蠢，很容易揭穿，就是個小男孩的謊言，這讓她更生氣。他覺得她很蠢？可能連想都不會想。幾乎沒有人注意到她是個人，她在家中的角色和早餐桌上造成不便的東西差不多，就像那個礙手礙腳的花瓶，或是一只沒裝滿糖的碗，甚至不值得羅斯對她好好撒個謊。不要多久，等她甩掉脂肪，她就會用更多方法讓他付出代價。現在，最甜蜜的懲罰就是什麼也不說，就讓他覺得她什麼都不知道，讓他說更多謊譴責自己。

她回到牧師館時已經接近七點半。沒有車子在家的跡象，車道上沒有車胎痕跡。她從後門進屋，脫了鞋子和大衣，用手指梳了梳滿是雪水的頭髮。廚房流理檯上放著她已經沒辦法估計誘惑力的糖餅乾。廚房裡的每件物品似乎都失去光澤、變得陌生。她可能到了一間屋主剛過世的屋子。

「裴里？」她喊了一聲。「貝琪？」

她上樓的時候又喊了一次他們的名字。也許兩個男孩在外面滑雪橇？他們的房間裡燈是暗的，門半開著。她進去她和羅斯的房間，開了燈。床頭有一張顯露裴里藝術天份的手寫字條。

親愛的媽媽：

爸爸被困在城裡，所以我帶傑伊到黑夫勒家。貝琪本來也在等妳。我叫她去聽音樂會。

裴里

這下子，她毫無預警地掉下眼淚，那是她懺悔時都不曾流下的眼淚。無論羅斯對她來說可能是什麼、或什麼都不是，無論他和裴里相處多麼糟糕，他永遠都是裴里叫爸爸的人——永遠是他的父親。她又想到貝琪不肯去開放日的原因，她為什麼要這麼不公平地對待貝琪。裴里努力表現得像個大人，多讓人心疼；他在字條上提到姊姊等了她一陣子，他又是多麼大度。她的孩子多麼親切和真實；她多幸運能有這些孩子。她跟麵糰宣告自己有多壞，那都是抽象的壞，和這種親身體會自己對孩子的壞相比，她才發現差別很大。他們一定對她很失望。貝琪聽她的話等著她，裴里則做了一個他能力所及的最佳決定。

她噙著淚，笨手笨腳地匆忙脫下運動服，用毛巾擦了擦頭髮。她確實是個壞人，因為她心懷愛也充滿悔恨，現在還為了不得已要跟剛鋼的回憶與幻想分開感到自憐；此外，她對自己的情緒波動被打斷也不高興，她還討厭那件讓她把香腸身材塞進去的衣服。她在浴室裡梳完頭髮後，強迫自己走到馬桶邊那個生鏽的舊體重計上，建立新的基準線。她的體重連衣服在內是一百四十四磅（譯注：約六十五點三公斤）。這個數字幾乎足夠讓人再哭一次。當她回到廚房拿菸，穿著她的冬天大衣和毛皮滾邊靴時，糖餅乾的魅力又回來了。

吃餅乾來應付對自己超重的不爽，這反應很有意思。

「真的嗎？」她對腦袋裡的麵糰大聲說：「這去他媽的有這麼難了解嗎？妳這一輩子從來沒覺得自己很可憐嗎？」

她在前門門廊抽完一支振作精神的菸後，出發去黑夫勒家。雪依舊從天空密實地往下落，因為冷鋒佔了上風，空氣中有了加拿大的味道。她讓孩子們失望，而唯一的安慰是羅斯更讓他們失望。她比較想謀殺哪一個？他，還是和他一起困在城裡的苗條寡婦？都可以。

她到的時候，兩個穿著一式貂領大衣的神父正從黑夫勒家門口走出來。她從天主教時期開始，就害怕遇見教堂外的神職人員，這和看見醜陋事物就會產生的原始恐懼有關，甚至包括那種表面上備受稱道的半人半神的怪物：禁慾者。她躲在人行道的黑影裡，等那兩個牧師爬進鄉村仕紳款的旅行車。那輛車看起來全新，她卻隱隱約約地覺得醜陋。

她和黑夫勒一家熟到可以不必敲門就進去。她聞到肉丸味，還慶幸聞到菸味。她先從大衣裡拿出Lucky Strike，再把大衣掛在靠近地下室樓梯的壁櫥裡。地下室傳來好萊塢電影裡那種小提琴聲音，然後是比較微弱的、她熟悉的賈德森的聲音。

她在樓下的娛樂室裡，發現賈德森坐在沙發上，左右各坐著一位女孩；她們的臉一看就是看朵麗絲・黑夫勒家的輪廓。他們正在攜帶型增你智電視上看《三十四街奇蹟》。螢光幕上，聖誕老人坐在一個小女孩角色的床邊，就像瑪莉安還記得的一樣，小女孩的媽媽不覺得留下她一個人和陌生男人以及他們的陰莖在一起有什麼不對。當攝影機定格在聖誕老人的臉上時，她的胸部收緊，這不是她喜歡的電影。她躲到電視機後面。

「嗨，媽媽。」賈德森說。

「你好呀，親愛的。對不起，我來晚了。你吃晚飯了嗎？」

「有喔，我們已經在看電影了。」

「我是賈德森的媽媽。」瑪莉安對兩個女孩說。

她們咕噥地也問了好。賈德森無精打采地坐在沙發上，兩個女孩斜著身子，碰到他的身體。雖然他總體來說是個快樂的孩子，但瑪莉安從他沉重的眼皮看到他悠然其中的表情，心頭還是為之一悸。他似乎不僅是喜歡那部電影而已，他看上去像隻貓，正在忘我地享受撫摸。她覺得不安，好像自己正在妨礙了什麼事情。

「好吧，你先看電影，」她說：「裴里在樓上嗎？」

賈德森的盯著螢幕。「*應該是*。」他說。

他的聲音帶著一種銳利的諷刺，就好像他是在表演給那兩個女孩看一樣。瑪莉安上樓時，覺得自己這個媽媽並不比電影裡的那個好。賈德森九歲，她知道貝琪到了該有男朋友的時候了，知道克藍有個心儀的女孩，但是她對賈德森失去純真，完全沒有心理準備。

路德教會的牧師娘珍站在走廊上，背對大家，把一整塊餅乾塞進嘴裡。絕對是珍・華旭，不是珍妮特。她的甜點盤上還有四片餅乾，她甚至比瑪莉安還胖。

「妳好，珍。我是瑪莉安・希爾布蘭特——羅斯的太太。」

完成一個問候，後面還有一百萬個。

「這個聚會真是個可愛的傳統，」珍說：「但是，每年這個時候，我還是得離朵麗絲的餅乾遠一點。我好像總是吃太多。」

瑪莉安更喜歡肉丸。這裡的餅乾雖然是道地的瑞典餅乾，但是太乾、太沒味道。她基於再也不自我審查言論的決定，正準備表達看法時，客廳裡的社交喧嘩聲突然消失。她還猜想也許是杜懷・黑夫勒要講幾句話。相反地，她聽到的是另一個熟悉的聲音，是裴里，他大喊著什麼——活該被詛咒？

她匆匆走過珍・華旭，推開人群看過去。裴里站在壁爐旁，臉非常紅，黑夫納夫婦分別站在他的左右邊。房間裡所有其他人都在看著他們。

「發生什麼事了？」瑪莉安說。

裴里硬生生地停止抽泣。「媽，對不起。」

「什麼事？發生什麼事？」

「小朋友，」杜懷・黑夫勒說著伸出一隻手抱住裴里。「我們……啊，我們出去走走。」

裴里低下頭，跟著他離開。瑪莉安想跟著走，但朵麗絲・黑夫勒抓住她，表情洋洋得意。「妳兒子喝醉了。」

「真是過意不去。」

「嗯，是的。孩子沒人管就是會這樣。妳才剛到嗎？」

「剛來沒幾分鐘。」

「妳很少讓孩子自己來。」

「我知道。就是這天氣……裴里只是想盡力做一件好事。」

「不是妳叫他自己來的嗎？」

「天啊，沒有。」

「那就好，親愛的。」朵麗絲拍拍瑪莉安的肩膀。「錯不在妳。快帶他回家去吧。」

朵麗絲・黑夫勒似乎過份放大了牧師娘的重要性，她對任何怠慢她這個身份的舉動，都會異常敏感。不過全世界都不同意她的看法，她因此總是心懷不滿。更諷刺的是，她背負的諸多十字架中有一個就是嫁了一位看不起自己身份角色的牧師。對瑪莉安來說，最可悲的一點是，她也是牧師的妻子，朵麗絲認為她也應該得到最高敬重。所以她要忍受朵麗絲站在高人一等的位置，傳授她這個角色應該有的言行，溫婉地提供建議。想想看，一個妳想叫她**煩人婊子**的人，叫你**親愛的**，怎麼都不對勁。

裴里彎著腰身體前傾，坐在餐廳椅子上，垂下的頭髮遮住了臉。杜懷走到瑪莉安身邊，低聲說：「他看起來真喝了不少熱紅酒。」

「我會處理的，」她說：「我很抱歉發生了這種事。」

「羅斯呢？他還好嗎？」

「別擔心。他正在和法蘭西絲・卡崔爾約會呢。」

看到黑夫勒張大了眼，她很開心。

「他們在城市分派玩具和罐頭。」

「啊喔。」

「對了，」她說：「賈德森正在地下室看《三十四街奇蹟》。能不能麻煩，我先把他留在這裡，等一下再回來帶他？」

「當然沒問題，」黑夫勒說：「如果妳不想再跑一趟，我也可以送他回去。」

有多少婚姻是好壞摻半的？應該不少吧。如果她自己的婚姻給人的印象不是如此，那是因為別人不了解真正的她。她得下樓告訴賈德森她要先帶裴里回家，但是地下室裡的景象讓她不放心，所以她客氣地請杜懷通知賈德森。杜懷離開後，她走到裴里身旁，蹲在他腳邊。

「親愛的，」她說：「你喝了多少？很多、還是沒那麼多？」

「相對來說，不是很多。」他說著，臉仍然藏在頭髮後面。「黑夫勒太太反應過度。」

瑪莉安聽到「**相對來說**」，不覺得訝異。她第一次喝酒的時候，也是他現在的年紀。但是話說回來，看看她現在的樣子。

「你是怎麼回事？」她說：「你把賈德森帶到這裡，就要對他負責——你沒想到這件事嗎？」

「媽媽，拜託。我非常抱歉，好嗎？」

「親愛的，看著我。你可以看著我嗎？我沒生你的氣。我只是沒想到——你不是一直很替賈德森著想？」

「我很抱歉！」

可憐的男孩。她握住他的手，親吻他的頭。

「傑伊很好，」他說：「他在玩快艇骰子，我沒那麼有興趣。一切都很好，直到……」

「你選錯了女主人的房子喝醉了。」

他從鼻子噴出氣。他知道她對朵麗絲・黑夫勒沒有好感。她不會跟其他孩子說的事情，都會跟他說。現在她告訴了他新的事情。他發燙的手、以及她對這男孩的偏愛，在她的布萊德利幻想上燒了一個洞。她說：「我帶你回家。」

她拿了他們兩人放在壁櫥的大衣回來時，裴里正在吃一盤肉丸。它們很誘人，但是菸也很誘人。尼古丁、飢餓及抑制飢餓的舊循環，焦慮和緩解焦慮的舊循環又回頭找上她。為了讓裴里在肚子填點東西，她走到前門台階。

她的好彩頭才抽到一半，他就把門打開了。她有一股這下人贓俱獲的刺激感，想把菸丟掉，但讓他看到真正的她更重要。

他像卡通片裡的角色一樣，瞪大了眼睛以示訝異。「我可以問，妳在做什麼？」

「這是我今天晚上的違禁品。」

「妳抽菸？」

「我以前就抽，很久以前。但這是個很不好的習慣，你絕對不能試。」

「聽其言、勿觀其行。」

「沒錯。」

他關上門，穿上鞋套。「我想試試看，可以嗎？」

她發現自己錯了，但為時已晚。某一刻，她很確定他會把她抽菸當作他也可以抽菸的准許，這樣等於她又對他做了一件讓自已內疚的事。為了消除這個新焦慮，她用力吸了一口菸。

「裴里，聽我說。有件事要是你做了，我是不會原諒你的。如果你抽菸成了習慣，我就永遠不會原諒你。你明白嗎？」

「說實話，不明白，」他一邊扣緊鞋套的扣帶，說：「我不覺得妳是偽君子。」

「我開始抽菸時，還沒有人知道菸有多危險。你很聰明，不要犯同樣的錯誤。」

「但是妳還是在抽。」

「這樣說吧，這是有原因的。你要知道是什麼原因嗎？」

「我不希望妳死。」

「我不想死，親愛的。但是你得了解一些我的事情。你現在還好嗎？」

「頭已經不會嗡嗡作響了。嗡嗡嗡——你看，放心了吧？」

在他們回家的路上，她開始跟他說起她的故事。完全沒有提到布萊德利．葛蘭特，除了她父親，也沒有其他男人。地上的雪積得很深，天空還在飄雪，她的聲音顯得奇特的清晰，同時又像受了潮，沒辦法傳遞太遠。就好像整個世界就在她的頭骨裡，是她放大後的頭顱。裴里安靜地聽著，在她走過雪堆最厚的地方時，無言地伸出一隻手想幫她。在今天之前，她一直藏著她自殺的秘密，不讓孩子知道。甚至對羅斯也有很多年沒再提。她感覺，這件事不是已經嚇到他就是讓他尷尬，其他每一件和她內心深處的自我有關的事也是一樣。裴里的臉被連帽大衣的帽子遮住，當她開始描述自己自殺後的精神障礙時——解離、幾次失憶、連續數月失眠、連續數週的緊張症——她不知道他會如何理解這個情形。

她的故事還沒講完，就已經回到牧師館。車道上有兩行最新的腳印痕跡。一行進，另一行出。她猜是克藍的腳印，她和裴里一進廚房就喊克藍的名字，但房子裡顯然沒人。

「不知道他是不是去了音樂會，」她說：「你也許也想去。我們可以明天早上再講。」

裴里正在吃餅乾。「如果妳還沒講完，那就繼續吧。」

她從大衣中拿出好彩頭，然後打開後門通風。

「對不起，親愛的。不抽菸講這個故事，對我來說很難。」

她的手抖到沒辦法打著火柴。裴里接過火柴，替她點上火。不知道為什麼，她感覺自己比他還年輕，她像是個女兒，而不是母親。她感激地吸了一口，接著把煙吐出門外，卻又被風吹進來。

「把那支菸熄了，」他說：「我有個更好的主意。」

「前廊。」

「不。三樓。」

她在陰暗的前廳發現兩個巨大的行李箱，嚇了一跳。有一會兒她以為在作夢，這些行李是她的——她今晚打算離開，去洛杉磯？然後她才想起來這是克藍的行李。他為什麼帶那麼多行李？

裴里已經上樓了。她帶著一顆染毒的心，邊吐氣邊跟著他到三樓儲藏室。這兒沒有埋藏罪惡的秘密。她當年只帶了一件行李到吉米舅舅的家；嫁給羅斯前，她在吉米家的壁爐裡燒了她的日記，毀掉她過去是什麼樣的人的最後證據。現在還留著的老東西，都是從印第安納州搬來的——嬰兒床和高腳椅（賈德森是最後用的人）、一台舊電影放映機、一個塞滿毯子和亞麻布等不值得保留的東西的松木五斗櫃、一個掛著早就過時的時髦衣物衣櫥、發霉的陸軍公發帳篷。羅斯覺得一家人可以帶那個帳篷去露營（他錯了）。三樓的東西徒剩悲傷。

裴里沒有開燈，卻開了直立屋的頂窗。「這屋子有某種煙囪效應，」他說：「即使每一扇門都關上，總會有冷空氣往外跑。」

「看起來，你還真熟悉三樓。」

「妳可以把外窗檻當菸灰缸。」

「等一下。你是不是已經在抽菸？」

「講完妳的故事。妳不是還沒講完。」

真的有一股冷風吹過。她可以把頭伸出窗外卻依然可以維持相對溫暖——感到雪，感受落在臉上的雪花，但人不在雪中。抽著菸，但人不在煙霧中。

「所以，好吧，所以，」她說：「最後我失去心智。聖誕節那天早上，我四處遊蕩，然後被警察帶走。

明天，就是這件事發生的第三十年整。他們那時候帶我去縣立醫院，把我送到『朋友牧場』市的婦女醫院。那是個絕對沒有人想待下的地方。顯然，他們不能讓我回到街頭，便把我關在窗戶有鐵條的地方，四周是比我還要瘋的女人——我到現在都不太清楚我是怎麼好起來的。精神科醫生告訴我，我的大腦還處於青春期。他們用的形容詞是**塑膠**。他們說我的荷爾蒙應該安定下來——他們擔心我花太多時間獨處，加上一些……其他事情，都讓他們有壓力。我不真的相信他們，但是除非我能做到他們在表上列出的每一項行為，否則他們不讓我離開，而我又很想離開，所以，我最後做到了。這就是我要說的關於我的另一個重要事實。我二十歲的時候曾因為精神疾病入院。」

她把菸在外窗檻上捏熄。

「現在你知道我為什麼每到春天就特別擔心你，因為我們非常像——我們和其他人不一樣。你的睡眠障礙、情緒波動，我想，是我傳給你的。從我父母親這一邊。我覺得糟透了，但是，有件事你得記得，你絕對不要再經歷一次我做過的那些事。」

從窗邊轉身很難，但她做到了。她的眼睛已經適應了，房間顯得更明亮。裴里坐在一個松木箱上，看著地板。她坐下來，想看著他，他就把下巴往下壓到胸口。

「你爸爸完全不知道這些事。」她說：「我從來沒有告訴他我去過醫院——因為我的病情好轉了。我遇見他的時候，病情已經好轉了好幾年，我希望你記住這一點。精神科醫生說的沒錯，我已經可以不必再去看他們了。」

某種程度上來說，這是謊言，所以，她又說了一次。

「親愛的，你不必擔心我。但是我很擔心你。你還只是十幾歲的孩子，更何況，你也是我的寶貝。你得告訴我你腦袋裡發生什麼事。如果有問題，我們可以解決，但你得對我說實話。做得到嗎？你能告訴我你現在在想什麼嗎？」

他的氣息很熱，還可以聞到酒味。當著他的面，勇敢地把自己覺得罪惡的事情告訴他，結果是這個罪擴大了，變得更真實，也似乎更無可避免。她想到不久前她在麵糰辦公室門口曾經猶豫過——那時她覺得自己只有兩個選擇，要嘛，順從上帝的旨意，全心照顧裴里；要嘛，就當這世上沒有神，把自己交給自己。兩者只能擇其一，多麼殘酷！在兒子吐出的熱氣中，她感覺自己不久前的興高采烈情緒正在消失，她對布萊德利的渴望逐漸脫離她的控制。

「親愛的？拜託說一點吧。」

他挺腰坐直，吐出一口氣，聽起來像是笑聲；接著左右看了看房間，好像她的腳不在他眼前。「有什麼好說的？又不是什麼講出來會讓大家嚇一跳的事情。」

「什麼意思？」

他在微笑。「我早就知道我被詛咒了。對吧？」

「不、不、不。」

「我不是要說這是妳的錯。這只是事實，我的腦袋裡面確實有壞東西。」

「不是，親愛的。只是你太聰明又容易受傷而已。而且這不一定是壞事，也可能是一件非常好的事。」

「不對。證據就在這裡，妳想看看嗎？」

他突然精力旺盛地起身，踩上五斗櫃，從衣櫥頂拿出一個鞋盒。他的反應完全不符合她的預期：沒有擔心她、沒有恐懼。就像有開關被打開了，他卻沒有反應。她了解那個開關，看到她的兒子打開開關，那是對她最糟糕的懲罰。

他移開鞋盒的蓋子，拿出一個裝滿東西的透明塑膠袋，裡面似乎是植物。「這些，」他說：「是我在這裡抽的種子和梗，加上我在其他地方抽的，這邊大概是總量的十分之一。」他在鞋盒裡翻找了一會兒。「這是菸紙。這支菸斗我以為很棒，用過才覺得不適合我；老牌子Bic打火機、夾子、迷你漱口藥水瓶，還有這個——」他舉起一個閃亮的工具。「這個東西妳可能也很熟：這個手秤還堪用。對賣大麻的人來說，好用的很。」

「聖母瑪利亞啊。」

「是妳說的，要我對妳誠實。」

他把蓋子蓋回去。就事論事，不帶感情。她突然想到，她腦海裡的裴里不過是她的感性投射，是從他還是小男孩的時候推斷出來的。她所知道的裴里，不比羅斯對她的了解來得多。

「為什麼會這麼快發生這些事？」她說，意思是他已經成了陌生人。

「三年並不快。」

「天啊。你抽了三年？我不只笨，我一定是連眼睛都瞎了。」

「妳不必這麼誇張。只要夠謹慎，要隱瞞吸毒習慣一點也不難。」

「我以為我們很親近。」

「我們的確很親近，某個程度是。但我也不認為自己完全了解妳。事實上，我現在就發現，我真的不了解。」

「當然，如果你一直在販毒，那根本連了解都談不上。」

「我沒有引以為傲。」

「你絕對不能販毒。」

「我要鄭重聲明，我已經收手了。我一直在盡力改過自新。多虧了貝琪。妳可以謝謝她。」

「貝琪？貝琪知道這事？」

「她知道的不是賣大麻的部份。那個部份我不認為她知道。除此之外，是的，我都一五一十告訴她了。」

瑪莉安眼前出現她的孩子共謀排擠她的景象。她覺得情緒障礙即將發作、頭開始暈。顯然，她絕不是她想像中的那位不可或缺、能夠讓孩子推心置腹的母親。她唬過了羅斯，但沒有唬過孩子。她的野性智慧很快就看出來，如果她要離開，她將收到「所請照准」的回覆：如果她真的一走了之，可能不會有人懷念她。

「我要再來一支菸。」她說。

「所請照准。」

她回到窗前，點著菸，體內還有些殘留的尼古丁。老舊器官的渴望機制仍然在運作。非此即彼，非彼即此。看著她的思考在無法妥協的對立位置間——敬畏上帝的母親，毫不悔改的罪人——來回交換，光是看上去就很滑稽。她把身體探向窗外，試著逃離漏風的溫暖，感受皮膚上的冬天空氣。她又把身體向外伸得更遠，擋住了一陣風。打在臉頰上的雪花開始融化。所有事情都一團糟，感覺真是太美妙了。

「哇，媽媽，小心！」裴里說。

12

擴大機傳來和聲，播放的歌曲是〈乘噴射機離去〉（Leaving on a Jet Plane），回音被禮堂裡的密集人群吸收。兩個戴連指手套和絨球毛線帽的女孩站在門口的接待桌，向他要三塊錢。

「我不是來聽音樂會，」克藍說：「我來找人，找貝琪・希爾布蘭特。」

「她在這裡。但是我們不可以——」

「我不會付妳三塊錢。」

大廳裡，高個子觀眾的頭在舞台燈光照射下變成剪影。伊斯納兄弟和一個高䠷豐滿的女孩愛咪・珍娜圍坐成一個半圓，他們身旁有幾把無畏（dreadgought）吉他，後面掛著懸臂式麥克風。愛咪的頭髮比她的身軀還長。克藍還清楚記得愛咪。兩年前有一次在十字路練習時，她給他寫了一張「你很性感」的紙條。他認為這句陳述非常荒唐，肯定是個玩笑。但是現在再見到愛咪，他已經從夏倫身上學到世界是什麼，他對那張字條有了不同的理解。當愛咪唱著「討厭看到愛人離開」時，她的漂亮嗓音就像在他的傷口上撒鹽，那個他在夏倫臥室裡自戕的傷口。

在開往芝加哥的公車上，他和他身後的嬰孩終於都睡了，但那還是補償不了之前的清醒。他邊睡邊回想採取那些行動的意識、掌握那些行動時的孤獨，就像倒帶播放一場已經醒來的噩夢。他好不容易把行李搬到火車站，趕上七點二十五開往新展望鎮的火車。到站後，一位好心人載他一程。他把行李放進牧師館後、立刻衝進大雪中趕路、鞭策自己前進。他決定等確認自己醒來不覺孤單時，才去睡覺。

他走到人群中尋找貝琪，但這場音樂會也是十字路團友重聚。他立即被長大成熟的凱莉・沃基撲上。她和他是一起在第一歸正會長大。他們從來都不是朋友，在任何一個其他夜晚，她的擁抱似乎都不適當、也沒有必要。但今晚，他觸碰到那溫暖的身體後，幾乎哭了出來。他有幾個真正的十字路朋友，都是不屑觸景傷情的人，他們都懶得到這裡來重聚。但其他團友卻都圍著他，不論他以前感覺自己多麼邊緣、對建立信任的練習和那些個人成長的套語如何提不起勁，他還是感激地接受他們的擁抱。好像這些擁抱是跟家人一起哀悼一樣。他想知道夏倫會怎麼看這些擁抱。接著，他又不想知道，因為夏倫每一個具體想法，無論多麼無害，都會引發另一波罪和傷害。

他在人群中轉了一圈，沒找到貝琪。伊斯納兄弟和愛咪・珍娜激動地唱著他們在一天中各個時段拿著錘子做些什麼事。

筋疲力盡的克藍受不了震耳欲聾的現場。當他的朋友約翰・戈雅的弟弟大衛走近他時，他已經在舞台上擱淺，在一疊音箱前發呆。大衛不但不再是當年的小個子了，還奇怪地看起來像變成中年人。「你在找貝琪嗎？」他吼著說。

「是的，她在這裡嗎？」

「我很擔心她。她回家了嗎？」

「沒有，」克藍吼著說：「我剛從家裡來。」

大衛皺了皺眉。

「發生了什麼事嗎？」克藍大吼。

歌聲這時仁慈地停了下來，只留下音箱微弱的嗡嗡低音。

「我不知道，」大衛說：「她可能只是躺在某個地方。」

那對音樂兄弟中的哥哥托比・伊斯納，經過擴大機的悅耳歌聲進入克藍耳朵。「謝謝你們，在場的每一位，謝謝你們。恐怕我們只有時間再表演一首歌。」

托比停頓了一下，讓大家表示失望，聽眾中有人禮貌地呻吟了一聲。托比有一種敏感的人常見的虛情假意，唱歌時有一種自我愉悅的微笑方式，每次都會讓克藍起雞皮疙瘩。現在，他還長出聖經裡會有的標準深色鬍鬚。

「各位知道，」他說：「我好喜歡我們今晚在這裡相聚，有這麼多很棒的來賓、這麼多很棒的朋友、這麼多的愛、這麼多笑聲。但我想認真一分鐘。我們可以做到嗎？我希望我們所有人都記得戰爭還沒停。現在、就在這一刻，是越南的早晨。在那邊，還有人被屠殺，各位，我們必須制止這種情況。停止那場戰爭。我們要的是美國人離開越南，**現在**就離開。大家瞭嗎？」

托比這個人模人樣的混蛋，克藍差一點就要同情他了。沒想到，有不少人開始鼓掌歡呼。托比大受鼓舞，吼著說道：「我想聽到你們說出來，各位！大家一起說！我們要什麼？」

他用手包住耳朵，有少數的聲音（大多數是女性）跟著他喊。「我們要和平！」

「大聲點，各位！我們要什麼？」

「**我們要和平！**」

「我們要什麼？」

「**我們要和平！**」

「什麼時候要？」

「**現在！**」

「我們要和平！」

「現在！」

就克藍所見，只有大衛・戈雅——上帝保佑他——正冷冷地查看著自己的指甲，大廳裡其他的人全都跟著呼起口號了。他在遇見夏倫之前，也曾在各種抗議活動中大喊口號，但現在這口號聲感覺這麼疏離，讓他覺得自己很可恥，為自己軟弱地擁抱了其他團友而覺得羞恥。他們不僅遠離戰火、自以為是，甚至不嫌惡托比・伊斯納。如果他們以前和克藍是同一陣線的，現在肯定已經不是。

托比放下他配合呼口號的節奏所揮動的拳頭，接著彈出〈隨風而逝〉（Blowing in the Wind）的開場和弦。人群中響起吼叫聲，克藍再也受不了了。他穿過人群，逃到教堂的中央走廊洗手間。他將女廁所大門拉開一個縫，叫：「貝琪？」

沒有回應。他逐一檢查走廊上其他房間——都空著。到了教堂正門，他仍然可以聽到托比・伊斯納的聲音，腦海中還浮現他鬍鬚後的傻笑。教堂門內的地板上，一個穿機車夾克的女孩坐著抽菸。是蘿拉・多布林斯基。

「嘿，蘿拉，很高興看到妳。我想——妳有沒有看到我妹妹？」

蘿拉朝側邊吐了一口菸，似乎沒聽見他說什麼。看起來好像在哭。

「很抱歉打擾妳了，」他說：「我只是在找貝琪。」

他和蘿拉很久之前就知道彼此看不順眼，因而在社交場合遇見時反而很自在。她朝身體側邊又吐了一口菸。「我剛剛看到她時，她已經嗨翻了。」

「她——什麼？」

「嗨翻了。」

他的視線開始浮動，好像剛挨了一拳。現在他明白大衛・戈雅在擔心什麼了。他沒理會蘿拉的傷心，跑上兩段樓梯，去到十字路聚會處。昏暗中，他在門口看到一個女孩仰躺在沙發上，在一個身型削瘦的男孩下面。他們都穿著衣服，還好那女孩不是貝琪。

「對不起。你們有沒有看到貝琪・希爾布蘭特嗎？」

「沒有，」女孩說：「走開。」

他下樓時，缺乏睡眠的睏意像榔頭一樣正重重擊打他。要是這時候抽支菸能讓他好過一點的話，他就坐下來抽菸了。他的眼睛像是油炸過、腦袋裡面一團爛糊，回程時背行李的雙肩開始痠痛，他離開牧師館時抓了幾片餅乾吃下肚，嘴巴裡現在有股酸味，貝琪的事情愈來愈複雜，讓他幾乎難以忍受。他知道裴里抽大麻，但是貝琪？他希望她還是那個動人、頭腦清晰的貝琪。在他回家面見父母、告訴他們他做了什麼之前，他需要她站在他這邊。

二樓的走廊很黑，但里克・安布洛斯辦公室的門半掩著。克藍向來感激安布洛斯了解他與十字路的矛盾關係，現在他感激他不想與這場音樂會有任何關係。克藍偷偷朝辦公室裡面看了看，只是賭個萬一，萬一她妹妹在裡面，安全地待著。安布洛斯懶洋洋地坐在椅子上看書，辦公室似乎只有他一個人。

克藍看到走廊往聖所方向的那一頭、副牧師辦公室的門下有一道光線。顯然，現在應該在黑夫勒家參加年度聚會的父親忘了關燈。他走過那扇門時，聽到貝琪的笑聲。

他停下來。難道她有爸爸辦公室的鑰匙？他輕輕敲了門。「貝琪？」

「是誰？」

他的血壓頓時飆高。是他父親的聲音。克藍沒想到會遇到他——他指望的是在他還沒有和貝琪說過話，並得到她的祝福前，不要見到他。

「是我，」他說：「是克藍。貝琪在裡面嗎？」

裡面一片安靜，時間長到足以讓這安靜變得不自然。然後，父親開了門，他穿著他的亞利桑納州舊外套，臉色異常蒼白。「克藍，你好。」

他看到兒子，似乎一點都不高興。在他身後，則站著一位穿著狩獵夾克、搭配一頂獵裝帽子、皮膚白透男孩模樣的人。克藍看得出來，那其實是一位短髮女人。

「貝琪在這裡嗎？」

「貝琪？不，不，啊，這是我們的教友卡崔爾太太。」

那女人向克藍揮了揮手。她的臉蛋很漂亮。

「這是我的兒子克藍，」他的父親說：「卡崔爾太太和我只是，呃——實際上，也許你可以幫我們個忙。不知道是誰在停車場鏟雪，害她的車被困住了。我們得把她的車挖出來。你可以幫個忙吧？」

卡崔爾太太走過來，主動和他握手。很涼、很堅定。

「法蘭西絲，別忘了妳的唱片。我想——哦，克藍，我好像看到前門口有幾把鏟子。卡崔爾太太和我遲到了，我們要去——我們去了西奧的教堂，然後，所以，結果，對，我們有個、嗯、小意外。」

不論克藍敲門打斷的是什麼事，他的父親都很緊張。

「我想我沒辦法幫忙鏟雪。」

「你——？我們兩個一起，一下子就做完了。可以嗎？」老頭關掉吸頂燈，又說：「別忘了唱片。」

「如果兩個人一下就做完了，」克藍說：「一個人也花不了多少時間？」

「克藍，她真的得回家。」

「但那是因為我剛好敲了門。」

「我想請你幫個忙。你什麼時候開始會計較幫人家一點小忙了？」

他父親扶著打開的門，讓抱著一疊七十八轉唱片的卡崔爾太太通過。她如此嬌嫩、如此讓人渴望，克藍覺得不對勁。雖然他曾經警告貝琪，像父親那種男人、那種弱男，他們的虛榮心需要撫慰，因此他們也可能出軌。他想到眼前可能就是這種情形，覺得難以忍受。他父親曾經嘗試和里克・安布洛斯一樣跟得上時代，沒想到畫虎不成反類犬，現在要染指一位年紀差不多的人。她難道不知道他有多弱嗎？

停車場的雪已經不再密集落下了，三五成群的團友趁著中場休息都出來抽菸。當卡崔爾太太清除她轎車窗戶的積雪時，他和他父親砍垮了擋住車子的雪丘。為了讓車子開過積雪下的硬冰，他們不得不從後面推著車——就像以前父子並肩工作一樣——卡崔爾太太同時大腳踩油門。車子終於掙脫，她往前開了一小段距離，拉下車窗。

窗內伸出一隻精緻的手，接著她伸出一隻手指勾一勾示意。這不是教友對牧師的常見動作。她再度以手指勾起示意。

「啊，等我一秒鐘。」老頭說。他小跑步到她的車旁邊，俯身朝向拉下的窗戶。克藍聽不到卡崔爾太太說什麼，但一定很有趣，因為他父親似乎忘記克藍還在那兒。

他等了至少一分鐘。他們噥噥私語的那一幕，他覺得噁心。他先帶著那幾把鏟子朝教堂走去。他已經看到他家的旅行車停在教堂正門外，現在他才注意到車尾撞壞了、保險桿不知去向、一個車尾燈碎了。保險桿則扔在車內。

接著傳來輪胎摩擦地面的聲音，他父親在他身後急忙朝他走來。

「這是你明天可以幫我的事。」他說。「如果能把撞凹處敲回去，那把保險桿裝回去不是問題。」

克藍一直盯著車子受損處。胸腔塞滿怒氣，以至於講話都很費勁。「你為什麼不去黑夫勒家？」

「哦，原來，」他的父親說：「你要知道原因。法蘭西絲和——卡崔爾太太和我在城裡嚴重耽誤了時間，我還得換輪胎。」

克藍點點頭。他的脖子也因為氣憤而僵硬。「我想知道，」他說：「如果她真的急著回家，她為什麼要到你的辦公室。」

「啊哈。對。她只是想挑一些我……借給她的唱片」。他父親手上的車鑰匙叮噹作響。「我可以載你回去，但我猜，你想留下來聽音樂會。」

少了保險桿的「狂怒」車尾，就像一張沒有嘴巴的臉。

「我不覺得，」克藍說：「她有急著要回家。」

「她——你是說剛才嗎？她是——我們剛才只是在談和星期二的服務社團有關的公事。」

「真的？」

「對，真的。」

「鬼扯。」

「你說什麼？」

教堂裡面傳出一陣歡呼聲。

「你說謊。」

「慢點，等等——」

「因為我知道你是哪種人。我活了多久就看了多久了，我已經看夠了。」

「那個是——不管你是在怪誰，你這是——這都不對。」

克藍轉身面對他父親。看到他一臉恐懼，他笑了出來。「騙子。」

「我不知道你在想什麼，但是──」

「我在想的是，媽媽在黑夫勒家，你卻在窮追一個不是她的女人。」

「那是──牧師照顧教友有什麼不對？」

「我的天啊。你自己聽聽，你連這種話都說得出來。」

康加舞的前奏鼓聲飄過多功能廳，接著又是另一聲歡呼。最後一批出來吸菸的團友現在紛紛往裡走。好像音樂能解決任何事情。別再打仗了，夥計。那場戰爭非得停止不可。克藍對嬉皮風的十字路人群的厭惡，加深了他對父親的厭惡。他以前痛恨的一直是霸凌，但是，他現在才知道，別人的恐懼多讓人火大，尤其是看到別人恐懼可以鼓動嘲諷，鼓動暴力。

他父親又開始說話，這次聲音比較低沉，而且不穩定。「卡崔爾太太和我是去送貨到西奧的教堂，我們出發得有點晚，然後又有──」

「是啊，但是你明白嗎？去你的。我不在乎你怎麼編故事。如果你想去上其他女人，這是自由的國家。如果你因此對自己感覺更好，我覺得他媽的關我屁事。」

他父親一臉恐懼地看著他。

「我反正要走了，」克藍說：「我本來不打算今晚就告訴你，但你反正早晚也會知道。我退學了。我也寫了信給選兵委員會。我要去越南。」

他丟下雪鏟，怒氣沖沖地離開了。

「克藍，」他父親大喊：「回來。」

克藍走進教堂時，舉起手臂，比了個中指。入口門廳沒有人。蘿拉・多布林斯基在地板上留下了兩個菸頭和一堆灰燼。他停下來思考該去哪裡找貝琪，這時他身後的門突然開了。

「你怎麼可以就這樣走掉！」

他轉身跑上一段樓梯，想起還沒有去接待廳或聖所找貝琪。父親在他經過走廊的半途追上他，抓住他的肩膀。「為什麼要走掉？」

「不要碰我，我在找貝琪。」

「她和你媽媽一起在黑夫勒家。」

「不，她不在那邊。貝琪也受夠你了。」

他父親瞄了一眼安布洛斯辦公室敞開的門，打開自己的辦公室，並放低聲音。「如果你有話要跟我說，起碼有點禮貌，不要在我還沒回答你之前就走人。」

「禮貌？」克藍跟著他進入辦公室。「你是說，把媽媽留在黑夫勒家，你跑去伺候小女朋友那種嗎？」

他父親打開燈、關上門。「如果你能冷靜一下，我很樂意解釋給你聽今晚發生的事情。」

「是啊。但是看著我的眼睛，爸爸。你看著我的眼睛，然後看看我相不相信你說的任何一個字。」

「夠了！」老頭子現在生氣了。「你在感恩節的時候已經很過份了，現在又快要太超過了。」

「因為我真他媽的受夠你了。」

「那我受夠了你這種不敬的態度。」

「你知道做你的兒子有多尷尬嗎？」

「我說了，夠了！」

克藍本來感覺就要打起來，就算要打一架，他也不怕。從初中以後，他就再也沒有打過架。「你想打我？想試試我？」

「不，克藍。」

「還是堅持要當非暴力先生？」

從他父親搖頭的方式，可以看出基督信仰的寬容。克藍本來想至少要把父親推到牆上，但這只會增長他基督信仰裡的犧牲意識。克藍唯一能用來攻擊他的，就是語言。

「你聽到我在停車場說什麼嗎？我退學了。」

「我聽到你很生氣，你要挑釁我。」

「我不是在挑釁，我是告訴你一個事實。」

他父親沉入旋轉椅。他的打字機裡有一張白紙。他把紙捲出來、撫平。「對不起，我們起步就錯了。明天，希望我們能文明一點。」

「我已經寫信給選兵委員會，爸爸。今天早上信已經寄出去了。」

老頭點了點頭，好像他早已了然。「你可以不擇手段威脅我，但你不能去越南。」

「我已經去定了。」

「我們看法不同，但我了解你，你不會認為我會相信你打算當兵吧？這沒道理。」

他父親很有把握。這種自得意滿的態度——他相信兒子只是他的復刻，不可能是別的模樣——點燃了克藍的霸凌慾望。

「我知道對你來說很難想像，」他說：「但是，有些人就是會為他們相信的事付出代價。你和你的小教友大可以自以為是西奧．克倫蕭教堂裡的好白人；你可以到恩格伍德除草，好讓自己感覺良好。可以參加遊行，才能對著全是白人的會眾吹噓。但是，等到你該用行動實踐理念的時候，卻不覺得送我去念大學、然後讓一些黑人孩子、或阿帕拉契亞的白人窮孩子、或是可憐的納瓦霍人例如基思．杜羅基的兒子，到越南打仗有什麼問題。你認為你比基思好？你認為我的人生比湯米．杜羅基更有價值？你認為納瓦霍男孩該赴死，我該去上大學，這是對的嗎？你覺得你剛才說的有道理嗎？」

霸凌的人看到父親一臉疑惑，頓時感到滿足，他父親這時發現克藍是認真的。

「任何美國男孩都不應該在越南打仗，」他靜靜地說：「我以為我們已經有共識。」

「我同意，這是一場爛透的戰爭。但這並不——」

「這是一場不道德的戰爭。所有戰爭都是不道德的，但這場戰爭特別不道德。參與這場戰爭，就是一種不道德。我沒想到，我還得把這個解釋給你聽。」

「對。但我這樣說吧，我和你不一樣。爸爸。如果你沒有注意到的話。我沒有出生在門諾派家庭的優勢。我不相信我必須遵守一個形而上的神的誡律，我必須遵循的是我個人的道德規範。對了，不知道你記不記得，我的徵召順位是十九。」

「我當然記得。而且你說的沒錯——你媽媽和我因為你有大學生的緩徵資格，鬆了一大口氣。我似乎記得你也有同感。」

「那是因為我當時沒有好好想過這些問題。」

「現在你已經想過了，很好。我了解為什麼你覺得學生緩徵資格似乎不公平——你的觀點很合理。我也了解，因為你的徵召順位讓你覺得有義務為國家服務。但是去打那場仗，沒有任何道理。」

「也許對你來說沒有，對我來說，別無選擇。」

「你已經等了一年——為什麼不多等一個學期呢？大多數部隊都已經回來了。我覺得六個月後他們可能不會再徵召新兵。」

「我現在要去，就是因為這個原因。」

「為什麼？要強調你重視自己的道德選擇？你可以通過放棄你的緩徵資格，並申請良心拒戰來強調這一點。他們看到你父親也是良心拒戰者，並且兩代都是牧師——你有很好的理由。」

「對。那就是你的做法。但是你知道嗎？一九四四年取代你的人可能是白人，同時也是中產階級。我沒有這種道德奢侈。」

「奢侈？」他父親用力拍了下椅子扶手。「這不是道德奢侈，這是一種道德選擇，大多數美國人支持那個戰爭，會讓戰爭變得更加艱難、而不是更加容易。他們說我們是叛徒、是懦夫，他們想辦法讓把我們的爸媽從鎮上趕走——我們有些人甚至去坐牢。我們每個人都付出了代價。」

克藍回想起他曾經因為父親堅持原則而自豪，讓他覺得他的論點軟弱無力。他增加援手，搶救自己的論點。「是啊，誰像你那麼好運。有很多其他人願意和法西斯主義者作戰。」

「那是他們自己的道德選擇。我同意，以當時情況來說，他們的選擇是說得過去的。但是，越南呢？我們捲進去，沒有任何道理可言。這是毫無意義的屠殺。我們殺的男孩年紀比你還小。」

「他們也在殺其他越南人，爸爸。你要從傷感的角度看事情，隨你的便，但是北越是侵略者。他們當兵的目的是殺人，他們正在殺人。」

他父親苦著臉。「你從什麼時候開始學林登・詹森講話了？」

「林登・詹森是個騙子。他一隻手簽署《民權法案》，另一隻手卻把窮人家的男孩送往越南。這就是我說的——道德虛偽。」

他父親嘆了口氣，覺得爭辯下去毫無意義。「你不在乎我身為父親會怎麼想，總要替你媽媽想想。」

「我還真不知道你會關心媽媽的感受。」

「我非常關心他們。」

「鬼扯。她對你不離不棄，但你對待她就好像她是垃圾一樣。你認為我看不到？你認為貝琪看不到嗎？

你對媽媽有多冷淡你不知道嗎？就像你希望她不存在一樣。」

父親皺了皺眉。重拳已經打出來了，克藍等著他用其他理由辯解，他再一一駁斥。但他父親只是坐著。他無法抵擋克藍優異的說事論理能力，也心知肚明自己犯了太多錯，毫無機會扳回一城。這時候，一陣低音吉他的律動聲傳來，穿進寂靜、穿過門、穿透地板。

「無論如何，」克藍說：「你沒辦法阻止我。我已經把信寄出去了。」

「是的，」他父親說：「從法律上講，你可以隨心所欲做你想做的事。但是在情緒上你還很年輕。很年輕，而且，如果我可以這麼說的話，很從自己的角度看事情。對你而言，唯一重要的是道德的一致性。」

「很辛苦，但總得有人做。」

「你似乎覺得自己想得很清楚，但是，我聽到的是一個忘記如何聆聽自己內心的人。你以為我不了解你，但是我知道，如果你必須看著孩子被燒夷彈燒死、村莊無緣無故被炸毀，你會多麼沮喪、多麼崩潰。你可以合理化每一件你想要合理化的事，也可以靠說理擺脫你的內心，但我知道你的心就在你的身體裡。二十年來我一直看著它成長，我的上帝，我覺得驕傲，因為你是我兒子。你的仁慈、慷慨、忠誠——你的正義感——你的**良善**——」

他父親突然打住，情緒激動。此刻之前，克藍從沒想過，他跟父親可以是各種關係，但絕不可能是敵對關係；也就是說，他的敵意無法換到同樣的敵意。這不公平——且難以忍受——就是無論他怎麼說，父親仍然愛著他。他找不到反駁的話，只好猛推開門，往走廊跑去。為了緩解內心逐漸高漲的懊悔，他開始回想到那個認可他的說理、分享他的信念、並爽快、毫無保留地將全部的自己獻給他的人。但是，想到夏倫只會加深他的懊悔，因為就在那一天他傷了她的心，用無情的理性砸碎她的心。他用她的道德論證擊垮她，然後她只說了「你傷了我的心」。這幾個字他聽得一清二楚，可能她就是站在他身旁說的。

13

貝琪不知道自己在避難聖所待了多久。從前晚開始，她除了糖餅乾什麼都沒吃，她在那裡探究「發現宗教」的意義。當上帝的善擊潰大麻的惡時，她只在眼睛和胸部出現一些類流感的發熱徵狀、一小撮奇怪的念頭。她想起多功能廳裡有些烘培食品，那畫面讓她不知所措。她能想起來的有：鬆軟的巧克力千層糕、一條幾乎就是均衡一餐的起司香蔥麵包，和檸檬方塊糕——她看到檸檬方塊糕了。她餓壞了，不得不放棄禱告。為了表示歉意，她站起來，親吻了懸吊著的黃銅十字架。

「我現在是你的乖女孩。」她告訴祂：「我保證。」

她聽到自己講話的聲音，感覺身體有些震顫，彷彿她許下一個浪漫的承諾。那種震顫和她看到內心金色光芒時，因狂喜而顫抖類似。她想知道，接受基督、成為祂的女孩帶來的滿足感，是不是會讓她想放棄世俗的享樂，例如親吻譚納。她現在看清楚了，在他與蘿拉分手前親吻他是不對的，她在廂型車冰窖的舉止，也是錯誤的。她聽到他說有經紀人要來聽「藍調」演出時，沒有讚美他，沒有分享他的喜悅，還自私地逼他拋棄蘿拉。現在，上帝指示了她該怎麼做。她要為逼迫他而道歉；她要告訴他，如果他只想做朋友、只想在星期天的教堂和她碰面、探索基督教義。那就忘卻他們曾經有過親吻，她會珍惜他的友誼，且打心底為此高興。

但是，她得先看看還有沒有巧克力蛋糕。已經快九點三十分了，參加演唱會的人一定都餓了。她離開時，將門在身後鎖住，走到前廳停下來，整理思緒與情緒。街上傳來一輛鏟雪車的雪鏟刮地的隆隆聲，她心愛的外套剛剛破了一個大洞。她扯了扯散開的線頭，想知道能不能補。她重新進入一個不容易與上帝維持接觸的俗世。這是她第一次明白，為什麼人會真的期待主日到聖所中禮拜。

她的晦一定還沒有完全消退，因為她聽到教堂門廳傳來腳步聲時，還在盯著外套上的破口袋，反應不過來。前廳出現了一位頭髮看似燙過、鬢毛濃密的老人。他穿著一件杏色大翻領皮外套。臉發亮，好像他認識她一樣。「哦，嘿，」他說：「嘿。」

「需要幫忙嗎？」

「不了，我只是到處看看。」

她等著那個人離開，好走到烘培糕點的桌前；他卻進前，伸出一隻手。「吉格・班奈戴堤。」

不握他的手是不禮貌的。

「對不起，我還不知道你大名。」

「貝琪。」

「很高興見到妳，貝琪。」

他滿懷期待地對她微笑，好像他沒有地方可去。他比她矮一、兩吋。

「你是——來聽音樂會嗎？」她問。

「本來是的。雖然，像今天晚上這種天氣，的確讓我懷疑是不是值得。他們已經取消了我本來在這裡要看的另一場演出。」

她肯定是還有點茫。反應時間慢半拍。然後，她突然清醒過來：「你是音樂經紀人？」

「小公司，無足掛齒。」

「請再告訴我一次你的大名是？」

「吉格——如果你想知道的話，全名是古列模（Guglielmo）。吉格・班奈戴堤。」

「你來這邊是要看『藍調』。」

他似乎覺得她很有意思，眼睛打量她，然後回到她的臉。「要嘛，你很會猜，不然，妳就是我希望妳可能是的那個人。」

「你說的是誰？」

「唱歌聲音很好的人，有人告訴我來聽了就知道。」

她的理解力又遲到了，然後出現緊抓著她不放的恐懼。他說的聲音，只可能是蘿拉的聲音。直到剛剛這一刻，貝琪一點都沒有想起過她和蘿拉在教堂後面的事，那就像是一次酒後駕車然後肇事逃逸，而且她已經忘記。

「你說的應該是蘿拉。」

「蘿拉，是的，聽起來就是。顯然，如果妳叫貝琪，那麼妳就不是蘿拉。」

「我絕對不是蘿拉。」

「妳還是有一分鐘可以實現我的希望。外面的雪已經有十吋深了。我決定留下來的唯一原因，是要聽那個女孩唱歌。」

這次，貝琪的理解力沒有遲到——她立刻覺得被冒犯。吉格在等著聽的人應該是才華至少和蘿拉不相上下、而且有抱負的譚納。蘿拉甚至不在乎要找經紀人。

「『藍調』事實上是譚納的樂隊。」

「譚納，對。我今天下午和他談了一下，是個好人。妳的朋友？」

「很好的朋友，是的。」

他的眼睛再次打量她，特別徘徊在她的胸部。經常這麼做的老人愈來愈多，尤其在葛羅夫。太噁心了。

「所以，妳是他女朋友？」吉格若無其事地說。

「不算是。」

「哦，那好。想和我一起喝一杯嗎？」

「不，謝謝。」

「我本來以為，一場教堂演出能搞到多晚？我以為我九點、最晚九點半鐵定可以走了。但是，我們還得聽彼得．保羅和貝蒂．陸露。我們還得聽唐尼．奧斯蒙．桑塔納和莉莉懷特的演出。我不是在撩妳，貝琪。或者，就像妳說的，不算是。我只是偶然發現街上有間小酒館。在看到妳的壓軸團體前，我可能還要再等他媽的一個小時。」

「我不喝酒。」她說，講得好像這是爭議所在。

「噗。」

「此外，我和譚納就快在一起了。所以……」

「好，好。我們要做的事情還真多。但這就是妳應該多認識我的原因。我向上帝祈禱，這些傢伙——等等，妳也在樂團裡嗎？」

「沒有。」

「好可惜。我的意思是，如果我不能簽下他們，那我從頭到尾聽完彼得．保羅和貝蒂．陸露的痛苦，再加上在暴風雪天開了八哩路到這兒，整個都白費了；如果妳懂我的意思，而且，如果他們最後簽了約，我還是可以經常看到妳。既然如此，不如我們從喝點小酒開始？」

「我不能。實際上，我應該——」

「接著上一個問題：為什麼妳不在樂團裡？」

「我？我不懂音樂。」

「每個人都懂音樂。妳玩過手鼓嗎？」

她盯著他。他脖子上有一條金鍊。

「我這麼問是有原因的，」他說：「因為妳有個非常古典的架子。我真的很想看到妳有自己的舞台。」

她試著趕走大腦裡的霧，評估著如果對吉格友善，他會不會更有意願簽下「藍調」；或者，考慮到吉格明顯讓人討厭的個性，也許她會不希望譚納找他當經紀人。深埋霧中的還有一個因素：他到這兒來的目的，是聽蘿拉唱歌。

「哎呀，聽我說，」他說：「妳一定覺得，我剛才說的話，聽起來完全像是挑逗妳，雖然我敢說妳早就習慣了。但是，妳是真的好看。請不要介意我這麼說，看到妳依照妳覺得最適合的風格打扮，非常賞心悅目。跟樓下那些土裡土氣的人根本不能比。大頭鞋、連身工作服和和衛生內衣——這是他們教義的規定嗎？」

「那只是青年團契的風格。」

「而且妳不想和他們扯上關係。我懂了。我猜，這就是妳躲在這裡的原因？」

貝琪在聖所的時候曾向耶穌保證，她會依照祂的教誨過日子，並且不會恥於宣揚教義。但現在她才知道，在俗世成為基督徒需要多少勇氣。「不是，」她說：「我是來這裡禱告。」

「天啊。」吉格笑了。「本來我應該說，既然這裡是教堂，有什麼好奇怪的。但是——請原諒我的魯莽，我真沒想到妳是來禱告的。」

「沒關係。事實上，這是我第一次真正的禱告。」

「我掌握時機的能力一向很好。」

為禱告而道歉是不對的，但她不想破壞「藍調」的機會。「只有我。」她說：「你也知道，這個樂團不是那種你以為的宗教或什麼團體。」

「就算他們是哈瑞・奎師那（Hare Krishnare），我也不在乎。只要他們準時出現，演奏一些告示牌排行版的熱門歌曲。順便說一句，我對手鼓很認真。妳的內心要多像基督徒都可以——唯一的要點是，讓人不停地買飲料。這是我這一行可悲的小秘密。給他們一點聽的，或是一點看的。」他的眼睛又一次在她身上看來看去。「啊，對，我們再去喝點東西吧。」

「對不起，」貝琪說：「但我好餓。我需要吃點東西。」

吉格拉起杏色皮外套的袖子，露出一隻大錶。「我不確定有沒有時間吃晚餐，但是那家小酒館肯定會有東西能吃。」

「樂團會很高興你來這裡，我——我們一會兒見，好嗎？」

她逃跑了。是真的用跑的，因為害怕被他追上。在新展望鎮，她只要落出一絲不屑，就足以趕走糾纏她的男孩；而在葛羅夫餐廳，只要有老頭子想和她調情，她就擺個臭臉問他要點什麼。如果她最後會跟譚納在一起，雖然她不久才說願意放他走，那她碰到一堆像吉格這樣的老頭子。為了幫助譚納的專業，她必須學會玩這些把戲。她的外貌可能可以幫忙，這讓她不安。她看到人們來調情時，知道他們想做愛；而對她而言，性愛似乎比不堪還要不堪，看起來似乎——就是錯的。從她的宗教經驗來看，則是錯上加錯。雖然譚納很好，但毫無疑問他與蘿拉上過床。也許，她還是讓他們倆在一起，自己當他的朋友就好。

教堂中央的樓梯，有個轉折平台，從那裡可以通往後方停車場。玻璃門外站著一個身穿海軍雙排釦短大衣的人，他正在雪地裡抽菸。她心中咯噔了一下，那個人是克藍。

她在平台上猶豫。看到克藍通常會讓她產生幸福感，但是她現在的感覺卻相反。他的新外套讓她想起感恩節時的散步，他吹噓自己與大學女友有了性關係，但是讓她猶豫的還不只這些。她害怕聽他說教。她抽了大麻，但更糟的是她一直在禱告。他非常看不起宗教，他會讓她覺得找到上帝是一件可恥的事。

她決定轉身下樓，就怕他是為了找她才來教堂。她以為這樣沒事了，但是她身後的門噹啷一聲打開了，克藍喊了聲她的名字。她回頭，帶著罪惡感。「啊！嗨。」

「嗨、嗨、嗨。」他邊說邊跑到她旁邊。

他抱著她的時候，她聞到短大衣上有冬天的空氣和菸味，而他又不鬆手。她只好左搖右晃掙脫。

「妳去哪兒了？」他語帶指責。「我一直到處在找妳。」

「我只是……我正要去找點東西吃。」

她沿著走廊走到多功能廳。

「等等。」克藍抓住她的手臂。「我們得談談，我有話要告訴妳。」

她扯開手臂。「我真的很餓。」

「貝琪——」

「對不起，好嗎？我需要吃點東西。」

多功能廳人多，所以比走廊熱。她舉起兩隻手，讓自己更瘦以便擠進那個汗濕的深色身體群中。人們高舉雙手，跟著畢夫・艾拉德和他的康加鼓節奏拍打。吉格是對的，畢夫看起來像唐尼・奧斯蒙。這裡人多到連食物桌邊都緊挨著人。貝琪繞過被擠到桌邊的人，克藍在後面追她。第一張桌子幾乎是空的，只剩下一片用紅色和綠色櫻桃裝飾、頗大的三角形磅蛋糕。她拿出皮包，付了錢，然後靠著牆吃蛋糕。

「妳剛才去哪兒了？」克藍扯著嗓子問她。

嘴裡有蛋糕，她只好無力地揮揮手。他的不耐煩像是在鞭打她。她看到金・珀金斯和大衛・戈雅走過來，這才鬆了口氣。

「妳在這裡，」金扯著喉嚨說：「我們剛才還在擔心妳。」

「我很好。」

金伸手想拿一小塊蛋糕碎片，貝琪把紙盤舉過頭。金跳起來抓沒抓到。

「放下來，女孩。」大衛喊道。

從舞台上傳來如響雷般的尾聲，每個樂器都以最大音量輸出。大廳裡響起一陣掌聲。

「謝謝。」畢夫・艾拉德吼著說：「我們還有一場表演，是我們自己人譚納・伊文斯和蘿拉・多布林斯基，以及獨一無二的『藍調』，所以請不要走開！晚安！」

大廳的燈亮了。貝琪吃了最後一口蛋糕，反而覺得更餓、而不是不餓。

「我忘了先警告妳，」大衛對她說：「那鬼東西真是好貨。是從蒙特瑞來的、室內種的。」他拍了拍她的臂膀，好像要確定她確實完好無缺，然後向克藍點了點頭。「謝謝你找到她。」

克藍失神似的看著他們，一臉憔悴。

「我還要吃一點。」她說。

「有人肚子是真餓了。」金說。

貝琪像一名執行任務的女人，朝另一張食物桌走去。一條還剩下三分之二的起司香蔥麵包，像神聖的異象一樣穩穩地放在桌子正中央。

「我能買，比如說，全部嗎？」她問那個負責收錢的大二男孩。

「當然。一塊五？」

太便宜了，但她沒有多給一些。她轉身，離開，像松鼠一樣抓著麵包，金正等著搶走它。

「好啦，好啦。」貝琪扯下一大片麵包給他。

大衛以他不傷人的方式與克藍聊了一些自己感興趣的話題，她趁機穿過人群，溜到走廊。那邊有一台飲水機。麵包很美味，但是她的喉嚨乾了。當她彎著腰喝水時，有人走近她身後。她害怕是克藍，就一直喝水。

「貝琪。」

是譚納。她轉過身，感受到看見克藍時所沒有的一陣喜悅。不知道為什麼，她想放棄譚納後，反而讓譚納更迷人。他就像年輕的耶穌，穿著流蘇麂皮夾克。他一言不發，雙手捧住她的頭，用力吻了一下她的嘴。

她驚訝到沒有回吻。她的兩隻手垂在身體兩側，一隻手還很搞笑地抓著麵包。她心神恢復的時候，他正好拉她離開飲水機，帶她往門廳的方向走去。

「我們慘了，」他說：「蘿拉走了。她回家了。」

「她回家了？」

「一個小時前，她退團了。」

貝琪嚇壞了。就像她開車肇事逃逸後，得知有人因此死亡一樣。專程來聽蘿拉唱歌的吉格，這下也只好作罷。

「如果你們只演奏呢？」她勇敢地說：「你會沒事的。我在樓上看到那個經紀人——他一直在等著聽你的演出。」

譚納走到前廳時停了下來，看了看四周，非常激動。當他的視線對上貝琪時，就像貝琪是他一直在找的那件東西。他再次捧住她的頭。「我依照妳的要求做了。」

「哦。」

「但是——現在我不得不重做一份曲目，畢夫和達洛搞不好只會不到一半的曲子。」

「沒問題的，吉格告訴我他想簽下你。」

「你跟他說到話了？他是什麼樣的人？」

「我不知道，就只是——一個男人。」

「慘了、慘了、慘了。」譚納放開她，盯著走廊，再看向多功能廳，一場失敗正在裡面等著他。「早不來晚不來，偏偏今晚來，我真的沒——現在——慘了，這下鐵定砸鍋了。」

「我也覺得很遺憾。」

「不要遺憾。妳說的對，該做的還是要做。」

「好，但是……」她吸了一口氣。「我碰到一件出乎意料的事。在樓上，就在聖所。譚納，真是太神奇了，我想我看到了上帝。」

這句話引起他的注意。

「我想成為基督徒，」她說：「我希望你幫我成為真正的基督徒。即使這代表——我也不知道這代表什麼。我的意思是對我們來說代表什麼。你會幫我嗎？」

「妳看到上帝？」

「是的。這是我禱告最久的一次。我可以感覺到上帝在我裡面——我還可以感覺到耶穌。他也在那兒。」

「哇。」

「你有沒有這種經驗？」

他沒有回答。他似乎有點怕她。

「你可以回頭去找蘿拉，」她說：「我不該給你壓力。我那時候很自私，而且我當時就想告訴你。我現在想做個更好的人。如果你只是想和我當普通朋友，或隨便什麼，我都好，真的。對不起，我給了你壓力。」

他盯著她。「這不是妳想要的嗎？」

「我不知道。我以前想，但是——我現在的意思是不必急。我敢說，如果你現在回到她身邊——也許你應該回到她身邊。告訴她你很抱歉，看看她是不是會和你一起演出。」

「我們只剩十分鐘了。」

「你會遲到一點，但沒人會早走。你該走了，去吧，去找蘿拉。」

譚納看起來又驚又疑。「但是妳為了這件事大發脾氣。」

「對不起，我那麼做錯了，對不起！」貝琪激動地舉起雙手時，才發現手上還抓著麵包。她把麵包放在桌上一堆和教會相關的閱讀資料旁邊。譚納又將她團團抱著。

「我想在一起的人就是妳，」他說：「我早該直截了當地說清楚。我迷戀上妳了。晚上的演出會很困難，但我不覺得蘿拉離開有什麼遺憾。」

貝琪靠在譚納的肩膀，看到克藍站在走廊。他看上去——失神。幾個小時前，她只求被人看到她在譚納的懷中，現在蘿拉的障礙已經消除，現在她的願望成真。但是，看到她在譚納懷中的人是克藍。她掙脫譚納的團抱。「你得去找她，請她過來。」

「絕不。」

「但是，總有人要去找她。今天晚上，缺一個都不行。」

「我有什麼好在乎的！唯一重要的是妳信任我。」

「我信任你，但是你還是需要找她。只要對她說——隨便說什麼都可以，只要說就好了。」

「妳的意思是妳不相信我？」

「不是。我相信你。但是……」貝琪想像，當「藍調」樂團上台演出卻缺了吉格．班奈戴堤專程來聽的歌手時，他的失望、憤怒，那都是她的錯，她必須把事情做對。「她住哪裡？」

「都這樣了，她應該不會讓我進門。」

「我是說，我去。不管怎麼說，我應該向她道歉。」

「妳在開玩笑吧？只有一個人帶給她的不爽超過我，那就是妳。」

「她住哪裡？」

「藥房上面那棟公寓，和凱和路易絲一起住。但是，貝琪，不可能的。」

她先扣好外套的鈕釦。她不想放棄起司香蔥麵包，但是隨身帶著又不方便。她在想該把麵包藏在那裡時，克藍走過來。

「克藍。」譚納緊張地說：「歡迎回來。」

「我要和我妹妹講話。」

貝琪打開一份教會通訊蓋在麵包上，但是遮蔽效果和昨晚躲在譚納的毯子裡相比，好不到那裡去。譚納從後面攔著她，吻她的臉頰。「哪裡都別去，」他說：「我知道妳在聽眾裡，才會安心。」

他匆匆走向多功能廳。他的吻帶來的樂趣，被克藍在場目睹的不舒服給扼殺了。她看也不看她哥哥，跑了出去，剛鏟過雪的人行道上又積上一層新雪，克藍就在她身後。

「別跟著我。」她說。

「妳為什麼不跟我說話？妳嗑的藥還沒退？我從沒見過妳這個樣子。」

「別管我！」

她一腳踩到雪下的冰滑倒，他抓住她的手腕。「告訴我發生了什麼事。」

「沒有什麼。我必須找蘿拉談談。」

「多布林斯基？為什麼？」

她掙脫被抓住的手腕，繼續向前走。「因為譚納需要她同台演出，但她不願意。」

「所以，等等。妳和他是──？」

「是的！可以了嗎？我和譚納在一起！可以嗎？」

「但是，這什麼時候的事情？」

「別跟著我。」

「我只是想──妳和譚納在一起？」

「你要我說幾次才行？」

「妳只說了一次。」

「我和譚納在一起，他和我在一起。有什麼不對嗎？」

「沒有。我只是覺得驚訝。大衛・戈雅說──妳現在也抽大麻？是因為譚納嗎？」

她沿著皮爾西格大道上隆一道隆起的雪堆大步走著。「這件事和譚納無關。這只是一個錯誤。」

「我一直懷疑他抽大麻。」

「我可以決定自己的事情，克藍。我不需要你告訴我什麼是對的、什麼是錯的。我現在需要的是請你少管我的閒事。」

她可以看到藥房就在前面。樓上的燈是亮著的。

「好吧，」克藍沙啞著嗓子說：「妳的事我不管。雖然我必須說……」

「你必須說什麼？」

「我不知道。我只是覺得驚訝。我的意思是——譚納・伊文斯？他是個好人。他非常好。但是——他不完全是積極主動的人，他比較像是那種標準被動的人。」

痛恨克藍的感覺不僅新而且強烈，就像愛被殘酷地撕裂，露出不足為外人道的內裡。

「你滾！」她說。

「貝琪，別這樣。我不是要指導妳該怎麼做。只是等著妳的事情還有很多。妳就要上大學，妳未來的生活還在等著妳。但是，譚納，就算他一輩子都不離開新展望，我也不會驚訝。」

她停下來，快速轉身。「你滾！我討厭你！我討厭你對我和我的朋友品頭論足！我活多久，你就這麼做了多久。我已經煩了！我早就不是六歲小孩了！你已經有一個很棒的、改變你的生活的、愛做愛的女朋友，為什麼你還不停止對我指指點點，為什麼你不去告訴她要做什麼？還是她也不是那種被動的人？」

她根本不知道自己在說什麼。邪靈佔據了她，克藍驚愕不已的表情在路燈下非常明顯。她掙扎著想要拾回基督信仰，但她現在的恨意太強。她轉身全速跑向藥房。

14

羅斯對他的聖誕禮物很滿意。他和法蘭西絲在一起已經超過六個小時，足以讓他覺得是共度了一整天；此外，每一次貌似挫折的事件反而都成了推進力。她說完與心臟外科醫師的一段情，就說他比不上羅斯；她才揚言要去亞利桑納州，接著就要求羅斯和她在那兒碰面；她一遭到西奧・克倫蕭指責，就接受羅斯的指導。甚至發生五十九街的撞車事故也是福音。他當時忙著處理「狂怒」變形的保險槓和因冰封轉不動的螺帽，需要展示身體力量和冷靜頭腦時，一群青少年從雪中出現，嚇得這位郊區女性緊緊抓住他的手，她也因而學到關於種族偏見重要的一課：那些青少年其實只是來幫他們。因為處理車禍事故耽擱了時間，羅斯別無選擇，只能告訴瑪莉安他是和法蘭西絲一起去城裡辦事，便省掉怕裴里會告訴她的擔心。法蘭西絲雖然堅持要早點回家，但當他提議到去麥當勞簡單吃個漢堡時，她也承認肚子很餓。等到終於回第一歸正會時，她原本不願意跟他進去辦公室，最後他一堅持，她也屈服了。

他在辦公室裡把那些藍調唱片一張張交給她，一一解釋羅伯・強生不夠知名的原因；湯米・約翰笙那個酒鬼悲慘的一生；還說到維克多（Victor）、派拉蒙（Paramount）和聲獅（Vocalion）替那些早期藍調音樂家錄製唱片的出奇成就。這些七十八轉唱片是他的珍藏，她也以應有的敬意收下。她坐在他的桌上，雙腿並不交疊，融化的雪水從懸空的雙腳滴下來。如果他像心臟外科醫師那麼大膽，那麼他到她的雙腿之間只剩一步之遙。

「我等下一回家就開始聽這些唱片，」她說：「我想跟你一起聽，只是覺得已經耽誤你太久了。」

「一點也不，」他說：「這是難得的榮幸。」

「一定會有女士嫉妒。但是，你知道嗎？他們活該。天助勇者。」

他覺得先得清清嗓子。「我不知道時間夠不夠聽完這十張唱片，但我當然可以——」

「不要，我不應該貪心。你應該先回家。」

「我一點也不急。」

「另外，如果我決定抽點賴利的大麻嗨一下，怎麼辦？據說聽音樂的時候來一支最棒了，但我覺得你不會同意這樣違法的**理由有意義**。」

「現在妳是在逗我了。」

「你真是一板一眼，我是說那讓人無法抗拒。」

「我已經說過了，我對於和妳來一次實驗的立場是開放的。」

「是啊，我可不知道該怎麼辦呢。」她笑了。「這個教會有沒有不得不開除人的例子？我可能會是第一個喔，如果大家都知道是我引誘你抽大麻害你上癮。你下次在A&P商場看到我，我就得穿著一件繡上鮮紅色字母的衣服。」

「那你就繡大麻菸（reefer）的R。」他說，試著跟著她開玩笑。

「羅斯也有R，R可能指的是羅斯。」

他不記得她有沒有說過自己的名字，他沒想到她甚至已經知道他的名字；這似乎顯示了她想開展親密關係，這樣更讓他呼吸急促。

「如果妳同意，我願意把握機會。」

「好的，知道了。」她跳下辦公桌。「但今晚不行。你太太一定想知道你怎麼還沒回去。」

「她不會，我給裴里留了言。」

他想要什麼，她肯定看得很清楚了。她看著他的眼睛，皺起臉，似乎嗅到有什麼事將發生的味道，想知道他是否也聞到了。「今天可以了。你不覺得嗎？」

「妳這麼說，我也沒意見。」

「我——你不是這樣想的？」

「我不急著讓今天晚上到此結束。」

他的表白再清楚不過。接著，他看到她臉色發白，然後她笑了出來，用手指輕輕點了一下他的鼻頭。

「我喜歡你，希爾布蘭特牧師。但是我覺得我該走了。」

克藍選在那一刻敲門，就是他們沒有完全意會到碰鼻子是大災難的前兆的那一刻，對他們來說只是尷尬，而不到挫折。接著，在教堂停車場，他和克藍把她困在積雪中的別克車挖出來，他們的關係又有了進展。法蘭西絲用手勢招呼他過去，說：「他出現可能是好事，剛才變得有一點點緊張。」

「很抱歉，我剛才想多留妳一會。我應該謝謝妳奉獻了這麼多時間。」

「任務完成。該做的都做了。」

「我真的很感激。」他感慨地說。

「哦，哎喲。我也很謝謝你，但是，如果你真的想謝我……」

「我是真的。」

「你可以去找里克談談，他應該還在辦公室。」

「現在找他？」

「擇日不如撞日，現在最好。」

但在羅斯看來，任何一天都比今天好。

「關於到亞利桑納州，我是認真的，」她說：「如果到時候你不在那兒，我會覺得跑那一趟就完全沒有意思了。我知道我這樣講聽起來很自私，但我不只是為了自己，我很不想看到你對過去一直耿耿於懷。」

「我——我會想想。」

「好，我等你的消息。你要打電話給我，告訴我進度怎麼樣了。」

「會，我用電話打給妳。」

「不用電話，還有其他方法打給我嗎？我還在想，我改天會請你過來。但誰知道你來的時候，會撞見什麼樣瘋大麻的場面。」

「法蘭西絲，說正經的，妳不應該一個人進行實驗。」

「好啦，我會確定有一位牧師在場。我本來要說有牧師和醫生在場，但是，也許我們用不上醫生。我覺得他不會喜歡——你。」

羅斯不知道該說些什麼，心臟外科醫師仍然是威脅嗎？」

「無論如何，」她說：「我希望你和里克能和好。除非你做了這件事，否則不准打電話給我。」她打進汽車排檔。「哈，聽聽看她的口氣。居然給牧師下最後通牒。她以為她是誰啊？」

然後，她就離開了。

羅斯在某次星期天講道時，講了耶穌在最後晚餐時對彼得說的那個教人憂心的預言。祂預言最忠實的門徒將在公雞啼叫前三次否認認識他。羅斯從彼得真的讓預言成真，以及他最後因背叛主而流淚得到一個結論：那個預言事實上是個意義深遠的臨別禮物。耶穌藉此告訴彼得，彼得畢竟是凡人，終究會害怕俗世的譴責和懲罰。預言裡祂保證，即使彼得讓他極失望，即使在最痛苦不堪的那一刻，祂仍然不會離開彼得——即使彼得有人性弱點，祂永遠都在那兒、永遠了解他、永遠愛他。羅斯的解釋是，彼得最後不僅是出於自責而哭，也是因為祂的保證而痛哭。

羅斯至少三次對克藍否認他對卡崔爾太太有非分之想，雖然把自己比喻成彼得不免有褻瀆之嫌，但羅斯每否認一次，就會想起彼得。法蘭西絲是他在這個季節的喜悅——她還會按他的鼻子！他簡直應該站到每一戶人家屋頂嚷嚷這個好消息，但克藍的指責讓他措手不及。那些指責，甚至那些關於越南的看法，都有一股青少年道德絕對主義的臭味。克藍還太年輕，還無法理解誡律重要但內心的召喚更高。這是基督對聖經的修訂，是祂關於愛的信息。羅斯覺得很遺憾，他沒勇氣告訴兒子真相，沒有趁機展現自己對法蘭西絲的心意作為一種示範。克藍的絕對主義需要矯正。羅斯否認自己的感情，不僅傷害了他們，也傷害了他兒子。

羅斯獨自坐在辦公室桌前，想讓頭腦清醒；他告訴自己，克藍可能改變想法，選兵委員會可能沒選中他；再說，美國步兵已經不再出任務作戰了，他受傷的機會非常低，所以，他可以繼續想法蘭西絲。他和她這次出行，沒有超出他的狂想，分開時她沒有看著他的眼睛，沒有把兩隻手滑進他的羊皮外套，雖然幾乎到這一步了。她給了他十來個懷抱希望的理由，而且，她在停車場說有一點點緊張，毫無疑問是關於性的暗示。

他還處在緊張情緒中，從他蹦蹦作響的心跳就知道。他從沒有在辦公室裡踰矩，褻瀆教堂，但是他太迷戀法蘭西絲了，那誘惑引導了他。他關了燈，拉下拉鍊，宣誓忠誠。腳下的多功能廳傳來的低音節奏，但因為音波多重衍射的結果，聽起來更像是隨機、模糊的嗡嗡聲。音樂會裡數不清的香菸帶來菸味，一股空氣從辦公室縫隙穿進來，帶著薄弱的菸味。教堂已經被褻瀆了，褻瀆許可執照就飄在空中。不過，在他手上，他想到的是里克・安布洛斯。

他的心臟以一種不太愉快的方式跳動著，他起身、開門。要是安布洛斯已經回家了多好，如此，他在假期間就不必行動。但是安布洛斯的門還是開著。羅斯看著溢出的光線，心中升起一股恨意。三年前，他遭到指控，說他騷擾莎莉・珀金斯，當時安布洛斯從背後捅了他一刀。那是他最後一次進入那間辦公室，

他又關上了自己的門，坐下來祈禱。

天上的父，我到祢這裡來尋求寬恕的精神。如祢所知，我跟著內心召喚，違背了祢的誡律；我祈禱祢能原諒我想在祢的創造物中體驗更多的喜悅——想更圓滿地感受祢給我的生命。我現在需要的是從自身找到寬恕力量。今晚稍早，我動心想與我的敵人和好，我聽見祢的兒子在我心裡說話。我不禁這麼想，祢是透過法蘭西絲讓我知道祢所願的。但是，現在我已失去這心動。現在，我擔心我聽到的不是祢的兒子的愛，我聽到的僅僅只是對法蘭西絲的慾望——和她在亞利桑納州待在一起的自私願望。現在，我擔心在心中沒有愛的情況下，「和好」只會加重我對祢的冒犯。我獨自一人，軟弱又充滿懷疑，謙卑地懇求你，再將聖誕節的精神灌輸給我。請幫助我，真誠地原諒里克。

他當然明白不可能得到直接回覆。禱告是靈魂朝著神的方向的轉折，是一種內在運動。上帝的回答——如果真的出現了——看起來會是他自己的想法。他要做的事情是靜靜等待，讓自己接收它。

進入他腦袋的第一句話是刺耳的。你知道做你的兒子有多尷尬嗎？事後看來，在克藍對他的種種侮辱中，最難以忽視的是這句話，因為這話不僅是在說羅斯因為法蘭西絲而暴露弱點。這句話這很明顯是克藍

對他的不敬，早在心中醞釀好幾年而有的爆發。羅斯將這種不敬歸因於青春期，但他突然想到，里克・安布洛斯羞辱他時，不僅他一人痛苦，他兒子也一定痛苦。他過去太專注在自己的痛苦而沒注意它。

在那次團契聚會上起身捍衛他不受莎莉・珀金斯和蘿拉・多布林斯基羞辱的克藍，仍然是他認識和喜愛的克藍。但是從那以後，他就愈來愈不認識克藍。他在感恩節時太越界，儼然以貝琪的守護人自居，命令羅斯讓她自己決定怎麼處理繼承的遺產。然後，他現在想去越南。那個曾經為了抗議戰爭的不道德參加遊行的男孩，他到底出了什麼事？即使考慮到他的絕對主義，甚至羅斯也承認他對學生緩徵資格的看法合理。但在戰爭逐漸平歇的此時，決定去當兵沒有任何意義，他也沒有挽救到其他男孩，只是讓他自己走上岔路。把這些說成是守原則也沒意義。顯然，他意在傷害他的父親。

羅斯一定讓他覺得非常尷尬，多可怕！他私底下顧影自憐、縮在辦公室裡心懷怨恨、寧願在閣樓裡面鑽來鑽去，也不願碰到安布洛斯，這些他都過得去。他可以忍受私下羞辱，他可以向上帝討公道。但是，在兒子眼中變得可悲？他知道如果只是為了法蘭西絲，他永遠不會真誠地原諒安布洛斯，因為這樣做的動機是不純潔的。這動機和他想要幹（克藍用了那個無恥的字）她的慾望無可救藥的混在一起。但是，如果他表示寬恕克藍，並把這當成給克藍的禮物呢？他會因此成為更值得尊敬的父親嗎？

他半閉眼睛，想保護他的脆弱想法。他離開辦公室，走到走廊上那扇可恨的門前面。遵循某人的意志，他自己的或上帝的意志，他敲了敲門。

反應來得迅速而敏銳。「請進。」

羅斯把門推開了一些。坐在桌子旁的安布洛斯用擔心的眼神看著他。他的表情看起來，就好像羅斯是個鮮血淋漓的幻影。

「我們得談談。」他說。

「嗯，當然，」安布洛斯說：「請進吧。」

羅斯關上門，坐在年輕人接受諮商的沙發上。彈簧已經失去彈性，以至於他坐著的時候膝蓋比頭還高。他挪動身體，盡量貼近椅墊的邊緣，試圖增加一點高度，但沙發堅持他比安布洛斯低。就這樣，儘管他有愛人的心，但馬上就陷入仇恨之意、陷入一個年紀還不到自己一半的男人所製造出的痛苦中。他三年前開始迴避安布洛斯是有原因的，現在他因為陷入對法蘭西絲迷戀而把原因暫忘。她真不知道這個要求，對他來說是多大的一件事。

「我想，」他僵硬地說：「我應該道歉。」

安布洛斯現在滿面紅光。「別說了。」

「不，我必須說。早該說了。我很——幼稚——對此我深表歉意。我不期待你原諒我，但我要表示歉意。」

這些話全是空話。他不僅不期待獲得原諒，甚至不想獲得原諒。他努力尋找繞過仇恨的方法，但是這個仇恨在三年來已經長得太大，甚至把思緒換到克藍身上也完全沒有幫助。

「那，」安布洛斯說：「我能為你做什麼？」

羅斯往後靠在沙發上，看著天花板。他想離開，但現在，逃走等於承認他永遠不會擁有法蘭西絲，永遠不會重獲克藍尊敬。他張開嘴看看他會說些什麼。「你怎麼看這一切？」

「這一切是指什麼。」

「你、我、這情況。你是怎麼想的？」

安布洛斯嘆了口氣。「我覺得這一切很不幸。我不會假裝我不怪你，但我知道你的自傲受到重傷。而我又讓情況變得更糟，這部份我覺得很遺憾，當時也向你道歉。如果你願意，我可以再道歉一次。」

「不。別說了。」

「那麼，請告訴我，我能為你做些什麼。」

從上次羅斯在安布洛斯辦公室出現到現在，關於愛和恭維的信物繁衍了不少。面對桌子的那面牆上，有些從螺旋裝筆記本撕下來的紙，寫了些詩和訊息，看起來是出自女性。還有幾百張用圖釘固定、重重疊疊的快照，一些放在下面的照片露出青少年好奇觀望的臉。另一面牆貼滿了網版印刷海報，一直貼到天花板邊。羽毛、岩石、雕刻手杖和剝離的水彩畫碎片，塞滿兩張長架子。安布洛斯真是福杯滿溢。

「我甚至不知道整件事是怎麼發生的。」羅斯說：「怎麼會演變成我那麼討厭你。這已經不是自傲能解釋——基本上，這件事一直在消耗我的生命。我也沒辦法理解，我既是上帝的僕人，為什麼還有這種感覺。光是坐在這間辦公室裡就覺得折磨。我只有一個辯解理由：我沒辦法控制自己。只要想到你，不到五秒鐘我就覺得煩。我現在甚至沒辦法看著你——看了就覺得討厭。」

他的表白聽起來像個心靈受傷、急著對父母訴苦的小女孩。壞里克欺負我。

「那我說說自己的心情，也許會讓你好過一點，」安布洛斯說：「我也不喜歡你。我曾經很尊敬你，但那是很久以前的事情。」

他們腳下的低音振動突然拉高，然後嘎然停住。從這裡仍然可以聽到人群的歡呼聲，表示參加的人很多。知道對手回敬仇恨，應該是種慰藉，但是他這一刻只想起克藍對他的不敬。

「儘管如此，」他說：「我們不能讓這種情形繼續下去，這樣對教會不好，傷害太大了。我不知道該怎麼走出這死胡同，我們必須找到一個辦法，讓我們更——文明。」

「你來敲我的門真是勇敢，能夠走這一步。」

「我的天啊。」羅斯對著空氣，把雙手握緊成拳頭。「講到我覺得厭惡的地方。每次你告訴那些小朋友他們很勇敢的時候，聲音總會稍微抖一下。好像你是全球關於勇氣的第一把交椅，好像你的看法多重要。」

安布洛斯笑了。「能夠說出這些真是勇敢。」

「我曾經很疼愛你，里克。我以為我們是朋友。」他又變成心靈受傷的小女孩了。

「那的確曾持續一段時間。」安布洛斯說。

「不。其實沒有好一段時間，我想基本上我一直是個騙子。我本來就不應該負責青少年團契工作——這從來就不是我的強項。然後你到了我的教會。你說的對，我的自傲的確受到打擊，因為你的確擅長。我擅長其他的事——一些你不擅長的事情，所以我嫉妒你。這是我笨的地方。但這些似乎都不重要了。」

「如果我的木工和水管工技術進步了，我會讓你知道。」

「那個你永遠比不上，我會的技能多得很。但是，一想到你，那些東西通通不重要了。」

羅斯瞄了一眼安布洛斯，看到他呆滯的黑眼睛，然後馬上移開。

「我同情你，羅斯。但你可能不想聽這句話。」

「你他媽的一點都沒錯，我的確不想聽。如果你是混蛋，對我來說事情就簡單多了。順便說一句，我認為你真是混蛋。我覺得你是一個暴躁的自大狂。我認為你待在十字路，是因為在這邊可以盡情享受權勢。你刻意讓每個漂亮女孩在你的辦公室外面排隊，你好從中得到快感。你是比我更大的騙子，但沒關係，那些孩子還是愛你。你真的幫了他們，因為他們太笨了，沒辦法看穿你。然後，我不只討厭你——我討厭愛你的那些孩子。」

「如果我告訴你，我對他們也覺得煩心，你怎麼看？一直以來我都在掙扎處理？」

「那會很有趣。這種想法有趣的地方是，我想像你這個人跟我多多少少有點像，都想做點好事，都想事奉上帝，卻總是懷疑自己。理性來說，我應該能夠在這個基礎上找到一個原諒你的方式。但是，只要我看到要原諒的人是你，我就會因厭生恨。我只看到魚與熊掌都被你拿走了。你一方面享受權力帶來的興奮，又擔心權力帶來的興奮，你反而因此自我感覺良好。或者，你就承認自己是個混蛋，並沾沾自喜自己很『誠實』。也許這是每個人的通病。也許每個人都各有一種對基本的罪感覺良好的方法，但這沒有讓我少恨你。剛好相反。我因為恨你，開始恨所有人，包括我自己。你說我們多多少少有點像，不論是在那方面——光是這樣想，我都會噁心到聽不下去。」

「哇。」安布洛斯搖了搖頭，一副恍然大悟的感覺。「我以為我知道情況多糟糕，原來我根本不知道。」

「你現在知道我一直在和什麼打交道了吧？」

「我想，我應該覺得榮幸，因為我在你的想像中如此巨大。」

「真的？我認為你是基督復臨，我一直以為你已經習慣自己巨大的身影。」

「但是，你剛才說的事，還有你對我說話的方式——是你在團體裡時，從來沒表達過的。一種誠實、脆弱的層次。如果你當時能像今天這樣敞開自己，就算只有一次……現在才看到，是有點訝異。」

「是嗎？呸，去你的。我要說的是，老天啊，里克——你現在是在肯定我的誠實？什麼時候輪到你來肯定我？我是個已經被派立授職的牧師——我的年紀是你的兩倍！難道我應該坐在這裡感激一個從小在震派高地市長大、自以為是中高階級的混蛋評判我嗎？一個對我肯不肯定他根本不在意的人？」

「你誤會我了。」

「我一直想到約瑟和他的兄弟。我知道你對我總是引述聖經不以為然，但這會讓你記得聖經對誰是壞人一點都不含糊。約瑟的幾個哥哥把他賣為奴，因為什麼？因為他們嫉妒。因為主與約瑟同在。創世紀的主題就是這個：**主與約瑟同在**。他是神童、最受寵的兒子、每個人都去求他解夢，因為神賦予他這個天賦。

不論他去那裡，人們都請他管事，把他抬起來、讚美他。而且，好傢伙！他的認可對他們來說還真是重要。我年輕的時候讀創世紀，誰是好人誰是壞人清清楚楚。但你知道嗎？我現在讀創世紀，反而很討厭約瑟。我的同情完全轉到他那幾個哥哥身上，因為上帝沒有選擇他們。一切都是命定，他們就是運氣不好。難以相信的是：我非常討厭你，我開始討厭上帝！」

「唉呀。」

「我捫心自問，我做了什麼冒犯祂、犯了什麼讓大家討厭的錯？要讓你到這個教會來詛咒我？或者，這只不過是祂創造我的時候的計畫；也就是說，我生來就是壞人。我怎麼會愛這樣子的上帝？」

安布洛斯傾身向前，讓他的頭更接近羅斯的高度。

「你試著想想，」他說：「我們倆都試著想想。我對你說什麼才不會惹惱你？我不能同情你、不能說我佩服你、不能道歉。這就像，我做任何人類該會有的反應，都會惹到你。」

「完全正確。」

「那麼，你來這裡是為了什麼？你想要什麼？」

「我希望你成為一個你永遠不能成為的人。」

「什麼樣的人？」

羅斯想了想這個問題。他終於發洩了情緒，鬆了一口氣，但這是他發洩的套路。再過一會——不要多久——他就會對說過的話感到丟臉。不管怎樣，他就是這種人。當他想到該怎麼回答安布洛斯時，他接著說下去。

「我希望你成為一個有所需要的人。一個在乎**我**的認可的人。你問我你說什麼我才不會失望？好吧，有一件事你可以說。你可以說你愛我，就像我以前愛你一樣。」

安布洛斯又坐直身子。

「別擔心，」羅斯說：「即使你現在說得出口，我也不會相信。你從來沒有愛過我，我們倆都知道。」

他怕自己會像個小女孩一樣哭出來，因此閉上眼睛。他因為愛安布洛斯而受到懲罰，似乎不公平。他也因為愛克藍受到懲罰；甚至因為愛瑪莉安受到懲罰，因為她是以愛他回報他的人，她也是他命定要傷害的人。他愛的能力——基督福音的本質——難道還不夠在上帝面前爭取一些信任嗎？

「等等。」安布洛斯說。

羅斯聽到他起身，離開辦公室。即使在他最壞的日子裡，尤其是在他最壞的日子裡，他的不幸也是通往上帝的寬容的大門。現在他在門裡找不到任何回報。他甚至無法期待自己准許他打電話給法蘭西絲，因為他沒完成她交付的任務。

安布洛斯從聖所拿了一個奉獻盤回來。他蹲下、把盤子放在地板上，羅斯看見盤中裝滿了水。安布洛斯鬆開羅斯的工作鞋的鞋帶。鞋子是他在希爾斯百貨買的。「把腳抬起來。」安布洛斯說。

「不要。」

安布洛斯抬起他的一隻腳，脫下鞋子。羅斯左扭右晃想掙脫，但安布洛斯抓住他的腿，脫了他的襪子。這儀式太神聖、可以聯想到太多聖經故事。羅斯想抵抗，但就是沒有辦法一腳踢開他。

「里克，真的不要。」

安布洛斯專心工作，脫下另一隻鞋和襪子。

「說真的，」羅斯說：「你想扮演耶穌？」

「依照這個邏輯，我們為了向祂看齊而模仿祂做的每一件事都是虛華不實的。」

「我不要你洗我的腳。」

「這個動作不是從祂開始的。它的意義其實更廣泛，用意是表示謙遜。」

盤子裡的水很冷——肯定是飲水機裡的水。羅斯無力反抗，安布洛斯跪在地上，下垂的黑色頭髮遮住他的眼睛。洗完一隻腳，接著洗另一隻。他用掛在辦公椅椅背上的法蘭絨襯衫，輕輕擦乾羅斯的腳。然後，身體前傾，低著頭，抓住羅斯的手。

「你在幹什麼？」

「我在為你禱告。」

「我不要你的禱告。」

「那我為自己禱告，你他媽的閉嘴。」

羅斯知道最好不要用禱告擺脫仇恨——他已經試過一百次了，都於事無補。此時此刻讓他感動的是那隻握住他的手。細長、黑色體毛且年輕。那只是一隻人手、一隻年輕人的手，讓他想起了克藍。他的胸部開始顫抖。安布洛斯的手抓得更緊了。羅斯向他的軟弱投降。

他哭了，而且一定哭了十分鐘，安布洛斯一直跪在他腳邊。基督的善，聖誕節的意義，又在他心裡了。他已經忘了它的甜蜜，但現在，他想起來了。想起他沉浸在上帝的善的時候，只要留在裡面，體驗它的快樂，什麼都不要想，就在那裡面，就足夠了。等到安布洛斯終於鬆手的時候，羅斯反而緊抓不放。他不希望這一刻就此結束。

安布洛斯收走奉獻盤，羅斯穿上鞋襪。他過去感受恩典的經驗（大部份發生在青春期和二十多歲時，），都是頭腦處於一種平靜而且清晰的狀態，一種在破曉時出現，很快又會被日常生活驅散的寂靜。現在，他的頭腦同樣清晰，接受主與安布洛斯同在。

「我感覺好多了。」他由衷地對回到房間的安布洛斯說。

「那我就不多說了，免得搞砸。」

羅斯起身時，才意識到他的剋星其實不高。看起來像個貼著盜匪假鬍子的長髮男孩。羅斯懷疑他的恨意只是遭到壓抑，不是被征服。但是他現在的頭腦依然清晰。他並不羨慕那些青少年送給安布洛斯的禮物。在較低的架子上有一根長羽毛，毫無疑問是從亞利桑納州帶回來的，鷹的尾羽。他撿起它，用指腹抓著羽管轉動。最好身無一物。最好像自稱為Diné的納瓦霍人一樣（譯注：Diné Bikéyahshi是納瓦霍語，指住在四座聖山間的納瓦霍人。）Diné什麼都沒有。他們的屋子裡幾乎什麼都沒有，就這樣過日子。即使在更好的時代，在歐洲人來之前，他們也不曾擁有很多東西。但精神上，他們是他所認識最富有的人。

「我想去亞利桑納。」他說。

15

貝琪真的是跟著蘿拉・多布林斯基的腳印走。她在藥房後面發現了一組深腳印，一路通往個木樓梯。梯頂是一扇飽經風霜的門。她低頭往下看，確定克藍沒有跟著她。她非常怕蘿拉，但已經沒有時間。她敲了敲門，等待著。裡面沒有聲音，她又敲了敲門，試了試門把手。沒有鎖。

門後是一間小廚房，蘿拉正跪在鋪著橘色粗毛地毯的地板上。她身上穿著機車夾克，正在把填充纖維睡袋塞進一個尼龍袋裡。旁邊有一堆盥洗用品、一疊書和一個軍用式樣的雙肩背包，一截刷毛運動衫的袖子從背包開口掉出來。電熱器散發出燃燒灰塵的氣味。

「蘿拉？」

蘿拉僵住了，沒有回頭。

「我知道妳不想見我，」貝琪說：「但我來不是為了我，是關於譚納的職業。今晚他真的需要妳上場，請妳去一趟好嗎？」

「妳他媽的滾出我的房子。」

「我和那位經紀人談過了，我和吉格談過了，妳知道他為什麼會來嗎？因為妳。我是說，妳真的是了不起的歌手。我知道妳一定受了傷，但是——吉格很想聽妳唱歌。」

「我知道妳一定受了傷。」蘿拉用幼稚童音回應。她把最後一點睡袋塞進尼龍袋裡，拉緊線繩。

「對不起。」貝琪說，朝她走過去。「我希望我能收回一切。我希望我昨天就知道——還有一條正確的道路，正確的生活方式。我走錯路了。」

「然後讚美耶穌為妳指明了道路。」

貝琪努力忍住。「我的意思是，你不該把氣出到譚納身上。是我的錯，不是他。他現在真的需要妳，妳就不能花一個小時去幫他嗎？」

「不能。」

「為什麼？」

「因為我要跟他分開。去舊金山。」

「我說的是他現在需要妳。」

「我就是現在要走。」

「現在？外面的雪應該有一呎厚。」

「這是最容易搭到便車的時候。每個人都想幫助陌生人。」

蘿拉鬆開雙肩背包的繫帶，把睡袋放在繫帶上。譚納說過——她很激烈。

「我只是想，」貝琪說：「如果妳關心他，還跟他在一起不管多久——」

「妹子，四年了。」

「妳難道不再希望他能有最好的表現嗎？」

蘿拉抬頭，透過粉紅色鏡片看著她。「妳腦袋壞了嗎？」

「沒有。我知道妳在生氣，我知道我做了件壞事，但我們都愛譚納——」

「哦，真的喲。妳愛他。」

「我——是的。」

「呵呵，好甜蜜哦。」

蘿拉在那堆盥洗用品裡翻找，接著一個東西朝貝琪的臉飛過來。她抬起手擋，順勢抓住那東西，是管牙膏，從底部往上捲到一半。看到上面的Gynol的字樣，貝琪馬上扔掉。那不是牙膏。

「給妳的小禮物，」蘿拉說：「除非——天啊。難道妳在避孕。」

貝琪覺得手被弄髒，在外套上把手擦了擦。

「整個啦啦隊的人都不怕這個，但是，妳知道妳只是在替整個男性複合企業買單？亂搞自己的荷爾蒙好讓他們爽？男人最高興的就是，打了砲又不擔心後遺症。連譚納也想要逼我吃藥。現在妳出現，他一定很後悔當初幹嘛在我身上費那麼大的事。」

房間裡明明暖氣不足，貝琪卻滿頭大汗。胸口悶的感覺就像小時候暈車，性愛的前景像前方展開的山路，再加上一百個彎道，準備讓她更難受。她已經坐上譚納的車，現在她希望那輛車慢下來。

「我的意思是，」她搖搖晃晃地說：「今晚他真的需要你來唱。」

「或者，等等、等等。」粉紅色鏡片後面的眼睛瞇了起來。「妳不會沒有性經驗吧？」

「我有沒——？」

「我的天啊。妳當然沒有。不要，拜託，不要。聖經說你不可以碰我那裡。」蘿拉笑了。「上教堂可沒有阻止我們這位男孩的性活動，他是個很會玩的基督徒，你最好有點準備。」

暈車的冷汗。

「或者，不對，我希望妳還沒有準備好。我希望妳讓他對妳做的唯一一件事，就是叫他唱讚美詩。他只值這個。」

「拜託妳，」貝琪說：「我們現在就得走了。經紀人在那裡，他是來聽妳唱歌的，我只是想——我們該走了。」

「我說過妳他媽的滾開。」

「拜託妳，蘿拉。」

蘿拉一躍而起衝向貝琪。貝琪為什麼跪下，她說不出來。或許她不想長那麼高，或許是一種懇求的姿態。總之，她發現自己跪了下來，低下頭雙手合十。**請幫助蘿拉**，她禱告說。**請原諒我**。

蘿拉尖叫了一聲。「搞什麼鬼？妳他媽在開我玩笑嗎？」

貝琪的頭一直低著。從她上方傳來含混的快速講話聲，然後一隻冰冷的手伸進她的頭髮，一把抓起，侵犯了她身體的聖潔，想拉她起來。她感覺頭髮從髮根斷裂，但她拒絕站起來。那隻手鬆開了。下一秒，她的一隻耳朵就被猛打了一下。這一掌很惡毒，能感覺到對方的腕骨，她看到眼前有東西閃耀——星星。她看到星星。接下來的那一掌打得她脖子痛、昏頭轉向。比痛苦更糟糕的是暴力這個單純的事實。沒人打過她。她緊閉雙眼，繼續禱告。

蘿拉現在也跪著了，她的指尖滑過貝琪覺得沒有皮膚又燙的耳朵。「貝琪，對不起。妳沒事吧？」

拜託祢，上帝。拜託祢，上帝。

「我——混蛋。我比我老頭好不到哪裡去。」

聽到蘿拉的聲音變了，可能是對她禱告的回應，貝琪的核心部位有東西在攪動——她在聖所有過一次同樣的經驗。上帝還在那裡。她不想和祂失聯，開始集中注意力。但蘿拉又說話了。

「妳知道這件事，對吧？譚納告訴妳了？」

貝琪搖搖頭。

「他沒告訴妳我為什麼搬去和她住？和他全家一起住？」

蘿拉和伊文斯一家住在一起，這對貝琪來說是個新聞。別管為什麼。

「我知道被打是什麼感覺，」蘿拉說：「對不起，我對妳做了這種事。」

「沒關係。我也對妳做了壞事。」

「就是這樣！我老頭就是這樣讓我覺得我活該，咎由自取。」蘿拉摸了貝琪的肩膀。「妳真的沒事？」

「是的。」

「一隻張開的手，可以造成大傷害。就像我的一隻耳朵半聾了。發現這件事的人是譚納的媽媽。她是我的鋼琴老師，現在基本上是我媽媽。我的另一個媽媽——我甚至不能和她住在一起，他到現在仍會對她動手，而且她到現在還覺得是自己活該。」

貝琪感激——對上帝——蘿拉用更和藹的態度說話，但在感激之餘，她心生對譚納的不滿。他沒有告訴她蘿拉的父親打她、蘿拉和他的家人住在一起，實際上她像是他妹妹。如果貝琪了解她陷入的深淵，她會更小心。這整個傷害，有一部份是她的錯，但她現在覺得有一部份是譚納的錯。

「我很難過。」她說。

「只有左耳。」

「不。我是說所有事情。知道妳要面對這所有的事情，我覺得很難過。我在想——也許我應該讓開。不打擾你們了。」

「太晚了，妹子。他愛上妳了。」

暈車影像又出現了。

「我直接問他，」蘿拉說：「他就這樣回答。」

「但這只是因為我投懷送抱，如果我一走了之……」

「這種事不能這麼處理。」

「我知道他對妳還是有感覺的，如果我只——」

「打亂他的情緒然後走開？這招也太賤了吧，雖然這並不代表我覺得妳不會做出這種事。」

這時，說它是大聲也好、憤怒也好，似乎是電話響的聲音。電話掛在小廚房的牆上。蘿拉不感興趣地看了它一眼。

「說要分手的人是我，」她說：「我幾年前就應該這樣做了。」她起身時加了一句話：「對不起，我打了妳。」

她回去整理背包，電話還在憤怒地響著。在貝琪家，不理會電話響是不可思議的事情。她跳起來、走過去拿起話筒。她聽到人群的聲音還有譚納對著話筒大喊大叫。

「貝琪？妳在幹嘛？我已經——吉格在這裡——我們必須開始了。妳在做什麼？」

「等我一秒鐘，好嗎？」她把話筒按在胸前，然後走向蘿拉。「是譚納，」她說：「他們要開始了。妳要跟我來嗎？拜託？」

蘿拉想了一會兒，不耐煩地揮了揮手表示同意。整件事——如果她沒有打貝琪，她可能永遠不會同意，但貝琪如果沒有跪下禱告，她就不會出手，如果基督精神沒有把貝琪帶到蘿拉的公寓，她就不會跪下禱告，如果貝琪沒有在聖所發現上帝，她就不會跑來蘿拉的公寓，如果她沒有抽大麻，她就不會在聖所發現上帝——在貝琪看來，當她跟著蘿拉走下藥店後面積雪覆蓋的樓梯時，這整件事是上帝神秘力量最美麗的證明。她做了壞事，她接受了懲罰，現在她得到了回報。她能感覺到一種全新的生活，一種植根在信仰中的生活，已經開始了。

她倆大步走在人行道上。「這實在有夠蠢，」蘿拉說：「希望妳知道，我會因為這件事要付出多大的代價。」

冷空氣刺痛貝琪被打傷的耳朵。她不敢說話，以免蘿拉改變主意。

多功能廳裡的群眾焦躁不安，一片黯淡的紫光籠罩了舞台。蘿拉逕自走向通往後台的門，貝琪躲到門廳附近。她看到已經被一掃而空的食物桌，她剛剛以為自己的恍惚已經結束時，其實她還在很嗨中。這時她不情願地想起了克藍。

吉格・班奈戴堤走到她身邊，微笑著說：「又見面了。」

「是啊，嗨。」

「我不敢說我喜歡這邊的辦事效率，我的意思是相當低。」

「蘿拉有點不舒服。」

聖經中有禁止說謊嗎？也許沒有，但真相遲早都會大白。她想知道，做了一件了不起的事之後，會不會再做一件。

「所以，實際上，雖然，」她說：「事情是這樣的，蘿拉要退團了。」

吉格笑了。「當真？」

「嗯，是的。」

「我來聽的表演包括一位女歌手。」

「我知道。但我聽說他們會在沒有她的情況下演奏，而且，沒有她會更精彩。譚納不必分享舞台的時候，就真的會展現獨霸一方的氣魄。這是他的樂隊，不是她的。」

「有沒有這種可能：妳其實不是他們最客觀的樂評人？」

她的手本能地伸向頭髮，再把頭髮從外套衣領裡拿出來攏順，接著華麗地甩了甩頭髮。沒有上帝會不同意的動作。如果吉格認為她漂亮，那也不是她的錯。

「如果你真的想知道，」她說：「我就是蘿拉退團的原因。如果你因為我不簽，我會覺得倒楣透頂。」同樣出自本能的，是她在聲音中放進的傷害語調。她又甩了甩頭髮。「我知道這聽起來像是在請你幫忙，但譚納才是有抱負的人，蘿拉只是業餘玩家。」

吉格瞇起眼睛。「你們是什麼關係？」

「這是什麼意思？」

「為什麼我要和妳談而不是和他談？」

「我不知道。只是——如果你簽下了樂團，你會經常看到我。」

真要撩他，她應該看著他的眼睛，但是她做不到。

「那確實值得考慮。」他說。

16

暴風雪過後，是滿天星斗的寒意。牧師館很黑，但車道上的積雪出現兩道新壓出的胎痕。克藍循著車胎走向後門，聞到一股菸草味。他停下來聞了聞空氣。樹梢上的風是往北吹的，接近地面的風，方向比較混亂。他和父親吵架後，已經抽完了一包菸，現在一支都沒剩。他本來打算回新展望就戒菸，但那是在貝琪要他滾開之前。

菸味來自牧師館。坐在前廊的在柴箱上，穿著厚大衣，是——他媽媽？他很想繼續沿著車道走，溜進屋，直接上床睡覺。但他看出父親是對的：他寫信給選兵委員會的時候，沒有考慮母親的感受。更糟糕的是，他覺得他得告訴她，就是現在，他做了什麼。與其讓老頭子跟她講，不如由他告訴她。

他沿著車道往回走到門廊，她的香菸不見了，她站了起來。

「親愛的，」她說：「你回來了。」

他彎下身子，得到了一個菸熏味的吻。他知道她十幾歲就抽菸，但那是三十年前的事了。

「對，」她說：「我在抽菸。被你逮到了。」

「其實——我可以來一根嗎？」

她笑了。「這愈來愈荒謬了。」

他不明白她的意思，但笑比說教好。「我會戒啦，」他說。「明天。但是——可以先來一根？」

「我不知道的事還真多啊。」她搖搖頭，不以為然地把手伸進口袋。「有濾嘴的？沒濾嘴的？」

他一氣呵成，從已經開的那包菸裡拿出一根，很快點著。是無濾嘴的Lucky Strikes。他盯著白色的街道，告訴她那封信的事以及他寄信的原因。直到說完，他才轉頭看她對這件事的反應。

她手裡拿著的咖啡杯，裡面有幾個菸頭。彷彿是被他的沉默驚擾到，她低頭看杯子。連她自己都覺得訝異，她把咖啡杯遞給他，只說：「我進去了。」

他不知道自己究竟期待什麼，但至少不會是這種完全沒有反應。他捏熄了Lucky Strikes，跟著她進了屋。他的行李還在樓梯下面，放置行李旁邊的那顆聖誕樹是暗的。

他的母親蹲在廚房裡一個很少打開的櫃子旁。

「媽，妳沒事嗎？」

她拿出一瓶J＆B蘇格蘭威士忌站起來。「為什麼這麼問？因為我拿酒嗎？哦，難怪，對啊，有酒。」她笑著把瓶子倒轉一百八十度，瓶口朝下對準玻璃杯口，倒出來的酒不到一指高。她一口喝乾。「你希望我說什麼？我很高興我兒子想到那邊打仗？」

「我不會在道德上對這件事虎頭蛇尾。」

她微縮下巴，懷疑地看著他，好像希望他修正剛才的話。他沒有。她又蹲在櫃子邊。

「我沒辦法處理這件事，」她說：「今天晚上不行。如果你想讓我在未來兩年每一個小時都擔心你，那麼，你決定就決定了。如果能事先讓我們知道就更好了，但是——反正是你自己的決定。」

她逐一檢查那幾瓶酒的變色標籤，發出瓶子互撞的叮噹聲響。

「你的決定會毀了你爸爸，」她補充說：「我想，你知道這一點。」

「是的，我在教堂遇到他。他很生氣。」

「他在教堂？」

卡崔爾太太和她召喚的手指，克藍仍然記憶猶新。他不欠老頭子什麼。問題是要不要顧及母親的感受。

「他和一位教友在一起，」他小心地措辭。「我們得幫忙把她的車挖出來。」

「讓我猜猜看。是法蘭西絲‧卡崔爾。」

聽到母親說出這個名字，他一陣眩暈。他在猜，她是不是知道了卡崔爾太太的事，所以抽起菸喝起酒。可能知道得已經比他還多。

「你要喝點什麼嗎？」她說：「來點食物？喝點酒？這裡還有一點波本威士忌，一些擺很久的苦艾酒。」

「也許來一個三明治。」

她拿出一個瓶子站起來，瞇著眼看著裡面剩下的酒。「為什麼這樣？為什麼當有人終於真的需要喝兩杯的時候，每個該死的瓶子都是空的？這不可能是隨機發生的。如果是隨機的，就一定有滿的瓶子。」

她肯定有什麼地方不對勁。

「實際上，不是這樣。」她說：「我懷疑是你弟弟。」她把剩下的一點酒倒進杯子裡。「想想就會覺得心碎。他每次都得來拿一點，但是，又不能留下空瓶子。如果不能讓瓶子真的空了，他能拿多少？我都不知道該笑還是該哭。」

她的狀態已經超過克藍可以處理的範圍。在相對暖和的屋子裡，加上他已經把自己的所作所為告訴父母，鋪天蓋地襲來的疲倦再也無法抵擋。他坐到廚房的餐桌旁，把頭放在胳膊上。他以為自己會立刻睡著，但他已經過了那個階段。筋疲力盡如此痛苦，反而讓他清醒。他聽到母親給自己倒了第三杯酒，打開冰箱，整理餐具。他聽到她把盤子放在桌子上。

「你應該吃點東西。」她說。

他使盡全部力氣坐起來。盤子裡放著一個裸麥麵包夾火腿和瑞士起司三明治。他很感激她幫他做了個三明治，卻因為筋疲力盡不想吃。他想起那天早上夏倫給他的肉桂麵包，還有她在其他早晨替他準備的炒蛋。他想到她看到他的時候有多高興，對他們的未來有那麼多的計畫，眼底的疼痛變得難以忍受。

「哦，親愛的，克藍，親愛的，怎麼了？你哭什麼？」

他有太多的苦想表達，而且只有一種方式表達。當母親摟著他時，他努力維持一些殘存的力量和尊嚴。但是，真的，不管是力量或是尊嚴，他都沒有。

有趣的是，當他停止流淚時，三明治看起來可口了，他還想要一支菸。這些和解放性慾後身體想碰的東西是一樣的。

「你要告訴我出了什麼事嗎？」他母親說：「你不是真的想去當兵吧？」

有人在桌上留了一張餐巾紙。他用它擤鼻涕。母親在他對面坐下，她的杯子裡有一些褐色的苦艾酒。

「我們可以在早上打個電話給選兵委員會，」她說：「你可以說你改變主意了。沒有人會看不起你。」

「不要。我只是累壞了。」

「但這會影響你的判斷。也許，你要是能休息一下——這太瘋狂了。」

「不瘋狂。這件事我很確定。」

從母親的沉默中，他可以看出她很失望。她教養孩子的方式一直是提供建議，希望他能體會到那些建議是明智的，而不是告訴他該怎麼做。

「妳還記得妳告訴我的話嗎？」他說：「沒有承諾的性行為是個壞主意？」

「我好像說過。是。」

「嗯，所以，我一直和一個女孩在一起。一個女人。跟她在一起，是天下最棒的事情。」

母親張大了眼睛，好像被他用針扎了一樣。

「但是妳說對了，」他說：「如果沒有承諾，就會有人受傷。我們之間就是如此，她傷得很重。」

悲傷在他心中升起。母親隔著桌子伸出手拉他。他不想再哭了，便把母親的手推開。

「我們分手了，」他說：「今天早上。或者說，我和她分手了。她並不想。」

「噢，親愛的。」

「我不得不——我得退學。」

「你不必退學啊。」

「我對她做了一件非常殘忍的事。」

分手的苦澀控制了他。他盡力想奪回控制權，母親站起來走向爐子，他聽到了呼嘶的聲音，接著聞到菸味。她抽菸這件事的古怪讓他清醒過來。

「妳不出去抽嗎？」

「不，」她說：「這也是我家。」

「妳為什麼抽菸？」

「抱歉，今天事情接二連三的來。知道你感情受傷了我很難過，我很難過——她叫什麼名字？」

「夏倫。」

母親這時用力地吸了一口菸。「其實，我很難理解。如果你覺得跟她在一起很快樂，為什麼要退學？」

「因為我的徵召順位是十九。」

「但是，為什麼要在這時候退學？」

「因為我對她太著迷了，成績一落千丈。只要我在學校，我就只想和她在一起。」

「但那是——」他母親皺了皺眉。「你是為了逃避她而退學嗎？」

「我的平均成績是Ｂ。用這種成績去申請緩徵說不過去。」

「不、不、不，你沒有想清楚。你愛她嗎？」

「這不重要。」

「你愛她嗎？」

「愛，我的意思是——愛。但這不重要，已經太遲了。」

他母親走到水槽邊，打開水龍頭滅了香菸。

「永遠不會太遲，」她說：「如果你愛她，她也愛你，那就不要離開她，就這麼簡單。不要逃避你愛的人。」

「我知道，但是……」

站在水槽邊的母親轉過身來，眼中帶著一絲他以前沒看過的光芒。「不對！你做了一件最可怕的事！」

他從來沒有怕過她。她一直都只是他的母親，嬌小溫柔，有求必應，無處不在。她走到餐廳門口的壁掛電話旁，拿起話筒，這時他更害怕了。她直接把話筒塞到他臉上。

「打給她。」

「媽？」

「親愛的，不要想太多，就打給她。你會覺得好一點。我要你打電話給她，告訴她你很抱歉。照著我的話做，她會接受你的。」

話筒發出撥號音。他母親的手在抖。

「夏倫現在和家人在一起嗎？她也回家了嗎？」

「明天，我想。」

「那麼，你就告訴她，你想來看她。去就對了，我沒關係。」

「媽媽，今天是聖誕節。」

「所以呢？是我准你去的。我的意思是，老實說——這兒是你想來的地方嗎？這裡？」她拿著話筒的手橫掃過房間。「就這裡？」

她的聲音裡透出的嫌惡讓人嚇一跳。然而她說的有道理。他真的不想待在牧師館，不想在貝琪對他說了那些話以後還待在這裡。

「現在回去太晚了，」他說：「她早上就會離開。」

話筒突然爆出一種話筒離架的嘟嘟聲。

「那就現在就走，到她會去的地方。」他母親說。

17

裴里為什麼深夜會在這裡，在鐵道的另一邊，在新展望鎮那個最無展望的地方。那地方的兩邊都是破爛小屋，街道與鐵道的交會處就跟條死路差不多。我們只能在最狹隘實用的意義上才能得知裴里在此的答案。為了回答那個更重要的問題：為什麼。我們需要一個推理，但是，推理在這裡很明顯毫無意義。當他沿著終點站街小跑步時，腳下的雪吱吱作響，他感覺有個不斷擴大的黑色火山口正在追他。在它還沒追上，還沒將他吞噬前，他得再次跨過這房子裡他沒想到要跨的門檻。就目前的情況而言，也只能這樣了。

火山口是在他對母親坦承販賣禁藥後出現的。儘管這坦白別有用心，因為他要先爭取母親支持，好對抗父親的盛怒；一旦他的不當行為曝光，他還準備以流淚搏取寬恕，就像他在十字路那次的聲淚俱下、讓所有人為之動容一樣。但母親似乎不在乎，沒罵他，甚至沒有提問。結果，當他下樓留她一個人在樓上抽菸時，他的大腦開了一個火山口，他對這情形束手無策。

他冒著大雪動身前往安瑟・羅德家。要是可以的話，今晚他當然要讓自己非常嗨。他期待可以完全放心地躲在羅德家游泳池邊的工具間，一口接一口好好享受。刻意越軌的放縱、即將失去未來的徬徨，他想到這兩件還沒發生但已經逼近的事就開始勃起；等他非常嗨的時候，他想像待在羅德和他那個姊姊——削瘦、不戴胸罩、會從大學回家過節的安內特——共用的浴室裡，替自己服務，邊想邊覺得自己愈來愈硬。安內特是格林內爾學院的三年級生，既不風趣也不幽默、臉皮油又粗，但更增魅力。就女性來說，她接近裴里的理想型，因為她像仙女座星系一樣易得到。

尷尬的是，他按下羅德家門鈴後，來應門的正是安內特。他沒辦法直視她，幾乎說不出口要來找安瑟。他身上廉價的連帽防寒外套、愚蠢的鞋套，還有他胡思亂想的慾望，看上去肯定像隻人見人厭的蟲子。他只好等她轉身離開。那個要待在上鎖的浴室裡——只靠自己——的慾望，強烈到快要忍不住。他從打開著的前門看到羅德家的壁爐裡閃爍著橘色暖光。壁爐和屋子裡的其他東西一樣，壁爐是超大的莊園式樣，燒的劈柴比他在其他地方看到的都要旺。

羅德光著腳走到門口，似乎很惱火。「你要幹嘛？」

「我想進來，」裴里說：「如果可以的話。」

「不太方便。我們正在玩卡納斯塔。」

「卡納斯塔。」

「我們家的過節傳統，其實還挺好玩的。」

「你們全家在玩紙牌遊戲。」

「對啊，就跟唱聖誕頌那種傳統一樣。」

羅德一家甚至比希爾布蘭特一家人更不像是家，他們一起做一件歡樂的事，這非常不尋常，感覺就像宇宙到處都變得不公不義。裴里不用往身後看，就能感到黑暗火山口正在逼近他。

「好吧。那……」他說，失望已經滿溢到他喉嚨，「如果你有一點點時間，不知道——我今天計算上出了一點小差錯。算錯了。」

「說真的，老弟，」羅德準備關門。「不太方便。」

「如果你能快去快回，拿一包給我就好了。就當作是幫朋友。」

「我們正在玩遊戲。」

「你講過了。我可以給你一些現金，如果你要的話。」

羅德變了個臉，像是眼前有隻惹人厭又趕不走的蟲。

「安瑟，不要這樣。我什麼時候像這樣找你幫忙了？」

「你是怎麼回事？」

「我不應該提到錢。我錯了——抱歉。」

羅德當著他的面把門關上。他知道在羅德臥房的抽屜裡，距離他所站的地方不到五十呎，有三盎司普通等級的大麻，剛好夠解決他眼前的需求。他不能怪天地，是他得罪了羅德。過去他能夠嗨，是因為羅德慷慨，加上他本錢雄厚，這三個條件一直和平共存，但是他今天提出要交易，凸顯了一個過去一直被和諧掩蓋的事實：他不愛羅德，他愛的是毒品。

身後有火山口邊緣在追趕，他決定改去第一歸正會，找找手上可能還有貨的朋友。羅德不是十字路成員，音樂會現在是他唯一的依靠。他母親已經失去理智。她進過瘋人院，她的父親還投水自殺，而她把這些事說了出來，告訴了裴里——這兩種下場不是沒有在他腦子裡冒出來過，但他從不讓自己去搞清楚，甚至在他最睡不著的夜晚，他也沒有這麼做。然而他就好像有X光視力或超能念力，這些他早就知道了，只是以前還有點模糊，但被他媽媽說破後，他毫不驚訝。他看得出那兩種下場很醜陋，但並不害怕。因為他認得它們。

他不會再跟她透露任何事情了。現在不會，以後也不會。從某種意義上說，他要逃離的火山口就是他母親。

他原本打算在教堂停車場找個伴一起進去，但他到得太晚，停車場空無一人。多功能廳裡有一群人的後面，幾位十字路團友跟著〈木船〉（Wooden Ships）的吉他演奏聲幸福單純地跳著舞，裴里聽過這個樂團的評價。此外，他也在負責網印音樂會海報時，看過這個樂團的名字「藍調」。他在人群分合的空隙中穿行，一晃眼看見台上傳奇的蘿拉・多布林斯基對著電子琴皺眉，專注正確地彈出切分音，還有一位高個子非洲裔吉他手，他吹奏短樂句時幾乎看不到嘴唇移動；譚納・伊文斯的表現像個搖滾明星，猛力彈著節奏同時連續幾個小箭步向前、甩髮。這個團聽起來不過是一個音符接一個音符，跟著Crosby Stills和Nash的第一張唱片在表演，不幸的是，現場的人也完全沉浸其中。除了跳舞的女孩們，其他就是些搖頭晃腦的背影。有個人碰了碰他的肩膀，失望從他的喉頭升起。

碰他的人是賴利・卡崔爾。賴利是他用不上的名單之一，卻偏偏先碰上。賴利對自己的頭髮做了些愚事，過度梳理，結果使他其他裝扮——牛仔夾克、直筒燈芯絨褲、登山靴——也受到影響，顯得都過度打扮。他張開雙臂，好像，天啊，在等著擁抱。裴里轉身面向舞台，伸長脖子，假裝對樂隊非常感興趣。他已經對母親承認他販毒，因此，他已經在父母面前免疫了，也不必再擔心賴利會出賣他。

我們要離，開，了。副歌從舞台上傳過來。**你不需——要我們**。

賴利沒有氣餒，在裴里的耳邊朵吼著問他：「你剛才去哪了？」

裴里知道，這就像下棋一樣，除非他下一步險棋否則這個小卒就會一直跟著他，尋找毒品的工作會更複雜。天地不公不義的感覺又出現了。那個一切只能怪自己、不能怪別人的感覺又出現了。

怎麼辦？就像他下險棋的時候一樣，想到這招時，他生出一種「我就敢」的震顫與激動。他向賴利招手，賴利急忙跟過去，兩人來到空無一人的前廳。

「我有個想法。」他說。

「什麼、什麼？」賴利說。
「我們來喝到醉。」
賴利用手指擦一擦鼻樑兩側的皮脂腺。「好啊。」
「我猜，你媽媽應該有藏些酒？」
兩隻手指摩擦著，鼻子嗅著皮脂。眼睛睜得大大的。
「你現在就去，」裴里說：「去拿幾瓶她不會注意的那種，橙酒或是薄荷香甜酒。只要瓶子裡還有酒的都可以。」
「好，嗯。然後呢？」
「然後你把酒藏在雪堆裡——它不會結冰。你能做到嗎？」
賴利顯然很害怕。「我們一起去。」
「不行。太可疑了。你要多久都可以——我會等。」
「我要想一下。」
裴里抓住他的小卒的手臂，看著他的眼睛。「去做就對了。你以後會感謝我的。」
觀察他對賴利的影響力發揮作用，就像推開火山口邊緣。當你拋棄所有行善的想法，那是一種解脫感。他從外大門的出入口，可以看到賴利匆匆穿過停車場。
蘿拉・多布林斯基現在坐在教堂的平台鋼琴前，高聲唱著卡蘿・金（Carol King）的歌。他再度進入人群中，先停下來擁抱一位直說佩服他字彙能力的十字路女孩、然後是一個懷疑他感情放不開的女孩、接著又擁抱一個曾經跟他一起，即興創作描寫不誠實的短劇的女孩，那齣戲口碑相當好。之後他又擁抱另一位女孩，她曾在一次雙人練習中對他說，她不到十一歲就來月經。然後他和幫他製作音樂會海報的男孩舉手擊掌，又得到一位知名度不亞於艾克．伊斯納的名人點頭致意，他曾在一次建立信任練習中戴著眼罩摸他的臉，對方的盲手指接著摸了自己的臉。但是，這些人沒有一個能看進他的頭顱裡，全部遭他愚弄，替他的坦率鼓掌叫好。他們以一種和緩跳動如脈搏的節奏，集體如纖毛運動般將他一點一點推入十字路內圈。那幾個擁抱尤其讓他高興。但火山口邊緣再次爬上他的身體，變成一個典型的令人沮喪的問題：又怎樣？內圈又沒有實權，不過是個抽象遊戲的目標罷了。

他發現，所有的老朋友都聚在靠舞台角落的一面美國國旗旁。教堂為何得掛旗，誰也不知道。鮑比．傑特、基斯．史特頓、大衛．戈雅以及他面容憔悴的女友金，還有貝琪都在那裡，旁邊還站著一位裴里不認識的年長男人。誇張的鬢腳，穿著有腰帶的橘色皮外套，看起來就像從《嬉皮特偵組》（*The Mod Squad*）片場拍下戲一樣。金馬上擁抱裴里，他很高興地察覺她頭髮裡有股臭鼬味。有毒品的地方就有希望。貝琪只是對他揮了揮手，但不是不和善的那種。不知道什麼原因，她看起來更高了一點，容光煥發的樣子也還過得去，似乎意在突出他矮小的身形，以及他明顯的坐立難安。

舞台上的譚納．伊文斯拿起一把木吉他，他的非洲裔朋友拿著一支斑卓琴，「藍調」化身為帶著強烈神學傾向的民謠。裴里熟悉歌詞，因為它是十字路的半正式團歌，據說是譚納．伊文斯創作的，他經常在週日晚上的聚會結束後演唱。

變的是這首歌，不是音符
我尋尋覓覓
那無從尋找的一切
直到與他相遇

我在其中得見
是，變的是這首歌，不是音符

貝琪似乎迷上了他的表演，長鬢角的嬉皮男則可能被貝琪迷住了，剛才還在自得其樂地把我在其中得見，改成我在其雙腿中得見的大衛．戈雅，現在就像個耳聾老頭一樣看著大家，似乎被他眼前的群眾歡呼給弄迷糊了。裴里拉著他的袖子，把他帶到走廊上。

「你身上有貨嗎？」他說。

在走廊燈光下，戈雅的雙眼佈滿血絲，神情帶點留戀。「很遺憾，沒有。」

「如果你不介意告訴我的話，誰有？」

「現在太晚了，我也不知道還有誰有。今天的需求很早出現，又很旺。」

「大衛，你是不是以為我不會來？」

「我能怎麼辦？該發生的就會發生。現在，對，每個人口袋裡的都用掉了。你應該和你姊姊一起來的。」

「我姊姊？」

「有問題嗎？我們不是都歡迎貝琪嗎？」

某種邪惡的東西、火山口的邊緣，正在小口小口吃著裴里的鞋跟底。最近他和姊姊的關係有長足進展，兩人不再互相敵視，但顯然她還在進行那個更大的、奪走他財產的計畫。

「對了，」戈雅說：「你知道她和譚納．伊文斯在一起吧？你是不是早知道卻沒跟我們說？」

裴里盯著多功能廳門的黃銅把手，門的後面，「藍調」正在演唱〈變的是這首歌〉，唱得比每個週日晚上更精彩。

「我們聽到好幾個人說親眼看到他們接吻，」戈雅說：「金說——她用一個字？對了，她說她可『急』了。」

下墜下墜下墜。裴里就要倒下了。

「我們可以去你家嗎？」他說：「我的——我意思是……我們可以跑一趟你家補貨嗎？」

「他們剛才還在討論要不要吃煎餅，」戈雅說：「貝琪想要在午夜吃煎餅，這情有可原吧？金也要去。金到……」

「我們晚點再和他們會合。」

裴里的聲音聽起來瀕臨絕望，戈雅好像有點醒了。他的眼睛雖然還充血，但已經變得警覺。「你在想什麼？」

天地哪有公義可言。他和母親的談話磨蹭了不少時間，那段話的內容又讓他心緒不寧，因此來不及設法弄點貨放鬆自己。如果他跳過談話，早一點來音樂會現場，那時還可以弄到大麻，那他就不會心神不寧，那他就可以堅定執行他的新年新計畫。

「我只是，」他說：「我，呃。他們——誰會去？」

「金、貝琪、我，還有譚納。大概就是這樣。也許還有人會來。」

裴里有了個想法，他抓住機會，「樂隊還得收拾打包。如果我們現在就走，再回來一定來得及。」

這個想法很合理，很容易實現，但戈雅太嗨了或者說他太固執了，看不到這些。「出了什麼事嗎？」

「沒，沒。」

「那我們就先不要回去了。」

多功能廳裡響起了表演結束的熱烈歡呼。戈雅轉身進去，裴里猶豫了一下，跟了上去。有人還希望能來個安可，但蘿拉．多布林斯基已經從舞台上跳下來，低頭快步鑽進人群，經過裴里時撞了他一下。他回頭看著她衝過走廊。

屋裡的燈亮了，譚納．伊文斯也在人群中，他的頭髮因為演唱的體力消耗都淋濕了。他握了握嬉皮男的手，胳膊摟著貝琪。裴里看不見她的臉，但他能看見少數幾個擁抱他的人，以及很多沒有擁抱他的人。每個人都看著他姊姊用雙臂摟著譚納．伊文斯。她到十字路還不到兩個月，但她的進度明顯已經超越裴里，她已經前進到十字路核心。

她的靈魂能夠和一個偶然認識的人在一起，一定非常幸福。

回到皮爾西格大道時，他那一片漆黑的腦袋總算回過神；他朝著殼牌加油站方向走去，很清楚目的。他的錢包裡有二十三元，那是原本打算買聖誕禮送給貝琪、克藍和牧師的，但如果他在每個人身上只花幾塊錢，世界也不會因此結束。他身上還有幾個銅板，放在生日時賈德森送他的扁平透明塑膠零錢包裡。到了加油站，他從包裡掏出一毛錢，投入廁所旁邊冰冷的公用電話裡。在他身後，在雪地中，一輛拖車怠速停著，車頂燈閃爍，但駕駛座上沒看到司機。電話號碼二四一－七六四二，很容易記，第四位數是前三個數字之和，前三位數是第四位的倒數以小數形式表示後再反序排列，最後兩位數是之前兩個整數的乘積。

對方在第六響鈴聲的時候接起。裴里剛說完自己的姓名，就被對方打斷。「老兄，抱歉，節假日不營業。」

「是急事。」

那傢伙掛了電話。

裴里這時候可以明智地承認失敗，回到第一歸正會，看賴利．卡崔爾偷到什麼酒就湊合喝，也不是過不去。但賴利會不會成功，這不確定，搞砸的機率可能更高。裴里有錢，那傢伙有貨——還有什麼更簡單的事？

他只去過那傢伙的房子一次，不是為了買貨，是有位討厭的高年級學生蘭迪・托夫特介紹給他的。托夫特是基斯・史特頓的藥頭。後來他跟裴里的會面地點都選在舊A＆P商場後面那個坑坑窪窪的停車場。A＆P已經被木板封起來，但還沒拆，也沒有重新利用。裴里每次都要等很久，那傢伙才會開著車主不詳的那輛白色道奇車，小心翼翼地出現。裴里經常為了那傢伙的遲到問題生悶氣，但從來沒有勇氣在他終於出現時提起。他們都知道誰有權力，誰沒有權力。

他的房子在一條死巷裡，裴里即使第二次去也不難找到。那條死巷有個歡樂的名字：菲利斯。靠街邊的郵筒上面有一張老舊褪色的尼克森・安格紐保險桿貼紙，可能是幽默、可能是鎮警的障眼法，或者誰知道呢，貼的人把它當真心告白。裴里沿著這條叫做菲利斯的街道朝著鐵軌路堤走去，看到車道上的白色道奇車上蓋著更白的雪。光線從那棟房屋的客廳變形的窗簾旁透出來。屋前的人行道都沒鏟過雪，也完全沒有人踩過。

辯論題目：擁抱惡會帶來力量。

因為還有什麼，正方一辯技巧地問道，可以區別需要弄到貨的人和要賣貨的人？畢竟，買方可以自主決定把錢留著不買，就像賣方可以自主決定把貨留著不賣一樣。難道，這不符合權力一定與所犯罪行的嚴重性相關的說法嗎？高中生賣藥不會比賣水管的噴頭更糟，他替同齡人和自己帶來美好時光，而以獲得藥物或水管為志的成年人，卻選擇無視嚴厲的聯邦法規。他在道德上比年紀輕的販賣者壞得多，這也是為什麼後者要默默忍受前者的不守時。為惡愈深，就會愈強。

裴里被自己對待賴利．卡崔爾的卑劣行徑鼓舞，向前打開那傢伙用鐵鍊圈著的門，踩著雪走到門口，聽到門後傳來音樂聲。但他還沒來得及敲門，一陣狗脖子被勒緊的嚎叫聲傳來，他才想起來這家有一隻狗。接著是一連串凶猛的低吠，這隻狗聞到了以前嚎叫時沒聞過的味道。裴里唯一一次來這房子時，這隻狗站在敞開著的大門口，身形巨大、毛短，瞇著不信任的一雙眼，下巴肌肉怪異地凸出。那傢伙在門外和他和蘭迪．托夫特見面，還把雙臂搭在他們兩人的肩膀上，以示友好，當時這隻狗勉強認可了他。現在，因為狗吠聲，門廊的燈亮了。隔著門，他聽見那個人吼著。

「看你幹的好事，老兄；失控了！那隻狗失控了！你最好他媽的離開這裡！不關你的事！誰都不要過來！」

門上有一個廣角貓眼，裴里有把握，門後有人透過貓眼在觀察他。即使不考慮中盤商可以理解的疑神疑鬼，狀況也似乎不太對；他覺得要先讓那傢伙知道他沒別的目的，先試一試，不成再放棄。他掏出錢包，拿出一張二十元鈔票掛在貓眼上。

「你在幹什麼？」那傢伙吼著，狗也在吠。「老兄，你走錯地方了！走開！」

裴里模仿抽菸的樣子，讓他的意圖更清楚。

「對，我懂了！走開！」

裴里做懇求的姿勢，門廊的燈熄了。似乎就要這樣結束了。但門突然開了，那傢伙全身上下只有一件藍色牛仔褲，沒有釦子沒有拉鍊，手抓著狗頸圈，那隻狗抬起前腿，憤怒地空抓。「你在做什麼？」他說。「你站在那裡幹什麼？你不能站在那裡。你把我當什麼了？」

他把一直掙扎要往前撲的狗拖離門口。極熱的空氣流出來。

「快把他媽的門關上！」

裴里把這句話當成讓他進屋的意思，便進了室內，關上門。那個傢伙像騎著小馬一樣跨騎在狗身上，把牠拖回屋裡。裴里在入口等著，腳踩著地毯。他鞋套上的雪融成了水。屋內溫度至少有九十度（譯注：華氏三十二度）。從木製立體音響控制台傳出來的是香草軟糖樂團（Vanilla Fudge）的音樂。裴里既不記得控制台，也不記得客廳其他任何東西。一方面是牆上空無一物，傢俱也都是很平常，還有一個原因是他太激動、太焦慮和太羞恥，沒法專心觀察環境。在那個下午，也就是去年的四月，他見的那個人自稱「比爾」，但他詭異笑著說話的樣子，讓裴里覺得那不是個真名。他的紅色小鬍子大得和臉不相稱，一條腿比另一條腿短一、兩吋。據蘭迪．托夫特說，他沒去越南就是因為這條腿。但除此之外，這傢伙似乎乏善可陳。沒有真名挺適合他的生活現狀。

一扇門砰的一聲關上，狗嚎叫得更淒厲了。那傢伙回來時牛仔褲還開著，拉鍊歪斜的程度與雙腿長度落差接近。他的胸部和裴里一樣幾乎沒有毛髮，但肚臍以下的毛髮卻很濃厚。他四顧看了看房間，把所有東西都看了一遍，除了裴里。接著，他的腦袋抽動了一下，好像在找威脅來源。最後他似乎在立體聲音響中找到，顫抖著手從唱片上把唱針提起。針頭刮擦唱片的聲音聽了難受。他再一次抬起針頭，安全地移到一邊。接著點點頭，起身回想剛才做的事。

「所以，」裴里小心翼翼地說話，深怕這傢伙突然激動。「我很抱歉打擾你——」

「沒辦法、沒辦法、沒辦法，」那傢伙盯著唱盤說：「老兄，房子裡什麼都沒有，他們把我搞慘了。你為什麼會來這裡？」

「我本來希望你也許能幫忙安排一下。」

「你絕對不該來——我不喜歡。」

「我知道了，我道歉。」

「你沒聽懂。我說我不喜歡，你知道我說什麼？我不是講那件事，我要講的是那件事背後的那件事，那件事背後的那件事背後的那件事。你聽懂我在說什麼？」

「你不必擔心我。」裴里說：「只要你肯幫忙，我很爽快一次付清，然後就走人。」

那個人接著又一直點頭。裴里六個星期前在A＆P後面最後一次看到他時，他也很急躁，心煩意亂，但不像現在這樣。裴里意識到眼前這個人應該是用了安非他命。他聽說、但從未見過。他不想離開屋子，因為火山口在等著他、就在屋外，但一種自我保護的本能正在發揮功能。他轉身面朝門口。

「哇，哇，哇，你要去哪裡？」那人跳過來把手放在門上。他的手臂內側有幾個難看的瘡，一股惡臭飄來。「你幹了什麼了？我沒辦法處理這個規模的事。」

「如果你不能幫我——」

「你在搞我。你們每個人都在搞我。我沒有大麻，好嗎？聖誕快樂，新年快樂——你的錢呢？」

「我該走了。」

「不不不不不不。我知道你喜歡白板，我還有白白的板板。」

「很遺憾，我目前沒打算要這個。」

那傢伙用力地點點頭。「沒關係，老兄，我們還是沒問題的。你先不要走，好吧？留在這裡，別動，我拿點別的給你。」

他光著腳，一步高一步低地慢慢走到房子後面，狗又在那裡嚎叫。他的熱切，以及熱切代表的權力轉移，多少緩解了裴里的恐懼。他想知道那傢伙還會拿什麼出來。

那傢伙回來了，邊走邊搖晃著一個玻璃罐，好像在玩沙鈴一樣。一個裝著幾百顆藥丸的Planter's花生罐。裴里看到這麼多藥丸，知道它們不值錢。大概是安非他命。他從來沒有理由去嚐試這種物質。

「抓一把走，」那傢伙說：「別擔心抓太多，盡量抓。」

花生罐的蓋子掉到門口地毯上，發出沉悶的哐啷聲，然後滾開。一隻顫抖的手遞過來打開的罐子。

「裡面有什麼？」裴里說。

「拿四個好了。先嚼一嚼——你會發現吃太多根本沒有什麼好擔心的。你的大麻，忘了吧。記得要嚼嚼，再等一會你就會知道威力。前四個算我的，因為，該死，老兄，今天是聖誕節，我再給你四十顆，你把你的二十元給我就好。你會忘記你的大麻，這鬼東西是炸彈，拿去、拿去、拿去。如果你喜歡，我敢說喔你一定會喜歡，我可以給你安排大顆的炸彈。拿去、拿去、拿去。」

黑色的火山口已經出現在裴里面前，同時出現在他身後和面前，這情況只有一種可能：他正在掉進火山口中。他伸出手。

18

完成法蘭西絲交賦的任務，羅斯替自己在明年春天十字路的亞利桑納之旅掙得一個位置，他欣喜若狂地回到辦公室。就在女人戴著獵帽、分腿坐著的那張桌子上，亞利桑納州的風景已在眼前展開。在他的腦海裡，他已開車踏上那片土地。他很想立刻打電話給她，報告任務達成。但整個下午、整個晚上，都是她在主導大局，鼓動激情、扣留獎勵。現在可不能讓她為所欲為。斬除惡龍的人是他！他居然敢敲安布洛斯的門！他想最好還是吊吊她的胃口、賣賣關子，等她主動來問為止。那時候，他再不經意地提起他已經原諒了安布洛斯，並且會去亞利桑納州。

他鎖上辦公室，走到停車場。「狂怒」後車窗上的積雪被人畫上OOPS這個字，看來是十幾歲的青少年所寫。聽到多功能廳的音樂，他才想起來到時和法蘭西絲在亞利桑納州不可能獨處，同行還有好幾車可能不友善的年輕人。這時他突然想到，他身上還穿著羊皮外套。

他覺得內疚，動念想馬上回辦公室換回外套，但他不願意再懦弱下去。他愛穿哪一件該死的外套就穿哪一件。他不再在乎瑪莉安知道，今天和他在一起過了一整天的人是法蘭西絲。將來，他還可能有外遇，發展新生活、擁有人生第二次機會等等，對，這種事情的後果想到就頭皮發麻，但現在，唯一能構成罪行的是他在早餐時撒的小謊。如果瑪莉安想用最委婉的暗示在羊皮外套上做文章，他會用裘里抽大麻的事情強力指責她。更好的辦法是，他會告訴她關於安布洛斯的事。三年來，她一直在說里克的壞話，加深羅斯對他的嫌隙，她要是知道羅斯事先沒有和她商量，就自作主張原諒他，一定覺得遭到背叛。毫無疑問，她認為自己是忠誠的妻子。但從某種意義上說，是她先背叛了他。要不是她如此支持他的失敗，他可能早就和解了。法蘭西絲相信他有能力做更多，這反而讓他恢復了勇氣和優勢。

「狂怒」的胎況沒辦法開上還沒鏟過雪的楓樹大道，而他反正也不急著回去看瑪莉安，所以就繞遠路回到高地街。今天，一次又一次，連續六個小時，他迅速看著女伴的臉，並且欣喜於他所看到的。和法蘭西絲一起走進麥當勞，又不會因為被人看到而尷尬，是件多麼單純的事情、是許多男人理所當然覺得沒什麼大不了的事情。但是對他來說，這樣的解脫與每天看著瑪莉安的失望相對比，竟然如此鮮明，不可思議。法蘭西絲的頭髮，甚至被獵帽壓平過後，都讓她顯得更漂亮。瑪莉安這幾年嘗試的每一種髮型都失敗，不是太短就是太長，理由不一而足；每種髮型都更突出她的紅皮膚、粗脖子，以及被脂肪擠壓、加上失眠，最後縮成縫的眼睛。他知道他在意這些不公平。他的眼睛承擔被妻子冒犯的痛苦，遠大於新展望鎮上許多客觀來說更難看的女人對他冒犯的痛苦，這說法也是不公平的。他年輕時享受她的身體，然後讓她背負養育孩子和一千個其他責任是不公平的；但結果就是他覺得悲慘，因為現在他不得不鼓起勇氣，帶著她和她糟糕的頭髮、毫不加分的妝容、以及看起來自曝其短的禮服出席公開場合。他知道這些話對她不公平，他同情她，覺得內疚，但也忍不住怪她，因為她的難看等於公告周知她不快樂。有時候，她在教堂晚宴中看起來特別矮胖，他卻察覺她對於難看地出現在他旁邊會有一種滿足感，希望他和她一起感受婚姻對她所施加的苦，但更多數時候，她的不快樂並不包含他。討厭她的外表，是她安靜幹練地替他承擔的另一項工作。他會在婚姻中感到孤獨，這樣想就沒有什麼好奇怪吧？

當他終於到達牧師館時，杜懷・黑夫勒的奧茲莫比大車正從車道倒出來。他試著繞過它，但杜懷倒車斜著停住，降下車窗。羅斯也只能降下車窗。

「大家都在問你怎麼沒來。」杜懷說。

「是，我很抱歉。」

「瑪莉安說你和卡崔爾太太在城裡遇到一些麻煩？」

因為光線時有時無，杜懷的表情難以解讀。他在牧師館做什麼？瑪莉安怎麼知道羅斯和法蘭西絲一起，而不是凱蒂・雷諾茲？

「啊，沒事，沒有人受傷。」他說。

「如果你餓了，我剛好給你帶了些剩菜。」

「你真是太周到了。」

「不用謝我，謝謝朵麗絲吧。」

杜懷的車窗又升起來，又快又順。奧茲莫比車的電動車窗、能耐好又新穎，似乎象徵肉體誘惑對這位主任牧師也無計可施。願主與他同在，但朵麗絲也與他同在。**羅斯是一艘還在控制另一艘沉船的沉船，但他有卡崔爾太太。**

他把車開進車道、熄火，想起來克藍可能在家。他不想見克藍，就像他不想見瑪莉安一樣。但他得再和他談談，他要修改之前說出的話——冒著和見安布洛斯時一樣的風險，誠實以對、承認內心的複雜，像他對安布洛斯所做那樣，原諒他兒子說過的傷人話。他想成為好人，得作出犧牲。

進屋後，他看到瑪莉安和賈德森正坐在廚房的餐桌邊，桌上有一盒蛋酒。賈德森後仰著，手裡拿著只剩殘汁的玻璃杯，正在想辦法把最後一滴濃稠的液體倒進嘴裡。空氣中聞得到淡淡的培根味。

「天哪，」瑪莉安說：「你回來了。」

「嗨，爸爸。」賈德森說。

「你好，小伙子。這麼晚了還沒睡啊。」

「裴里帶我去了黑夫勒家。我看了一部電影，很棒，在紐約市，有一家超級大的百貨公司，就是辦梅西百貨遊行的——」

「賈德森，親愛的，」瑪莉安說：「太晚了，你先上樓去刷牙，我等會來幫你弄被子。」

「我想聽他多講點那部電影的事情。」羅斯興致盎然地說。

賈德森似乎沒聽見他說的話，起身離開廚房。他的孩子耳朵只聽瑪莉安的話。他硬脫下安布洛斯早些時候幫他解開鞋帶的工作鞋。

「對不起，我錯過了聚會。」

「的確是，」她說：「大家都很愉快，笑聲不斷。」

從她聲音中的寒意，他不必看著她就知道早餐時他說的謊並沒有憑空消失。他想解釋清楚——自願承認卡崔爾太太意外地取代了凱蒂。但如果他這麼做，那他就還是以前的那個老羅斯。

「克藍在嗎？」

「不在。」她說。

「他——妳看到他了？」

「是我叫他回香檳市的。」

現在他看著她。她的臉依舊通紅，頭髮也沒有變好，但她的眼裡閃現一種鋼鐵般的東西。

「不是你，就是我，我們之中總要有一個人做點什麼，」她說：「我想你什麼都沒做。」

「他要回香檳？現在？」

「午夜有一班車。這事顯然和跟他在一起的女孩有關。我不知道他會不會改變，但終究是個開始。」

羅斯的目光從她身上移開。「那真湊巧，我本來希望再和他談談的。」

「誰叫你耽擱了……」

「我已經為遲到道歉了，沒想到——」

「他碰到了重大危機？」

「我有試著和他講道理。」

「結果呢？」

「我——結果不好。」

她對著他笑。笑著起身走到門邊的衣帽鉤前，從外套口袋裡掏出一個東西，晃了晃。雖然很小，但她用嘴唇抽出的白色物體如此陌生，帶著如此強大的電流，就像房間裡的第三個存在。他這才想起來，培根味是從他妻子身上傳出來的。

「看在上帝份上，妳在幹什麼？」

「抽菸。」她說。

「在我的屋子裡不准抽菸。」

「這不是你的屋子，羅斯，你得放棄這個蠢想法。這房子是教堂的，我是一直住在這裡的人。你倒是說說看為什麼這是你的房子？」

這個問題讓他大吃一驚。「這是我當牧師的報酬的一部份。」

「哦，親愛的。」她又笑了。「你想跟我吵這件事？最好不要哦。」

他知道她對他的小謊言很生氣，但也許過份了。她點著爐子上的爐嘴，彎著腰把頭髮攏開遠離爐火。

「把菸熄掉，」他說：「我不覺得妳知道自己在做什麼，總之，把菸熄掉。」

她眼中帶著笑意，朝他的方向吐了口煙。

「瑪莉安。妳到底怎麼了？」

「什麼都沒有！」

「如果妳因為我錯過了聚會生我的氣——」

「老實說，我壓根沒有想過你。」

「我在城裡出了車禍。順便告訴妳，我最後是和卡崔爾太太一起進城。因為凱蒂不能，啊，凱蒂沒辦法，她，啊……」

他感覺得到，自己正被婚姻慣性拖進一個熟練的逃避模式。只要和瑪莉安在一起，他就永遠不會改變。

「你和我還有很多事要討論，」他語帶威脅地說：「除了克藍。裴里也出了問題，妳應該注意。而且——我去見了安布洛斯，我覺得——」

「羅斯，別大驚小怪哦，我只是抽根菸而已。」

看著她在廚房中央抽菸，這真是不可思議。如果她現在脫光衣服，對他晃動雙乳，他也不會訝異。她吸菸時的氣息聲帶著一絲性慾。

「但是，我的確想知道，」她說，同時吐出一口煙，「你覺得這件事會怎麼發展下去。就當作是幻想好了，你是怎麼想像之後的？」

「什麼事情怎麼發展？」

「你還有四個孩子要養，你每年的薪水還是七千。你要去靠她的施捨過日子？這是你想的嗎？如果我讓你覺得你沒想清楚，別太介意啊。」

「我不知道妳在說什麼。」

瑪莉安又笑了。

「我倒希望她很會寫佈道詞，」她說：「我還希望她喜歡給你做飯替你洗內衣。我希望她在你忙著拯救世界的時候，準備好和你的小孩建立關係。我希望她一個禮拜七天，每天晚上都準備好處理你的不安全感。你知道我還希望什麼嗎？我希望她能把你看好。」

這是兩小時內他第二次被嘲笑。雖然，用嚴格的道德標準來看，他活該被嘲笑，但他的體內有一股伸手打他的妻子的衝動，這股衝動甚至比面對克藍的時候還要強烈。他想打掉她手裡的菸、搧她耳光，打掉她臉上的笑。他家人不尊重他，法蘭西絲迎合他，這兩相對比，讓他更火大。

「我不知道，」他生硬地說：「妳並不喜歡寫講道詞。」

「我沒有，羅斯。幫你是免費的。」

「以後，我會全部都自己寫。」

她又抽了一口菸。「隨便你，親愛的。」

「至於剩下的事，」他說：「我懶得回答。我今天很累，現在也該睡了。如果妳能不在室內抽菸，我們幾個要睡覺的人都會謝謝妳。」

她的回應是用嘴唇撅成〇形、吐了一個煙圈。並且一直張著嘴。

「媽的妳不要這樣，瑪莉安。」

「怎麼啦，親愛的？」

「我不知道妳要證明什麼——」

「我知道你不知道。你有一些優點，但就是沒有想像力。」

這個赤裸裸的侮辱讓他大為訝異。在他們結婚的頭幾年，他一次又一次地覺得，她對他做過或沒有做過的大事小事都會生氣。每一次，他都準備好面對他所知在其他婚姻中會發生的大爆炸，而每次她的憤怒都變成輕聲責備，最壞的情況是她生了一、兩天的悶氣，然後放下讓她生氣的事。他最後明白，他們並不是愛吵架的一對。他還記得當時那種為此驕傲的感覺。現在，這似乎是她作為他妻子死去的另一個例子。

「我不應該去想像，」他說：「如果妳因為什麼事情困擾，負責任的做法是告訴我發生什麼事，而不是影射。」

「我是請你想清楚了再許願。」

「妳以為我沒辦法處理？沒有我處理不了的事情。」

「說得好聽。」

「我是認真的。如果妳有什麼話要跟我說，就說吧。」

「好！」她把香菸遞到嘴邊，交叉的視線盯著火柴頭。「你想幹她讓我很火大。」

廚房似乎在他腳下旋轉。他從來沒有聽她說過這個字。

「我真的很火大，但如果你以為我在吃醋，那我的火氣就更大了。我的意思是，說真的——我？嫉妒那件事？你以為我是誰？你以為你娶了誰？我可是見過上帝的樣子。」

羅斯盯著她看。一位精神分裂症教友曾對他說過同樣的話。

「你有你自由派的信仰，」她說：「你有一間二樓辦公室，你有那些每個星期二出現的女士，但你不知道認識上帝是什麼意思，不知道真正的信仰是什麼。你認為你是上帝的禮物，你認為你應該得到比已經擁有的更好。嗯，是的，我覺得你這樣有點煩人。不知道你有沒有注意到，但你的孩子都很了不起——至少有一個是徹頭徹尾的天才。你認為那是從哪來的？你認為這個家的光彩從哪兒來的？你覺得是從你那裡來的嗎？啊——幹！」

她甩了甩手，丟下剛燒到手指頭的香菸，再把菸頭撿起來扔到水槽裡。她似乎像是精神崩潰，他應該擔心、應該反感，但這些都沒有發生。他記得那種深深埋藏在過去、可能是一場夢的認真投入，一種她在二十五歲時擁有的投入，一種他想要她的投入。而她，依舊是他的妻子。法律上還屬於他。他被自己遭到遺棄激怒，從後面接近她，兩隻手放在她的雙乳上。在她洋裝的羊毛和中年肉體的褶皺下，是那個在亞利桑納州讓他抓狂的失常女孩。她頭髮上的菸味和同樣陌生的東西、酒味，是進一步的挑釁。撫摸一個酒醉陌生的人的乳房很刺激。

他想把她轉過來，但她蹲下身子穿過他的臂膀掙脫了。當他朝她的方向跨步時，她迅速躲開。

「你敢就試試看。」

「瑪莉安——」

「妳以為我是邋遢的第二人？」

她從來沒有拒絕過他。在房事上，他是拒絕者。

「好吧，」他生氣地說：「我只是想——」

「你和她是天上一對、地下一雙。去吧，看我會不會在乎。我准你去。」

她話中帶著看不起他的語氣，奪走他因為得到她的許可，可能有的任何喜悅。她確實比他聰明。雖然她瘋得像在演戲，她比較聰明這件事是對的，就算她的下半身粗大或紅臉，就算殺了惡龍的是他，她還是比較聰明。只要維持婚姻——甚至沒有婚姻關係——她就永遠比他聰明。

「你好像覺得都是我的問題，」說這話時，他得身體不住抖動。「但不只是我的問題。你和我一樣有責任。妳把每一件事都安排好了，我成了唯一需要支持的人。然後，妳得到了妳要的全部——支持、支持、支持。沒有快樂，什麼都沒有，只有支持。我厭煩了，這難道不是必然的嗎？」

「你的厭煩不會有我的一半多。」

「但是，妳想要的不就是這個。」

「這個？」

「妳想要孩子，妳想要這種生活。」

「你不想？」

「要是由我決定，我們會投身服務工作。妳不會成為家庭主婦，我他媽的肯定不會對著開銀行的和橋牌俱樂部的人講道。」

「你是說，拖累你的人是我？犧牲的人是你？我們結婚是你幫了我一個忙？」

「在此刻？是的。這就是我的想法。如果妳要知道原因，就看看他媽的鏡子裡妳自己的樣子。」

這是他說過最殘忍的話。

「這很傷人，」她平靜地說：「但沒有你希望的那麼傷。」

「我——道歉。」

「你一點都不明白你娶了誰。」

「既然我這麼笨，那妳就直接告訴我吧。」

「不，你只能等著瞧。」

「妳什麼意思？」

她走到他身邊，踮起腳尖，臉朝他歪過去。有那麼一下子，他以為她還是會吻他。但她只是朝他吹了口氣。都是焦油和酒精的臭味。

「等著瞧。」

19

「不要擠在門口。如果你堅持要站著，請守秩序、排成一行。沒有必要擠在門口。如果有票就一定有位子。如果需要第二輛車，就會有第二輛車來。第二輛車的停靠站跟第一輛是一模一樣的。由於天氣惡劣，所有班次都延誤了，但是，需要的機器設備都已經在路上了。大家擠來擠去，只會更生氣。只要大家還在擠，我就不會開放上車。不，女士，目前還沒有預計開車時間。只要機器設備一到，上車隊伍排整齊，就開始上車……」

那個聲音一直不斷。說話的是位大塊頭、皮膚黝黑，不可能比克藍還要疲倦的女人。坐在他旁邊的是位年輕母親，一個嬰兒正在她的膝蓋上睡著，雙手張開，頭懸在她大腿的一側。有六、七十個人擠在票口，大部份是黑人；他們全都是打算在聖誕節前一天的第一個小時搭車往南去聖路易斯、開羅（譯注：位於伊利諾州）、傑克遜、紐奧良。車站內相當暖和，但克藍的體溫仍然過低。他坐著緊緊抱住自己，拳頭攥著車票。車站裡的一個小店在賣咖啡，他客觀地觀察自己的狀態，想知道能不能站得起來走去小店。他的疲憊讓他就像《異鄉人》裡的莫梭一樣，所有的問題都是存在、而不是動機。

如果他從牧師館打電話到嬉皮屋的時候電話不佔線，如果他母親叫他帶著圓筒行李袋回去前沒有上樓取出十張二十元的鈔票塞給他，如果他在進城的通勤火車上沒時間反省自由的問題，那他可能就會聽從母親。他回到新展望鎮的家後，感受到父親的愛、還有世界上他最喜歡的人的恨，然後不明白母親發生了什麼事。他迷失了，他的家人把他拉回他採取行動要逃脫的那個被制約的自我。沒想到，進城的火車卻因為大雪減速行駛。當火車緩緩駛入聯合車站時，他才想清楚，他可以不必在厄巴納下車。他不是那根卡在唱片凹槽裡播放了無數歌曲的唱針；他還可以追求那種徹底的自由。有一個月的時間，他每天早晨醒來的時候，都在思考應不應該退學。難道，一個經過如此漫長而且又深思熟慮的決定，還不如失眠的虛弱加上與家人共度幾個小時產生的決定？他已經知道，前路沒有夏倫。如果現在回去找她，他之前推斷的結果仍會發生。他沒有力量面對任何女人的挑戰，他還不是個男人。回到她身邊只會造成再次離開的痛苦。因此，當他到達全美巴士轉運站時，他買了去紐奧良的車票。他從沒去過紐奧良。他有兩百元。想到可以孤身一人，他很高興。

復活節

20

羅斯在陌生房子裡醒來。風正拍打著窗戶，吹散窗外樹枝上的積雪，瑪莉安那邊的床沒有人睡。他怕她沒有對他軟化、怕她給他的准許、也怕裴里吸毒的問題，他感覺到自己非常依賴她的支持。他轉向上帝，在床上禱告，直到他能夠穿上睡袍放膽進入走廊。在關著的門後，他的三個年幼孩子還在睡覺。克藍房間的門和窗簾都大開著。在晨光下，他在不在那兒一清二楚。樓下的廚房裡，爐子上放著一壺咖啡。他拎了一杯咖啡到辦公室，在那裡看到瑪莉安。她跪在那裡，身旁是禮物和緞帶，甚至不回頭看他。看到她，她還穿著昨晚那件裙子，他想起昨晚對她的慾望，和被拒絕的恥辱。他從房門口，連場面話都省了，直接對她說裴里拿了一批大麻給賴利・卡崔爾，可能是賣他、也可能是送他。

「很有意思，」她說：「你覺得今天必須跟我說的第一件事是這個。」

「我昨天晚上就想講了。我們要盡快處理。」

「我已經處理過了。他告訴我他在外面賣大麻。」

「他什麼？什麼時候的事？」

她平靜地用剪刀裁下一張包裝紙。無論羅斯要做什麼或說什麼，她似乎都比他早一步。

「昨晚，」她說：「他一直在痛苦掙扎。我覺得，當他向我說出來——表示他現在好多了。就我而言，這件事過去了。」

「他犯法了。他需要知道自己得付出什麼後果。」

「你想罰他。」

「是。」

「我覺得這麼做是錯的。」

「我不管妳怎麼想，我們的立場得要一致才行。」

「立場一致？你在開玩笑吧？」

她的冷酷比冷淡更糟。他有一股衝動，想要衝進那片冷酷、抓緊她，強迫她接受看法。他們昨晚的爭吵已經演變為無法預測的怒火。

她用裁開的包裝紙包裝襯衫盒。「還有什麼事嗎，親愛的？」

恨意讓他沉默。他回到二樓，聽到門後傳來裴里和賈德森的聲音。現在才七點半，裴里這麼早起有點奇怪。羅斯又想到，他和九歲賈德森的關係並非情同父子，但很友好，就好像他們長期隔鄰而居一樣，但他一直和毒販同住一個房間，羅斯心下有點不安。這個九歲男孩的父親並不覺得是件好事。但是，一個小時後，當他在車道剷雪發洩怒氣時，看到裴里和賈德森各自帶著雪橇出門，裴里一臉渴望的表情是如此孩子氣，讓羅斯沒有勇氣面對他。畢竟，今天是聖誕夜。

那天晚上，晚餐時——依照傳統，義大利麵和肉丸——裴里表現得很可愛。他對貝琪的態度也變了。他看不起人的態度消失了，她的防禦心也消失了。瑪莉安不肯看羅斯一眼，她只吃沙拉和幾根義大利麵。當她拿譚納・伊文斯的事情取笑貝琪時，向羅斯解釋貝琪有男朋友的人是賈德森。羅斯不知道哪一件讓他的罪更重：當家裡最後一個知道這件事的人，或者不太關心這件事的人。他一直生活在法蘭西絲、上帝、里克・安布洛斯三者之間，再加上瑪莉安這個負面污點。在他的孩子中，他唯一覺得心意相通的就是克藍。克藍和他的女朋友一起過節，這讓他很傷心，他想要贖罪，因為他讓克藍處境難堪，但他的決定剝奪了他贖罪的機會。為了從孤立情緒中解脫，他開始想法蘭西絲，想像和她一起抽大麻，想像這會減輕他們的壓抑。然後他想知道，上帝安排他們抽的大麻是經由裴里所得，祂打的是什麼主意。

他突然起身，說他忘了給一位教友打個重要電話。他離開房間時，瑪莉安被逗樂的聲音跟在他身後。

「告訴她，我祝她聖誕快樂。」

三樓瀰漫著她出沒的味道。儲藏室窗台上放著一個滿出來的菸灰缸。他覺得還好，因為這代表一種她給他的許可得到確認的方式。因為她已經發出許可，他拿起辦公室的電話。

法蘭西絲接起電話時，沒有把他在節日打電話所以道歉這些話當回事——他是她的牧師！他本來想引起她的好奇，等她問他是不是已經和安布洛斯和解，而且決定要去亞利桑納。但他等不了，立刻告訴她。

「好啊、好啊，」她說：「我就說我是對的。」

「關於裴里的事情，妳也說對了。他確實賣過大麻。」

「我當然是對的。我不是一直都是對的嗎？」

「嗯，所以，我可以在這件事上參考妳的建議。妳，啊，現在旁邊沒人嗎？」

「算是吧。我的家人在我這裡吃晚飯。」

「哦，不好意思打擾了。」

「我剛才只是在清理桌子。告訴我，我可以幫你什麼。」

兩層樓下面傳來一陣全家的笑聲，其中以裴里歡鬧的琶音最響亮。羅斯在想，到了明年的今天，要是他有幸和她和她家人共進晚餐，他就不必打電話給法蘭西絲。

「嗯，顯然，」他說：「裴里已經改邪歸正。現在，我可以不去追究，但我覺得給他一些處罰還是必要的。」

「你問錯人了。你可能還記得我的抽屜裡有什麼。」

「我記得。而事實——嗯，我是說我們談到的實驗。對我來說，這樣會把事情弄複雜。我就不能懲罰裴里，因為——妳知道的。我會像個偽君子。」

「很簡單啊，不要做就好了。」

「但是我要。我想和妳一起做。」

「好吧。哦，我得掛電話了。」

「快點告訴我，妳還有沒有興趣做這件事。」

「我得掛電話了。」

「法蘭西絲——」

「我沒有說不要，我是說我得考慮一下。」

「是妳先提議的！」

「唔，不完全是。做的時候只有你和我，這部份是你的想法。」

她知道他的慾望是什麼，這點顯示得夠清楚了。在教堂提供他住的房子裡、在一個家庭節日，一次帶著性暗示的對話，既可恥又讓人興奮。

「無論如何，」她說：「聖誕快樂。我們星期天教堂見。」

「妳不來參加午夜禮拜？」

「不去了。但我感覺到你的熱切盼望了，希爾布蘭特牧師。」

早期的基督徒還清楚記得彌賽亞在地球上行走，他們相信祂很快就會回來——末日審判就要來了——

羅斯設想，他和法蘭西絲現在的處境是，打情罵俏不僅充斥著弦外之音，也準備隨時綻放自己，迎接狂樂的喜悅。要不了幾天就會有結果。而他在等待她隨時就會宣布判決期間，選擇推遲與兒子發生衝突，等他明白判決結果還要多久才下來時，裴里的違法行為已經成為瑪莉安口中的都過去了。裴里似乎真的洗心革面。他不再閃躲、晚起，看起來更精實，也許還長高了一些，而且總是精神奕奕。瑪莉安已經習慣睡在三樓，而且作息時間不定，所以現在比羅斯還要早起的裴里，有時會替他和賈德森做早餐。

新的一年從一連串的葬禮開始，第一位是因肺炎過世的歐杜爾老太太。羅斯擔任這些葬禮的每一項諮商角色並主持禮儀，黑夫勒一家則在佛羅里達州度假。羅斯離開十字路時，仍然要承擔杜懷賦予他的額外職責。現在他已經恢復了在團裡的地位，他覺得有必要參加每週日晚上的聚會。為了向安布洛斯展現悔改的誠意，同時避開替行為違常的青少年提供諮詢的隱憂，他自願處理亞利桑納州之行的所有後勤工作——租用大巴士、審查教會的責任條款、採購行程所需物資、以及與納瓦霍人協調。

他一邊忙工作，一邊看著瑪莉安跑在他前面。在抽菸和嚴格的散步計畫控管下，她的體重明顯減輕。她依舊替全家準備晚餐，包含他在內，但她現在整理洗衣籃時，就把他的衣服放在一邊，只洗其他人的衣服。他參加教堂活動時不見她的人影；少了她幫忙，他得在繁忙的工作中抽出幾個小時的寶貴時間寫佈道文，卻往往寫不出像樣的文章。她則跑去圖書館、去道德文化協會聽課，以及去新展望劇團的主場地、那間外牆腐壞的劇院。她取得的獨立帶有女性解放的跡象，就社會面來說，他是贊同的；如果要他贊成妻子有獨立生活，那得要他和法蘭西絲的關係有所進展。

末日審判一直沒來。在聖誕節過後，星期二服務隊第一次去內城區時，法蘭西絲緊跟著凱蒂・雷諾茲，他甚至沒有辦法和她私下多說一個字。幾天後，他以例行的牧師關心為由打電話到她家，她說她上課快遲到了，還說那個星期晚一些會去他的辦公室。他等了八天不見人影。他覺得受她擺佈不公平，四處尋找籌碼，後來他靈機一動，邀請了一位未婚的神學院學生卡蘿琳・波莉下週二一起去內城區。卡蘿琳是安布洛斯的朋友，也是十字路的顧問，羅斯堅持她和他同車、慎重其事地介紹她認識西奧・克倫蕭，還讓她全天跟著他，希望藉此引發法蘭西絲的醋意。沒想到他引發的是卡蘿琳以有事直說的十字路風格正色告訴他，她的男友住在明尼亞波利市；羅斯為此尷尬不已。法蘭西絲和凱蒂・雷諾茲的關係倒是非常好，兩人親密地喃喃私語。妒意橫生的羅斯不禁懷疑，她對新體驗的渴望是不是已經轉成女同性戀。她甚至沒有正眼看過他，彷彿他們之間那一點點緊張關係以及聖誕節前一天的暗示，都沒發生過。

週二服務團員回到第一歸正會後，在最後的餘暉中，他趁她沒來得及開車逃跑前趕上她。他責備她——溫柔地——沒去他的辦公室。「我希望妳沒有，」他說：「因為某種原因在躲我？」

她慢慢地將身體移開。她穿著蓬鬆的連帽防寒大衣外套，戴了一頂絨球毛線帽，不是那副迷人的全套獵裝。「其實，是有一點點。」

「妳願意——告訴我原因嗎？」

「很可怕，說出來你會恨我。」

一月的暮色在西邊的空中徘徊，那樣子又像是早春，但空氣仍然苦澀乾燥，有融冰的路上鹽的味道。

「我的心情很糟，」她說：「因為我沒有聽你的唱片。我想要把唱片都聽完了再和你說話；所以，最後，到上星期，我把唱片拿出來攤在客廳，然後電話響了，然後我又非得去做晚飯，忘了唱片的事。等到我去開燈時，就沒注意到唱片還在地板上。」

她的語氣中隱約有些惱怒，彷彿是唱片的錯。

「我已經去找過唱片店了，」她說：「他們會幫我想辦法找找同樣的唱片。我只踩到兩張唱片，但其中一張顯然很難找。」

羅斯的心好像被踩了一腳。

「妳不必去找唱片，」他勉強說：「那些只是俗物。」

「不，我一定要去。」

「隨便妳吧。」

「看吧？你真的在恨我。」

「不是。我——只是覺得我可能誤會了什麼，我以為妳和我打算要——我想我可以在妳的體驗過程中幫著妳。」

「我知道，我到現在都還沒給你答案。」

「沒關係。裴里的表現好多了——我不會處罰他。」

「但是我踩了你的唱片，我起碼應該做的是告訴你。」

「隨便妳吧。」

「但是，這比較像是又一個懺悔。我已經算是體驗過了，只有我自己。我不覺得它改變了我的生活，其實比較像是腦袋一個鐘頭都在發冷。」

羅斯轉過身掩飾失望。

「不過，我想再試一次，」她說，碰了碰他的手臂。「我——我最近發生了很多事情。但是，我們找個時間。好嗎？」

「聽起來沒有我，妳還是過得很好。」

「不，就這樣吧，只有我們倆。除非——你想問凱蒂要不要來。」

「我不想問凱蒂。」

「這一定很好玩。」法蘭西絲說。

她的熱情聽起來是費了一些勁堆起來的。那天晚上他打電話給她時，手裡拿著日曆找一個兩人都有空的日子，感覺就像是個無聊的義務。那個實驗只能在工作日、她的孩子上學的時候進行，但是她有空的時間正好都是他要去教堂處理例行工作的日子。最後他同意兩人在聖灰星期三（譯注：Ash Wednesday，復活節前四十天，又稱大齋首日）見面，但他心下有些不安。

等待約會日到的期間，不愉快的事接二連三浮出水面。他們希望克藍能重新考慮退學，這件事在聖誕節當天落空。克藍那天打電話回來，告訴他們他沒有去厄巴納找女友；他一個人在紐奧良——寧願在骯髒的旅館房間過聖誕節，也不願和家人在一起。羅斯知道是他的錯，他想寫信給克藍道歉、和好，但他沒有他的郵寄地址。一月份，克藍每隔一段時間就打電話回家，詢問瑪莉安有沒有收到選兵委員會的來信。二月份，他得知克藍和委員會聯繫上，知道他們不打算徵召他。對羅斯來說，得知這個消息後，應該只會覺得心上的大石頭落地，跟瑪莉安一樣。但是，他很傷心，因為他得從貝琪那兒知道這個消息；他很傷心，因為克藍還是不告訴他們他的地址；他很傷心，因為他不打算回家。貝琪說，他在一家肯德基炸雞店工作。

羅斯生命中為數不多的亮點，是貝琪出乎意外地找到了基督信仰之路，並與她的兄弟們分享了她得到的遺產。但是，這個亮點在她停止到第一歸正會做禮拜時又黯然失色。她斷然拒絕他的邀請，加入他主持的堅信課程；接著，他又發現，原來她和譚納・伊文斯正在逐一拜訪新展望鎮的其他教堂。羅斯詢問原因，她說她在找比杜懷・黑夫勒的佈道更能鼓舞人心的東西。「他真的相信神嗎？」她說：「聽他講道就像聽羅德・麥奎因（譯注：Rod McKuen，美國詩人）說話。」對杜懷的信仰也有所質疑的羅斯說，他自己是確實相信上帝。「那麼，也許，」貝琪說：「你應該多談談你和祂的關係，少談晚間新聞。」她的觀點值得商榷，但他覺得神學無論如何都只是一個藉口；她拒絕他另有原因、是更個人的原因。克藍在妹妹身上下足功夫，導致她凡事都和羅斯唱反調。但是，這也許是對的。他現在經常在浴室對著洗手槽消耗他的種子，一邊想像法蘭西絲・卡崔爾的樣子、一邊阻止腦海裡所有與上帝有關的想法。而那個洗手槽離他女兒臥室的房門口只有三步。

連亞利桑納州的行程也烏雲罩頂。報名這次春季旅行的孩子已經多到需要三輛大巴士，他的計畫是將兩組人留在黑山腳下，他要帶領第三組人前往基斯利開墾區的學校。黑山位於納瓦霍人聖地的中心。在稀薄的空氣中、在熱得頭昏腦脹、風景都變形的正午陽光下，在百萬顆星星的重量壓迫的夜空下，能讓他覺得和納瓦霍精神世界的聯繫更緊密。基斯利開墾區非常原始的生活環境，也是個機會，好讓法蘭西絲看看他在這種條件下的生活能力，此外，這種環境也可以測試她對新體驗的胃口。如果她和瑪莉安不同，發現自己喜歡簡樸生活，那麼，他們之間就有無限的可能，以後可以一起冒險。他試打了很多次電話，終於接通了基思・杜羅基的，基思直截了當地告訴他：「你不要去那裡。」

「不去基斯利開墾區？」

「別去那裡。那邊現在的能量很糟糕，你不會受到歡迎的。」

「這不是什麼新鮮事，」羅斯不以為意地說：「一九四〇年代我在那裡的時候，也不受歡迎。你還記得你根本不想和我握手的事嗎？」

他以為基思會像過去一樣拿這段往事談笑，但基思沒有。

「你在『許多農場』會安全一點，」他說：「我們這裡有很多工作。平頂山上的人對混血人看不順眼。」

「嗯，我對改善族群關係還略知一、二。也許等我到了以後，我們看看情形再決定？」

基思沉默了一會兒，說：「我們都老了，羅斯。情況不一樣了。」

「我沒那麼老，你也沒有。」

「不。我老了。前幾天我親眼看到我死亡，就在我的房子後面的山脊上——不遠。」

「你想太多了，」羅斯說：「想到又能看到你，我就很高興。」

聖灰星期三的早晨，他把車停在第一歸正會的停車場，以免在法蘭西絲的地方停太久被人看到起疑，然後沿著人行道朝著上坡的方向走。人行道是濕的，因為那些看了心情低落的結塊雪花已經融化成一灘灘雪水。約好的時間是九點，感覺像是看醫生的時間。法蘭西絲的房子最近才粉刷過，相當大氣，不免讓人連想她從通用動力那裡拿了不少錢。他按下她的門鈴時，心中升起一股不祥的預感，只能祈禱能靠大麻驅散。

「我真希望你今天沒出現，」她說，帶他進了廚房，「我那個主意就可以到此作罷。」

「你不想我來嗎？」

「我只是希望我們不會因此犯了大錯。」

她穿著一件寬領棕色毛線連身裙和灰色厚襪。她的居家模樣，而不是她的某一套時髦、俐落的週日裝束，不是她每星期二來服務隊時的男性裝扮，讓他對真實中她產生了心緒不寧的強烈迷戀——她身為女人的獨立性，她如何思考、選擇，都和他完全無關，但是，只要能不間斷地在每一個瞬間體會身為她的感覺、住在她的生活中，就足以讓他興奮，並也讓他害怕。在廚房爐枱邊的流理台上，她已經放了一個菸灰缸和一支捲得歪七扭八的大麻菸。

「我們就直接來呢？」她說：「還是先討論個天荒地老？」

「不必，我只要確定妳真的願意做這件事。」

「我已經做了——一點點啦，但我覺得還不夠。」

她抬手打開爐枱的抽風機，他猜她的毛線連身裙裡沒有穿內衣。裙子從她的肩上滑下來，但是沒有胸罩肩帶。他從沒見過皮膚如此光滑、雀斑色如此淡的女性上背。這也是真實的她。現在，他反而因為這種真實產生了痛苦的懷舊感，覺得待在自己的幻想中比較安全。他對自己的幻想一直管理得不錯，也許可以就這樣一直不設期限地管理下去。然而，迴避法蘭西絲的真實面，等於證實了瑪莉安瞧不起他是對的。她准許他和法蘭西斯往來，因為她不相信他有本事像個真男人一樣行使這個權利。

「我們開始吧，看看會發生什麼事。」他說。

他們在抽風機下彎腰、並排站著。大麻的菸很燒喉嚨。要不是法蘭西絲堅持抽一口不夠，他可能抽了一大口就停了。她一小口一小口地抽，拿著那支小菸的樣子像拿著飛鏢。他跟著她抽。抽到剩下的菸小到無法來回互抽時才停下來。她走到水槽邊，把殘骸扔進垃圾處理機，接著打開一扇窗戶。羅斯覺得外面的雪花很奇特，像是人造的，彷彿有人站在屋頂上撒雪。法蘭西絲高舉雙臂過頭，帶起連身裙下襬；內衣問題又出現了。

「哇，」她說，張開舉起的手。「這樣好多了。不知道是不是要抽兩次才有完全的效果。」

雖然這是羅斯的第一次，但他肯定已經感受到效果。他的腦袋突然被重敲了一下，就像鐵鎚錘打鐵砧一樣，想起二月是流感季節——她有一個小孩很可能生病回家，發現他和他們的母親在一起。這種可能性絕非微不足道、甚至相當強；他也訝異自己怎麼會到現在才想起來這是個問題。突然感覺此時此刻一點也不像早上，感覺離放學的時間愈來愈近——他幾乎可以聽到最後的鐘響，解放的孩子的喧鬧聲，法蘭西絲也在其中。在廚房的刺眼燈光下，他又進一步意識到隔壁鄰居很容易看到他。他遍尋不著開關，但她已經離開廚房。

房前傳來羅伯・強生演唱〈十字路藍調〉的聲音，音量大得令人想吐，警察不太可能坐視不理，最起碼鄰居一定會注意。羅斯發覺他已經關掉了大部份廚房的燈，只有頭頂的那盞燈還開著。他在找那盞燈的開關時，才想到其實他只要離開廚房就行了。

令人欣慰的是，客廳裡一片昏暗。法蘭西絲已經撲倒在沙發上，裙子在無意間被掀起。羅斯瞄到她的白色內褲細邊，他非常希望沒有看到。他會對內衣褲問題有興趣就是淫穢。羅伯・強生這麼大聲就是緊訊。

「你覺得怎麼樣？」她高興地對他嚷：「你有感覺嗎？」

「我在想，」他說，但這不是真的，因為不管他想了什麼，現在都忘記了。然後，出乎意外的是，他想起來了。「我想，我們應該把音樂關小聲一點。」

他的話還沒有講完，就知道這句話又是可怕的一板一眼。他準備好接受羞辱。

「你得告訴我你的感覺，每一種感覺，」她說：「那是規定。其實沒有規定，但是如果我們不比較，做這個實驗有什麼意義？」

他走到立體聲音響的控制台前，調低音量——太低了。因此，他再調整一次，這次要調高——太高了。他又調低——太低了。

「過來坐我旁邊，」法蘭西絲從沙發上叫他。「我很注意我的皮膚——你懂我的意思嗎？就像披頭四，我想牽妳的手，我只是——就像我在這裡，但我的想法在房間的每個角落。就像我在吹一個超大氣球，空氣就是我的想法。你懂我的意思？」

我走到十字路，寶貝，我東望西望
主啊，我沒有甜美的女人，寶貝，在我痛苦的時候站在控制台前，羅斯陷入了羅伯•強生歌裡的一直發出嘶嘶聲的低解析世界。這是他被藍調的美、強生歌聲中的痛苦雄渾刺得最深的一次，但這也是他被詛咒最嚴厲的一次。無論強生在哪裡唱歌，羅斯永遠都別想到那裡。他是一個局外人、一個末日的寄生蟲——一個騙子。在他看來，所有的白人都是騙子、是一個由人形幽靈構成的寄生種族，沒有人比他更會這一套。借唱片給法蘭西絲，想像一個真實的粒子可能會附著在他身上並救贖他。這是詐騙的頂峰。

「哦，希爾布蘭特牧師，」她用歌唱般的聲音叫他：「你在想什麼呢？」

在他下面轉圈的唱片不是聲獅的。這張是密紋片，不是七十八轉唱片。他迷迷糊糊的腦袋隱約擔心她會用廉價的現代合輯取代他寶貴的古董，但他沒有生氣，相反地，他覺得受到一種威脅。旋轉的黑膠唱片就像一個漩渦、一條黑暗的下水道，而他則在下水道裡面，被吸向更黑暗的死亡。他在地獄中肯定佔有一塊特殊之地。但要是地獄不存在呢？地獄的硫磺火也不存在呢？如果就在此刻，他這個可惡的騙子不是站在地獄呢？他覺得後背有點暖意，有個身體在後面。

「你好像，」法蘭西絲在他身後說：「對音樂比對我更有興趣。」

「抱歉。」

「別抱歉。你有什麼感覺都可以，我只是想聽你說給我聽。」

「我很抱歉。」他又說一次；他被她的指責撕裂了，相信她的指責是公正的。

「但是，也許我們不必放音樂。」

他慌慌張張地聽從她的提議，抬起唱臂，聽到一聲急著配合別人的願望，缺少自己的真實願望的哀鳴。唱片轉速漸慢、漸停，法蘭西絲從背後抱住他，頭靠在他的肩胛骨間。

「這樣可以，對嗎？」她說：「友好的擁抱？」

她的溫暖進入他的身體，直接流入下半身。

「這次感覺好太多了。我覺得也許這是一種社交活動的關係；也就是說，我們得和其他人一起做，才能完整體驗。你覺得呢？」

他覺得他的腦袋可能會因為恐懼而爆炸。他聽到自己咯咯笑，這是某種語言行為的前奏。笑得非常假，筋和肉因為一個膽怯的願望——想取悅、想融入、想證明自己的真實——不由自主地啟動後，運作不順發出的嘎吱聲。在他看來，他說的每一個字都是討人厭的、私心自用的諂媚；他的愚蠢沒有人聽不到、每個人都認為惡劣至極。在他的一生中，每個人都一直隱瞞對他的真實評價——唯一誠實的人是克藍。他傷害了兒子的痛苦，就像胸腔裡塞著一個無法從肺或胃釋放的大氣泡。他身體前傾、張開嘴，試著排出氣泡。他覺得自己很像那些他送終的教友的最後一刻，下巴正因為瀕死喘息而下垂，顏面皮膚逐漸撐開，蓋住死亡逐漸顯現的頭顱。他還不知道當這種痛苦再來的時候，他該做什麼才能撐下去。

法蘭西絲放開他時，他並不覺得鬆了口氣，只覺得他又被指責了。她得到一次歡樂經驗，他得到的則是一次惡劣經驗。這個事實、這個屈辱的經驗，似乎以一種難看的方式照亮客廳。

「這些光線有些奇怪，」她說：「好像隨時都在變——一直是這樣嗎？也許是大麻讓我的眼睛更敏感？」

她的友好語氣反而加深了折磨。她沒有因為他的醜陋和失敗而退縮，世上哪有這種寬大為懷的人。世上所有的人中，只有他是虛偽的，只有他是個人形幽靈。

「的確更亮了。」他意識到是他在說話，接著就被他嘴裡製造那幾個字的時候產生的、噁心的潮濕打斷。

「你沒事吧？」法蘭西絲說：「我讀過，有些人抽大麻以後會變得疑神疑鬼。」

他沒有多想，立刻承認他有點疑神疑鬼，但一說完就覺得很丟臉，用沙啞的謊言補了兩句話：「只有一點點——不是很多。」

「過來跟我一起坐——我會牽著你的手。也許你要的只是安全感。」

不管從哪個地方靠近她，現在都不可能了。他發現，被她的孩子發現的恐懼，已經重新集結，成為一股新的打擊力量。還有廚房！即使抽風機開著，廚房裡也肯定有大麻的臭味。他必須在還沒有人發現他之前離開。他在心裡想著**我很抱歉**這幾個字，並計算著這幾個字還透露了他哪些劣性。直到他離開房間、從樓梯欄杆上一把抓過外套時，他到底有沒有說出這幾個字，他永遠不知道。

他走回教堂，看不到一張沒帶著我有罪的表情的臉，他覺得自己也許是一隻爬過白牆的蜘蛛，如果沒人看到他，還真是奇蹟。他進了車後，把自己鎖在裡面，躺在放平的前座，沒人看得見。最後，他注意到自己與現實世界的隔閡不見了，但疑懼的情緒真實還在。他回到牧師館時，原本打算躲在辦公室裡禱告，但受到感動，到儲藏室裡把瑪莉安的菸灰缸清空倒在他的雙手上，接著把菸灰抹在臉上，並張嘴吞下菸灰。

大齋期開始了，情況沒那麼糟糕。他仍然依靠羞恥和自卑企求上帝憐憫。那個古老悖論——誠實面對自己的弱，會讓人的信仰更強——依然有效。他接受與法蘭西絲的緣份已盡，請凱蒂・雷諾茲帶領下週二的服務隊活動。在家裡，他對瑪莉安異常謙遜，說她看起來氣色很好，藉此表示關心。當她冷笑地回說：「你的小朋友讓你嚐到苦頭了吧。」他將另一邊臉頰轉向她，並說：「盡量取笑我吧，我自找的。」白天愈來愈長，當他坐在暮色中的書房，絞盡腦汁想著讓佈道更出色的表達方式，聽到她在隔壁房間清嗓子。她買了新衣服、換更好的髮型師，找了一份在家校對的工作以發揮她的語言技能。現在她看起來更苗條了，更像他當年愛上的那個熱情年輕女子。他心想他們的婚姻還有沒有救——他們還有沒有可能找到自己的一條新路。

但是她仍舊睡在三樓，讓他洗自己的衣服；儘管他重新開始接觸上帝，心頭仍然無法擺脫法蘭西絲。他不斷重溫彼時彼刻，對自己在她客廳的行為所產生的羞恥心漸漸淡化，對她的行為則更見清晰：是她要求他的，而且不只一次；她還從背後抱住他，她稱之為友好的擁抱（友好的擁抱不是應該從正面來嗎？）；更何況，她為他們的那個約會所穿的衣服，只差一截就露臀。他事後發現不妙，她給他的就是他曾夢寐以求的機會。即使只擁有她一次、就算他對她而言只是抽大麻時短暫出現、一個必須去搔的癢處，但對他而言，這就是他的一切。

當他正在為錯失機會而悲痛時，神的旨意介入了。儘管貝琪和裴里都覺得尷尬，他還是參加了新的一年中十字路的每場聚會。嚴格來說，他是顧問，但他接受了自己比不上里克・安布洛斯的自卑感，舉止行為表現得像個新人，參加十字路的練習和探索自己的各種情緒，而不是去想讓年輕人在基督裡成長。在二月的最後一個星期天晚上，安布洛斯將多功能廳的人群分成兩邊，像紅海一樣，並指示其中的一半在紙條上寫下自己的名字，另一半則從紙條中抽出夥伴，羅斯打開他抽到的紙條，看到上帝賜給他的人。紙條上的名字是**賴利・卡崔爾**。

「我們的說明很簡單，」安布洛斯告訴全團：「每個人把一件自己真正苦惱的事——在學校、在家或是在一段關係裡的——告訴你的夥伴。重點是誠實。讓你的夥伴誠實思考該怎麼幫你。請記住，有時候最有幫助的只是陪在一旁，以及多聽少講不評斷。」

羅斯到現在一直避著賴利・卡崔爾，從不看他。賴利對當他的夥伴既不是高興也沒有不高興——不就是另一次練習罷了。當其他雙人組分散到教堂四周時，羅斯帶他上樓到他的辦公室，問他有什麼困擾。

賴利摸了摸鼻孔。「你也知道，」他說：「我爸爸兩年前死了。我們有一張他的照片，穿著空軍制服的照片，掛在家裡樓上的走廊裡。那照片上週就不見了。我問我媽為什麼把它拿下來，她告訴我……她告訴我她已經不想看了。」

賴利臉上有半熟的青春痘，那張臉是他母親的五官，加上男性荷爾蒙作用的粗糙成果，羅斯本來覺得卡崔爾長得像男孩，現在他覺得不對，沒有男孩會像法蘭西絲。

「然後，」他說：「她一直跟一個男的在約會，我是說，她可能很孤單，但是她和他一起出去的時候，她整個人都會飄飄然，好像我爸爸不存在。他可是空軍史上最年輕的上校之一……他是我爸爸——而她現在連他的照片都不想看到？」

羅斯對**一直約會**這個話裡含糊不清意思有了警覺——這個舉動包括現在嗎？還是已經結束了一段時間。

「所以，」他說：「你母親一直，或曾經，在某個時候……」

「對。我終於見到那個人。她讓我和愛米和他一起吃午飯。」

羅斯清了清突然乾澀的喉嚨。「這是什麼時候的事？」

「星期六。」

大麻實驗十天後。

「好可怕，」賴利說：「我是說，我當然不會喜歡他，因為他不是我爸爸，但是他好自大，跟我們吹噓自己開了十六個小時的刀；他還向餐廳服務生炫耀；他和愛米說話的態度就像她才三歲一樣。他滿嘴屁話，我媽看到他心都飄起來的，就像在裝什麼一樣。」

羅斯又清了清喉嚨。「你認為他們可能——是認真的？你媽媽和那個——外科醫師？這就是困擾你的事情嗎？」

「我本來以為他已經出局了。沒想到最近突然每件事情都『菲利普』長『菲利普』短的。」

「從——多久了？」

「我不知道，最近幾個星期吧。」

「那——你母親知道你對他的看法嗎？」

「我有跟她說過，我覺得他是個眼睛長在頭頂上的混蛋。」

「然後——她的反應呢？」

「她生氣了。她說我很自私，沒有給菲利普一個機會。她竟然這麼說——我很自私？她應該是春季旅行的顧問。她表現得很受傷，因為我說不想和她在同一組，現在她告訴我她甚至可能不會去，因為菲利普想帶她去阿卡普科參加一個假掰醫學會議。剛好在同一個星期。」

羅斯臉色變得鐵青，他感覺得到。

「有時候我幾乎，感覺像……為什麼是我爸爸死了？他總是吼我，但至少他注意我。我媽甚至不在乎我。她只關心自己。」

他的確是對的，但羅斯在意的不是這個。他娶了一個自我憎恨的看護人已經夠受了。

「也許你應該告訴她，」他說：「你希望她來春季旅行。告訴她這對你有多重要。」

「我不知道哪個會更糟，必須在她身邊，或者讓她和那個怪人在一起。我現在看所有人都不順眼。」

「嗯，你能誠實面對自己的感受，很好。這就是十字路的意義。我希望你覺得我是你可以說說心裡話的人。」

賴利的眼神，好像他不僅是一個普通的雙人練習夥伴，這是他第一次用這種眼神看羅斯。「我能講一件怪怪的事嗎？」

「什麼？」

「她老是在講你。她一直問我對你的看法。」

「是的，她和我都在服務隊，我們愈來愈熟——很友好。」

「我就說，媽，他是牧師，而且人家已婚。」

「對的。」

「抱歉——我那樣說會很怪嗎？」

有那麼一刻，羅斯考慮告訴賴利實情，也許他覺得賴利可以幫助他，但告訴莎莉・珀金斯實情的那一段讓他嚇到了。根據這個練習規定，現在輪到他講一個他自己的故事，但他苦惱的每一件事都以某種方式與賴利有關。他顯然不能講他的婚姻，也不能講裴里吸毒。克藍瘋狂想要入伍服役也不行，因為賴利認為他父親的軍旅生涯值得驕傲。羅斯的辦公桌上有一份關於教堂聖所南牆的工程報告副本，該牆有倒塌的危險。他可以說這就是讓他苦惱的事。

結束的時間到的時候，他送賴利到樓下，接著留在他的辦公室打電話給法蘭西絲。他再沒有什麼可以損失的了。電話那頭一聽到他的聲音就安靜了。他覺得越界了，急忙道歉，但她打斷了他。「該道歉的人是我。」

「千萬不要這麼說，」他說：「我也不清楚原因，我對那個，啊——」

「我知道。你疑神疑鬼的時候非常有趣。但你也控制不了自己，我完全理解你為什麼要逃跑。你的做法是對的——我非常非常越軌了。所以我上星期沒有去週二服務隊。我覺得實在太丟臉了。」

「但那是——妳為什麼覺得丟臉？」

「嗯，因為基本上我本來是要上你的？然後我可以把責任推到你知我知的那個原因，但是，這麼做還是完全不對。我很對不起你，把你帶到那一步。我現在看得更清楚了。我誠實思考了一下，嗯，你也不必擔心我。如果你能勉強原諒我，我保證不會再犯。」

好消息是不是多於壞消息，還很難講。他和她在一起的機會甚至比他推測的還要大，他完全搞砸這件事的機會也比他擔心的還要大。

「我希望我們還是朋友。」法蘭西絲說。

一週後，她打電話邀請他去伊利諾理工學院聽巴克敏斯特・富勒（Richard Buckminster Fuller）晚上的演講。他剛以朋友身份接受邀約，她就補了一句：菲利普討厭這種活動。「我有沒有跟你講過，我又開始跟他約會了？我在努力變成好女孩，但是，跟他一起聽這種演講一點意思都沒有。他坐不住，好像大家注意力都在另一個人身上會讓他受不了一樣。」羅斯覺得很喪氣，她居然認為他會想知道菲利普在做什麼。但又因為她在抱怨菲利普，覺得振奮。他提醒自己是那個她感興趣到想「上」的人，所以即使他已婚，他還是穿上最討喜的襯衫赴約，並且人生第一次搽了古龍水，那是貝琪在聖誕節送他的。沒想到，法蘭西絲開到牧師館接他的車上還有凱蒂・雷諾茲。法蘭西絲事前沒說凱蒂會來，而羅斯只是她的朋友，沒有反對的理由。他對巴克敏斯特・富勒其實也沒有太大興趣，但他小心翼翼地不要坐不住。

下週二進城時，法蘭西絲沒有避開羅斯，這是他輸給外科醫師略感安慰的事。她現在顯然覺得坐他的「狂怒」車很安全，更喜歡跟他、而不是凱蒂同行，並自願和他一起在摩根街一位老婦人的廚房工作，用滾筒在那間廚房牆上漆「芭蕾女伶粉紅」色的油漆（一桶只要幾分錢，因為製造商瘋狂大量生產），他負責用刷子收邊。他有點遺憾負責的是簡單的部份，卻也有點高興她還是想和他在一起，高興看到她與西奧・克倫蕭現在像夥伴般緊密，高興能幫她修補她和西奧的關係。

所以當那個三月灰濛濛的早晨，她來到他的教會辦公室認真說要退出週二服務隊時，他覺得這消息太突然，而且殘酷。也許是因為晨光灰濛濛，她看起來老了些、脆弱了些。他先請她坐下。

「不必了，」她說：「我來，是想當面告訴你這件事，但我不能留下來。」

「法蘭西絲，妳不能就這樣丟個炸彈就走。發生了什麼事嗎？」

她看起來就要哭出來了。他起身、關上門，想辦法讓她坐在訪客椅上。她的頭髮顯得老了些——更黑，但不那麼柔滑。

「我只是還不夠好。」她說。

「胡說。妳很棒啊。」

「不是。我的孩子不尊重我，而你——我知道你喜歡我，但你不應該喜歡我。我不信上帝——我什麼都不信。」

他蹲在她的腳邊。「你能告訴我發生了什麼事嗎？」

「沒必要解釋——你不會明白的。」

「試試看？」

她閉上眼睛。「菲利普說我以後不能再和你去服務了。我知道，這聽起來很蠢；而且，要是就這麼簡單，我也不會——我可能還會跟你去。但是，要是再把其他每一件事加起來想，不和你去會更簡單一點。」

外科醫師可能嫉妒他的想法——他有理由嫉妒——只加深羅斯的挫敗感。

「他知道，」法蘭西絲說：「我在城裡當志工。但是當他知道教堂所在時，他說那裡太危險。我試著跟他解釋，那裡其實沒有那麼可怕，但他不聽，而且——我討厭服從。我不想當個服從的人；但在這種情況下，服從比較簡單，那才是真正的我：我是凡事都找最簡單方法的那種人。」

「真實情況才不是這樣。你有沒有和凱蒂談過這件事？」

「我不能。凱蒂也不會尊重我。我的意思是——我知道、我知道、我知道。這次跟我在一起的這個又是個混蛋——我知道。賴利幾乎不跟我說講話了。我讓他和菲利普一起吃午飯，賴利看得出來——每個人都看得出來，我又跟一個混蛋在一起了。實際上，他是更糟糕的混蛋。至少鮑比不是種族主義者。」

「什麼可以做、什麼不能做，妳可以自己的決定。沒有任何人可以要你這樣或是不讓妳那樣。」

「我知道，而且，就像我說的，如果只是菲利普，我也許可以承受壓力。但問題是、問題是，我心裡想的和他想的是一樣的。我到現在只要去到城裡那邊，還是會覺得我會被強姦或謀殺。」

「這些是深層認真模式造成的，」羅斯說：「發展新模式需要一段時間。」

「我知道。而且，就像我剛才說的，我一直在努力。我依照你告訴我的方式向西奧道歉，你是對的——的確有用。但是，我沒辦法不去想羅尼，想怎麼幫助他，所以我又去找西奧談。他說，問題在於羅尼的母親海洛因成癮。我問他可不可以讓她接受治療——我來付錢，西奧可以對外說，這錢是教友集資出的。」

「這怎麼會是不好的人做的事。」

「但他說基本上不可能。他認為克拉麗絲只要一出來就會再吸毒。我告訴西奧，一定可以找到還不錯的寄養家庭收容這麼可愛的小男孩。我可以去找社工討論，確定每件事都顧到。但是西奧說，如果我那麼做，社工就不會再讓克拉麗絲接近羅尼。我說我覺得這可能是最好的結局。但西奧說羅尼是克拉麗絲活著的唯一理由，社工看不到這一點，州政府只在乎小男孩，他們不管母親。我想起你告訴我的話，便沒有和他爭論，但是我說他所接受的是**任何社工都無法接受的狀況**。我說這樣一來不好的事情遲早會發生。西奧聳了聳肩說：『上帝自有決定。』用這句話讓我閉嘴，我沒有和他爭論。」

「妳所做的，」羅斯說：「都不會讓我看不起妳。剛好相反。」

法蘭西絲似乎沒有聽見他說話。「我不像你，」她說：「我不能接受上帝創造了一個這麼可怕、甚至不能擺脫的局面。對我來說，就像是這世界有一扇門，門後是內城區；在那邊，不管去到哪，都是可怕到沒有人可以解決的局面。我已經沒辦法再開門過去了，我只想關門，忘掉門背後有什麼。菲利普說我不能再和你一起去時，我很難受但也覺得是解脫。」

「妳早點告訴我就好了，」羅斯說：「情況沒有絕望到束手無策的地步。也許，下次我們去那裡的時候，你、西奧和我可以集思廣益。」

「不。我不會再去那裡了——是我不適合這個工作。我希望我能做這個工作。你工作的時候，我看著你，對自己說我就是想變成這種人。和你在一起讓我很高興，但我錯把和你在一起當成像你一樣。其實，我是個廢人。」

「不、不、不。」

「另外，我總是會被混蛋引誘，這已經很明顯了。我被錢、被去阿卡普科旅行引誘；沒有人說我不對，也沒有人強迫我打開我不想打開的門。我以為我可以成為另一種人，其實，這個只是幻想。」

「幻想和志向是兩回事。」

「你不知道我有什麼幻想。你其實看過一個——到現在，我想起來還是會覺得很不好意思。」

羅斯覺得，她來找他是想被拯救，但不知道怎麼做；她正在緩緩接近突破點，需要有人推一把。但是，要把她從什麼裡面拯救出來？從失去的信心裡，還是從那位外科醫師？

「那個到底——是什麼？」他說：「幻想？」

她臉紅了。「我幻想你是不會被婚姻阻礙的人——幻想你可能是個混蛋。」講到這句話，她不自主地發抖。「現在，你看出來我是什麼樣的人了嗎？就好像我得把你拖到我的水準。如果你和我的水準一樣，我就不必一直仰望你，覺得達不到你的要求。」

從來沒有人這麼淺白地說出他的兩難。她喜歡他，因為他善良，這是他替自己做的最好的一件事。而就善良的定義來說，也意味著他不能有她。

「我沒有那麼好，」他說：「我和你一樣——我總是挑容易的路走。我結婚、生孩子、在郊區找到一份工作。這些帶給我的只有不快樂，沒有別的。我的婚姻成了災難。瑪莉安睡在另一個房間——我們幾乎不說話——孩子不尊重我。我是失敗的父親，這比失敗的丈夫更糟糕。我比你想像的更混蛋。」

法蘭西絲搖搖頭。「那只會讓我覺得更糟。」

「怎麼說？」

她站起來，繞過他。「我根本就不應該和你調情。」

「給我一次機會，」他說，很快起身。「至少去一趟亞利桑納州。在那邊的空氣裡、在那些人中間，有一種靈性。我的生活因此改變——妳的生活也可能會。」

「對啊，那也是一個錯誤。我想辦法讓你和我一起去那裡。」

「完全不是這麼回事。要不是妳，我可能永遠不會和里克改善關係。妳為我做了一件非常好的事。妳是我生命裡面耀眼的星星——但是，我不知道妳發生了什麼事。」

「什麼都沒發生。我只是害怕這次談話——不得不讓你失望。只要我能再把門關上，我就會好起來的。」

她朝門口走去，示範「把門關上」的意思。羅斯沒辦法阻止她。他完全無能為力。突然，一種強烈到足以掐死她的恨控制了他。她自以為是、自顧自盼、不經意踩壞唱片、任意打碎許多人的心。

「鬼扯！」他說：「妳剛才都在鬼扯。你要逃避，是因為妳懦弱，沒辦法面對心裡的善；懦弱到不願意承擔責任。我不相信妳自外於世界會快樂。如果妳要的就是過這種可悲的生活，我們的服務隊也不需要妳，亞利桑納州也不需要妳。如果妳沒有勇氣兌現承諾，我只有一句話，謝天謝地，走就走吧。」

他的情緒都是真的，但以這麼直接的方式說出，那是從十字路學來的。聽起來頗像里克・安布洛斯的詰問風格。

「我是認真的，」他說：「妳馬上離開。我不想再看到妳。」

「我想我咎由自取。」

「自取個屁。妳的自責不過是裝模作樣，虛偽、噁心。」

「哇。啊。」

「快給我走。妳真是讓人失望。」

他幾乎不知道自己說了些什麼，但他既然能夠像安布洛斯那樣說話，代表他也感覺到一些安布洛斯長久以來感受到的力量。彷彿，無論多麼短暫，上帝都與他同在。法蘭西絲看著他，似乎對他生出了一股新的好奇心。

「我喜歡你誠實。」她說。

「妳喜歡什麼跟我有什麼關係。所以，妳離開之前，自己去跟里克講妳不去亞利桑納了。」

「或是，我還是決定去。這會不會是驚喜呢？」

「不要當是開玩笑，不管妳去或不去。」

「嗯，這樣的話……」她用舞蹈的滑步姿勢向側邊移動了一小步。「也許我會去。你覺滿意嗎？」

他正在氣頭上，根本不在乎。她的「也許」就像一根針刺進他的大腦。他癱在辦公椅上，轉身背對著她。「隨便妳。」

等她真的離開了，他才重新跟自己的慾望連結。總而言之，他覺得這次會面的結果再好不過了。對他的啟示是，她對他憤怒的回應是那麼正面，對他的乞求則是那麼負面。他無意間發現了開啟她的鑰匙。和她保持距離，讓她覺得他對她失去了耐心，反而有可能讓她違背外科醫生的要求，去亞利桑納州。

他覺得折磨的是，不知道她到底在想什麼。下一個星期天，也就是春季旅行前最後一次十字路聚會，他在那一群青少年當中找賴利，想探聽他母親的計畫。但賴利當晚缺席，而且原因不明，他的痛苦變得難以忍受。第二天早上，他一到教堂，就去安布洛斯辦公室，詢問卡崔爾太太有沒有來找他。

安布洛斯正在看《論壇報》的體育版。「沒有，」他說：「怎麼了？」

「上個星期見到她的時候，我感覺她可能會退出。」

安布洛斯聳聳肩。「損失不大。我們還安排了吉姆和琳達・史特頓夫婦在『許多農場』。本來就有兩組父母在那兒，人力還多了些。」

羅斯糊塗了。一個月前，他和安布洛斯安排顧問工作時，不是已經確定法蘭西絲在他負責的那一組？

「我以為——」他說：「這不太對。我們不是講好讓卡崔爾太太到基斯利開墾區？」

「是的，我把她換了，讓泰德・傑利根代替她。如果她想穿著藍色牛仔褲和孩子們打成一片，在『許多農場』比較合適。我甚至不懂她為什麼來找我——我覺得她可能在呼嚨我。」

「你太看不起她了。她在我的週二女性服務隊裡，幫助很大。」

「那我們就看看她在『許多農場』的表現吧。」

「不行，她得來基斯利開墾區。」

從體育版上跳出來的眼神帶著一絲不高興的精明。「為什麼？」

「因為我和她一起共事過，我希望她加入我那一組。」

安布洛斯點點頭，覺得這話好像有些道理。「你知道嗎，我那時候的確有點好奇。去年十二月的時候，是什麼原因讓你來找我。唯一的解釋是，她在同一天也來我的辦公室。她一心想去亞利桑納，然後你就出現了，也想去亞利桑納。我不是說你那天不是真的有勇氣——我只是有一點疑惑。要不是你和莎莉・珀金斯那檔事，我是不會想到的。」

「卡崔爾太太已經三十七歲了。」

「我不是在批評你，羅斯。我只是說我了解你。」

「那你解釋看看，為什麼把她和泰德・傑利根互換？是故意找我的碴？」

「冷靜一點。你要在自己的時間做什麼，只要不影響十字路，我都管不著。」

「你得把她調回基斯利開墾區。」

「不行。」

「拜託你，里克。我不是要求——我是請求。請幫我這個忙。」

安布洛斯搖了搖頭。「我不是在經營約會服務。」

羅斯覺得，就像去年整個冬天一樣，每個好消息——就拿這次例子來說，法蘭西絲顯然會去亞利桑納州——後面都跟著足以抵銷它且還有餘剩的壞消息。安布洛斯已經看穿了他，他無能為力。除了想像與法蘭西絲獨自長時間漫步、走在矮松林中、在風吹刷過的山頂初吻之外，他沒有任何上訴的理由。但這根本拿出來辯論的依據都不行。上帝，其實站在安布洛斯那一邊。

那天晚上羅斯回到家時，貝琪告訴他她決定不參加春季旅行。他要是在前一天聽到這消息會如釋重負——她和她的朋友本來報名參加的是基斯利開墾區那一組，到時候她會注意到他特別關心法蘭西絲——但現在，這似乎只是他們關係疏遠的另一個跡象。她被譚納・伊文斯影響，愈來愈嬉皮和叛逆，現在即使是週間，大部份時間她也都不在家。羅斯本來想實施週間宵禁，她就去找瑪莉安，鬧成僵局，最後在對貝琪有利的條件下解決問題。

「我以為妳很期待這次旅行。」他說。

她懶懶地癱在客廳沙發上，手裡拿著聖經。在她拒絕他而且僵持到底的時候，她手上的聖經奇怪地令他反感。

「是的，」她說：「我沒辦法進入。」

進入這個嬉皮語彙，同樣讓他反感。「進入什麼？旅行？還是十字路？」

「兩個都有。就像安布洛斯說的——與其說是基督信仰，不如說是一個心理實驗。這是一齣追求時髦青少年關係的劇。」

「我好像記得妳也是青少年。」

「哈哈，說得好。」

「我很期待在亞利桑納和妳共處一段時間。妳是不是想一個人待在家裡？」

「就是這個想法，是的。」

「我希望妳不會邀人開派對，最後把房子燒了。」

她看了他一眼，露出受辱的眼神。接著又打開聖經。他已經完全無法了解她了，但是，譚納・伊文斯現在似乎是她的社交生活的一部份，這倒是不假。她原本計畫和羅斯以及裴里去亞利桑納納，瑪莉安則帶賈德森去洛杉磯過春假，帶他去迪斯尼樂園，並且探望住在洛杉磯一所療養院的舅舅吉米。這趟旅行要花不少錢，但羅斯知道最好不要提。現在貝琪決定待在家裡，而瑪莉安不在家，這會變成問題。貝琪很可能打算利用空蕩蕩的牧師館和譚納上床。想到這邊，他又覺得反感，但因為他喜歡譚納，這種不愉快的感覺才減輕一些。貝琪有了新的宗教信仰，但是穿著打扮和言談舉止都像個性生活活躍的人——他真的不了解她。他只知道，她再也不是他的小女孩了。

第二天一早，他醒來時突然有個主意，而且就擺在眼前那麼明顯，他竟然沒有早點看到：**基思．杜羅基告訴他不要去基斯利開墾區**。基思說過，在「許多農場」裡有很多工作，羅斯有什麼資格和任何一位納瓦霍長老爭論？更重要的是，他還說：**誰是安布洛斯？**

與法蘭西絲共度一星期的道路清楚地在他前面展開。他到教堂辦公室，等到時間夠晚才打電話到基思家。鈴響了第十五次或第二十次時，電話接通了，但是電話線那一頭的女人不是基思的妻子。

「他在醫院，」她說：「他病了。」

羅斯問發生了什麼事，但那個女人顯然已經說完她能說的。他心煩意亂，打電話給基思長期擔任委員的部落議會辦公室，一位秘書告訴他基思中風了。羅斯無法從秘書口中確定情況有多嚴重——納瓦霍人對疾病有禁忌。他先把煩惱基思的事情放在一邊，告訴對方他會和一群青少年搭乘三輛大巴士在星期六晚上抵達，他必須知道該到哪裡。秘書把電話轉給一位名叫汪達的部落議會行政人員，但因為線路嘈雜，他沒聽清楚對方姓什麼。也許是因為電話線路的嗡嗡聲，羅斯只覺得她的聲音低沉、帶點悲傷，但是每個字都講得很清楚。

「羅斯，」她說：「你不用擔心。我們知道你要來。你不必擔心我們不知道。」

在嗡嗡聲中，羅斯解釋說他記得基思建議他避開平頂山，改去「許多農場」。汪達沒有回應，只有嗡嗡聲。

「汪達？妳聽得到我嗎？」

「我就對你一五一十、有話直說了，」話筒傳來她低沉、悲傷的聲音。「基思在平頂山有一些麻煩，但我們有聯邦委託。我們在基斯利開墾區有工作要做，以符合委託案規定。我們已經把水泥和木材送到學校，我們會非常感謝你的幫助。」

「啊——委託？」

「是聯邦政府的委託。我們會提供補給。依照你在信中的要求，該分會的一位女士同意替你們做飯。她的名字是黛西・貝納利。」

「是的，我認識黛西。但基思似乎覺得，我們在『許多農場』會比較好。」

「我們知道有一組人要到『許多農場』。所有的安排都就位了。」

「那麼，也許，如果妳能安排兩組人在那裡，而不是一組——」

「羅斯，我對你說的決定是綜合各方面考慮後的結果。我們不希望在『許多農場』有兩組人。星期六我會親自在此與你見面，解釋我們希望你在基斯利開墾區的工作，以符合委託的規定。很期待與你見面。」

羅斯對汪達的規劃沒有招架能力，尤其她有一半納瓦霍血統。他希望當面談也許會比較容易，或者基思復元得還不錯，可以回來否決她。

星期四晚上，他好不容易睡著，卻夢見獨自一人在黑山上迷路。他試著從無路可走的山上下來，看到腳下遠處，有一個用大小不一的石塊搭起來圍場，裡面有羊和馬。要到達下方的小路，他必須爬得更高，踩著愈來愈多的石頭和陡峭的斜坡上往上爬。整個地形相當廣闊，他似乎攀爬錯方向，但他必須繼續爬。最後，他到了一處無法再上去的懸崖。回頭一看，發現自己已經在幾乎垂直的斜坡上，無法往下走。接著放眼望去只有陡峭的岩石和大裂縫，他明白自己快要死了。醒來後，他發現自己還躺在貧瘠的婚床上，那正是他的處境。沒有一條抵達喜悅的道路，會比贏得法蘭西絲的那條還要充滿艱辛曲折。

但這是淩晨的感受。十二個小時之後，大巴士駛入第一歸正會的停車場時，他似乎又覺得喜悅之路恢復暢通。只要法蘭西絲出現，他也許就能在「許多農場」把問題解決。冷冽的三月微風吹拂，水仙花在教堂的石灰岩邊牆盛開，陽光很明媚，但空氣冷颼颼。羅斯穿著舊羊皮外套，手拿著板夾，指揮神學院學生和團友顧問攜帶十字路的工具箱、「芭蕾女伶粉紅」和「日光黃」兩種油漆罐、一箱滾筒和刷子、Coleman牌煤油燈。一位家長顧問泰德・傑利根開著新型林肯車，停到羅斯身旁，向他提出應該讓大巴士移到離教堂門口近一點的地方，以便大家上裝備。泰德還對著一個拿工具箱搖搖晃晃的神學院學生卡蘿琳・波莉點了點頭。「那個小女孩會受傷的。」

羅斯舉起他的夾板，表明他的監督身份。「歡迎你幫忙。」

泰德面露不情願的神情。他是房地產律師、教堂合唱團的獨唱、健壯的前美國海軍陸戰隊員，自視甚高。

「我擔心飲用水，」他說：「我們會帶飲用水吧？」

「不會。」

「我可以到貝福超市替大家買一堆五加侖桶裝水。達拉說去年有些孩子拉肚子。」

「應該不是水的問題。」

「帶一些在車上，簡單得很。」

「一百二十個孩子，八天——這得很多桶。」

「安全總比後悔好。」

「保留地的水是井水。不成問題。」

泰德露出一種不習慣被人耽誤的表情。羅斯心想，這趟行程他得聽命於一位資淺牧師，且還有男性教友同行，這絕對是個錯誤。羅斯想也知道泰德會如何評價他，他對田園生活不切實際的嚮往、他微薄的薪水、他對公益看不太出來的貢獻。他的評價在他提議買水——打開他塞滿律師費的皮夾，輕鬆地行使消費能力這個動作上，就隱約露出端倪。安布洛斯安排他在羅斯的小組，這不是刻意整他，就是另有私心。

陸續抵達的家庭用車，放出穿著沾油漆牛仔褲和髒外套的孩子，手上拿著飛盤和睡袋，但羅斯想看到的只有一輛。在被懸念折磨的痛苦中，他想到如果法蘭西絲沒來，那他也算解脫；被明確拒絕、日子還是得過，能到任何地方（除了這裡）的解脫。當她的車終於在皮爾西格大道出現時，他在這一刻開始推算——她決定要和他同行？或是帶賴利來報到？——先前的悲慘此時也奇怪地輕了。**願祢的旨意行在地上，如同行在天上。**聖經這句話好像第一次鎮定了他的心。

但是，這鎮定只維持到她戴著獵帽下車就結束了。他看到賴利打開後車廂，不僅拿出一個適合高山健行的時髦後背包，還有一個女性用的大型軟行李箱，肉體之歡的險兆立刻淹沒了他，一掃他的鎮靜、曝露他的虛偽、停止他的呼吸。他將得到她。

他在險兆中覺得安全，接著便忙於拿起夾板，核對開墾區小組中十字路的成員姓名。與三年前不同，這次誰搭哪輛巴士是依據目的地決定，而不是誰跟誰一夥。有人，大概是安布洛斯，在貝琪的名字上槓了一條粗線。羅斯仍然半希望、半擔心貝琪會改變主意。但當他看到她和裴里開著家裡的「狂怒」出現、停妥時，瑪莉安不在車上，這一來他知道貝琪也不會來。裴里從車上拿出圓筒行李袋時，她甚至沒有下車。

「狂怒」離開停車場時，法蘭西絲朝著羅斯走來。他假裝看著夾板。「哦，嘿。」他說。

她的眼睛閃爍著戲劇性的光芒。「你沒想到我會這樣做，對嗎？你沒想到我有膽子來。看來你終究躲不開我和我虛偽的自責。」

他努力不笑出來。「這還有待觀察。」

「什麼意思？」

「妳不會去基斯利開墾區，里克要妳在『許多農場』那一組。」

她把頭縮回去。「在賴利那一組？你在開玩笑吧？」

「沒有。」

「賴利不想讓我靠近他。里克為什麼要這麼做？」

「你得問他。」

「他認為我會受不了平頂山上的生活？」

「你得問他。」

「這很煩人。我希望這不是你的主意。」

羅斯好不容易壓抑下笑意。「不是。我為什麼要做這種事？」

「因為你在生我的氣。」

「這是里克決定的，跟我無關。如果妳不高興，妳得找他解決。」

「我來參加的唯一原因就是要和你去平頂山。嗯，不是唯一的原因。但我非常非常不爽。」

她臉上的神情就像個被寵壞的孩子、被怠慢的貴賓。也許她在意的是她已經放棄了阿卡普科之旅。

「誰代替我的位置？」她說：「誰跟你一起去？」

「泰德・傑利根、朱迪・皮內拉、克雷格・迪爾克、畢夫・艾拉德、卡蘿琳・波莉。」

「哦，太好了。」她翻了個白眼。羅斯想知道他那引起嫉妒的小技倆是否奏效了。看著她逐漸走遠，他一路走來的艱辛，似乎都無所謂了。她想和他在一起，他設法掩飾喜悅。

畢夫・艾拉德敲擊康加鼓的迴聲，從對街的銀行傳回來，空中的菸霧和飛盤，戴著領巾的黑狗跨過吉他盒和手提行李，孩子們衝進衝出教堂忙著青少年的急事，媽媽們關愛的禁令讓長髮兒子面露尷尬，三名大巴士司機和替手正看著地圖討論路線，里克・安布洛斯穿著軍夾克，跟教堂外的杜懷・黑夫勒站在一起目睹現場的榮光。法蘭西絲走到兩人面前時，羅斯故意不去看（**願你的旨意行在地上，如同行在天上**），改去找那些要去基斯利開墾區、還沒報到的孩子。原定在五點、也就是十分鐘後出發，但大巴士還是空的。有最後一刻跑去藥房的，有分乘兩輛巴士悲傷道別的、有臨時要開行李箱在行李艙中東移西挪的、有忘記拿袋裝晚餐的，以及在羅斯的經驗中總有的一、兩個遲到孩子。

「大衛・戈雅？」他喊道：「金・珀金斯？有人看到他們嗎？」

「他們好像在樓上。」有人說。

他進了教堂，上樓梯時聽到一陣聲音，但一接近聲音就消失了。坐在十字路會議室兩張無腿沙發上的是大衛・戈雅、金・珀金斯、基斯・史特頓和鮑比・傑特。都是酷孩子，貝琪和裴里的朋友。羅斯覺得好像逮到他們正在做什麼，不過他沒有看到或聞到違禁物品。

「各位，來吧，」他在門口說：「大家都在樓下等你們呢。」

大家互換了眼神。金穿著硬挺的全新藍色連身工作服，一躍而起對其他人比了個手勢。「我們走了，好嗎？我們走吧。」

基斯和鮑比看著大衛，好像等著他決定。

「你們去吧。」他說。

「怎麼回事？」羅斯說：「妳有話要跟我說嗎？」

「不、不、不，」金說。

她硬是穿過他，出了門。基斯和鮑比緊跟著，羅斯便等著大衛解釋。大衛的臉和頭髮看起來比實際年齡老很多，非常不一樣。可能是內分泌系統造成的。

「看到裴里了嗎？」他說。

「有。怎麼了？」

「我換個問法。你覺得裴里還好嗎？」

羅斯甚至在大衛還沒有開口反問前，就直覺知道發生了什麼事。他想到可能發生的情況是完整而且可信的：裴里在最後一刻設法搞砸每一件事，而他會失去和法蘭西絲有關的一切。

「我們下樓，」他對大衛說：「到巴士上再談。」

「你什麼都沒注意到，你也不覺得他有什麼奇怪的。」

的確，裴里最近幾星期幾乎不見人影，就像他以前偷偷摸摸的樣子，不再那麼早起。但羅斯沒有回應，他需要阻止那個可能發生的不好情況。

「我昨晚看到他了，」大衛說：「我根本搞不懂他在說什麼或要做什麼。他有時候會那樣——他的大腦轉得太快，人沒辦法跟上。但這次好像又不一樣，更像是整個電路板出問題。我講這件事，是因為我擔心他可能正在違反規定。」

時間快不夠了。羅斯想知道的是停車場正在進行的那件事。他強迫自己專注眼前的事。「所以，你覺得——他又抽大麻了？」

「我不知道他是不是又抽大麻。該高興或者說很遺憾的是，這件事好像已經結束了——我猜他答應了你什麼。我現在只擔心如果我沒有報告他違規，那我就違規了。我還擔心，就在現在，在我們講話時，他已經出事了。」

該死的裴里。現在，麻煩又多了一件：得打電話給瑪莉安，跟她說她不能去洛杉磯，因為她兒子又闖禍了。她可能會反對，因為她已經買了機票。那羅斯就會說，他得在亞利桑納帶領小組，這是工作，沒辦法不去；而她和賈德森去洛杉磯純粹是去玩；更何況，堅持裴里已經變好的人是她。

大衛低頭看著自己細長瘦削的手。「順便說，我不是只想著替自己脫罪。我是覺得他一定有什麼地方不對勁。」

「謝謝你，你很誠實。」

「雖然是我把事情說出來的，但是如果金、基斯和鮑比也能被豁免，我會很謝謝你。」

「我會找他談談，」羅斯說：「你自己上巴士吧。」

下樓時，他感到一股既陌生又熟悉的恐懼。他對裴里最初的感覺一直就是恐懼。最初是怕他突如其來的脾氣，後來是害怕他敏銳的思維。裴里把後者用在嘲諷上，他的嘲諷微妙到你無法指認出來並給他懲罰，他幽微的諷刺能刺穿羅斯的每個錯誤和弱點。現在，裴里帶來的恐懼更像是父母的生存恐懼。他和瑪莉安把一個無法控制意志的人帶到這個世界，他無論如何要替這個人負責任。

停車場裡，孩子們圍著大巴士，爭先恐後搶座位。羅斯四下尋找裴里的蹤影，結果看到最美妙的事情。他想要的女人正站在去基斯利開墾區的巴士旁，司機把她的手提箱放在下面。這時羅斯懷著甜蜜的恐懼趕到她的身邊。

「我來了，」她挑釁地說：「你不高興也沒辦法了。」

「怎麼回事？」

她聳了聳肩。「杜懷幫了大忙。我問里克為什麼我不是去平頂山。你知道他怎麼說？他說，你可以在那另外找個男人。我告訴他，這話非常侮辱人。我告訴他賴利的年齡，他最不想要的就是母親不停地來煩他。我說，也許里克應該去跟賴利說，他要毀了他的整趟行程。你也知道杜懷這個人一直就像個外交官。他問里克有沒有人可以跟我交換。事實證明，朱迪・皮內拉非常樂意。我不知道里克在想什麼，但如果他以為我對能不能去平頂上山獲得體驗不在意，他顯然不了解我。」

她非常重視自己的權利，也知道自己該得的權利。羅斯被這種態度的方方面面迷住了。

「再加上，」他意在言外地說：「我們到時候可以在一起。」

她做了個害羞的表情。「這是好事還是壞事？」

「是件好事。」

「也許你根本就沒有那麼討厭我？」

這一次，他沒有壓住笑意。不過這無關緊要了——她顯然很清楚他的感受。對她來說，有人能夠抗拒她是無法想像的事。這一點，比什麼都有用地吃定了他。她的自戀，他永遠不會嫌多。

他想到可能擁有它、進入它、與它合為一體，臉就紅了。他紅著臉去找裴里。當他經過開往粗石鎮的大巴士時，他看到安布洛斯正盯著他，不屑一顧地撇著嘴，但也無能為力。安布洛斯沒有再假裝他們不是敵人。這很嚇人，但也很刺激，因為這一次是羅斯贏了。

在開往「許多農場」的巴士裡面，孩子們擠在已經有人坐的位子上，爬過椅背。車門口站著神學院二年級的學生凱文・安德森。他留著濃密的八字鬍，小海豹般柔軟的棕色眼睛。羅斯還沒問他有沒有看到裴里，凱文就先問了同樣的問題。顯然，裴里報到以後，就沒人見過他。

羅斯直覺到自己忽略了警訊、沒採取行動，現在直覺回來了。太陽已經落到教堂屋頂後面，銀行的時鐘上還有點陽光，現在是五點八分。除了裴里，大巴士已經滿載。三輛車都已經發動引擎，一些等到最後的父母，跟孩子揮手告別。羅斯想過，他們可以不管裴里就離開——讓瑪莉安來善後。但凱文的心和眼睛一樣柔軟，堅持他們應該進教堂找找看。

春天的氣息跟著他們從敞開的門進來。凱文跑上樓，一邊喊著裴里，羅斯則在一樓找人。不只空氣聞得到復活節味道，幾分鐘前還非常熱鬧的走廊現在空蕩蕩的樣子也很像。在《福音書》的中間幾章，到處都有人群跟隨耶穌，聚集在山上，圍著他。五千人分到魚、四千人分到餅，在往耶路撒冷的路上，人群用棕櫚葉歡迎他。但後面幾章的焦點縮到個別人物的離開，私密的痛苦。最後晚餐：秘密和死亡逼近。彼得獨自面對背叛。猶大上吊。耶穌在十字架上遭到遺棄。抹大拉的馬利亞在墓前哭泣。人群散去，一切都結束了。人類歷史上最糟糕的事快速發生，快到令人髮指，現在是猶地亞的（Judea）另一個星期日早晨，猶太曆的一週之始，一個特別的春天早晨，空氣中瀰漫著特別的春天氣息。甚至在那天早晨所揭示的真理——即基督的神性和復活——以其自有的、至少同樣憂鬱的方式，認真地超越人類特殊性。對羅斯來說，春天更像是個失落的季節，而非喜悅。

在一樓男廁所裡，他還沒看到在更遠的隔間裡面裴里的腳，就感覺到一股窒息的黏著感，一個渴望獨處的男性青少年。

「裴里？」

隔間裡傳出模糊的聲音。「是的，爸爸。馬上就好。」

「你不舒服嗎？」

「來了來了來了。」

「一百四十個人都在等你。」

水槽邊緣放著裴里因為散光新配的絲框眼鏡。瑪莉安沒有要求他選擇最便宜或最耐用的鏡框，而且眼鏡也弄壞了。一條更細的金屬絲纏繞在壞掉的鼻架上。

馬桶發出轟隆聲，裴里快步離開隔間，走到水槽邊，往臉上潑水。他的燈芯絨褲雖然繫著腰帶，但只包覆半個屁股。他已經沒有屁股可言；總的來說瘦了很多。

「你怎麼回事？」羅斯說。

裴里用力按下紙巾架出紙桿，撕下一張一碼長的紙巾。「對不起，讓你等那麼久。我沒事。」

「我覺得你不對勁。」

「我只是行前緊張。出了小意外，你知道的。」

但是，空氣中並沒有拉肚子的氣味。

「你吸毒？」

「沒有。」裴里戴上眼鏡，回隔間拿起背包。「好了，可以走了。」

羅斯抓住他瘦骨嶙峋的肩膀。「如果你吸毒，我就不能讓你上車。」

「毒品、毒品，什麼樣的毒品。」

「我不知道。」

「哦，你看吧。我沒有吸毒。」

「看著我的眼睛。」

裴里照做了。他的臉上有不少從鼻子裡滲出的深紅色、透明的粘液。「我向上帝發誓，爸爸。我像哨子一樣乾淨。」

「我不覺得你有多乾淨。」

「像哨子一樣乾淨，而且坦白說，你為什麼會問？」

「大衛・戈雅很擔心你。」

「大衛應該擔心他自己沒大麻會變成什麼樣子。事實上，你要是搜他行李，不知道會搜出什麼。」裴里舉起他的背包。「你可以搜我的。搜身也可以。如果你不怕尷尬，我還可以脫褲子。」

他身上傳出一股酸霉味。羅斯從來沒有這麼討厭他，但證據不足，沒辦法把他送回家給瑪莉安。時間不等人，這是他的責任。他決定接受。

「你跟我到基斯利開墾區，你可以代替貝琪。」

裴里像打個噴嚏一樣笑出聲來。

「怎麼？」羅斯說。

「還有什麼事是我們雙方都更不想要的嗎？」

「你看起來不太好，我很擔心。」

「我在幫你，爸爸。你不要我幫你嗎？」

「你是什麼意思？」

「如果你不管我，我就不會來煩你。」

「照顧你就是我的事。」

「那你一定是——」裴里偷笑。「很忙。」他背起背包，擦了擦鼻子。

「裴里，聽我說。」

「我不去基斯利。你忙你的事，我忙我的事。」

「你在鬼扯什麼。」

「真的？你以為我不知道你這次旅行的目的？如果我知道而你不知道，那就太搞笑了。你要我把原因拼出來嗎？她是隻徹頭徹尾的ＦＯＸ（狐狸）。我說的不是那些只有專家才懂的氟氧化氙鹽；有趣的是，儘管氙氣電子殼最外層的電子數應該是全滿的，你會認為這不可能發生，但它們卻合成了幾種這個類別的鹽，而且，是的，我知道我離題了。我提到化學，重點在於它不是重點，但我們必須承認它非常不可思議。每個人都認為氙是惰性氣體，我的意思是其實氟原子貢獻比較大——因為它的氧化能力。你難道不覺得這太不可思議了嗎？」

裴里朝著羅斯微笑，好像他相信他會專心聽著他的胡說八道，並且樂在其中。

「你得冷靜一下，」羅斯說：「我覺得你不應該跟我們去這一趟。」

「我說的是零價，爸爸。如果我們拿你和我比較，你應該不知道化合價是什麼吧？」

羅斯做了一個無奈的手勢。

「我不知道。」

浴室外，走廊裡，凱文・安德森正在叫裴里的名字。

「來了。」裴里高興地喊道。

羅斯還沒來得及阻止，他已經走出門了。

他瞧了一眼水槽上方的鏡子，看到的是一個扛著責任的父親。他覺得灰心。他最想要的，就是不要和兒子扯上關係。他有個想法：何妨讓凱文來煩惱裴里的不安寧和身上的霉臭味？這個想法一冒出來，他的下半身便有一股融化的暖意。這股暖意，也和法蘭西絲有關，明明白白告訴他，這個想法是邪惡的。但是，其他每一種可能情境——把安布洛斯拉進來一起處理；找到瑪莉安，要她和裴里打交道；強行將裴里從大巴士上帶走、放棄自己的旅行或將裴里拖到基斯利開墾區——似乎一個比一個糟。每個情境都會嚴重拖延團體出發，法蘭西絲也正在車上等著。不管上帝以後要他付出什麼代價，就算只能擁有她一次，似乎都值得。

耶穌和祂的朋友會合後，一起吃了早餐，讓他們碰觸祂之後，祂升天了，肉身再也沒有回到地上。正如《使徒行傳》記載，隨後發生了一場激烈的動亂。最早的基督徒都有一樣的經驗——賣掉自己的財產，有什麼、就分享什麼——並且在他們的反文化抗爭中鬥志昂揚。他們從不放過任何機會提醒法利賽人，是「你們的手」將基督釘在樹上。他們的領袖受到迫害，永遠在逃亡，但他們的隊伍不斷壯大。彼得和保羅能夠行神蹟，無疑助益良多，但更重要的是彼得將事工擴展到外邦人的靈感。從猶太社區內點起的那一把火——這把火也可能已經被安全地圈起來保護著——的火花飛進了更大的羅馬帝國。保羅起初是狂熱的迫害者，替那些用石頭打死斯蒂芬的暴徒拿斗篷，後來成為最不屈不撓的引火人。《使徒行傳》記載，他最後一次被人看到時，已經長途跋涉到了羅馬，安然無恙地住在租來的房子裡，沒有受到騷擾。但仍然是局外人、仍然是反叛人士。

一個新宗教的邊緣性格，就在它提出了對人性本質矛盾的翻轉，它對清貧的崇尚、對世俗權力的拒斥。但是以矛盾為基礎的宗教，不會穩定。一旦舊宗教退敗，反叛者就成了法利賽人（譯注：Pharisees，古猶太教派之一，他們認為應該嚴守宗教法律。《聖經》認為他們是偽善者）。他們成立神聖羅馬教會，進行他們自己的迫害、陷入自滿和腐敗、背叛基督精神。基督精神站在權力對立面，在反對中避禍，也在反對中發聲：聖方濟各溫和地斷絕與父親的關係是一種反對、以暴力反抗進行宗教改革也是一種反對。真正的基督信仰總是從邊緣開始點火。

沒有人比重浸派（Anabaptism）更了解這一點。重浸派起源自譴責北歐在宗教改革後還一體遵行嬰兒出生即受洗的做法。重浸派認為，成年後自願接受洗禮才具有決定性意義。《使徒行傳》中有非常多成年人看到光並請求受洗的故事，這些基督徒的故事之所以如此真實，因為部份基督徒確實認識耶穌。重浸派的理念在嚴格意義上是激進的，他們要回到信仰的最早根源。慈運理等宗教改革人士因此害怕他們，並在十六世紀上半葉透過流放、刑求、燒殺等殘酷手段，迫害他們。結果這卻強化了倖存的重浸派的激進。畢竟，在聖經中，成為基督徒就要遭受迫害。

來到四個世紀後，羅斯是個孩子，這時人們對重浸派殉道者的記憶仍然清晰。菲利斯・曼茨（Felix Manz）和邁克・薩特勒（Michael Sattler）以及其他因信仰而遭殺害的人的故事，是他父母所屬的門諾派集體認同的一部份，也是印第安納州小希伯倫鎮這個農業區的一部份。天國永遠不會降臨人間，但實現自給自足、嚴格遵行聖言、刻意與現代保持距離的鄉社，就有可能接近一個小規模的天國。門諾派教徒選擇成為「這片土地上安靜的一群人」，他們了解追求愈多就有失去一切的風險。

小希伯倫鎮的重浸派，不是崇尚舊秩序派——他們使用機器，穿著平常的衣服——他們不像哈特派那麼共產主義。但羅斯小時候幾乎不知道廣闊世界的樣子，也很少看到錢。他十二歲時替弗里茨和蘇珊娜·尼德邁耶夫妻無償打工，在那個漫長暑假中替他們的母牛擠奶和鏟糞，以保證若是易地而處，他們也會將心比心，為希爾布蘭特家做同樣的事。他的幾個姊姊在新生兒家庭幫傭，好幾個月才回來一次，羅斯因此得在母親的小農場擔更多責任。他們有幾頭母牛、一個大花園和一個更大的果園，還有十英畝肯定能賺點現金的行栽作物。

羅斯的父親，和他祖父一樣都是小希伯倫鎮教會的牧師。與其他男人不同，他父親會穿著領襟扣在脖子處的立領長外套。這家人在鎮上的屋子客廳裡有個櫃子，裡面放著出生和婚姻記錄、爭議較多的時代重浸派留下的會議紀要，以及可以追溯到歐洲的家譜。他們家客廳，每天都有一小群男人與他父親商議事情，並禮貌地接受他母親請大家分食的派餅。他們維持遺世獨立以及堅持服從聖言的耐心，似乎無窮無限。只要他父親沒介入調解，鄰居間的爭執或是些敬拜小細節，可以耗掉大家好幾個星期的心力。

促進和平的人有福：羅斯為他的父親感到驕傲，但又害怕他的嚴肅、讓人生畏的外套、客廳裡諸多冷靜的男性聲音。他更喜歡廚房，覺得那裡更接近上帝。他的母親每天工作十四到十六個小時，穿戴樸素的衣服和髮巾，看起來非常祥和。根據聖經，俗世生活非常短暫，但和母親在一起時，生活似乎很悠緩。當他想要告訴她，學校或農場裡發生的事，她可以一邊聽他講、一邊不時主動真誠地詢問，同時還揉著麵、將麵糰擀平成派皮，將蘋果去核、切片，完成派餅；接著，不疾不徐地進行下一件家事。她讓仿效基督、以基督為師看起來是件可以從容不迫的事。羅斯只要想到四百年前，像他母親一樣安靜虔誠的人卻遭處死刑，便覺得難以置信，因此非常同情殉道者。

另一個讓他喜歡的地方，是外公克萊蒙的打鐵鋪；克萊蒙還會修汽車和拖拉機，他會讓羅斯看他示範用鉗子夾住燒紅的馬蹄鐵、用鐵皮剪剪出餅乾切割器（一九三六年送給羅斯母親的聖誕禮物）、拆、洗、重組化油器，將受損凹下的輪框敲回去再用卡尺檢查圓度。外婆在羅斯出生前就已去世。儘管外公和他女兒的工作習慣都屬於沉思型，話講得少，但她對周遭事物的觀察清晰、反應得當，他則因為孤獨變得古怪。他是《週六晚郵報》的訂戶，經常不刮鬍子不洗澡，有時候還不和弟兄們一起禮拜。有一回羅斯在打鐵鋪幫忙了一下午，工作結束時，他從細條紋連身工作服的口袋裡抓出一把錢，要羅斯從他的黑手中任選一個含銀的硬幣。羅斯當時只有十來歲，但他的虔誠使他不會天真到用這筆錢買東西只給自己，不給母親買包薑餅或薄荷萃取液，那對他來說是不可能的事。

他們的社區依照耶穌的明智指示，繳稅給政府，但仍沉默堅決地反國家。他們的孩子分開上課，他們不投票也不上法院；如果法院傳喚作證，他們拒絕對聖經發誓。他們身份認同的最中心理念，是和平主義。《福音書》的幾處記載清楚顯示暴力與愛不能相容。一九一七年，羅斯的祖父擔任社區牧師時，一方面要對抗非門諾派農民的憤怒和偏見——他們朝著支持德皇的家庭窗戶丟石頭，在穀倉上畫上難聽的字眼——另一方面則要對抗他的信眾中允許兒子參戰的家庭。其中兩家最後離開社區。

羅斯十七歲時，國家決定加入第二次世界大戰。要不是當地選兵委員會主席是尼德邁耶家農場的鄰居，他就得更早申請良心拒戰資格。卡爾・桑朋喜歡並欽佩門諾派教徒，並盡其所能保護他們的兒子。一九四四年，羅斯是最後一批被徵召的人，那時他已經在戈申學院完念完五個學期。他也經歷了第一次信仰危機，不是對耶穌基督，而是對他父母。

他很喜歡戈申的課程，但唯一的密友只有牧師之子。羅斯個子高但笨拙，個性嚴肅與父親如出一轍，他與那些更世俗、更運動型的男孩相處得不自在，當他們的話題轉到女孩時尤其如此。父親告訴他大學裡會有女孩，他不應該迴避與她們交往，但羅斯看到女孩總是想到他母親；哪怕是回應一個女孩友善的微笑，也算是對他最愛、最尊敬的人的冒犯。這讓他覺得緊張想吐，治療辦法是在學校周圍的鄉村散步五至十哩，直到筋疲力盡、接受了救恩為止。

第三學期，他學習歐洲歷史，很想聽聽關心世界大事的克萊蒙對二次大戰的看法。有風箱和大肚爐的打鐵鋪，在聖誕節期間特別怡人。羅斯對鋪子裡的工具瞭如指掌，每一樣都會讓他回憶起在緩慢、深刻的午後那段心照不宣的愛。每年聖誕節羅斯都會收到一件新工具作為禮物，榔頭、線鋸、螺旋鑽或一套鑿子。若不在克萊蒙那兒，就沒機會用那些工具，總覺得過意不去。但克萊蒙說，這些工具總有一天會派上用場。羅斯體驗過的恩典預示他將來會像他父親一樣成為牧師，而他父親唯一擅長的工具就是拆信刀。他的想像是，等到他安頓好，有了妻子和家人，他可能會把木工當成嗜好。這是他自己的一點小偏執。

他回家時，小希伯倫鎮一片大雪。父親帶他到客廳，關上門，告訴他今年聖誕節克萊蒙外公不會來，羅斯也不要去看他。「克萊蒙外公是個酒鬼、還通姦，」父親解釋：「我們決心避開他，希望他會悔改。」

羅斯非常不高興，去找他母親，要求母親完整解釋這件事，並請求她同意他去看外公。他得到的解釋是：克萊蒙外公和一位不到三十歲的未婚女老師往來；當弟兄們規勸他時，他反而不停地喝威士忌，而且未經許可。他的母親說，雖然他們的社區沒有嚴格的迴避制度，但牧師家庭被要求更高的標準，羅斯也必須遵行。

「但他是外公。我回家過聖誕節，怎麼能不去看他？」

「我們都在祈禱他會悔改，」他母親平靜地說：「到時候我們就可以又在一起了。」

她的鎮靜和基督在她生命中的首要地位是一致的，其他一切都是次要。不使父母蒙羞的誡律來自《舊約》。在《新約》中，雖然罪人得救的歡喜是百倍的，但罪人得先悔改。先別管犯了誡律的父母——重要的是你得把自己犯了誡律的眼睛剜出來。他母親和《福音書》一樣激進。

聖誕節早上，羅斯在一層薄薄的白雪覆蓋的家門前，發現一個小的白橡木箱子，大約是孩童棺木大小。木材刨修得平整光滑、還透著香味，搭配手工刻製紋樣的黃銅配件。箱裡有一張紙條：給羅素的聖誕禮物：**我想這箱子應該裝得下你的每一件工具。愛你的外公。**

羅斯哭著把箱子抱進屋裡。那個上午晚些時候，他父親要他拿把斧頭把箱子砍碎燒了。他又哭了。

「不，」他說：「那是浪費。可以給其他人用。」

「你照我說的去做，」他父親說：「我要讓你看著火、看著它燒，想想其中的意義。」

「我覺得沒有必要，」他母親溫和地說。「就先把箱子收著。我父親可能會悔改。」

「他不會，」他父親說：「雖然這世界凡事無定論，但我比你更了解他。羅素要照我說的去做。」

「不。」羅斯說。

「聽我的話。去拿斧頭。」

羅斯穿上大衣，拿著箱子出門，假裝聽話地帶著箱子走過小希伯倫鎮的街道。因為他愛他的外公，而愛又是《福音書》的精髓，他甚至不覺得他在反抗。相反的，他覺得他的父母不知道為什麼弄錯了。

打鐵鋪的門是關著的，屋後矮房的煙囪冒著煙。羅斯不怕父親生氣，但害怕看到外公和妓女萬一在房間裡。克萊蒙獨自在他的小廚房裡，柴爐上正煮著咖啡。他看起來像個新人——刮得很仔細的臉、剛理髮、指甲乾淨。羅斯告訴他發生了什麼事。

「我已經不求什麼了，」克萊蒙說：「你媽媽結婚的時候我就失去她了，應該如此。也符合聖經的要求。」

「她在替你禱告，她要你——悔過。」

「我對她沒有怨言。對你父親，我有，但她，我不會。她比我們任何人都敬畏神。如果艾絲特爾再次受洗並嫁給我，你媽媽會接受她，這點我不懷疑。但我很快就會又老又病。我不想讓艾絲特爾覺得她必須照顧我。我現在能擁有她，已經夠幸福了。」

擁有這個動詞，再加上艾絲特爾（Estelle）這個名字，肉慾的聯想，讓羅斯想吐。

「如果上帝不原諒我，」克萊蒙說：「那就這樣吧。你父親知道上帝會原諒什麼？誰知道呢？我和艾絲特爾一起去過道布斯維爾的路德教會。都是好人，很多基督徒——要剝一隻貓的皮，有很多方法（譯注：這個老俚語意為要解決一個問題，方法不只一種），我都沒試過，可是我剝過浣熊皮，我知道這話說的沒錯。要達到目的，方法不只一種。」

羅斯把那個美麗的箱子毫髮無損地留給克萊蒙，回家後向母親坦白他做的事。她吻了他、也原諒了他，但他的父親從未真正原諒他，因為羅斯先斬後奏。當他後來到了亞利桑納州，發現剝貓皮真的有很多方法時，他只有在給外公的信提到這件事。

替代役營區位於旗桿市外的國家森林中，以前是平民保育團的營區，由美國教友會管理，但至少有三分之一的營區工人與羅斯理念相同。他鏟了幾個月的泥土、替野餐桌上漆、種樹後，營區主任問他會不會打字。羅斯雖然只有二十歲，但是在營區中算是年長，而且還上過五個學期的大學。主任喬治・金奇在他辦公室的前廳裡放了一台一呎高、按鍵老化變黃的雷明頓打字機。金奇是個來自賓夕法尼亞州的貴格會教徒，他還長期擔任大學橄欖球隊教練和童子軍。他有一名號手，營區的一天從他吹起床號開始，以他吹熄燈號結束；還有一名廚師的職位是經理官，現在，多了一個人，羅斯，副官。金奇喜歡軍事生活的一切，殺戮除外。

一九四五年春天的一個早晨，太陽從停在營總部外一輛殘破不堪的黑色卡車上升起。四位戴黑色呢帽的納瓦霍人，從昨晚某個時候起就挺直、安靜地坐在車裡。他們是從圖巴市過來的四位部落長老，來訪目的是向主任陳情。喬治・金奇先歡迎他們，接著轉頭張大眼睛看了下羅斯，請他幫忙倒咖啡。羅斯拿著咖啡壺走進辦公室，發現三位納瓦霍人交叉雙臂靠牆站著，第四位在角落裡研究一張帶框的地形圖。他們都沒講話。

羅斯從沒看過印第安人。他的世俗經驗太少，以致不知道他當時心中的感覺是一見鍾情。納瓦霍人的臉讓他感動，因為他們都是老人。如果有人要他形容納瓦霍人的首領——他的羊毛領外套下面繫著一條綠松石扣的繩子領帶，外套上沾著泥，看起來很硬——他可能會說**美麗**。

金奇不自在地說：「各位先生，有什麼我可以幫忙的嗎？」

其中一位用奇怪的語言喃喃自語。首領對著金奇說：「你在這裡做什麼？」

「我們，嗯——這是一個為良心拒戰者服務的營區。」

「是的。你在做什麼事？」

「要我具體一點？這有點大雜燴。我們正在改善國家森林。」

這似乎逗樂了納瓦霍人。有笑聲、還有交換眼神。首領對著外面的松林點點頭，說：「那就是森林。」

「土地有各種用途，」金奇說：「我相信這是林務局的座右銘。伐木、狩獵、捕魚和保護分水嶺，我們正在加強這些用途的基礎。我的猜測是，上級有人認識華盛頓的要人。」

一陣沉默。羅斯遞了一杯咖啡給大拇指戴著寬銀戒指的首領，問他要不要糖。

「是的。五勺。」

羅斯從前廳回來時，領導正在對金奇解釋。聯邦政府通過其代理人，要求大幅減少納瓦霍人的牛、羊和馬的存量，並在他們的土地糾紛中偏袒霍皮人，納瓦霍人因而陷入貧困。現在這個國家正在打仗，年輕的納瓦霍人也上戰場去了，保留地的條件很差——肥沃的土壤流失，剩下的牲畜不能到好的草場，能做整修工作的人手又不夠。

「戰爭對每個人都沒好處。」金奇表示同意。

「你們是聯邦政府。你有不打仗的強壯年輕人。為什麼要幫助不需要幫助的森林？」

「我很同情你們，但實際上我這邊不是聯邦政府。」

「派給我們五十個人。你餵他們，我們給他們住的地方。」

「對，那是……我們這裡有一定的程序，點名啦什麼的。如果我派人去你的保留地，他們就不會在我的保留地。你了解我的意思嗎？」

「那你也來，把你的營地搬過來。這裡沒有工作要做。」

「我沒有這種權力。如果我請求政府委託，政府會想起來我們在這裡。我寧願他們不要想起來。」

「他們會又忘記的。」首領說。

在羅斯和他們接觸的前幾分鐘，出於本能地愛他們，他意識到納瓦霍人不會不如白人。他們只是完全不同。後來他還知道，他們想要什麼總是直言不諱。納瓦霍人不會說請、不會向傳統或權威低頭。對他們來說，和白人打交道時自動矮人一截毫無意義。白人把和他們打交道的挫敗感歸咎於納瓦霍人愛抬槓又愚蠢；但是，羅斯那天早上從他們身上看不到任何愚蠢。想到他們從圖巴市一路趕來，開車就要好幾個小時，然後在凍得半死的卡車裡又坐了幾個小時，只為了一個他們認為可行的想法。再想到他們空手而歸，就讓人難過。他們回去時在想什麼——失望？對政府不滿？因為太天真而尷尬？或者有苦難言？羅斯十三歲的時候，他心愛的農場犬「隊長」罹患他母親說的癌症。他母親看到牠衰弱得很快、非常痛苦，要羅斯請鄰居幫忙，一槍打死「隊長」埋了牠。對羅斯來說，告別最難的地方是「隊長」不知道他要對牠做什麼，或者為什麼。納瓦霍族長老當然跟無知的禽獸不同，但這更讓羅斯在想到他們的困惑時更感痛苦。

加糖咖啡喝完後，金奇記下長輩老們的名字，並提議送他們一卡車的食物和衣服。這位首領，他的名字是查理・杜羅基，沒有反應，也沒有道謝。

「他們很奇怪。」金奇等到他們離開後說。

「不過，他們是對的，」羅斯說：「這裡的工作看起來像是只讓我們瞎忙。」

「那是其他人的決定。我必須小心行事，你知道的。羅斯福希望陸軍接手這幾個營區。」

「但是，我們應該在這裡服務，而不是做野餐桌。」

「我提供的服務是讓人離戰爭遠一點。如果這代表我得做野餐桌……」

羅斯請求由他壓車運送那些物資到圖巴市。

「他們似乎對被捐贈物資不感興趣。」金奇說。

「他們並沒有拒絕。」

「你的心地好。」

「你也是，長官。」

第二天早上，軍需官的助理開著一輛卡車，滿載麵粉、米、豆和一些大蕭條時期留下來的工作服，載他朝北開往圖巴市。他一路上天真地想像印第安國的圓錐形帳篷或小木屋，拴著馬的大樹，清澈溪水流過長滿苔蘚的石頭；他以前還畫過苔綠石頭。卡車穿過六十六號公路後，眼前的景象是一片他從未想像過的乾燥荒涼。塵土懸浮在空中，道路上的每一塊岩石也覆蓋土塵。遠處死氣沉沉的小山丘閃閃發光。從乾涸的平原看去，納瓦霍族的「霍根」（譯注：hogan，印地安人的草屋）就像是一堆廢棄物，而不是住處。開墾區裡有未上漆的灰色木屋，也有沒屋頂、牆上有洞的廢棄土屋。放眼望去，一大片一大片灰塵覆蓋的昏暗沙地上，散落著生鏽的罐頭和屋瓦碎片。一些黑髮圓臉的小孩試探性地向卡車揮手。其他所有人——在裙子下穿著緊身褲的老婦、癟嘴的老男人、似乎一生下來就心碎的年輕女人——都轉頭看著別的地方。

圖巴市是個還過得去的鎮，有白楊樹遮蔭的地方比較多，但同樣荒涼。羅斯現在才明白，為什麼相較起來高山森林更像小希伯倫鎮、更像天堂。那裡溪水豐沛，森林裡鋪著雪和松針的雙層地毯，一切都潮濕、潔白、氣味清新，那裡的人——包括最後離開的每一個人——都是白人。進入保留地反而會注意到白色。他搭火車前往亞利桑納州前，從沒去過小希伯倫鎮外超過六十哩的地方；大蕭條擊垮了一些非門諾派農民，但他從未目睹真實的貧困。納瓦霍人被困在貧瘠、雨水稀少的土地上。看到他們的耐力，他產生了一種奇怪的自卑感。納瓦霍人似乎更接近他不知道他離得這麼遠的東西。他覺得，根據他的白人身高來看，自己像個法利賽人。

「天啊，真是個看了難過的地方。」軍需官助理說。

他們根據問路找到的那間屋子似乎太小，不像是部落首領會住的地方。但一輛眼熟的黑色卡車停在屋外泥地，車頭架在兩堆土磚上。查理・杜羅基正在看著一個年輕人用榔頭重敲一把搭在卡車底盤某處的扳手。一隻瘦弱的狗坐在拆下來的卡車輪胎旁邊舔鞭。穿著褪色褶邊連衣裙的小女孩，在打開的門房前，嘴裡冒著寒氣，盯著坐在比較好的卡車裡的白人。羅斯跳下車，向杜羅基再自我介紹一次。杜羅基穿的衣服和昨天一模一樣。

「你有什麼？」杜羅基說。

「金奇先生答應的東西。一些食物、一些衣服。」

杜羅基點了點頭，彷彿這些東西是負擔而非救濟。舊卡車下傳來哐噹一聲、一句大聲咒罵，一支扳手滑進泥裡。在羅斯外公的打鐵鋪，敲擊扳手是一種罪過。克萊蒙說，運用槓桿原理一定比硬敲好。

「你有更長的扳手嗎？」羅斯忍不住問。

「如果我有，」年輕人冷冷地說：「我會用這個嗎？」

他伸手去拿扳手，羅斯伸出一隻手來要握手。「我是羅斯‧希爾布蘭特。」

男人不理會羅斯，自顧自拿起扳手。他穿著合成皮襯衫、肩寬、紮成馬尾的頭髮不見灰色。他可能比羅斯大十五歲，但印第安人的臉很難看得出真實年齡。

「這是基思，我哥哥的兒子。」杜羅基說。

羅斯從卡車駕駛區的帆布袋裡找出一支長扳手。基思從他裡接過扳手時，好像他等的也就是一支長扳手。羅斯問查理，他們應該把補給品放在哪裡。

「這裡。」查理說。

「就放在地上？」

顯然是的。當羅斯和他的夥伴把一袋袋食物和兩包衣服卸下車的時候，查理不見了。小女孩正坐在泥地上，看著基思敲著底盤的方向盤轉向臂。「妳叫什麼名字？」羅斯問她。

她猶豫地看著已經停止敲榔頭的基思。「她是史黛拉。」

「很高興見到妳，史黛拉。」羅斯接著對基思說：「扳手就送你了。」

「好。」

「可惜我們沒辦法多幫上點忙。」

基思沿著轉向臂觀察，檢查它的形狀。他在那時候已經具備要成為部落政治人物的能力，一種吸引族人接觸和信任他的魅力。羅斯只想一直看著他。軍需官助理坐在部隊卡車上，手指輕敲著方向盤。納瓦霍人的沉默代表沉默可能沒有盡頭——也許會持續一整天。

「假如我們派一隊人來，」羅斯說：「我們可以做什麼事？」

「上次，我告訴我叔叔就省省吧，別去找你們。他只有一輛破卡車。」

「但是，我願意幫忙。」

「我叔叔是另一個世代的人。我跟他說過我們學到的新教訓，但他不聽。」

「什麼教訓？」

「你幫忙比不幫忙更糟。」

「要是我帶一隊人手回來呢？結果到底會怎樣？」

「回家吧，長扳手。我們不需要你。」

兩個月後，羅斯再回到保留區時，基思・杜羅基還是叫他「長扳手」。可能是指他的身高，更可能是指羅斯覺得他比其他人更了解保留區。替人取外號是傳統，但羅斯離開那天並不知道。他的感覺是，他希望能喜歡他的人卻討厭他。接下來的幾個星期，只要他在旗桿市有幾個小時的假，他就會去圖書館遍讀他找得到的納瓦霍人資料。儘管他們頑固、又以偷竊出名——這事情嚴重到政府把他們集中起來、步行到新墨西哥州的一個戰俘營——政府還是同意給他們一塊巨大的土地。據不同作者記載，納瓦霍人與愛好和平、會照顧農場的霍皮人相反，他們開始過度放牧、馬匹太多，又沒有實際的用途。對美國政府來說，納瓦霍人是個需要強制解決的問題。對於羅斯來說，因為他們的面孔困擾著他，所以他必須解開的是他們的神秘。後來他對瑪莉安也有同樣的感覺。

六月，德國無條件投降，營區內到處都是歡樂的氣氛。他又向金奇提出納瓦霍人的問題。「我們應該在那裡，而不是這裡，」他說：「如果我能帶你去看看保留地，你就會明白我的意思。」

「你想回去那裡。」金奇說。

「是的，長官。非常想。」

「你真是個怪人。」

「怎麼說？」

「很多男人會不擇手段以獲得你現在擁有的。這地方以前常常有人來度假。」

「在其他男人都在死亡線上，我去度假，似乎不太對。」

「你覺得運氣不好嗎？你不想當我的副官。」

「不是的，長官。我覺得非常幸運。但我更想替真正有需要的人服務。」

「你說得很好。但是，恐怕你得再等個二十個月。」

羅斯的失望一定都寫在臉上了。一個小時後，他正在打一份關於營區衛生情形的報告，金奇拿著一封字跡潦草的信走到辦公桌前，要他繕打在信紙上。羅斯讀著字跡，覺得就像熱糖漿澆在頭上一樣。是愛創造了奇蹟。地球上沒有更強大的力量了。

敬啟者：我是〇〇〇的主任。我的助理羅斯希望爭取N保留地需要人來執行的工作。務請盡力給予協助，不勝感激。

此致〇〇〇

「反正現在也沒人管我了，」金奇說：「我只擔心你的安全。如果你能把那輛舊威利吉普車修好，就開去吧。但你需要帶個同伴一起去。」

儘管羅斯和他同營房的人交情都不錯，但他們並沒有因為金奇偏心而和他走得特別近，也許是因為羅斯比較嚴肅。在這方面，部隊生活和大學沒有兩樣。

「我寧願一個人去，長官。」

「你這個人怎麼那麼像印第安人。假如你出了什麼事，倒楣的可是我。」

「兩個人去也可能出事。」

「機會小一點。」

「我不需要同伴。請相信我。」

「印第安人脾氣又來了。給你一個蘋果，你卻想把一籃子蘋果都帶走。講到蘋果——連聲『謝謝』都沒有？」

「謝謝長官。」

「照例，工作結束後，你要給我完整的正式報告。」

羅斯修好了威利車後，開始準備這趟任務的行李。他收拾了一張床單、換洗衣物、他的聖經、一本筆記本，二十美元的薪餉、一組帶餐具的飯盒、衛生紙和一盒吃的。六月二十日早上，他還在因為自己運氣好而樂不可支，等車開進森林裡，他開始害怕。要是被搶或被打了該怎麼辦？要是卡車掉進溝裡該怎麼辦？當他開到圖巴市時，全身因為一路上抓緊方向盤隱隱作痛。他的襯衫也因為六月的暑氣濕透了。

鎮上那間小房子外沒有查理・杜羅基或卡車的影子。羅斯在街上找到一個會說英語的女人，她說查理暑假不在，基思和他妻子那邊的人在一起，在平頂山上。她朝著那個只有眩光和塵土飛揚的空蕩處、連平頂山的影子都沒有的方向點了點頭。

羅斯開始擔心他的任務會砸鍋。在這個偌大的保留地裡，他只認識兩個可以講話的人。他在烤箱般的威利車裡閉上眼睛，祈求力量和指引，然後就朝著那個女人指示的方向開。

往平頂山的道路在幾乎無法通行的地區。這裡雖然被無情遺棄，路上仍然到處都是白化、風乾的母牛糞。路上羅斯遇見一個納瓦霍人，正在一片突起的岩石陰影下削木棍，另外兩個在鏽跡斑斑的風車下方水箱旁餵馬喝水。他們似乎覺得這個二十一歲白人要找的是「落石族」——這顯然是當地人對基思・杜羅基連襟的稱謂——肯定有原因。那些男人用粗糙的英語強調，到那邊距離不短。

他不得不每半小時停下來甩甩抽筋的手。當空氣變涼、陰影變長時，他把車停在破爛畜欄的水箱旁邊。水從一條表皮硬化的水管，滴滴答答落進水箱內。暮色中幽靈般的小鳥正在喝水管的滲水。水很苦，而羅斯的餐盒已空。往平頂山途中的六小時內，他看到兩個騎摩托車的女人、一個帶狗牧羊的男孩、一個老人開著貨床與底盤用鐵絲固定的卡車，還有各種隨處走動的馬，就是沒看到像個小鎮的地方。他直接開罐頭吃肉和豆子，曬了一天太陽的食物還是溫的。然後，因為擔心蠍子，他便在威利車裡睡覺過夜。他想念喬治・金奇。透過擋風玻璃，可以看到滿天星星和星雲，但他太想念營區的家了，沒有下車欣賞。

在涼爽的清晨中，他開著車上斜坡來到一個長滿刺柏和矮松的盆地。沿途的土地，乾硬到不長青草，羊只能啃著多刺灌木叢裡的樹葉。這個國度遭到一場大規模的遺棄。高低起伏的車轍一直延伸到神秘的盡頭，感覺這裡有人，卻刻意隱藏起來。他開了十五哩終於看到一個人，接著他看到不只是一個，而是一百個人。

道路邊有排圍欄，裡面有爐火、馬匹和一些卡車。老男人和各種年齡層的女人，圍在綁著紅破布的樹枝狀結構邊。羅斯停下來問一個離他最近、正在替馬上鞍的人，哪裡可以找到落石族，一股煎羊肉的香味飄進威利的車，男人對著前方的路點了點頭。

「在分會館。跟著乾河床走。」

「分會館是什麼樣子？」

男人綁好馬腹帶，沒有回答。

羅斯往前開了很長一段路，到了位於乾河床邊一個小巧、不起眼，以泥土和劈開的原木搭建的結構。旁邊的小路看起來可以通過一輛車，跟著小路他進入一個淺峽谷，經過乾草堆般大小的落石，這是令人鼓舞的跡象。在一個太陽仍曬不到的小峽谷中，他找到了一棟小但夠用的房子、一個畜欄、一個養雞的院子。畜欄後面是一間草屋，外面有幾個女人在明火上煮東西。房子前方，一個叫史黛拉的小女孩正在看她父親砍柴。看到基思．杜羅基，羅斯長途跋涉的緊張終於消失，覺得自己好像回了家。

基思走近卡車，史黛拉害羞地跟在後面。「你怎麼會？」

「我回來了。」羅斯說。

「做什麼？」

「找我的扳手。」

基思先是沉默，之後微笑。他領羅斯進屋，屋裡有兩間房，一間房裡有一張床。基思給了他甜咖啡和一種冰涼不甜的甜甜圈。羅斯解釋他是來執行實地考察任務，基思說，等等再說——他現在正要去唱歌，說完便留下羅斯獨自一人；這絕對不是最後一次，納瓦霍人的生活中多得是等待，不多的是解釋。

基思所說的唱歌是什麼意思，他稍後就在一朵塵雲從峽谷中升起之際發現了。之前他在路上看過的人，現在正騎著五顏六色線裝飾的馬，後面跟著同樣裝飾、邊開邊按喇叭的卡車。這一行人經過基思的房子，來到女人做飯的草屋。羅斯緊張好奇起來，為了看得更清楚，他決定穿過院子。

領頭的騎手是個短髮、臉上塗著黑、紅兩色的年輕人。他手裡拿著一根帶流蘇的黑棍，坐在馬鞍上等著同夥的人過來幫他下馬，之後便勉強一瘸一拐地走著，把黑棍帶進霍根。孩子們衝下卡車，跑到放食物的搭棚裡。基思和他的親戚安靜地對成年人致意。沒有人理會羅斯。

一個顫抖又跑調的男性歌聲從霍根裡傳出。羅斯不懂歌詞意思，但它們卻直接進了他內心。那個聲音就像他的外祖父在小希伯倫唱讚美詩的聲音，克萊蒙唱歌時也會跑調。歌唱完後，霍根像一座小火山一樣爆發，一盒盒爆米花從煙孔裡飛出來，孩子們立刻撲上前，基思等人這時分發毯子給年長客人。接著他們唱了另一首歌。

he-ye ye ye ya ŋa
ʻèèla do kwii-yi – na
kį gó di yá – ʼe – hya ŋa
he ye ye ye ya

語言是陌生的，然而在明亮的朝陽下，一群人的聲音加深羅斯的回家感覺。歌聲一直不斷，基思這時邀請他和大家一起分食羊肉和玉米麵包。

只有孩子們，尤其是史黛拉，看著他；基思一直忙著招呼客人，根本沒時間理他。要不是羅斯這麼著迷這些人的臉，可能已經覺得厭煩。聚會終於結束，隨行賓眾各自上馬、上車，基思坐下來問他下一站要去哪裡。羅斯又講了一次喬治・金奇派他來的目的。

「我不是告訴你不可能。」基思說。

「你不是說唱完之後會帶我去。」

「這才剛開始，我們還有三天。」

「三天？」

「這是改良過的。我們已經不唱長歌了。」

「問題是，我在這裡認識的人只有你和你叔叔。」

「我叔叔不可能搭你開的卡車。」

「這樣……所以……」

基思轉過身，第一次直視羅斯。「你到這裡要做什麼？」

「老實說，我想更了解你們。工作只是藉口。」

基思點點頭，「這樣更好。」

他又去幫忙他的族人，羅斯躺在地上睡著了。

他被一陣汽油味喚醒。基思正拿著一個細布過濾的漏斗替一輛小卡車加油。史黛拉和一個苗條、懷裡綁著嬰兒的年輕女人坐在卡車貨架上。「你和我一起坐前座。」基思說。

對羅斯來說，讓女人坐在後座似乎不對；但對基思來說，這件事已經解決了。這輛小卡車的懸吊系統非常適合有車轍的峽谷道路。基思開著車，久久都沒說話；羅斯開始覺得不知道該如何應對他的沉默，決定開口問他什麼是做唱歌。

「我們正在幫助我們的朋友，」基思說：「他從太平洋回來了，但是不平衡。他走路很糟糕，因為彈片的關係；而且他不睡覺——他說鼻子裡有敵人燒焦的肉。敵人看起來和我們很像，和混血人不像。他們的靈跑進他的身體。他帶回來一件敵人的襯衫，上面能聞到戰爭味道。這件衣服就成為做唱歌的一部份。」

羅斯雖然不清楚每個細節，卻目睹了一位經歷戰爭殘暴的人接受團體治療，讓他相當震撼。他還有許多疑問，便在卡車沿著他早上所開的路線反向走時逐一詢問。他得知後面的女人就是基思的妻子，嬰兒是他兩個月大的兒子。基思的岳父騎馬走在前面，帶著儀式上的黑棍。他是藥師，也是查理・杜羅基在新墨西哥州法明頓市的寄宿學校念書時的朋友。基思也在同一所學校讀書。在成為落石族的成員之前，基思曾在鑽油公司工作了幾年，現在則在平頂山管理連襟的牧場。

基思所提供的訊息，在羅斯看來都是寶。他感到無可救藥地不如基思，就像戀人一樣，不願將目光從他身上移開。基思怎麼看羅斯，他不太清楚。羅斯覺得基思應該是在容忍他，也對他的無知覺得有趣，但基思對他幾乎沒有表現出好奇。他在路上唯一的問題是：「你是基督徒嗎？」

「是的，」羅斯急切地說：「我是門諾派的。」

基思點點頭。「我認識他們的傳教士。」

「這裡？在保留地？」

「在圖巴市。他們還不錯。」

「那麼——你——你敬拜神嗎？」

基思對著前方的道路微笑。「每個人都喝阿巴克的咖啡。全世界，阿巴克咖啡。你的宗教就像那樣——我想，那咖啡一定很不錯。」

「我不懂。」

「我們不會把咖啡送到全世界，只有生在這裡的人才能喝到它。」

「但這就是我喜歡聖經的地方。任何人、任何地方，都可以領受聖言——而且不排他。」

「你怎麼講話像個傳教士。」

羅斯聽了覺得慚愧，並訝異於自己的反應。

他們沿著平頂山的主道走了好幾哩，到了一個臨時營地。架起營火、抖開毯子、處理一塊塊生羊肉；一個癟了氣的籃球隨著踢球男孩的喊叫在無草的草場上滾來滾去。營地上有幾百個人。看到他們，羅斯的腦袋裡產生了一種壓力，一種沉浸時間太短、但沉浸過量的壓力。為了紓解壓力，他一個人朝著落日的方向走去。

一隻烏鴉聒叫著，野兔在山艾樹的陰影中覓食。一條嚇到人也被嚇到的蛇，躍身離開馬路。太陽一落山，就有一陣微風帶著溫暖的刺柏和野花味吹過山谷；羅斯回頭看，遠處的營火冒出濃煙，身後的懸崖泛著粉紅色的高山光輝。他發現自己過去誤會了納瓦霍人的土地。相較國家的森林平易近人而且顯而易見的美，平頂山這裡的美更粗糙，但帶來的感受更深刻。

他回到營地時，大家已經開始吃喝。他只帶了身上的衣服、小刀和錢包上路，基思從卡車上拿了毯子給他。基思的妻子現在雖然沒哺乳，羅斯還是因為她是基思的妻子而害羞，不敢和她說話。他邊吃羊肉、豆子和麵包，邊聽著各處廚火飄過來此起彼落的歌曲。還有人在敲鼓。

等到天空全暗，舞蹈便開始了。羅斯站在基思身旁，看著一位年輕女子隨著鼓點節奏踏著腳步，繞著營火轉圈。圍觀的人群鼓掌高聲叫好，其他年輕女性加入她。很快地，一些年長的男人也開始跳舞。興奮和感激取代了羅斯腦袋裡的壓力。他是這些印第安人中唯一的白人，聽婦女唱歌和吟唱。刺柏樹結裡的樹脂在營火中炸開，橙色火花四濺；星星在旋轉的煙霧中閃閃爍爍，他還記得要感謝上帝。

一個年輕女孩從火中脫身，向他走來。她摸了摸他的襯衫袖子。「跳舞。」她說。

他嚇了一跳，轉頭看著基思。

「她要你一起跳舞。」

「是，我知道。」

「和我跳舞。」女孩堅持。

她圍著一條笨重的披肩，穿著墨西哥風的荷葉邊裙，裸著纖細的小腿。她非常直接，羅斯從來沒有這種經驗，她就像一隻帶有威脅性的動物，而他不會跳舞。小希伯倫早已禁止這種活動。他等著她離開，她則耐心站著等，眼睛盯著地面。她應該不到十六歲，而他是個高個子白人、又是年長的陌生人。她的勇氣打動他了。

「我不會跳舞，」他說著朝著營火走近一步，「但我可以試試。」

女孩對著地面笑了笑。

「你得給她一點錢。」基思說。

羅斯迷惑不解，女孩似乎也很困惑。在火光下，她的微笑邊緣生出一絲失望。他不想得罪她，從錢包裡掏出一美元。她一把奪過，藏在裙子裡。

他不知道該怎麼做，既然加入了這個圈子，就盡可能地跟著知道該怎麼做的女孩動作。她纖細的雙腿和抖動的臀讓他覺得噁心。但現在，在閃爍的橘色火光下，在鼓聲和女聲吟唱中，他明白了：這種噁心與憐憫和厭惡無關。那是一種會導致心跳加速的興奮。女孩的披肩和裙子下面，是男人想要的、羅斯可能想要的身體。這是一種焦慮，之前只存在於他惶惑不安的夢裡，這個會夢膨脹成末日將臨的熱，之後爆發，還會弄髒睡褲。並且也開始入侵他醒著的世界。這個夢之所以擾人，是因為他在被火焰吞噬時，不但毫無痛苦，還會欣喜若狂。

當他給她錢時，女孩對他的興趣似乎就消失了。為了表示禮貌，他待了很久才走出圈子，退到黑暗中。女孩一注意到他離開，就跑到他面前，表情像是很氣憤。

「繼續跳舞或者給她錢。」有個人，但不是基思，對他喊著。

他無法想像金錢與治癒一位士兵的精神創傷有什麼關係，但他摸索著錢包，又給了她一美元。她心滿意足地離開了。

早上醒來，他在基思卡車旁的地上，仍然感到興奮，仍然覺得他的新意識刺痛他，並且恐懼繼續沉浸的後果。他覺得需要走路緩和興奮，便告訴基思他要走回牧場，在那裡等他。

「騎馬去，」基思說：「要不然你可能會死在陽光下。」

「我寧願走路。」

步行是殘酷的，在愈來愈熱、愈來愈奪目的陽光下走七個小時。基思給了他一皮袋水和一些破布包著的麵包；還沒有走到分會館的岔路口，他就已經筋疲力盡了。等他到了岔路口的時候，白熱的道路不再是一條有起點有終點的理性的路。在他的腦海中，它已經成為一切不構成道路的元素——爬滿蚱蜢的石坡、炙熱耀眼的強光照射下顯得暗的針葉樹叢、看似快到但怎麼都走不到的岩層。無論耳朵或是空氣，一切都震耳欲聾，連腳步聲都聽不見。他把一隻盤旋的獵鷹誤認為天使，那隻獵鷹真的是天使，只是與他認識的上帝信仰無關。基督在平頂山上沒有領地。

他到達牧場時已經走得不成人形，但是步行治療沒有效。他一直逃離的東西在基思的小房子裡等著他。和他一起跳舞的那女孩的靈魂早他一步、超過他先跑到臥室。儘管他又渴又曬傷，還是躺下來拉開褲子，想看看夢中的末日能否在他醒著的時候實現。他發現，稍經摩擦很快就實現了。愈清醒，撕心裂肺的快感就愈強烈，而且沒有任何懲罰；他並沒有因此被弄瞎，他甚至不以飛濺為恥。沒有人能看到他，就連上帝都不能。此後，在他的餘生中，他都將平頂山與發現秘密喜悅、取得喜悅的許可聯繫在一起。

基思和家人兩天後一起回來。他讓羅斯去牧場工作。羅斯因此在已經會的農場工作技能外，增加了新技能。他學會如何套小牛、如何在沒有圍欄的區域抓馬、如何在狹窄的溪谷中強迫母牛倒退。他體驗了羊藥浴帶來的痛苦，包括羊和任何接觸過這種邪惡液體的人。基思的大舅子閹割了一匹種馬，把一個血淋淋的睪丸扔給羅斯，羅斯扔回給他。他和基思騎馬上峽谷，在銀河的群星下紮營、看到滑翔的貓頭鷹無聲的剪影、聽到靈與魂在岩縫中吹口哨、吃烤松子。當他最深的恐懼以蠍子的外觀現形，並螫了他的腳踝時，他才知道結果不過就是很痛。

他和這些居住在四座聖山間的納瓦霍人在一起的時間愈長，愈覺得他們和自己在印第安納州的社區相似。納瓦霍人也喜歡分開居住，並追求和諧。他們的女人就像他的母親一樣——堅強、有耐心，可以擁有土地。在靠著藥師講述流傳至今的故事中，原來的神聖母親、以季節命名的「變化女人」，與太陽結成伴侶，生下一對雙胞胎兒子。「變化女人」和羅斯的母親一樣，與土地的果實有關。她撫養兩個兒子並給他們實用的智慧，而父親太陽雖然是創造生命不可或缺之物，但冷漠。納瓦霍人和門諾派歷史中的殉道者一樣，會唱著他們在一八六〇年代「長路跋涉」到拘留營的故事，而那幾年他們飽受疫病和飢荒折磨之苦。納瓦霍人也以苛刻定義自己。他們的國家——幾乎一無所有、不歡迎任何人，是一個沙漠——甚至比印第安納州更虔誠。畢竟，以色列人接受聖言的地方就是在沙漠中，全人類的獨一上帝，而耶穌在尋找未來事工的方向時，已經祈禱了四十晝夜。

羅斯在納瓦霍人的聖地停留了四十天，基思建議他不要手指流星、不要在晚上吹口哨、不要看陌生人的眼睛；除非對方主動告知，不要先問別人的名字。納瓦霍人死在他的霍根草屋中時，家人必須燒掉房子，並毀掉他碰過的每一件東西。在開闊的平頂山上，基思對著一具被太陽曬得發白的馬骨架點了點頭——騎馬的人十年前被閃電打到，但馬鞍到現在還在馬背上——警告羅斯離它遠點。基思說，這個人的厄運一直留在這裡。在微光和稀薄的空氣中，羅斯發現對他來說，這種說法有道理。人類體驗時間的方式是一種進程，從未知的過去前進到不可知的未來；但是，對上帝來說，歷史全程永遠是現在。對上帝來說，雷擊的地點不只是一個人已經死亡之處，也是人類以後會死的地方；因此，人類在上帝的完美的知中，永遠在死亡中。曾經身處沙漠，就容易理解類似這樣的奧秘。

他不覺得愧對自己此行的任務，因為他努力工作，就為了這些人能得到幫助，但喬治・金奇出發前就告訴他，如果他八月前沒回來，他就會派出搜索隊。因此，在七月三十一日天剛破曉，他就開始收拾物品，替威利車加油，向基思和史黛拉道別。他們是那個時候唯一醒著的人。史黛拉跑到他面前，雙手環住他的腿。他抱起她，摸著她的頭。

「我會回來的，」他說：「我不知道什麼時候，但我會回來。」

「不要輕易承諾，長扳手。」

「我不是和你說話。對不對，史黛拉？」

她害羞地扭動身體。他把她放下，她跑去找她父親。喜怒從不形於色的基思已經走了。

羅斯對納瓦霍人的了解仍然非常淺薄，但至少他知道他不知道多少。沙漠只增強了他對上帝的信仰，但他不再確定自己世代相傳的信仰是唯一真實的版本。回到部隊後，他發現金奇因為實際需要而非懲罰他，找了另一個人當副官；羅斯開始想解決之道。他改替軍需官工作，每次到旗桿市採買補給品時，可以趁便到圖書館停留一小時閱讀杜威十進分類法歸在二九〇類的「世界宗教」書籍，不必擔心逾時回營會受到懲處。每個星期天早上，他在營區嘗試和金奇和貴格會成員一起禮拜。他能接受他們的沉默禱告，但他們的沉默似乎比納瓦霍人的膚淺，不那麼深植於一種完整的存在方式。不過他知道自己永遠不可能成為納瓦霍人，他們的咖啡不是給他喝的。

十一月的一個星期天早晨，為了蒐集資料，他開著那輛老威利吉普車到旗桿市的天主教堂。他在一本關於聖方濟各的書中，發現一種他非常著迷的不妥協精神。在教堂後的一排長椅上、在燃燒長蠟燭的香氣和彩色窗戶的微弱光線中，他可以看到墨西哥老婦人的頭巾和灰色辮子、中年夫婦身上更現代的美式裝扮、以及一位深低著頭的女人的蒼白後頸。神父年紀大了，顫抖得很厲害，說話跟納瓦霍語一樣難懂，禮拜時間也不算短。羅斯的目光不斷回到他前面的蒼白脖子。這引起了他曾誤認為噁心、現在則與秘密喜悅聯繫的感覺。那個女人身材嬌小，頭髮短而齊整。

在小希伯倫，聖餐禮是半年舉行一次的重要活動，所有人都必須參加，使用團契女性共同揉、烤的麵包。對羅斯來說，天主教聖餐禮幾乎就像納瓦霍人的唱歌一樣陌生。神父的動作很難不讓人產生褻瀆神靈的聯想：醫生使用壓舌板的動作。會眾與孩子們排隊吃午飯。所有人中，只有那位脖子美麗的女人接過威化餅時，表情特別強烈。她下跪時全身脆弱地抖動，讓他想起他母親的強烈信仰。她回座時，他看見她口裡還含著餅乾，看見她的黑眼珠，年紀應該不比他大。

禮拜結束後，他問神父要是他再來，能不能以訪客身份領聖餐。神父解釋了不能的原因，但歡迎羅斯來觀察和敬拜。羅斯在下一個星期天盡責地又去了那座主誕堂，但這一次他完完全全被拉丁文打敗了。一週前他還感覺可以提供庇護的教堂厚牆，現在不過是活生生的信仰死去的紀念碑，像一種深具活力的精神在幾百年後凝結成冰冷的石頭。那個黑眼睛的年輕女人又出現了、還是一個人，但她的信仰熱情似乎不讓他接近。

他放棄實驗，回到營區與門諾派教友一起禮拜，不覺得和他們有多少弟兄情誼。事實是，他懷念平頂山。在那兒，每塊岩石、每株灌木、每隻昆蟲都可以見到上帝的存在。他開始在每個星期天早上，獨自一人到森林中健行。在那裡，有時候他的確感覺得到上帝存在，但很微弱，就像被雲遮住的冬陽。

一個三月的下午，他在旗桿市圖書館裡，濫用營區給他的特權，翻閱一本北美大平原印第安人的照片書，一位年輕女子出現、坐在書桌另一邊，打開一本數學課本。她穿著格子牛仔襯衫，頭髮包著頭巾，但他還是認出了她。在圖書館的光線下，她輕易地成為繼讓他開眼界的納瓦霍舞者後，最俊美的女人。他擔心翻看照片書似乎代表他不識字，有點尷尬，便起身去拿另一本。

「我記得你，」她說：「我在主誕堂看過你。」

他回頭。「對的。」

「我只看過你兩次。為什麼？」

「妳要問的是為什麼只有兩次，或者我為什麼會在那裡？」

「都問。」

「我不是天主教徒，我只是——在觀察。」

「難怪。年輕、又是紳士的天主教徒不常見。我有注意到你沒有再回來。」

「我不是天主教徒。」

「你剛才說過了。如果你說第三遍，我會覺得你在擋掉某種咒語。」

她的鋒利讓他訝異，同樣讓他訝異的還有她直率地連續提問。他覺得她和他母親有些相似，原本以為她也有溫柔與謙和的一面。他對她一無所知，除了她名叫瑪莉安。他告訴她他的老家在哪裡、他為什麼出現在旗桿市，以及納瓦霍人如何引導他探索其他信仰。

「所以你就開了卡車，消失了一個月？」

「一個半月。營區主任寬宏大量。」

「你一個人去那邊不怕？」

「也許我應該怕。但我也不知道為什麼，我沒怕過。」

「要是我，我會怕。」

「嗯，妳是女人。」

這是個無害、日常的名詞，但他一說出來就臉紅了。他不曾和一個他意識到有吸引力的女人交談過——也不會知道這樣談話有多費力。她似乎對他說的故事留下深刻印象，因此他就更費力地說。終於他侷促不安地說，他應該讓她繼續讀書。

她難過地看著她的課本。「我沒辦法專心。」

「我懂。我數學也不行。」

「不是行不行的問題。就是整個沒力氣了。我多希望上帝與我同在。」她實事求是的語氣，就像上帝是個三明治。

「我也有同感，」羅斯說：「那是——我知道妳的意思。我懷念和納瓦霍人相處的時候。他們整天、每一天都與上帝同在。」

「你應該再去一次主誕堂，可能會發現你要找的東西。我自己的經驗是，去之前甚至不知道我要找什麼。」

換一個男人，可能會被她的宗教熱情嚇跑，但對羅斯來說，這是他成長中熟悉的方式。不那麼平和，但很熟悉。他不會因為一個女孩讓他想起母親而慌亂，他還突然想通，他的母親不僅是他母親、不僅是位聖潔的奉獻者。她還是個有血有肉的女人，她也年輕過。

下一個星期天，他回到天主教堂，瑪莉安坐在他旁邊，低聲簡短地解釋了禮拜儀式。他嘗試與「基督特斯」——神父是這麼叫他的——接觸，但因為他與她的小自我之間太接近而遭到阻撓。她穿著一件染成亮綠色的外套，領飾是墨綠色的棉絨。幾個指甲上有咬過的痕跡，撕裂的表皮層邊緣還有乾血。她禱告時緊緊地將手指攥在一起，指關節都發白了，張嘴吸吐時發出微弱的刮擦聲。她的熱情是針對全能的上帝，所以羅斯對自己看到這些景象後興奮，感覺很安全。

禮拜結束後，他問她要不要他用威利車載她一程。

「謝謝，」她說：「但我得用走的。」

「我也喜歡走路，那是我最喜歡的事情。」

「不過，我必須算步數。我算過一次，幾年前。現在我沒辦法停下來，因為……沒事。」

兩位說西班牙語、行動遲緩的老婦人從教堂裡走出來。櫻桃大道上沒有車流，連鴿子都在路中間安生立命了。

「妳剛才想說什麼？」

「沒什麼，」她說：「說起來有點難為情。我必須從教堂門口開始走，而且必須確定每次走完的步數一模一樣，因為這就是我知道上帝還與我同在的方式。要是到最後多一步，就是太多、少一步……」她顫抖著，也許是因為想到的事情，也許是因為難為情。

「我的步數不會和妳的一樣。」雖然她沒有請他跟她一起走，羅斯還是主動提議。

「是啊，你個子高。你會有自己的數字——除非你不應該有數字。我不應該有數字。我已經太迷信了。」

「納瓦霍人有各種各樣的迷信，我不覺得他們錯了。」

「認為計步有任何意義是對上帝的侮辱。」

「我不覺得有什麼壞處。聖經裡面多得是上帝放出來的徵兆。」

她抬起黑色的眼睛看著他。「你是個好人。」

「哦。謝謝。」

「也許你可以和我一起走，分散我的注意力。我想，如果我能走一次不用計步數，我就不用再計了。除非，」——她笑了出來——「因為沒有計步，我就遭雷劈了。」

她是鋒利與古怪的神秘結合。從她的棉絨領上方看到她纖巧的頸子，還是讓他著迷。在小希伯倫，女性的後頸會刻意以辮子或長髮遮住，在戈申上學時也一樣。他陪她走回家時，得知她在舊金山長大，曾經有個愚蠢的夢想，就是到好萊塢演戲。在搬到旗桿市她舅舅家之前，她在洛杉磯做過打字員和速記員。有一段時間，她還考慮投身修道院。現在她正在讀書，想當小學老師。她說她因為個子小，孩子們容易信任她，就好像她是他們其中之一。她說她不是從小就是天主教徒——她父親是個不行教法的猶太人，母親則是信「威士忌教」（譯注：whiskeypalian是聖公會教徒的自稱，因為他們不排斥喝酒，所以開玩笑地稱自己是威士忌教）。

每一次她多說一些事，羅斯就更了解一些他過去不知道的美國。雖然她看上去只有二十五歲，但她隨便提到的地名，比如說舊金山、洛杉磯，顯示她的閱歷比任何一位小希伯倫的女性一輩子所知都更豐富。就像他覺得和基思・杜羅基相比，他不僅無知、而且矮他一截，而這種感覺又和吸引力分不開。他從沒想過瑪莉安也可能會被他吸引。由於她在旗桿市的活動範圍狹窄，加上這個國家大多數年輕男人現在都在海外，這個時候他像個魂一樣出現在主誕堂，對她來說非常不尋常，就像對他來說，她的出現非常不尋常一樣。就算她的年紀不比他大很多，他也從沒想過自己會是他人的慾望對象。

她舅舅住在城郊一棟看起來搖搖欲墜的矮房子，院子裡長滿了仙人掌。車道上停著一輛被亞利桑納州的沙塵刮得乾乾淨淨的福特卡車。瑪莉安跑到前門，用力踩上腳墊、張開雙臂、抬起臉朝著蔚藍的天空。

「我在這裡，」她對天上喊道：「讓我遭天打雷劈吧。」

她看著羅斯，笑了。羅斯努力配合，勉強地笑了笑，但她已經皺眉了。她古怪的地方之一，就是變臉的速度非常快。

「我很可怕，」她說：「這一刻我可能已經患上無藥可醫的癌症。」

「我沒聽說上帝會介意開玩笑。如果你真誠愛祂，祂就不會在意。」

她從走路的話題回到現實，但還是很嚴肅。「謝謝你。我相信你已經把我治好了。你要留下來吃午飯嗎？」

他才要開口拒絕——就發現哪裡都去不成，因為天主教彌撒的時間太長，他還得取回威利車——瑪莉安堅持要陪他走回教堂。他們循原路往回走時，他感覺和她在一起的負擔愈來愈重。她佩服他的和平主義、佩服他在營區內對制度失去耐心、佩服他同情納瓦霍人。每次他低頭，都會看到她的棕色眼睛在看他。從來沒有人以如此毫無保留且肯定的眼神看著他，他也沒有足夠的經驗，能夠辨認這種眼神指向哪種慾望。他們走到他停放吉普車的地方，他的頭真的因為眼神的壓力疼起來。他提議開車載她回她舅舅家，但她的臉色又沉了下來。

「你剛才說——只要我們愛上帝，我們做什麼都無所謂。你真的認為這是真的嗎？」

「我不知道，」他說：「納瓦霍人不接受基督，我不知道他們會不會永遠受詛咒。要是會。好像不公平。」

她垂下眼。「我不相信有來生。」

「妳——真的嗎？」

「我認為，唯一重要的是活著的時候的靈魂狀態。」

「那是——天主教教義？」

「絕對不是。弗格斯神父和我一直在討論這個問題。對我來說，世界上沒有比上帝更真實的東西，撒旦也同樣真實。罪是真實的，神的赦免也是真實的。這就是《福音書》的訊息。但是，《福音書》裡關於來世的內容並不多——約翰是唯一談論來世的人。如果來世有那麼重要的話，這難道不會有點奇怪嗎？那個有錢的年輕人問耶穌如何才能獲得永生時，耶穌並沒有直接回答他。祂似乎在說天堂就是愛神以及遵守誡律，地獄是在罪中迷失——是離棄神。弗格斯神父說，我必須相信耶穌其實是在談論真的天堂和地獄，因為這是教會的教導。但這些詩句我已經讀了一百遍。有錢的年輕人問永恆，耶穌要他把錢捐出去。他問，現在該做什麼——就好像現在就是找到永恆的地方——我認為這是對的。永恆對我們來說是個奧秘，就像上帝是個奧秘一樣。它並不一定意味著在天堂快樂或在地獄燃燒。它可能是一種永恆的恩典狀態，也可能是無底的絕望。我認為我們活著的每一秒都有永恆，所以我替弗格斯神父帶來不少麻煩。」

羅斯盯著這個穿著綠外套的小個子女人。他可能愛上她了。不僅因為她剛深入一個他覺得急迫待解的問題，而且用她的話來說，他聽到一個一直潛藏在他心中但不知道如何表達的想法。他矮人一截的感覺愈來愈重。矛盾的是，他非但沒有羞赧，反而更想把自己埋在她懷裡。

「我該進去禱告了，」她說：「感覺自己和神這麼接近，卻而沒有變成更好的天主教徒，很糟糕。我已經很久不進步了。」

「下星期我可以再來嗎？」

她悲傷地笑了笑。「希望你不介意我這麼說，你不是最有希望的人選。上帝先生不介意開玩笑。」

「妳自己不也為了教義在掙扎。」

「我這麼做，有充份的理由。」

「什麼理由？」

「坦白說，我寧願——你覺得你會回保留區？」

「時間還沒定。會，一定會。」

「也許你可以帶我一起去。我想親眼看看。」

帶她去平頂山的想法就像是上天的獎勵，驚喜但遙遠。但現在，更像是敷衍。「我很樂意帶妳去走走看看。」

「很好，」她說：「有事可以期待是好的。」她轉過身來補了一句：「你知道怎麼找我。」

她的意思是什麼時候想找她都可以，還是只能在要回去保留區的時候他才能找她？就像耶穌的話模稜兩可，她的話也模稜兩可。兩天後，他收到一封寄到營區、只有旗桿市郵戳、沒有回信地址的信，他努力疏理這個歧義。他把信帶到營房，坐在鋪位上。

親愛的羅素，

我好粗心竟沒有再次感謝你治癒我的迷信。

你能忍受我，真是太可愛了——我的感覺就像是被烏雲籠罩一個月後看到太陽現身。希望你心想事成、諸事順利。

期待上帝和友誼眷顧的

瑪莉安

同樣的，在這裡，信末道別語希望你心想事成，對疑心的人來說意味模稜兩可。但他的身體知道不是這麼回事。身體下方釋放的熟悉，還加上感情的新鮮感——充滿希望和感激、她的模樣形象、她深情淒婉的眼神、她複雜的心靈。一個迷人的人把自己貶得如此不值，已經夠難以置信，更讓人不解的是她的手寫字跡，那明明就是在說：**忍受我**。這幾個字讓他如此興奮，好像她對著他耳邊低語。

第二天，他申請下午請假，軍需官甚至沒問原因。喬治・金奇雖然仍會點名和集合，但戰爭結束後，營區的活動不過是做做樣子。這段時間金奇熱衷的是替他組織的足球隊採購。羅斯開著那輛還能用的老威利吉普，去到公共圖書館，沒找到瑪莉安，接著開往她舅舅家，靠仙人掌認出了他的屋子。那天他去敲前門時，反常地不感覺害怕。他知道男女結婚是上帝制定的自然之道，但他心中早已認定——這個世界上能與他情投意合的女人不多——如今他心中只有一個女人。回想起來，他們在圖書館偶遇，就是上帝蓋的印記，敲她的門不過是上帝創造男人和女人時的意圖。也就是說，羅斯現在意識到自己是個男人了。

她出來應門時，穿著連身工裝褲和一件超大的白襯衫，襯衫在腰部打了個結。像個男人一樣穿了條褲子，這打扮對他來說簡直不可思議。

「我還沒出來就知道是你，」她說：「早上我起床時，有一種最強烈的感覺，我會看到你。」

她沉穩不驚的態度，又一次讓他想起母親、想起她的安詳。如果瑪莉安的預感有意義，那就意味著羅斯來看她——在羅斯看來是他個人推動的行為——是上帝的旨意。她帶著他穿過掛滿風格近似的山水畫的客廳，走進可以看到山景的廚房。她家後院散落著形狀各異、像是雕塑的生鏽金屬，那後去頭有一棟鐵皮屋頂的房子。

「那是吉米的工作室，」瑪莉安說：「他要到晚餐的時候才出來。安東尼奧在工作，而我在——學習。」她指了指桌上一本打開的課本。「我們還有兩隻貓，現在好像不見了，剛才還在這裡。」

吉米是她的舅舅，但羅斯想知道另一個男人是誰。一種不愉快的新感覺，佔有慾，向他襲來。「安東尼奧是誰？」

「吉米的伴侶。他們是——你知道的。」瑪莉安抬頭：「或者也許你不知道。」

難道他該什麼都知道嗎？

「他們就像一對夫妻，唯一不一樣的是安東尼奧是個男的。你看多可怕啊。」她憋著不笑出來。「你餓了嗎？我可以給你做個三明治。」

營區裡有兩個貴格會男孩，羅斯的室友叫他們仙女。他現在才明白箇中意思，原來那意思不只包括他們的言談舉止。他覺得想吐，不僅因為那件事噁心，還因為瑪莉安偷笑。

「對不起，」她說，似乎感覺到他不舒服。「我剛才忘了你是從哪來的。我已經習慣了和安東尼奧相處，習慣到連我都覺得很離譜，怎麼會有人不贊成。」

「那麼，妳，呃——那些天主教教義是妳真的接受的？」

「哦，很多。聖體聖事、基督赦免我們的罪、弗格斯神父的權威。如果吉米和安東尼奧是天主教徒，他們肯定有事情要懺悔，但我不覺得這是我的事。耶穌說我不應該扔石頭。」

羅斯對同性戀人士能夠將心比心，就是因為瑪莉安。一旦他愛上她，她的信念即成公理，應該認真考慮採行。他渴望將自己埋在她懷裡，同時渴望被她填滿——他像隻破蛹而出的蝴蝶，感受到他的心如蝶的濕翅，正在她注入的關愛中緩緩展開。她在地球上的時間比他多三年半，住在舊金山和洛杉磯，思想比他更深刻、更敏銳。因為她相信羅斯福，所以羅斯投票登記為民主黨人。因為她讀世俗文學作品——伊夫林・沃、格雷安・葛林、約翰・史坦貝克——所以他也讀。爵士樂、現代藝術、衣服也是這樣，特別是，性，也跟她要的一樣。

他們倆在廚房餐桌旁度過他第一次到她家的時光。他們討論靈魂和師範學校、他的外祖父以及他對他全家信仰的疑慮。五天後，他第二次到她家，他們走遠了些，走到吉米家後頭的山上去了，不得不趁著太陽還沒下山趕回來。然後瑪莉安寄給他一封信，沒有什麼實質內容，只是她一天活動的流水帳，他卻停不下來、一讀再讀：一隻貓在她床上吐毛球；她舅舅請她為他的生日做羊排，所以她從郵局回來路上，可能會順道去肉店看看；她覺得那天還會再下雪。這些細節像魔術一樣，一個比一個有趣。他還記得重讀他母親早期寫給他的信時如飢似渴的感覺。那些信同樣也不過是敘敘家常罷了。現在收到母親的信，他反而厭煩，甚至連大致讀一次都說不上，怎麼會在乎母親在信中說會不會下雪。

母親後來在信中開始提到社區中的某一位或另一位女孩「真的長大了」。這個短詞包含了一個沒明說的訊息：他服役期滿後，要從二十來個可接受的家庭中擇妻，並在小希伯倫定居。他給母親的回信，雖然沒有透露疑慮，但是他寫信的興致低落到句子、甚至段落都重複，還有逐字照抄前信的紀錄。在他與納瓦霍人相處的那段時間，他寫回家的信多說了一些近況，但也只提到他們是驕傲又慷慨的民族，非常尊重門諾派。至於瑪莉安，他一字不提。他和她注定一起的感覺一天比一天強烈，他家人所屬的社區並沒有禁止、只是不鼓勵與外教人通婚。瑪莉安是個與同性戀者住在一起、穿褲子的半猶太天主教徒，最安全的做法就是隱瞞她的存在，等待最好的結果。

每個月第二個星期五晚上，大多數營區工人都擠上卡車，由喬治・金奇帶隊到旗桿市的電影院看電影。羅斯第一次參加看電影，繼在平頂山失去宗教信仰後，電影更讓他的世界另開一大窗，當場目瞪口呆。從那以後，電影日必然有他的身影。四月的一個星期五晚上，當他和其他人成群結隊進入奧芬劇院時，一個穿綠衣的小個子身影依照秘密約定，坐在最後一排的座位上等他。

很快地，幾乎就在燈光熄滅那一剎那，四隻柔軟的手指滑進了他長滿繭的手。握住女人的手，感覺如此誘人、意義如此重大，以至於他完全無法理解《三個臭皮匠》（*The Three Stooges*）這部開場短片裡的人大喊大叫些什麼。瑪莉安則非常自在，看到扭耳朵和折疊梯垮下來的橋段就哈哈大笑，羅斯倒是覺得那些暴力影像褻瀆了他和她在一起的時刻，傷害他的眼睛。

正片開始，是一部福爾摩斯電影。她對這個沒興趣，便把頭靠在他的肩膀上，同時一隻手臂伸過他的胸，把自己倚向他。貝索・羅斯本手裡拿著海泡石菸斗，說的話羅斯開始聽不清楚。羅斯盡力憋著氣，免得她放開，但她又動了動。她的手現在搭著他的脖子，將他的臉轉向她。在銀幕時暗時亮的光線中，浮現一對嘴唇。而且，哦，它們的柔軟。親吻它們的親密感強烈到讓他焦慮，就像站在永恆面前的凡人。他轉過臉，但她立即把他的臉拉回。他逐漸明白。她不是來和他看電影的，完全不是。他們在那兒的目的是親吻、親吻、親吻。

當演職員表出現在銀幕上時，她一言不發地起身離開劇院。屋內的燈光亮起，出現一個完全變的世界，但是藉著兩張嘴的連結，如今變得更鮮明開闊。他覺得自己非常顯眼，但他希望他不是，於是溜進了一群正在離開劇院的同事當中。瑪莉安不在大廳，喬治・金奇在。

「你總是做一些我沒想到的事情，」金奇說。

「長官？」

「我以為你這個鄉下男孩很敬畏上帝，沒想到只差一點就成了今之完人。」

「我有麻煩了嗎？」

「我覺得還好，別人我就不知道了。」

瑪莉安在接下來幾週，帶著他走上一條又長又曲折的階梯；走上去初時很可怕，但每走上一個階段停一下，卻很愉快——第一次在信中寫**我愛你**；第一個說出口的**我愛你**；第一個在白天、公共場合的吻；在她舅舅的客廳裡親吻時，幾個小時的時間彷彿只有幾分鐘；晚上在威利車的座位上，更瘋狂地掙扎；她的襯衫令人難以置信地打開，他發現即使是柔軟也有等級，**更柔軟**、**最柔軟**——最後、終於，在五月一個多雲的午後，她鎖上臥室門、踢掉鞋子，躺在她的小床上。

透過窗戶上的透明窗簾，羅斯可以看到她舅舅的藝術工作室。

「我們應該在這裡嗎？」他說：「如果有人的話會很尷尬……」

「安東尼奧在鳳凰城，吉米不是我的監護人。我們也沒有更好的地方。」

「不過，可能還是會尷尬。」

「親愛的，你是不是在怕我？你好像很怕我。」

「不。我不怕妳。但——」

「我醒來就知道就是今天。你只要相信我。我也很害怕，但是——我真的認為上帝希望就在這一天。」

羅斯覺得上帝似乎就在外面陰暗的光線中，而不是在她的臥室裡。從樓梯上的某一點到達這一刻，他已經忘了在結婚之前保持純潔的重要。

「今天也有別的好處，」她說：「今天是安全日，而且很安全。」

「吉米不在家？」

「不，他在他的工作室。我的意思是我可不能懷孕。」

他不喜歡自己總是比人慢、總是落後，但他的確愛瑪莉安。形容他是「日思夜想」並不準確，因為這根本不是腦袋要不要思考，而是他腦中滿滿都是她的感覺；這和他想像中，一位更虔誠的人比如說平頂山上的納瓦霍人，可能靠某種不懈不怠的方法感覺神接近。她是對的：如果不是今天，不在她房間裡，那麼，又是何時？何地？他從來不想停下來、不碰她，但只碰她是不夠的。他的身體一直無聲且不懈地嘮叨，直到他終於明白，要減輕她滿盈他內在所帶給他的壓力，只有一個方法，就是把壓力釋放到她裡面。

這就是他現在做的事。在灰色的光下，在她床上的絎縫床罩上。釋放來得非常快，此外，也來得突然，他覺得失望；而讓他驚訝的是，這樣還不如自瀆這個在他生命中與受洗同等重要、持續時間與受洗差不多的行為來得滿足。他覺得很羞恥，因為他的釋放動作相較整個事件顯得如此無足輕重；不僅如此，他的羞恥還開始擴大：他笨手笨腳、她完美優雅；他瘦骨嶙峋、她柔若羊脂；她乳霜白的皮膚對比他的沮喪灰。他不敢相信她在對他微笑、不敢相信她讚許的眼神。

「躺著休息一下，」她說，摸著他的頭髮。「我們才剛開始。」

他不知道她為什麼知道才剛開始，但是，她又對了。她一說開始，他的身體就告訴他她是對的。這個詞會自主充電，否則，他永遠不懂原來只需要稍加喘息就可以再來。他在天色漸昏漸暗、不得不匆匆離去前，做了四次；他催促威利吉普沿著陡坡路趕回營區途中，體悟到失去了再也追不回來：禁止通姦的摩西誡律、小希伯倫婦女的樸素服裝、禁止跳舞、藏起脖子。就像他從小到大都活在一個古老的堡壘裡，堡壘的護牆和巨砲對面是和平的田野，瞄準的是不見蹤跡的敵人。現在，他才明白堡壘的防禦工事如此龐大的原因。

下一次他們在她的小房間裡犯罪，是一個異常溫暖、悶熱的午後。一隻貓不停地用爪子刮她鎖上的門。他從肉慾的高峰跌入道德焦慮的深淵。他信任瑪莉安，因為她對上帝的愛以及她自責表現的善無法偽裝。她所慾望的，也不過是他慾望的，播種這件事並不丟人。在夢中發生的、非他意志決定的覺醒和釋放，只能視為身體的自然功能。這和在他沒有婚姻關係的女人身體內釋放種子、在她的肉體中迷失、在她私處的香氣中縱情，顯而易見是不同的。他掙脫自己；房間很熱，他還是拉過床罩蓋在身上。

「妳不擔心，」他說：「犯下大罪嗎？」

她匆忙起身跪坐著。她美麗得讓人無法正視的裸身，她自己並不在意。

「我不必當個天主教徒，」她說：「你是什麼，我就是什麼。如果你想成當納瓦霍人，我就和你一起當納瓦霍人。」

「不可能有這種事。」

「你想做什麼都行。但是，我得去主誕堂，因為——我就是得去。我要在那邊禱告、得到寬恕。我禱告又禱告，然後你，我的獎賞，就在那裡。我可以這麼說嗎？你就像是上帝給我的禮物。對我來說，這就是你最不可思議的地方。」

「但是，然後……你不覺得我們該結婚嗎？」

「對！好主意！我們可以在下星期就結婚。或者明天——明天怎麼樣？」

他將她拉向自己，親吻她，就像婚姻生活的祝福已經抵達。她把床罩扔到一邊，跨坐在他身上，以他不會質疑的專業處理他。她理所當然的是各方面的專家。只有在她隨著兩人結合所發出的韻律呻吟中，才能察覺到她的渺小感。她嗚咽著叫著他的名字，然後再嗚咽著叫著他的名字。在他心裡，她已經是他的嬌小愛妻了。但在登頂的愉悅流走周身後，他又變回在另一個汗流浹背的罪人身下的罪人。

她的心情也變了。她哭了。無聲、悲慘地哭。

「哪裡不對嗎？我傷到妳了嗎？」

她搖頭。

「瑪莉安，對不起，我的上帝——我傷了妳嗎？」

「沒有。」她邊哭邊喘氣地說：「你太棒了。你是我的——你是完美的。」

「然後呢？到底怎麼回事？」

她滾到一邊，用手摀著臉。「我不能成為天主教徒。」

「為什麼不能？」

「因為這樣我就不能嫁給你。我是——哦，羅斯。」她啜泣著說：「我已經結婚了！」

無法忍受的表白。身體和道德的嫉妒和不潔混雜另一個男人像他剛才一樣佔有她的影像。一個他相信乾淨而且心地純潔的女人原來被用過了——被玷污了。難過跟著失望的腳步出現。表白揭露的失望有多深，就代表她曾給他的希望有多高。

「是在洛杉磯時候，」她說：「我結婚六個月，然後離婚了。我應該早告訴你的。我沒這樣做真是太惡劣了。你是如此美麗，而我——哦——我是如此——我應該早告訴你的！天哪、天哪、天哪。」

她身陷痛苦中。他心中殘忍的部份認為她受多少懲罰都應該，但他心中的愛意卻讓他被感動。他要殺了那個玷污她的男人。

「他是誰？他傷害你了嗎？」

「那是我的錯。我還是個孩子——我什麼都不知道。我以為我應該知道——其實我什麼都不知道。」

一想到有個清純的女孩犯了錯，如今楚楚可憐、後悔不已，他的心更軟了。但他的憤怒和厭惡有自己的生命。他把自己的第一次給了一個已經把第一次給了別人的女人，他現在反而厭惡她的裸體、無法接受她的氣味。他答應上帝，他永遠不會離開小希伯倫。他很快轉身下床，胡亂穿上衣服。

「請不要生我的氣。」她用比較平靜的聲音說。

他氣得說不出話來。

「我錯了。我犯了很多錯，但是關於我們，我沒有錯。如果可以，請試著原諒我。我想嫁給你，羅斯。我想永遠屬於你。」

他本來也想啊。失望在他心中升起，接著他開始啜泣。

「親愛的，求你了，」她說：「坐在我旁邊，讓我抱你。我非常非常非常抱歉。」

他站著發抖、哭泣，在厭惡和需求之間掙扎。因為自憐而流淚，對他來說是種陌生的感覺——此刻他才意識到他也是一個人、一個他永遠都得陪在旁邊的人、一個他可能會愛和憐憫的人，就像他愛上帝或憐憫其他人一樣。因為他同情這個正在受苦並需要他照顧的人，他打開臥房門，出了房子，跳進威利車，開了幾個街區後在一棵柏樹下停下，為自己哭泣。

連續兩天她寄了兩封信給他，他都沒拆。他愛的女人還在那裡，但與他隔絕，而分開他們的是她自己的作為。就好像他的瑪莉安囚禁在一個他根本不認識的瑪莉安裡面。他幾乎可以聽到他的親愛的在囚室裡呼喊他，需要他去救她，但他害怕另一個瑪莉安——害怕發現寫信給他的其實是另一個瑪莉安。

他遇見她後就很少禱告。現在他回過頭，把自己的處境告訴上帝，問祂的旨意是什麼。第一個浮現的事理是上帝要他原諒她。他在向上帝解釋生氣的原因時才明白，她沒有早點提到前一段婚姻，是為了避免尷尬；瑪莉安的犯行其實微不足道。事實上，更大的犯行是他的鐵石心腸。這讓他領悟了第二個事理：不論他質疑多深、解放多徹底，他依然是門諾派的信徒。某個程度來說，他已經假設有一天會帶著瑪莉安回家，儘管他們不會定居在小希伯倫，但仍需得到家人的祝福。但是，她的離婚扼殺了這種可能性。導致他失望至極的不是她，而是他的父母，因為他還沒有完全脫離他們。他氣的是因為她離婚，他會被逼著做出艱難選擇。

但是他不知道如何選擇，也不敢拆開她的信。於是，他決定寫信給唯一可能理解他的困境的人。他的外祖父應該是接到信就坐下回覆，因為回信八天後就寄達營區。信上的建議出乎他的意料。

你不必娶她——我要說的是，急什麼呢？（不要急，太陽明天還是會出來）為什麼不享受當下，等到服役結束後再看看。如果到時候你的感覺還是一樣，再結這個婚也不遲。年輕人不一定真知道自己的心性。你的女朋友已經承認她犯了錯，聽起來她知道該怎麼照顧自己。這很難得——如果你小心謹慎，她就是你的。只要她沒有懷孕，就沒有道理倉促作決定。

一年前，羅斯還可能非常擔心外祖父的放蕩行徑嚴重侵蝕了他的道德原則。現在，相反地，他感覺到一種弟兄情誼。在他看來，克萊蒙方方面面都是對的，除了一件事——羅斯已經知道自己的心性，他的心屬於瑪莉安。但信還沒結束。

至於你的父母，如果你娶了她，我想，他們不會原諒你。你父親在意的不是我們的救世主，而是其他人對他的評價。他宣揚愛，但到處結怨。我可是親身體會過他報復心切的那一面。你母親是個好女人，但她在耶穌面前就失去理智。她對自己的信仰深到不管你叫多大聲，她還是聽不見你的聲音。當她為你祈禱時，她認為她愛你，其實，她愛的只有她的耶穌。

當時以及後來至今，羅斯都不必重讀克萊蒙的信，因為只讀一次，他就已經把每一行都刻在心裡了。第二天下午，他到瑪莉安舅舅家的時候，他終於明白了聖經裡的喜樂，以及跟喜樂相關的字眼頻繁出現的原因，喜樂的、喜悅、他無條件向她投降是喜樂的——他為自己的狠心道歉而喜樂、為她原諒自己而喜樂、為他從懷疑和指責中解脫而喜樂。他讀了多少次喜樂這個字，卻不曾體會其含義？在雷雨交加的午後做愛是喜樂的、不做愛是喜樂的、只躺著看著她深不可測的黑眼睛是喜樂的。第一次一起去納瓦霍人的聖地旅行時很喜樂、看見史黛拉坐在瑪莉安腿上時很喜樂、在瑪莉安和孩子們相處的甜蜜中感受喜樂、想到給她一個自己的孩子時很喜樂、在沙漠看日落的喜樂、滿天星的喜樂、燉羊肉的喜樂。喬治・金奇受邀與他共進私人晚餐的喜樂、透過金奇的眼睛看她的喜樂。她第一次把嘴放在羅斯陰莖上的喜樂、陶醉在她的放蕩中的喜樂、低聲下氣地感激裡的喜樂、畫押存證永遠不會離開她的喜樂。確定分離的痛苦時的喜樂、重聚時的喜樂、制訂計畫時的喜樂、期待完成學業後全心伺候她的喜樂、對之後可能發生之事的奧秘感到喜樂。

喜樂一直持續到他們結婚、也是他服役期滿的那天。喬治和吉米到旗桿市法院當他們的證人。他們放棄各自的宗教，尋求並共享新的信仰；既然他們要重新開始，就沒有可以舉行婚禮的教堂。羅斯覺得有義務在結婚當天寫信給父母，在信中他並沒有粉飾所做的事。他解釋了瑪莉安結過婚，說明他無意再回社區服務，但他想帶妻子到小希伯倫，介紹她給家人認識。

他父親的回答簡短而且無法釋懷。他說，他悲傷但不訝異，因為羅斯感染了從家庭其他地方來的疫病，他和羅斯的母親都不想見瑪莉安。羅斯母親的回答更長、更悲痛、更多對自己失敗的唱和，但重點相同：她失去了兒子。不是**拒絕**他（立即指出其中差異的人，是一直維護羅斯的瑪莉安），而是**失去**了他。

父母拒絕，證實了他的選擇是正確的——拒絕認識世界上最完美的女人的人，不論是誰，都應該覺得羞恥、理當責難——他熱愛與瑪莉安結婚，熱愛她總是在他身邊、支持他。然而，在他的內心最深處，在他的父母與他斷絕關係時，陰影就落了下來。陰影既不那麼遲疑、也不十分內疚，更像是他得到瑪莉安的過程中失去了什麼。他不再屬於小希伯倫，但小希伯倫仍然糾纏著他。他想念母親的小農場、外祖父的打鐵鋪、靜止安好的歲月、一個以聖言為中心組織起來的激進社區的正當性。他清楚父親的嚴重缺點，他的嚴厲是對內裡的弱點的補償，而他的母親的確在某個程度上失去理智。但是，他沒辦法不暗自佩服他們的信仰，那是他永遠不可能有的虔誠。

四年後，他接受印第安納州的鄉村牧師的派任工作，多少希望能找回曾經失落的。他當然很高興可以常見到外祖父，不過他娶了艾絲特爾，住到她的老家，從羅斯家開車往北要兩個小時車程。羅斯的失落感，來自精神上而非地理上，且就在身旁，名字叫做瑪莉安。隨著對她的依賴成為習慣、她的能力只能用在他身上、他們的性愛是為繁衍，而他對她第一次婚姻從顧慮變成委屈感。他開始懷疑自己為什麼不聽克萊蒙的話，偏偏娶了第一個愛上的女人。

日字不好過時，他眼中看到的自己，就是個印第安納州鄉巴佬，被年長的城市女人和跟不同於他的男人切磋出來的性手法拐騙了。在他時運最不濟時，他懷疑瑪莉安明知道他可以更好。她知道他一離開旗桿市那個小世界，就會遇到比他年輕、比瑪莉安高、性格不那麼奇怪、更景仰他而且**沒有結過婚**的女人。她搶在他知道自己的市場價值前，就引誘他簽訂了一紙婚約。

即使如此，就算回到那時候，他遇到的她是處女，他更能接受和她結婚的現實。但他仍然要覺得委屈不滿，因為他在婚姻中感受到了渺小，且上帝不在其中。最後，夢見莎莉・珀金斯才讓他意識到原來外面令人垂涎三尺的女人這麼多。雖然這件事讓他吃了苦頭，但他終於知道自己委屈什麼了：瑪莉安享受到了與其他人的性關係，而他只和她在一起過。他可以容忍她在其他方面的優越，唯獨這件事，他忍不下去。

◆

從在新展望鎮上了大巴士後，羅斯就滿臉不高興，因為法蘭西絲和另一位家長顧問泰德・傑利根一起坐在司機後的座位。泰德是個威脅——其他男人都是威脅——但羅斯已經學到教訓：忍一時氣，不要糾纏。最好舒服地坐在後排，和孩子們一起玩Nerf球、一起唱那些他已經能記得大部份歌詞的歌、跟著提示彈出E和弦和D和弦、在可以一直玩下去的車牌遊戲中比誰厲害，讓法蘭西絲覺得遭到冷落。對比上次的亞利桑納之行，他這次對十字路成員自由放任得多，酷孩子也終於接受他，他相當欣慰。如果這次沒有法蘭西絲添加變數，他應該就能完成這次任務。

他們進了納瓦霍國度，一切孩子沿著高速公路，在傍晚的陽光下兜售刺柏果項鍊。說明看板上寫著**手工編織毯和綠松石首飾**。紀念品商店裡到處都是普通的媚俗商品，後面是一間正宗的納瓦霍霍根草屋、一個完整的木製大平原區印第安人頭飾和一個巨大的圓錐形帳篷。大巴士上的五把吉他，剩下還在彈奏中的那一把也安靜了下來。隔著走道的鄰座卡蘿琳・波莉正在讀卡洛斯・卡斯塔尼達（Carlos Castaneda）。金・珀金斯正在教大衛・戈雅玩貓的搖籃橡皮筋遊戲，其他女孩在玩Spade，剩下的男孩公然為基斯・史特頓在圖坎卡里的卡車停靠站購買的色情漫畫高聲叫好。羅斯本來可以沒收它，說他們幾句關於這種書貶低女性的話，但他累了，況且他隊伍裡的孩子基本上都不是會惹麻煩的那種學生。羅傑・漢加特納前一年在十字路靜修活動時抽過大麻，達晞・曼德爾的糖尿病需要特別注意，愛麗絲・雷蒙因為母親最近過世心情不好，蓋莉・科爾就是個愛吹陳腔濫調的煩人小號手（口齒不清說著「開飯時間到了」、「非常奇怪耶」）。沒有真正有問題的孩子——裴里在凱文・安德森那輛車上。他們一行在圖坎卡里休息時，羅斯問了凱文裴里的狀況，凱文說他太興奮了，整晚都在不停地說話，而且不想下車。羅斯本來可以上去那輛車和裴里談談話，但裴里現在是凱文的問題，不是他的。

地平線上出現「許多農場」的水塔時，他冒險往前走，讓泰德・傑利根和他換位子。他坐在泰德屁股坐熱的位子上，問法蘭西絲有沒有睡一下。

她回過身，冷冷地看了他一眼。「你是要問，從他開始講怎麼處理越共問題，到我講買房子付多少錢，總共花了多久嗎？」

羅斯笑了。他再高興不過了。「我一直在等妳來加入我們。」

「我們兩人有一個認識巴士上的每一個人，另一個人全都不認識。」

他收起笑容。「對不起。」

「你跟我說過你有時候是個混蛋，當時我還不相信。」

「很抱歉。」

她把臉轉向窗戶那邊，沒有再看他。

太陽已經落到黑山後面，「許多農場」開始了漫長的黃昏，寬闊的道路、和由印第安事務局所資助建造的同款式房屋、實用校舍和塵土飛揚的倉庫，這時候全都籠罩在昏暗燈光下。羅斯指引司機開到市議會辦公室，然後跳下車，另外兩輛巴士在他身後停下來。空氣中有一絲冬天刺骨的寒意、一種他的心立刻記下來的稀薄。他快走到辦公室門口的時候，一位穿紅色羊毛夾克壯碩的年輕女子走出來。「你一定是羅斯。」

「是的。汪達？」

「羅斯，如果你不介意我說，我們等你很久了。」還是那個悲傷的聲音。「我想和你談談你的計畫。」

「就是那個，啊——委託？」

汪達點頭時的堅決表情和聲音很相配。「我們的項目有委託，而你可以幫我們。但是，因為你想住在『許多農場』，我們願意在這裡容納第二批人。我已經和主任談過了，他表示同意。」

「委託內容是什麼？」

「委託事項包括要求我們在基斯利開墾區設置無障礙坡道，前面一個、消防出口一個。廁所也必須設置無障礙坡道。但是，你要是不介意我有話直說，老實講，我覺得你在『許多農場』會舒服一點。」

在三輛巴士怠速聲中，傳來靴子踩在碎石上的嘎吱聲、安布洛斯的抱怨聲，凱文・安德森的低聲咕噥。如果羅斯的隊伍留在「許多農場」，他就不得不與裴里在一起，法蘭西絲就必須與賴利在一起。他很快地在安布洛斯介入前，告訴汪達他寧願堅持原計畫。她又堅決地點頭，代表她知道這件事了，但她煩惱的表情顯示，還有另一件事讓她掛心。

「你可以去基斯利開墾區，」她說：「但我會要求你，無論如何都要離學校近一點。絕對不要有人落單，天黑以後也不許有人在外面。」

「沒問題，我們以前也有一樣的規定。」

她離開去迎接安布洛斯和凱文。安布洛斯與第一次見面的人建立關係的方式讓羅斯印象深刻。他關心地眉頭深鎖，傳達了他視她為人、必須認真以待的態度，甚至就像他面對的是世界上最重要的事。他詢問汪達關於基思・杜羅基的情況。該問這個問題的人是羅斯。

「基思情況不好，」汪達說：「但他現在在家裡休息，很舒服。」

「有多糟？」羅斯說。

「他正在舒服地休息，但我知道他非常虛弱。」

生命是短暫的悲傷、沒有陽光的時刻的悲傷、復活節的悲傷，一起湧入羅斯的喉嚨。上帝正在非常清楚地告訴他該怎麼做。他不得不留在基思從一九六〇年以來一直住的「許多農場」，如此，他才能探視基思並且看著裴里。比起基思的情況，和一個不是瑪莉安的人發生性關係的願望，根本微不足道，何況他一定是瘋了才會妄想在亞利桑納州遂其所願。他故意遺忘冬末的保留地有多麼荒涼，忘掉領導一個工作營隊是多麼艱難。

然而，當他想到依上帝旨意行事的代價是犧牲與法蘭西絲在平頂山共處一個星期，他不禁替自己惋惜。七宗罪裡竟然沒有自憐，其實沒有比自憐更致命的了。

輪班的司機歐利、骨瘦如材到像個準肺癌患者，這時候接手到基斯利的巴士的方向盤。羅斯坐在法蘭西絲旁邊，引導司機開往粗石鎮的路，然後再從粗石鎮沿著平頂山側的路爬坡上山。這條路碎石多又狹窄，天色仍然夠明亮，可以看到他們多麼接近山崖邊緣、一旦墜落後果會多麼慘重。在一個特別難通過的轉彎處，法蘭西絲喘著粗氣說：「哦，耶穌、耶穌。」並抓住羅斯的手。就這樣，他握著她的手。她自己說過：混蛋讓她興奮。接著，巴士後面傳來喇叭聲。

「別叭了，我有辦法讓你過不早就讓你過了。」歐利說。

喇叭聲一直響到車到一條直線車道，歐利把巴士停在離深淵邊緣只有幾吋的地方，一輛還在按喇叭的卡車從他們車旁開過，那車的前保險桿上有張貼紙寫著：卡斯特找死。（譯注：George Armstrong Custer是美國內戰時知名的北軍軍官，也是決定性的蓋茲堡戰役中帶兵擊潰南軍的人，卻在帶領北軍攻打蒙大那州印地安人營地時遭襲身亡。）裡面的司機伸出手，對著大巴士豎起中指。

「雜碎。」法蘭西絲說。

「妳還好吧？」

她鬆開羅斯的手。「我等著有人說下山時路會比較好走。」

畢夫・艾拉德這時候敲響了康加鼓，那聲音彷彿來自不同的世界、一個更溫柔的新展望鎮世界；接著是一把又一把的吉他聲，然後是畢夫清脆的嗓音。

巴士司機歐利，巴士司機歐利
翻山越嶺，開進山谷
有人開喝，有人開罵

歐利駕著十二噸重的巴士上了山嗨起來

一陣歡呼聲響起，歐利揮手致謝。他不知道的是，這首歌原是寫給上次旅行的司機比爾的。

平頂山上的天空暗下來，月光照亮了面北斜坡上的雪塊。羅斯努力調和他對平頂山的記憶、對基思的悲傷以及和身邊女人所帶來的新可能性。他因為她的肩膀感到溫暖，也被自己歷經艱難最後成功地將她帶到這個塑造了他的地方感到溫馨。他想知道，她能不能主動愛這個地方——愛他——甚至他會不會和她一起白頭偕老。車子已經開到平整路段，他依然將手擱在她手上。她握著他的手，直到他站起身來對營隊宣布事情。

「好，大家聽好，」他說：「我們直接去會所，看看能否吃點晚餐。我不想聽到任何食物有多難吃的抱怨，聽到了嗎？我們會常吃燉羊肉和炸麵包——就算不喜歡還是得吃。大家要隨時記得，我們是納瓦霍國的客人，我們的態度是感恩。我們帶著天生的優勢來，帶著我們擁有的好東西來，記得這就是納瓦霍人看到我們的樣子。除非是睡覺的地方，**絕對**不要把東西丟著，也**絕對**不要一個人離開學校的範圍。大家清楚嗎？出去一定至少四人以上同行，天黑後就不准離開學校。明白了嗎？」

基斯利沒有電也沒有電話——除了會所和教學大樓，但這兩棟建築蓋了五年仍未完工，幾乎沒有進度——但是，得感謝汪達辦事牢靠，黛西・貝納利和她的姊姊正在等巴士抵達。黛西是基思的姑母，羅斯一九四五年遇到她時，她已經不年輕了。現在她不僅腰彎了，人也縮了一圈。她姊姊茹絲和大部份霍皮人一樣胖。兩人在會所的廚房做了一大桶燉菜，此外，廚房還傳出來熱油味。他們藉著煤油燈的光線前進，十字路的人則在公共休息室放下行李，然後去幫忙炸麵包。公共休息室的寒意滲入混凝土地板、凹陷的金屬折疊椅和塑膠合板桌。羅斯問法蘭西絲在想什麼。

「我在想，天啊。雖然你有跟我說過這邊很原始。」

「現在去『許多農場』還不算晚，歐利可以帶妳回去。」

她怒氣立刻上來。「你覺得我就是這種人，對不對？嬌生慣養吃不了苦的女人？」

「絕對沒有。」

「我要去洗手間。」

「小心點。」

他衡量著要不要去坐在愛麗絲・雷蒙旁邊——擔心此舉反而會提醒她母親的過世，又或者他可以讓她暫時忘記失恃之痛的恐懼——他想到安布洛斯，他對青少年行為的直覺向來準確。當他看到卡蘿琳・波莉在愛麗絲身旁坐下來，這才鬆了口氣。他不必什麼事都行，只要得到法蘭西絲這件事很行就可以。他和她還有泰德・傑利根一起吃晚餐。

「我不是抱怨，」泰德說：「但麵包有點不對勁。」

「油有點酸，也許吧。只是一種味道——不會對身體不好。」

「羊肉在哪兒？」法蘭西絲指了指她的碗。「我只有蕪菁和馬鈴薯。」

「黛西那邊應該還有點肉，妳可以去找她。」

「我想的是我的手提行李裡面的下酒堅果。」

會所外面，傳來卡車發出低速檔時的轟隆聲。

羅斯沒把這噪音當回事，等他吃完晚餐走出會所，感覺到氣溫陡降，但歐利只穿件襯衫，抽著菸，看著通往校舍的那條凹凸不平的路。一百碼遠的地方正停著一輛卡車，車子開著大燈對準巴士。引擎聲在靜止、寒冷的空氣中清晰可辨。汪達先前答應會上來看看營隊還需要什麼，但羅斯覺得那不是汪達的卡車。

他召集所有人上了巴士，希望會得到對方帶著其他善意的解釋，例如他們在找一隻走失的小牛啦，他們要來接黛西和茹絲的親戚啦等等。

卡車的頭燈仍舊正對著巴士。歐利發動巴士，緩緩啟動，羅斯認出前面這輛卡車就是他們先前遇到的那輛。歐利放慢速度，按了按喇叭，卡車完全不動。那車頭燈帶著威脅性。法蘭西絲又握住羅斯的手。

「留在車裡。」他說。

他下車走近卡車，車門打開，四個人影從裡面跳了出來。四個年輕人，三個戴著帽子，第四個穿牛仔夾克，長髮披肩，他們走上前來，傲慢地直視羅斯的眼睛。「喂，白人。」

「你好。晚安。」

「你們在這做什麼？」

「我們是基督青年團契。要在這裡做一個星期的服務。」

男人似乎被逗樂了，回頭看了看同夥。這人的態度舉止讓羅斯想起了蘿拉・多布林斯基。**年輕的納瓦霍人也不喜歡你。**

「可以讓我們過去嗎？」

「你們在這做什麼？」

「在基斯利嗎？我們要把校舍完工。」

「我們不需要你們。」

羅斯怒火中燒。他的憤怒白人腦子這麼想——年復一年，校舍工程沒什麼進度，就是因為部落根本什麼都沒做——但他沒有說出來。「我們是部落議會邀請來的。他們交代我們一份工作，我們準備來完成。」

男人笑了。「去他的議會，搞不好那些人也是白人。」

「議會是民選機構。如果你對我們在這邊有意見，可以跟他們講。我有一車子很累的孩子，他們需要睡覺。如果你方便，請讓個路。」

「你從哪來的？」

「我們都從芝加哥來。」

「回芝加哥。」

羅斯的血又往頭頂衝。「說來讓你參考，」他說，「我不只是一個印地安跟白人的混種。我還一直是保留地的朋友，二十七年了。我從一九四五年就認識黛西・貝納利。基思・杜羅基是我的老朋友。」

「去他媽的基思・杜羅基。」

羅斯深呼吸了一口，控制住脾氣。「你到底有什麼不爽的？」

「去他媽的基思・杜羅基。就是我不爽的事。滾出去——就是我不爽的事。」

「好吧，我很遺憾。但是，這是議會的土地，我們是受邀來這裡。我們會留在學校，一星期後就走。」

「你們是污染者。你們可以污染芝加哥，這裡不是芝加哥。我不想明天在這裡看到你。」

「那你得換個角度看才行。我們不走。」

男人朝地上吐了口口水，雖然不是直接對著羅斯，但是也差不多了。「我警告過你了。」

「你在威脅我？」

那人轉過身，朝同夥走過去。

「嘿、嘿，」羅斯喊著：「你在威脅我？」

再次，他手舉高過肩，比出中指。

羅斯從聖誕節和瑪莉安吵架以來，就沒有這麼氣過。

他悄悄走過巴士，回到會所，在煤油燈的燈光下看見黛西佝僂著腰，但看不清她的表情。卡車從他們身邊呼嘯而過時，他問她，那個年輕人是誰。

「克萊德，」她說：「他有憤怒的靈魂。」

「妳知道他和基思出了什麼問題嗎？」

「他很氣基思。」

「我懂了。但為什麼？」

黛西看著土地微笑。「這不關我們的事。」

「你覺得我們在這裡安全嗎？」

「離學校近一點。」

「但是，你覺得安全嗎？」

「離學校近一點，明天一早我們給你們弄早餐。」

明智的做法是認輸並撤退到「許多農場」，但現在羅斯血液中的睪酮太多。他覺得委屈、覺得遭誤解；他和法蘭西絲攜手取得進展更提高了他的荷爾蒙水平。當他回到大巴士，看到她臉上的擔憂和欽佩時，荷爾蒙再度鼓勵他一定得站穩立場，不能讓步。

第二天是聖枝主日，羅斯沒看到克萊德。羅斯劃出團體的活動範圍，包括學校所在的台地、一個地勢比較低的院子，裡面有個籃球架，但籃框沒有籃網，以及院子後的旱谷。星期天是休息日，孩子們四周是充滿樂趣的鄉村，卻不能出去探索，實在也很難為。但他們或忙著自己的人際關係或做日光浴，看書、玩撲克牌、彈吉他。卡蘿琳・波莉正在介紹法蘭西絲給幾位女孩認識。羅斯很感激她，認為她可以成為一位優秀的基督牧師。而法蘭西絲在陌生環境中猶豫不決的樣子，就像他第一次帶她去西奧・克倫蕭的教堂時一樣，讓他驚訝，那模樣再度打動他。

泰德・傑利根對委託項目提出疑問。當羅斯和另一個團契顧問克雷格・迪爾克忙著盤點被亂丟在空蕩教室裡的無障礙坡道建材時，泰德卻表示這些錢花在中央暖氣系統上會比較好。

「政府預算是跟著委託案來的，都有指定用途。」羅斯說。

「我要說的是，這個委託項目很愚蠢。」

羅斯體內的睾酮在翻攪。「我會提醒你，」他說：「我們到這裡的主要目的是為了我們自己。重點是個體成長，無論是個人還是團隊的成長。如果納瓦霍人想要建無障礙坡道，我會覺得未嘗不可。」

「坐輪椅的殘障孩子怎麼可能從那條路上來？他是怎麼過那條溝的？難道他們打算用直升機把他運上來在這裡降落嗎？」

「你可以帶領製作書櫃那個組。那個工作能符合你對物盡其用的高標準嗎？」

聽到羅斯的諷刺語氣後，泰德皺了皺眉。「我不懂你在想什麼。」

「哪裡不懂？」

「昨晚的那批人可是有備而來的歡迎委員會。我們差點就要遭圍攻——我不懂的是你為什麼堅持要留在這裡。」

「我剛才不是解釋過了。」

「我們非得待在一個孩子們甚至不能洗澡的地方？而且人家明顯不想要我們？」

「如果你不喜歡這裡，我可以幫你找車回去『許多農場』。」

「你是在告訴我你不認為這邊很危險。」

「也許基斯利開墾區有很多地方不盡人意，」克雷格・迪爾克這時插話。他還在讀神學院二年級——

這次是他拿到獎助第一次參加亞利桑納旅行。「就是這些不盡人意的地方，把我們這個團隊凝聚在一起，我們會互相照顧。」

「也許吧，」泰德說：「只要沒人受傷就好。明知不夠安全卻留下來，萬一有人受傷，那就是領導人要負責。」

他離開教室的時候，克雷格不以為然地抬了抬眉毛。他的眉毛比他一頭雜亂的紅髮還要亮。「我不喜歡這裡的氣氛。」

羅斯對克雷格可以說實話。「我也是，」他說：「基思警告過我。」

「你說的也是，不過我說的是泰德。」

晚上，營隊在黑暗的房間中點起一盞蠟燭。「燭火活動」從大家一起唱兩首歌和分享安布洛斯所謂的「衝擊」經驗開始——有些人幽默分享一點心得、有人說起曾經用馬鈴薯換到難吃的蕪菁、有人說出自己在一段新的人際關係中冒險，有人分享某個恍然大悟的時刻、某個放棄耍聰明決定說出內心話的時刻，也有人分享巧克力棒或是教別人綁領巾的方法，法蘭西絲分享的是感謝營隊歡迎一位中年家庭主婦，因而贏得好感。自從羅斯與莎莉・珀金斯的麻煩鬧開後，她和莎莉的妹妹金・珀金斯就保持距離。沒想到金發言時，拋開他和她姊姊的嫌隙，讚許他處理四個憤怒的納瓦霍人的勇氣，這讓他大吃一驚。他想到他前一次在亞利桑納帶領「燭光活動」的情況，對比之下他的心情好極了。這裡有四十個沒有被蘿拉・多布林斯基和莎莉・珀金斯毒害、穿著厚襪子和保暖內衣、肩上披著睡袋的好孩子，而他心愛的男孩頭髮的女人則站在圓圈的另一邊，牽著兩個她剛認識的女孩的手。他現在的生活好太多了！又一次幾乎與喜樂差不多了！

接著，泰德・傑利根提出安全問題。「我不知道你們其他人，」他說：「但是，我不喜歡每次出去吃飯都覺得安全受到威脅。你介意我們來舉手調查一下意見嗎？有沒有人認為我們應該離文明近一點比較好？」

羅斯三年前遭到驅逐的記憶，以及要求舉手導致的創傷，引發他體內的「抵抗或逃避反應」。

「泰德，」他的荷爾蒙在作用，「如果你對我的領導有意見，你應該當面跟我說。」

「我已經做了，」泰德說：「我現在是尋求團體的看法。有沒有人跟我想法一樣？」

他舉起手，環顧眼前的一圈人。羅斯看了法蘭西絲一眼，發現她在對他微笑，也許是在表達她對泰德的看法。她沒有舉手。這群孩子中，只有那個會口齒不清說「灰場起乖」的蓋莉・科爾舉起一隻手。羅斯感覺勝利已經到手，準備全力反擊。

「蓋莉，謝謝妳的誠實，」他說，聽起來有安布洛斯的味道。「承認這一點是勇敢的表現，需要真正的勇氣。」

蓋莉放下手。「只有一票，」她說：「我可以跟著大家的決定。」

雖然羅斯為她感到難過，知道她不受歡迎，但她不受歡迎是個可以善加利用的優勢。「泰德說的對，」他說：「這裡的能量有些負面。我打算找出原因，看看我們能做些什麼來改善。如果還有人的想法和蓋莉一樣，請現在就告訴我；如果你想回去『許多農場』，我們回去以後還是可以在同一個營隊。」

「『許多農場』有熱水嗎？」一個女孩問。

討論變成了抱怨和嘲笑抱怨，然後是最後一首歌和結束祈禱，羅斯將這工作交給卡蘿琳・波莉。他吹熄蠟燭，重新點燃科爾曼煤油燈，檢查了燈座的加熱器。一堆人衝到三年前他負責安裝管線的浴室。裝鬼嚇人的尖叫聲、每天晚上十字路的愚蠢，一個二年級男孩穿著內衣褲跑來跑去，邊跑邊唱〈讓我娛樂你〉（Let Me Entertain You），達唏・曼德爾脫下絨毛套頭衫時大家鼓掌叫好，有人看到一隻塑膠蝎子高聲尖叫，有人為了氣墊漏氣難過地哭出來，一群撓癢人想要對金・珀金斯動手，大衛・戈雅覺得那些人怎麼這麼煩。羅斯想要和蓋莉・科爾私下談一談，但她覺得自己那一票很尷尬，不想談。

他是個老派的露營者，避免使用睡袋，喜歡用毯子。昏暗的月色下，房間在手電筒燈關後安靜了下來，他等那些大聲胡言亂語打破寂靜的喜劇點子用盡後，穿著長內褲起身，經過走廊，一舉清空憋了一陣子的尿。他要擔心的事情多到數不清，其中一件就是廁所的供水問題。學校上方小山上的水箱是靠風車注水，他無法估計水箱的水是否足夠供他們過一個星期，以及他攪拌水泥和清洗裝備需要用的水。他曾要求孩子們只沖大號，但他們都還是孩子，忘記了。

他尿完了沒有沖水，打開門就被門外站著的人嚇了一跳。她穿著帶來的保溫內衣和狩獵夾克。她推他倒著走進浴室，摟著他。他能感覺到她在發抖，大概是感冒了。

「我熬過第一天了。」她低聲說。

他把她嬌嫩的頭抱在他胸前，他的長內褲洩露了睪酮的行蹤。上一次他來到亞利桑納州時，那時莎莉・珀金斯還沒進入他的夢境，因為太遲鈍，他從來不曾注意到這對他這種內藏於兩性的、在文明邊緣遊走的近距離混雜時的可能正在實現。

「在巴士上我覺得很孤獨，」法蘭西絲小聲說：「我那時真希望我沒有來。」

「抱歉。」

「我連我為什麼在這裡都不知道，只有和你在一起才有意義。」

他察覺到在她的「你」所表示的親密關係中，藏著邀請他吻她的請柬。但她放下手臂，轉身離開。

「我只請你帶上我，」她說：「我必須知道你在哪裡。」

第二天早上，在吃完粗磨玉米粒為主食的早餐後，他開始建殘障坡道。大衛・戈雅計算坡道角度，羅斯和克雷格・迪爾克分檢澆築模板的木材，其他成員負責搬運泥土。過去幾年基思・杜羅基還參與他們的服務工作時，羅斯還可以派隊員到附近牧場工作。今年，因為四十個孩子被困在學校出不來，剩下唯一的工作是做書櫃。他一方面擔心人太多，另一方面擔心坡道建造工程太大，無法在五天內完成。他脫去上衣，剩下一件圓領衫。在溫暖的陽光下，像母親和外祖父一樣專心工作，漫長的早晨似乎像十分鐘一樣就過去了。午餐時間，他又向黛西・貝納利詢問克萊德對基思不滿的原因，但黛西還是不願意多說什麼。他怪自己忙東忙西，本應有機會從汪達身上知道發生了什麼事，卻沒有把握時機。現在只能等汪達來的時候再聽她解釋，沒有其他辦法了。

晚上，全隊吃晚飯時，他聽到學校路上有車開來，他一度希望是汪達來了，沒有停下來細想這輛車開去哪裡。直到它從山上轟隆隆地開回來，他才感覺奇怪，一走出門外就看到克萊德的卡車轉進幹道。

只有他一個人看到這件事。營隊這邊非常歡樂；一塊蕪菁在空中飛來飛去。晚飯後，他帶著營隊回到山上，發現他出來時親手鎖上還檢查確認過的門，現在是開著的，他不得不假裝驚訝。門框裂開了，搭扣連著鎖頭垂掛在門框上。

大衛・戈雅說出所有人想說的：「喔、哦。」

一群人悄悄地在手電筒的光線下走進宿舍，檢查睡覺的房間。行李箱和圓桶行李袋被拖出來放在地板上，睡袋扔得到處都是，一瓶爽身粉被扔到牆上，鮑比・傑特的昂貴相機還在原來擺放的地方。法蘭西絲抓著羅斯的手臂，他能感覺到她在看他，但他不想看任何人。這顯然是他的錯。

「我的吉他呢？」達晞・曼德爾說。

「妳的吉他不見了？」羅斯哽咽地問。

「唔，是啊。」

「他們也拿了我的，」另一個女孩在房間另一邊大聲說：「肯定不在這裡。他們該死的偷了我的馬丁吉他！」

羅斯聽出這些聲音裡的歇斯底里，他移開法蘭西絲的手，確定好發言的語調。「好的，啊——注意聽好。情況顯然不太好，但是，我們必須冷靜。我們先打開煤油燈來仔細檢查。如果有什麼東西壞了、什麼東西丟了，請告訴我。」

「我的吉他不見了。」達晞．曼德爾沒好氣地說。

「所以，是，我們似乎少了兩把吉他，還有其他東西不見了嗎？我們現在是弱勢，有時的確會碰到這種事情。重要的是，我們是一個團體。只要我們在一起，我們就會安全。」

「我不特別覺得安全，」達晞說：「雖然我們在一起。」

「我們先整理東西，看看情況。」

他還是沒辦法正視法蘭西絲。他點了兩個煤油燈，檢查自己的物品。他沒有生氣，他盡量不哭。悲傷與一切事情有關——保留區的生活艱難、四十個好孩子的恐懼和受傷的感覺、新展望和基斯利之間的文化和經濟鴻溝——但是，特別是他的虛榮心。他一直想像自己是納瓦霍人的朋友，是溝通他們跟白人分歧的橋樑，想像他比那些警告他不要來這裡的人懂得更多。他討厭去思考上帝對他的看法。

最後的結果是，只有兩把吉他被偷了。更大的傷害是他們的空間遭到侵犯，克萊德的敵意讓團契成員不寒而慄。當營隊再次圍攏在蠟燭四周時，跟前一天晚上的情況明顯不同了。每一張臉上的神情若非不快樂就是恐懼。

「所以，我們遇到了第一個逆境，」羅斯說：「逆境可以成為力量凝聚我們，所以今晚聽聽大家的心聲很重要。我們會依照圓圈的次序聽聽每個人的想法。就我自己而言，我很難過——為我們難過，也為闖入的人難過。可能最後大家會決定不留下來，但我個人傾向堅持下去，處理問題而不是置之不理。事實上，從現在開始，至少有一位顧問會一直和大家待在這裡；到了明天早上，我會處理這件事。我會努力把達晞和凱蒂的吉他拿回來。」

「直接報警怎麼樣？」泰德・傑利根不高興地說。

「我們可以向部落警察報案，但我想更了解事情發生的原因。在我們訴諸法律之前，讓我們看看，透過傾聽可以取得什麼成果。」

一圈人說下來，花了一個多小時。羅斯不是安布洛斯，他對青少年自我戲劇性的說法耐心有限，他們在十字路被鼓勵將情緒小傷放大成得叫救護車的心理創傷。他自己很沮喪，但這是因為犯錯的人是他，他情緒大受影響也應該。不過他還是得聽取所有人的想法，這是十字路的作風，所以他得接受耐心考驗，坐在真正的不公義、世界的痛苦當中，讓兩把吉他失竊事件——即使擁有那兩把吉他的人家境根本負擔得起再買新的——發展成這麼一齣歌劇。達晞和凱蒂對他的支持與愛麗絲・雷蒙在她母親去世時獲得的支持相當。在長段燭火時光裡大家所表達的各種感受中，羅斯唯一有共感的被隔離在外、無法與納瓦霍人互動真的讓人沮喪。

最後投票的結果是，至少再留一天。除了泰德・傑利根，其他顧問都贊成留下。活動結束後，所有人都上床就寢，大家不再像平常一樣吵鬧。羅斯走出去瞭望天空，希望與上帝重新連結，但他身後的門打開了。法蘭西絲一直跟著他。

「我覺得你處理得很好。」她說。

「我替孩子們覺得難過，尤其是二年級學生。這是他們第一次來這裡。」

「他們尊重你——我看得出來。我不知道你為什麼自認你不應該做青少年團契工作。」

他的眼中充滿了感激。「現在我反而是需要擁抱的人了。」

她給了他。她的撫摸是祝福，這女人在他懷中是明顯的事實，讓他成為一位「信神的人」。就好像他以前並不真正相信上帝存在，但渴望認識祂。現在他可以感覺到，他過去認為自己期待過高，其實，可能低估了自己的機會——法蘭西絲決定來亞利桑納，實際上是和他相關的決定。

「我們有完整經驗了。」她說。

他們身後的門再次吱吱嘎嘎地打開。

「喔哦。」一個女孩說。

法蘭西絲似乎因為他們在一起被發現很興奮，更用力地捏了捏他，他又想吻她了。讓自己被看到他是她選擇的男人，以公開親吻鞏固他的地位，不論貝琪從她的朋友那裡聽到什麼風聲，不論安布洛斯會說什麼，這些代價都值得。但是，這件事在他的營隊陷入危機的同一個晚上發生，可能會給人不好的觀感。他只要能對著她的頭髮吐出他的感謝就滿足了。

第二天早上，一大早，他基本上沒有睡覺，偷偷溜出學校，沿著路走。太陽還沒有從山脊上完全現身，但一群山裡常見的藍色鳥已經醒了，在動物咬過的草叢中覓食或棲息在結霜的圍欄柱子上。黛西・貝納利在會所的廚房切洋蔥，她姊姊還在睡覺。羅斯把發生的事情告訴黛西，她只是搖了搖頭。他問她哪裡可以找到克萊德。

「別去那裡。」她說。

「可是他在哪裡呢？」

「你知道那個地方，在基思住的峽谷上方。」

「你是說克萊德是落石族？」

「不，他是傑克森族。你不應該去那裡。」

羅斯解釋為什麼他別無選擇、必須去找克萊德。黛西已經到了對世事逆來順受的年紀，同意他借用茹絲的卡車。他本來想在他有時間害怕前馬上離開，卻一直等到全隊的人下來吃早餐。每個人的頭髮又僵又髒，每隻眼睛都因為在硬地板上過夜而通紅。為了修復關係，羅斯請坐在法蘭西絲身邊的泰德・傑利根早上負責帶領營隊。

法蘭西絲看起來也很髒，也沒睡好。「你不能一個人去。」她說。

「沒事的。我能顧好自己。」

「她說的有道理，」泰德說：「為什麼不要我們倆一起去？」

「因為你得留在這裡和孩子們在一起。」

「我和你去。」法蘭西絲說。

「我不覺得這是好主意。」

「我不管你怎麼想。」

她盯著桌子，繃著臉。羅斯不知道他做了什麼讓她生氣。

「妳確定嗎？」

「對，我確定。」她語帶火氣地說

他猜她很尷尬，為了擔心他的安全而尷尬，為了需要靠近他而尷尬。

茹絲・貝納利的卡車不夠大，羅斯勉強才擠進駕駛座。如果油量表可信的話，還有半箱油。當他沿著與乾河床平行的舊路前行時，他告訴法蘭西絲他第一次開這輛車時，曾不小心開進正在舉行「敵人之路」儀式的場合，後來這條路就拓寬了，但路面好不到那裡去。開車的時候必須左閃右躲，避開車轍和石頭。

他漸漸發現法蘭西絲沒有在聽他講話，雙眼盯著擋風玻璃，緊閉雙唇。他問她在想什麼。

「我在想，」她說：「我寧願自掏腰包買兩把吉他。」

「妳要回去嗎？」

羅斯沒有收到回應，停了車。「我是認真的，」他說：「載妳轉回去費不了什麼事。」

她閉上眼睛。「我不知道你有沒有注意到，羅斯。但我是個怕事的人。」

「還有其他人可以和我一起去，不一定非妳不可。」

「你開車就是了。」

他伸手想碰她，但她從他身邊猛地躲開。「開車就是。」

他不理解她。他無法理解這一團混雜了信心與恐懼、自愛與自責的東西。她有她的做事方法，她也和瑪莉安一樣古怪。他想知道是不是所有女人都古怪，還是只有他喜歡的女人如此。

他在山谷中開得愈遠，就愈認出不這是自己來過的地方。這塊土地一直很乾燥，卻不記得光禿得這麼徹底。羊和牛都消失了，所有可以想像會有、可以吃到的葉子和嫩芽都消失了，甚至柵欄鐵絲網也消失了。剩下的景象只有粗劈的欄柱和看得出侵蝕痕跡的斜坡地。除了岩石是白色的，要是岩石是紅的，這片景觀可能會誤認為是火星。就連天空也出現了詭異的黃灰色煙霧。霧氣太蒼白，散射得不像是火造成的現象，也不是沙塵暴——沒有風。這更像是在芝加哥晴朗的日子裡，印第安納州蓋里市的霾。

等經過最後一塊落石、遠遠地看到基思的舊農場時，他的陌生感更加深了。他以為會在這裡看到人，也許是克萊德本人，但什麼也沒有。沒有草、沒有花園、沒有動物，只有多瘤的刺柏和枯死的白楊，斷裂的枝幹上沒有樹皮，也不是銀色。他的腦海裡的農莊還是當年的模樣，那裡有基思和他的大家庭，還有他們的雞和山羊。如今看到時間怎麼改變了這個地方，他驚覺自己變得多老。

「真沒想到變化這麼大，」他說：「我以前在這裡待了一個夏天。」

法蘭西絲沒有聽到。或者她在聽著，但因為太緊張沒辦法開口說話。

那棟他得到性啟蒙的小房子，門和窗和屋頂都被拆光了，只剩下牆壁。壁面上的陽光很亮，卻不是它應有的明亮。羅斯沿著路前進，越過峽谷，開上農場對面的山脊，黃色的煙霧變得更加明顯。

等開到山脊頂部，他就看出了煙霧來源。下方廣闊的平原中央，大地已經被撕裂——還在被撕裂。粉塵從一個寬約一哩的裂口中滾滾而出。一條工業棧橋和簡陋的新路從裂口延伸到北邊的地平線。羅斯彷彿遭到背叛，這已經不是他記憶中的平頂山原始面貌。基思曾經提過部落議會通過了保留地可以讓人進行煤炭開採一事，但是他一直沒有理由跑到這邊來看，直到現在。他沒想到採礦地點距離落石族的土地這麼近——離基斯利開墾區真的很近——沒想到開採的規模這麼大。

他又開了大約半哩路，看到克萊德的卡車。在稀疏、發育不良矮松叢間的空地上，有兩輛和主車分離的拖車、一個木棍和防水油布搭建的結構、一堆木材和一輛更大的生鏽卡車。車上有個水箱，所有東西都蒙上一層薄薄的塵土。羅斯把車停在卡車後，關掉引擎。後保險桿上的貼紙寫著：瘋馬命不該絕（譯注：crazy horse是北美印第安蘇族酋長，參與過保護印第安聖地的大小角戰役。最後的下場是在獄中遭美軍處決）。

「所以，」他對法蘭西絲說：「也許妳應該留在這裡。」

她仍然盯著擋風玻璃。「我怎麼要求你的。」

「什麼？」

「我要求你做的那件事。」

有趣的是，她用憤怒表達恐懼，好像她需要他帶著她是他的錯。

「好吧，那就這樣。」他說，打開他的車門。

他們走近拖車時，其中一輛脆弱的後門砰的一聲打開了。克萊德光著腳走出來，身上只穿著棕色牛仔褲和棉毛襯裡的牛仔夾克，沒扣釦子。他的胸膛光禿，沒有毛。「喂，白人。」

「你好。早安。」

「那是你老婆？」

法蘭西絲在羅斯身後一步停住。

「不是，」他說：「她是我們團契的顧問。」

「喂，美女。」又是一臉傲慢的笑。「有什麼事？」

「你覺得呢？」羅斯說。

「我想，你沒有收到訊息。」

「我收到訊息，但我不懂。」

「不懂什麼？他媽的離開這裡？我的意思很清楚。」

「但是，什麼理由？我們沒有打擾到你。」

克萊德對著天空笑，就像他剛知道全宇宙都覺得好笑的一件事。他的外貌是那種濃眉的英俊，英俊、身材好。「如果我走進你芝加哥的家，你說：『嘿，紅人，滾出去，我不喜歡你們這些人。』我就會懂。」

羅斯本來可以用他的營隊並不在克萊德的家裡為由反駁。但納瓦霍人的家在土地上，不在建築物中，因此，他們當然憎恨白人。羅斯一直和不討厭他的納瓦霍人打交道，那是機緣湊巧，但也到此為止了。他回頭看一眼法蘭西絲，她似乎全副精神都忙著控制她的恐懼。

「你說的對，」他說：「如果你不想讓我們待在這裡，我們就不應該在這。」

「你開點竅了。」

「但首先，我要你聽聽我身為人的想法，不是白人——而是一個人。我也想聽聽你的想法。我不是來跟你爭辯什麼，我是來聽的。」

克萊德笑了。「你是來聽的才有鬼，我知道你為什麼會來這裡。」

「如果你說的是吉他，對，是的，我們要將物歸原主。我們不會空手離開平頂山。」

「你們這些人都是一個樣的。」

「不是，我們不是。」

「你的財產，你的錢。你自以為跟人不一樣，但其實你們一模一樣。」

「你不了解我，」羅斯氣憤地說：「我不在乎有什麼該死的財產。我關心的是那兩個受傷的年輕女孩，你偷了她們的東西。」

「你要幾把吉他？我給你們留了三把。」

「你呢？你又要多少？」

「我已經把吉他給了朋友，這就是你和我不一樣的地方。」

「鬼扯。你和我不一樣的是，你是從十幾歲女孩身邊偷東西。」

克萊德臉上的笑轉成痛。他環顧四周的矮松叢，接著搖了搖頭，走向另一輛拖車。從骯髒的天空中傳來一絲採礦工業的微弱嘆息，從矮松叢傳來胡桃鉗壓碎胡桃的嗶剝聲。法蘭西絲的眼睛緊盯著克萊德，彷彿認為他會拿出一把槍。

「我們安全了。」羅斯輕聲說。

她眼睛轉到他身上，但好像沒有看到他。克萊德帶著兩個吉他盒從另一輛拖車裡出來，走過來放在地上。「現在你可以走了。」他說。

「不行。」

「說真的，白人。你已經拿到你要來拿的。」

克萊德走進他的拖車，法蘭西絲抓著羅斯的手臂。

「我們該走了。」

「不行。」

「拜託。看在上帝份上。」

羅斯的憤怒變成悲傷。年輕人義憤填膺是一種美，壓倒它並不會快樂——引進白人的合法權利給對方承擔、維護白人所有權、從一個一無所有的人手中奪取他的財產，並不會得到滿足。道德勝利是屬於克萊德的。羅斯想到他為此付出多少代價，不禁替他難過。

他過去敲了敲拖車門。再敲了敲門。

「聽我說，」他對著門說：「我想邀請你來學校和我們營隊聊聊。你願意幫我這個忙嗎？」

「我不是替你表演的納瓦霍人。」裡面傳出來的聲音說。

「該死的，我是在尊重你。你也該尊重我。」

一陣沉默之後，拖車隨著裡面的動靜搖晃了一下。門開了一道縫。「你是基思・杜羅基的朋友。」

「我是。」

「那我就不必尊重你。」

門關上了。羅斯又打開門。拖車裡面是男性孤獨生活的氣味和混亂。「我們來這裡是為了傾聽。」他說。

「你那位女士看我的樣子，好像我是響尾蛇。」

「你能怪她嗎？出言威脅的是你，闖進學校的也是你。」

「但是你不怕我。」

「對。我不怕。」

克萊德抿了抿唇，對自己點了點頭。「好。我讓你看看你的朋友是什麼樣的人。」

他開始穿上靴子，羅斯對著法蘭西絲笑，讓她安心。但她看起來很生氣，因為他讓她經歷了這些。克萊德走到外面，帶著他沿著一條沙質小路走、穿過矮松叢，她跟著他們。

這條路很短，終點是一片突出，從這地方可以俯瞰遭到毀壞的平原。塵土繼續從露天礦區中滾滾揚出，中間的山坡都沒有樹木、沒有生命——渴死及放牧致死。克萊德站的地方離懸崖邊緣非常近，羅斯緊張到臀部肌肉緊繃無法放鬆。

「看到這個，」克萊德說：「就像看著你們強暴我母親一樣。」

「很可怕。」羅斯同意。

「這是一片神聖土地，但現在到處都是煤炭。你看到那煙了嗎？」他指了指北方。「那是你們城市的電，不是給我們的——平頂山上沒有電。」

「你想要電嗎？」

克萊德的眼光越過他的肩膀看著羅斯。「我不是白癡。」

「我只是想了解。現在是煤礦的問題，還是你們沒有電的問題？」

「問題在部落議會。你的朋友認為這個屎坑是好東西。現代經濟，夥計，必須和白人打交道。這是現實，沒有白人我們就活不下去。這都是你朋友說的。」

「基思關心同胞。我和你都不喜歡我在這裡看到的事情，我猜基思也不喜歡。但總要有錢進來。」

「基思看不到。他在『許多農場』。」

「他身體不好，你也知道。他上週中風了。」

克萊德聳了聳肩。「別指望我替他哭。他把我的家人害慘了，而且我們不是唯一的受害者。我們從租約拿得的根本一文不值，但是合約卻是沒有時限，永久有效。我們應該拿到現在兩到三倍的錢。而工作呢？我的夥伴現在正在那裡吃煤灰，這就是新納瓦霍——他媽的皮博迪煤炭公司。」

法蘭西絲微微搖頭，神色既不懼也不怒，只有淒涼，彷彿這裡又是一扇她寧願沒有打開的門。

「基思做了什麼事害了你家人？」羅斯問。

「整個斜坡，他都有放牧許可證。他的妻子也有斜坡背面的許可證。我們知道背面的地不好——你來的時候可能看到了。但這一面仍然很好。基思算了算帳，把許可證賣給我們；一年後，碰！議會和皮博迪簽了協議。他早知道這件事——我們不知道。我們有健康的牲口，法律允許的最大數量，但你現在看看，下面有任何牲口嗎？」

看不到一隻動物，連烏鴉也沒有。礦區方向傳來一聲悶響。

「礦井把水吸走了，」克萊德說：「就算皮博迪明天關門好了，水二十年都不會回來。你認為基思不知道嗎？他讀過租約，租約裡面有水權條款。他很清楚他在做什麼。」

羅斯不想相信——故事肯定還有另一面。然而，他對基思・杜羅基究竟了解多少？他記得被他迷住了，記得被他接受的喜悅，一位血統純正的納瓦霍人當他是朋友，他覺得很驕傲。他記不得、但是現在想到的是，在露天礦吐出的塵霧下，基思可曾表現出任何特別的暖意——任何真正的好奇心或情感。

「那就是你的朋友，」克萊德怨恨地說：「那就是你口中的部落議會。」

「我同情你。」羅斯說。

「哦耶？你知道塞拉俱樂部吧？他們是阻止政府放水淹沒大峽谷的一群像瘋子一樣的白人。我們去找他們想要阻止在這邊開礦。我們說，我們不想在聖地上蓋發電廠。他們和你一模一樣，他們說：『我們同情你。』但他們沒有替我們做任何事。他們只關心拯救白人的地方。」

「那我們該怎麼辦？」法蘭西絲突然說話。

克萊德似乎對她可以表示意見嚇了一跳。

「如果我們是壞人，」她說：「如果我們做的任何事都理所當然的是壞事，如果這是你對我們的感覺，我們幹嘛還要做任何事？」

「你們只要他媽的滾遠點，」克萊德說：「這就是你們可以做的。」

「所以，你可以繼續恨我們，」她說：「所以，你可以繼續認為比白人優越。如果有一個像羅斯這種人出來，真正關心你們的人，願意花時間聽你們想法的人，是個好的人，那你就沒戲唱了。」

「誰是羅斯？」

「我是羅斯。」羅斯說。

「我不討厭妳男人，」克萊德對法蘭西絲說：「至少他到我這裡——我敬重這點。」

「但是，我們還是該他媽的滾出去，」她說：「是這個意思嗎？」

克萊德和女人說話似乎覺得不自在。他把一些碎石踢下懸崖。「我不在乎你要做什麼。你可以待一星期。」

「不行，」羅斯說：「不夠。我要你下來，到我們那邊和我們營隊聊一聊。今晚就可以——帶上你的朋友一起來。」

「什麼時候輪到你告訴我該做什麼？」

「你來，不會改變任何事情。你還是會在你的平頂山上活在這個噩夢裡面——沒有什麼事情會改變你的生活。我看到這兒發生的事情，我也很氣。但是，如果你氣到要偷我們的東西，我們也有權聽聽你生氣的理由。我保證孩子們會聽你說話。」

「給他們一點小小的納瓦霍體驗。」

「是的，我不會否認這點。但是，你也可以體驗一下我們是誰。」

克萊德笑了。「你是說，體驗你們不守承諾？總是隱瞞一些事不告訴我們？」

「你在講廢話，」羅斯說：「那是自艾自憐的廢話。如果你老是被騙，就要學著更聰明點。如果你最後還是覺得我們騙了你，可以直接說——我們可以接受。我想要知道的是，你有沒有勇氣誠實對話。我已經知道，你唯一拿手的就是說『他媽的』，然後一走了之。我不想最後發現你只是個惡霸和小偷。」

文字是用來表達情感的，還是主動創造情感的？說話這種行為揭開羅斯心中的一種愛、一種與克藍有關的愛，而且，他可以從克萊德冷笑裡的猶疑，看到他的話有了影響。但產生影響本身也是有問題的。關懷這個行為本身，就是一種特權，是白人軍火庫裡的另一種武器。權力不平衡是無法擺脫的。

「我很抱歉，」他說：「你不用和我們說話。」

「你覺得我怕你？」

「不。我覺得你在生氣，你有充份的理由生氣。你沒有義務讓我們好過。」

現在，他說的每一句話，似乎都讓不平衡更嚴重。是時候吞下他的愛，閉嘴了。

「謝謝你把吉他給我們。」他說。

他示意法蘭西絲走在他前面，他跟在她身後，穿過矮松叢小徑。他回頭一看，看到一抹複雜的笑意。

「他媽的。」克萊德說。

羅斯笑了笑，繼續往前走。走到一半，法蘭西絲停下來，張開兩隻手摟住他。「你真厲害。」她說。

「我並不覺得。」

「上帝啊，我好佩服你。你感覺得到嗎？你感覺得到我有多仰慕你嗎？」

她緊緊地抱著他。然後他心生一抹喜悅。他終於擺脫多年來的黑暗，他的喜悅又發光了。

他們回到克萊德的營地，將兩把吉他放在茹絲的卡車車床上。太陽現在是白色的，強烈的光線把通往山脊背面的路照得刺眼。（對羅斯來說，當他和基思在一起時，山脊的這一側一直是「正面」。）一個小塑膠史努比吊飾在後視鏡中晃來晃去，但這不代表茹絲喜歡《漫畫史努比》（*Peanuts*）。保留區裡到處都看得到各式各樣的小飾品。

「今天早上的事，我很抱歉。」法蘭西絲說。

「別這麼說。妳願意來，非常勇敢。」

「我那時只覺得那種感覺一整個跑上來，我也不能控制。我在想，也許這和鮑比有關係，我是說，他死掉的方式。我記得我好像沒有那麼害怕。」

「重要的是妳做到了。妳雖然害怕，但妳做到了。」

「我能講另外一件事嗎？」

羅斯點點頭，希望她能回報個一擊中的的事情。

「我尿很急。」

峽谷沒有灌木叢可提供撒尿的遮蔽處，但是老農場就在前面。羅斯加快速度，車子一顛簸，法蘭西絲就會扭動一下身體。他把車開進基思的舊院子，還沒停穩她就開了門。她一拐一扭地走到小房子後面，他自己則躲到一棵白楊樹後面尿尿。他看著木頭跟著他的尿變黑，想到那塊寸草不生的土地和她的尿一起變黑，她的褲子繞著腳踝。在陽光和稀薄的空氣中，他一陣暈眩。

他走回卡車上時，在沒有屋頂的房子裡看到她，他也進去了。臥室牆還在，但門和門框都沒了，地板上浮蓋著一層細沙。他躺在這臥室裡想像那位納瓦霍舞者，已經是接近三十年前的事情了。甚至現在，他理應譴責一個白種男人對一個十五歲美洲原住民的慾望，但是，想到這件事還是會讓他興奮。

「我不知道該怎麼辦。」他說。

「什麼事？」

「每一件事。例如基思。我一想到他故意欺騙克萊德一家人，就覺得很難接受。但這就是其他文化的問題——局外人永遠無法真正了解真正發生的事。」

「這就是為什麼我們各有各的文化，」法蘭西絲說：「這也就是你有我的原因。我很容易理解。」

「這我可不敢確定。」

「要賭看看？」

她快走兩步壓在他身上，手伸進他的羊皮大衣，脖子向上要一個吻。他又疑又懼地給了她。

她一點都不疑懼。她輕輕跳起來，讓他順勢把她抱起來。她接吻的意志非常堅定，比瑪莉安更用力、更挑釁，而且，只要他不停，她就不停。幻想與現實之間的斷裂多麼尖銳！從普遍慾望到她的特殊接吻風格的轉換，他抱著那一百多磅重負多麼迷惘。他放下她時，她的背往靠牆，同時拉他過去。她的臀部和她的嘴一樣咄咄逼人，牛仔布摩擦著牛仔布，他想到那位心臟外科醫師，他想到了那間湖邊的高樓公寓，他現在可以肯定，她對外科醫師做的正是她現在對他做的。但這個想法非但沒有讓他沮喪，反而幫助他更理解她。她是一個想要性愛的寡婦，她對性愛也很在行；而且，最近有過性愛。

她停了下來，抬頭看著他。「這樣可以嗎？」她似乎真的擔心這樣不行。他因此更愛她了。

「可以、可以、可以。」他說。

「這是十九世紀七〇年代？」

「對、對、對。」

她吐出一口氣，閉起眼睛，把手伸到他的雙腿間，她的肩膀這時也放鬆了，就像摸到他的陰莖讓她迷糊了。「到這裡了。」

這可能是他一生中最不平凡的時刻。

「不過，我們應該回去了，」她說：「你不覺得嗎？他們可能會擔心我們是不是發生了什麼意外。」

她是對的。可是，現在，被她摸著，他暈了。他用他的嘴摀住她的嘴，解開她的外套釦子、拉出她的襯衫尾巴、將手伸進襯衫裡面。與瑪莉安的相比，她的乳房小得驚人。一切都非比尋常——他暈了，而她沒有說不，她也沒有說他們應該回去。太陽曬得他腦袋暖暖的，他們靠的那堵牆上升起一股舊煙味，但是，這個地方已經丟失了聲音。路上沒有車經過，沒有一隻烏鴉的聒絮能帶來比他們倆更重要的現實。他已經瘋掉了，手背抵著她已經拉下的褲子拉鍊，放膽分開她的陰毛。她緊張地說：「哦，耶穌啊。」

他的瘋狂使他變得更大膽。「讓我做。」

「沒關係，好，只是——呼，我們不回去嗎？」

他們肯定要回去，但他正在撫摸法蘭西絲．卡崔爾的陰道，距離他進入有意識的快樂世界只差幾步，並且不可能忍得住。他一路走來，走得夠遠，等了太久。他打開自己的褲子。

「哦，哇，好。」她低頭看了看壓在她肚子上的東西，然後又看了看前牆上的一個本來是窗戶的大洞。「也許等下次更好的機會？」

他的聲音不是他的，聲音已經不是他在控制的。「我等不及了。」

「真的。我真讓你等了好一會兒。」

「妳一直在折磨我、一直折磨我。」

她點點頭，似乎對這一點讓步，他試著脫掉她的褲子。她更緊張，看看四周。「真的？」

「是的，拜託妳。」

「沒想到你是這樣子的人。」

「我完全愛上妳了。妳不知道嗎？」

「不，但是我的確想知道。」

當他又試著脫掉她的褲子時，她輕輕推開他。「我們至少可以別那麼顯眼？」

在他帶她走進以前是臥室之處、脫掉他的外套、把外套鋪在地板上的那段時間，他的瘋有了變化——少了點身體思考，多了點用腦。現在一切都集中在一旦簽署了契約及伴隨而來的現實問題。她坐在外套上，脫下鞋子和褲子。「我在吃藥，」她說：「萬一你想知道。」

他想問她是不是真的想要他想要的，但她的同意有可能少了熱情、可能會開啟對話。空氣仍然很冷，她還穿著她的狩獵夾克。看到她躺在夾克裡面，腰部以下赤裸，他想他可能會興奮得吐出來。在她改變主意之前——在他失去簽署契約的瘋狂決心前，在他衡量做這件事的時機和環境距離理想還有多遠之前——他脫下自己的褲子，跪在她的雙腿間。

「天哪，希爾布蘭特牧師，你相當大。」

如果**大**意味著**比較大**，從沒有人把它拿去比較過。這話真如一擊（哦，這是安布洛斯創造的一個暗示意味的術語），使他變得更大。但他訝異的是，他發現大是個困難。

「對不起，」她說：「你很大，而我——太緊張。」

他犯了一個錯誤，這點，再清楚不過了。一分鐘一分鐘過去，她只會更緊張。只是，他已經等不及了。他吻她、不疾不徐地撫摸她，就像時間是他握在懷裡並隨意擺弄的東西。她的回應模稜兩可，可能是興奮，也可能是緊張。不管怎樣，她的挑釁已經一去不返了。

「我們可以等。」他承認。

「不要，再試試，慢慢來就好。我不知道我為什麼這麼緊。」

衣服脫光了以後，難以啟齒的話就變成可以輕鬆討論的，變化速度之快，就像被移到另一個星球一樣。他覺得他在這一小時了解的法蘭西絲，比過去半年都來得多。謝天謝地，他的心還認得她；他儲備的同情心還在，可以供她取用。她是一個對自己是慾望對象如此自信的女人，遇見他卻沒辦法放鬆。他喜歡她這一點。但是，除了她的特別之處（他已經投入那麼多的希望和渴望在這位甜美地不完美的人身上），他必須進入一個不是瑪莉安的女人的身體，就算只有一次也好。這種必要性何其荒謬，而現在阻礙它的收縮動作又是多麼有趣和人性，每次多插進去半吋就抽出來四分之一吋，羊皮夾克上的腫塊正在扼殺他的手肘。最終，他並沒有一路到底，他的滿足感被掐走了一些。但是，上帝保佑他，他已經在記分，這次絕對算得分。他的心終於從自卑的重壓中解放，回到法蘭西絲身上。他顫顫巍巍地感激那個救了他的優雅女人。

「所以，第一，」她說：「我又得去尿尿。第二，我們一定得回去了。」

她漫不經心地親了他一下，他們的結合增強了親吻的樂趣，他們的嘴像一對雙胞胎或其他潮濕部位的代理。他不想離開她。他也不想覺得，到目前為止他擁有的是結合中較好的那一半經驗。他也想滿足她。但他馴服克萊德所激發的慾望，現在似乎已經消失。她爬起來，穿上褲子。兩分鐘後，他們又回到卡車上。

「所以。」他說。

「對，所以。」

「我愛你。這就是我現在的心情。」

「我很感激。」

他發動卡車，沉默地開了一會兒。重複他愛她沒有意義──他已經說過兩次了。

「這很奇怪，」她最後說：「我覺得你特別吸引我的，也是我不該從你身上得到的。」

「我沒那麼好。我想我已經告訴過你了。」

「不，你很好。你是一個美麗的男人。所以，這一切才讓我這麼困惑。」

「妳後悔了，我們剛才做的事。」

「沒有。至少現在還沒有。我只是不明白。」

「我非常高興，」他說：「我一點也不後悔。」

時間快到中午了，他盡可能開快車趕路，雖然法蘭西絲想多說幾句，但是，他太專心於路況的潛在危險，話往往講沒兩句就斷了。就這樣，當車子快開到會所時，看到一輛雪佛蘭大卡車和一個穿著紅夾克的人，汪達，站在泰德・傑利根和另一個人里克・安布洛斯身邊，後者對著羅斯和法蘭西絲怒目而視，指出他們遲到之罪，等著告訴他們他來平頂山的唯一一項消息──壞消息──但羅斯說的最後一句話是，他一點也不後悔。

21

太初之時，光的宇宙中只有一粒黑暗物質，神眼中的漂浮物。裴里孩提時代，拜漂浮物之賜，發現他眼力所及並非世界的直接顯示，那只是頭顱中兩個球狀器官的造物。他仰躺盯著湛藍天空，先用一顆眼球去對焦，確定漂浮物的形狀與大小，但裴里只要一眨眼，就會看到它出現在不同的位置。為了盯住它，他必須訓練兩個眼球一起動作，但是一個眼球中的漂浮物，對另一個而言事實上是看不見的；他就像一隻追尾巴的狗。那粒黑暗物質也一樣，難以捉摸但永遠存在。他甚至在夜晚也看過它，它的黑比單純光學的黑深一級。那粒暗物質現在在他腦海裡，他的頭腦現在因為時刻理性算計著而冒著灼光。

睡在上鋪的賴利．卡崔爾清了清喉嚨。「許多農場」有一個好處，營隊成員睡在不同間的宿舍房裡；如果他們睡的是通鋪，四十個成員中任何人都可能注意到裴里離開。唯一的缺點是他的室友。賴利短視近利又愛聽奉承話，這些對裴里很有用，有他作伴，就不必和那些懷疑他積極主動可能別有所圖的人同房。但賴利的睡眠習慣他實在不敢恭維。昨晚凌晨兩點他回到他們的房間，賴利還醒著。裴里解釋晚餐的炸麵包讓他腸胃脹氣，然後他就躡手躡腳到休閒室的沙發上，以免室友聞到燃燒味。今晚他也準備好類似的謊言。麻煩的是，他脫身時不能被別人發現，但賴利這時卻在上鋪、在黑暗中一直清喉嚨。

裴里能做的選擇包括勒死賴利（這個想法當下很有吸引力，但後遺症不少）；或起身大膽宣布他又喝醉了，然後去休閒室（這個辦法的優點是故事有連貫性，缺點是賴利可能堅持要陪他）；賴利刮了一天油漆，肯定筋疲力盡，乾脆等他睡著。這樣一來，裴里還有一個小時要打發，但他痛恨瑣事綁架他的思考，他的理性思緒像燎原的野火一樣活躍、不知疲倦、而且無所不知。而賴利的問題，則提醒他野火燒個不停的代價。他的身體需要小小地爽一下。他有兩個裝攝影機膠卷的鋁罐，比較空的那個就在褲口袋裡。為了不製造聲響，他可以把維生必需品揉進牙齦，但這個辦法會碰上一些不確定因素，例如，他的睡袋是否能擋住旋開鋁罐蓋子的聲音；他能不能做到盲目開罐又不會漏出（即使漏失量只有一微克也不能接受）；他非要從所剩已經無幾的罐子裡再分一點出來，是否明智；或是，他該不該就為了超嗨，堅持等到可以用鼻腔吸收的機會。回頭想想，勒死擋在他和爽感中間、那個一直在清喉嚨的人，其實不是壞主意……

嗯！這些「能不能」、「是不是」、「該不該」所處理的是身體以及身體與那些粉末的關係，是次要問題。他腦海裡正在閃爍的，是個甚至與身體完全無關的問題，是一個解開千年來毫無進展的思考之鑰。他就在最近，不到一星期前，解決了一個世人從未停止討論的、關於上帝的謎題。他的解方是，他，裴里，就是上帝。他體認到這一點後卻覺得害怕，但隨之而來的是第二個體認：如果一個犯了重罪、吸毒成癮的新展望鎮高二學生是上帝，那麼**任何人都可能是上帝**。這是把開啟奧秘的鑰匙，妙就妙在他竟然沒有早點看到。那一天，他把牧師的宗教雜誌上的**神**這個字塗黑，改寫成**史帝夫**的那天，他怎麼會沒掌握這個簡單完美的關鍵？關鍵就在，如果史帝夫可以是上帝。那每個人，不論是湯姆、是迪克或是哈利，也都可能是上帝——他們當中任何一個人要做的，就是睜開眼睛認出自己的神性。一旦有人真正體驗到心靈的無限能力，上帝的存在就變成荒謬的反面：它就變成荒謬地不言自明。

他是在楓樹大道得到的這個啟示。那一天他從哥哥在庫克縣儲蓄銀行的存摺中提領兩千八百二十五元，幾分鐘後出納行員數著鈔票，數了又數，邊數邊大聲地說出數字**二十七、二十八、二十和五**，然後把鈔票塞進一個精緻的棕色信封裡。成功的快感如此巨大，在他想像中和一次遮天蔽日的射精沒有兩樣。擁有如此完美知識的只有上帝，如果他，裴里，擁有它，那麼他是什麼？他早先在銀行午餐時間踩點時，確定以前和他打過交道的那位年長、頭髮灰白的出納員，到了十二點十五分已經看不到人。坐在窗戶後面是一位頭髮像乾草的小姐，她還帶著牙套，因此毫無疑問（**毫無疑問！**）**她在這家銀行太資淺，不可能認識克藍**。她那拿著存摺、塗著猩紅色指甲油的手非常不熟練。

「這是一大筆現金。你確定你不要一張銀行本票嗎？」

「我要買一艘帆船。」

「哇。真棒。」

「那艘船真美。這筆錢我已經存了三年了。」

「你有身份證嗎？」

這是他預想她可能會問的問題中，最完美的一題。一切都在預料之中：提領金額精確到元的紙鈔，穿著書呆子常穿的開襟毛衣，戴著他的新眼鏡裝模作樣；他偽造伊利諾大學學生證時，除了複製、壓合，還用指甲砂銼精心打磨，最後用木炭舊化；他趁弟弟熟睡後，在房間裡面離他只有幾呎的地方為這件事勞心勞力，他的工資則由他的粉末包辦。粉末同時也幫助他集中注意力以及加強手工的精細度。他在這個項目中累計也多用了不少粉末增效，但和他預估排山倒海的紅利相比，這筆投資根本不算什麼。牙套妹出納員拿著身份證，幾乎沒看一眼就還給他的時候，這筆投資的獲利已經就相當可觀了。將製作學生證和練習模仿克藍簽名的時間，扣除不定期使用的毒品費用，他一小時可以賺兩百三十六點二五元。還不錯。但仍然遠低於他的生意如預期展開後的可能收入——即使計入在亞利桑納州增加的工時，以及將克藍的錢存回到他的帳戶，收入還是相當可觀。

芝加哥沒有**烏羽玉**，在大芝加哥地區，一顆也沒有。

芝加哥地區上千名嬉皮都願意不計代價地試它一次。

世界上只有一個人確定了需求並做好準備，要滿足大家的需求。

這個邏輯的發展來自他早先一次的體認：他的失調問題連續三年都以錯誤的方式治療。他那時相信病因在腦袋，需要化學手段緩解；但事實是，出問題的是他的身體。需要支持的是他的身體、筋疲力盡的肌肉、敏感的神經，而不是他的腦袋。等到那傢伙介紹他認識右旋安非他命，加上他也明白了安眠酮的真正功能是讓他的身體休息，他的身體就進入了一種前所未有的卓越和寧靜階段。每一天，世界就像個慢動作的彈珠台。他控制彈射桿擊出彈珠的時間可以精確到毫秒。他想打到多少分就能打到多少分。他還能精確掌握身體需要補充白板的時間，據以決定何時暫停遊戲、讓彈珠出界。他在一月初進行的每件事，正確性都非常好，意即他控制了周遭的世界。例一：他用完右旋安非他命的那一天、同一天，他的存摺上出現三千元，是他姊姊的善意。例二：他的銀行不要求父母會簽。例三：那傢伙不僅在家；不只完全清楚自己在做什麼，或多或少；而且願意和他的Planter's花生罐裡面的剩餘東西道別。裴里腦海裡確實閃過一個想法：他其實買貴了，但雙方約定的價格只是三千元的一小部份，而且那傢伙看到他手上的二十元鈔票，面露讓人看了難過的貪婪；他顯然真的遇上麻煩。當裴里匆匆忙忙離開，走在菲利斯街上、嚼著藥丸時，世界似乎更正確了。他的錢帶給他和那傢伙大幸福。他們的交易，理論上是零和遊戲，但錢的價值不知何故翻了一番。

過了一段稍長的時間，所有的事情都比正確更正確，但是，當貝爾準備發表他對速度的看法時，裴里已經準備好聆聽了。在他買進那一刻似乎耗之不竭的藥丸數量出乎意料地迅速減少，此外，儘管它們的功能是針對身體，但他經歷了一些不太愉快的精神副作用。傑伊尤其變得讓他不耐煩到無法忍受，他們共用一個房間對他是一種痛苦。母親溫柔的撫摸也一樣。任何要求身體接觸的十字路活動也一樣。世界放緩會讓人更生氣而不是更有能力，但同時他的身體一直在說：「請多來一些。」他的身體現在出了問題，他痛恨它在減少供應時的變化，痛恨它拖累他的飛躍思緒。他耗盡了藥丸，怒氣沖天地回到那傢伙在菲利斯街的小屋。這一次沒有狗朝著他嚎叫，前門門廊上散落著被雨水侵蝕的廣告傳單。門上貼著一張亮黃色的警長告示，他嚇得不敢進前讀上面寫些什麼。

「我不意外，」貝爾說：「那個狗屎東西壞透了。」

裴里喜歡貝爾其實無關緊要。貝爾喜歡裴里，並讓他進他家門，這是預示進入新正確階段的祝福。貝爾也是安瑟・羅德的藥頭，他的個人特質和菲利斯街上的那傢伙完全不同。他身材魁梧、和善，似乎不擔心法律問題；讓人安心的是，他還認識幾位像蘿拉・多布林斯基那種十字路團友。他的房子距離鼇腳牧師館走路大約三十分鐘，屬於一位現正住在療養院的祖母。裴里從未見過任何人的祖母，但他認得牆上的祖母味，祖母的手在客廳的刺繡遮光窗簾上。一個下午，貝爾在客廳喝 Löwenbräu 啤酒，讀他訂的一堆雜誌。顯然，藥頭生意可長可久的關鍵就是像貝爾一樣。他只經營自然提取物，主要是大麻和哈希什。但裴里在解釋他的能量需求後，得知貝爾也經手少量古柯鹼，以滿足部份玩音樂客戶的需求。

裴里第一次去貝爾家，就帶走了四十美金的樣品。可以用「一吸鍾情」形容嗎？兩天後他又來了。這一次，貝爾家還有客人，一個穿著迷你皮裙、外貌標緻的要人，正喝著她的啤酒。裴里擔心他來得不是時候。但是貝爾很和善，他的女性朋友了解裴里所為何來後，霎時變得開朗明亮，就像突然想起今天放假一樣。裴里與古柯鹼相處不過兩天，就已經能體會這種藥物甚至會讓不經意認識它的人，恨不得下一刻手頭上就有它。為什麼她看上去沒有被這想法困住呢？接著，貝爾拿出一些貨來請他們享用，裴里受到如此鄭重對待（除非新展望高中還有別人用過凱西・瓊斯〔Casey Jones〕傳說中的藥，而裴里竟不知道）、被兩個二十多歲的成熟大人接納，心生奇異快感，心跳更加快速。他們激烈討論的話題包括用過的最有意思的藥、最想嘗試的藥（貝爾宣稱他想試的是「烏羽玉」〔譯注：Peyote，一種南美仙人掌提煉的毒素〕），討論到裴里沒有碰上習慣針頭注射的怪胎，被這種藥頭搶劫，都該感謝那個幸運之星，植物性生物鹼不會將用藥者變成偏執狂，呈現相對良性、比較像西格蒙・佛洛伊德醫師做的實驗，也聊到處方藥和街頭毒品之間的區別以及披頭四重聚的謠言和大放克鐵路樂團（Grand Funk Railroad）刺耳煩人的自以為是。裴里非常快活，他這種非常快活是為了他那始終無法休息的理性算計。他的首要之務是讓貝爾喜歡他信任他；接著是轉移自己不去注意他和貝爾的明顯差異，那就是，貝爾是和善的。只要吸上一口，貝爾就能成為更快樂的貝爾、別無所求了。裴里與和善天差地遠，他現在正拚命控制自己的眼球，那雙只跟著古柯鹼轉的眼球。

但貝爾的和善隱藏的倔強意志出現了。賣古柯鹼是他的副業，受到批發供貨的限制；而他其他的買家雖然人數很少，消費也不固定，但對他這個賣家很忠誠。裴里是菜鳥，只有買半克的資格。他提出願意出更高的價錢時，貝爾假裝沒聽到。貝爾不肯聽勸——他覺得讓裴里太頻繁地來這裡既煩人、風險也大——而裴里，經過理性算計，先讓兩個人有幾個星期熟悉，才來提出他想加價購進。

貝爾聽了吹了聲口哨。「這可是一大筆錢。」

「我很樂意先付款，省得經常麻煩你。」

「我擔心的不是錢。」

「雖然我很喜歡跟你沒事東聊西聊的，但是我們不那麼常聊天可能更好。你不覺得嗎？」

「說實話？我覺得你一個星期就會把手上的存貨用完，然後回來找我。」

「才不會！」

「這事情我覺得不放心。」

「但是——你會看到——就是——不會有事的。就給我一次機會。」

也許是那一疊二十張五十元鈔票看上去像剛剛印好的新鈔一樣硬挺爽脆，數鈔時快速滑過指尖像翻書一樣帶來滿足感，裴里的局面後來居上。貝爾沒好氣地接過錢，塞給他一包幾乎沒有重量的貨打發他走人。裴里在接下來的兩星期裡又拜訪了他兩次，但一直沒能拿足一千元的貨。接著，有一天晚上，他全神貫注對著不久前還存在而且還是這麼白的存在，但是由於身體叛逆揮霍現在已經不存在的一條粉末痕跡，想要將想像變為存在——**將意志變為存有**——而且，這樣的夜晚不只一個？而且，好像有一天，貝爾聽到門鈴響了來應門時，只給了他一張紙條？

「他叫艾迪。他有你付錢想買的東西。」

「我可以進來嗎？」

「不行。對不起。你是個可愛的孩子，但我沒辦法一直見你。」

門關上了，裴里淚流滿面。原因很多，主因也許很單純，就是身體疲憊。那粒暗物質第一次出現就是在那個時候嗎？他認識貝爾不久，但是，他覺得他愛貝爾超過愛任何人。對貝爾的感情就這樣被沒收，對他是個要命的打擊，他甚至難過到腦海裡所有關於白粉的思緒都被趕走了。等他回到家，停止像個孩子一樣哭泣後，才明白紙條上的七個數字代表的意義。他的腦袋這時就像把每一個數字都吸入體內一樣，炸開了。

他不愛艾迪，艾迪也不愛他。他們第一次見面有點像他在菲利斯街的經驗，而下一次交易時，裴里不僅花光了貝琪轉給他的錢，還憋了一肚子氣，因為他知道艾迪騙了他。再一次，他這才記起來，就算從他被騙了以後算起，他買了他媽的多少毒品：三個蓋得密密實實的攝影機膠卷罐，那景象還真是壯觀。他再也不會、或者至少在很長一段時間內不會空手等死。

但是，如果三罐代表很棒，那麼六罐會有多棒？或者十二罐？或者二十四罐？他有沒有可能擁有三倍純度、量又多到永遠不必煩惱的時候呢？那粒暗點、精神的漂浮物，又出現了。花錢似乎不再帶來雙重好處。錢花出去就是沒了。他的存摺——他父母隨時可能起疑查看——上那個糟糕的數字一八八點八五元，說明了就算天才也有侷限。他看不出來一百八十九元要怎麼靠利滾利再很快地變成三千五百元……

賴利在打鼾。但這聲音與理論上的「鼾聲」太像，讓裴里懷疑是賴利在假裝。他一動不動地躺著，但打鼾的聲音卻愈來愈大，不久後就以一種噎著的喘氣聲結束。賴利東挪西移、重新調整睡姿的沙沙聲，接著傳來更微弱的鼾聲，這個真實無疑。現在裴里膽子大一點了——最要緊的事：丟根骨頭餵給神經系統——他打開罐子，伸進去一隻潮濕的手指，非常小心地輕敲罐緣，接著將罐子湊近嘴邊。他再將手指伸進罐子、接著深入鼻孔、拔出、深呼吸，把手指舔乾淨，然後用舌頭取代牙齦清潔棒。局部麻木是他的神經系統與思想（理性）的戰爭時，一個更廣泛停火協議的轉喻。雖然最近神經系統的衝動有些微弱，但至少他不再與自己格格不入。他蓋上罐子、慢慢坐直。他的靴子在門邊，錢藏在其中一隻靴子裡的尖端。一切都在預料中。他現在的心跳震耳欲聾，那聲音賴利必然也能聽到，因為它不得不這樣做，因為那是上帝的聲音。據說母親的心跳可以撫慰尚未出生的嬰兒，而他宇宙尺度的心跳讓他的每個孩子都安靜下來。哦，他多麼愛他們！他覺得，只要靠著意志，他可以殺了他們所有人，也可以拯救他們所有人。他小心翼翼地打開宿舍門，心跳聲因為古柯鹼開始作用，變得特別響亮。

黑暗的走廊裡，一個出口標示在發光。在遠端，微弱的熒光燈從休閒室溢出。他沒辦法以人類大事紀的尺度讀出他的手錶所顯示的時間，但他知道還有三十五分鐘。他把錢放進口袋，穿上靴子，躡手躡腳地走過十字路徵用的其他房間。他聽到一間房裡傳出幾個女孩悶聲講話的尖嗓音，她們這時候還醒著實在讓人擔心。他需要做點什麼打消憂慮，這點再明顯不過。沒多久，他發現自己已經坐在廁所裡，把一大坨倒得亂七八糟的粉末從拇指根部推進鼻竇。非常奇怪。一個全知的實體怎麼會最後發現自己坐在馬桶座上卻不知道怎麼到了那裡的？他想回溯剛才發生的事，記性像卡住一樣，想不起來。那粒暗物質現在看起來更大了；而且，說實話，不能再稱為「粒」；也許，比較合適的描述是不安份的半透明、形體不明的一團東西。他沒辦法讓它停下來仔細檢查，只感覺到自己沒見識過這樣的惡性飽脹，難以置信！沒想到上帝的眼睛裡竟然出現漂浮物！上帝非常非常生氣喔。他的怒氣無處發洩，索性連續鼻吸三排大份量。如果用量過度會殺死身體，那就隨它殺吧。

他及時脫下褲子。那個身體並沒有死，而是像個倒置的火山一樣在排洩大便。在惡臭中、在異光閃爍中、在末日啟示般的心跳震動中，一個理性念頭如祝福般閃現：這就是一個人過度放縱的後果。然而，對待這個念頭的方式，就是當它無關緊要。過度放縱已經把他的柔和理性粉碎成無數的碎片，每一個碎片攜帶的想法都和其他碎片毫不相關，每一個碎片都明晃晃地反射了正在燒灼他的胃的星球所燃燒的白熱（熱星球的白光一樣熾熱）。他感覺整個人就快要嘔吐了，結果是拉了出來。這些狀況都不在預料中。就算他知道會出現這種讓人非常不舒服的廁所插曲，那念頭也只存在暗物質的朦朧黑點中，不是在他的腦海裡。

他在窄小侷促的納瓦霍廁所間擦屁股、脫到一半的褲子限制了他的動作、一千個碎片的閃光分散他的注意力，頸動脈充血讓他呼吸困難，以至於沒注意罐子放哪兒去了。他一想起這件事，立刻有把握他已經把罐子蓋上放在一邊。但不對。啊，不不不不不。罐子被他打翻倒在地上。灑落四處的內容物，正在飢渴著吸取馬桶座封膠滲水形成的細流，變成一團濕糊。他只能用手指頭側邊將這團糊推回罐中，即使會弄濕罐中沒灑出來的粉末也別無選擇。眼前發生的事沒有一件有道理。那個偷偷摸摸從走廊悄聲走到這兒，準備達成一次驚天動地的成就的靈視人，現在卻拿著幾張衛生紙殘片沾擦地上遭到糞便——甚至可能還有結核菌——污染的一層白色生物鹼，並自問這些問題作賤自己：生物鹼可不可以抗菌？有沒有把擦地的衛生紙敷在牙齦上又不會吞下病原體的方法？以及——雖然他一直想吐——舔地板是不是比漏掉一毫克好。

嘔吐反應阻止他舔。他把浸透的衛生紙塞進罐子裡，擰上蓋子。就這樣——在一個多重維度的狂喜浪潮中，一種滾動的泛細胞性高潮——他想起他的主要目的是獲得大量藥物，多到以公斤而不是毫克為秤重單位。就這樣，他從危及生命的亂流中穿出，進入最高高度飛行的最平穩階段，一切又變得有道理了。他怎麼會質疑自己行為的正確性？他怎麼會以為自己放縱了？上帝沒有犯錯！他完美了！太完美了！他已經突破身體極限，到達存有的最高境界。那一粒暗物質已經縮小到看不見的程度、小到上帝能夠愛它、可以親近、不帶威脅，而且，最重要的是，不是什麼事情都知道，或者也許只知道一件小事……

現在你明白了，你當初要是願意多花一分鐘不就好了。

得到黑暗物質傳來的訊息——今晚可能會出現他覺得自己不那麼完美的時刻，而他絕對不能容忍這種事情出現——他偷偷溜回走廊，溜進自己的房間。他的另一個罐子，全滿、完全乾燥的罐子，包在他行李袋裡一個襪子球裡面。他帶著它出門，但本來不想動到它，是因為出發前被最後一刻的偏執、一種看似不合理的恐懼驅使，擔心他所有的儲備藏在牧師館地下室油爐後面無人看管。現在他才知道，他的恐懼根本不是不合理，而是完美的遠見。

「裴里？」

那聲音，在黑暗中，聽起來像是賴利的聲音，但這並不意味著賴利醒了。成為上帝得到的一種能力是可以聽到他的孩子們思考的聲音。到目前為止，那些聲音都微弱到聽不清楚，比較像是聯合車站的隨機雜音。他解開襪子球，把沉重地完美的罐子放在他的工裝褲的腿口袋裡。甜鹼味的生物鹼汁液繼續從他的鼻中隔後面流出。

「你在幹什麼？」

如果裴里真有完美視力，沒有被那粒暗物質破壞，他可能已經成功消滅了賴利。思維殺人的力量是神聖的。而他的力量的缺陷，就像是無限放大倍數望遠鏡鏡頭上的污點。

「裴里？」

「去睡覺。」

「你在幹什麼？」

「我要去休閒室。你不信的話，就到廁所自己檢查看看。」

「我的問題剛好相反，我完全便秘了。」

裴里站起來朝門口走去。他已經覺得自己不那麼完美。

「我們可以講講話嗎？」

「不行。」裴里說。

「你為什麼不跟我講話？」

「我唯一做的事就是跟你講話，我們一直在一起。」

「我知道，但是……」賴利在他的鋪位上坐了起來。「我真的不覺得我們在一起。你就像是在一種……另一個地方。你知道我的意思嗎？我們到這裡以後，你甚至連澡都沒洗過。」

如果賴利不懂淋浴這件事有多荒謬，不知道神祇多麼討厭惡淋浴，那就沒有必要多費唇舌了。

「我想說句實話，」賴利說：「我現在跟你說你在我眼裡的樣子。其中一件事是，我覺得你真的需要洗個澡。」

「明白了。好好睡個覺。」

「不過，不是只有我，大家都覺得你真的很奇怪。」

裴里現在感受到賴利和那粒暗物質的聯盟關係。暗物質是一種擁有矛盾知識的同類。

「我只是希望你能告訴我你怎麼了，」賴利說：「我是你的朋友，我們都在十字路。你想要跟我說什麼都可以。」

「我覺得你很邪惡，」裴里說。這個判決的正確性很刺激。「我覺得黑暗力量集中在你的身上。」

賴利激動地說：「你在——開玩笑，對吧？」

「絕對不是。我覺得你想上你媽。」

「我的上帝啊。」

「我爸也一樣——我知道，因為我的消息來源很可信。你只要管好自己的事。你們所有人，他媽的別擋我的路。這件事，你能替我做到嗎？」

一輛納瓦霍人的改裝車的引擎聲從遠處傳來，使當下的沉默變得不完美。賴利蒼白的臉在模糊的上鋪中就像死人的腦袋。裴里想到無限的力量其實是無限的可怕。上帝怎麼能忍受祂必須執行的所有傷害？無限的力量帶來無限的憐憫。

賴利伸開腿準備下床。「我要去找凱文。」

「不要這樣。我是——我說了個很爛的笑話。我道歉。」

「你真把我嚇到了。」

「別去找凱文。我們倆現在要做的是閉上眼睛。如果我答應去洗澡，你會回去睡好覺嗎？」

「我沒辦法，我很擔心你。」

不管怎樣，他都可能會消滅賴利，但是，不管是用鈍器猛力打下去或是用手勒死，騷動聲一定都會傳出去。

「我再去附近走走看看。反正我睡不著覺。那個工業氣體工廠。你就留在這裡好嗎？我馬上就回來。」

他不等回應就衝出房間，靠著粉末的翅膀沿著走廊飛奔出去，就像他從懸崖一躍而下開始航行一樣。他在落在堅硬的地面前達到了驚人的速度，幸好空氣中含氧量過低更嚴格限制了冠狀動脈運作的形式，他才不致死亡。他轉過身，大口喘氣，想看看那個邪惡的人是不是已經離開了他們的房間。沒聽到一點聲音！

宿舍每一扇門入夜後就鎖上了，但休閒室的窗戶到人行道只要跳（或爬，視情況而定）五呎高。他到了室外，在冷空氣中，停下來摸摸外套裡的錢和褲口袋裡的兩個罐子。現在再快速地爽一次，可行嗎？雖然他現在也許比他嗨得最過癮的狀態低兩個檔次，但室外實在太苦寒了。他的氣管裡有一股多了金屬味的血的味道，他離要吐的感覺也不遠。先生，按「開」。按下「開」。

他前一天晚上結識的幾個年輕納瓦霍人，在宿舍馬路對面的無品牌加油站與他會面。他是在在德榭峽谷「最佳西方連鎖旅館」的廣告看板下，發現其中兩人在投籃。看板的燈光間接照亮了一個籃筐和一個螺栓固定在看板柱上的粗糙籃板。年輕的那個納瓦霍人從鼻樑到下巴有一道不規則的深疤痕。年長的那個穿戴比較流行、留長髮、穿燈芯絨喇叭褲，褲腰上繫著一個銀色的大皮帶頭。他們慫恿裴里一起打球，不會打球的裴里可憐地被他們嘲笑，但裴里跟著他們一起咯咯笑，贏得他們的信任。他接著提起關鍵話題，他們反而笑得更大聲。

「說真的。」他說。

他們依然樂不可支。「原來你想試烏羽玉？」

「不是，」他說：「是——我無意冒犯——這不是我自己要用。我想要買多一點，也許一磅或更多。我有錢。」

這件事顯然是他說的每一件事情中最有趣的。他明白魚咬餌前得先不停拋線的道理，他認為該換個池塘試試，於是悄悄地離開。

「嘿，等等，夥計，你要去那？」

「很高興認識你們兩位。」

「你說錢，你的錢呢？」

「你的意思是，我的錢是不是法定貨幣？」

「你有多少？二十元？」

他覺得被冒犯了，轉向他們。「一磅烏羽玉二十元？我有二十的一百五十倍。」

這個數字一說出口，打打鬧鬧就結束了。時髦的納瓦霍人皺著眉頭問他，他知道多少關於烏羽玉的事。

「我知道它是納瓦霍人在儀式上用的一種迷幻藥的成分，非常強效。」

「錯了，納瓦霍人不用烏羽玉。」

世界上沒有比錯這個字更傷人了。裴里活到現在聽到這個字就想哭。

「真讓人失望。」他說。

「我們不用烏羽玉，」那個時髦的傢伙說：「只有教會裡的人在用。」

「他們用了以後就流汗。」他的朋友說。

「它甚至不長在這邊，它是從德州來的。」

「我明白了。」裴里說。

一股疲倦感從他已知的知識缺陷中露出。這股疲倦和他數週無法入眠產生的加乘效果，已經大到讓他覺得再多的古柯鹼都沒辦法克服。他閉上眼睛，看見那粒超級黑的物質貼靠在他黑色的下垂眼皮上。那兩個納瓦霍人正在用他覺得幾乎可以聽得懂的語言交談。完全不懂納瓦霍語和完全明白納瓦霍語中間的距離似乎不超過一微米。如果不是因為那粒暗物質和疲倦，他跨過這道溝是輕而易舉的事。

「所以，有個傢伙，」時髦的納瓦霍人對裴里說：「叫弗林特的傢伙。」

「弗林特，對。」年輕的納瓦霍人似乎對自己還記得那人很興奮。「弗林特・史東。」

「他在新墨西哥州，剛好越過州界的地方。」

「剛好越過州界的地方。我知道那在那裡。」

「弗林特是誰？」裴里說。

「就是你要找的人。他有你要的東西。他把烏羽玉從德克薩斯帶來。」

「他是納瓦霍人？」

「我剛剛不是說了嗎？他在教堂，什麼都有。」時髦的納瓦霍人轉頭對他的疤面朋友。「你記得我們到那邊玩的那次？」

「記得！我們去了那邊那一次。」

「他的棚子裡有一整袋好多顆，看上去就像五磅一袋的咖啡豆，都是純烏羽玉。」

「我以為那是咖啡？」

「不是。我看到了。他打開袋子，給我看了。全都是烏羽玉。他是替教會去弄到的。」

弗林特・史東是卡通角色的名字，但裴里對這個故事的質疑都是本質問題，都是透過那粒暗物質顯示。暗物質的訊息簡而言之就是：每件事都看不到希望，而他已經累得快死了。廣告牌的反光，一度讓他陷入更深層的疲倦。但隨後——**哦，你們這些小信的人哪！**——他的理性之火熊熊燒起來了。他的疲倦就是他沒辦法多走一步、沒有力氣和更多陌生納瓦霍人扯淡的證明。根據定義，如果他不能走更遠，他就到達了邏輯的終點。按照完美的邏輯，裝滿烏羽玉的咖啡袋變得無可爭議地真實。擔保品是他的存摺帳戶裡的十三點八五元餘額，這金額和克藍帳戶相比並不高。要補足這兩個帳戶、同時利潤能滿足他的輔助藥物需求，唯一方法是以批發價購入烏羽玉，然後在芝加哥以五倍價格轉售。因此，首先必須有一個名字不太可能是弗林特・史東的人，這個人不得不以低價出售烏羽玉，而裴里搭訕的第一批人必須知道這一點。必須知道！不可能有其他的可能，因為上帝只有一個計畫。

邏輯讓他覺得如釋重負、興高采烈。他安排了二十四小時後回來的行程。那一袋烏羽玉在這短短幾個小時的永恆裡，變得更加真實，真實到他能感覺到它沉沉的重量、能聞到它泥土裡的真菌味。重量和氣味會引發興奮，從整個早上在部落聚會所一側刮油漆，持續到整個下午對賴利不斷解釋物質的原子結構，一次宇宙大爆炸創造的物質，甚至到現在還在推動宇宙膨脹，造父變星對於發現宇宙膨脹的關鍵作用，在難以置信的機緣巧合環境（必須是）下，造父變星的脈動週期與其絕對光度成正比，我們才能藉此精確測量星系間的距離，全知的頭腦可以隨意穿越，放大以仔細觀察其創造的類星體和星雲，調查物質存在的黑暗外部界限……

沿著通到加油站的荒涼道路上的水銀燈似乎比新展望鎮的燈更弱，似乎納瓦霍人的貧困，甚至延伸到安培數。空氣中瀰漫著熱油燃燒的刺鼻味，唯一的暖意就在他的腦袋裡。他在思考沒有穿長內褲和第二件毛衣是不是錯了，然後又覺得這種穿搭配不上他完美的遠見。他的口與鼻已經沒有感覺，鼻涕流到下巴的時候他才注意到。他把它塞進嘴裡，細細品嚐新鮮的自然物質在嘴中溶解的感覺。想必他已經吸了超過半公克……

加油站是關著的。站在黑漆漆的辦公室外面的是那個疤面的納瓦霍人，正在抽菸；另一個一頭亂髮、裴里不認識。史東先生，是嗎？這個身型比他想像的弗林特年輕得多。

「這是我表弟。」疤面說：「他來開車。」

表弟的粗脖子顯示他是個傻子，是在高中更衣室裡面經常見到的那一種人。

「我們另一個朋友呢？」裴里說。

「他不來。」

「太可惜了。」

表弟把菸頭朝油泵的方向丟過去，就像要試試看會不會燒起來（白癡），然後走到停在陰影下的一輛都是灰塵的旅行車。裴里看到那輛車和牧師的車，不僅品牌和型號相同，老化情形也相似，他的頭皮一陣刺痛。純粹的善和正確貫穿了他，洗掉他最後一些由那粒暗物質支持的揮之不去的懷疑。表弟的車非得是普林莫斯「狂怒」。一開始如此、現在如此、永遠如此！

他沒想到「狂怒」能夠快到這種速度。車開在州道上時，他從後座看到車速表指針進入的區域，回想起他在宿舍廁所裡的過度放縱。不過，其實哪有什麼過度放縱，表弟也不白癡。相反地，他的駕駛智慧非常深厚。州道上一盞盞孤燈一閃而過，就像上帝放大、接著看了一眼的星系。他超自然地隱形，癱躺在後座，兩個印第安人的後腦就像沙漠中被車頭燈照亮的岩層一樣；他把手指伸進被污染的罐子裡，然後把它塗在牙齦和鼻孔裡。他深吸一口帶點甜味的氣息，接著反覆聞了好幾次。

「你們可以完全相信我，」他說：「對於我們這批貨的經手過程，我完全沒興趣。前一手交給下一手是不是完全合法，我一點都不關心。事實上，我可能會主張，雖然法律禁止竊盜，但這種行為涉及一定程度的風險，可以考慮視為艱苦工作，與任何其他形式的工作一樣值得獎勵。」

他笑了笑，對自己非常滿意。

「反面的論點是竊盜會剝奪第三方辛勤勞動的成果。這就把事情變成一個有趣的經濟問題，也就是價如何創造、如何失去的問題。如果我們有時間、你也懂一些基本的代數，我們可以研究竊盜的數學——是否真的得是零和，或者是否有一些我們沒有考慮到的未知因素，例如被盜一方有一些隱藏的虧損。雖然，我再強調一次，我們的交易很單純，所以我不在乎這些。同樣的，如果這批貨的經手過程中有一個你不必——」

「老兄，你在說什麼？」

「我的意思是不管多合法，或者可能不那麼合法——」

「你幹什麼講話？閉嘴。」

他最好的朋友疤面！裴里想到他會那麼愛他，咯咯地笑了出來。上帝特別偏愛一個教育程度只到八年級的毀容納瓦霍人：天堂裡所有天使都在和他一起笑。

「有什麼好笑的？你笑什麼？」

「別笑了，」表弟說：「閉嘴。」

他繼續笑著，但是，他的笑的波長比聽覺更深，是一種無線電或心靈感應波長，能夠進入世界各地不論是醒或睡的每一個心臟，並帶來人類的無法解釋的安慰。他自己的耳朵裡傳來許多聲音，一種集合了感激和高興的低語的聲音。其中一個聲音從雜音中升起，清楚地說：「那是個陶罐。」

聲音距離陰險地近，他停止了無聲的笑。聲音聽起來像里克・安布洛斯，情緒很古怪。什麼陶罐？陶罐裡面不是狗屎就是奶油。

「不是奶油。」那聲音澄清。並用一種如果說得更慢就理解的語言（納瓦霍語？）補充（有人會覺得是咆哮）。腦袋中傳來外來語言幾乎和認出自己的神性一樣可怕，但隨之而來的同樣是令人欣慰的認識：只有上帝的頭腦能夠不必學習就會說所有的人類語言。如上所示。

一直平穩行駛的狂怒這時就像顛倒的過度放縱一樣，讓位給粉碎脊椎的顛簸。在一條狹窄的泥土路上，車頭燈照到的坑坑窪窪都是黑色的，表弟維持的車速讓人重新評估他的智力。他得用雙手穩住自己，另外還需要三隻手確保兩個膠卷罐和折起來的現金信封不會從口袋裡掉出來。乘客座置物箱裡面塞滿一種粉筆味的粉末。他們繼續前進。他只希望他們在某個指定的時間趕著去見一位不耐煩的賣家；回程就可以開得比較慢。在扶手、車門和自己被甩來甩去、四肢撞擊的痛楚之下，一種更深的痛楚開始滋長，但加速和反加速不僅難以預測又猛烈，要打開罐子是不可能的……

「狂怒」停下來了。

不再是最好的朋友的疤面轉身，把手肘放在靠背墊上。「把錢給我，在這裡等著。」

「如果你不介意的話，我可以和你一起去。」

「等在這。他不認識你。」

這個決定可以毫無罣礙地解釋為注定必要。那傢伙接過放錢的信封，他的表弟把引擎和燈都熄了。天空一定有雲層遮蔽了月亮。門開了又關了，唯一的光就來自那傢伙的手電筒。汽車揚起的灰塵簡潔分明地定義手電筒的光束，在光退到幾乎消失之前，它照到帶刺鐵絲網圍欄、一個腐爛的牛衛兵、沿著一條碎石車道邊生長的蒼白雜草。表弟點了一根菸，像一陣強風似的吸了一大口。可以有很多話說，也可以什麼都不說。那粒暗物質是惡性的，但它的黑暗卻是誘人的。他變得如此厭倦他傑出的腦袋……

手電筒的光束又一搖一晃地回到視線範圍內。後車門開了。

「他有烏羽玉，但他想和你談談。」

如果許多農場的空氣已經夠冷，在不知身處何處的黑暗中則是兩倍的冷。手電筒光束好心地指出車道上要避開的石頭和坑洞。前方，在手電筒不經意掃過的光線下，可以看見一個石頭屋、一道漂白的木籬笆、一輛只剩後半部的卡車骨架。那傢伙踢開籬笆上歪斜地一扇門。「繼續走。」他說。

他咬緊牙關，但是牙齒還是在打顫，說話很困難。「把錢給我。」

「錢在克里夫手上，他在數錢。」

「克里夫是誰？」

「史東。他想和你談談。」

深層疼痛和嚴寒，胸肌顫抖。他在溫暖的車廂裡還能發揮他的智慧，他一直擁有的也是智慧。但現在它們拋棄了他。他是個嗨到呆、凍到斃的傻瓜。

「繼續走，拿著手電筒。」

他拿起手電筒，穿過大門。愚蠢將他矮化到只能抱著希望，而希望是蠢人的避難所。一棵槳葉仙人掌出現了、一堆鏽蝕的長方形罐頭、無法辨認的破爛建材、一個燒焦的樹樁。這房子是在匆忙之間遭到遺棄，跡象顯而易見，而且到處都有，但是，他跟著繞到石屋後面。

沒有後面。只有一片坍塌的瓦礫和殘牆。

他聽到了一種和他父親的聲音一樣熟悉的聲音，是「狂怒」旅行車引擎啟動時的嘶嘶聲和隆隆聲。他聽到車輪轉動、變速箱自動換檔的聲音。

他冷到沒辦法生氣，四肢抖得跑不動。

那粒暗物質只是在空間維度上很小。孕育宇宙的是光點的負像。現在，在它爆炸後的膨脹和吃掉光的過程中，那粒暗物質的高密度變得明顯：沒有什麼比死亡的密度更高了。他過去逃避死亡逃得太累了。現在，他只要躺在地上等待。他營養不良、筋疲力盡，寒冷很快就會處理剩下的事——他知道這一點；能感覺到。取代他的理性的黑暗否定也有同樣的理性，在光的對立面中所有事情一樣清晰。

但身體不理性。身體的神經系統想要的，在此時此刻，荒唐得很，是更多毒品。他的錢被偷了，但他的罐子沒有被偷。

他跳上跳下取暖，做深蹲做到喘不過氣來，然後，用僵硬的手指笨拙地打開一個罐子，將浸透的一團衛生紙貼上牙齦。

儘管又惡又噁，但提神就是提神。雖然一切都顛倒過來，他的理性現在淪為在黑色的無限死亡前的漂浮物，但光並沒有完全離開他的腦袋。他跌跌撞撞、摔倒、掉了手電筒、撿起、回到泥土路上。

以前，他走一步就可以產生一千個想法，現在他必須走一千步才能完成一個想法。

他的前一千步產生了他走路只為熱身的想法。

他又走了一千步，覺得熱身會恢復手部靈巧，至少可以讓他嗅到拇指上的氣味。

再往前走，他覺得自己遇到了麻煩。

再過一會，他到了一個岔路並隨便選了一條往右的路後，他才想起來，他不能去報案，說他的錢被偷了，又能隱瞞他從克藍的戶頭裡面拿錢的事。

又過了一會，他才發現，他嚐的只是衛生紙，還不如吐出來。

他停下來吐掉衛生紙那一刻，胸口一陣發寒。他的身體沒有熱起來，手電筒的電池也幾乎沒電，就算關掉手電筒也不會更糟。

這是一個想法，也是他最後一個想法。他的腦子跟著手電筒一起熄滅變黑，然後只有一片寒冷的黑，唯一能分辨出來的是些微不那麼黑的天空，以及前面一條同樣些微不那麼黑的道路。這條道路似乎是永恆的，但漸漸地，它變成一個斜坡。他在斜坡頂，靠著天空的光，看見遠處一個箱子形狀的東西，比道路更暗，比地平線還高。

火焰吞沒了那箱型後，他還在朝著那個箱子形狀的東西走過去。

他到了那裡一段時間後，他依然不在那裡。

即使他不必進入地獄，並為自己慶賀，他仍然在前往地獄的路上。

還沒有發生的事情發生了。一座金屬屋頂和大寬門的大型木造建築遭人闖入。在裡面，好幾台曳引機結冰的金屬、嚴寒的混凝土地板，讓裡面感覺比外面更冷，但裡面漆黑一片讓照度不足的手電筒也變得有點用，而且，還有一盒火柴，一堆疊起來的木棧板，汽油。灑一點汽油，只要能點燃一個棧板取暖就行。然後，一道藍色的火焰以可怕的速度蜿蜒而行。

22

一隻鮮黃色澤的鳥，黃鸝鳥，正在棕櫚樹上唱歌。在連棟公寓的游泳池周圍，她可以聽到幼鳥的叫聲、圍籬剪的咔嗒聲、大都市的嘆息聲。某個夜晚，她在洛杉磯住的第三晚，在洛杉磯某處，她恢復了她不知道已經失去的敏銳聽力。類似的事情發生在朋友牧場的禁閉期結束的時候。回歸平凡的存在。

她記憶中的這個城市，只有溫和的氣候和棕櫚樹沒有變。東聖塔莫尼卡的軌道電車，現在是一條十車道、大量汽車眩光流動的高架高速公路。她從機場開車出來後，後面的車子先緊跟著她、然後超車、按喇叭。以前用來判斷方向的山脈在霧霾封閉中消失了。一哩接著一哩地出現在重霾中的建築物就像是一場癌症遊戲中爭著成為腫瘤最大的玩家。這座城市不再讓她覺得心胸開闊。她只是一個疲憊不堪的芝加哥遊客、一個普通的母親，幸運的是的兒子看得懂道路圖。

能平凡，其實沒那麼糟。她能再和鳥作伴，其實滿好的；她的體重已經非常接近目標體重，因此穿泳衣不會尷尬也滿好，要是能在帕薩迪納待一整天，再去療養院探視吉米，讓已經是大廚、相當有實力的安東尼奧做晚飯，該有多好。但她不得不開著租來的車在高速公路上找路，又是多麼出乎預料地不幸。

她錯估了與布萊德利見面的急迫感。三個月來，她被這種急迫感消耗，心思都放在減肥和前往洛杉磯，幾乎沒有具體考慮到了以後還要做什麼。光是想像無言的對望、重新綻放的瘋狂激情就夠忙了。當布萊德利在給她的第二封信中表示要來帕薩迪納找她時，她沒有預見在高速公路開車的可怕。她堅持去他家，因為安東尼奧在帕薩迪納的公寓——加上賈德森會礙事——顯然不是激情的地方。

「媽媽，看我。」

賈德森坐在隔壁的躺椅上，穿著寬鬆的新泳褲，拿著攝影機對著她。機器短暫地答答答響了一下。

「親愛的，你怎麼不下水？」

「我在忙。」

「游泳池沒人，你可以隨便玩。」

「我不想弄濕。」

她心裡有個什麼東西在動，關於恐懼或內疚的顫動——一個記憶。他就是那個在朋友牧場待過、對皮膚上的水恐懼的女孩。

「我想看你潛水。你能潛水給我看嗎？」

「不要。」

他彎著腰，對著攝影機，調整一個刻度盤。這機器對一個九歲孩子來說似乎太複雜了，她還試過要他不要帶攝影機旅行。班機從芝加哥起飛後，他全程沒有看書，不停地摸索這東西，按或轉每個可以按或可以轉的地方。他在迪士尼樂園還是做同樣的事情。他的影片膠卷只能拍三分鐘，他很焦慮，壓力寫在臉上，深怕失手——他一直舉起攝影機又放下去，猶豫不決、在上面東摸摸西摸摸、皺眉頭。她自己也很焦慮，擔心高速公路，實際抽的菸比她覺得可以在他面前抽的菸更多。當他拍完膠卷時，才三點三十分。錢已經花了，迪士尼的拓荒主題館還沒有去，但他說他不想玩了。在迪士尼停車場，在開車回帕薩迪納前，她抽了兩支Lucky Strikes。

「把攝影機放下，」她說：「你玩得夠久了。」

他誇張地嘆了口氣，把攝影機擱在一邊。

「是不是有什麼事讓你不高興？」

他搖頭。

「那是我嗎？是因為我抽菸嗎？我向你道歉。」

黃鸝又唱歌了，非常黃的黃鸝。他看了一眼，伸手拿起攝影機，馬上又縮回去。

「親愛的，你怎麼啦？你看起來變了個人。」

他的臉上出現難過的表情。她的普通聽力恢復後，感官變得更加敏銳。

「你要不要告訴我你在煩惱什麼？」

「沒有什麼。只是……沒什麼。」

「是什麼事？」

「裴里討厭我。」

她又感覺到一絲愧疚，這次顫動地更明顯。

「絕對不可能。沒有人比裴里更愛你，他尤其喜歡你。」

賈德森用力抿著嘴，好像隨時會哭出來。她移到他的躺椅邊，抱著他的臉貼在她胸前。他太瘦了，沒有荷爾蒙，她可以吞掉他，但她感覺到他在反抗。她泳衣太舊，領口已經鬆開，讓她的乳房肆意放縱。她讓他掙脫。

「裴里現在十六歲了，」她說：「青少年講話不經大腦，他們其實並沒有那個意思。這和你哥哥愛你多少沒關係。這點我很確定。」

賈德森的表情沒有變化。

「發生什麼事嗎？他是不是說了讓你不高興的話？」

「他要我別管他。他用了一個不好的字。」

「我確定他不是故意的。」

「他說他討厭我。他用了一個非常不好的字。」

「哦，親愛的，別難過。」

她再次擁抱他，這一次把他的頭對著她的肩膀。「我不必一定要在今天和朋友見面。我可以留在這裡陪你和安東尼奧。你願意嗎？」

他左扭右扭掙脫她。「沒關係。我也討厭他。」

「不會，你不會。以後不許講這種話。」

他拿起攝影機，不知道按了什麼，又按，再按。她從來沒有擔心過賈德森，但看到他這麼投入在攝影機上，讓她想起了她自己那時不健康的投入。突然，她腦海裡出現一幅栩栩如生到讓她顫抖不已的影像，她的靈魂伴侶在她上面的影像，在她對他的完全開放中猖獗著放肆。她身上鬆垮的泳衣——她瘦了三十磅——為了他——這太瘋狂了。哦，還有能力癡迷帶來的解脫，驅逐罪惡感帶來的祝福。她身上的開關還在，依然等著被打開。

「賈德森，」她說，心跳得厲害，「對不起，要是你覺得我有點不像平常的我。我知道裴里傷了你的心，我很難過。你確定不要我留下來陪你？」

「安東尼奧說他會陪我玩大富翁。」

「你不想要我留下來嗎？」

他聳了聳肩，就像孩子一樣誇張地聳肩。她應該留下來陪他，但玩一下午的大富翁很容易殺時間，安東尼奧也答應今天要做脆玉米餅。沒有什麼事情是她不能明天做，非得急得要在今天完成的，除了去見布萊德利。

「那我們進去吧。也許安東尼奧會做一杯冰沙給你。」

「馬上就來。」

「你沒看到牌子嗎？十二歲以下兒童不得獨自在此戲水。」

安東尼奧講解什麼是「冰沙」給賈德森聽。類似奶昔加上香蕉混在一起的飲品。安東尼奧因為工作的關係和吉米搬到洛杉磯，後來就在這邊退休，但他仍然精力充沛，頭髮白亮地耀眼，加上一張比以前更英俊的臉孔。他不費吹灰之力就可以找到新情人，但他卻每天早晚到療養院，探視長年臥床不起的吉米。她回想起年輕時的偏見，明白她當時誤解了安東尼奧與舅舅的關心的原因，是因為安東尼奧是墨西哥人。他們家打理大小事的人一直是安東尼奧，而不是吉米。吉米的藝術作品從來沒有真正受到市場青睞，現在他只是一袋骨頭，他的脊椎骨變形的情況讓他坐輪椅都覺得不舒服。他身上僅剩他的機智。當她問他的弟弟羅伊近況時，他提到羅伊的第一個曾孫是在尼克森當選那天出生的。「我讓妳猜猜，」他說：「這兩件事哪一個讓他高興一點。」

用顫抖的手畫眼線並不容易。客房鏡子裡的那張臉，還是那張顴骨突出的臉，但現在出現了還沒有瘦身前被脂肪蓋住的細紋。想要看到她以她希望的女孩形象出現，光線不能太亮。至少，她的新衣服適合這個女孩。她要皮爾西格大道的裁縫店做一件適合夏天的衣服、類似蘇菲・塞拉菲米德斯說的那種能讓男人精神為之一振的衣服。她為了有個誘因繼續減肥，延後最後一次試衣。裁縫師傳說她穿這件衣服出去一定眾人矚目；這件衣服的費用，來自她校對一本《索福克里斯讀者指南》賺的錢。

當她花光了從她姊姊的遺產中侵吞的錢，也把美國銀行全家卡刷到她能刷的最高額度後，在教會四處打聽有沒有適合像她這種對文學有研究但是沒有工作經歷的人的工作。一位教友介紹她認識一位在經典書基金會工作、正在休產假的女士。校對工作很乏味，但只要可以經常抽菸，還不至於做不下去。抽菸還可以讓她不去想食物，並且進一步限制了她和羅斯以及孩子們的互動。她工作了四星期，賺了近四百元，足以支付信用卡帳單、租車和迪士尼樂園的費用，以及購買賈德森想要的攝影機底片等雜項東西。布萊德利以前說過，在一首十四行詩裡：她有能力。

她和賈德森告別前，先拿著錢包到客房陽台。抽完菸後，她過了一會兒才注意到自己正在穿過草坪走向停車場，而不是回到裡面。顯然，沒有必要說再見？

她太恐懼了，無法判斷。她的大腦就像攪拌機裡的香蕉。現在還不清楚恐懼什麼：是開車上高速公路，或是很簡單的因為那一刻就要到了——過去與現在相連、原本擋在中間的三十年消失的那一刻。儘管她一直癡迷在創造那一刻，但等到那一刻真的來了，她還是有些意外。

她其實沒有能力。她把布萊德利寄給她的行車指示記在腦裡，然後看看能不能一字不差地背出來，測試自己的記憶力。但現在，她一個字都記不起來。她的錢包裡有最近一封他寄給她的信，但她沒辦法一邊讀信一邊開車。

她的車已經在太陽底下烤了一陣子。她啟動引擎，把空調開到最大。她的淡褐色洋裝料子有一些稀疏的綠色佩斯利底紋，一出汗就會非常明顯，而她的汗現在已經很多了。她得找新展望鎮乾洗店的沈先生想想辦法。每次她告訴他這裡或那裡有個污漬時，沈先生絕不會說沒辦法，總是能創造奇蹟、除去污漬。一想到沈先生，她又恢復正常。最糟糕的情況——她可以在四小時內回到帕薩迪納、可以在游泳池裡游泳、不恐懼、正常——其實也沒那麼糟。一些小小的享受、例如一輛帶空調的車子、一杯池邊飲料、一支飯後香菸，任何人都可以像她一樣過完一生。期盼得到享受是蘇菲・塞拉菲米德斯讚美她很擅長的應對技能。

所以，她才覺得奇怪，為什麼她會把這些可怕的事情強加在自己身上。

麵糰的另一句格言：能動總比不動好。她一開上高速公路，就發現她能一字不漏地記起來行車指示。她只能在高速公路開車其實就是一種有益的癡迷體驗：如此耗神，以至於根本幾乎不會注意外面的世界。她只能做一件事，就是一直開在最右側車道並注意路標指示。每天有幾百萬人在洛杉磯開車，但是很少有人喪生。當她通過聖地亞哥高速公路依然沒有死的時候，她有個想法：如果她搬到這裡，甚至可能會喜歡開車。

但是，有這種想法是錯誤的。她運氣好，及時從幻想中醒來，從前往帕洛斯・弗迪斯（Palos Verdes）的出口下高速公路。她被身後的汽車無情地推著，一直開到克倫蕭大道才能停下來喘口氣。她用一個冷氣出風口對著她感覺發紅的臉，然後用錢包裡的紙巾拍了拍腋下。車外的霾有一種海洋的特質，比重霾的顏色更冷，只是變淡，而不是消失。附近遮陽篷上的一行字寫著「裴里召喚現實」。

這幾個字在她的視野中游盪。

它們重新出現的時候，成了「裴里・西蒙斯房地產」，但這沒有減輕她的恐懼。她不想讓裙子染上菸味，下了車。空氣像海風吹來一樣涼爽，對街傳來重鋪瀝青的強烈氣味。遮陽篷上的字太奇怪、太貼切，除了是上帝的訊息，沒有其他可能。但這訊息要傳達什麼？

從三個星期前裴里十六歲生日那天晚上以後，她就沒有和他真正講過話。晚飯後，她把他留在廚房裡，私下給他兩百元，和她在聖誕節給克藍的金額一樣。裴里向她道謝後，她注意有一片蛋糕幾乎沒有動過。他承認是他的蛋糕。他不喜歡巧克力蛋糕了嗎？「沒有，很好吃。」那他為什麼不吃呢？「我的屁股很胖。」他的屁股一點也不胖！「你自己才是那個瘋狂減肥的人。」她只是想回到她適當的體重。「我也是。妳不必擔心我。」他能入睡嗎？「睡得很好，謝謝。」他還有沒有在……「賣大麻？我告訴過你我不會了。」他還抽嗎？「沒有。」那麼——他還記得答應過她什麼嗎？「相信我，媽媽。如果有什麼不對勁，我一定會最先告訴妳。」但他看起來好像有點——焦躁。「五十步笑百步。」這是什麼意思？「妳的精神狀況在我看起來也不是沒問題。」她是——這只是她和他父親之間的一些麻煩。重點是一個成長中的男孩得好好吃飯。「什麼樣的『麻煩』？」只是——沒事。夫妻有時候會碰到的那種麻煩。「知道是誰嗎？卡崔爾太太嗎？」他怎麼會——他為什麼這麼問？「我聽到傳聞，也親眼看過。」嗯——對。既然他愛打聽——對的。而且，嗯，是的——這件事非常讓人沮喪。如果她最近看起來不尋常，就是因為這事。但重點是——「重點是，媽媽，妳應該擔心自己，不是我。」

靠著在路旁抽了兩支Lucky Strikes的幫忙，她總算弄清楚那棟有遮陽篷的樓房只是個普通房地產經紀人的辦公室。她看看四周，常見的柏油路、常見的路燈、長滿海岸常見石楠花的漂亮山坡。她開了一條Trident口香糖，回到車上。

帕洛斯·弗迪斯（Palos Verdes）是她年輕時根本不會想造訪的無數鄰近社區之一。街道上沒有行人，房子比西洛杉磯更平淡、更一成不變。在昏暗的海霧中，這裡顯得荒涼而憂鬱。她開到菲亞里維拉街時，發現早到了十分鐘。

布萊德利的房子稱不上宏偉，也不是她想像中的面海房；車道上停著一輛酒紅色的凱迪拉克。她把自己的車停在離這輛車遠遠的地方，從嘴裡取出口香糖。她抽菸會讓他退避三舍嗎？或者她身上的Lucky Strikes味會把他帶回西湖城的墨菲床上嗎？

他的第一封信是在她的信寄出一個星期後收到的，字裡行間的趣意取之不盡——**妳不知道我有多常想到妳、想知道妳在哪裡、多擔心妳遭遇了可怕的事情**——還有很多小訊息，比如他目前單身。他和伊莎貝兒在他們的小兒子高中畢業後就離婚了，第二次離婚，就在最近，是和一個**早知道我就不會娶她的女人**。同樣引起她的興趣的是他的健康狀況極佳，還特別提到財富狀況。他現在從事維他命事業，不是個銷售員，而是一家位於托蘭斯、四十多名員工的公司老闆。雖然他提到關於兩個兒子的事情很無趣，她研究了細節，並將它們歸檔在一個精神抽屜裡，那個抽屜裡還有第一歸正會每個成員的名字。她是牧師妻子，擅長禮貌性地記事，點到為止，不像以前那樣嚇人，她要讓布萊德利知道這點。

十二點三十分，她按響他家門鈴。

來應門的人有點像布萊德利，不過兩側的臉頰肉比他鬆垮，頭髮比他少、髖部比他寬。這人穿著寬鬆的亞麻褲和尺寸過大的襯衫，顏色淺藍，一半的釦子開著。還有一雙可怕的涼鞋。

「我的天，」他說：「真的是妳。」

她心中出現兩個想法。一是她不知怎麼回事將丈夫的身高投射成布萊德利的，實際上布萊德利從來不是個高個子。另外，羅斯除了個子高，也一直是長得更好看的那個。來應門的男人不僅邋遢，腳趾甲還發黃。她的白日夢作得再多次，也從來沒有一次想過他會穿涼鞋。這一來她心中有了第三個完全沒料到的念頭：她來看他，是為他好，而不是為了自己。

「我還擔心妳找不到我，」他說，示意請她進門。「高速公路怎麼樣？每天這個時候通常還不錯。」他關上門，做出準備擁抱她的姿勢。她斜著身子過去。房子是夾層式，有淡淡的老人味。藝品和傢俱是不誇張的遠東風格。

「好可愛的房子。」

「是的，多虧了最近維他命流行。請進，請進，我帶妳看看。我想我們可以在露台上吃飯，但有點太冷了，妳覺得呢？」

「謝謝你，還特別準備了午餐。」

「天啊，瑪莉安。瑪莉安！我不敢相信妳就站在我前面。」

「我也不敢相信。」

「妳看起來——妳看起來還是一樣。有點老、有點灰，但是——太好了。」

「我也很高興見到你。」

他拖著大一號的下半身，走路時明顯地注意不讓髖關節疼痛的一側受影響；他帶著她下樓到客廳，從那裡可以看到高籬和花園。她的洋裝的濕黏，前不久的恐懼的痕跡，現在看來是傷心的痕跡。她注意到書架牆上有梅勒的近作，厄普代克的近作。

「你一直還在閱讀。」

「天啊，對的。而且讀更多了。我還得上班，但公司已經多少可以自己運作。有時候，我甚至可以好幾天不進辦公室。」

「我不像以前那麼常閱讀了。」

「妳有一屋子的孩子，也難怪。」

她第四件想起來的事情很可怕：她殺了跟他有的孩子。過去三個月，她沒有一次想到也許應該向他提起這件事。她在考慮要不要現在就講。他們那一段歷史全都緊緊地盤繞在她的腦海中，如果她把這事說出來，可能可以抹除他在她眼中的樣子，以及這屋子裡的悲傷氣味。但她想幫他這個忙嗎？她看到，和他相比她自己擁有的這麼多，她既驚又疑。她不僅可以多活很多年，而且還擁有他們的完整歷史。這件事住在她的腦中，不在他的腦中，她覺得自己不情願分享這個故事的理由有些不尋常，因為她是唯一的作者。他，只是一個讀者。

他盯著她看，傻笑著。她不安地想起自己當年迷戀他之時，自己像個演員，扮演著一個危險又瘋狂、直言不諱有話就說的角色。

「你和你的第二任太太住在這嗎？」

他似乎沒聽到她的話。「真沒想到妳就在我前面。多少年了？」

「三十多年了」。

「天啊！」

他又來抱她了。她溜到後窗邊，他趕緊打開一扇法式門。「我帶你去看看花園。我喜歡這花園的私密。」

換句話說，他的房子不是海景房。

「我迷上園藝了，」他說，跟著她走到外面。「人到了六十歲，這種著迷就像發條一樣會冒出來，要時時上緊。我一直討厭院子的工作，現在有多少我都不嫌多。」

花園裡有一大床玫瑰。霧霾的天空是灰藍色，庭院傢俱的陰影模糊不清。一隻鳥在樹籬裡嗡嗡叫，也許是鷦鷯。她聽得很清楚。

「你的第二任太太，」她說：「她和你一起住在這裡嗎？」

他笑了。「我都忘了妳有話就說的個性。」

「真的？你忘了？」

這麼說不公平。這麼多年來，她也忘記了。

「我想聽妳的每一件事，」他說：「我想聽妳的孩子的故事，我想聽——妳先生的故事。妳在芝加哥的生活。我想聽每一件事。」

「我只是對你的第二任妻子很好奇。她是怎麼樣的人？」

他的臉沉了下來。「很痛苦，是個錯誤。」

「她離開你？」

「瑪莉安，已經三十年了。我們能不能只要……」他無力地比了個手勢。

「好。帶我看看你的花園。」

鷦鷯再次在灌木叢中嗡嗡鳴叫，彷彿和她一樣，都對布萊德利的園藝沒興趣。當他談論蚜蟲和修剪週期、上下午日照的差別、以及一棵檸檬樹神秘死亡時，他在她心中的理想化形象完全瓦解了。他蹲下要她看一朵處女繡球時，關節僵硬，預告在不久的將來（與吉米不同），不會有一個忠誠的伴侶照顧他——除非他結第三次婚。而她，已經有丈夫，比自己還年輕，又何必幫忙一個邋遢肥胖的老頭子？的確，如果她不打算嫁給他，她會來他家嗎？

的確，在她腦海的另一個房間裡，他們的重逢正如她想像的方式展開。一件件丟在地上的衣物組成的線穿過走廊，他們在瘋狂結合中忘了午餐。從布萊德利不時瞄她的身材的小眼神，和他引導她穿過他的植物時多次輕觸她的肩膀，她猜，他也想像過同一件事。但現在她可以看到她以前從未看過——彷彿是上帝告訴她——她腦海裡的迷戀室將永遠存在；她永遠不會停止要那些她曾經擁有和失去的東西。

灌木叢中的鷦鷯突然開始唱出完整版的歌，歌聲流動、悠揚、並且讓她耳膜隱隱作痛地清晰。她似乎認為，上帝是本著他的憐憫，透過他的鳥在對她說話。她的眼眶裡滿滿的淚水。

「哦，布萊德利，」她說：「你知道你對我有多重要嗎？」

她指的絕對是過去的事情。但此刻，他手裡拿著一些他拔掉的雜草，也許是無意識的動作。

「你對我很好，」她說：「我讓你經歷了那些事情，我很抱歉。」

他看著手中的雜草，任憑它們落在碎石徑上，將她抱在懷裡。他們倆像以前一樣組合在一起。她的臉頰貼著他的胸，半開的上衣裡外露的胸依然沒什麼毛。她憐憫他，憐憫他變老了，緊緊抱著他，眼眶都濕了。當他試著抬起她的下巴時，她把臉撇到一邊。「抱著我就好。」

「我覺得妳身上每一吋都美。」

「我三個月沒吃東西了。」

「瑪莉安——瑪莉安——」

他湊身向前要吻她。

「我要說的是，」她說，掙脫出來，「我很餓。」

「妳要吃午飯。」

「是的，麻煩你。」

他餐廳裡俗氣的東方屏風讓她難過，他透露自己改吃素不喝酒讓她難過，他用冰茶吞下維他命讓她難過。沙拉裡的半個蛋放在一片生菜葉上，讓她難過到甚至沒辦法拿刀叉碰它。來這裡完全是個錯誤的念頭堵塞住她胸口。她一直想像的**打砲**——這就是他們以前的全部，這就是事實，這就是她讓自己飢餓多日並找藉口去洛杉磯的原因——現在對她來說毫無意義。她希望自己和布萊德利從來沒有做過。她希望她從來沒有和任何人做過這件事。在修道院裡活到五十歲，每天早上起床時聽到甜美的鳥鳴聲、全心愛上帝、讓那個成為她的生活，而不是現在這個……

「妳不是餓了？」布萊德利說。

「抱歉。沙拉看起來很好吃，我只是——你介意我先抽根菸嗎？」

他的表情告訴她，他很介意。他真的成了一個健康狂。

「我可以到露台抽。」

「不，沒關係。我得找找菸灰缸，不知道放哪去了。」

「我懂，」她承認：「我還是一樣是個爛攤子。我以為我這次能騙過你。」

他的心中似乎出現一絲懷疑。「妳——妳的家人呢？」

「哦，上帝，是的。那都是真的。我準備了照片要給你看。這裡——」

她急忙起身，走到前廊。對了，她的錢包最外層，就擺著她的Lucky Strikes。一支菸不會毀了他的窗簾。她回到餐廳、繼續抽著菸，已經不知道還能做什麼。打砲，這個本來煩擾著她的小癡迷，現在她完全沒興趣了，但沒事還是會想起。

一堆快照丟在桌上的聲音，讓她回過神來。在她這些孩子的笑臉中，那個引產的胎兒隱而不見。布萊德利也似乎不再確定希望她留下來。他甚至在鼻子前揮手趕走她的菸味。這些照片他也沒看，就放在桌上。她問他是否相信上帝。

「上帝？」他皺了皺眉。「不。你為什麼問？」

「上帝救了我一命。」

「對喔。妳嫁了牧師。有意思，我怎麼會沒想到。」

「沒想到我和上帝有關係？」

「不是，想想是有道理。妳一直……」

「像個瘋子？」

他起身，嘆了口氣，朝著廚房走去。她已經沒有理由挨餓，但菸已經成為她自主運作的一部份。布萊德利拿著一個黃色陶瓷菸灰缸回來了，側邊印著「勒納汽車」。

她笑了。「勒納汽車怎麼樣了？」

「戰後就賣掉了。經銷地點愈開愈遠，也沒有人想要改裝車身，那一直是哈利最賺錢的業務。」

她用香菸輕輕敲了敲菸灰缸。「僅以我的菸灰紀念哈利。」

悲傷讓布萊德利看起來更老了。一直聊著這些倆人之外的任何事情——或許從以前他們就只講這些——只會證明他們不適合彼此。她曾有的最好、最重要的部份當年都浪費在他身上了，可能反過來他也如此。她那時在洛杉磯心緒不寧、甚至不知道什麼是愛。真正的愛情反而後來在亞利桑納州出現；現在，她的心又被思念新展望鎮刺痛，那棟親愛的、吱嘎作響的牧師館、院子裡的水仙、貝琪弄得滿浴室都是的蒸氣、羅斯為了參加葬禮擦鞋。畢竟，老了三十歲是值得的。一步接一步辛苦地找到布萊德利的家的付出，也是值得的。因為此刻的回報清晰明白：上帝給了她一種存在的方式、給了她四個孩子、一個她擅長的角色、一位和她有相同信仰的丈夫。對於布萊德利，真的，從一開始就只有打砲。

她捏熄了菸，吃了一口沙拉。布萊德利拿起自己的叉子。

反而在她要離開時，那是一個半小時後了，兩人才發生了一些事情。她給他看了她帶來的幾張照片，注意到他多看了好幾眼貝琪一張在學校的近照；她還得忍受他不停地要她看他的照片。要是她能在他的花園再待一小時，換到少看一分鐘他孫子的照片，她會很高興；她的厭乏強烈到接近憎惡。但既然她演的是牧師娘，她就得專心看著布萊德利的子孫，沒說一句話刺激他。

她準備離開，到了前門口，他還試著想喚起她的興趣。她以敷衍的擁抱要告別，他卻抓住她的腰，把她拉進懷裡。

「布萊德利。」

「親我。」

她很快地啄了他一下，他兩隻手開始在她全身游走。他的摸弄、他用鼻輕輕擦過她的喉、捏擠她的乳房，她全部視而不見，這一刻她完全得到確認。她感覺到自己在隱形，而不是興奮。她拍拍他的頭，說她得回去照顧賈德森。

「就不能再多留一個鐘頭嗎？」

「不行。」

這不是真話。她告訴安東尼奧她可能整晚都不回來。布萊德利抓著她的頭，希望讓她看著他。

「我一直忘不了妳，」他說：「即使妳瘋掉那個時候，我也沒忘了妳。」

「很好。也許現在是忘了我的好機會。」

「妳為什麼寫信給我？為什麼要來這裡？」

「我猜——」她笑了。一切都很輕。世界充滿了光。「我猜，我的目的是要忘了這件事。我甚至不知道我在做什麼。這都是上帝的主意，不是我的。」

提到上帝之名，布萊德利放開她，手摸了一下他剩下的頭髮。

「我很抱歉。」她說。

「不是——我工作上認識一個非常好的女性朋友。比我好太多了。」

「哦。」

「只是——她不是妳。」

「嗯。我想沒有人是，除了我。」

「她是日本裔。她負責替我們出書。」

「非常感謝你告訴我這件事。」她拿起錢包，喀噠一聲闔上。「我可不願意看到你孤獨過日子。」

離開他的房子，沒有順從他——沐浴在上帝的認可中；這一次，她知道她值得得到認可——比投降要好得多。她興高采烈，差點飄到自己車上。而她也想起這種興高采烈。三十年前，當布萊德利在卡本特漢堡店的得來速停車場畫下他們戀情的句點後，她也有類似的感覺。確實，上一次興高采烈的結果，只讓她更癡迷，讓她逐漸陷入瘋狂，讓她製造了一個嬰兒，又消滅了它。但這一次是她畫下句點。這一次，興高采烈是因為上帝，她確信祂會保護她一路平安。

為了熬過看孫兒女照片的時間，她又允許自己抽了一支菸，但現在她發現自己不必抽菸了。上帝一再拿走，但祂也一再給予。她擺脫了布萊德利的鬼魂，擺脫了病態的緊迫節食，也終於擺脫菸了。她的興高采烈一直持續到城中心以北，高速公路上完全堵死不動。她想趕在晚飯前回到帕薩迪納游泳，被水包圍，卻因為堵車而生氣。原來，她終究需要菸。還有別的東西，一種想壞壞的內心騷癢。她先看了一眼左邊的車，然後摸了摸自己雙腿中間。她完全沒想到，布萊德利侵犯她的時候她無動於衷，現在卻把她喚醒了。給他他想要的，真有那麼糟嗎？三個月來，他的私密處從渴望到躍躍欲試，現在肯定到達了最佳狀態，但是，很遺憾她自己還沒準備好。一陣菸味從她前面的汽車駕駛座那一側飄來。她打開車窗，壓下儀表板上的點菸器。

當她終於回到安東尼奧的公寓時，聞到炸洋蔥的味道。客廳咖啡桌上還留著大富翁的盒子，證明一個下午的歡樂。安東尼奧一聽到她的聲音，立即從廚房跑出來。

「羅斯打電話來，妳得給他回電話。」

她先想著，羅斯也想念她，也許他透過上帝多少感覺到了她的選擇。但一種不祥的預感告訴她，應該不是如此。上帝給、上帝也拿。基斯利開墾區沒有電話服務。

「他有沒有說怎麼回事？」

「他只說馬上給他打電話，他留了三個不同的號碼。」

「賈德森呢？」

「他在磨起司。那三個號碼在臥室電話旁邊。」

她的餘生就這樣開始了。主臥室的玻璃門裡有一盞可愛的蜂蜜色的燈，花園裡的鳥叫聲，游泳池裡孩子的喊叫聲，廚房傳來炸洋蔥和牛肉的味道，吉米光禿禿的梳妝檯上方，掛著一幅他的畫，主題是旗桿市舊郵局，另一張梳妝檯頂有安東尼奧母親的褐色照片，裝在銀絲相框裡面，那給人的第一印象就是：那些永遠陪伴著你的人。

羅斯的聲音是可憐的尖嗓音。他在新墨西哥州法明頓市的一家醫院裡，裴里正在——睡覺。他們給他打重度鎮靜劑。他想要——他試著——親愛的上帝，他要自殘。他們把他送到醫院，頭上上了繃帶，他已經鎮靜下來。謝天謝地，少年輔育院不要收容他——至少警察知道要拿走他的鞋帶免得發生意外。他能自殘的方法只有——他的額頭上那個大腫塊。但原因是——發生的事情是——他燒了保留地上一座農舍。還犯了持有毒品的重罪。重罪——應該是兩項重罪。他的律師——一團糟——他犯的是聯邦罪。但裴里的心智有問題，他們早上已經帶他到阿爾伯克基，因為法明頓沒有人想接手這個案子。警察不要他、警長不要他、醫院不要他、少年輔育院絕對不要他——阿爾伯克基有個收容未成年精神病患的地方。如果她能搭上飛往阿爾伯克基的班機，他就可以在機場和她碰面。

羅斯傳遞的每一個事實都剛好落在它們該在的地方。不知怎麼的，她拿著一支點著的菸走到臥室外的露台。話機就在她的腳邊，電話線已經拉到最長，沒辦法再長。已經西沉的太陽雖然還是金黃色，但在那更深的維度中，陽光似乎是陰暗的，但是這並不意味上帝已經離開她。隨著新的黑暗而來的，是一種平靜感。沐浴在祂的光中，體驗興高采烈的喜悅，是一種要付出才能贏得的特權，一種為喪失而焦慮的特權。延遲已久的懲罰開始了，她不用付出、不用焦慮。她在上帝的審判中會安然無恙，她可以簡單地歡迎祂進入她的心。

「瑪莉安？妳在嗎？」

「是的，羅斯。我在。」

「這件事很糟糕。這是我們遇上的最糟糕的事。」

「我知道。我的錯。」

「不，是我的錯。我是——」

「不，」她堅定地說：「這不是你的錯。我要你確定裴里有人照顧。如果你確認了他沒事，我要你去好好睡一覺。問問有沒有護士可以給你一顆安眠藥。」

一個潮濕、聽著讓人窒息的聲音從長途電話的嘶嘶聲中傳來。

「羅斯，親愛的。試著睡一會兒。你會為我做這件事嗎？」

「瑪莉安，我不能——」

「安靜。我明天就到。」

她從來沒有像這樣這麼平靜，似乎碰到她靈魂最深處的平靜。在她接著開始做的所有事情中——把手機拿回到室內、找到她的機票並打電話給航空公司，再次與羅斯簡短談了一下，打電話給貝琪，然後向賈德森解釋計畫改變，向他保證，貝琪會在芝加哥的機場等他，最後，她坐下來，悠閒地吃著三個滴著溫熱牛脂肪的脆玉米餅——她能感覺到自己的腳穩穩地踏在地上。她不害怕將要發生的事情，不害怕看到裴里並善後，因為她的腳已經踩到了底，再往下是上帝。她的人生走向盡頭的時候，也是開始的時候。**妳有一種鎮定的能力**——讓她注意到此事的是布萊德利的十四行詩，多麼有趣。她多希望這種鎮定在她去他家前一天降臨。她對他就可以無話不談，而不是幾乎無話可談。儘管，也許因為他不認識上帝，他不會在意是否聽到她要對他講的話。

早上，在機場，賈德森在跟登機口工作人員和空姐碰面後問她，為什麼他不能整個星期都和安東尼奧在一起。由於他昨晚沒睡好，眼袋跑出來，脾氣也很暴躁。她則睡得非常好，一次也沒有醒來。最糟糕的事情既然發生了——她從此就不必再擔心這件事了。

「你和貝琪會玩得很開心，」她說：「她一定會帶你出去吃披薩。」

「貝琪對我沒興趣。」

「她當然對你有興趣，這是一個和她單獨相處的機會。」

他低頭看著自己的攝影機。「裴里什麼時候回家？」

「我不知道，親愛的。他的精神崩潰了，你可能要過一段時間才會看到他。」

「我不懂『崩潰』是什麼意思。」

「意思是說他腦子裡出了點問題。很可怕，但也有好的一面。不管他對你說了什麼不好的事，都不是他說的。你知道他不是他，就不會覺得受傷了。」

「這不是好的一面。」

「也許安慰這個字比較好。」

「我不要安慰，我希望裴里回來。」

傷害的漣漪向外擴大：賈德森從此就是一個哥哥有精神病的男孩。他自己形成的第一印象，昨晚她講電話的聲音、早晨高速公路上的重霾、他必須獨自登機的經驗，這些都會永遠跟著他。但上帝讓賈德森健康又強壯。她可以從他對裴里的愛以及他們的對比中感覺到這一點：她從來沒聽過裴里擔心兄弟姐妹。她的罪造成巨大的傷害，但唯有對裴里的傷害可能無法挽救。她提議陪賈德森上飛機，把他安頓好再離開，賈德森很生氣，他說他不是嬰兒。

她搭上自己的航班之前，買了一本平裝版的《春風不化雨》（*The Prime of Miss Jean Brodie*）。她本來不認為可以專心讀小說——上一次他能夠平靜下來讀小說已經是好幾年前的事情了——但她被吸進去了，一直讀到鳳凰城，然後，在第二段航班上，一直讀到阿爾伯克基。她沒有讀完，還差一截，但這並不重要。沉醉在小說夢境中比其他夢境更有彈性，人可以在句子中間被打斷，然後又隨時重新接上。

藉著閱讀，她的加州早晨就變成了阿爾伯克基的傍晚。羅斯就在機門口等著，身上是那件羊皮外套。他看起來沒有血色，似乎整晚沒睡。當她伸手挽住他的手時候，她感覺他在顫抖。出於善意，她放手了。

「所以，」他說：「他們的確把他轉走了。」

「你看到他了嗎？」

「沒有。我們明天早上可以一起去。」

在想家的情緒中，她忽略了他們婚姻的麻煩。看到羅斯的身體，那麼高、那麼年輕，就回想起她對他的殘忍和他追求那個叫卡崔爾的女人。儘管她推測卡崔爾已經退出，但還有許多其他女人會取而代之，分散照顧精神病兒子時難以承受的折磨。災難發生之後，他似乎更有可能最後決定離開她。合該如此。她覺得自己有能力接受離婚，就像她有能力做其他任何事一樣。但這個可能發生的未來同時讓她想到，她離開帕薩迪納後沒抽過一支菸。

她在行李提取區點著菸時，他不高興地嘆了口氣。

「抱歉。」

「隨便妳吧。」

「我就要戒了，只是不是……今天。」

「我無所謂。我也很想來一支。」

她遞給他那整包菸。「來一支？」

他一臉嫌惡。「不要，我不要。」

「你剛剛說你也想來一支。」

「我的天，那只是說說而已。」

對她來說，甚至連他逞口舌之能也是甜蜜的。她和布萊德利連鬥嘴也少有，更不用說類似這種針鋒相對的經驗。這得共同生活多年才做得到。

「我們得租輛車，」他說：「凱文‧安德森開車送我到這裡——他正在回『許多農場』的路上。信用卡在妳那邊嗎？」

「在我這。」

「你這趟去洛杉磯沒有刷爆？」

「沒有，羅斯。我沒有刷爆。」

租來的車都是菸味，倒是方便不少。他把這次災難的財務層面講給她聽。部落議會行政人員汪達推薦了一位阿茲特克市的怪名字律師克拉克‧勞里斯，羅斯前一天見已經和他談過，對他的印象很好。因為勞里斯是頂尖律師，價格不菲；裴里在新墨西哥州犯了兩項重罪，但因為他是精神上無行為能力的少年，所以會以「行為偏差」為由起訴，刑罰通常是關押在精神病院，然後在感化所至少待兩年。但裴里是伊利諾伊州居民，如果父母同意自費治療他，勞里斯對後續會很樂觀，他認為法官會給予他們監護權。勞里斯在該管地方法院人緣很好。

「這是賜福。」她說。

「那是妳沒看到裴里。他們接到他之後，他沒說過一個完整的字。只是一直不停呻吟、摀住臉。要謝謝法明頓的警察，他們把他關在最靠近辦公桌的牢房。如果不是他們這麼注意，他的頭蓋骨可能已經撞破了。我猜，他——我的意思是，根據我所諮詢到的意見——他可能有躁鬱症。」

聽到這個以連字符組成的邪惡詞時，她不由自主地倒吸一口氣。車窗外是阿爾伯克基的破敗荒蕪。街道上的彎曲翹起的膠合板店門、排水溝裡都是破瓶罐。她想起父親精神崩潰前的著魔狀態，凌晨三點獨字彈著節奏爵士樂。

「確定不是毒品嗎？他用了什麼毒？」

「古柯鹼。」

「古柯鹼？這是什麼，我從沒聽過。」

「我也沒聽過，安布洛斯也沒有。他從哪裡拿到的、為什麼他有這麼多——現在都不知道。」

「嗯，這就是他崩潰的原因嗎？如果他是在戒斷——」

「不是，」羅斯說：「我很遺憾，但不是。這都是我的錯，瑪莉安——我知道他不對勁。大衛・戈雅告訴過我他不對勁。他明顯是不對勁，到現在——還有一件事，昨晚。今天一大早。他的鎮靜劑藥效退了、醒了以後，他們不得不又綁住他。他有精神性憂鬱症。」

一雙手在她的面前胡亂動著，她將它們引導到她錢包裡找菸。給它們一個任務去執行，這是件好事。

「無論如何，」羅斯說：「我們要面對的是長期康復過程。我不知道他們會不會因為他待在這裡的時間向我們收錢，但勞里斯的費用至少要五百元，可能還要多得多。然後，在私人醫院住幾星期或幾個月，接著再進行進一步治療。妳確定現在要聽這些嗎？」

她點了一根菸。有點幫助。「是的。我想知道一切。」

「我們還得賠償他燒掉的那個穀倉。它在部落的土地上，除非業主有保險，但我不覺得會。我聽說那裡面還有拖拉機、一些其他設備加上建築物。我不知道價值多少，但好幾千跑不掉。我在等妳來的時候給教會辦公室打了電話，菲麗斯看了責任條款——沒辦法幫忙。我們確實有貝琪給裴里的三千元。我們也可以從她給克藍和賈德森的錢拿那裡借一部份出來，但還是不夠，我們需要更多。」

「我會找份全職工作。」

「不。這是我的責任。問題是，我有沒有辦法借到夠多的錢。」

「有必要的話，我可以一直工作到八十歲。」

羅斯突然把車轉到路邊，並用力踩下剎車，轉過身來正面看著她。「我們得把事情說清楚。這件事完全是我的責任。妳明白了嗎？」

她用力搖頭。

「一年前，我沒有聽妳的話。」他說：「那個時候，妳想帶他去看心理醫生，我沒聽進去。五天前——我還是沒聽進去。他差不多就是在告訴我他瘋了。還有——天啊！我竟然沒理會。」

她用力吸了一口菸。「這不是你的錯。」

「我告訴妳，這是我的錯。我不想再討論這件事了。」

她看到擋風玻璃外一個瘦弱的孩子，沒比裴里大多少，蹣跚地走出一家酒品專門店。他的襯衫晾在褲子外面，而褲子幾乎像是空蕩蕩地掛在屁股上。他的紙袋裡有一個瓶子。

「我們現在要去哪裡？我不要一直坐在車裡，我不舒服。」

「這完全是我的錯。這件事到此為止。」

「我不管是誰的錯。快！快開，然後讓我出去。我受不了了，讓我出去！」

「也許妳不該抽菸。」

「我們要去哪裡？為什麼要停在這裡？」

羅斯沉重地嘆了口氣，把車重新上檔。

之後，她記得他們在華美達旅店停車場，她非得下車的絕望心情已經消失了。對她來說，這輛車現在似乎相對安全。羅斯去辦理入住登記時，她閉上眼睛。

奇怪的是，如果上帝一直在她心裡，她幾乎不曾因為感動而禱告。她住在亞利桑納州時禱告不斷，是因為她的罪，但當她嫁了羅斯以後就停止了，就像她不再寫日記一樣。她記得她再一次真正禱告，是在每一個孩子出生後，因為那是一件理當感謝的事情。她每個星期在教堂裡的禱告更像橫向而不是縱向的聯繫，更像是屬於一個教友團體的行為。上帝已經知道她在想什麼了，所以她不需要告訴祂，為了討個小恩小惠打擾一個無限存在似乎很愚蠢。但她現在求的是個大忙。

親愛的上帝，我接受祢的旨意，祢給我的也是我應得的。但是，我請求祢讓裴里康復成為祢的旨意，就像祢曾經讓我康復一樣。也請讓我不再發瘋成為祢的旨意。我想做我自己，我想為羅斯全心全力以赴，祢知道我有多愛祢。如果能讓我的頭腦清醒、足以認清祢的旨意，我會非常感激。不論祢的旨意要我做什麼事，我都會欣喜地去做。

睜開眼，她看見兩隻麻雀，一隻的羽色比另一隻顯眼。牠們正在一排水泥停車位的碎石間覓食。她的心情在請求幫忙之後更平靜了。重要的是請求，而不是答案。她決定，在她有生之年，她每天都要禱告。在一個充滿上帝的世界，禱告應該像呼吸一樣平常。

她對於自己的領悟很高興，拎著錢包下車。羅斯拿著房間鑰匙正穿過停車場。她跑到他面前說：「你禱告了嗎？」

「呃，沒有。」

「我們去禱告吧。行李可以待會再拿。」

他似乎有點擔心她，但她不想停下來解釋。他們的房間在一樓最底。她匆匆往前走，他拿著鑰匙跟在後面。

房間很悶熱，晚霞光打在窗簾上。她立刻跪在地上。「就這裡，哪裡都可以，無所謂。你會和我一起跪下嗎？」

「嗯。」

「我們先祈禱，然後再說話。」

他似乎還是有點擔心，但他仍跪在她身邊，十指交扣。

哦，上帝，她禱告說。請善待他。請讓他知道祢在那兒。

這就是她要說的全部，但羅斯顯然有更多要說。大概過了五分鐘，他才站起來打開空調。

「我知道這是私人的事，」她說：「但是——你感受到祂了嗎？」

「我不知道。」

「如果我們要度過難關，我們需要隨時都能感受到祂。」

「我和妳不一樣。妳總是做得到——對妳來說感應到上帝總是很容易。但對我來說不是那麼簡單。」

他的話聽起來就像她接觸上帝這件事很放蕩，像她的高潮很快就能來的天份一樣。她和他一起站在空調流出的涼爽氣流中。他們倆已經很久沒有單獨待在旅館房間裡了，幾乎就和布萊德利帶她去旅館房間的年份一樣久。她可曾在旅館房間單獨和一個男人在一起卻沒有發生性行為？可能沒有。

「一般來說，這在處境很糟糕的時候會有用，」羅斯說：「但是，我現在的處境實在太糟糕了……」

他的肩膀開始顫抖，他還用手捂著臉。當她試著安慰他時，他打了個冷顫。

「羅斯，親愛的。聽我說。我也忽略了一些事情。我可以看到裴里不對勁，但我沒有理會。這不是你的錯。」

「妳根本什麼事情都不知道。」

「我相信我知道。」

「妳根本不知道我做了什麼！妳不知道！」他狂亂地看了房間四周。「我去拿行李。」

她帶著錢包到浴室，撕開水杯的包裝紙。鏡子裡的女人的苗條身材還在，讓她驚喜。羅斯現在會永遠離不開這個女人。她想知道他會不會再一次要她。上帝懲罰她是否合理姑且不論，上帝肯定還是允許她有一些樂趣。沒錯，她真的想知道，她為了布萊德利把自己調整到最佳狀態，卻欲求不滿地回到羅斯身邊，是否也是上帝計畫的一部份。她又上了點口紅。

羅斯坐在床邊，雙手扶著臉，似乎在複製裴里的情況。她到他身邊坐下，撫摸他。他又打了個冷顫時，她開始起疑。

「所以，」她說：「你覺得你做了什麼？」

他晃了晃身子，沒有回答。

「你一直說我不知道。或許，你跟我說了會好受些。」

「都是我的錯。」

「這你從剛才就一直在講。」

「我——啊。要我說什麼。上帝告訴我了，祂告訴我該怎麼做，我沒聽。然後是安布洛斯……」

「安布洛斯？」

「他在等我。凱文去報告裴里失蹤了，警長已經發佈公告，所以凱文直接去了法明頓，但是，汪達和安布洛斯不得不先在基斯利等我。他們等了一個小時，整整一小時。」他又抖了一下。「我想我沒有跟妳說——我沒有說在基斯利開墾區有個家長顧問是……所以，賴利・卡崔爾在『許多農場』下車，他媽媽到了平頂山上，我們遇到了一些麻煩。我是說我的那個營隊。有一個納瓦霍人闖進學校，我不得不……我們不得不……也就是說，我和，呃……」

「賴利的媽媽。」

「是的。」

「法蘭西絲・卡崔爾和你一起在基斯利開墾區。」

「是的。」

現在，她終於看到上帝懲罰的全貌。他和羅斯在聖誕節吵架以後，他對她示好很多次，她都一一拒絕。從他的示好，以及他經常低落的情緒，她推斷那個卡崔爾女人選擇退出婚外情，瑪莉安當時還很過份地取笑他。現在，她瞬間明白他為什麼會回十字路。他過去用納瓦霍人的故事迷惑她，奏效了，所以他在那個卡崔爾女人身上試了試，又奏效了。卡崔爾女人是個傻子，她也是個傻子。她要怪只能怪自己，沒有別人。

「但是，你現在卻在這裡跟我一起，」她說：「你一定非常不自在，因為我們得一起解決這件事，因為我們仍舊還是夫妻。」

他看起來像沒聽進她的話。

「我現在希望你讓我獨自留在這兒，」她說：「讓我來承擔責任。我希望你走，去盡可能地快樂過活。這個問題不是你該處理的。」

他用雙手掌根的前端敲打腦袋。他在痛苦中開始失去方向，像個小男孩，她做不到討厭他。他是她的大男孩，上天託付給她看管，她卻把他趕走了。她抓住他一隻手，但他一直用另一隻手打自己。

「親愛的，停下來。我不在乎你做了什麼。」

「我犯了通姦罪。」

「我想也是。別再打自己了。」

「我們的兒子要自殺的時候，我正在通姦！」

「哦，親愛的。我很遺憾。」

「妳遺憾？妳是怎麼回事？」

她腳下的地面很堅固。她在上帝的懲罰中是安全的。

「我只是在想，那種感覺一定很糟糕。如果這兩件事真的同時發生——那運氣真是太差了。沒有人應該受到這種待遇。」

「糟糕？」他搖搖晃晃地站了起來。「這比糟糕更糟。這已經到了無可救藥。禱告是沒有用的——我是個騙子。」

「羅斯，羅斯。准許你去的人是我，難道你忘記了？」

「別看著我！我受不了妳看著我！」

她不確定他的意思。但他似乎是在說，他仍然在意她對他的看法，仍然在某種程度上愛著她。為了避免他覺得她一直在看他，她拿起錢包走了出去。

太陽低沉，遠處的群山被暗影籠罩。停車場的邊緣，一隻麻雀正在乾涸的水窪裡就著殘餘水漬洗塵。空氣聞起來像旗桿市，很快溫度就降了，跟以前她在這個時間從主誕堂一邊計步一邊走回家時一樣。她點上一根菸，看著麻雀，牠的肚子貼在地上、匍伏著身體，小臉抬起向著天空望，用翅膀拍打灰塵，用泥土清洗自己。她看到了她必須做的事情。

她熄了菸，回到房間。羅斯癱坐在床邊。

「你愛上她了嗎？你可以告訴我實話——知道實情不會殺了我。」

「實話，」他苦澀地說：「什麼是實話？對一個徹頭徹尾的騙子來說，愛又有什麼意義？他怎麼可能判斷愛是什麼？」

「我覺得你這麼回答等於是承認愛上她了。她呢？你覺得她愛你嗎？」

「我犯了錯。」

「我們都會犯錯。我只是想從實際的角度想想怎麼辦。如果你愛她，你也覺得她可能愛你，我不會擋在中間妨礙你。你可以把裴里交給我負責。」

「我再也不想看到她了。」

「我是說我讓你走喔。這是你離開的機會，我是在提醒你要想清楚，要不要接受，現在就要決定。」

「就算她愛我好了，我其實也不確定。但整件事也太惡毒了。」

「那只是因為你覺得內疚。等到你再看到她的時候，你就會記得你愛她。」

「不，這件事有詐。和安布洛斯一起在那輛卡車上同車三個小時……」

「里克和這件事有什麼關係？」

羅斯穿著羊皮外套，但還是不寒而慄。這外套是她在旗桿市買給他的。

「妳不知道我對妳做了什麼事。」他說：「三年前，瑪莉安，你知道三年前我做了什麼嗎？我告訴一個十七歲的女孩，我對妳沒性趣了。」

她突然覺得冷，伸手打開行李箱想拿一件毛衣。放在最上層的是夏裝。但她就是沒辦法繼續翻找。

「還有一件事妳也不知道。我從來沒告訴過妳，那個團體為什麼要把我趕出去，真正的原因是什麼。原因是我在那個女孩面前流口水了。我當時甚至不知道我流口水，但她看到了。還有里克——里克也在場。他知道我是誰，而且——上帝啊、上帝啊。」

一個低沉的聲音，她的聲音，說：「你動手碰了她嗎？」

「莎莉？沒有！絕對——沒有。我只是在虛榮心裡面迷失了。」

她也有她的虛榮心。她不想回報他的懺悔了。

「我看到妳下飛機的時候，」他說：「我就知道，我對那個女孩說的根本不是真心的。妳對我非常非常有吸引力。」

「是喔，這話等我又胖回去再說吧。」

「我不指望妳會原諒我。我不值得妳原諒。我只是想讓妳知道——」

「知道你侮辱過我？」

「知道我需要妳。沒有妳，我會徹底迷失。」

「很好。也許你該在還需要我的時候幹我，你看起來很想。」

這話讓他閉上嘴，沒回應。

「最好趁著還想做的時候快點做，因為我又開始吃東西了。」她走進他的視線範圍，雙手滑過她兩側的肉。「這兩片臂撐不了太久。」

「我知道妳受傷了。我知道妳在生氣。」

「這跟你想幹我有什麼關係？」

「我想說的是，是的，如果妳能原諒我——如果我們能找到自己回去的路——那麼，是的，我非常願意……找到我們回去的路。但是現在——」

「現在，」她指出，「就我們兩個人在旅館房間裡。」

「但我們的兒子就在三個街區外的病房裡。」

「一直在講我幹了誰誰誰的人不是我；一直在講我不能幹但是真的、真的很想幹那個人的，也不是我吧。」

他摀住耳朵。她的胸口起伏，但不僅是因為憤怒。在旅館房間裡，用最下流的字眼譏諷他的時候，她也不小心打開自己。她感到需求，需要有人幫忙滿足，而且，真的，其他每一件事似乎都可以等會再說。

「瑪莉安——」

她分開他的膝蓋，然後彎了自己的膝蓋跪了下去。

「閉嘴，」她說，解開他的皮帶。「這裡沒有你說話的份。」

她拉開他的拉鍊，它就在那裡。既美麗又可恨的東西。對十七歲的孩子有興趣，對四十歲的家庭破壞者有興趣，顯然，對他的妻子也有點興趣。她朝著它低下頭，然後——上帝啊，他一直沒洗澡。鼻子裡都是卡崔爾的味道應該能讓她清醒，但不知何故，她覺得每一件事情都可以互換。就好像她沒有拒絕她先調戲布萊德利引發的攻擊，而是向它投降，還聞到了事後的味道。雖然十七歲女孩的事情還需要處理，但卡崔爾的事情似乎已經解決了。不用到嘴就足以懲罰他了。她把他推倒仰躺著，然後爬到他身上。

「一個吻，」她說：「我就原諒你。」

「妳好像怪怪的。」

「我建議你先親了再說，免得我後悔。」

「瑪莉安？」

她吻了他，於是，每一件事情都可以互換。不只是他和另一個男人，不只是她和另一個女人，還有過去和現在。他們很久沒有做愛了，可能有二十五年。她在她比較年輕的身體裡，他脫下她買的外套，空氣和亞利桑納州一樣乾燥稀薄，逐漸消失的光是山光。在亞利桑納州是多麼容易。上帝除了給了她一個出了問題的腦袋和一個信徒的心，也給了她一個非常容易解決的過度性慾望，她甚至在公共圖書館裡緩緩釋放慾望也不至於引起注意。再來一次多容易啊。抓住一些意外的接觸，跟著感覺走，她馬上就抽搐了。她睜開眼睛，看到羅斯的眼神閃爍著對那個性高潮女孩的記憶。他喜歡過的那個女孩，哦，是的，他喜歡過。她的天賦讓他覺得自己很強大。雖然她這個天賦誤置在母性的沼澤裡，完全遺失在焦慮憂鬱的荒原地，但改進後的她讓他再次強大。他不顧邊緣的傷口猛烈抽插，她以後會為此付出代價，但他的興奮也讓她興奮。她催促他繼續、催促自己繼續。她聽到了一種接近狗吠的聲音，一種持續的驚訝的笑聲，直到再一次的抽搐讓她沉默。他加倍努力，但在這裡，過去也重現了。就像在亞利桑納州一樣，她一旦吃飽，就想起自己的罪。

他結束後，把全身重量都壓在她身上，他粗糙的臉頰貼在她的脖子上。

「還不錯，」她說：「對嗎？」

「我不想動。」

「好。不著急。」

僅有的光線來自床頭鬧鐘，唯一的聲音則來自遠處經過的汽車。他吻了她的脖子。

「像這樣和妳在一起——我都忘記了。」

「我知道。」她說。

「就像〈簡單禮物〉（Simple Gifts）那首歌。」

「噓。」

車子開過的聲音像水波破浪。罪再次在她心中蔓延。

「轉啊轉，」他說：「轉啊轉，直到我們轉上正確的道路。就是歌詞唱的這種感覺，我好像一直在轉啊轉……」

這首歌本意是講虔誠信仰的，但她知道他的意思。**躬起身，彎下腰，我們不再感到羞恥。**這首歌的歌詞用字簡單，但表達出深邃的喜樂，其深刻源於將人生的悲傷緩緩釋放，這比任何一種感受的釋放還要甜蜜。悲傷出自內心，她把自己交給它。她哭泣時，感覺他在她裡面變硬。她因此哭得更厲害。她又是他的了。

他用指尖擦去她的淚水。「我永遠不想離開妳。」

「很好，」她說，用力吸了吸鼻子。「但是我該去上廁所。」

「我對這個世界沒什麼用。我們當初就不應該離開印第安納，應該在那裡過一輩子，就我們倆和孩子，和一個信徒的社區……」

她在他身下移動，表示要去廁所，但他不讓她走。

「我只想要一個自己養的家庭、敬拜的上帝和一個妻子，她……瑪莉安，我發誓。如果妳原諒我，我只願擁有簡單禮物讚美詩歌裡所說的那些。」

「噓。」

「妳向來知道該做什麼才是對的。妳怎麼知道我們應該——在我的設想中這是最不可能發生的事，但妳做對了。妳總是對的。妳說關於——」

「噓。先讓我尿尿。」

她摸索著走到浴室，以免腳趾踢到東西受傷。她坐在馬桶上。該是她露一手魔術的時候了，只要一彈指，羅斯的悔恨就會消失。他的懺悔誠懇得可憐，像個小男孩。現在，是她懺悔的時候了，麻雀告訴她是時候了。

然而：要是她不懺悔呢？拖著他經歷布萊德利．葛蘭特、聖誕老人、墮胎、朋友牧場的故事，到底會得到什麼？她可以把肚子貼在地上清洗良心，但這麼做真的是體貼丈夫的行為嗎？既然裴里的災難已經把羅斯帶回她身邊，那麼，單純地愛他、伺候他，不是更好嗎？他就像一個男孩，一個男孩的生活中需要條理，悔恨不也是一種條理嗎？她永遠做不到簡單，但她可以給他一個禮物，就是讓他認為他傷害她比她傷害他更多。難道這不比把她的複雜過往倒在他身上更體貼嗎？

也許是撒旦提出的要求，但她不認為是，因為她不覺得這誘惑是邪惡的，感覺更像是懲罰。不向羅斯承認她的罪過——放棄她受到懲罰、可能獲得憐憫、甚至獲得原諒的機會——將是她餘生的負擔。獨自與她所知之事作伴的無休止的負擔。

我需要幫助。任何暗示都可以。

她坐在馬桶上等著，瑟瑟發抖。如果上帝在聽，祂沒有給她任何暗示，而她等待的時候，心裡有些變化。雖然她以後隨時可以再要求祂，但她已經做了決定。

羅斯掀開床罩，拉過一張床單蓋在自己身上。她擠進去他在一起。「我有話要跟你說，我希望你仔細聽。」

他把手放在她的胸前，她輕輕移開。

「所以，我要說的是，」她說：「我父親有躁鬱症——」

「我都不知道。」

「嗯。你知道他是自殺過世，但我沒告訴你我自己的麻煩事。我沒有告訴你我在裴里這個年紀的時候有多麼徬徨。我怕把你嚇跑，一想到失去你，我就不忍心。羅斯，親愛的，我受不了。我太愛你了，我受不了了。」

「我以前就知道妳有一點瘋。」

「比有一點還要多。在你娶我之前，你有權知道。但我知道說出來的風險是什麼，總之，我沒有告訴你。所以我不想聽到都是你的錯這種話。」

「是我的錯。我是那個——」

「噓。你聽就好。你把兩件事情混在一起了。你對你的……輕率過意不去。就算這樣，你也不應該難過，因為是我准許你去的。」

「這並不代表我非得去做。」

「你受傷了。我傷害你是因為你傷害了我——婚姻裡面這事情很常見。我的意思是，你的運氣比較背。你對在基斯利開墾區發生的事情覺得很尷尬，因此覺得內疚，我理解這一點。但這已經足夠了。你也不必為裴里的事情覺得有罪惡感，他的煩惱都是從我身上來的。」

「我很清楚上帝告訴我該怎麼做。」

「親愛的，我也沒有聽祂的話。從現在開始，我們必須努力做得更好。這就是為什麼我希望我們每天一起禱告。我希望我們能改變。我希望我們更接近。我希望我們一起感受上帝的喜樂。」

他的身體開始顫抖。

「就算發生了可怕的事情，但仍然會有喜樂。我剛才看著外面的鳥——我們難道不能繼續享受世間萬物的喜樂嗎？我們難道不能從彼此身上獲得喜樂嗎？」

他痛苦地叫了一聲。

「噓，噓。」

「我配不上妳！」

「噓。我現在在這裡。我那兒也不去。」

「我不配得到喜樂！」

「沒有人配。這是上帝所賜予的。」

23

貝琪近來非常高興。她終於度過春天學期成為高年級生。和低年級生走在一起時，她覺得自己與一九七二年這一班有了新的共同點。她每天要求自己，至少要和善對待一個以前沒說過話的同學，比如選修鐵工課的男孩或是來自她和譚納曾經一起做禮拜的浸信會教堂女孩。這是種日常的基督徒事工。此外，每到週末如果她和譚納有時間，就會去通過珍妮・克羅斯審查的某個聚會，待個半小時，不喝酒，表示他們正式認可此一活動，最後溜走，轉去超過高中階段喜怒哀樂的領域。

三月下旬，她收到森林湖學院的錄取通知，同時務實地希望能進入勞倫斯學院和貝洛伊學院。她曾經對入學後的生活有過種種期待，例如威斯康辛州必備毛衣的氣候、一間面對落葉斑駁的四合院宿舍房間、適應新校風、爬上新的社會地位，但現在這些期待的任何一個都是她承受不起的幸福，因為她已經另有期待：夏天到歐洲。那個月初，譚納在一次她沒有參加的芝加哥表演場合，遇到一對年輕的丹麥夫婦，很喜歡他的演出。他們恰巧負責規劃阿壺斯市（Aarhus）的民謠節。在歐洲，美國民謠是件大事，各地的夏季音樂節都規劃了給美國演出者的時段，那對丹麥夫婦提出要給譚納在阿壺斯市單獨演出的機會，等於替他們倆打開歐洲各地民謠節的大門。譚納從芝加哥回來，貝琪第一次看到他如此興奮雀躍。他說，如果能夠一起體驗歐洲、參與音樂節，就算沒機會認識瑞奇・海文斯（Richie Havens），但是可以認識像唐納文（Donovan Phillips Leitch）這些人，不是很棒嗎？

貝琪沒有想過去歐洲。聖誕節過後，為了奉守她對耶穌的承諾，她把姨媽留給她的遺產與哥哥和弟弟分享，剩下的錢已經負擔不起和母親一起去歐洲壯遊。此外，目睹母親抽菸、除了自己、幾乎不關心任何人的種種行為，她暗自決定和譚納待在家裡。但是，和他一起到歐洲？在香榭麗舍大道上擁抱他？一起搭乘臥鋪火車穿越阿爾卑斯山？在特雷維噴泉（Trevi Fountain）扔硬幣許願彼此祝福？她只要存夠錢並取消邀請她母親就可以做到。

貝琪不知道父母的婚姻衝突導致她母親搬到三樓儲藏室的全貌，她知道的部份已經夠讓她對父親反感。母親在三樓一個天花板下的低矮角落拼出一張床，在天花板下的窗口下擺了一張舊書桌。貝琪結束了一個滿腦子都浪費在歐洲想像的上學日，放學後，帶著冒險心情上三樓，看到母親坐在書桌前，被一團走味的菸霧籠罩。貝琪把她的計畫告訴她時，她沒抽菸，只是一直把自動鉛筆開開關關。

「我不需要去歐洲，」她母親說：「但是，我不知道妳和譚納一起去合不合適。」

「你不信任我。」

「我不是在質疑妳的判斷能力。你決定分享那筆錢讓我印象深刻——妳做了一件非常有愛心的事情。但妳留著妳那份，不是準備上大學用？」

「除了機票，我幾乎不必多花錢。如果譚納這一趟還要參加其他民謠節，主辦單位會支付我們的費用。」

「如果他沒有受邀到其他音樂節演出呢？」

「我的錢還夠用兩年。然後我會在暑假工作，我還可以拿到一些補助。」

她母親還在開關鉛筆。她瘦了很多，現在變得跟雪莉姨媽很像。體重這麼快掉這麼多不可能是健康的徵狀。

「我一直不想問這件事，」她說：「因為我知道妳聽了會不舒服。但是——妳和譚納有了性行為嗎？」

貝琪覺得她的臉在發燙。

「我不是要讓妳難堪，」她母親說：「我只要簡單知道有或沒有就可以了。」

「情況很複雜。」

「好。」

「我的意思是——不，我們沒有。」

「很好啊，親愛的。這比很好還好……很棒，我以妳為榮。但是，如果妳想和妳的男朋友一起去歐洲，我要知道妳能好好保護自己。」

貝琪的臉又紅了。她的朋友都認為她和譚納已經有了性行為，而她也沒有努力糾正他們。她樂於享受她和譚納共有的秘密、她貞潔的秘密，這個秘密讓她感覺有力、感覺她做了一件正確的事。但是聽到母親和她的想法一致，還真是難以形容的不愉快。

「妳有保護措施嗎？」她媽媽說。

「妳希望我有性行為？」

「我的天，我沒這意思。為什麼妳會這麼想？」

「我可以自己照顧自己。」

「親愛的，我知道妳可以。只是——我也知道事情會怎麼發生。」

「別說這個了。妳為什麼搬到這裡？」

她母親嘆了口氣。「我在替經典書基金會校對書稿。」

「我是說睡在這兒，躲在這裡。」

「你爸爸和我互相都不太高興。」

「是啊。還真是意外啊。」

「我知道，我知道妳一直很不舒服。我為此道歉。」

「這是妳的生活。我只是不想聽妳給我建議。」

她媽媽放下鉛筆。「這不是建議。如果妳想和譚納一起去歐洲，這是我的要求。事實上，我認為妳該馬上去看醫生。妳要不要我幫妳預約？」

「我自己可以預約。」

「隨便妳。」

「我馬上去預約。妳要不要在爸爸的電話上聽我預約？確定我約到了？」

「貝琪——」

到貝琪的臥室要經過三扇門，她把三扇門都關上了。在她眼中，這個世界是顛倒的。婚前性行為本來是錯誤的，但譚納已經和別人有過，她的朋友希望她有，克藍希望她有，甚至她的母親也希望她有。如果有人問賈德森，可能他的答案也會一樣！

她並不謹慎。她喜歡擁吻、撫摸和——高潮。她有幾次不由自主地想要譚納進入她身體，還有幾次她覺得性愛似乎是上帝希望她渴求的祝福。每次救了她的，都是譚納的猶豫。她從一開始就堅定地劃定界限，她讓她的處女之身成為他們倆的共同責任，他們平等守護的寶石，所以譚納在她不由自主時就會出現抓住她。如果這不是真愛在運作，她就不知道什麼是真愛了。

她就像她的朋友在游泳池玩耍時被迫回家做家事一樣，憤憤不平地去看她母親的婦科醫生，接受「安裝」子宮帽並測試她正確塞入的能力。她得到了一罐避孕膠，就像蘿拉・多布林斯基扔在她臉上的那種。

她帶回家的裝備使愛縮小成醫學。它把她和新展望鎮每一位抽屜裡有類似裝備的其他女孩骯髒地聯繫起來。

然而覺得自己比那些女孩優越是不是錯了？儘管她曾多次禱告和閱讀《福音書》，卻一直沒有體驗到抽大麻的精神狂喜，以及從身體期盼成為基督僕人的體驗。啟示的本質一直跟著她：她有罪的驕傲和她需要懺悔。那次啟示經驗之後，從分享她的遺產開始，她一直努力做一個好基督徒，但行善的悖論是，她愈來愈驕傲。就好像，雖然時空環境不同了，但她還在追求優越感。在《福音書》中，耶穌更關注窮人和病人，不義和被鄙視的人，而不是義人和有特權的人。現在她已經採取了避孕措施，她想知道，不接觸她愛的男人是否算是一種虛榮。神不正是在她最低潮的時候對她顯現的嗎？謙卑、接受她是那些女孩中的一員、並放棄她的自珍自寶，難道不也是一種更像基督徒的悖論嗎？

她一有這個念頭，就知道自己想要什麼。她想墮落，藉著墮落加深她與譚納和耶穌的關係。而且她完全知道這件事會怎麼發生。

她父親返回十字路時，她對社團的熱情已經冷卻；此外，她花了太多時間和譚納在一起，無法累積到足夠的小時數，以參加亞利桑納州旅行。金・珀金斯和大衛・戈雅逼她參加馬拉松，在報名截止前賺一些小時數，就可以和他們一起到基斯利開墾區。但是，參加基斯利開墾區營隊的名單一公佈，她不僅看到父親的名字，還看到法蘭西絲・卡崔爾。金和大衛滿心期待貝琪和他們一起出發，她卻有一個更好的復活節假期計畫。她不會在他的廂型車裡把自己給譚納。她會在她原本空無一人的房子裡以適當的儀式做這件事。

她只擔心一件事，而這件事與家人有關。她對父親很反感，因為她有理由相信他犯了對不起母親的罪，與卡崔爾太太通姦。雖然貝琪不會因為把自己給譚納而侵犯任何人，但從某種意義上說，她仍然會因此下降到跟父親一樣的水準。更糟糕的是，她可能會下降到克藍那種水準。要是她在這件事上讓他稱心如意，她會很遺憾。

聖誕節時，她沒有想念克藍，一點也沒有。她對他侮辱譚納還耿耿於懷，以及他說出被動這個字，她相信他也會嘲笑她發現上帝這件事。她只要看到他空蕩蕩的臥室，想起她躺在他床上向他傾訴的許多深夜，就讓她心煩意亂，並且隱約覺得噁心。她的厭惡甚至強烈到可以延伸到譚納在父母家的房間。譚納在聖誕節假期帶她參觀房間的時候，她沒有進去，只在門口匆匆看了兩眼。那房間散發著蘿拉的味道；蘿拉對他家來說算是養女，一個和他有過性關係的妹妹，貝琪不想和這件事扯上任何關係。

她的父母親在聖誕節的晚餐桌上，難得看法一致哀嘆克藍背叛他們家的和平主義，當時她沒有為他說一句話辯護。她聽到譚納告訴大家，克藍執著道德信念的勇氣讓他相當驚奇時，她嚇了一跳，並堅持克藍只是個混蛋。當克藍開始寫信給她，信中除了為錯過假期道歉，還詳述退學的原因，她把信揉成一團，扔進廢紙簍，因為他沒有為侮辱譚納道歉；於是他開始留言，請他母親轉給貝琪，要貝琪在某天某時打電話給他，她也都置之不理。

他在二月和她講到話的那天前一晚，她跟著「藍調」去一家雞尾酒酒廊表演，當晚的客人反常地比一月的客人多。一群年長女性包了最靠近樂隊的幾張桌子，顯然，她們在那裡——喝酒、花錢——是為了譚納。第二節演出進行到一半時，吉格・班奈戴堤出現了。他主動坐進她後面的那一桌。吉格替很多樂隊安排訂定演出場次，她想到，如果讓他欣賞她的容貌、撫摸她的手肘、讓他相信他們有私下默契，就可以讓他更注意譚納，想到這裡，她就不禁高興起來。「我要是說出來，恐怕會讓自己顯得可笑，」吉格說：「但是，妳那時候說的對。不需要那位叫什麼來著的小姐，他的演出表現會更好。看看他吸引了多少女士，真帶勁啊。」她的聰明得到讚許，看到譚納的粉絲們崇拜的表情，聽到他綁上十二弦琴獨奏時她們酒醉的喊叫聲，知道她才是那個能和他單獨相處的女孩：她對自己的生活高興到呼吸幾乎都有困難。

好一陣撫摸擁吻後，凌晨兩點，她才回到家。幾個小時後她被一支響鈴的電話吵醒，母親來敲她的門。她窗子裡的光還是灰濛一片。「別吵我。」她說：「我在睡覺。」

「妳哥哥想跟妳說話。」

「告訴他我去完教堂以後給他打電話。」

「妳自己跟他講。我幫他傳話傳得夠多了。」

貝琪的火氣上來，睡意全消。她披上日式長袍，踩著腳走過她熟睡的父親和兩個弟弟的房門。在廚房裡摸索找到話筒，冰涼的塑膠貼在耳邊，母親在三樓掛斷電話。

「很抱歉吵醒妳，」克藍說：「我想不出來還有什麼別的辦法。」

「就找個合適的時間打電話不行嗎？」

「我試過了。大概，八次吧。」

「把你的號碼給我，我在教堂結束後回你電話。」

「我得工作，貝琪。我沒辦法只在妳方便的時候說話。而且，妳顯然永遠不會方便。」

「我真的很忙。」

「是啊。雖然我也不知道為什麼，妳每天晚上都有空陪妳男朋友。」

「所以呢？」

「我只是不懂妳為什麼要躲著我。」

他似乎認為他擁有她，她無聲的火氣開始沸騰。

「是因為我說了關於譚納的話嗎？我很抱歉我說了那些話。譚納不錯。他非常正人君子。」

「你閉嘴！」

「我連道歉都不行？」

「你煩不煩！你一直在打探我的生活。你不煩，我煩了。」

「我沒有打探妳的生活。」

「那你為什麼打電話給我？你叫醒我幹什麼？」

電話那頭，從紐奧良某個難以想像的房間傳來一聲沉重的嘆息。「我打電話，」克藍說：「是因為一切都糟透了。我覺得妳可能會同情我。我打電話，是因為我完蛋了。選兵委員會把我搞砸了。」

「什麼意思？」

「意思是他們不要我。他們的名額很少，他們已經額滿了。理論上他們還是有可能徵召我，但不會讓我去越南。去越南的每個人不是已經回來就是要回來了。」

她不但不同情，反而非常高興他的計畫失敗。「你可能是美國唯一一個對我們離開越南不爽的人。」

「我沒有不爽，我只是沮喪。我本來以為我現在應該在入伍訓練了。」

「如果殺人對你這麼重要，可以自願當兵啊，為什麼不去。」

紐奧良又發出一聲嘆息，這次更包容、但也更凸顯貝琪不懂他。「妳連我的信都沒看對嗎？這不是我想要打仗，這是社會正義的問題。」

「我是說，如果這事對你這麼重要，為什麼不去自願入伍呢？或者，你只有在委員會要你做什麼，你才願意被動去做？」

「貝琪，這是我主動的決定啊。」

「是喔，你得分了。可惜最後不算分。」

她拉著電話線到廚房水槽邊接了一杯水。

「我錯的地方是，」克藍說：「我應該早一年前就退學。這樣你覺得我會高興嗎？」

水冷冽地好喝。二月的冷冽。

「不會，」她說：「我敢肯定你很難過。你什麼時候犯錯過？」

「我給你打電話是因為我想回家一段時間。但是，我不覺得妳的反應會是希望我回來。」

「現在是早上七點，你希望我有什麼反應？」

「我難道還有其他的方法跟妳聯絡？」

「我真的很忙。了解嗎？你要不要回家，我無所謂，但是，不要用我當你要回來的理由。」

「貝琪。」

「怎樣。」

「我不懂，妳怎麼了。」

「沒有什麼怎麼了。我真的很快樂。至少在你把我吵醒我之前我很快樂。」

「我才轉過身一分鐘，妳就好像變了個人。我說的是——浸信會？妳是認真的？妳要參加浸信會？妳要放棄妳的遺產？」

她終於明白他一直聯繫她的原因：他無法從另一個城市控制她。此外，她還怨恨她母親，因為她把這邊發生的事情講給他知道。

「我已經不是你的小妹了，」她說：「我有我自己的想法。」

「妳不記得我們談過這件事嗎？妳不記得我和爸爸為這件事吵架了嗎？妳說妳在存錢。妳說妳想去一所好學校。」

「這是你要我做的事。」

「而妳不想做？」

「我不是說這完全跟你無關，我的錢還夠我在勞倫斯學院或貝洛伊學院讀兩年。剩下的時間，我可以靠申請一些補助完成學業。」

「但是，我不要妳的錢。」

「如果你不了解行善在基督教義裡的意義，那就沒有辦法解釋了。」

「哦，這就對了。這是譚納說服妳的吧？」

「你是要說，因為我太笨，沒辦法替自己著想？」

「我說的是那些自稱『聖滾者』的人，他一直有點像是信耶穌的怪胎。」

她被純粹的仇恨淹沒。克藍只花了一口氣的時間就侮辱了她的智慧、她的男友和她的信仰。

「供你參考，」她冷冷地說：「譚納喜歡第一歸正會。我才是那個不喜歡的人。」

「他也接受它嗎？這很酷，寶貝，妳說什麼他都聽？」

這就是他說譚納是「被動的人」的道歉方式。

「譚納接受我這個人，」她說：「至於你，我就不敢說了。」

「接受什麼？接受妳相信天使、魔鬼和聖靈？我不相信童話故事。所以我注定要下地獄？原諒我，我認為妳的聰明不僅於此。」

「你知道我聽到這種話覺得有多噁心嗎？」

「聽到什麼？」

「『妳這個太聰明了，妳那個太聰明了。』我這一生都在都在聽你說這句話。你知道嗎？我覺得自己很笨是你一手造成的，也許我厭煩了。」

「對，嗯，好吧。我想妳和譚納在一起，就不必擔心這件事。」

她氣得說不出話來。

「也許妳不該考慮太多，就和他結婚、生個孩子，也別上大學了，加入浸信會。在那裡，沒有人會把妳聽不聽明當一回事。我會在地獄受火刑，所以妳不用擔心我。」

「你把我叫醒，就是為了這個？為了侮辱我？」

克藍那一端沙沙作響。「我很氣，」他說：「妳沒有回過我一次電話。但妳是對的——我明白。如果我是妳，我寧願去幹一個有一輛很酷的廂型車的搖滾明星。」

「天啊。你喝醉了？」

「妳以為我在乎誰幹誰？妳有妳的搖滾明星，爸爸有他的小教友——」

「你在說什麼？」

「我說的是陰莖和陰道。真的要我跟妳解釋嗎？」

她不敢相信他曾經是她傾訴的對象，是她仰慕的人。

「什麼教友？」她說。

「妳不知道嗎？他和卡崔爾太太？妳覺得認為媽媽罷工是為了什麼？」

貝琪在發抖，心中一陣嫌惡。「這件事，我一點都不知道。但是，關於我的事，請你不要錯誤假設，謝謝你。」

「哇。妳是說真的？錯誤假設？」

「對，真的。」

「妳是，該怎麼說——太浸信會了，所以絕對不能跑到本壘？還是妳只喜歡控制他？」

「去你的！」

「我很抱歉那麼形容，但妳有點太沒用了。如果妳連上床都還沒有過，老實說，我看不出來妳有什麼資格講這些話。最起碼妳應該想辦法多了解自己。」

她的恨進入了新層面——現在，在她眼中，克藍的邪惡是公然的、徹底的。他對上帝的反感，對所有禁令的蔑視，已經摧毀了他的靈魂。她的手抖得非常厲害，話筒差一點就掉下來。

「你是個沒有用的人，」她顫抖著說：「自以為高人一等，又理性，但你的靈魂已經死了。」

「我的靈魂？妳說的是另一個童話故事吧。」

「我不知道你怎麼了，我也不知道你的女朋友對你做了什麼，我甚至不認識你。」

「貝琪，我還是以前的那個我。」

「那麼，也許變的人是我。也許我終於長得夠大了，終於明白我們其實完全不一樣。」

「我們沒有那麼不一樣。」

「我們很不一樣！想到你我就想吐！」

她把話筒用力塞回話筒套，然後又把話筒拿出來放在地板上，預防他再打回來，然後帶著恨到想吐的情緒慢慢走出廚房。她試著回去睡覺，但她的恨讓她無法入睡。兩個小時後，當譚納接她去教堂時，她不願意看他，生怕克藍會污染他。在浸信會教堂，她唱著讚美詩，滿懷恨意地聽完佈道。

只有在禮拜結束前、最後的祈禱中，她才重新與耶穌聯繫。她腦中想像她的上帝的臉、無限的智慧和悲傷的眼神時，突然出現一陣憐憫她哥哥的情緒。雖然他的心願是去越南，他也不對任何人隱瞞他正在進行這件事，但是，她永遠不會明白他為什麼要去越南。如今他的計畫失敗，除了失望，他也一定覺得很尷尬。他在紐奧良不快樂，原因應該是沒有朋友，再加上他的工作是在肯德基炸雞店負責油炸，所以才不斷留言給以前一直在他身邊的妹妹。當他終於和她說上話，她卻拒人於千里之外。因為她有罪的驕傲，她遭到冒犯的虛榮心，所以突然出手狠打一個愛她並保護她一生的人。他還手，只是因為受了傷和尷尬。

她回到牧師館，想打電話向他道歉，但是，她上樓看到他空蕩蕩的臥室時，噁心想吐的感覺又在她身體裡面沸騰。一種出自內心的厭惡，加上他看不起每一件她認為重要的事情，壓過她的多愁善感。是克藍主動攻擊她，她只是在保護自己。在她看來，先道歉的應該是他，不是她。直到那天結束再加上之後幾天，她一直等待他再打電話給她。就算只是些微表示遺憾和尊重，只要心真意誠，也可能打開一扇門，看到她更好的一面。但顯然他也有驕傲的一面。

隨著二月結束、進入三月，她洋溢在快樂與幸福中。和克藍的爭吵已經從她的腦海消失。譚納寫了一封信給歐洲十幾個音樂節，附上他在地下室錄製的獨奏帶和關於「藍調」的評論剪報。貝琪幫忙重新措辭，讓信讀起來更有自信。他們倆各有各的期待，他等待歐洲的回覆，她等待勞倫斯和貝洛伊兩所學院的消息。兩人還對她是否準備好將自己給他，進行了徹底的、十字路風格的討論，以及期待在牧師館單獨過一個星期。

不管克藍怎麼想，她都不傻。儘管她拿出遺產與兄弟分享，溫暖了她的心，堅定了她的信仰，但她留下的錢仍然足夠支持她就讀昂貴的私立大學，雪莉姨媽當年鼓勵她要有雄心壯志，如果她就讀私立大學，身旁圍繞的也會是這種人。她也鼓勵譚納要有遠大抱負。如果他碰巧拿到唱片合約並開始全國巡演，她可以預見自己在課餘參與其中。但是，陪他巡迴讓她看到有同樣抱負的音樂人所在多有，就算某人才華洋溢，也會面對殘酷的競爭。她不想見到她進入威斯康辛的新社交圈時，譚納還在新展望鎮沉寂不振；他們婚後如果面對的是這種未來，絕非好兆頭。但話說回來，她自己的未來發展會有兩種可能，而且同樣璀璨，要嘛是迷人的音樂圈，要嘛是享有特別待遇的大學。她非常滿意。

在聖枝主日前的星期五，她下課回家時，心開始狂跳。復活節假期開始了；她墮落的時刻突然就在眼前。她和譚納選擇在星期一晚上行大事。她想為他準備一道特別、歐洲風味的主菜，起司舒芙蕾也許是不錯的主意，但她和真正會做菜的母親商量後，決定以勃艮地紅酒燉牛肉當晚餐。她為了裝飾桌子買了兩根長蠟燭，並且在酒品店大膽地買了一瓶摩當卡地（Mouton Cadet）紅酒。要過一個完美之夜，要照顧的事情遠多於性愛。

她回到家的時候，房子為了她和譚納獨處已經半空了。她父親已經出門往第一歸正會去了，裴里的圓筒行李袋已經收拾好，擺在門口等著。她母親還在的唯一標誌是一張字條，要貝琪開車送裴里去教堂。在樓上，她發現賈德森正在為迪士尼樂園之旅細心打包自己的行李。他不知道裴里在那裡。她回到廚房時，聽到地下室傳來沉悶的撞擊聲。她打開通往地下室的門，盯著它的黑暗。「裴里？」

沒有答案。她打開燈，冒險走下樓梯。從油爐所在的地下室的遠處角落傳來一陣奇怪的喘氣聲，又穿來金屬撞擊聲。

「嗨，裴里，你準備好了嗎？」

「是啊，我準備好了。一個人不能獨處嗎？」

「如果你想搭我的車去教堂，現在就得走了。」

他從油爐後面悠閒地走了出來。「準備好了。」

「你在這裡做什麼？」

「這個問題似乎更適合妳。妳應該是光創造的生物。為什麼不在妳該在的世界閃耀？」

他穿過她身邊，上了樓梯。她沒有聞到大麻味，但她懷疑他也許又吸毒了。有一小段時間，在聖誕節假期的時候，她覺得和他一起出去玩的感覺很新鮮，但他們的「友誼」並沒有因此起飛。由於她增加一個在葛羅夫餐廳打工的班次，替歐洲之行多攢點錢，她幾乎沒有機會和他說到話。

她從地下室出來後，看到他拖著行李袋進了浴室。

「你在做什麼？」

「我現在需要一些隱私。姊姊。如果妳能好心點，會幫我這個容易幫的忙。」

他進了浴室後就鎖上門。

「嘿，聽著，」她隔著門說：「你看起來很奇怪。你還好嗎？」

她聽到他大聲喘氣，聽到拉動大號拉鍊的摩擦聲。

「如果你又吸毒，」她說：「你得一五一十地告訴我。還記得我們說過，不理會會怎麼樣嗎？我不是敵人。」

沒有聽到任何懺悔傳來。在她身後、廚房裡，電話響了。

她以為是珍妮‧克羅斯打來的電話，結果是吉格‧班奈戴堤，要找貝琪。她甚至不知道吉格有她的電話號碼。

「我是貝琪。」

「哈，沒認出妳的聲音。我們的美女今天過得好嗎？」

「她很好，謝謝。」

「能打擾妳幾分鐘嗎？」

「其實，妳要是能晚點再打來比較好。」

「我打電話的原因是——譚納告訴我他要和妳一起去歐洲。妳知道這個計畫嗎？妳知道這個計畫卻沒告訴我？」

她的心緊緊攥著。顯然，她背叛了他們的私下默契。

「我今天早上和他講過話了，」吉格說：「我一直在努力，替他預訂假日酒店的巡迴演出，結果我發現什麼？他要丟下樂隊，帶妳去丹麥！」

「嗯──是。」

「妳知道，我們這一行看歐洲就像看廁所一樣？你知道為什麼他的丹麥朋友會那麼高興他要來阿法克？因為任何人只要用半個腦袋，都看得出來這是浪費時間！我還以為妳我同在一個波段上呢！」

他在扯著嗓子大聲講話。她想告訴他不要這樣講話，她受不了被人吼來吼去。

「我們是在同一個波段上，」她說：「這就只是一個夏天而已。」

「只是一個夏天──我喜歡這種講法：只是一個夏天。昆西和邁克呢？當愛情鳥去度蜜月的時候，昆西和邁克應該幹嘛？百無聊賴，希望你寄一張明信片給他們？譚納要花四個月，至少，才找得到新的人代班，讓他們融入樂團。我們是不是突然來到一九七三年，沒有人記得他是誰。妳覺得這聽起來像是個計畫嗎？我還以為妳很聰明。」

「歐洲喜歡民謠的人很多。」她生硬地說。

「噗。如果妳說的是英國，還可能有點道理──唱片公司還在評估倫敦。但是，在歐洲大陸？妳在開玩笑吧？有那一首法國或德國歌曾經進過前四十名熱門排行榜，妳說給我聽聽看？」

「但是，不只是唱片公司出片，對嗎？還可以培養聽眾。」

「培養聽眾！說得好啊！說說看妳打算怎麼做？妳在羅克福假日旅館演出，然後到羅克島。等到去的小城市夠多以後，開始有點名氣，藝人開發部門的人這時候才會找上門。貝琪，這件事妳得相信我。妳男人在伊利諾伊州迪凱特市表演會比到法國巴黎表演好。我在八個月前在迪凱特替一個團預訂了一場演出，那團剛剛簽了一張大唱合約。我沒騙妳。」

「但是，他還是可以去那個機會——我是說假日酒店。他回來以後會更好，還有新的人脈。」

「聽著，寶貝。親愛的，聽著。妳男人算是還可以。我承認我爸他是幫他一個忙，因為我喜歡妳的風格，但這個忙我不會一直幫下去。他是職業樂手，他聽得進我的意見，他很受女士歡迎。所以，大家都可以賺錢。但是，要聽實話嗎？我不喜歡他自己的創作，觀眾也不喜歡。時間會證明他肚子裡面還有沒有更好的料，但跟他同樣水準的團體還有一百萬個。但是，他有優勢還可以撐一段時間，因為他還年輕、還沒有看膩；還有，妳也聽聽人們是怎麼形容唱片這一行的——就像吸血鬼對青春和美麗的渴望。妳男人現在最不希望聽到的就是晾在一邊晾個一年。」

「好的。」她說，聲音非常弱。

「我跟他說了，如果他想要我繼續替他打理，他就得先把這個歐洲的事情丟到馬桶裡沖掉。他不想聽我的，但他會聽妳的。你需要抓著他的手，訂下這件事的規矩。妳答應替我做這件事嗎？」

「我不知道。」

「妳是那個團的大腦，妳說什麼他都會照做。」

掛了電話，窗外的陽光依然燦爛，廚房卻很昏暗，彷彿照亮廚房的不是太陽，而是到歐洲的夢。她感到被懲處、內疚和失望；對不起譚納，對不起自己。她機械地開車送裴里去教堂，又機械地開車回家，完全不理會他輕輕拍她的奇怪舉動。這是她第一次那麼不想上星期五的晚班。

如果甘冒譚納丟了經紀人的風險，不理會吉格的建議，顯然自私到極點。但是雪莉已經來不及看到她的侄女去歐洲壯遊，貝琪已經分出去九千元，取代歐洲之行的其他選項又都很糟糕：要嘛，和她父母再過一個夏天，在葛羅夫餐廳打工當服務生；要嘛，一片接一片的玉米田和一個接一個到了就會情緒低落的小城以及中西部七月的蒸汽浴。她明白這就是音樂圈的現實，但是，去歐洲和推動譚納職業生涯的願景太完美了，不容許遭到現實擊敗。她看不出來有放棄的理由。

到了早上，她帶著母親和賈德森去歐海爾機場時，她的問題依然沒有解決。她原以為會因為家人都不在而覺得解脫，但吉格對譚納的判斷，與克藍呼應，接下來一星期的浪漫因此黯然失色。看著賈德森提著小行李箱跑在母親前面，兩人出發到棕櫚樹和電影明星的城市，她感到有些落寞。

她從機場出來後，就直接開到葛羅夫餐廳上班。吉格已經以譚納經紀人的名義，取消他每週五晚上在葛羅夫的演出，而已經見識過這個小鎮更高檔的地方的貝琪明白原因所在。葛羅夫餐廳的大地色調裝飾和盆栽樹木太老套、太不時尚，表演廳的音響效果很差，顧客吝嗇又多半是尼克森的支持者。她下班時筋疲力盡，於是打電話到譚納家，留言請他母親轉交，說她沒辦法到溫奈卡（Winnetka）看他演出。有趣的是，譚納沒有回她電話。

然而，第二天早上，他的廂型車在每週日同一時間開進了牧師館的車道。她當時不理解原因，但她還是穿上了她最好的春裝，還上了很濃的妝。浴室鏡子裡那張臉根本不是女孩子的臉，也許這就是了。也許她想把自己放在一個可以回顧自己的未來。

譚納也穿得很正式。他在朦朧的晨光中，穿著他為參加祖母葬禮買的西裝，肩膀上濃密光亮的頭髮，芳華正盛的貝琪進入視野時他的眨眼。他美得離譜。不管是什麼情況，她永遠都看不厭他，他接著吻的那張女人的嘴就是她的。這個吻在平常的地方刺激了她的神經，讓她的問題看起來不那麼重要。

「我在想，」他說：「妳想去第一歸正會嗎？」

「你想去嗎？」

「我不知道——今天是聖枝主日。在一個完全熟悉的地方可能比較好。」

「我喜歡。」她又吻了他。「這是好主意。謝謝你提議。」

她很高興他明白說出了他的願望。也很高興終於能在她父親不在的一個星期天回到第一歸正會。當她和譚納進場時，很高興看到驚訝的面孔；很高興地從服務同工湯姆・杜華洛和貝絲・杜華洛的手中接過一支棕櫚樹枝；很高興她和譚納可以坐在他們第一次一起參加禮拜時坐的長椅。奇怪的是，她會回想她在那次禮拜是如何想像他們是一對夫妻。奇怪的是，她一方面非常希望有來生，然後真正住在來生的時候，對時間的感覺卻不真實。她現在和他坐在一起，聆聽上帝的話語時，她沒說話，但不是被杜懷・黑夫勒的話佈道擊敗。她想知道的是，人活一輩子的目的是什麼。人的一生中，幾乎每一件事情都是虛榮的——成功是虛榮、特權是虛榮、歐洲是虛榮、美麗是虛榮。當你剝離虛榮，獨自站在神面前，還剩下什麼？只剩下愛鄰人如愛己；只剩下一個主日接著一個主日來臨時敬拜上帝。就算你活了八十年，生命的存在持續時間也非常短暫；八十年的星期天加起來，也只要一眨眼就結束了。生命沒有長度；只有深入才能得到救贖。

事情就這樣發生了。主日禮拜接近尾聲時，她和譚納站在一起唱讚美詩，聽到他的男高音響起，聽到自己的聲音顫抖著與他保持一致時，金光再次進入了她的體內。這一次沒有被大麻遮蔽，更加明亮。這一次，她不需要低頭看自己才能看到它。她能感覺它在她心中升騰、滿溢——上帝的善，她的問題的簡單答案——它突然發作，而且來得如此強烈，以至於她唱歌時的呼吸都亂了。答案，是她的救世主，耶穌基督。

她在其他教堂裡一直尋找這個答案，但是都沒有找到。她在她開始的地方找到它。在她看來，這是一個重要的事實。

她和譚納擺脫了在客廳裡圍著他們交頭接耳、羨慕他們乃至眼眶微濕的中年婦女，進入今年最暖和的春天早晨。發作後，她的感官對輕柔撫過的微風、花和春天土地的芬芳、銀行建築旁耀眼的山茱萸、不知在何處的鳥鳴以及她的身體內的春天慾望都特別敏感。因為是神的眷顧攪動了他們心，所以她不認為他們犯了一絲一毫的錯。他們只是成為他創生的一部份。

「我們去散散步吧。」她說。

「妳穿那雙鞋會打腳的。」

「太美了，我要光著腳。」

楓樹大道上的人行道下面仍然是冬天，與溫暖的太陽形成鮮明對比。她不記得上一次光著腳走路是什麼時候了。她的曾經的八歲女孩現在已經十八歲了，有一天可能會八十歲。她對春天的感官記憶證實了她對聖所的洞察：時間是一種幻覺。

「它又發生了，」她告訴譚納：「聖誕節發生的事情——在我們唱讚美詩的時候又發生了。我看見上帝。」

「妳——真的嗎？太奇怪了。」

「奇怪的是，昨天完全相反。昨天我覺得自己快死了，現在我還活著。昨天我不知道該怎麼辦，今天答案看得很清楚。」

「妳在說什麼？」

她用幾句話交代了她和吉格的談話。她顧及譚納的感受，沒提吉格對譚納的看法，即使如此，譚納還是很生氣。雖然貝琪猜到那個尖叫的樂隊成員是蘿拉，但她只看過一次他真的很生氣，那次是昆西害得樂隊到城裡的演出遲到了。

「這在搞什麼？他打電話到妳家？沒有先跟我說？」

「你沒有給過他我的號碼？」

「給那個傢伙？不可能。如果他有話要跟我說，那就來找我說。妳是不是這樣告訴他的？告訴他他應該找我說，而不是妳？」

「我就只是接了一通電話。」

「天！這種事情實在很煩。他安排演出機會很有一套，但是，是個不折不扣的卑鄙小人。從我們認識他第一天，他就一直在妳旁邊繞來繞去。我真不敢相信他背著我打電話給妳！」

譚納的爆發、以及爆發內的自信，讓她非常滿意。

「我猜，他認為，」她說：「是我讓你去歐洲。」

「我已經告訴他我去歐洲的原因了。我告訴他，如果他不能接受，我會再找一個經紀人。」

「對。但是，我們應該想想。譚納，我們應該想想，也許我們不該去。」

他在人行道上停下來，楞著不動。「妳不想去了？」

「不，我想。但是——那只是虛榮心作祟。我昨天看不到這點，但現在我看到了。我想要的，是對你最好的，而不是我。吉格也說最好不要去。」

「他當然會這麼說。他只關心錢——如果我在歐洲，他就不能抽成。」

「要是他說的對呢？如果這是職業生涯的錯誤怎麼辦？」

「他對那裡的情況一竅不通。用他的話說——『我知道個屁』。」

「但是，他了解這裡的業務。如果你想要唱片約、想要真正出頭，你不覺得應該聽他的嗎？」

譚納盯著她。「他跟妳說什麼了？」

「就是我跟你說的。」

「我以為歐洲是我們會一起做的事情。不僅僅是跟音樂有關——我以為我們要一起體驗。」

「我也想要一起體驗。但……也許不必非得要在這個夏天。」

「貝琪，妳不想和我在一起了嗎？」

他的眼裡含著淚水。它們讓她想和他在一起。

「我當然想。我愛上你了。」

「就去別管他媽的那麼多，我們去歐洲吧。」

「但是，親愛的——」

「就算是『職業生涯錯誤』又怎樣？我唯一關心的就是和妳在一起，用音樂讚美生活。只要我和妳在一起——貝琪，只要我和妳在一起，就沒有錯誤這回事。」

對街一個長著一叢一叢稀疏分佈的亂草的院子裡，一名男子發動了割草機。它先咳了幾聲，接著引擎回火噴出一團藍色煙霧。日子一天比一天暖和，牧師館就在拐角。她看到譚納眼中的淚水，聽到他不由自主地表達了她在聖所裡一模一樣的想法——只有愛和禮拜才是最重要的——她覺得自己的身體可能會飄起來。她握住他的手，按在她的臀部上。

「去我家吧。」

他馬上明白她在說什麼。「現在？」

「對。現在。我早就準備好了。」

「我十點半要練習。」

「你是前台，」她說：「你可以跟他們講，練習取消了。」

◆

九月初，在羅馬，他們在臨時將就過夜的公寓裡，遇到一對二十多歲的德國夫婦。這對夫婦的下一站是太太父親位於托斯卡尼的農舍。嚴格說來，他們是聽了譚納演奏後邀請他而不是貝琪同行，迫不及待地答應的人卻是貝琪。在這之前，貝琪多方嘗試讓對方開口邀約：假裝她的畢生心願就是到托斯卡尼鄉下走走看看，聽完農舍裡外的介紹後毫不做作地歡天喜地，但都沒有引起注意。這其實很諷刺，因為譚納比較在意人而不是地方，他對羅馬沒有抱怨。迫不及待要離開羅馬的人是貝琪。羅馬又悶又熱，雖然他們歇腳之地不僅大，位置又好，看得到鮮花廣場（Campo de'Fiori），但可以說沒有傢俱：每一個房間的木條地板都被陽光曬得顏色深淺不一，沒有桌子、也沒椅子，她和譚納在以前可能是宴會廳的一角打地鋪，睡在一扇打開的窗戶下面，聞著腐爛蔬菜的氣味。在遠處的角落裡有一對據說來自鐵幕、不甚友善的年輕夫婦。他們光著身子四處走動，或不安靜地在房間裡唯一一件傢俱、一張十二呎長、金線裝飾的沙發上做愛。還有六個長髮遊客也像他們一樣，接受那個叫艾德華多的男人熱情邀請住進來。艾德華多是義大利人，個精靈一樣，穿著白色緊身褲和薄底樂福鞋，沒穿襪子，住在廚房後面兩間傢俱齊全的房間裡。貝琪和譚納是在一條小街上遇到艾德華多，譚納在那裡賣藝，貝琪坐在人行道上寫旅行日記。艾德華多把一張五千里拉的紙鈔丟進譚納的吉他盒，並邀請他們和他打地鋪時，他們不需要再聽一次問題才能確定。前一天晚上，在火車站附近的小旅館房間的枕頭下，他們發現了一團揉成球狀、表層脆酥的衛生紙。

羅馬的民謠節在八月的最後幾天舉行，組織者雖然拒絕譚納申請，但有時後會在最後一刻開放表演時段。他們懷著這個期待，再加上雪莉姨媽特別喜歡羅馬，以及他們的歐鐵通行證就要到期，他們決定提前四天從海德堡南下。在海德堡，譚納的演出時段是在上午十一點，台下的聽眾少得讓人失望，但是他正式受邀的身份可以享用免費食物，睡在鋪著乾淨的德國床單的床上，也可以留著還沒兌換的旅行支票。

在羅馬，他們到自助餐廳填飽肚子，並為是否該把錢花在冰淇淋上苦惱。羅馬有一千個景點可看，但是，貝琪在譚納忙碌時唯一覺得安全的地方，要嘛是陪在他身邊，要嘛是在沒有傢俱、像烤箱一樣悶熱的公寓裡。她一個人上街時，一定會碰到義大利男人騷擾。雖然艾德華多力勸他們多留幾天，想住多久都可以，但他們還是只能用睡袋在木條地板上打地鋪。那一對尊重隱私的德國人描述的托斯卡尼農舍的樣子，就像是個喘口氣的夢。羅馬的酷熱讓她神經煩躁。他們打算一路搭便車到巴黎參加一個戶外音樂節，在那之前，譚納完全沒有演出機會，所以，他們有一個星期可以消磨。那個夏天，巴黎戶外音樂節的大事是Who和鄉村喬・麥唐諾（Country Joe McDonald）會來，這是音樂節的熱門話題。貝琪的月經遲來也是個問題。她這次只晚了幾天，但她擔心的是剩下的藥膏不夠用。她以前覺得對他來說這是多餘的，因為她根本用不到，所以遲遲沒有換新。她原先沒有想到這問題這麼嚴重。

從芝加哥飛往阿姆斯特丹的過夜航班、丹麥涼爽的暴雨、譚納在阿壺斯受到的溫暖接待，現在都如此遙遠，讓人懷疑可能是另一個人的回憶。根據她在旅行日記上打的小勾勾記號，她和譚納在阿壺斯做了三次，之後做了四十六次。每個白天，不管她做什麼——觀賞梵谷的向日葵或只是和美國來的樂手一起玩；在阿爾卑斯山的向陽坡地上野餐或是在沒有浴簾或擋水檻的浴室洗澡把地板弄的濕漉漉就不知道該怎麼辦——都覺得每天得到的是全新的喜悅，但每到晚上，她都會回到怨恨中，而譚納愛她和佔有她是她唯一的逃避。

譚納對她和他們遇到的每個人展現的友善，基本上是個奇蹟。即使在她流血、為一點小事就發脾氣的時候，他也不生氣。他們為了趕上一班火車跑得氣喘噓噓，結果眼睜睜地看著它開走的時候，他也只是聳聳肩說不過就是運氣不好罷了。當她在烏特勒支（Utrecht）患了腸胃炎，求他自己去參加主舞台活動的時候，他不但拒絕離開，還說他覺得她嘔吐的聲音很親切。當她發現自己希望他更有自信時，她只要想到他真誠的好奇心、他為了讓人耳目一新做的準備、他對在職業生涯中踽踽獨行、遠遠落後的樂手的誠實讚美，看到有人總是不改混蛋習性時他搖頭不解，以及他美妙地滑入即興演奏的方式——他不惹眼地跟隨、注意其他演奏者，然後抓住合適的瞬間放鬆、認真開始即興演奏，展示他卓越的音樂才能，並且，只要有人問，總是樂於解釋他是怎麼玩一些高難度的小過門。她的旅行日記的底頁寫滿了希望再見到他並提供他和貝琪住宿的歐洲人的地址。歐洲大陸音樂界的分享精神，可以在他們用完旅行支票後還能生活好一陣子。儘管羅馬、羅馬的酷熱、那些騎著速可達摩托車的混蛋，都不對她的味，儘管譚納最後還是得在美國重新開始他的音樂職業生涯，她並不急著回家。

除了賈德森年紀太小，與這件事情扯不上關係外，她的家人都已經不在意她。她和克藍在二月吵架後，就沒有他的消息；裴里在精神病醫院住院治療四個月，所費不貲，而她的父母還竭盡全力毀掉她的生活。她父親幾乎沒有敘明理由就奪走她的財產，她母親順著他，沒有站在她這一邊、沒有表示同情，連低聲下氣地抗議一聲都沒有。她一生中，從未見過她父母如此齊心合力地和她作對，或如此惺惺作態地合拍。他們在復活節過後從阿爾伯克基回來，舉止就像新婚夫婦——輕拍她的腰肉、濕漉的擁吻、甜膩的愛意。她父親會對她母親撒嬌，她母親喘著大氣、順從。同樣讓她反感的是他們過度的虔誠。現在，她父親每頓飯都會以冗長禱告起頭，她母親則以多個顫抖的阿門表示歡喜贊同。雖然貝琪也有信仰，但她知道最好不要把自己的信仰強加給等著吃飯的人。雖然她曾經在公眾場合接吻而覺得內疚，但她有一個很好的藉口，那就是她不是孩子都成年的父母。

這次，就像她收到遺產的時候一樣，她父親的家庭辦公室已經收到多張傳票。貝琪上樓時，已經聞到三樓瀰漫的菸味——她母親已經睡回自己的床了，但沒有戒菸。她父親的辦公桌上散落著帳單和法律文件。他解釋他的財務困境，她母親則看著他表示支持。她一直看著他們，重新定位他們。沒想到結果是，為了賠償擁有裴里燒毀的穀倉的納瓦霍人，他想「借」貝琪的大學學費。

「我覺得，」她說：「裴里才是該賠這筆錢的人。」

「不幸的是，裴里的帳戶裡沒有錢了。」

「我說的是我給他的錢。」

「也沒了，親愛的，」她母親說：「他把所有的錢都拿去買毒品。」

「我給他的可是三千塊錢！」

「我知道。很可怕，但錢就是沒了。」

這個消息讓人心痛卻又屬實。貝琪長期以來一直懷疑裴里沒有靈魂、沒有道德。現在，她至少可以不必再假裝要和他建立關係。

「可是，傑伊呢？克藍呢？」

「我們正在借妳給賈德森的錢，」她父親說：「我已經從教會拿到一筆貸款，可以用來支付法律和醫療費用。但我們的財務缺口仍然很大。」

「還有克藍？他甚至不想要我的錢。」

父親嘆了口氣，看著母親。

「妳弟弟有很嚴重的精神病，」她媽媽說：「在某個時候，在他生病的過程中，他也清空了克藍的帳戶。」

貝琪盯著她看。她是受害者，她母親連看她一眼的勇氣都沒有。

「清空了，」她說：「妳的意思難道不是偷空嗎？」

「我知道妳很難理解，」她母親說話時眼睛盯著地板，「但裴里的精神問題嚴重到他不知道他在做什麼。」

「不知道自己在做什麼，怎麼偷東西？」

她父親看了她一眼，一個警告的眼神。「家裡現在非常需要錢。我知道這對妳來說很難，但妳也是這個家的一份子。如果情況反過來——」

「你是說，如果我是小偷和吸毒者？」

「如果妳得了重病——毫無疑問，裴里的確是得了重病——那麼，是的，我認為妳的兄弟會去做我們要他們去做的任何犧牲。」

「但這甚至不是為了他看病要花的錢，這些錢都只是給納瓦霍人的。」

「農業機具的損失非常可觀。你弟弟毀了它，這不是納瓦霍人的錯。」

「對。這也不是他的錯，因為他病得很嚴重。顯然都是我的錯。」

「顯然，」她父親說：「這不是妳的錯。我知道對妳來說，這麼做有多不公平。但我們只是向妳借這筆錢，不是要妳給我們錢。妳媽媽會找個工作，我也會找一個薪水更多的職位。到明年這個時候，我們或許可以償還一些借來的錢。我們也更有資格拿到讀大學的財務援助。」

「只是一小段時間，親愛的，」她母親說：「我們只是希望借雪莉給你的錢。」

「萬一妳不記得了，雪莉給了我的是一萬三千塊錢。」

「妳還有自己的積蓄。如果妳想上秋季班，你可以去伊利諾大學讀個一、兩年。然後就可以轉到任何一個妳喜歡的地方。」

貝琪三天前已經收到貝洛伊學院的錄取通知。在那裡當轉學生，錯過念大一的經驗，進到一個社會秩序早已定形的班級，對她來說似乎比根本不去更糟糕。她繼承了一萬三千元，她給出去九千，心想剩下的四千是她一個人用的；她仍然有特別的事情要處理。但她父母從一開始就不贊成她繼承這筆財產、他們也不認可雪莉，現在他們得到他們一直想要的，就是讓貝琪一無所有。就好像他們和上帝是同一邊的，上帝無所不知，知道在她理解基督教徒為何要行善的道理下面，還藏著一個頑固的、小小的自私作為核心。她雙頰因為父母暴露了這一點燃起的仇恨而通紅。

「好！」她說：「你們可以拿走全部的錢。總共五千二——全部拿走。」

「親愛的，」她媽媽說：「我們不想拿走妳自己存的錢。」

「為什麼不拿？那些錢還甚至還不夠我做我想做的事。」

「妳不能這麼說。妳還是可以上伊利諾大學。」

「只要我不去歐洲，對嗎？」

她母親知道歐洲對她說意味什麼，至少可以表示一點同情。相反地，她順從她的丈夫。

「很不幸，妳說的對，」他說：「你去伊利諾大學的食宿都要花錢。我知道妳很想去歐洲，但我們認為妳最好延後那個計畫。」

「就是你們兩個，這全都是你們兩個一起決定的。」

「對我們、我們每一個人都很難，」她母親說：「我們每個人都得放棄我們想要的東西。」

沒什麼好說的了。貝琪回到她的臥室時甚至不想哭。一種怨恨進入她的靈魂，而且留了下來。她可以不計較財產遭到剝奪帶給她的傷害，因為耶穌應許會獎勵會拋棄所有並跟隨他的人，但是，她愈來愈覺得受到侮辱：她父母對她的關心，比不上他們對她那位沒有道德的兄弟、他們對彼此、甚至對那些有福的納瓦霍人。她父親在她轉出四千元那一天晚餐時，主動為家人的贈與以及女兒芮貝卡的贈與感謝上帝的時候，她的怨恨已經強烈到食不知味。儘管她母親更客氣地直接感謝她，卻沒說她以前經常會說的、她以她為傲的話。她非常清楚她從女兒身上拿走了什麼，清楚她蒙受不公不義，她也有份；要是她還說為她以她為傲，就更可恥了。只有在譚納身上才能找到解脫這股怨恨的出口。他太善良了，不會和貝琪一起恨她的家人，但除了他，沒有其他人能同時理解她身上的善良和自私。她放棄了她繼承的最後一點遺產，失去就讀貝洛伊學院的機會和它代表的未來；她明白，未來一整年她會在香檳市當個當個全職服務生或住在一間破爛的高樓宿舍房間。而譚納才是明白她為何非得去歐洲的人。

蕾娜塔和沃克這對德國夫婦，和艾德華多的每一位客人一樣（顯然是必須的）漂亮地讓人側目。沃克的樣子就是個金髮的查爾斯・曼森（Charles Manson）；他住過摩洛哥，為了探索非西方的生活方式，旅行足跡遠至印度東部。蕾娜塔有一對迷人的藍眼睛和貝琪羨慕的風格。在美國，找不到一個地方的人的褲子和上衣像蕾娜塔一樣：剪裁簡單實用但不顯陽剛、表布雖然褪色但耐用，皮涼鞋不僅非常優雅且看著就知道穿著舒服。貝琪已經非常討厭她的運動鞋和紹爾醫師（Dr. Scholl's）鞋。

他們出發到托斯卡尼的前一晚，譚納與艾德華多和德國人一起熬夜，她回到悶熱的宴會廳角落。比腐味更糟糕的是從窗外傳進來的聲音，年輕人又吼又叫的義大利語，也許意思和他們用英語對她吼叫一樣粗俗下流。即使譚納在廚房裡唱〈十字路藍調〉傳來的微弱聲，對她當時的情形來說還是感覺透不過氣。她拿手指摀住耳朵，躺在睡袋上滿頭大汗，將意志集中在流血上。

這就像試嘗試用意志趕走熱浪，結果是她醒來時發現今天比昨天更熱。月經運行的感覺嚴嚴實實地關起來了，也就是說，沒有讓人覺得振奮的感覺。她的身體總是不必要求就可以履行職責，而現在，這種情形的反面是它完全不理會她的懇求。她和譚納在廚房裡找到一些過期的義式小牛角麵包後，拉起行李準備離開；這時，他們看到那兩位德國人住的房間比他們的房間更暗，明顯不那麼熱。他們正在捲起充氣床墊；另一件可以羨慕的東西。

沃克帶著他們走進熱氣蒸騰的街上，一輛大型、低矮車身的賓士車半個車身停在艾德華多那棟樓拐角的人行道上。沃克打開後車廂。

「這是你的車？」貝琪說。

沃克伸手去拿她的背包。「妳以為我開什麼車？」

「我不知道，廂型車什麼的。我以為你們比較——我不知道，窮。」

「我們都喜歡艾德華多，」蕾娜塔說：「他把有趣的人——比如說你們——聚在一起。」

「你覺得沒有傢俱無所謂嗎？」

「我們已經住過他的地方三次了，」沃克說：「他真的是很棒。」

「我比較想知道為什麼他沒有傢俱。」

「因為他是艾德華多！」

賓士後座非常寬敞，她可以伸直雙腿，譚納可以打開吉他盒。他立刻開始彈琴，因為他的工作就是彈琴，日日夜夜。貝琪已經習慣了他的Guild吉他的聲音，因此，她只有在其他人在聽的時候才會注意，就像蕾娜塔的身體現在從前排座位上歪著朝向譚納斜傾，她的藍眼睛散發出的熾熱比貝琪能夠接受的程度還高。她在羅馬忍受的騷擾完全是把她當成性對象，而女人迷戀譚納似乎多了些浪漫；她開始氣憤其他女人可以隨意想像與她男友的浪漫關係。她突然想到，蕾娜塔邀請譚納到托斯卡尼是因為她非常喜歡他。

沃克不時煞車禮讓粗魯的義大利駕駛，汽車後視鏡上的一條線上掛著一尊彩繪塑膠佛像也隨之搖晃旋轉。狹窄街上的小餐館誘人但吃不起，在酒吧和酒吧裡五顏六色的瓶子後面的鏡子，讓酒吧變大了一倍。長長的未上漆的牆上有卡車撞出的洞，牆上貼滿了馬戲團、車展、「羅馬民謠節，八月二十九日—三十一日」。開到寬一些的大道上可以看見教堂、廢墟和紀念碑，但都是一晃眼就過去了，就像霧面粉彩。貝琪可能和雪莉去過這些地方，或是和她母親去過這些地方，但沒有和譚納一起去過，因為他們的旅行不是這種旅行。

接著出現的是比美的羅馬蔓延更廣、更醜的羅馬。他們經過一群二十輛轟轟作響的速可達摩托車、一棟又一棟公寓樓的每一層都晾著衣服、一座又一座輪胎堆疊成的金字塔、一個又一個加油站。譚納在即興彈奏，德國人在說德語，蕾娜塔在看地圖，貝琪則在監視她的一舉一動。在過去四年半，她的月經就像悶熱的中西部每一天傍晚都會下一陣雷雨一樣可靠。現在，她肚子裡什麼感覺都沒有，什麼變化都沒有，一種不祥的停滯。恐懼甚至在車子還沒開過最後一個醜羅馬、還沒上高速公路，就已經在她心中生根。

沃克加速時，她的身體因為加速而緊貼著皮椅。車速快得路上的卡車看著都靜止不動。她看到車速表指針在每小時兩百公里的刻度附近顫抖，接著爬得更高。天空白熱，車窗都關上了，空氣非常響亮地呼號，她只聽得到譚納彈奏的高音。他依然沉浸在他的音樂裡，蕾娜塔又一直看著他，沃克平穩地握著方向盤，又為了閃躲一輛開得莽撞地快但不是發瘋地快的車子踩了下煞車，繫著佛像的細繩因而收緊歪向一邊。

貝琪嚇得全身僵硬，勉強抬起手臂，摸了摸譚納的肩膀。他笑了笑、點了點頭，手中正巧撥出一陣音符。她嚇得不敢再動、也不敢說話。在懸晃的塑膠佛像更遠的車外，有一輛幾乎靜止的汽車眼看就要迎面撞上他們。沃克閃了閃大燈，佛像在微笑，她的恐懼向四面八方擴散。他除了知道沃克長得像查爾斯・曼森，還知道什麼？他相信佛教的轉世之說嗎？他想把他們撞到更高一層的天空，超過白色的天空嗎？還有，艾德華多的古怪。他找漂亮房客的癖好，他多半空著的公寓——每個人都是變態嗎？這就是沃克和蕾娜塔喜歡住在那裡的原因嗎？他們付錢讓艾德華多在街上巡覓鮮肉嗎？托斯卡尼的農舍只是誘惑毫無戒心的美國人的餌食嗎？**她把自己和譚納交到她一無所知的人之手**。她想要沃克慢下來，但她的下巴鎖著打不開，她的胸肌硬化。賓士以飛機速度、流星速度飛行。它放大一路上經過的樹木和路標，然後以模糊的暴力砸碎他們。這就是她死的方式嗎？她可以清楚地看到她的死亡，就好像她的死亡已經發生了一樣。想到這裡，她非常難過，但至少她有幸在這個世界上活過，至少她經歷了真愛、看到了上帝的光。她肚子裡尚未出生的靈魂甚至從未看過光。

她禱告說，如果這是最後考驗，我接受考驗。如果我的時間到了，我會欣喜地在祢懷中死去。但請讓我活著成為祢的旨意。如果我活著是祢的旨意，我保證我會永遠事奉祢。如果我懷孕是祢的旨意，我保證我永遠不會傷害我的孩子。我會愛她、珍愛她，教她愛祢。我保證、我保證、我保證，只要祢讓我活著。上帝啊。請讓我活著。

24

克藍是在一個建築工地認識費立培・圭亞。他們在那裡的工作主要是在利馬的沙色天空下，將沙鏟進獨輪車，然後把車推上狹窄的木板。一個月來，他們在水處理廠附近共用一個由鐵皮浪板搭建的簡易涼棚，分享食物和啤酒，被彼此的屁味驚醒。費立培和其他從高地區出來謀生的年輕人一樣，到了冬天就在這座城市掙點現金。到了他該回家的時候，十一月，克藍提議一起到他家，替他家打工換吃住。與天氣無關的利馬和一成不變的米色天空日子壓著他，在秘魯的那幾個月，他一直看到東邊的安地斯山脈高處反射的陽光，卻從來沒有靠近那山脈。他對務農所知甚少，從沒想過播種季節恰逢雨季。

他以為他知道勞動是怎麼回事。在瓜亞基爾（Guayaquil）的一個建築工地，他揹著一大捆焦油紙爬上六層樓，一捲紙重一百磅；他還在奇克拉尤（Chiclayo）郊外未經處理的污水池中鏟十個小時污物；他還在日正當中的時候鋪柏油。但直到他在安地斯山脈的泥濘中滑倒爬行、在寒冷的霧氣和如雨的冰雹中用龜裂腫脹的手指挖石頭、用鈍刃工具挖地、腦袋被高海拔的利刃刺痛、喉嚨裡毛細血管破裂滲血，他才不再懷疑自己是否有力量。

他一年半前離開紐奧良時，唯一的計畫就是沒有計畫。他帶著幾百元和等待護照期間自學的西班牙語，從馬塔莫羅斯（Matamoros）穿過墨西哥邊境向南行。他打算離開兩年，與他的役期相同。當他在前往瓜亞基爾的船上花掉最後一分錢時，就去打零工；除此之外，他的生活完全沒有動力。如果他看到一輛公共汽車上都是工人，他會不管車子去那裡就往上擠。原因不是因為他想了解弱勢群體，而是因為他不工作，就沒飯吃。

他既沒有、也不追求更遠大的理想，卻在高地區找到一個理想，他也很訝異。人類生存的基本方程式——土壤＋水＋植物＋勞動力＝食物——是應用最廣的科學，需要探究的不是什麼哲學道理。他在學校雖然學過植物生理學和遺傳學、物理化學。和大氣化學、氮循環、葉綠素分子柔術，但他不明白這些學問存在的關鍵。而他目睹安地斯農民培育幼苗和塊莖以及從土地可耕性最嚴酷的邊緣榨取營養的方式，就是在實現這些學問。他因此有了個計畫：在馬鈴薯收成期間留下來，在高地區住到兩年期滿，然後回伊利諾伊州學習農業經濟這門不純粹的科學。

圭亞家所在的小村，走到三泉鎮（Tres Fuentes）大約一小時。克藍每週一次，種好莊稼後，沿著一條泥濘小徑往下穿過安地斯的乾冷台地、再往下經過一片片硬木森林，撿拾柴火的工作因為高坡的硬木林線逐漸往下退縮而益行困難。最後到了應該是在殖民年代建成的郵局。圭亞家的第一語言是克丘亞語，但那位郵務員可以說一口流利的西班牙語。他是克藍與高地區外的世界的唯一聯繫，他的足球主題月曆是那個世界的大事紀。每個星期，克藍在郵局都看到月曆上又有好幾天被一條線槓掉。

那天下午，二月已經有一半日期被橫線槓掉，那位郵務員交給他一個小包裹。他帶著包裹走到外面，坐在一個乾涸、已成廢墟的噴泉邊。空氣中瀰漫著廚房柴火的煙味，蒼白的雲層雖然遮住陽光，但是擋不住它送來的暖意。包裹裡有三雙羊毛襪和一封他母親的信。

信可以分為兩種，一種是迫不及待撕開讀的，一種是強迫自己讀的。他母親的信就屬於後者。她寄到瓜亞基爾和利馬的其他信都讓他生氣，尤其是生貝琪的氣。如果貝琪不是那麼執意她的宗教善行，裴里不可能輕易花掉六千元；她也可以上大學，而不是讓自己懷孕並在十九歲時嫁給一個和藹可親的輕量級人物。但是他遠在南美洲，無能為力。他的憤怒在每天為了吃飯努力拚搏、常患痢疾、多出來的衣服老是遭竊，他自己不偷又覺得買新衣服麻煩。經驗告訴他，除了護照，要身無長物。而隨著裴里崩潰和貝琪那幾個非常糟糕的決定一起來的，是他母親的悔不當初：輕裝旅行比較好。

親愛的克藍：

你父親和我收到你從三泉鎮寄來的信，還知道你在那裡很安全，我們非常高興。雖然你工作很忙，但一直都生活在城市裡，現在住在美麗的安地斯山區一定感覺輕鬆不少。我很高興我的信寄到這個地址，你一定會收到。（你沒有提過我寄給利馬郵局的第二封信——我想，你沒收到那封信？）要在一封家書裡面言簡意賅地描述這麼多有趣的經驗、這麼多的想法和印象一定很難，我理解你沒辦法每週都寫信回家，但請記得，即使你寄來的是片語隻字，我們都很珍惜。

我們很喜歡你對農業科學的看法，當然，我特別想知道你和當地人的相處情形。你說你關心費立培一家人，願意分擔他們的辛苦，我聽了以後覺得很溫暖，而且，我覺得你爸爸可不是稍微嫉妒你，他太嫉妒你啦。如果我們有機會過不一樣的生活，他會希望成為傳教士——他看到掙扎度日的人就非常感同身受。我們對你的想念與日俱增，但我們得知你正在培養如同你爸爸一樣的同理心，我們覺得很欣慰。我認為，這是你在這兩年「役期」中得到的最好的回報。

我們家的大新聞是你爸爸決定接受一份新工作，我們要搬到——印第安納州的哈德利斯堡！從印第安納波利斯過去大約一小時的車程。聯合基督教會（U.C.C.）的會眾非常投入教會活動。負責過渡時期的牧師在六月底離職，我們打算在賈德森學年結束後立刻搬過去。這工作吸引我們有幾個原因。哈德利斯堡的生活成本比較低，你爸爸終於有了獨當一面的教會工作，他的牧師責任比較輕鬆，可以做一些其他有償的工作。裴里第二次住進雪松嶺醫院治療，對我們家的經濟打擊非常沉重。我們一直沒辦法償還向你妹妹借的錢，更不用說你帳戶裡丟失的錢了。你爸爸甚至提過要回小希伯倫（！）請求社區弟兄再接受他成為社區一員，因為他想要過更簡單的生活。但是，打打算盤就知道沒辦法選這條路，況且，住在哈德利斯堡的生活對我來說也很簡單。賈德森可以到普通學校念書，我可以喝一杯葡萄酒不必擔心教會會開除我。此外，這是一個小社區，人跟人的關係很密切，裴里的誘惑也比較少。他發誓他沒有毒品沒交出來，但他病情復發後，我不知道我還可以相信他什麼。要我從現在這棟房子搬走，我不會覺得難過——因為。我在這只看得到他可能藏毒品的地方。

裴里對我們很有禮貌，好像很感激我們幫忙；但他沒有精神，也很少「裝腔作勢」。他說電擊損傷了他回想事情的能力，他討厭新藥的副作用。即使他能讀完高中（他已經要快兩年沒有上完一門課了），我也不知道他怎麼能去上大學。目前，我想我們也無計可施，只能看著他，祈禱新藥能讓他好起來。親愛的克藍，我知道你對禱告的效果的感想，但如果你能在心裡替你弟弟簡短地禱告一下，就算你認為這於事無補，對你媽媽、還有你爸爸來說卻意義重大。

賈德森仍然是我們家的喜悅。他在六年級的「音樂劇」中擔任一個角色，他的閱讀能力已經有十年級的水準。他同情裴里，他也懂得你爸爸和我的重擔，但是，他對這件事好像從來就沒有深入思考。裴里出事後，我擔心這件事會帶走賈德森的童年，他會失去享受事物的單純能力。我心情不好（我不會拿這種事情煩你）的時候，看到他和埃里克森家的幾個女孩在屋外玩耍或和你爸爸一起看新聞，（他為了上課要交的一份社會研究報告，把每一則水門案的新聞都用錄影帶錄下來。）或者只是興高采烈地吃他的晚餐。此情此景的幸福啊，真是言語難以形容。裴里說他吃的藥會讓他覺得不管什麼東西吃起來都是一個味道，如果賈德森特別喜歡吃那道菜，裴里會把他的盤子遞給他，讓他多吃一點。裴里從雪松嶺醫院回來以後，我只有在他和賈德森在一起的時候，看到以前在舊裴里身上看過的真正的光。大衛・戈雅在聖誕節來過兩次（他現在在萊斯大學讀二年級）；還有賴利・卡崔爾，上帝保佑他，他每星期都會來（他媽媽離開教會了，但他還在十字路），但不管來的是誰，裴里似乎並不特別在意。我白天晚上都在擔心他會再傷害自己，而且，我很擔心這恐怕是一輩子的事情。

我們還是可以在教堂看到你妹妹和譚納。他們坐在後面，萬一葛瑞絲哭了，貝琪就可以帶她到外頭。我總是在禮拜結束以後，試著和她講講話，但她的反應就像上鎖的門一樣——她的眼睛就一直看著葛瑞絲。我記得我跟你提過，他們倆現在住在自己的公寓，就在唱片行樓上。我曾經主動跟她說我可以帶一些他們用得上的東西過來，舊床單、嬰兒毯子和玩具，因為我知道他們的錢很緊。貝琪沒有發脾氣，她就只是面帶微笑說，不，謝謝，他們不需要任何東西。他對我做的每一件事都是面帶微笑——拒絕我請她回去吃晚餐，放假不回來看看，不讓我抱她的孩子（我一轉身就看到一位教友在抱她）。天知道，她有理由生我的氣，但她的冷漠讓我心碎。譚納還是像以前一樣是個好孩子，但是，要是貝琪看到我們和他說話，他會變緊張——她假裝專心在葛瑞絲的身邊，但她顯然在看著他。她說她很快樂，也許她是說真的。我想，我們搬到印第安納以後，她會更快樂。

教會為了徵選新的副牧師，成立了一個徵才委員會。我們聽說安布洛斯是呼聲最高的人選。我認為，如果他同意接任，你爸爸就愈不想留在新展望鎮。裴利出事後，他變了很多；他得到了教訓，也更謙遜。老實說，我覺得，要不是里克主持貝琪的婚禮，他應該會祝福里克一切順利。

（這雖然是她的決定，但說真的，里克難到沒有算計嗎？）我希望一旦你爸爸有了獨當一面的機會，沒有里克的干擾，他就能夠重新開始，因為他可以貢獻的還多得很。我附上他在基思・杜羅基去世後寫的關於納瓦霍保留區開採煤礦問題的佈道文。這篇文章實在寫得好，我把它寄給了《靈界》，現在你爸爸是一位出版過作品的作家了。雖然他有點不高興，因為我沒有告訴他就幫他投稿了，但是，我相信他不會介意我寄給你。

親愛的克藍，你千萬不要認為你爸爸不寫信給你是因為他不想你。他時時刻刻都在想著你；可惜你看不到他談到你的時候的樣子——他點頭佩服你的樣子。我求他寫信給你，讓你知道他有多以你為傲，但他根深蒂固的想法是，他身為父親卻讓你失望，他擔心就算寫了信，你也不理會。我不想再求你，免得你覺得有負擔。但是，如果你願意，你可以讓他知道你會很高興收到他的信。

這裡現在又冷又晚，我想早上去寄這封信。你爸爸剛上樓睡覺，他要我轉告你他愛你。你不必擔心我們——上帝永遠不會要求我們去做能力以外的事。你只要知道，對我們來說，世界上沒有什麼會比再看到你更快樂了。住在山上，務必非常、非常小心。

我所有的愛

媽媽

一九七四年一月二十六日

附言：既然再寄給你的信不會丟，我會寄一個遲來的聖誕小禮物，還有你帳戶裡的後一筆錢。你如果打算回家，這些錢也許可以派上用場。（你打算什麼時候回來？）

也許是信封裡那些二十元鈔票，和它們代表的即將到來的回家的日子，或者也許是他父親失敗、自責的樣子，他只堪可憐的軟弱，不是尷尬，但克藍並沒有為了這封信生氣。它讓他非常焦慮。感覺就像是在夢境裡，作夢的人非常恐慌：擔心沒辦法去一個他非去不可的地方、擔心重要考試遲到、擔心還要趕火車。他以為他必須證明他比他父親更強，多麼荒謬的想法！他贏得勝利以後，還一直在夢世界裡一個無關緊要的領域戰鬥。

不管貝琪近況如何，開心或不開心，她總是直來直往——誠懇到了天真的程度。很難想像一個心地如此清明的人會擺出虛偽的笑面對母親，一個天真無邪的人會盤算如何給父母一刀又不留下指紋。克藍知道她和那個輕量級結婚以後，就盡量不去想她。嬰兒就是嬰兒，沒辦法就是沒辦法。他對她失望過，但他沒有辦法設身處地去體會她的失望。她一定非常痛苦，痛苦到對一個像他們的母親一樣無害的人如此殘忍。而這，是的，就是他焦慮的來源，就是他遲到的原因，就是他忘記的重要的事：他愛貝琪。

他回到郵局找郵務員，掏出幾個銅板。他站在櫃檯一端，拿著郵務員借他的筆，用細小的字跡填滿航空郵簡的空白。他為了批評貝琪向貝琪道歉，他描述他在小村莊的日常生活，然後他停了下來。他和他父親的處境一樣，想要表白愛，卻害怕對方不理會。況且，兩人這麼久沒講話，貝琪聽到這些話，可能會覺得太誇張了。所以他換個方式，用他希望能夠含蓄地表達愛的詞句——她是堅強、清明的人，一顆閃亮的星星——他請她替父母著想，考慮他們的處境，並且想想自己的許多優勢，然後試著更善良一些。他寫完信之後，沒有再讀一次，就在郵簡上寫下他父母的地址以及「請轉交」幾個字，交給郵務員。然後他拿出一雙新襪子穿上（非常需要），走上山谷。

他的母親肚量大，認為他在南美洲學到要有更多同理心。同理心是打零工的人負擔不起的奢侈品。一輛卡車在黎明出現、靠邊停住，接著就有五十個人爭搶卡車上的一席之地，同情那個想把你從後擋板上拉下來的人，結果可能是你那天沒東西吃。如果克藍在三泉鎮學到了什麼，就是單純地佩服那些在無情的安地斯高原種田的男人，以及那些在深夜嚴寒時分起床替伴侶煮玉米粥的女人。他不必同情費立培・圭亞，知道他是耐操和可以信賴就夠了。

克藍克服了他的焦慮後，回到了他的基本的生存問題。他醒來就開始工作、喝奇恰酒（chicha）、睡在圭亞家的驢棚裡。三月天氣轉好，大量的固氮作物在豆坡上長出來，羊駝吃個不停，愈來愈胖。他的務農本事還沒有好到可以下田種地，所以他是靠著替小村莊重建牲畜圍欄、修理石牆和蒐集柴火維持生計。那頭老驢年紀大了、又逆來順受，他帶著牠去駝柴火，用意是帶牠到森林，不是騎牠。他很訝異硬木竟然能在遠高於溫帶林線的高度生存。他用砍刀砍硬木的時候覺得過意不去。硬木葉小、銀色，地衣像一層殼包住細枝，粗枝上密密麻麻的附生植物生長的角度千奇百怪，彷彿嚴酷的環境無時無刻都在阻撓它們成長。他覺得硬木生長速度太慢，可能趕不上村民的柴火需求；但是，這個小村莊沒有其他燃料來源。他試著審慎下刀，只砍枯枝，但每一根樹枝似乎都半死半活。即使樹皮剝落，木質部曝露在大氣中，樹枝還是在持續將養份輸送到最遠的一、兩片新鮮葉子上。的確，每一棵樹都像是這片高地的縮影。樹枝就像古老、多彎的小路，經過多石的田野或透著單寧味的積水沼澤地，到達一塊塊葉綠色的可耕地。半死不活的樹也讓人想起人工設置的開墾區：因為每座修繕良好的住宅都有幾處廢墟，有些不過是岩石堆，可能是印加年代的遺跡；他砍柴時，從樹上如水簾般往下衝的鳥就像小村女人的套頭雨披，金色和藍色，黑色和深紅色。當他盡可能砍夠了他和驢子可以背負的柴木後，就沿著一片樹木已經砍伐殆盡的斜坡往下走。他注意到斜坡的土壤遭到嚴重侵蝕，比森林中的壤土更不保水。但這裡的夜晚很冷，要是沒有柴火，就絕對吃不到在圭亞家灶上等他的點心（譯注：almuerzo，西班牙語，兩頓正餐中的點心），一種他從來吃不膩的濃湯。

事後看來，他要是早一年到安地斯山區而不是在城市裡浪費時間就好了。但也許這是最好的安排。也許他需要服一期艱苦勞役，消弭他在選兵委員會的事情上犯錯產生的羞恥，懲罰他毫無意義地造成夏倫和他的父母痛苦，並在高地區贏得獎勵。在這裡，勞動更加艱辛，但他覺得他重拾錯置已久、久到他已經忘記的自我，重新進入他的地球、植物和動物的世界，重燃他在這些領域的好奇心和有所成就的野心。回學校唸書並以科學研究作為職業生涯引發的興奮，幫助他度過白天，也讓他徹夜難眠。他想追求比下一餐飯更大的目標。這種心情已經很久沒有出現了。

那天下午，他在三泉鎮收到貝琪的信，郵務員日曆的那頁上打了個×。那天是三月二十七日。克藍走到乾涸的噴泉旁邊，急忙撕開信封。

親愛的克藍：

謝謝你的道歉，謝謝你讓我「跟上進度」（聽起來非常有趣），但請不要告訴我該怎麼做。你選擇不留在這裡，現在突然要扮演和事佬，已經嫌晚了。你出去冒險，不知道爸媽對我做了什麼；你不知道他們對裴里有多癡迷（我知道他病了，但他的自私和欺騙簡直讓人難以相信；他們已經為了他花了一萬多元，而且還沒到底），你不知道跟他們相處有多難過，所以你不會覺得難受。我已經不要他們還我那筆錢了；我不想、不要、也不會要他們的任何東西。無論媽媽跟你說了什麼，我對他們的態度一直很友善。我也不希望他們生病，我只是不喜歡和他們在一起。聖經沒有教我們要喜歡我們的鄰居，因為人沒辦法控制她喜歡誰。講到尊敬父母，我的確是在掙扎，但公平地說，他們也沒有給我太多讓我可以尊敬的地方。奇怪的是，爸爸比以前更沒有安全感，全教會都知道他和一位教會成員的婚外情（媽媽有沒有跟你說他差點因此丟了工作？），他還蓄了看起來像陰毛的山羊鬍，媽媽說的做的都把他當成是上帝特別給這個世界的禮物。我也努力尊重這一點。我對他們很親切，但是，不，我不會邀請他們來我這裡，不，放假我也不去那裡，原因是：一、我也是譚納家的一份子；二、我希望葛瑞絲在和平與和諧的家庭裡面成長，我會擔心，要是我和他們在一起超過十五分鐘會出什麼事。我嫁了一個完美、有才華、大方的男人，我有一個最漂亮的孩子，我真的被上帝給我的東西淹沒了。我每天早上醒來心裡都有一首歌，我也請你不要責備我想要維持這種情況。有些人能喜歡他們的父母，他們運氣很好，但我不是他這種人。

你沒辦法去越南的時候，我說了一些仇恨的話，我一直沒向你道歉。我錯了，我道歉。但我們以前在一起的方式有些奇怪，也許，我們那時就應該分開成長，長成我們自己，各有各的認同。我以前喜歡和你討論世界上每一件事，現在，有時候我還真想念有一個哥哥可以依賴和傾訴。要是你回家了，也許我們可以再試一次。你一看到葛瑞絲，就會明白我這麼照顧她的原因。我也想讓你真正了解譚納。你從來沒有給過他機會，但是，如果你關心我，你也應該關心我生命中對我好、為我好、事事都好的人。我不想訂規則，但如果你想再次進入我的生活，我覺得得有一些規則。第一是尊重我對爸媽的感受，這一點沒有商量的餘地。但是，你看到裴里的情況以及他們兩個人最近的樣子，也許你就能更理解我對他們感覺是怎麼來的。他們不開心，我也會難過，但我沒辦法讓情況變好，即使我想幫忙也無濟於事，因為他們覺得我不夠重要。他們有他們的選擇，你有你的選擇，我有我的。至少我們兩個人裡面，有一個人滿意她的選擇。

愛你的貝琪

這封信就像在黑暗中摩擦、點燃的火柴。在火柴的光中，他看到了他以前在牧師館裡的臥室。就是在那個房間，貝琪深夜來找他，講她的故事，而且不只一次沒多心地在他的床上睡著了。他為什麼不叫醒她？要她回自己房間睡？因為她對他太重要了。他知道她更喜歡他的房間，喜歡他而不是其他家人，睡在地板上的不舒服根本不算什麼。如果她覺得尷尬而醒來又看到他躺在地毯上，再為佔用他的床而道歉，或者，如果她睡在他的床上只有一次，那也不會奇怪。但當她一次、再一次地這麼做時——知道他睡地板、不尷尬、也沒有露出絲毫過意不去的意思——他們的關係條款如何律定已經很明確了：他願意替她做任何事，她也一樣。在其他人眼中，她可能很自私。只有他明白她同意如此被愛是種深切的愛意。

然後，他離家上大學，遇到夏倫。但她只想如此很受寵的被愛，糟糕的是，他很誠實，坦承他並沒有全心全意地愛她。在火柴劃過這封信點燃的光中，他看到他的心仍然屬於貝琪。這才是他不和夏倫在一起的真正原因。但是，他和夏倫在一起的時候，他和貝琪先前律定的條款已經改變，貝琪不再需要他了。他多方嘗試：試著抓住她、試著召回她回到原先的條款、試著介入她的決定，他已經完全失去她的愛。她對他非常生氣，她的恨如此難以忍受，以至於他放任自己搭上前往墨西哥的公車。在火柴的光中，他看到自己試著用一個痛苦代替另一個，用做苦工的痛苦代替失去她的痛苦。這正是她的信可怕之處：什麼都沒有改變。

他大踏步沿著小路走到小村，口袋裡揣著那封引火的信，追上了肩上扛著一把粗柄鋤頭的費立培・圭亞。費立培的體型比克藍小一些、腦袋短一些，但不管那種體力活，他做起來都毫不費勁。克藍跟著他走在小徑上，邊走邊避開鋤頭，問他馬鈴薯什麼時候可以收成。

可以收成的時候就可以收成，費立培說。

對，克藍說，但還要多久？

總是在五月。非常苦的工作。

不會比下雨的時候栽種更難。

其實更難。你會知道的。

他們不作聲地走了一會兒。烏雲在山谷高處的山後積聚，亞馬遜的濕氣；但最近雨最遠只下到小村的西邊。安地斯高原的小徑正在變乾。

我有一個問題，克藍說，如果我現在——很快——就得離開，我還能再來這裡嗎？我原來打算收成完了才走，但我覺得我得和家人見個面。

費立培在小徑停住腳，拿著鋤頭轉了一圈。他皺著眉。

你收到壞消息嗎？有人生病了？

是的。嗯——是的。

那就馬上走吧，費立培說。家最重要。

◆

他最後一程是在復活節前的星期六早晨從布魯明頓到奧羅拉，載他的是一位離婚兩次、一位叫莫頓的肥料業務；他開的是流線的別克車款「里維耶拉」；想談關於上帝的話題。莫頓停在卡車停靠站外的斜坡上，克藍在那裡隨意抓著吃了餐廳桌上的剩菜，洗了個澡，然後在停車場後面睡了幾個小時。他母親寄來的錢夠他搭飛機到巴拿馬市，再坐公車到墨西哥，但從墨西哥開始他得搭便車，載他的多半是長途卡車司機。莫頓聽到他已經五天沒有好好吃頓飯的時候，找一個出口下高速公路，在一家史塔基便利店買了一疊煎蛋培根鬆餅給他吃。莫頓有一張扁臉、斑駁的皮膚，像是重新組裝的身體，就像一個曾經酗酒的男人。

他看著克藍吃飯似乎很高興。

「你知道我停下來載你的原因嗎？」他說：「我看到你伸出拇指的時候——我停下來的原因是我覺得你可能是天使。」

克藍有些不信。他是嬉皮的對立面，但穿著連帽秘魯毛衣、蓄鬚、留長髮，看起來就像個嬉皮。里維耶拉停下來時，他覺得很驚訝。

「我知道你在想什麼，」莫頓說：「但它們確實存在。我是說天使。他們看起來像個普通人，但他們離開後，你就會發現他們是上帝的天使。」

克藍還是習慣說英語，他能做到這一點相當出色。「我很確定我不是天使。」

「但是，這就是上帝的工作方式。祂就是這樣照顧我們的——讓我們彼此照顧。拒絕陌生人的需求，可能就是在拒絕天使。你知道我那天是怎麼收到訊息的？那是四年前的六月二十七日。我的生活一團糟。我的第二任妻子剛把我甩了、我在高中的工作也沒了、我的車在大雷雨中拋錨。地點其實離這裡不遠。那是縣道，大雨傾盆而下，車子的發電機短路。那是我生命中的最低點。我坐在車裡渾身濕透、自艾自憐。我看到鏡子裡有個人影朝我走來。你會認為這是我編出來的。他是個年輕人，年齡和你差不多，穿著白色衣服。我搖下車窗戶，他問我有什麼問題。他和我一樣濕，但他在引擎蓋下看了看，告訴我發動車子試看。怎麼可能不啟動呢？我讓引擎轉了一秒鐘，然後出去謝謝他，也許給他一點錢。但我發現，他已經走了。我們當時在玉米地裡面，一望無際的平坦，而且，噗——看不到他人在哪裡。走了。就這樣，雨停了。你會覺得這是我編出來的，但天空中到處都是文字符號，我可以看到它們是數字。從地平線到地平線都是數字。這時我才明白，那些數字代表我生命中的每一天——天使讓我看的是我的一生，過去和未來。然後，一瞬間，數字排列成完美的形式，我看到了。我在耶穌基督裡看到永生。我多年沒有踏入教堂，但我在路上跪下，向耶穌傾心吐意。我就是從那天起開始新生活。」

莫頓是位善良的基督徒，這點不可否認、他也不會計較鬆餅、糖漿和發泡奶油、他的故事執念之深讓人印象深刻。但這個故事禁不起客觀檢視。在秘魯，克藍有和各式各樣迷信的人共事的經驗。圭亞家那棟小房子裡有一個十字架，他看到過費立培在教堂外和三泉鎮的墓地畫十字。但他們都是心思單純的工人。莫頓是受過教育的美國人，據他說，他是責任區裡面最頂尖的業務，他有一輛以科學驗證原則為基礎製造的別克車。更奇怪的是，克藍自己家的其他成年人，他母親和父親，現在再加上貝琪，都是高智商的現代人，講到上帝時好像這個字指的是真實的東西。作為信徒群中的非信徒，比作為三泉鎮的外國佬更孤獨。外國佬只是表面不同，可能找得到共同點。而科學和妄想沒有共同點。

要不是莫頓十點要到奧羅拉接他女兒，他會一路載他到新展望鎮。他送克藍到火車站，給了他一張五元紙鈔。他斜身打開手套箱，拿出一張密密麻麻印著禮拜內容的卡片。

「你非常慷慨。」克藍說，接過卡片。正面是半色調的耶穌，正面是半色調的天堂。

「希望你和家人一起度過一個愉快的復活節。」

火車站的月台上只有克藍一個人，他把卡片扔進垃圾桶，同時趁還沒有人出現的時候，扔掉了他髒兮兮的針織單肩包和裡面髒兮兮的衣服，只留下他的護照。今天是他開始新生活的日子。一列往回開的火車開著車門在等著。

他認出新展望鎮，主張他也住過這裡，他熟悉每一座建築和每條街道的名稱的能力，似乎就像他還掌握英語一樣出色。他本來可以在路上打電話給他的父母，讓他們知道他要來了；但是，要克服搭便車旅行的諸多不便，最好的方式就是不要有期待，更何況他父母也不是他離開三泉鎮的原因。

皮爾西格大道上的空氣瀰漫著濃重的春天氣息，秘魯沒有這種味道。「風神唱片」的櫥窗放著曬傷的爵士樂和交響樂專輯，似乎從他上次進城以後就沒有人碰過。店裡面有兩個長髮男孩，在店主不信任的眼睛監視下，在標註「搖滾」的箱子裡翻找唱片。克藍繞過商店後面的小巷。他站在通往二樓公寓的樓梯底，猶豫了。他記得在嬉皮屋裡面、夏倫房間下面的踏階上也同樣猶豫過。

走上樓梯、到底的公寓門上用大頭釘釘貼著一張檔案卡，有人，肯定是貝琪，在上面用草書的花體字寫了譚納和貝琪・伊文斯，名字兩邊還畫了幾朵小花。克藍濕了眼睛，敲了敲門。他不記得貝琪小時候玩過家家酒。他們住在印第安納州時，她全部都是他的，不管他走到那裡，她一定跟著。他教她接傳球，教她接球時一定要一直盯著棒球進入手套（他的手套，他們唯一的手套）。她拿著一塊乾狗屎追他，邊跑邊叫「硬便便！硬便便！」還有她為一隻失寵的玩具兔子設計的那個歡樂的野蠻酷刑，她一一細數玩具兔那裡不乖的時候的壞笑：那個女孩從什麼時候開始想要玩家家酒了？

他又敲了敲門。沒人在家。

長途跋涉的疲憊突然戰勝了他。他走回到街上。他想在見到父母前見到貝琪，表明她是他回家的原因，但他的腦袋現在只想到他在牧師館的床。天很暖和，太陽接近天頂。躺在一張真正的床上小睡一會的滋味會很美味。他已經半睡半醒，轉個彎、經過書店、藥店、保險代理，朝著家走去。

他走到「高音譜號」時突然驚醒。在店面的窗後，譚納・伊文斯正在對一位中年客人，某人的母親，介紹一把電吉他。克藍站在人行道上拿不定主意。譚納看了他一眼，又轉頭和那個女人說話，然後，他又看了窗外一眼，這回眼睛張大了。他跑出商店。「搞什麼鬼！你回來了！」

「我回來了。」克藍說。

「我剛才還在想，這個人我認識嗎？」

譚納似乎完全沒有變，或許他永遠不會變。他張開雙臂，就像他在十字路表演時一樣，克藍上前兩步讓他擁抱。

「太棒了，」譚納說：「貝琪一定會很高興。」

「真的？」

譚納臉上出現一抹烏雲，但只陰沉到他天生開朗允許的程度。「我的意思是——對啊，絕對的。她想念你。」

「恭喜你啊，一切順利，結婚了，還當爸爸了。恭喜。」

「謝謝。這一切都太好了。」

「我很想聽你講，但是——她在哪兒？」

「可能在斯科菲爾德公園，帶著葛瑞絲。珍妮・克羅斯也來了。」

克藍再次被這個現在是他妹夫的男人擁抱後，朝斯科菲爾德公園走去。新展望鎮的樹木百分之百地活著，被它們無瑕的樹皮嫉妒地抓著，每一棟房子都像宮殿。有個男人從割草機的袋子裡抓出一把把翠綠的濕草葉，當作垃圾丟掉，要是羊駝吃得到，這會是牠吃過最美味的一餐。克藍停下腳步，脫下毛衣，綁在屁股上面。那個男人懷疑地抬起頭。或許，他察覺到克藍的比較，沒有明說的批評，或許，他只是討厭嬉皮。

貝琪不在斯科菲爾德球場的那一群母親裡面，也不在野餐區。公園更遠的地方是一個有擋球板的棒球場。正在打壘球的都是塊頭完全成熟的年輕男人，其中幾個赤膊上陣。克藍認出站在打擊區、打了一個飛過左外野手頭頂的高飛球的人，是高中同校、討人厭的肯特・卡杜奇。他以拳擊掌，大吼一聲跑過一壘。

女孩們——有這種男孩的地方，就一定有女孩——沿著一壘邊線聚在一起，圍在一座鋁製看台四周。貝琪和珍妮・克羅斯坐在看台最低一層。她比其他人更高，身上的舊氣息完好無損，她可能是一個眾人圍伺的女王。年紀較小的女孩盤腿坐在她身下的草地上，其中一個女孩扶著一個剛剛站穩的小孩的手臂。

珍妮・克羅斯先發現克藍。她抓住貝琪的肩膀，貝琪現在也看到他了。一時間，她先露出有些不知道怎麼回事的表情，接著跑到一壘邊線後面迎接他。他張開雙臂，但她剛好在還不到擁抱的距離就停下來。她穿著他的舊燈芯絨夾克，她的笑容也許比喜悅更不可思議。

「你怎麼回來了？」

「回來看妳啊。」

「哇。」

「我抱妳一下可以嗎？」

她似乎不記得這個笑話，但她走近前，用一隻手摟著他，很快地又撤回。「每個人都回家過復活節，」她說：「我猜你也是。」

「我沒想要過復活節，我只是來看妳的。」

肯特・卡杜奇在球場上吼了兩句髒話。

「來吧，見見葛瑞絲，」貝琪說。她跑在克藍前面，一把抱起剛才那個小孩。「葛瑞絲，來看看你的克藍舅舅。」

孩子把臉藏在貝琪的脖子裡。克藍在她眼中可能就像個毛茸茸的怪獸。他到這一刻才明白，他其實並不完全相信他妹妹已經生育了。孩子長得很完美，頭頂的毛髮又細又薄，兩側毛髮比較濃密：一個新的小人，無中生有，她母親也剛剛過完童年。他幾乎還記得貝琪一歲的樣子。他的眼睛又濕了。

「這裡，你可以抱她，」貝琪說：「她不會壞的。」

貝琪的朋友都在看著他們，他把葛瑞絲抱在懷裡。她穿著棉毛衣，身上輻射出暖意，元氣飽滿地蠕動著，伸手向後找媽媽。自從賈德森大到抱不動以後，他就沒有抱過嬰兒。他輕輕地將外甥女在懷裡搖啊搖，想要讓遲早會來的哭聲晚點來，但貝琪的目光和微笑一直盯著她，彷彿提醒她，她比較想去的地方是那裡。她哭了一聲，貝琪就把她抱了回去。

他們重逢的場景與他想像的完全不同：一個球場。男人多半靠運動而不是辛勤勞動鍛煉出肌肉，看台邊有八位各有韻味的漂亮女人，其中幾位是十字路成員（凱洛．皮內拉和莎莉．珀金斯的妹妹），其他人以前都是啦啦隊的；大多數人都是因為放假從大學回家過節，但至少有一個人一直住在鎮上。他們中的任何一個人，絕對想像不出他過去兩年生活的世界是什麼樣子。他的襯衫發臭，他的工裝褲上有安地斯泥土的髒汙，他和圭亞的小村的密切關係。新展望還是新展望，貝琪顯然還是小鎮社交生活的中心，而一向遠離中心的他，已經徹底移動到非常遙遠的位置。他本來很想和比以前更迷人的珍妮．克羅斯聊聊，但他的疏離感已經極端到他只能站在擋球板後面，看著他不喜歡的人打壘球，等貝琪抽出點時間。

葛瑞絲在那個不太堅固的嬰兒車裡睡著了。貝琪推著車到擋球板。「我得替她換尿布了，」她說：「要不要和我們一起走回家？」

「妳覺得我想要什麼？」

「我不知道。」

「妳就是我會在這裡的原因，我一收到妳的信就回來了。」

「嗯，好的。」

她把嬰兒車推向最近的人行道，他跟著她。「我很高興，妳還穿著那件夾克。」

「沒錯，」她說：「是你的。在我這邊放太久了，我都忘了。」

他們走到人行道後，她蹲下來檢查她的孩子。

「她很漂亮。」他主動說。

「謝謝。你大概沒辦法體會我有多愛她。」

她就在他眼前，他最愛的人，依舊是他心目中的那個人，但是，他又覺得他像靈一樣突然出現，她的反應卻明顯地一副無關緊要的樣子。她推著嬰兒車走出公園，低頭看著她的孩子時，他認覺得他又犯了一個嚴重錯誤，他應該留在三泉鎮收成馬鈴薯。

「貝琪。」他終於開口。

「怎麼？」

「我很抱歉，那時候想指使妳該做什麼不該做什麼。」

「沒關係，我原諒你。」

「我不想干涉妳的生活。我只希望有機會的話，再成為妳的生活的一部份。」

她看起來像是沒有聽到他的聲音的樣子。他們一直走著，等到過了高地街才再開口說話。他可以看到遠處牧師館邊比較高的那棵橡樹。他沒有特別被原諒的感覺。

「你回過家了嗎？」她說。

「還沒有。我想先見妳一面。」

她點頭表示知道了。「前幾天媽媽到我家門口敲門。她事先沒打電話，人就跑來了。她要我們明天過去吃晚飯。她跑這一趟是要讓我覺得歉疚，因為爸爸在新展望最後一個復活節竟然是這麼過的。」

「嗯，這麼說好了。她的初衷也沒錯。」

「我已經邀請譚納的爸媽來我家晚餐。明天晚上是葛瑞絲的第一個復活節，我還買了火腿。」

克藍能察覺他正在接受測試——他敢不敢指出，一歲的孩子和他的父母不一樣，一歲的孩子不知道蓋伊・福克斯紀念日（Guy Fawkes Day）和在星期天慶祝復活節是不一樣的。

「所以，呃，那怎麼不請爸媽一起來過節？」

「因為這代表他們就得帶著裴里來，這樣一來，我就會覺得這不像是過節。只要他出現，就算他只是坐著不講話，大家就會敬而遠之。要是我們聊一些和他沒有關係的事，他就會說他的感覺很不好啦，或是隨便扯一些完全不相關的事情，只要焦點又回到他身上就行。他們每次都把他這一套當回事。」

「他生病了，貝琪。」

「對，顯然如此。我懂他們必須照顧他的原因。但對譚納的父母來說，讓他們整晚都陪著發病的他也不公平。」

「爸媽每個星期的每一個晚上都得忍受著這種情形。」

「我知道，我相信這對他們來說真的很難。但他是他們的兒子，不是我的，更何況，我身為他姊姊，也做了我該做的。我不想在過節的時候去招惹這個問題，我覺得我站得住腳。」

克藍壓住想多說一些的衝動。遵守她的第一條規則，尊重她對父母的感覺，這將是一場掙扎。因為，他沒有規定自己不准對父母友善。

她似乎察覺了他的想法，在人行道上停下來，轉向他。

「所以，」她說：「要和我們一起吃晚飯嗎？」

「今天晚上？」

「不是，是明天晚上，復活節，我邀請你來晚餐。」

收到邀請，他的心突然跳了一下；它無法自主，已經跳進了一個陷阱。他離家這麼久，而在復活節留父母倆人孤獨過節非常殘忍。貝琪知道這一點。

「我不知道。」他說。

她把視線移到別處，一副不在意的樣子。他所求不過是一個和她在一起的機會，而她正在給他這個機會。他還看不準她究竟是真的想要他成為她生活的一部份，或僅僅在考驗他的忠誠，但很明顯，他不在的時候，她並不像他想像的那麼貶抑自己。差得遠了。相反地，她成為主導力量。她有他們的孫子、有絕對忠誠的丈夫，有她的魅力和人氣；她不需要他或他們的父母。她才是開條件的人。

「讓我考慮一下。」他說，儘管他已經知道他會怎麼做。

LF0161

十字路
Crossroads

作者

強納森・法蘭岑（Jonathan Franzen）

1959年生，美國小說家、散文作家，《紐約客》撰稿人。出生於美國伊利諾州聖路易市，母親是美國人，父親是瑞典人。1981年從斯沃思莫學院（Swarthmore College）畢業，主修德文。1979-1980年，通過韋恩州立大學設立的「去慕尼克讀大三」合作項目，曾到德國留學。1981-1982年，獲歐布萊特獎學金在柏林自由大學學習。1988、1992年陸續出版了前兩本小說《第二十七座城市》、《強震》。從一開始就展現嚴肅文學寫作的企圖心。

1996年，面對兩本小說出版後的市場反應，法蘭岑在《哈潑》雜誌上發表的一篇題為〈自尋煩惱〉的隨筆，表達其對文學閱讀已非主流的現況的惋惜，引來報導與矚目。

2001年以第三部小說《修正》（2001）成功擄獲讀者，創下三百萬冊銷售量並獲頒美國國家圖書獎。2010年以第四本小說《自由》，登上《時代》雜誌封面人物，被譽為「偉大的美國小說家」，本書更被視為為世紀小說。

法蘭岑又出版了小說《純真》以及文集《如何獨處》、《到遠方》、《地球盡頭的盡頭》……等。2021年新作《十字路》出版，將故事背景設定在他青春時期再熟悉的不過的1970年代中西部美國，將當時美國家庭與社會之間的激烈變化栩栩如生描繪，在川普執政的後期重新省思半個世紀來的美國生活價值的改變。此書出版後，法蘭岑再度成為文化現象，引起媒體討論，並獲得廣大好評。

譯者

林少予

哥倫比亞大學比較文學碩士、台大圖書館系畢業。曾任中國時報副刊編輯、政治記者、中時電子報副總經理、聯合報政治記者、聯合報駐紐約特派員、世界日報舊金山分社總編輯。

封面設計　陳恩安
內頁排版　立全排版
版權負責　陳柏昌
編輯協力　羅士庭、詹修蘋
行銷企劃　楊若榆、黃蕾玲
副總編輯　梁心愉

初版一刷　二〇二二年五月三十日
定價　新台幣五二〇元

ThinKingDom 新経典文化
發行人　葉美瑤
出版　新經典圖文傳播有限公司
地址　10045臺北市中正區重慶南路一段五七號十一樓之四
電話　886-2-2331-1830　傳真　886-2-2331-1831
讀者服務信箱　thinkingdomtw@gmail.com
臉書專頁　http://www.facebook.com/thinkingdom/

總經銷　高寶書版集團
地址　11493臺北市內湖區洲子街八八號三樓
電話　886-2-2799-2788　傳真　886-2-2799-0909
海外總經銷　時報文化出版企業股份有限公司
地址　桃園市龜山區萬壽路二段三五一號
電話　886-2-2306-6842　傳真　886-2-2304-9301

十字路= Crossroads / 強納森.法蘭岑(Jonathan Franzen)著; 林少予譯. -- 初版. -- 臺北市 : 新經典圖文傳播有限公司, 2022.05
640面 ; 14.8 X 21公分. --（文學森林 ; LF0161）
譯自 : Crossroads
ISBN 978-626-7061-23-7（平裝）